Die Antiquitätenhändlerin Lilly bekommt eine alte Geige geschenkt, die angeblich ihr gehören soll. Sie kann sich an ein so wertvolles Instrument in ihrer Familie nicht erinnern, und mit Musik hat sie schon gar nichts am Hut. Die Geige selbst ist äußerst bekannt, immer wieder stößt sie bei ihren Nachforschungen auf Hinweise. Doch die Schwärmereien von der exquisiten Sumatrarose helfen ihr nicht weiter. Tief in ihrem Inneren aber spürt Lilly die Kraft dieser Geige, und sie ahnt, dass die verborgene Geschichte des Instruments ihr etwas bedeuten wird. Seit kurzer Zeit alleinstehend und noch voller Trauer beginnt sie mit der Spurensuche. Dabei stößt sie auf das Vermächtnis einer großen Violinistin, deren Talent so außergewöhnlich wie ihre Liebe endlos war. Als Lilly aufbricht, um das Geheimnis der großen Musikerin zu verstehen, muss sie viele ihrer langjährigen Gewissheiten aufgeben.

CORINA BOMANN gehört seit ihrem Roman »Die Schmetterlingsinsel« zur ersten Garde der deutschen Unterhaltungsautorinnen. Mit »Die Frauen vom Löwenhof« hat sie zahlreiche neue begeisterte Leserinnen gewonnen. Sie lebt in Mecklenburg-Vorpommern.

Von Corina Bomann sind in unserem Hause bereits erschienen:

Die Schmetterlingsinsel · Die Jasminschwestern · Die Sturmrose
Das Mohnblütenjahr · Sturmherz ·
Agnetas Erbe. Die Frauen vom Löwenhof 1
Mathildas Geheimnis. Die Frauen vom Löwenhof 2
Solveigs Versprechen. Die Frauen vom Löwenhof 3
Sophias Hoffnung. Die Farben der Schönheit 1
Sophias Träume. Die Farben der Schönheit 2
Sophias Triumph. Die Farben der Schönheit 3
Ein zauberhafter Sommer · Eine wundersame Weihnachtsreise
Winterblüte · Winterengel
Ein Zimmer über dem Meer

CORINA BOMANN

Der Mondscheingarten

Roman

Ullstein

Besuchen Sie uns im Internet:
www.ullstein.de

Wir verpflichten uns zu Nachhaltigkeit

- Klimaneutrales Produkt
- Papiere aus nachhaltiger Waldwirtschaft und anderen kontrollierten Quellen
- ullstein.de/nachhaltigkeit

Neuausgabe im Ullstein Taschenbuch
1. Auflage Juli 2019
3. Auflage 2021
© Ullstein Buchverlage GmbH, Berlin 2013
Umschlaggestaltung: bürosüd° GmbH, München
Titelabbildung: © www.buerosued.de (Landschaft);
© Nikaa/ Trevillion Images (Frau)
Satz: LVD GmbH, Berlin
Gesetzt aus der Adobe Caslon
Druck und Bindearbeiten: CPI books GmbH, Leck
ISBN 978-3-548-06143-6

Prolog

LONDON 1920

Verwirrt betrachtete Helen Carter ihr Spiegelbild. Ein langer Riss teilte ihr leichenblasses Gesicht in zwei Hälften, Schminke vermischt mit Tränen zeichnete ein Marmormuster auf ihre Wangen. Ihre exotisch geschnittenen, bernsteinfarbenen Augen leuchteten seltsam inmitten des dick aufgetragenen schwarzen Lidschattens, der sie wie ein Stummfilmsternchen aussehen ließ.

Helen hatte sich nie fürs Lichtspieltheater interessiert, ihre Leidenschaft galt allein der Musik. Doch in diesem Augenblick fühlte sie sich, als würde sie in einem dieser Streifen mitspielen. Das, was eben geschehen war, hätte auch aus der Feder eines der Schreiberlinge stammen können, die mit Drehbüchern vor den Türen der Filmstudios herumlungerten in der Hoffnung, einen Produzenten zu treffen.

Helen lachte bitter, schluchzte dann kurz auf. Wieder füllten sich ihre Augen mit Tränen, die sich schwarz färbten, als sie über ihre Wangen glitten.

Bis vor wenigen Minuten war alles noch in Ordnung gewesen. Als aufstrebende Violinistin stand ihr die gesamte Welt offen. In einer halben Stunde sollte sie auf der Bühne der London Hall Tschaikowsky spielen – sogar King George V. würde mit seiner Gemahlin zugegen sein. Eine Ehre, wie sie einem Musiker nur selten zuteilwurde.

Helen hatte von jeher Glück gehabt. Mit gerade mal zehn Jahren als Wunderkind bekannt geworden, galt sie heute, knapp zwanzigjährig, als eine der besten Musikerinnen der Welt. In Italien hatten die Zeitungen sie, die gebürtige Engländerin, bereits als Paganinis Enkelin gefeiert. Als ihr Agent ihr diese Schlagzeile zeigte, hatte sie darüber gelächelt. Sollten die Leute glauben, was sie wollten! Sie selbst wusste, wem sie ihren Erfolg zu verdanken hatte. Nur zu gut erinnerte sie sich an das Versprechen, das sie gegeben hatte.

Doch dann war diese Frau aufgetaucht. Wie ein Schatten war sie ihr drei Tage lang an beinah alle Orte gefolgt. Wann immer Helen durch Londons Straßen gegangen war, geriet sie in ihr Blickfeld. Wann immer ihr Blick beim Üben aus dem Fenster geglitten war, sah sie sie auf der gegenüberliegenden Straßenseite.

Am ersten Tag hatte Helen es noch für Zufall gehalten, doch als sich das Geschehen an den beiden folgenden Tagen wiederholte, hatte sie begonnen, nervös zu werden. Hin und wieder gab es verrückte Bewunderer – auch weibliche –, die alles daransetzten, sie einen Augenblick allein anzutreffen.

Trevor Black, ihr Agent, hatte nur abgewunken, als sie ihm davon erzählte. »Das ist nur eine alte Frau, eine harmlose Verrückte.«

»Harmlos? Verrückte sind nie harmlos! Vielleicht hat sie ein Messer in der Tasche«, hatte Helen geantwortet, doch Trevor schien der Überzeugung zu sein, dass die Alte ihr nichts antun würde.

»Sollte sie dich nach dem Konzert immer noch belästigen, sagen wir der Polizei Bescheid.«

»Und warum nicht jetzt?«

»Weil sie uns auslachen würden. Schau sie dir doch an!« Trevor hatte auf das Fenster gedeutet, durch das die Fremde am anderen Ende der Straße zu sehen war. Ihre Gestalt wirkte ein wenig krumm, ihr schwarzes Kleid war altmodisch, und die Züge wirkten irgendwie … asiatisch! Helen wollte kein Grund einfallen, weshalb diese Frau ihr nachschleichen sollte. Für einen Moment fühlte sich Helen an ihre Kindheit erinnert, doch sie schob den Gedanken schnell beiseite.

Doch mittlerweile wusste sie, dass die Fremde sie tatsächlich beobachtet und auf eine Gelegenheit gewartet hatte, Helen allein zu sprechen. Irgendwie hatte sie es fertiggebracht, in ihre Garderobe vorzudringen, kurz nachdem Rosie auf Helens Wunsch losgegangen war, um nachzusehen, wie voll der Zuschauerraum war.

Helen hatte zunächst um Hilfe rufen wollen, doch die Frau hatte etwas geradezu Hypnotisches an sich gehabt, das es ihr unmöglich machte, zu schreien. Was ihr die Besucherin in dem kurzen Gespräch mitgeteilt hatte, war so ungeheuerlich und erschütternd gewesen, dass etwas in ihrem Innern gesprungen war. Wütend hatte Helen den ersten Gegenstand, der sich ihr bot, nach der Frau geworfen, sie aber verfehlt und den Garderobenspiegel getroffen.

Erschrocken hatte die Alte das Weite gesucht, aber ihre Behauptung hing immer noch im Raum. Natürlich bestand die Möglichkeit, dass sie log, doch etwas sagte Helen, dass das nicht zutraf. Alles passte zueinander. Längst vergessene Bilder, Erinnerungen an gesprochene Worte, Gedanken, alles ergab plötzlich einen Sinn.

Helen blickte auf die Violine neben sich. Bevor die Fremde aufgetaucht war, hatte sie noch einmal eine besonders schwierige Passage des Konzerts üben wollen. Doch dazu war es nicht mehr gekommen.

Mit zitternden Händen griff die junge Frau nach dem Instrument und drehte es herum. Während ihre Finger über die dort eingebrannte Rose glitten, tauchte ein Gesicht vor Helens geistigem Auge auf. Das Gesicht der Frau, die ihr diese Geige geschenkt hatte. War es wirklich möglich ...?

Als die Tür hinter Helen aufgestoßen wurde, gab die Violine ein seltsam blechernes Geräusch von sich. Die gerissene Saite peitschte über ihre Haut und hinterließ einen blutigen Striemen. Erschüttert beobachtete Helen, wie Blutstropfen aus dem Schnitt hervorquollen. Die Erinnerung an ihre grausame Musiklehrerin ließ Zorn in ihr hochwallen. Schon wollte sie aufspringen und die Geige wütend in die Ecke werfen, da erschien Rosies gütiges Gesicht hinter ihr im Spiegel. »Wir haben volles Haus!« Das Lächeln verging ihr augenblicklich. »Du lieber Himmel!« Erschrocken schlug die Garderobiere die Hand vor den Mund, als sie sah, dass Blut zwischen den Fingern der Geigerin hervorquoll. »Alles in Ordnung mit Ihnen?«

»Es ist nichts«, entgegnete Helen beherrscht. Den Schmerz an ihrem Handgelenk spürte sie kaum, denn der Zorn in ihrem Innern war stärker und überdeckte alle körperlichen Empfindungen. »Eine der Saiten ist gerissen, ich war unachtsam.«

Eigentlich hätte sie die Violine sogleich in Ordnung bringen lassen sollen. Doch sie schaffte es nicht, sich von ihrem Hocker zu erheben. Sie zweifelte sogar daran, sich jemals wieder erheben zu können.

»Soll ich Ihnen etwas holen, Miss Carter?«, fragte die Garderobiere ratlos, doch Helen schüttelte den Kopf.

»Nein, es ist gut, Rosie, ich brauche nichts.« Die Worte kamen ihr heftiger über die Lippen, als sie eigentlich sollten.

»Aber Ihr Auftritt ist doch gleich, Madam. Die Violine ...«

Helen nickte abwesend. Ja, der Auftritt. So wie der Besuch etwas in ihrem Innern verändert hatte, so hatte er ihr auch die

Zuversicht genommen, dieses Konzert spielen zu können. Vielleicht bedeutete es das Ende ihrer Karriere, aber in diesem Augenblick wollte Helen nur weg von hier und diese verfluchte Geige loswerden, die sie nun ebenso wie ihre Musiklehrerin verletzt hatte. Das Instrument, das ihr von einer Toten geschenkt worden war.

Mit der Violine in der Hand erhob Helen sich und schritt erhobenen Hauptes zur Tür, öffnete sie und verließ die Garderobe. Den Ruf der Garderobiere ignorierte sie ebenso wie die kaputte Saite, die gegen ihre Waden pendelte. Aus der Konzerthalle hörte sie die Geräusche der Musiker, die gerade ihre Instrumente stimmten. Vergebliche Mühe, denn das Konzert würde nicht stattfinden. Und auch das erwartungsvolle Raunen der Zuschauer war verschenkt.

Zielsicher fand sie den Weg zum Hinterausgang. Die verwunderten Blicke der Bühnenarbeiter ignorierte sie. Ich gehöre nicht hierher. Ich will das alles nicht. Ich will nur meine Ruhe, ich will … Klarheit.

Die Geige in ihrer Hand gab einen Misston von sich, als Helen die Tür aufstieß, fast so, als wollte sie sie warnen. Feuchtkalte Luft strömte Helen entgegen. Um diese Jahreszeit war London nachts besonders unangenehm, doch das war ihr egal. Der Schnitt an ihrer Hand pulsierte, die Violine wurde auf einmal schwer. Die Augen der toten Frau jagten Helen, trieben sie dazu an, einfach auf die Straße vor der London Hall zu laufen.

Erst als sie ein markerschütterndes Hupen neben sich hörte, erstarrte Helen und riss angesichts der auf sie zurasenden grellen Lichter die Arme hoch.

1

BERLIN, JANUAR 2011

Als die Zeiger der großen Standuhr auf kurz vor fünf rückten, war Lilly Kaiser sicher, dass niemand mehr in ihren Laden kommen würde. Versteckt hinter hochgeschlagenen Mantelkrägen und unter tief ins Gesicht gezogenen Mützen, huschten die Leute an dem Schaufenster vorbei, ohne die Auslage eines Blickes zu würdigen.

In den ersten Wochen des neuen Jahres interessierte sich niemand mehr für Antiquitäten. Die Geldbörsen und Konten waren leer, die Menschen hatten kein Bedürfnis, irgendwelche besonderen Stücke für die liebe Verwandtschaft zu suchen. Das würde sich im Frühjahr und Sommer, wenn die ersten Touristen aus aller Welt wieder anrückten, ändern. Solange musste sie die Flaute irgendwie überbrücken.

Seufzend ließ sich Lilly auf einem kleinen Louis-XV.-Hocker nieder und blickte durch das Schaufenster zum Himmel hinauf, von dem schon seit Tagen unablässig Schnee fiel. Dabei streifte ihr Blick das Abbild ihres Gesichts in der blankpolierten Wand eines Schränkchens, das zur kleinen Armee ihrer Ladenhüter gehörte.

Ihre feinen, fast mädchenhaften Züge wirkten blass und abgespannt, nur ihr rotes Haar und ihre grünen Augen leuchteten. Die Weihnachtsfeiertage hatten ihr nicht viel Erholung gebracht. Der Besuch bei ihren Eltern hatte wieder einmal damit geendet, dass sie ihr ans Herz gelegt hatten, sich einen neuen Mann zu suchen.

Obwohl sie ihre Eltern liebte, war das zu viel für Lilly gewesen. Entnervt war sie nach Berlin zurückgefahren, um dort den Jahreswechsel allein in ihrer Wohnung zu verbringen und sich dann an die Inventur des Ladens zu machen.

Doch die war nun erledigt, und ihr blieb nur das Warten auf Kundschaft. Lilly hasste es, untätig zu sein. Aber was blieb ihr anderes übrig?

Vielleicht sollte ich den Laden einfach schließen und für acht Wochen in den Urlaub fahren, ging es ihr durch den Sinn. Wenn ich wiederkomme, ist der Schnee weg und der Laden wieder voll.

Der Klang der Türglocke – ein Stück, das aus einem Landhaus stammte und das stets das Bild einer umherwuselnden Dienerschaft in ihr heraufbeschwor – riss sie aus ihren Gedanken.

Auf dem Mantel des alten Mannes, der auf der Türschwelle stand und sich zu fragen schien, ob er hereinkommen durfte, glitzerten Schneeflocken, die in der Wärme des Raumes langsam zu Wassertropfen vergingen. Sein wettergegerbtes Gesicht hätte gut das eines Seemanns aus einem Werbespot sein können. Unter seinem Arm trug er einen alten, an einigen Stellen abgewetzten Geigenkasten. Wollte er ihn verkaufen?

Lilly erhob sich, strich kurz über ihre dunkelblaue Strickjacke und trat dem Mann entgegen. »Guten Tag, was kann ich für Sie tun?«

Der Mann musterte sie kurz, dann erschien ein verhaltenes Lächeln auf seinem Gesicht. »Ich nehme an, Ihnen gehört dieses Geschäft.«

»Ja, genau«, antwortete Lilly lächelnd, während sie versuchte, sich ein Bild von ihrem Kunden zu machen. War er ein alternder Musiker auf dem Heimweg von einer Veranstaltung? Ein Geigenlehrer, der sich mit irgendwelchen mäßig talentierten Schülern herumschlagen musste? »Wie kann ich Ihnen helfen?«

Wieder musterte der Mann sie, als suchte er in ihrem Gesicht irgendwas. Dann nahm er den Geigenkasten unter seinem Arm hervor.

»Ich habe da etwas für Sie. Wenn Sie mir gestatten, es Ihnen zu zeigen?«

Eigentlich wollte Lilly in diesem Monat nichts Neues mehr ankaufen, aber dass ihr jemand ein Musikinstrument anbot, war so selten, dass sie nicht nein sagen konnte.

»Kommen Sie bitte mit rüber, da können Sie es mir zeigen.«

Sie führte den Mann zu einem einfachen Tisch neben dem Verkaufstresen. Hier ließ sie sich von Kunden, die kamen, um ihr etwas anzubieten, die Ware zeigen.

Meist war nicht viel Brauchbares darunter. Die Leute schätzten das, was sie auf den Dachböden und in den Nachlässen ihrer verstorbenen Angehörigen fanden, oft wertvoller ein, als es letztlich war. Wie oft hatte sie sich schon Vorwürfe anhören müssen, wenn sie behauptete, das alte Porzellanfigürchen sei Nippes.

Doch als der alte Mann den Deckel seines Geigenkastens öffnete, ahnte Lilly bereits, dass sie etwas Besonderes erwartete. Auf dem verschlissenen und mottenzerfressenen Futter, dessen Farbe früher einmal tiefrot gewesen sein musste, lag eine Violine. Eine alte Violine. Lilly war keine Expertin, doch sie schätzte, dass das Instrument mindestens hundert Jahre auf dem Buckel hatte, wenn nicht mehr.

»Nehmen Sie sie ruhig heraus«, sagte der alte Mann, während er sie ganz genau beobachtete.

Etwas zögerlich kam Lilly der Aufforderung nach. Vor Musikinstrumenten hatte sie allergrößten Respekt, auch wenn sie selbst keines spielte. Während sie den Hals der Geige umfasste, dachte sie an ihre Freundin Ellen, deren Beruf und Leidenschaft es war, Kostbarkeiten wie diese zu restaurieren. Sie würde ihr den Schätzwert dieses Instruments schon nach einem Blick nennen können.

Doch noch während Lilly die Geige betrachtete – die ungewöhnliche Lackierung, die seltsam geformte Schnecke –, bemerkte sie auf der Rückseite eine Zeichnung. Die Rose wirkte grob und sehr stilisiert, beinahe so, als hätte ein Kind sie gezeichnet. Doch sie war einwandfrei als Rose zu erkennen.

Welcher Geigenbauer verzierte sein Instrument mit solch einem Ornament? Lilly machte sich im Geiste eine Notiz, Ellen gleich am Abend anzurufen. Sicher würde sie diese Violine nicht bezahlen können, aber immerhin wollte sie ihrer Freundin von der Zeichnung erzählen – und vielleicht gestattete ihr der Mann, ein Foto zu machen …

»Ich fürchte, ich habe nicht genug Geld, um Ihnen dieses Stück abzukaufen«, sagte sie, während sie die Geige vorsichtig in den Kasten zurücklegte. »Es ist sicher ein Vermögen wert.«

»Das ist sie in der Tat«, antwortete der alte Mann nachdenklich. »Ich höre Bedauern in Ihrer Stimme. Sie mögen diese Violine, nicht wahr?«

»Ja, sie … sie ist so besonders.«

»Nun, was würden Sie dazu sagen, wenn es mir nicht darum geht, sie zu verkaufen?«

Lilly zog verwundert die Augenbrauen hoch. »Weshalb sind Sie dann hier?«

Der Mann lächelte kurz in sich hinein, dann sagte er: »Sie gehört Ihnen.«

»Wie bitte?« Verwirrt blickte Lilly den Mann an. Das konnte er doch nicht wirklich gesagt haben ... »Sie wollen mir diese Violine schenken?«, sprach sie den Gedanken, der ihr absurd erschien, aus.

»Nein, das nicht, denn man kann nur verschenken, was man besitzt. Diese Violine gehört Ihnen. Jedenfalls, wenn man dem Einwohnermeldeamt glauben darf. Es sei denn, Sie sind nicht Lilly Kaiser.«

»Natürlich bin ich die, aber ...«

»Dann ist das Ihre Geige. Und es liegt noch etwas anderes dabei.«

Sein herzliches Lächeln konnte Lillys Verwirrung nicht zerstreuen. Ihr Verstand sagte ihr, dass das Ganze vielleicht ein Trick war, oder eine Verwechslung. Welchen Grund sollte der Mann haben, ihr eine Geige zu schenken? Sie hatte ihn in ihrem ganzen Leben noch nicht gesehen.

»Schauen Sie mal unter das Futter«, beharrte er. »Vielleicht sagt Ihnen das, was sich da befindet, etwas.«

Zunächst zögerlich, dann mit zitternden Händen zog Lilly einen mit Stockflecken übersäten Zettel hervor und faltete ihn auseinander.

»Ein Notenblatt?«, murmelte Lilly überrascht.

Betitelt war das dort niedergeschriebene Stück mit »Moonshine Garden« – Mondscheingarten. Die Noten wirkten fahrig, als seien sie in größter Eile niedergeschrieben worden. Der Name des Komponisten fehlte.

»Woher haben Sie die Geige?«, fragte Lilly verwirrt. »Und woher wussten Sie ...«

Das Läuten der Türklingel unterbrach sie. Der Mann eilte mit langen Schritten davon, wie ein Dieb, der sich vor der Polizei in Sicherheit bringen wollte.

Zunächst stand Lilly wie erstarrt da, dann rannte sie zur

Tür, riss sie auf und stürmte unter wütendem Gebimmel nach draußen. Doch da war der alte Mann, dessen Namen sie nicht kannte, bereits verschwunden. Stattdessen biss ihr der Frost kräftig in Wangen und Hände, durchdrang mühelos ihre Kleider und trieb sie schließlich wieder zurück in den Laden.

Dort lag die Geige noch immer in ihrem Kasten, und erst jetzt merkte Lilly, dass sie das Notenblatt immer noch in der Hand hielt.

Was sollte sie jetzt tun? Wieder blickte sie nach draußen, doch der alte Mann blieb verschwunden.

Ein Schauer überlief sie, als sie ihren Blick auf die seltsam gefärbte Geige richtete, die fest gespannten silbrigen Saiten auf dem schlanken Hals musterte und dann an der filigran geschwungenen Schnecke haltmachte. Was für ein wunderbares Instrument! Sie konnte noch immer nicht glauben, dass es wirklich ihres sein sollte. Und was war mit dem Notenblatt? Warum hatte er explizit darauf hingewiesen?

Ein Knall ließ sie zusammenzucken. Erschrocken wirbelte sie herum und sah gerade noch die Kinderhorde, die lärmend am Laden vorbeirannte. Ein Schneeball klebte auf dem vordersten A im Schriftzug »Antiquitätenhandel Kaiser«.

Aufatmend blickte Lilly wieder zur Geige. Ich sollte sie Ellen zeigen. Sie weiß vielleicht, wer sie gebaut hat – und mit etwas Glück findet sie auch heraus, wer dieses Stück komponiert hat.

Da sie sicher war, dass kein Kunde und ganz sicher auch kein weiterer alter Mann mit irgendeinem verwunschenen Musikinstrument auftauchen würden, ging sie zur Tür, drehte das Schild auf »Geschlossen« und holte ihren Mantel.

2

Mit dem Geigenkasten unter dem Arm stieg Lilly die Stufen zu ihrer Wohnung in der Berliner Straße hinauf. Das Haus war recht alt und befand sich direkt neben einem ehemaligen Theater, das schon seit einigen Jahren leer stand und auf einen neuen Besitzer oder Mieter wartete.

Die Stufen knarrten unter Lillys Füßen, das typische Odeur des Hauses umfing sie. Im Treppenhaus nisteten zahlreiche Gerüche, in jeder Etage ein anderer. Unten war es Katze, in der Mitte Rotkohl, und ganz oben würde es nach Muff und klammer Wäsche riechen – und das, obwohl keine der Parteien ihre Wäsche im Flur aufhängte. Hin und wieder verschoben sich die Geruchsgrenzen, sie wurden aber immer wieder aufgefrischt, indem jemand ein Sonntagsessen kochte, die Katze rausließ oder sonst etwas tat, das den Geruch seiner Etage erhielt.

Lillys Etage war die, die nach klammer Wäsche roch, vier Treppen musste sie hinter sich bringen, bis sie den Muff hinter ihrer Wohnungstür aussperren konnte.

Nur langsam kam wieder Leben in ihre von der Kälte betäubten Wangen. Auch ihre Hände waren trotz der Handschuhe gefühllos. Lilly konnte es kaum erwarten, sich einen Kaffee zu machen und dann mit Ellen zu telefonieren.

Auf halbem Weg kam ihr Sunny Berger entgegen, die

zwanzigjährige Studentin mit den zahlreichen Tattoos, die manchmal in ihrem Laden aushalf und die ein sehr gutes Händchen für Antiquitäten hatte. Manche Kunden sahen sie zwar etwas verwundert an, wenn sie die Bilder auf ihrer Haut entdeckten, aber meist konnte Sunny sie mit ihrem Charme ganz rasch für sich einnehmen.

Bei Lilly war das jedenfalls sofort geschehen, nicht mal eine Woche nachdem die Studentin hier eingezogen war, hatte sie sich mit ihr angefreundet.

»Hey Sunny, wie geht's?«, fragte Lilly, und wieder ging ihr die Idee durch den Kopf, sich einen kleinen Urlaub zu gönnen. Wenn sie jemanden bitten konnte, für sie einzuspringen, dann die Studentin.

»Gut, und dir?«, antwortete die junge Frau und zog fröhlich den Ärmel ihres Pullovers hoch. »Schau mal, das ist mein Neues.«

Das Tattoo zeigte ein Pin-up-Girl, das auf einer schwarzen Billardkugel mit der Nummer Acht ritt. Lilly wusste, dass sie sich selbst nie dazu durchringen würde, ihren Körper mit Bildern verzieren zu lassen. Doch in diesem Fall konnte sie nur Bewunderung für die saubere Arbeit und das Motiv äußern.

»Das ist sehr gut. Wo hast du das machen lassen?«

»In einem Laden in der Torstraße«, antwortete Sunny, wobei ein beinahe verliebtes Lächeln auf ihr Gesicht trat. »Ich glaub, da geh ich wieder hin, der Tätowierer war echt nett.«

»Was fürs Leben?«, fragte Lilly, denn im Gegensatz zu ihren Tattoos waren Sunnys Beziehungen alles andere als dauerhaft.

»Für das nächste Tattoo bestimmt. Aber sonst ...« Bedauernd hob sie ihre linke Hand und tippte mit der rechten auf ihren Ringfinger, wo der feine Schriftzug »Love« tätowiert war.

»Ah, verheiratet«, stellte Lilly fest, worauf sie nickte.

»Ja, leider. Wäre schon was, sich einen Tätowierer zu angeln. Dann würde er mir die Tattoos kostenlos machen.«

»Und innerhalb eines Jahres hättest du dann keine freie Stelle mehr am Körper.«

»Stimmt auch wieder. Das würde ja langweilig werden. Aber trotzdem, Dennis ist sehr nett …«

»Freunde dich doch an mit ihm, dann gibt er dir vielleicht einen kleinen Nachlass.«

»Mal sehen. Wie sieht's denn aus, brauchst du demnächst wieder etwas Hilfe im Laden?«, fragte Sunny, nachdem sie ihren Ärmel wieder heruntergekrempelt hatte.

Lilly lächelte in sich hinein. Sunny fragte das immer, wenn sie ein neues Tattoo hatte machen lassen. Die Körperzeichnungen rissen regelmäßig ein Loch in ihre Haushaltskasse, was sie aber nicht davon abhielt, sich immer wieder ein neues Bild zu gönnen.

Lilly wollte schon verneinen, als ihr die Sache mit dem Urlaub, der Flucht aus dem regnerischen Berlin in den Sinn kam.

»Wäre gut möglich«, antwortete sie also, denn wenn sie sich Sunny nicht warmhielt, hatte sie vielleicht niemanden, der im Ernstfall zur Verfügung stand. »Vielleicht in einer oder zwei Wochen. Könntest du da?«

»Na sicher doch!«, antwortete die junge Frau. »Ich halte mir die Zeit frei, musst mir nur sagen, wie lange du mich brauchst. Ich krieg ja bald Semesterferien.«

Drei Monate frei. Lilly dachte zurück an ihre Studienzeit. Auch wenn sie, ähnlich wie Sunny, immer auf der Suche nach einem Job gewesen war, der etwas Geld in die Kasse spülte, waren die Semesterferien immer die besten Zeiten ihres Studentendaseins gewesen.

»Und die will ich dir nicht ganz verderben, aber vielleicht kannst du dich auf drei oder vier Wochen einrichten.«

»Oh, willst du verreisen?«

»Vielleicht.« Ein Lächeln huschte über Lillys Gesicht, dann strich sie abwesend über den Geigenkasten unter ihrem Arm.

»Und dabei Geige spielen lernen?«

»Nein, die habe ich heute bekommen und ...« Wenn sich ihre Freundin dafür interessierte, würde Lilly damit nach England reisen. Aber das wollte sie Sunny nicht erzählen. Noch nicht. »Mal sehen.«

»Okay, dann sag einfach Bescheid, wann du mich brauchst. Für deinen Laden lasse ich alles stehen und liegen.«

»Danke, ich melde mich in den nächsten Tagen.«

»Ist gut!« Damit huschte Sunny an ihr vorbei und verschwand in der Katzenetage. Lilly stapfte weiter nach oben, bis der Wäschegeruch sie umhüllte.

»Ah, Tach, Frau Kaiser!«, rief Martin Gepard, der im Begriff war, seine Wohnungstür zuzuschließen. Er war einen Monat nach Lilly hier eingezogen und arbeitete in einem Supermarkt ganz in der Nähe. Obwohl sie beide ungefähr im gleichen Alter waren und voneinander wussten, dass der jeweils andere ohne Partner war, hatte sich kein weiterer Kontakt zwischen ihnen ergeben.

Auch jetzt grüßte Lilly nur und verschwand dann in ihrer Wohnung, die der Hausflurmuff nicht erreichen konnte. Innerhalb ihrer vier Wände roch es nach Vanille, frischer Wäsche, Holz und Büchern.

In die Versuchung, antike Stücke aus ihrem Laden hier aufzustellen, war sie nie gekommen. Früher, in ihrem anderen Leben, hatte sie sehr viele antike Möbel gehabt, doch seit ihr Mann fort war, mochte Lilly es privat eher modern. Die Möbel waren neu, nichts besonders Wertvolles, sondern Stücke aus dem allgegenwärtigen schwedischen Möbelhaus. Das

Einzige, was sie aus ihrem früheren Zuhause mitgenommen hatte, war ein Gemälde, das eine Frau zeigte, die am Fenster stand und auf einen etwas undeutlichen Garten hinausblickte.

Besonders in der ersten Zeit ihres neuen Lebens hatte Lilly sich darin wiedererkannt. Die Frau hatte ebenfalls rotes Haar und wirkte ein wenig ratlos. Was sich in dem undeutlichen Garten befand, war nicht zu erkennen, doch die Frau blickte nicht mit Freude darauf. Stattdessen schien sie sich zu fragen, was sie tun sollte und ob es sich lohnte, fortzugehen, den Garten hinter sich zu lassen.

Auch Lilly stellte sich diese Frage häufig. Die Wohnung war tadellos und ein Wegkommen allein wegen des Ladens nicht möglich. Für ein paar Tage und Wochen, ja, denn dafür hatte sie ja Sunny, aber aus Berlin fortzugehen, konnte sie sich nicht vorstellen. Wohin auch? Freunde hatte sie noch nie viele gehabt, und deren Zahl hatte sich seit dem Tod ihres Mannes noch verringert. Eigentlich war ihr nur Ellen geblieben. Doch darüber war Lilly nicht traurig, ganz im Gegenteil, denn nur von ihr konnte sie behaupten, dass sie immer für sie da war.

Lilly trug den Geigenkasten direkt zum Schreibtisch und legte ihn vorsichtig dort ab. Der Schein der Schreibtischlampe, die sie anknipste, verlieh dem alten Leder und den angelaufenen Beschlägen einen geheimnisvollen Schimmer.

»Was meinst du?«, fragte sie das Porträt eines Mannes, der ihr aus einem schmucklosen Bilderrahmen entgegenlächelte. »Soll ich mich mal wieder in ein Abenteuer stürzen?«

Ihr Mann war stets der Meinung gewesen, dass sie alle Chancen, die sich ihr boten, nutzen sollte. Und auch jetzt schien er ihr aufmunternd zuzulächeln. Lilly konnte kaum glauben, dass seit seinem Tod schon drei Jahre vergangen waren. Noch immer ertappte sie sich manchmal dabei, wie sie darauf wartete, dass er in den Laden kam, ihr je nach Jahreszeit heißen Kaffee oder Eis vorbeibrachte und dann ihre Neuzugänge bewunderte.

Peter hatte nicht viel Ahnung von Antiquitäten gehabt, aber einen treffsicheren Geschmack. Die Geige hätte ihm ganz sicher gefallen.

Liebevoll strich sie über das Porträt, doch als sie spürte, dass Tränen in ihre Augen schossen, wandte sie sich dem Telefon zu.

Das Gespräch mit Ellen würde sie auf andere Gedanken bringen. Während sie die Nummer wählte, erschien vor ihrem geistigen Auge das Bild einer lebensfrohen blonden Frau Ende dreißig mit strahlend blauen Augen, einer kurzen Nase und einem etwas zu energischen Kinn. Obwohl sie beide im selben Alter waren, hatte Ellen immer reifer und weniger kindlich gewirkt als Lilly selbst. Auch jetzt war das noch so. Ellen, die Starke, Selbstbewusste gegenüber Lilly, der Kindlichen, Zweifelnden. Wahrscheinlich zementierte gerade dieser Gegensatz ihre Freundschaft so sehr.

»Hallo Ellen, hier ist Lilly«, sagte sie, nachdem sich eine rauchig klingende Frauenstimme am anderen Ende der Leitung gemeldet hatte.

»Lilly, du meine Güte!«, rief ihre Freundin aus. »Wie lange haben wir uns nicht mehr gesprochen!«

»Viel zu lange«, entgegnete Lilly, während sie nachrechnete. Mittlerweile war wieder ein Vierteljahr vergangen, seit sie zum letzten Mal telefoniert hatten. Natürlich schrieben sie sich regelmäßig E-Mails, doch das war nur ein dürftiger Ersatz für die langen, innigen Gespräche, die sie früher einmal geführt hatten.

»Das meine ich aber auch!« Ellen ließ ihr typisches glucksendes Lachen hören, dann fragte sie: »Welchem Umstand verdanke ich die Freude deines Anrufs?«

Wahrscheinlich stand Ellen gerade in der Küche, wie Lilly an den zischenden Geräuschen im Hintergrund erkannte. In London war es jetzt kurz vor neunzehn Uhr, die richtige Zeit, das Abendessen zu bereiten. Obwohl Ellen es sich hätte leisten können, beschäftigte sie keine Köchin, sondern bestand darauf, das Abendessen selbst zuzubereiten – jedenfalls, wenn sie zu Hause war.

»Ich hatte heute eine ganz seltsame Begegnung im Laden«, antwortete Lilly und konnte sich nur schwerlich zurückhalten, gleich mit der Geige herauszuplatzen. Aber sie wusste, dass Ellen es geheimnisvoll mochte und enttäuscht wäre, wenn sie ihr einfach nur den trockenen Sachverhalt schildern würde. Außerdem fand sie selbst ja die ganze Sache so unglaublich, dass sie fast schon daran zweifelte, sie überhaupt erlebt zu haben.

Sie berichtete also haarklein von dem Auftauchen des alten Mannes, seinen Worten und dem Geschenk, ungeachtet dessen, dass es ein teures Auslandsgespräch war.

»Er hat dir eine Geige geschenkt?« Ellens Stimme war voller Unglauben.

»Ja, das hat er. Und das Seltsame daran ist, dass er meinte, diese Geige sei für mich bestimmt. Und das, obwohl ich nirgendwo einen Hinweis darauf gefunden habe. Im Futter steckte lediglich ein Notenblatt mit dem Titel ›Moonshine Garden‹.«

»›Mondscheingarten‹, wie hübsch«, entgegnete Ellen. »Und du hast keine Adresse von dem Schenker?«

»Nein, er hat sich mir nicht mal namentlich vorgestellt. Und er war schneller weg, als ich gucken konnte.«

Ellen gab ein missbilligendes Schnalzen von sich. »Das

sollte dir eine Lehre sein. Beim nächsten Mal fragst du besser. Es wäre möglich, dass man dir Diebesware andreht.«

Daran hatte Lilly keinen einzigen Gedanken verschwendet. Es war einer ihrer Grundsätze, nicht nach den Namen der Kunden zu fragen – es sei denn, diese benötigten eine detaillierte Quittung für ihren Verkauf.

Jetzt fuhr es ihr wie heißes Wasser durch die Glieder, und sie schalt sich für ihre Naivität. »Meinst du wirklich, dass sie gestohlen sein könnte?« Misstrauisch blickte sie zu dem Geigenkasten.

»Na, ausgeschlossen ist es nicht«, gab Ellen zurück. »Dagegen spricht allerdings, dass er dir die Geige geschenkt hat und meinte, sie sei deine. Als Dieb würde ich eher versuchen, einen möglichst guten Preis zu erzielen. Und wenn sich der nicht erzielen lässt, würde ich sie aus dem Autofenster werfen.«

»Das würdest du ganz gewiss nicht tun!«, entgegnete Lilly, jetzt wieder etwas beruhigter. Nein, die Geige war nicht gestohlen. Es war eindeutig etwas merkwürdig an ihr, aber Diebesgut war sie nicht.

»Okay, aus dem Fenster werfen würde ich wahrscheinlich kein Musikinstrument, aber ich bin ja auch kein Dieb. Also, wie sieht das Schätzchen denn aus?«

Lilly beschrieb, so gut sie konnte, das Aussehen der Geige, den Schwung der Schnecke, die Länge des Halses, den Sitz der F-Löcher. Außerdem Größe und Farbe. Die Erwähnung der Rose auf dem Rücken hob sie sich bis zuletzt auf. Als sie erzählte, dass sie aussähe, als sei sie mit einem heißen Eisen oder einem Lötkolben in das Holz gebrannt worden, schnappte Ellen entsetzt nach Luft. Hinter ihr schepperte es, wahrscheinlich kochte gerade etwas über.

»Sorry«, entschuldigte sie sich kurz, der Hörer klapperte

auf den Küchentisch, und Lilly wurde nun Zeugin eines saftigen Fluchs, von Schritten und noch anderen Geräuschen.

Nach einer Minute wurde der Hörer wieder aufgenommen, und Ellens Stimme erklang.

»'tschuldige, das Stew wäre beinahe übergekocht.«

Lilly schmunzelte. Ellen war keine besonders gute Hausfrau, ihre Talente lagen deutlich woanders. Das brachte sie aber nicht davon ab, es am Herd immer wieder zu versuchen.

»Und? Was meinst du zu der Rose?«

»Zunächst einmal bin ich geschockt«, antwortete Ellen, dann schien sie sich zu setzen, wie der über den Boden scharrende Stuhl verriet. »Ist diese Zeichnung etwa in den Lack gebrannt worden? Welcher Banause macht so was?«

»Beruhige dich«, entgegnete Lilly, während sie zum Geigenkoffer hinübersah. »Das Brandzeichen ist unter dem Lack. Fast so, als hätte der Geigenbauer das Holzstück erst mal verziert, bevor er es gelackt hat. Beinahe wie eine Signatur.«

»Das wäre dann aber äußerst ungewöhnlich. Geigenbauer bringen ihre Signaturen nicht außen an der Geige an. Das machen heutzutage nur irgendwelche überkandidelten Musiker, die glauben, dass sie durch ihr Können allein schon Götter sind.«

»Aber irgendwie schien unser Geigenbauer aus seiner Geige etwas Besonderes machen zu wollen. Gibt es wirklich keine anderen Geigen mit irgendwelchen Mustern?«

»Doch, natürlich gibt es verzierte Geigen. Allerdings stammen die nicht von großen Meistern. Ich möchte mal sehen, wie Guarneri oder Stradivari reagiert hätten, wenn jemand eine bemalte Geige von ihnen gefordert hätte.«

»Wenn man sie gut dafür bezahlt hätte, hätten sie das sicher getan.«

»Nein, da irrst du dich, meine Liebe. Natürlich fertigten

sie Auftragsarbeiten an, allerdings nicht solche, die ihr Prestige in Gefahr gebracht hätten. Wenn jemand eine mit Rosen verzierte Geige für seine Tochter haben wollte, egal, welche Auswirkungen der Zierrat auf den Klang hatte, konnte er damit rechnen, dass der Meister ablehnt und ihn zu einem weniger guten Kollegen schickt. Bei Stradivari und Co haben nur Instrumente die Werkstatt verlassen, die dem Meister alle Ehre gemacht hätten.«

»Dann kann ich davon ausgehen, dass ich eine völlig wertlose Geige bekommen habe.« Lilly konnte nicht sagen, dass sie darüber enttäuscht gewesen wäre. Eine kostbare Geige einfach zu verschenken, wäre noch verrückter gewesen.

»Dazu muss ich das Baby erst mal sehen. Warum kommst du nicht einfach mal her und lässt mich einen Blick drauf werfen? Und natürlich auch auf das Notenblatt.«

»Meinst du wirklich? Du hast doch sicher viel zu tun.«

»Und ob!«, seufzte Ellen, setzte aber gleich hinzu: »Aber du kommst auf jeden Fall! Es wird mir eine Freude sein, mir deine Geige und dein Notenblatt anzusehen und dich ein wenig durch London zu schleifen. Wir haben uns schon so lange nicht mehr gesehen, und wenn ich ehrlich bin, habe ich in den letzten Wochen ständig nach einem Grund gesucht, dich hierherzulocken.«

»Dann hast du mir diesen alten Kauz mit der Geige geschickt?«

»Nein, ich schwöre, dahinter stecke ich nicht. Aber es ist eine gute Idee fürs nächste Mal. – Also, wann kannst du kommen?«

»Aber mache ich dir nicht zu viel Arbeit? Ich will nicht, dass das Ganze ...«

»Quatsch!«, schnitt Ellen ihr das Wort ab. »Du machst mir nicht zu viel Arbeit, und es wird auch nicht in Stress ausarten, versprochen. Ich habe Abwechslung bitter nötig, außerdem will ich dich unbedingt sehen. Du fehlst mir tierisch, Lilly! Und Dean, Jessi und Norma werden sich auch freuen, dich mal wiederzusehen. Du weißt doch, wie sehr meine Mädchen in dich vernarrt sind.«

»Das weiß ich. Und ich freue mich auf euch alle.«

»Das heißt also, du kommst?«

Lilly jubelte innerlich auf. »Ja, das heißt es. Ich muss nur noch eine Vertretung für meinen Laden finden. Und du musst mir sagen, wann es passt, nicht, dass du da wieder nach New York jetten musst.«

»Keine Bange, es passt. Ich vermute mal, dass hinter deiner Geige eine sehr interessante Geschichte steckt. Oder sogar ein Geheimnis, das wir beide ergründen können. Erinnerst du dich noch an unsere Schatzsuche auf dem Dachboden eures Hauses?«

Lilly lächelte breit in sich hinein. »Ja, daran erinnere ich mich. Nur haben wir leider nie was wirklich Geheimnisvolles gefunden.«

»Dafür aber eine Menge Trödel. Wahrscheinlich hast du dort oben den Grundstein für deine Liebe zu Antiquitäten gelegt.«

Ja, das war durchaus möglich. Schon immer hatten Lilly alte Dinge interessiert. Der Dachboden ihres Elternhauses hatte ihr eine reiche Spielwiese geboten, auf der sie mit Ellen nur zu gern unterwegs gewesen war. Überall alte Kisten und Möbel. Gegenstände, die den Krieg überlebt hatten, unmodern geworden oder ganz einfach vergessen worden waren. Ellen hatte es gefallen, sich hinter den Kisten zu verstecken und sie zu erschrecken. Lilly hingegen hätte sich stundenlang in den Anblick einer geschnitzten Truhe versenken können, denn diese zeigte verschiedene Bilder, deren Bedeutung ihr als Kind nicht aufgegangen war. Mittlerweile wusste sie aber, dass es sich um einen Totentanz gehandelt hatte.

»Und du vielleicht deine Liebe zu alten Instrumenten gefunden«, entgegnete Lilly, die Erinnerung beiseiteschiebend.

Ellen lachte. »Natürlich! Erinnerst du dich an das alte Schifferklavier?«

»Und ob! Du hast grässlich darauf herumgeklimpert.«

»Das mag sein, aber seitdem bin ich von Instrumenten fasziniert, je älter, desto besser.«

Eine kleine Pause entstand, so als würde jede von ihnen Erinnerungen abschütteln müssen, um ins Hier und Jetzt zurückzukehren.

»Okay, ich kann also mit dir rechnen«, begann Ellen schließlich, und Lilly hörte förmlich, wie sie nach ihrem Stew schielte. Mittlerweile war eine halbe Stunde vergangen, und sicher kam Dean bald von der Arbeit heim. Außerdem würde sich Lillys Telefonanbieter über die Kosten freuen …

»Das kannst du. Ich kläre nur noch, wie das mit meinem Laden laufen soll, dann gebe ich dir Bescheid.«

»Bestens! Lass es dir solange gutgehen, hörst du? Und vergiss nicht, mir morgen eine Mail zu schreiben.«

»Versprochen. Grüß Dean und die Mädchen von mir.«

»Mach ich! Bye!«

Damit legten sie auf.

Lilly saß dann für ein paar Minuten einfach nur still da. Die wenigen Augenblicke ihres Telefonats hatten ein Fenster in ihrer Seele geöffnet. Seit ihrer Kinderzeit waren sie und Ellen Freundinnen, nein, beinahe eher so was wie Schwestern, wofür sie oftmals von ihrer Umwelt beneidet wurden. Sie hielten zusammen wie Pech und Schwefel, und wenn sie sich doch mal stritten, dauerte es nicht lange, bis sie sich wieder versöhnten. Als Ellen bei einem Urlaub in England einen jungen

Engländer kennengelernt hatte, war Lilly die Erste gewesen, die erfahren hatte, dass sie über und über in ihn verknallt war. Jahre später dann hatte sie als Trauzeugin in einer kleinen Kirche in London neben Ellen gestanden und bald mehr geweint als die Braut selbst.

Diese Erinnerungsfetzen schafften es stets, ein wenig Sonnenlicht in Lillys Herz zu zaubern. Nicht den vollen Schein, aber doch ein paar Lichtflecken, die durch die Wolken von Peters Tod fielen.

Schließlich erhob sie sich, ging zum Schreibtisch und klappte den Geigenkoffer auf. Der Lichtschein legte sich sanft auf den Firnis der Decke. Ob sie nun was wert war oder nicht, wen kümmerte das? Lilly wollte nur wissen, warum der alte Mann so überzeugt war, dass ihr diese Geige zustand – und warum er sich dann so schnell aus dem Staub gemacht hatte.

Vorsichtig zog sie das Notenblatt hervor und betrachtete es. »Mondscheingarten«, das klang so ungeheuer romantisch! Welchen Garten mochte der Komponist dort wohl verewigt haben? Und wer war er? War das Notenblatt der Schlüssel zur Herkunft der Geige? Und wie stand es mit ihr in Zusammenhang? So viele Fragen ...

Ihr Entschluss stand fest.

3

»Denk dran, den Laden abzuschließen, wenn du eine Pause machst und rausgehst. Die Leute mögen sich sonst vielleicht nicht für Antiquitäten interessieren, aber wenn sie etwas gratis bekommen können, nehmen sie alles gern.«

»Klar doch«, entgegnete Sunny und unterdrückte sichtlich ein Augenrollen. Zu Recht, denn bisher hatte sich die junge Frau als sehr zuverlässig erwiesen. Auch wenn sie nebenbei ihre Hausarbeit für die Universität schrieb, würde sie stets ein Auge auf den Laden haben.

»Wenn jemand herkommt und dir etwas verkaufen will, gib ihm unsere Karte und vertröste ihn auf übernächste Woche. Ich möchte mir die Stücke selbst anschauen.«

»Logo, du hast ja schließlich auch mehr Ahnung davon als ich«, entgegnete Sunny ohne die leiseste Spur von Kränkung.

Dennoch fühlte sich Lilly bemüßigt, hinzuzufügen: »Ich glaube schon, dass du gut einschätzen kannst, welches Stück welchen Wert hat. Aber manchmal gibt es eben Ladenhüter, die man nie im Leben wieder loswird.« Sie deutete auf das Schränkchen, das sie heimlich »das Unverkäufliche« nannte. »Du siehst, dieses Stück dort ist wunderschön, aber aus unerfindlichen Gründen will es niemand. So als hätte es ein schlechtes Karma.«

»Ich finde es wahnsinnig schön«, entfuhr es Sunny, dann presste sie die Lippen zusammen und lächelte verlegen.

»Wenn das so ist, vielleicht sollte ich es dir als Bezahlung fürs Vertreten geben, was meinst du?«

Sunny schüttelte abwehrend den Kopf. »Nee, Lilly, da hätte ich lieber die fünfhundert, die du mir versprochen hast. Den Schrank kannst du mir dann zu meiner Hochzeit schenken.«

»Mit dem Tätowierer nehme ich an?« Lilly zwinkerte ihr zu.

»Mit wem auch immer. Wenn er dann noch da ist, denn ich habe nicht vor, in den nächsten zehn Jahren zu heiraten.«

»Wenn der Schrank in zehn Jahren noch da ist, brauchst du nicht zu heiraten, dann schenke ich ihn dir zum Geburtstag.«

Lilly wusste nicht, wieso, aber auf einmal wurde ihr wieder schmerzlich bewusst, dass sie selbst auch eine Tochter in Sunnys Alter hätte haben können. Nun ja, nicht ganz, denn sie hatte Peter kennengelernt, als sie einundzwanzig war, aber dennoch hätte sie, wenn das Schicksal es besser mit ihr gemeint hätte, eine pubertierende Tochter haben können, die ihr im Laden aushalf und sie über ihren Verlust hinwegtröstete. Manchmal ertappte sie sich dabei, dass sie beinahe mütterliche Gefühle für Sunny hegte. Dann pfiff sie sich rasch zurück, denn sie mochte die Studentin zwar, aber sie wollte ihr nicht all den Seelenmüll aufladen, für den sie sich zweifelsohne nicht interessierte.

Du bist noch jung, sagte sie sich. Jung genug, um einen neuen Mann zu finden. Jung genug, um ein Kind zu bekommen. Doch ihre biologische Uhr tickte, und sie fühlte sich noch immer nicht bereit, sich auf einen anderen Mann einzulassen.

»Na ja, auf jeden Fall bist du ab sofort Herrin dieses Ladens, und ich verlasse mich drauf, dass ich bis auf die verkauften

Sachen alles wiederfinde, wenn ich zurückkehre.« Damit zog Lilly ihre Geldbörse aus der Tasche und reichte ihr einen Hunderter. »Hier, als kleine Anzahlung. Den Rest bekommst du, wenn ich wieder zurück bin.«

»Danke – geht klar.« Sunny ließ den Geldschein in der Tasche ihrer Jeans verschwinden. »Und, bist du schon aufgeregt?«

Lilly blickte zu ihrem Gepäck, das neben der Tür auf sie wartete.

Eigentlich hatte sie nicht vorgehabt, viel mitzunehmen, doch dann hatte sich mehr und mehr »Nötiges« wie Gastgeschenke und andere kleine Dinge angesammelt, so dass nun ein Trolley und eine prall gefüllte Reisetasche auf sie warteten. Und natürlich der Geigenkasten, der sich jeder Verstauung in Koffer oder Tasche widersetzt hatte, als wollte er, dass die Passanten ihn bei Lilly sahen.

»Ja sicher, ich habe meine Freundin schon eine Weile nicht mehr gesehen.«

»Und die Geige nimmst du mit?«

»Ich will meiner Freundin die Geige zur Begutachtung übergeben.«

»Ist sie denn was wert?«

»Keine Ahnung. Auf jeden Fall interessiert es mich, wem sie früher gehört hat. Vielleicht kann ich das in Erfahrung bringen.«

»Das wirst du bestimmt. Und die wird sicher auch nicht zehn Jahre hier herumgammeln, bevor sie jemand kauft!«

Lilly verzichtete darauf, Sunny aufzuklären, dass sie nicht beabsichtigte, diese Geige zu verkaufen. Später, wenn sie wieder zurück war, würde sie ihr vielleicht die Geschichte erzählen – wenn es denn eine gab.

Nachdem sie sich noch einmal umgesehen hatte, als wollte

sie sich das Aussehen ihres Ladens einprägen, schulterte sie ihre Reisetasche, klemmte sich den Geigenkoffer unter den Arm und zog mit der freien Hand den Trolley hinter sich her.

»Mach's gut, Sunny!«

»Du auch, Lilly!«

Noch einmal läutete die Türglocke über ihr, dann trat sie hinaus in die winterliche Kälte.

Lilly fand es erstaunlich, wie schnell einige Dinge manchmal gingen. Gerade eben hatte sie an eine Reise gedacht, jetzt trat sie sie schon an. Gleich am Tag nach dem Telefonat hatte sie an Sunnys Wohnungstür geklingelt. Die Studentin war begeistert gewesen, gleich anfangen zu können, zumal sie einen ruhigen Ort brauchte, um an ihrer Hausarbeit zu feilen.

Alles danach hatte perfekt ineinandergegriffen wie die Zahnräder eines Uhrwerks. Anruf bei Ellen, Buchung des Fluges, Kofferpacken. Ihre Frage nach einem guten Hotel blockte Ellen mit einem herzhaften »Spinnst du? Du wohnst natürlich bei uns!« ab. Und da war sie nun, auf dem Weg nach London. In ein paar Stunden ging ihr Flug.

Mit einem erwartungsvollen Kribbeln in der Magengrube stapfte Lilly in Richtung S-Bahnhof. Der Frost biss ihr in die Wangen, und als wollte ihr das Wetter sagen, dass es richtig war, was sie tat, strahlte die Sonne von Wolken unbehelligt an einem tiefblauen Morgenhimmel. Die Schneeberge, die sich am Straßenrand auftürmten und das Parken beinahe unmöglich machten, glitzerten wie unzählige Brillanten, und auf einmal kamen ihr auch die Mienen der Passanten nicht mehr so mürrisch vor.

Lilly bedauerte es in diesem Augenblick ein wenig, dass sie nur noch so selten verreiste. Gegenüber ihrer Umgebung schob sie ihren Laden vor, doch tief in ihrem Innern wusste sie, dass Peter der Grund war. Die Angst davor, auf der Reise allein zu sein, keinen Anschluss zu finden und dann von Erinnerungen heimgesucht zu werden, die alles verdarben, war so übermächtig, dass sie sich damit begnügte, durch den Botanischen Garten zu wandern, wenn ihr mal die Decke auf den Kopf fiel.

Nach einer Dreiviertelstunde erreichte Lilly den Flughafen Tegel, wo sie sogleich eincheckte. Zwischendurch ging ihr Handy los, ohne dass sie rangehen konnte. Nachdem sie ihr Gepäck aufgegeben hatte und endlich nachsehen konnte, entdeckte sie eine Nachricht von Ellen auf ihrer Mailbox. Darin teilte diese ihr mit, dass Lilly nach ihrer Ankunft am besten gleich zu ihrem Haus fahren sollte, dort hätte sie etwas für sie vorbereitet.

Lilly lächelte in sich hinein, als sie wieder auflegte. Auch wenn sie unter Stress stand, ließ es sich Ellen nicht nehmen, für alles Vorkehrungen zu treffen.

Beim Einsteigen ins Flugzeug erntete sie wegen ihrer Geige einen verwunderten Blick der Flugbegleiterin, doch diese sagte nichts und verlegte sich darauf, unverbindlich zu lächeln. Lilly hatte es nicht übers Herz gebracht, das gute Stück mit dem restlichen Gepäck aufzugeben. Glücklicherweise war es leicht genug, um als Handgepäck durchzugehen.

Beim Versuch, den Kasten in die Gepäckablage zu hieven, scheiterte Lilly aufgrund ihrer eigenen geringen Größe.

»Kann ich Ihnen helfen?«, fragte eine Männerstimme auf Englisch.

Als Lilly den Kopf umwandte, blickte sie zunächst auf eine von einem anthrazitfarbenen Hemd bedeckte Brust, dann hinauf in das Gesicht eines etwa vierzig Jahre alten Mannes, das von lockigem, leicht graumeliertem Haar umgeben wurde.

Ein Typ wie aus der Werbung, schoss es Lilly durch den Sinn. Und obwohl sie eigentlich der Meinung war, das mit dem Geigenkasten irgendwie hinzubekommen, nickte sie und antwortete auf Englisch: »Ja, das wäre sehr freundlich.«

Der Engländer verstaute den Geigenkasten, dann fragte er: »Sind Sie Musikerin?«

Lilly schüttelte den Kopf. »Ich habe das Instrument geschenkt bekommen und möchte es jetzt begutachten lassen.«

»Und Sie selbst spielen nicht?«

Lilly schüttelte den Kopf. »Nein, ich verkaufe Antiquitäten.«

»Was für ein Jammer. Sie würden sicher eine gute Figur auf der Bühne abgeben.«

War das ein Kompliment? Lilly spürte, wie sie rot wurde.

»Ich glaube, man müsste mich auf einen Hocker stellen, damit man mich auf der Bühne sieht«, versuchte sie ihre Verlegenheit zu überspielen. Es war schon so lange her, dass ein Mann mal was Nettes zu ihr gesagt hatte.

Der Fremde lachte herzlich auf. »Da sage noch mal einer, die Deutschen haben keinen Humor!« Er streckte ihr die Hand entgegen. »Ich bin Gabriel Thornton und freue mich schon sehr darauf, den Flug mit Ihnen zu verbringen.«

»Lilly Kaiser«, entgegnete sie ein wenig verlegen und stellte fest, dass Mr Thornton in derselben Sitzreihe seinen Platz hatte wie sie.

Zwischen ihnen war zwar ein Platz frei, doch als der Mann, der eigentlich dort saß, anrückte, gelang es dem Engländer, ihn auf ganz charmante Art dazu zu überreden, mit ihm den Platz zu tauschen. Ein guter Tausch, denn immerhin hatte er einen Fensterplatz anzubieten. Einen Platz, den er aufgab, nur um mit ihr zu reden …

Kurz nachdem sie abgehoben hatten, erfuhr Lilly, dass Mr

Thornton eine Musikschule in London leitete und nebenbei Musikwissenschaften unterrichtete. In Berlin war er wegen einer Serie von Gastvorlesungen, die am Tag zuvor zu Ende gegangen waren. Während er sprach, ertappte sie sich dabei, wie sie sich an seinem Mund, seiner Nase und seinen Augen festguckte. Um es etwas weniger auffällig wirken zu lassen, senkte sie den Blick, doch auch seine Hände waren eine Augenweide. Kräftig, aber dennoch geschmeidig und vor allem sehr gepflegt – die Hände eines Musikers.

»Und wie hat Ihnen Berlin gefallen?«, fragte Lilly, während es in ihrer Magengrube noch immer kribbelte – jetzt allerdings irgendwie anders als am Bahnsteig. Noch immer war sie voller Erwartungen, aber nun kam noch hinzu, dass sie ihren Gesprächspartner äußerst sympathisch fand.

»Eine schöne Stadt. Und schön zu sehen, dass sie nicht mehr von einer Mauer geteilt wird.«

»Das wird sie doch schon seit zwanzig Jahren nicht mehr«, entgegnete Lilly amüsiert. Konnte es sein, dass man im Ausland immer noch erwartete, den Todesstreifen vorzufinden?

»Ob Sie es mir glauben oder nicht, aber mein letzter Besuch hier war 1987, und da gab es die Mauer noch.«

»Sie waren also als Student hier.«

Thornton nickte. »Ja, voller Hoffnungen und Träume. Und voller Neugier auf die deutschen Mädchen.« Als er ihr zuzwinkerte, spürte Lilly, dass ihre Wangen warm wurden. Wurde sie rot? Der Mann war doch nur ihr Sitznachbar. Wahrscheinlich war er verheiratet, hatte eine hübsche Frau und süße Kinder, und sie würde ihn, wenn sie erst mal gelandet waren, niemals wiedersehen.

»Was ist mit Ihnen, sind Sie gebürtige Berlinerin?«, fragte er jetzt.

Lilly schüttelte den Kopf. »Nein, ich stamme ursprünglich aus Hamburg. Nach der Wende bin ich mit meinem Mann nach Berlin gegangen und habe dort ein Geschäft eröffnet.«

»Ihr Mann kann sich sehr glücklich schätzen, so eine reizende Frau abbekommen zu haben.«

Lilly presste die Lippen zusammen.

Es war eigentlich nicht ihre Art, jedem auf die Nase zu binden, was passiert war, aber weil der Mann nett zu sein schien, machte sie eine Ausnahme.

»Er war es – vielleicht.«

Eine nachdenkliche Falte erschien zwischen Thorntons Augenbrauen.

»Er ist gestorben«, mutmaßte er richtig. »Tut mir leid.«

»Es ist jetzt drei Jahre her«, entgegnete Lilly und senkte den Kopf. Dass ihr Mann einen Hirntumor gehabt hatte, sagte sie ihm allerdings nicht.

Thornton presste betroffen die Lippen zusammen, während Lilly versuchte, etwas zu finden, womit sie das Schweigen füllen konnte. Die Stewardess fragte nach ihren Wünschen, worauf Lilly ein Glas Wasser und Thornton Tomatensaft bestellte.

»Wussten Sie eigentlich, dass in Flugzeugen am liebsten Tomatensaft getrunken wird?«, fragte er sie, wobei das Lächeln wieder auf sein Gesicht zurückkehrte. »Und dass selbst Leute Tomatensaft bestellen, die sonst nichts mit dem Getränk am Hut haben?«

Lilly kam nicht umhin, das Lächeln zu erwidern. »Gibt es darüber eine Studie?«

»Nein, das habe ich irgendwo gelesen. Fragen Sie mich aber nicht, wo.«

Er lachte einnehmend und vertrieb damit endgültig die dunkle Wolke, die sich über ihre Köpfe geschoben hatte.

»Was ist mit Ihnen, Ihre Frau wird sich sicher freuen, wenn Sie nach so langer Zeit zurückkehren«, bemerkte Lilly, nachdem die Flugbegleiterin die Getränke vor ihnen abgestellt hatte. Als sie einen verstohlenen Blick zur Seite warf, entdeckte sie in ihrer Sitzreihe noch vier weitere rot gefüllte Gläser.

Ein geheimnisvolles Lächeln huschte um Thorntons Lippen. »Zweifellos – wenn ich denn eine Frau hätte.«

»Sie sind nicht …?« Peinlich berührt brach Lilly ab.

»Nein. Nicht mehr. Wir haben uns freundschaftlich getrennt, und hin und wieder sehen wir uns, das ist alles.«

Wieder folgte Schweigen, über mehrere Minuten, dann begann Thornton wieder: »Sie wollen die Geige also untersuchen lassen?«

»Ja, will ich. Allerdings ist es kein besonders wertvolles Modell, es hat eher … ideellen Wert.«

»Haben Sie es von einem Verwandten bekommen?«

»Eher von einem flüchtigen Bekannten«, gab Lilly zurück. »Ein Mann kam in den Laden und gab sie mir. Einfach so. Dann ist er verschwunden, und ich habe keine Ahnung, wo ich ihn suchen soll. Jetzt will ich wissen, wie ich zu der Ehre komme.«

»Klingt spannend. Wen haben Sie da an der Hand?«

»Ellen Morris. Der Name sagt Ihnen vielleicht nichts, aber …«

»O doch, der Name sagt mir etwas! Sie ist eine der Besten auf dem Gebiet der Restauration. Persönlich hatte ich noch nicht das Vergnügen, sie kennenzulernen, aber ich höre von überall nur Gutes von ihr.«

Das wird Ellen freuen, dachte Lilly. Wenn er es denn ernst meint. Aber in seiner Stimme hatte sie keinerlei Ironie ausmachen können.

»Wie sind Sie an sie gekommen? Ich meine, in Deutschland gibt es sicher auch Experten auf diesem Gebiet.«

»Wir sind Freundinnen seit der Schulzeit. Sie ist eigentlich Deutsche, hat aber einen Engländer geheiratet, und dank ihres Vornamens wird sie jederzeit für eine Einheimische gehalten.«

Thornton zog überrascht die Augenbrauen hoch. »So? Also das wusste bisher bestimmt niemand. Vielen Dank für diese Info, vielleicht ist sie mal zu was nütze.«

»Meinen Sie?« Lilly verzog ihr Gesicht. »Ich glaube kaum, dass sie sich dadurch bewegen lässt, weniger für ihre Dienste zu nehmen.«

»Aber ich habe ein Gesprächsthema, wenn ich sie sehe. Ich frage sie einfach danach, wie es ihrer reizenden Freundin geht, und komme dann von einem aufs andere.«

Die Durchsage des Flugkapitäns, dass sie in Kürze in Heathrow landen würden, beendete ihr Gespräch. Sitzgurte wurden angelegt, Flugbegleiterinnen huschten noch einmal durch den Gang, dann wurde zur Landung angesetzt.

Schade, dachte Lilly. Diesen Mann hätte ich bei einem Langstreckenflug kennenlernen müssen. Sie war sicher, dass sie sich noch allerhand erzählen könnten.

Doch dafür reichte die Zeit nicht aus, und als sie sich beim Aussteigen schließlich verabschiedeten und sich dann beim Warten auf das Gepäck aus den Augen verloren, war sie beinahe ein wenig traurig.

4

Lilly hielt es für ein gutes Omen, dass London sie nicht klischeehaft mit düsteren Wolken und Regen empfing. Der Himmel über dem Flughafen war so blau wie auf einer Postkarte, und nur vereinzelt zeigte sich ein Federwölkchen. Es schien fast, als sei ihr das gute Wetter aus Berlin gefolgt.

Ellen hatte ihr zwar angeboten, sie vom Flughafen abzuholen, doch das hatte Lilly abgelehnt. Sie wusste nur zu gut, wie eingespannt ihre Freundin in ihre Arbeit war. Nachdem sie kurz überlegt hatte, ob sich ein Leihwagen lohnen würde, entschied sie sich für ein Taxi. Der Fahrer war etwa um die fünfzig und Schotte, wie man unschwer an seinem Akzent hörte. Mit seiner etwas ausgebeulten Tweedjacke, den Cordhosen und der Schirmmütze auf dem Kopf wirkte er wie der typische Pubbesucher aus englischen Fernsehserien.

»Sind Sie Musikerin?«, fragte er, kurz nachdem sie Heathrow hinter sich gelassen hatten, und deutete mit dem Kinn auf den Geigenkasten, der auf ihrem Schoß lag.

»Nein, ich handle mit Antiquitäten.« Lilly fragte sich im Stillen, wie oft sie diesen Umstand noch erklären musste.

»Dann spielen Sie hobbymäßig?«, bohrte der Taxifahrer weiter. »Mein Sohn schickt seine Kleine auf eine Musikschule in Belgravia, er bildet sich ein, dass sie eines Tages eine Stargeigerin wird.« Der Mann schnaufte verächtlich.

»Spielt Ihre Enkelin nicht gut?«

»Doch, klar tut sie das – für eine Siebenjährige. Ich bin aber der Meinung, dass die Kleine rausgehen und was mit anderen Kindern ihres Alters unternehmen sollte.«

Lilly schwieg nachdenklich. Natürlich hatte der Mann recht, wurde das Mädchen zum Geigespielen gezwungen, würde sie wahrscheinlich darunter leiden und das Instrument abstoßen, sobald ihr die Pubertät genügend Rebellion einimpfte. Doch vielleicht mochte sie es ja auch. Es gab sehr viele Künstler, die schon mit so jungen Jahren wussten, was sie machen wollten. Und denen es egal war, ob sie für normal gehalten wurden oder nicht. Nicht alle Kinder liebten es, durch den Matsch zu turnen und auf Bäume zu klettern.

»Vielleicht wird sie ja wirklich eine Stargeigerin«, entgegnete sie schließlich. »Und wenn sie das nicht werden will, wird sie früh genug aufhören, glauben Sie mir.«

Als das Gespräch mit dem Taxifahrer erstarb, richteten sich Lillys Gedanken wieder auf Mr Thornton.

Erst jetzt fiel ihr auf, dass er irgendwas an sich hatte, das sie an Peter erinnerte. Äußerlich waren beide vollkommen unterschiedlich – Peter war blond und blauäugig gewesen, Thornton war dunkel in Haar- und Augenfarbe –, aber in der Wesensart des Engländers entdeckte sie im Nachhinein ein paar Gemeinsamkeiten. In der Art, wie er sprach oder sie lächelnd ansah ...

»Meine Güte ist das ein Kasten!« Der Fahrer stieß einen bewundernden Pfiff aus, der Lilly aus ihren Gedanken riss. Als sie aufblickte, erkannte sie vor sich das Haus ihrer Freundin.

»Wollen Sie wirklich dorthin?«

»Ja, da wohnt meine Freundin«, erklärte Lilly und spürte, dass plötzlich ein warmes Gefühl ihren Körper flutete. Auf einmal hatte sie wieder den Duft eines der Weihnachtsfeste in der Nase, die sie mit Ellen und ihrer Familie hier verbracht hatte. Das gesamte Haus hatte nach gerösteten Mandeln, Zuckerzeug, Rosinen und Plumpudding gerochen.

Vor dem hohen Eisentor, das wohl noch aus elisabethanischer Zeit stammte, blieb das Taxi stehen. Lilly bezahlte den Fahrer, der ihr daraufhin noch den Koffer und die Tasche aus dem Kofferraum hievte und dann davonbrauste. Das Funkgerät, das sich bereits unterwegs mit einem ungeduldigen Rauschen gemeldet hatte, untersagte ihm, den Anblick des Anwesens auch nur einen Moment länger als nötig zu genießen.

Doch Lilly nahm er sofort gefangen. Wie verzaubert spähte sie durch die Gitterstäbe. Und gleichzeitig versetzte ihr der Neid einen mehr als kleinen Stich. Schon immer hatte ihre Freundin das Glück angezogen. Nicht nur, dass sie ihren Traumberuf ausübte, sie hatte einen wunderbaren Mann, zwei reizende Töchter und dieses Haus. Wobei die Bezeichnung Haus eindeutig untertrieben war, denn das hier war ein echter englischer Landsitz.

Das von Frost überzuckerte Wohnhaus verfügte über zahlreiche Giebel, Türmchen und Schornsteine, in den altertümlich belassenen Fenstern spiegelte sich der blaue Winterhimmel.

Ellen und ihr Mann Dean hatten das Haus vor etwa zehn Jahren einem englischen Geschäftsmann mit adeligen Wurzeln abgekauft. Damals war es ziemlich heruntergekommen gewesen, der Geschäftsmann hatte sich kaum darum kümmern können und war froh gewesen, den »Kasten« los zu sein.

Dean, dem ein großes Bauunternehmen in London gehörte, hatte innerhalb eines halben Jahres aus dem Schandfleck ein Kleinod gemacht, das trotz aller Modernisierung immer noch imstande war, den Besucher in Tudorzeiten zurückzuführen.

Lilly bedauerte auf einmal, dass sie seit Peters Tod nicht mehr oft hier gewesen war. Dean und Peter hatten sich hervorragend verstanden. Wahrscheinlich hatte sie sich davor gefürchtet, dass Dean und auch Ellen sie mit zu viel Mitleid überschütten könnten. Aber die Zeiten waren vorbei, und Lilly spürte bereits jetzt, dass der Besuch diesmal etwas in ihr ändern würde, also drückte sie den Knopf der Gegensprechanlage.

Als Antwort auf ihr Klingeln ertönte bedrohlich tiefes Bellen. Wenig später kamen zwei Rottweiler angerannt. Die beiden massigen Tiere drängten sich auf dem schmalen Kieselweg gegenseitig beiseite und zeigten ihre gefährlich gebleckten Gebisse. Als sie Lilly jedoch erkannten, entspannten sie sich, sprangen am Gitter hoch und hechelten ihr ihren heißen Atem entgegen.

Weniger bedrohlich wirkten sie dadurch nicht, aber Lilly, die vorsorglich ein Stück vorm Tor zurückgewichen war, wusste, dass sie eigentlich nur auf Zuruf bissen. Eigentlich.

»Ja, hallo?«, meldete sich nach einem lauten Knacken eine Kinderstimme, die Lilly sofort wiedererkannte, obwohl sie seit ihrem letzten Besuch ein wenig gereift war.

»Norma? Ich bin's, Tante Lilly.«

»Hi!«, antwortete die Stimme freudig. »Warte, ich mach auf.«

Lilly hörte, wie das Tor aufschnappte, warf dann den Hunden einen skeptischen Blick zu. Wie hießen die beiden noch mal? Skippy und Dotty?

Lilly entschied sich, sie nicht anzusprechen, während sie vorsichtig das Tor aufschob.

Da ertönte ein schriller Pfiff. »He, ihr beiden, werdet ihr wohl die Lady in Ruhe lassen?«

Rufus, der Gärtner, winkte ihr zu. Lilly atmete erleichtert durch. Die Hunde hörten auf ihn. Nachdem sie noch einmal in ihre Richtung geblickt hatten, stürmten sie mit langen Sprüngen zu ihm.

Als sie näher kam, sah sie, dass er gerade ein paar Äste zusammengetragen hatte, um sie zu schreddern.

»Hallo, Mr Devon!«, grüßte Lilly den Gärtner, der etwas aus seiner Tasche zog und dann von sich schleuderte. Mit Erfolg, denn die Hunde hasteten dem Gegenstand, der wohl ein kleiner Ball war, hinterher.

»Hallo, Mrs Kaiser«, entgegnete er und wischte sich rasch die Hand an seiner Arbeitshose ab, bevor er sie Lilly reichte. »Mrs Morris hat mich schon vorgewarnt, dass Sie kommen. Ich habe ja gehofft, vorher schon alles fertig zu haben, leider halten mich die beiden Lauser dahinten immer wieder ab.«

Rufus Devon war ein Witzbold – und ein Hundenarr. Irgendwie schaffte er es, dass selbst die scheuesten oder rauflustigsten Hunde ihn mochten. Vielleicht lag das daran, dass er aus einer Familie von Hundezüchtern stammte, denen die Vierbeiner im Blut lagen.

»Ich glaube, selbst David Copperfield könnte keine Veilchen aus dem Schnee zaubern«, entgegnete Lilly. »Dass Sie herkommen und sich auch jetzt um den Garten kümmern, ist schon sehr viel, die eigentliche Saison beginnt doch erst in ein paar Monaten.«

»Stimmt, aber bis dahin will ich alles fertig haben. Soll doch wieder schön aussehen, der Park.«

»Das wird er, da bin ich sicher!«

Nachdem sich Lilly von Mr Devon verabschiedet hatte, wandte sie sich dem Haus zu. Dabei versuchte sie, möglichst bewusst einzuatmen, denn die Luft war völlig anders als in Berlin. Sie roch nach Holzspänen und Humus, nach faulenden Blättern und schmutzigem Schnee. Nach Tannennadeln, alten Balken, nach Schilfrohr und Teich.

Hinter Lilly begann nun der Schredder zu rattern, ein Geräusch, das ihr eine Gänschaut über den Rücken jagte. Es wurde Zeit, dass sie ins Haus kam. Bei aller Sympathie zu Rufus Devon war sie geradezu allergisch gegen Lärm und froh, dass es ein wenig leiser wurde, als sie endlich vor der Treppe stand, die zur Eingangstür hinaufführte.

Wieder fühlte sie so etwas wie Neid, als sie zu den beiden kleinen Türmchen an der Vorderfront aufschaute. Ob Königin Elisabeth I. bei ihren Jagden hier Rast gemacht hatte? Die längst vergangene Zeit war noch immer spürbar.

Viel Zeit zum Nachdenken über früher hatte Lilly jedoch nicht, denn kaum war sie zwei Stufen hinauf, flog auch schon die Haustür auf. Ellens Töchter stürmten ihr entgegen, als sei sie der Weihnachtsmann, und umarmten sie so ungestüm, dass sie aufpassen musste, nicht von der Treppe zu fallen.

»Tante Lilly!«, riefen sie wie aus einem Munde, und spätestens, als sie sie umarmten und Lilly vom Gewicht der beiden ein Stück nach hinten geworfen wurde, wusste sie, dass die Mädchen wieder größer geworden waren. Allerdings verkniff sie sich diese Phrase, die sie auch schon an ihren Tanten gehasst hatte.

»Schön, euch zu sehen!«, sagte sie auf Englisch, obwohl sie wusste, dass die beiden dank Ellen auch sehr gut Deutsch sprachen.

»Schön, dich zu sehen, Tante!«, erwiderte Jessi höflich auf Deutsch, worüber Lilly lächeln musste. »Mum hat gesagt, dass wir dich zu deinem Zimmer bringen sollen, sobald du da bist.«

»Ja, du sollst dich erst mal ein bisschen ausruhen«, setzte Norma hinzu.

»Aber ich habe doch die ganze Zeit über gesessen und bin nicht durch den Ärmelkanal geschwommen.«

Die beiden Mädchen kicherten über den Witz, dann wandten sie sich um und liefen voran.

Während sie Jessi und Norma durchs Haus folgte, fielen Lilly hier und da ein paar neue Möbelstücke auf, die bei ihrem letzten Besuch noch nicht da gewesen waren. Der Zuckerstangengeruch des längst vergangenen Weihnachtsfestes war allerdings fort, stattdessen schwebte eine nach Kleber riechende Wolke in dem Gang. Vermutlich hatte eines der Mädchen gerade über den Hausaufgaben gesessen.

Wie die beiden Mädchen schließlich durch den Gang zu ihrem Zimmer liefen, erinnerten sie Lilly an Ellen und sich selbst. Auch sie waren mit ausholenden Schritten durch die Gänge ihres Elternhauses gelaufen – nur dass sie keine Geschwister waren. Ellen war mit ihren langen Beinen immer ein Stück voraus gewesen, was Lilly nur dadurch wettmachen konnte, dass sie ihr hinterherrannte.

»Mum hat gesagt, dass wir dich nicht ausfragen sollen«, erklärte Jessi, die Älteste, die mit ihren elf Jahren schon fast genauso groß war wie Lilly selbst.

»Das ist aber eine komische Regel«, entgegnete Lilly. »Ich bin doch hier, um ausgefragt zu werden. Aber ich fürchte, ich kann euch nicht helfen, wenn ihr wissen wollt, welche Band in Berlin gerade besonders angesagt ist.«

»Mummy hat erzählt, dass du eine Geige hast«, meldete sich Norma zu Wort, als hätten Bands und Klamotten noch keine Bedeutung für sie. »Darf ich die mal sehen?«

»Klar, ich zeige sie dir nachher. Lass mich erst mal auspacken.«

Vor einer geschnitzten Tür, die als eine der wenigen noch im Originalzustand erhalten geblieben war, machten die Mädchen halt. Lillys Herz pochte vor Vorfreude. Das war das Zimmer, in dem sie immer übernachtete, wenn sie hier war. So stark, wie es sie an das Haus ihrer Großmutter erinnerte, gab es ihr jetzt irgendwie das Gefühl, an einen Ort der Kindheit zurückzukehren. Das alte hohe Bett, die groben Balken, die alten Möbel ...

Als die beiden Mädchen die Tür aufzogen, stellte Lilly fest, dass sich kaum etwas verändert hatte. Das Bett war immer noch der wuchtige Klotz aus ihrer Erinnerung, auch der antike Kleiderschrank, der aus dem Schlafzimmer von Deans verstorbenen Eltern stammte, war immer noch da. Über allem wachte ein alter Hirschkopf, »Heinrich«, wie ihn Lilly spöttisch nach einem Kinderbuch nannte, das sie ein paar Jahre vor dem Mauerfall in Ostberlin gekauft hatte. Als sie diesem ausgestopften Ungetüm zum ersten Mal gegenübergestanden war, hatte sie sich noch davor gegruselt. Mittlerweile jagte ihr der Anblick kaum noch Schrecken ein. Er war eben ein Teil dieses Zimmers wie die Sockeltäfelung oder die rotseidene Tapete, die von einem Spezialisten aus Oxford restauriert worden war.

Neu war allerdings die große längliche Schachtel, die auf dem Bett lag.

»Das ist ein Geschenk von Mummy!«, erklärte Jessi so stolz, als hätte sie es persönlich ausgesucht. »Sie hat es gestern mitgebracht und uns verboten, reinzuschauen.«

»Dürfen wir jetzt reinschauen?«, fragte Norma sofort.

»Das dürft ihr. Aber lasst mich erst mal meine Sachen abstellen.« Lilly stellte ihren Koffer vor dem Schrank ab, neugierig beobachtet von den Mädchen, die erwartungsvoll neben dem Bett standen. Lilly musste schmunzeln. Kaum vorstellbar, dass sich die beiden an die Weisung ihrer Mutter hielten.

Wahrscheinlich hätten sie und auch Ellen nachgesehen, sobald ihre Mütter ihnen den Rücken zugedreht hätten. Oder blufften die beiden nur?

Wie auch immer, Lilly wandte sich der Schachtel zu und öffnete sie dann bedächtig. Kurz darauf stockte ihr der Atem. Inmitten von lindgrünem, mit Blättermuster verziertem Seidenpapier lag ein flaschengrünes Kleid – genau die Farbe, die am besten zum Rotton ihres Haars passte.

»Oh, das sieht aber schön aus!«, staunte Norma, und Jessi fragte: »Darf ich das auch mal anprobieren?«

Lilly wusste zunächst nicht, was sie sagen sollte. Sonst hielt sie ihre Kleidung eher schlicht; mehr als eine Jeans und eine Bluse, im Winter einen schwarzen Rollkragenpullover und manchmal auch einen Hosenanzug, wenn es zu irgendwelchen Messen ging, brauchte sie nicht. Am wohlsten fühlte sie sich in Jeans und Shirt.

Das Kleid, das jetzt im Nachmittagslicht glänzte, toppte alles, was sie in ihrem Kleiderschrank hatte. In einem ganz normalen Pub oder auf der Straße wäre sie damit rettungslos overdressed.

»Gefällt es dir nicht?«, fragte Jessi, als wollte sie sich das Kleid, das vollkommen unpassend für eine Elfjährige war, unter den Nagel reißen.

»Doch, es ist …« Wahnsinnig teuer, dachte Lilly, fügte dann aber rasch hinzu: »Es ist wunderschön!«

Vorsichtig ließ sie ihre Hand über den Stoff gleiten. So weich, wie er aussah, fühlte er sich auch an. Damit könnte sie sich getrost im Buckingham Palace sehen lassen. Oder in Ascot. Und keine Frage, Ellen hatte es durchaus drauf, sie an solche Orte zu bringen. Nun, vielleicht nicht in den Palast, auch für Pferderennen war es zu früh, aber wer weiß, was sie plante?

»Wenn ich groß bin, will ich auch so eins!«, tönte Norma und klatschte in die Hände. »Oder leihst du mir deins, Tante Lilly?«

»Bis du so alt bist, dass du so was tragen kannst, hat sich die Mode bestimmt wieder geändert«, entgegnete Lilly, gönnte sich noch einen Blick und legte den Deckel wieder auf die Schachtel.

Die beiden Mädchen sahen sich an, dann fragte Jessi: »Sollen wir dir was zu trinken bringen, Tante Lilly?«

Ganz die perfekten Gastgeberinnen.

»Danke, das ist lieb von euch, aber erst einmal möchte ich euch etwas geben.«

Sie ging zum Koffer und reichte ihnen wenig später ihre Geschenke. In einem netten kleinen Laden hatte sie von Hand bedruckte Shirts und Taschen gefunden. Die Verkäuferin hatte ihr versichert, dass die Jugendlichen momentan total darauf abfuhren.

»Was ist da drin?«, fragte Norma, während sie das Päckchen befühlte.

»Berliner Luft«, antwortete Lilly lachend. »Packt es am besten gleich aus – und vor allem, probiert es an.«

Die Mädchen schienen mit Lillys Vorschlag einverstanden zu sein, denn sie verschwanden mit ihrer Beute in ihre Zimmer. Wieder musste Lilly an sich selbst und Ellen denken. Die Weihnachtsgeschenke, die sie von Ellens Pflegemutter bekamen, hatten sie immer gemeinsam ausgepackt. Wahrscheinlich taten das ihre Kinder jetzt auch. Ungewöhnliche Kinder, dachte Lilly, während sie die Schachtel beiseiteräumte und den Koffer auf die Bettdecke – ein handgearbeiteter Quilt mit dunkelroten Rosen – fallen ließ. So höflich, wie man sie in Berlin kaum noch findet.

Während sie ihr Gepäck auf die Fächer des Kleiderschrankes verteilte, dachte Lilly darüber nach, was Peter wohl zu dem Kleid gesagt hätte. Er hatte es nicht gern gesehen, wenn Ellen ihr wertvolle Geschenke machte, doch Ellen hatte ihn immer wieder davon überzeugt, dass sie keine Gegenleistung erwartete.

»Lilly und ich kennen uns schon wesentlich länger als ihr beide«, hatte sie dann immer gesagt. Ihrem Charme hatte Peter letztlich nicht widerstehen können.

Und sicher hätte ich ihm in dem Kleid gefallen, dachte Lilly, wenngleich sie noch immer keine Ahnung hatte, wann sie es tragen sollte.

Das Brummen eines Motors und das Knirschen des Schotters unter heranrollenden Rädern riss Lilly aus ihren Gedanken. Das musste Ellen sein!

Als sie ans Fenster trat und den schweren Vorhang beiseiteschob, bestätigte sich ihre Vermutung.

Lächelnd beobachtete Lilly, wie Ellen ausstieg, zum Kofferraum eilte und zwei prall gefüllte Einkaufstüten hervorzog. Damit bepackt, erklomm sie die Treppe und verschwand im Hauseingang.

Sicher würden Jessi und Norma ihrer Mutter sofort berichten, dass sie angekommen war.

Lilly löste sich vom Fenster und verließ mit dem Geschenk für Ellen ihr Zimmer. Schon im Gang hörte sie, dass Ellen in der Küche werkelte. Offenbar war sie so früh zurück, weil sie sie – wie immer bei ihren Besuchen – bekochen wollte.

»Hi, Ellen!«

Ihre Freundin schrak zusammen und hätte beinahe das Päckchen mit dem Fleisch fallen gelassen, das sie gerade in den Kühlschrank legen wollte.

»Lilly, du bist wach? Ich dachte, du legst dich nach dem Flug erst mal ein bisschen hin.«

»Wieso sollte ich?«, entgegnete Lilly lächelnd. »Ich komme doch nicht aus Singapur. Und ich bin viel zu aufgewühlt, um zu schlafen, denn eigentlich müsste ich ja mit dir schimpfen ...«
Lange konnte sie ihre vorwurfsvolle Miene nicht halten. Mit einem breiten Lächeln umarmte sie ihre Freundin.
»Ah, du hast es gefunden«, entgegnete Ellen, während sie Lilly fest an sich drückte. »Sag bloß, es gefällt dir nicht.«
»Natürlich gefällt es mir! Aber es muss doch wahnsinnig teuer gewesen sein? Und wo bitte schön soll ich das tragen?«
Ellen ließ sie wieder los. Auf ihrem Gesicht lag ein breites Grinsen. »Na, denkst du denn, ich lasse es mir nehmen, meine Freundin, die ich mittlerweile nur ein- bis zweimal im Jahr sehe, ins Ritz einzuladen? Oder wir können auch in einen dieser sündhaft teuren, neu eröffneten Läden gehen. Es gibt so einige stylische Restaurants hier, in denen du gute Chancen hast, mal ein paar Schauspieler zu sehen.«
Wollte sie das? Im Moment, so merkwürdig es ihr auch vorkam, wollte Lilly nur den Mann aus dem Flugzeug wiedersehen. Egal ob in einem Pub oder in einem schicken Restaurant.
»Dagegen komme ich mir mit meinen Gastgeschenken regelrecht lumpig vor.« Lilly reichte ihr die Schachtel, die sie in das mit echten gepressten Blüten verzierte Papier eingeschlagen hatte, das sie vor Jahren von einem Ausflug in die Berge mitgebracht hatte.
Ellen schüttelte den Kopf, als sie den Karton zum Tisch trug. »Es gibt kein lumpig bei mir, das weißt du doch. Was hast du denn für mich?« Ellens Tonfall erinnerte an die Vierzehnjährige, die sie einst gewesen war.
Lilly hatte lange überlegt, was ihrer Freundin gefallen könnte. Etwas aus ihrem eigenen Laden zu nehmen, war ihr schäbig erschienen, also hatte sie sich zu der Konkurrenz be-

geben und einen silbernen Kerzenleuchter erstanden, der gut zu dem langen Tisch im Esszimmer passte.

Jetzt zweifelte sie ein wenig, ob er ihr gefallen würde, doch als Ellen das Päckchen öffnete, huschte ein ehrliches Lächeln über ihr Gesicht. »Der ist wunderschön. Ist der aus deinem Laden?«

»Nein, von der Konkurrenz in Mitte. Dort hat ein wunderbares Geschäft eröffnet. Da wundert's mich nicht, dass die Kunden bei mir ausbleiben.«

Eine schwache Sorgenfalte erschien zwischen Ellens Augenbrauen. »Geht dein Laden nicht gut?«

Lilly winkte ab. »Nur eine momentane Flaute. Ist meist nach Weihnachten so. Das gibt sich spätestens dann wieder, wenn die Touristen kommen. Ich habe schon überlegt, haufenweise Kuckucksuhren zu ordern, auf die fahren besonders die Japaner richtig ab.«

»Klar, ist ja auch typisch berlinerisch.« Ellen lachte auf, dann schloss sie ihre Freundin in die Arme. »Du hast mir so sehr gefehlt. Das nächste Mal bleibst du mir aber kein halbes Jahr weg, okay?«

»Ich werde sehen, was sich machen lässt. Wenn der Laden brummt, kann ich Sunny unmöglich allein lassen.«

»Hilft sie dir immer noch aus?«

»Ja, gerade wieder. Schade nur, dass sie andere Ambitionen hat, eigentlich wäre sie die geborene Antiquitätenhändlerin.« Ellen kannte Sunny von ihrem letzten Besuch bei Lilly. Damals war Sommer gewesen, und die Kunden hatten ihr dermaßen die Tür eingelaufen, dass sie es allein nicht geschafft hätte. Ohne Sunny wäre sie aufgeschmissen gewesen. Und dank ihr hatte sie Ellens Überraschungsbesuch auch ein bisschen genießen können.

»Dann versuch doch, sie zu überzeugen. Für Geisteswissenschaftler sieht es bei euch sicher nicht rosiger aus als bei uns. So hätte sie wenigstens einen Job.«

Lilly nickte. »Ich versuche es. Wenn die Geschäfte wieder besser werden, wollte ich ohnehin eine Aushilfe einstellen. Damit ich dich besuchen kann.«

»Und nicht zu vergessen, die weite Welt sehen.«

Lilly senkte traurig den Kopf. »Ja, die weite Welt ... Wenn Peter noch leben würde ...« Sie stockte in der Annahme, dass das das Letzte war, was ihre Freundin hören wollte. Doch Ellen legte ihr mitfühlend den Arm um die Schultern.

»Lass uns ein wenig spazieren gehen, bevor die Sonne ganz verschwindet.«

5

Das Knirschen der Kiesel unter ihren Stiefeln erschien Lilly überlaut in der winterlichen Stille. Rufus Devon war inzwischen mit seinen Schredderarbeiten fertig, weder von ihm noch von den Hunden war etwas zu sehen. Während sich der Himmel langsam violett färbte und die Kälte zunahm, fuhr lediglich ein leises Raunen durch die unbelaubten Äste über ihnen, und der Wind trug ferne Krähenrufe an ihr Ohr.

Seit sie die Küche verlassen hatten, hatten sie nicht ein Wort gesprochen.

Peters Tod hatte Ellen damals fast genauso erschüttert – als hätte sie einen Bruder verloren. Immer, wenn er zur Sprache kam, verfiel sie in Schweigen, das einige Minuten andauern konnte. Fast so, als würde seine Erwähnung Bilder in ihrem Kopf auslösen, die sie sich unbedingt ohne jegliche Störung ansehen wollte.

Lilly bedauerte fast ein bisschen, dass sie es angesprochen hatte. Ja, natürlich verfiel sie hin und wieder in Schwermut, besonders, wenn die Rede vom Reisen war. Doch es war nicht mehr so, dass sie nicht darüber reden konnte.

Da ihre Freundin nichts sagte und die Minuten zum Erinnern brauchte, schwieg Lilly ebenfalls und betrachtete sie stattdessen.

Ellen sah man beim besten Willen ihr wahres Alter nicht

an. Dafür aber ihren Erfolg. Das Selbstbewusstsein, um das Lilly sie heftig beneidete, strömte nahezu aus ihren Poren. Wie so oft drängte sich ihr der Gedanke auf, dass das Schicksal das Bedürfnis gehabt hatte, ihre Freundin für alles, was sie in jungen Jahren erlitten hatte, zu entschädigen.

Als Ellen, die damals noch Ellen Pauly hieß, drei Jahre alt gewesen war, kamen ihre Mutter und ihr Bruder bei einem Autounfall ums Leben. Ihren Vater hatte sie nie kennengelernt, denn ihre Mutter hatte seinen Namen nicht mal ihren Eltern verraten und das Geheimnis mit ins Grab genommen. Wahrscheinlich wusste der Mann selbst nicht mal, dass er eine Tochter hatte.

Ellen wurde zunächst bei ihren Großeltern untergebracht, doch diese waren schon bald zu alt und zu krank, um sich um ihre Enkelin zu kümmern.

Dass Ellen in eine Pflegefamilie kam, erwies sich als großes Glück – für Ellen und auch für Lilly, denn nur deshalb lernten die beiden sich in der dritten Klasse kennen.

Wenn Ellen von ihrer Pflegemutter sprach, nannte sie sie Mama, obwohl sie wusste, dass sie eine andere Mutter gehabt hatte. Mehr als ein verblasstes Bild in ihrer Erinnerung waren Miriam Pauly und ihr Bruder Martin für Ellen ohnehin nicht, und wie es ihre Art war, schenkte sie demjenigen ihre uneingeschränkte Zuneigung, der für sie da war und bei dem sie ein Gefühl der Geborgenheit verspürte.

Wahrscheinlich war das der Grund gewesen, warum ihre Freundschaft so beständig war. Mittlerweile mochte Lilly diejenige sein, die ein wenig schutzbedürftig wirkte, doch früher war sie es gewesen, die Ellen aus Schwierigkeiten rausgehauen und vor Stänkerern beschützt hatte.

Und da war auch noch das tiefe Gefühl von Seelenverwandtschaft, das Lilly auch jetzt wieder ganz deutlich spürte, wo sie neben ihrer Freundin über den Kiesweg ums Haus schritt.

»Was denkst du gerade?«, fragte Ellen, die mitbekommen hatte, dass Lilly sie beobachtete.

»Ich denke daran, dass du wirklich sehr viel Glück in deinem Leben hast. Du hast Dean, die Kinder … das Haus …«

Ellen legte den Arm um sie. »Etwas Ähnliches wirst du auch bald haben, das verspreche ich dir. Eines Tages wird ein Prinz erscheinen und dich aus deinem heißgeliebten Laden entführen. Und mit dir durch die ganze Welt reisen.«

»Ja, vielleicht«, entgegnete Lilly ein wenig bitter.

»Vielleicht? Du musst fest daran glauben, dass es geschehen wird!« Ellen zog sie fest an ihre Seite. »Wie soll was daraus werden, wenn du immer daran zweifelst?«

»Ich bin eben ein Mensch, der gern die Lösung vor Augen hat. Der weiß, wo es langgeht.«

»Das weiß man im Leben manchmal aber nicht. Du kannst um eine Kurve biegen, und schon wartet dort etwas Wunderbares auf dich.«

Oder etwas Furchtbares, ging es Lilly durch den Sinn. So war es jedenfalls bei Peter gewesen. Wenn er vorher Beschwerden gehabt hatte, hatte er sie ihr verschwiegen. Bis – für Lilly wie aus heiterem Himmel – die Diagnose kam.

»Wenn man es genau nimmt, gibt es wohl keinen Menschen, der kein Kreuz zu tragen hat«, setzte Ellen nach kurzer Gedankenpause hinzu. »Natürlich ist die Last des einen vielleicht etwas schwerer als die des anderen, aber Probleme haben alle. Du müsstest mich mal über die Firma fluchen hören! Und manchmal auch über Dean, wenn der was angestellt hat. Wichtig ist, dass man bei allem Mist, der einem begegnet, den Mut nicht verliert und einen Weg findet, sich von den schlechten Dingen zu befreien.«

»Ich wünschte, das könnte ich«, entgegnete Lilly ein wenig niedergeschlagen. »Es ist schon eine Weile her, aber ich ertappe mich manchmal immer noch dabei, dass ich abends auf Peter warte. Dass ich mit ihm spreche.«

»Das ist doch ganz natürlich! Und ich wäre sehr unsensibel, wenn ich dir raten würde, das seinzulassen. Aber vielleicht solltest du wirklich mehr rauskommen und Leute kennenlernen. Dass du zu mir kommst, ist ja schon mal ein Schritt, aber in Berlin gibt es sicher doch auch schöne Orte.«

»Ja sicher, aber ...« Lilly presste die Lippen zusammen. Ellen hatte recht. Aber wenn sie unterwegs war, wollte bei ihr der Spaß nicht so recht aufkommen. Das war früher einmal anders gewesen.

»Was aber?«, hakte Ellen nach.

»Aber es fühlt sich alles so falsch an ohne ihn. In Parks sehe ich glückliche Paare, und es zerreißt mich fast zu sehen, wie sie sich in den Armen halten und küssen. Ich sehe Familien und sage mir, das hätten wir sein können.«

Ellen schwieg einen Moment nachdenklich. Lilly vernahm das Krächzen eines Raben und das leise Geräusch seiner Schwingen, als er über sie hinwegflog.

»Das klingt vielleicht hart, aber das, was gewesen ist, kannst du weder zurückholen noch ändern«, begann ihre Freundin schließlich. »Peter hätte gewollt, dass du weitermachst, dass du vorangehst. Dass du dir die Welt ansiehst, solange du kannst. Er hätte nicht gewollt, dass du steckenbleibst in Erinnerungen.«

»Aber wie kann ich mich von ihnen lösen?«, fragte Lilly. »Wie soll ich ihn aus meinem Kopf bekommen?«

»Das sollst du nicht. Aber vielleicht gibt es eine Möglichkeit, dich wieder ... zum Leben zu erwecken ...«

Zum Leben erwecken? Zunächst wollte Lilly protestieren, doch im nächsten Moment sah sie ein, dass Ellen recht hatte. Sie atmete, sie nahm Dinge wahr, sie existierte. Aber mit Peter hatte sich alles anders angefühlt – lebendiger eben.

Eine Weile schritten sie schweigend durch den Garten, umrundeten den kleinen Brunnen, der mit einem Eisengitter umgeben und mit Brettern abgedeckt worden war, und passierten zwei hübsch verzierte Bänke, die darauf warteten, dass der Schnee schmolz und die Hausbesitzer wieder die Sonne auf ihnen genossen.

»Gibt es denn wirklich keinen Mann, der dich interessieren würde?«, nahm Ellen das Gespräch nun wieder auf.

Lilly schüttelte den Kopf. »Nein, keinen. Bei mir tauchen nur alte Männer auf, die mir irgendwelche Geschenke dalassen und spurlos verschwinden.«

»Nun, das hatte ich immerhin noch nicht. Ich bin schon sehr gespannt auf dein Schätzchen. Ich habe Terence angewiesen, meine morgigen Vormittagstermine zu verschieben, damit ich Zeit für dich habe.«

»Terence?«

»Mein Sekretär.«

»Und wie willst du vorgehen?«

»Mit der üblichen Routine. Ich werde sie mir gründlich ansehen und dann ein paar winzige Lackproben an unser Labor schicken. Anschließend sehen wir weiter.«

»Und wenn es doch nur Jahrmarktplunder ist?«

»Dann haben wir eine lustige Geschichte zu erzählen. Aber jetzt sollten wir besser reingehen, damit ich mit dem Kochen beginnen kann.« Damit hakte Ellen Lilly unter und zog sie zurück zum Haus.

Eine Stunde später war das Essen fertig. Ellen war es ohne größere Unfälle gelungen, etwas aus Kräutern, Fleisch, Tomaten, Kartoffeln und Weißwein zu zaubern. Außerdem sollte es Rice Pudding geben, eine Art englischen Milchreis mit Vanille, Zimt und Muskat.

Lilly, die in der breiten Laibung des Küchenfensters saß, fühlte sich angenehm benebelt von der Wärme und dem Wein, den sie mit Ellen beim Kochen getrunken hatte. Da sie nur selten Alkoholisches zu sich nahm, spürte sie die Wirkung schnell, er machte ihren Kopf leicht und pinnte ihren Körper regelrecht an ihren Sitzplatz. An diesem Ort könnte ich bleiben, ging es ihr durch den Sinn.

Vom Küchenfenster aus hatte sie beobachtet, wie das Licht vollends hinter den kahlen Bäumen verschwand, wie aus dem violetten Himmel schließlich ein tiefblauer wurde, der übersät war von Tausenden frostigen Sternen. Die Nächte in Berlin sahen nie so aus, überall gab es Licht, Licht, das die Sterne verschluckte und den Himmel selbst in klaren Nächten neblig orange färbte. Lilly fragte sich, ob sie bei früheren Besuchen schon bemerkt hatte, wie schön es hier draußen war.

Da durchschnitten Scheinwerfer die Dunkelheit und kamen auf das Haus zu.

»Dean kommt«, verkündete Lilly und stellte ihr Glas auf den Tisch.

Ellen band sich die Schürze ab. Kurz warf sie Lilly einen schüchternen Blick zu, als wollte sie sich vergewissern, dass es in Ordnung war, wenn sie nun glücklich ihren Mann begrüßte. Lilly lächelte ihr zu, das gleiche verschwörerische Lächeln wie damals in der Schule, wenn sie sich gegenseitig für irgendwelche Dummheiten gedeckt hatten.

Als Dean durch die Tür trat, begrüßte er Ellen gewohnt

herzlich und gab ihr einen Kuss. Dann wandte er sich Lilly zu und grinste sie breit an.

»Schön, dich zu sehen, hatte schon ganz vergessen, wie du aussiehst.«

»Na, so lange ist es ja nun doch nicht her«, entgegnete Lilly, während sie sich von ihm kurz in die Arme nehmen ließ.

»Dennoch, ziemlich lange. Wäre ich eine alte Tante von dir, würde ich bemerken, wie groß du geworden bist.«

»Gut, dass du keine Tante von mir bist, denn sonst hätte ich genervt mit den Augen gerollt.«

Dean nahm sie mit ins Wohnzimmer, wo sie über dieses und jenes und vor allem über die Baubranche plauderten, bis sie zum Essen gerufen wurden. Die Tafel war schlicht, aber stilvoll gedeckt, neben dem Leuchter von Lilly stand ein Gesteck aus Kunstblumen, das täuschend echt wirkte.

»Nun erzähl uns doch, wie das mit deiner Geige passiert ist«, sagte Ellen, nachdem sie den Hauptgang abgeräumt hatten und sich über den Nachtisch hermachten.

Lilly räusperte sich, legte den Löffel beiseite und überlegte, wie sie die Geschichte für Dean und die Kinder möglichst spannend erzählen konnte. Aber dann sah sie ein, dass der Umstand, dass ein Wildfremder einem eine Geige in die Hand drückt und dann spurlos verschwindet, eigentlich schon spannend genug war. Sie begann also bei dem Nachmittag, an dem sie beinahe schon hätte schließen wollen, und endete bei dem Augenblick, als sie feststellte, dass sich der Alte in Luft aufgelöst zu haben schien.

»Klingt ja fast so, als hätte dich ein Spion verwechselt«, bemerkte Dean, der bekanntermaßen ein Faible für Geschichten um den Geheimdienst Ihrer Majestät hatte. »Hast du schon mal nachgeschaut, ob irgendwelche Plutoniumstäbe unter dem Futter sind? Oder noch andere geheime Botschaften?«

Lilly grinste breit. »Meinst du, das Notenblatt ist ein Code?«

»Warum denn nicht?«, fragte Dean zurück, als sei dies das Normalste der Welt.

»Offenbar will mein Mann eine neue Karriere als Krimischriftsteller beginnen«, bemerkte Ellen lachend.

»Na, ist das denn so abwegig? Zu allen Zeiten wurden geheime Botschaften irgendwelchen Unwissenden untergeschmuggelt, damit sie diese unauffällig an die richtige Adresse bringen.«

»Dann hätte mir der Mann aber auch sagen müssen, an welche Adresse ich die Geige liefern soll.«

»Vielleicht an Sherlock Holmes!«, warf Jessi ein. »Von dem hab ich gerade gelesen.«

»Du lässt deine Kinder Conan Doyle lesen?«, wunderte sich Lilly.

»Nein, wir haben es in der Schule gelesen«, verteidigte sich Jessi. »Eine Geschichte, in der Sherlock Holmes Geige gespielt hat.«

»Ich glaube nicht, dass ich mit der Geige Teil einer geheimen Verschwörung geworden bin. Vielmehr denke ich, dass das ein Irrtum war. Sollte der alte Mann das merken, werde ich sie ihm auf jeden Fall zurückgeben.«

»Vielleicht gibt es ja in deiner Familie ein dunkles Geheimnis«, entgegnete Dean, der sich offenbar noch immer nicht von der Agentensache abbringen lassen wollte. »Hat es vielleicht irgendwelche Musiker bei euch gegeben?«

Lilly schüttelte den Kopf. »Nein, nicht dass ich wüsste. Die einzig musikalische Person, die ich kenne, ist deine Frau. Meine Eltern und Großeltern hatten keinen Sinn dafür, zum Glück, sonst wäre ich eine riesige Enttäuschung für sie geworden.«

»Und dennoch meint ein Unbekannter, dass dir die Geige

gehören würde. Seltsam.« Dean nahm einen Schluck Wein und betrachtete nachdenklich, wie die Flüssigkeit am Glas hinunterrann.

»Nun lasst Lilly doch erst mal in Ruhe«, schaltete sich Ellen schließlich ein. »Um herauszufinden, was mit dem Instrument los ist, ist sie ja hier, nicht wahr? Jessi und Norma, ihr beide habt mir noch gar nichts von der Schule erzählt. Seit wann wird dort Conan Doyle durchgenommen?«

Als die beiden Mädchen von ihrem Tag in der Schule zu berichten begannen, lehnte Lilly sich entspannt zurück, glücklich, an diesem Abend Teil einer Familie zu sein. Die beiden trugen die Shirts, die Lilly ihnen geschenkt hatte, und sie war froh darüber, dass sie so gut passten.

»Morgen nehmen wir die Taschen mit in die Schule!«, versprachen die beiden im Chor, als sie in ihrer Erzählung bei Lillys Ankunft angelangt waren.

Nach dem Essen, als die Mädchen gegangen waren, um fernzusehen, bat Ellen Lilly, die Geige zu holen, damit sie sie ansehen konnte. Dean fragte, ob er dabei sein dürfte, was Ellen ein wenig zu verwundern schien. Offenbar interessierte er sich sonst eher für größere Holzbauten.

Lilly trug den Geigenkoffer vor sich her, als enthielte er eine kostbare Reliquie. Das Notenblatt hatte sie wieder unter das Futter geschoben. Ellen sollte das Öffnen des Geigenkastens ähnlich erleben wie sie selbst.

Im Wohnzimmer legte Lilly den Kasten auf dem Beistelltisch neben dem Chesterfield-Sofa ab. Ellen hatte bereits ein Paar weiße Baumwollhandschuhe übergezogen, die an einen Butler erinnerten.

Bedächtig öffnete sie den Deckel und trat dann zur Seite. Das Licht des Kronleuchters über ihnen brachte den rot gemaserten Lack zum Leuchten, ja er schien geradezu zu pulsieren.

Erst jetzt bemerkte Lilly, dass die Saiten ein wenig abgenutzt waren, auch sah man der Geige das Alter nun ein wenig mehr an. Aber Lilly ging es nicht nur darum zu wissen, wie alt und wie wertvoll die Geige war. Vielmehr wollte sie herausfinden, warum der alte Mann meinte, dass sie ihr gehören würde.

Als Ellen die Violine sah, sog sie gespannt die Luft durch die Zähne. »Auf den ersten Blick sieht sie ganz normal aus – von dem seltsamen Lack mal abgesehen. Darf ich?«

Lilly nickte, worauf ihre Freundin das Instrument vorsichtig aus dem Kasten hob. »Ein sehr schöner, zierlicher Corpus«, beschied sie, während sie die Geige herumdrehte. »Und da haben wir sie ja.«

Vorsichtig strich Ellen über die Stelle des Lacks, unter dem sich die Rose befand. »Gänzlich unbeschädigt, wenn man mal von den Gebrauchsspuren absieht. Die Rose muss vor dem Lackieren auf das Holz aufgebracht worden sein.« Nun zupfte sie an den Saiten. »Total verstimmt«, stellte sie fest und begann dann, vorsichtig die Saiten zu spannen. »Aber die Wirbel sind erstaunlich gut gepflegt.«

Als sie zufrieden mit dem Klang der Saiten war, zog sie ihre Handschuhe aus und griff nach dem Bogen, spannte die Rosshaarfasern, wachste sie mit etwas Kolophonium und hob das Instrument dann unters Kinn.

»Könntest du vielleicht von dem Notenblatt spielen?«

Lilly zog den Zettel unter dem Deckelfutter hervor, worauf Ellen die Geige wieder absetzte.

»»Mondscheingarten««, murmelte sie. »Kein Komponistenname. Vielleicht hat es der alte Mann geschrieben.«

Lilly schüttelte den Kopf. »Das glaube ich nicht. Das Papier muss wesentlich älter sein, und schau dir mal die Schrift an. Ich bekomme manchmal auch Bücher, die mit Inschriften oder handschriftlichen Widmungen versehen sind. Und schau mal, die Tinte! Schwarz, an den Rändern leicht bräunlich. Wenn du mich fragst, ist dieses Notenblatt schon gut hundert Jahre alt.«

Ellen schob die Unterlippe vor, runzelte die Stirn. Das war eindeutig das Zeichen dafür, dass sie versuchte, sich in die Melodie zu vertiefen. Lilly beobachtete sie einen Moment gespannt, während sich Dean noch ein Glas Wein einschenkte.

Nach etwa fünf Minuten ließ Ellen das Blatt wieder sinken.

»Und?«, fragte Lilly. »Ergibt das einen Sinn für dich?«

»Ja, schon, aber es ist sehr ungewöhnlich …« Ellen drehte das Blatt herum, doch außer ein paar Stockflecken war nichts darauf zu finden. »Was das Papier angeht, hast du vielleicht recht, doch wenn ein Komponist des ausgehenden neunzehnten oder beginnenden zwanzigsten Jahrhunderts das geschrieben hat, muss er sehr progressiv gewesen sein.«

»Dann würde ich vorschlagen, du spielst es für uns, Schatz«, warf Dean ein. »Wer weiß, vielleicht sind wir seit hundert Jahren die Ersten, die dieses Stück zu Gehör bekommen.«

Hatte Ellen vorhin noch entschlossen gewirkt, die Violine auszuprobieren, zögerte sie jetzt.

»Bitte, Ellen«, sagte Lilly. »Ich habe mich die ganze Zeit schon gefragt, wie sich das wohl anhören wird.«

Damit setzte Ellen die Violine wieder an und legte den Bogen auf die Saiten.

Als sie nun die ersten Akkorde spielte, stieg ein seltsames Gefühl in Lilly auf. Das Stück klang sehr exotisch, aber gleichzeitig erschien es ihr auf merkwürdige Weise vertraut. Nicht so, als hätte sie es schon gehört, doch die Tonfolge strahlte irgendwie Geborgenheit aus.

Vielleicht war der Titel schuld daran, doch auf einmal hatte sie wieder eines der ersten Dates mit Peter vor sich. Damals, im Frühling, hatten sie abends eng aneinandergekuschelt unter einem Magnolienbaum gesessen, während über ihnen ein bleicher Mond geschienen hatte. Der Eindruck verflog so schnell, wie er gekommen war.

Lilly lauschte gebannt, bis das Stück zu Ende war und Ellen die Geige fast schon andächtig wieder absetzte.

»Wow!«, sagte sie, während sie das Instrument bewunderte, als hätte es die Melodie wie von Zauberhand allein gespielt. »So einen Klang habe ich schon lange nicht mehr gehört.«

»Dann ist es also keine schlechte Geige, oder?« Lilly war noch immer berührt von dem Vortrag ihrer Freundin.

»Nein, das ist auf keinen Fall eine schlechte Geige. Derjenige, der sie gebaut hat, muss ein Meister gewesen sein. Genauso wie der Mensch, der dieses Stück geschrieben hat.«

»Klingt für mich ein bisschen nach Südsee«, meldete sich Dean zu Wort. »Aber wie du weißt, bin ich ein Kunstbanause.«

»Nein, bist du nicht«, entgegnete Lilly. »Für mich klang es auch exotisch. Wie ... wie eine Nacht unter einem voll erblühten Magnolienbaum.«

Ellen lächelte jetzt wieder. »Ihr mit euren Vergleichen. Aber möglicherweise wollte der Komponist tatsächlich den Eindruck eines Gartens erwecken. Könnt ihr euch an Vivaldis Jahreszeiten erinnern? Den Frühling, in dem man die Vögel und die Stürme hören kann?«

»Ich mag von den Jahreszeiten eher den Winter, aber ich weiß, was du meinst«, entgegnete Lilly.

»Ich bin wirklich wahnsinnig neugierig, in zweierlei Hinsicht. Zum einen auf den Komponisten und dann auf den Erbauer dieses Prachtstücks.« Wieder drehte Ellen die Geige herum und betrachtete die Rose unter der glänzenden Lackschicht.

Lilly blickte derweil zu Dean, der auf dem Sofa saß und fasziniert seine Frau betrachtete. Fast schien es, als wäre ihre musikalische Seite vollkommen neu für ihn.

»Der wahrscheinlich völlig unbekannt war«, setzte Lilly ein bisschen enttäuscht hinzu.

»Es gibt viele gute Geigenbaumeister, die von der Zeit verschluckt und von den Menschen vergessen wurden. Schauen wir doch mal, ob ihr Schöpfer eine Spur in ihrem Innern hinterlassen hat.«

Aus einer Schublade holte Ellen eine kleine Lampe und deutete dann durch die F-Löcher der Decke. Es dauerte nicht lange, bis sie ein missbilligendes Zungenschnalzen hören ließ. »Kein Zettel und kein Brandstempel. Dem Burschen muss das Instrument peinlich gewesen sein.«

Immerhin wusste Lilly, dass »Zettel« in Ellens Wortschatz die Herstellerangabe eines Instruments bezeichnete, ein kleiner Papierstreifen, der nach der Fertigung mit der Pinzette auf den Boden geklebt wurde.

Ellen betrachtete das Instrument noch einmal, dann legte sie es vorsichtig in den Koffer zurück. »Na gut, die Sache ist schwierig, aber nicht aussichtslos, würde ich sagen. Morgen kommst du erst mal mit mir mit, dann sehen wir weiter. Auch wenn sich die Lady ein wenig spröde gibt, wird es uns gelingen, ihr Geheimnis zu entschlüsseln.«

In der Nacht konnte Lilly trotz der weichen Matratze und dem nach Lavendel duftenden Bettzeug nicht einschlafen. Während der Mond sein bleiches Licht durch das Fenster schickte, starrte sie auf die Deckenbalken und meinte noch immer, das Lied des »Mondscheingartens« zu hören.

Was hatte es nur mit der Geige auf sich? Laut Ellen war es ein gutes Instrument, doch warum sollte gerade sie Anspruch darauf haben?

Lilly überlegte angestrengt, kramte in den Erinnerungen an die Geschichten ihrer Mutter und von Großmutter Paulsen, doch sie konnte keinen Hinweis darauf finden, dass etwas Ungewöhnliches passiert war. Ihre Großeltern waren anständige, solide Leute gewesen, Hamburger durch und durch. Es gab zahlreiche Erinnerungsstücke auf ihrem Dachboden, doch mit den Augen einer Erwachsenen betrachtet, war daran nichts Geheimnisvolles.

Mittlerweile waren ihre Großeltern schon seit ein paar Jahren tot, zuerst war ihr Großvater gestorben, dann ihre Großmutter. Die Erinnerungsstücke auf dem Dachboden waren mit dem Haus verkauft worden. Hatte die Geige dazugehört? Nie war die Rede davon gewesen, dass ihre Großeltern ein Instrument gespielt hatten. Und selbst wenn die Geige irgendwo im Haus versteckt gewesen war, welchen Grund hätte der Käufer, sie Lilly zu geben? Er hätte sie genauso gut verkaufen können …

Lilly kniff die Augen zusammen, reiste gedanklich wieder auf den Dachboden. Gab es irgendwo in der Familie doch etwas, von dem nicht einmal ihre Eltern wussten? Wertvolle Gegenstände wurden nicht auf dem Dachboden aufbewahrt. Man versteckte sie dort, wo niemand sie fand, aber in der eigenen Reichweite. Jedenfalls hatte Lilly das immer getan, wenn sie nicht wollte, dass es jemand fand.

Vielleicht sollte ich Mama anrufen, ging es ihr durch den Sinn.

Dann traf es sie wie ein Schlag. Die Überwachungskamera! Vor drei Jahren hatte sie auf Wunsch ihres Versicherungsvertreters eine in ihrem Laden installiert. Dort musste der alte

Mann drauf sein. Warum war sie nicht früher darauf gekommen?

Augenblicklich sprang Lilly im Bett auf. Sunny! Vielleicht konnte sie sie bitten, die Aufnahme der Kamera auf ihren Computer runterzuladen und dann herzuschicken!

Instinktiv griff sie nach dem Handy, das auf dem Nachttisch neben ihr lag, doch dann fiel ihr ein, dass Sunny wahrscheinlich schon im Bett war. Sie würde also bis zum kommenden Morgen warten müssen und sie im Laden anrufen.

Seufzend ließ sie sich wieder in die Kissen sinken. Jetzt fühlte sie sich noch aufgekratzter. Wenn der alte Mann tatsächlich aufgenommen worden war, ergab sich vielleicht die Möglichkeit, ihn aufzuspüren und zu fragen. Wie sie das genau bewerkstelligen sollte, wusste Lilly noch nicht, aber sie war sicher, dass sie irgendwie eine Lösung finden würde.

Schließlich übermannte sie die Bettschwere doch, und als sie dem Traumreich entgegendämmerte, meinte sie, noch einmal die letzten Akkorde des »Mondscheingartens« zu hören.

6

Padang 1902

»Ein wunderbarer Ausblick, findest du nicht?«

Paul Havenden, frischgebackener Lord und seit dem Tod seines Vaters Oberhaupt einer weitverzweigten und höchst prominenten englischen Adelsfamilie, sog die warme, mit den Gerüchen des Hafens versetzte Luft tief in seine Lungen.

Der Ausblick auf das Meer war grandios!

Unter einem wolkenlosen Himmel erstreckte sich ein märchenhaft blauer Spiegel aus Wasser. Ein paar Palmen wiegten sich in der feuchtwarmen Brise, die vom Wasser her durch die Stadt zog. Die Bauten in Hafennähe waren vorwiegend im Kolonialstil gehalten, dem man die niederländische Prägung deutlich ansah. Häuser wie hier – mit breiten Säulen und leicht geschwungenen Dächern – hatte er auch schon in Amsterdam gesehen, allerdings gab es dazwischen auch exotische einheimische Bauten, die der Stadt eine besondere Note verliehen.

Schon seit sie hier angekommen waren, hatten sich seine Beschwerden deutlich gebessert. Von Stunde zu Stunde fühlte er, wie sein Körper die alte Kraft zurückerlangte, wie seine Haut all die Beschwerden ablegte, mit denen er sich im feuchten englischen Klima geplagt hatte. Wie hatte er sich doch besonders in den letzten Monaten nach Wärme gesehnt!

Maggie, Pauls frisch angetraute Ehefrau, schien das allerdings anders zu sehen. Ausgestreckt auf einer Chaiselongue, fächelte sie sich mit einem chinesischen Fächer Luft zu, denn der Deckenventilator schaffte es nicht, die Hitze einigermaßen zu lindern. Der Monsun schien bevorzustehen, denn die Luftfeuchtigkeit war enorm – genau das richtige Wetter, wenn man unter Hautkrankheiten litt – doch die Hölle für eine Frau, die sich in den kühlen Londoner Salons wohl fühlte und auch in den Tropen partout nicht auf das Korsett unter ihren Kleidern verzichten wollte.

»Soweit ich es vom Schiff aus beurteilen konnte, scheint es hier wirklich schön zu sein«, antwortete Maggie ein wenig gequält. »Allerdings wäre es mir mittlerweile lieber, in der Kühlkammer unseres Schiffes zu sein. Die Hitze ist ja kaum auszuhalten. Um sie erträglicher zu machen, müsste ich schon gegen die Schicklichkeit verstoßen.«

Paul lachte auf. »Ach Liebling, du wirst dich schon an das Klima hier gewöhnen. In ein, zwei Wochen willst du von hier gar nicht mehr weg, das verspreche ich dir. Was ist schon das graue England gegen dieses farbenprächtige Juwel! Hast du die bunt gekleideten Menschen am Hafen gesehen? Die Händler? Farben, wohin das Auge reicht! Ein orientalischer Basar könnte nicht prachtvoller sein.«

Ihm zuliebe lächelte Maggie, doch Paul wusste, dass sie alles andere als begeistert darüber war, dass er die Einladung des hiesigen Gouverneurs angenommen hatte. Zu dieser Zeit begann in London die Ballsaison, und ihr, die sich nirgends wohler fühlte als in Gesellschaft, musste es vorkommen, als habe man sie von allem abgeschnitten.

Doch Paul hatte Mijnheer van Swieten nicht absagen können. Zum einen, weil er ein Freund seines Vaters war, und zum anderen, weil er ihm ein äußerst lukratives Geschäft in Aussicht gestellt hatte. Sumatra war berühmt für seine Zucker- und Tabakplantagen, auf die die Niederländer immer noch das Monopol hatten. Van Swietens Vorschlag, die Beteiligung an einer wirklich gutgehenden Zuckerplantage zu erwerben, dessen Besitzer ein sehr schlechtes Händchen für Geld hatte, hörte sich äußerst reizvoll an.

Maggie gegenüber hatte er natürlich nichts von dem Vorschlag erzählt, denn es ärgerte sie, wenn er ihr wegen des Geschäfts die Bürde einer Reise auferlegte, zu der sie keinerlei Lust hatte. Natürlich hätte er sie auch in England lassen können, doch van Swieten hatte darauf bestanden, die neue Lady Havenden kennenzulernen.

Das hatte sie natürlich eingesehen, und um sie auf einen eventuell längeren Aufenthalt einzustimmen, hatte er ihr erklärt, dass er Inspiration für ein Buch, genaugenommen einen Reisebericht, finden wollte, den er zu schreiben gedachte. Darüber wiederum war Maggie begeistert gewesen, denn die Londoner Gesellschaft schätzte nichts so sehr wie Geschichten aus fernen Ländern.

Aber die Aussicht, allein im Hotel auf Paul warten zu müssen, die Aussicht, keinerlei Vergnügungen zu erleben oder Teestunden mit irgendwelchen Damen, ließ Maggies Stimmung seit ihrer Ankunft mehr und mehr sinken. Plötzlich wurde die Hitze, die sie auf dem Schiff noch ausgehalten hatte, unerträglich, und sie verlor das Interesse an diesem Ort, der ganz wunderbare Dinge zu bieten hatte.

»Das graue England ist immerhin ein kultivierter Ort«, erwiderte Maggie. »Und es ist ein Ort, an dem man viele Sehenswürdigkeiten hat. Vielleicht findest du wenigstens irgendwo einen Reiseführer, in dem man nachlesen kann, was es hier überhaupt gibt.«

»Ich werde dir so bald wie möglich einen besorgen«, versprach Paul sanftmütig. »Und ich verspreche dir, solange sich der Gouverneur nicht bei uns meldet, werde ich mit dir an jeden Ort fahren, den du sehen willst. Wie wäre es mit dem Urwald hinter der Stadt?«

»Urwald?« Maggie riss entrüstet die Augen auf. »Das ist ein Scherz, oder? Du nimmst mich mal wieder auf den Arm.«

»Keineswegs. Sicher gibt es hier Möglichkeiten, gefahrlos durch den Dschungel zu reisen. Vielleicht auf einem Elefanten wie in Indien?«

»Du weißt, dass ich Angst vor so großer Höhe habe!«

»Dann setzen wir dich einfach auf einen Büffel.« Paul lachte auf. Der Gedanke, dass sich Maggie auf einen Wasserbüffel setzen ließ, war einfach zu komisch.

Seine Frau war allerdings alles andere als erfreut über den Witz.

»Paul Havenden!«, schalt sie. »Ich weiß wirklich nicht, ob ich es verdient habe, zur Zielscheibe deines Spotts zu werden!«

»Entschuldige, Liebling, ich wollte dich nicht kränken. Aber vielleicht solltest du dir den Urwald wirklich mal ansehen. Dann kannst du deinen Ladys etwas Aufregendes berichten.«

Ein Läuten riss sie aus ihrem Gespräch.

»Das wird der Bursche des Gouverneurs sein«, erklärte Paul, dann eilte er zur Tür.

Vor dieser stand ein braungebrannter Junge, der, kaum dass er Pauls ansichtig wurde, dessen Hände nahm und sie an seine Stirn führte.

Paul wusste, dass dies eine Höflichkeitsgeste war, mit der Kinder Erwachsenen ihren Respekt zollten.

»Was führt dich her?«, fragte Paul auf Niederländisch, der Sprache seiner Mutter, der Tochter eines reichen holländischen Kaufmanns. Diese hatte peinlich genau darauf geachtet, dass er beide Sprachen gleichermaßen perfekt beherrschte, denn sie waren, wie sie immer betonte, die Sprachen des Welthandels.

An dem Gesicht des Jungen erkannte er, dass er ihn verstand.

»Mijnheer van Swieten schickt mich, ich soll Ihnen das hier übergeben.« Der Kleine, der in weiße Pluderhosen und eine kurze, dunkelrote Jacke gekleidet war, streckte ihm einen dicken Umschlag entgegen, der hier und da schon ein paar Flecken aufwies. Offenbar hatte der Bote einen kleinen Abstecher über irgendeinen Markt gemacht.

Paul steckte dem Burschen ein paar Münzen zu, worauf der sich verneigte und dann behände davonhuschte.

»Was gab es denn?«, fragte Maggie, die sich nun auf der Chaiselongue aufgesetzt hatte.

»Der Gouverneur hat uns eine Botschaft geschickt«, antwortete Paul, nachdem er die Tür geschlossen hatte. Mit dem Messer, das er bei Reisen immer im Stiefelschaft zu tragen pflegte, schlitzte er den Umschlag vorsichtig auf.

Van Swieten hatte, höflich wie immer, den Text in Englisch abgefasst.

»Wir haben eine Einladung bekommen. Mijnheer van Swieten bittet uns am Wochenende zu einem Galadiner in seine Residenz *Wellkom*.«

»Er nennt sein Haus ›Willkommen‹?«, wunderte sich Maggie.

»Ja, die Holländer sind sehr gastfreundlich, darauf will er bestimmt hinweisen.«

Jetzt kam wieder ein wenig mehr Leben in Maggie. Die Aussicht, einen Abend mit kultivierten Leuten verbringen zu dürfen, ließ ihre Augen leuchten. »Was meinst du, wer wird alles da sein? Irgendwelche prominenten Leute aus der Gegend?«

Paul sah, wie es hinter Maggies Stirn regelrecht zu rattern begann. Wahrscheinlich fragte sie sich, wie sie hier an eine gute Schneiderin kommen konnte, die ihr innerhalb von fünf Tagen eine Robe nähte, die die anderen Damen vor Neid erblassen ließ.

»Vermutlich werden Freunde des Gouverneurs zugegen sein. Und natürlich Besitzer von Zucker- und Tabakplantagen.«

»Engländer?«

»Gewiss. Und Holländer und Deutsche. Und sie alle werden ihre Gattinnen dabeihaben, so dass du nicht befürchten musst, dich zu langweilen.«

»Das tue ich doch gar nicht«, protestierte Maggie, die sich jetzt sogar von ihrem Platz erhob. »Nur erschien mir die Aussicht, Wochen zwischen Palmen und Affen zu verbringen, nicht besonders reizvoll.«

»Du hast von diesen Palmen und Affen ja noch gar nichts gesehen«, entgegnete Paul, und plötzlich kam ihm eine brillante Idee. »Wie wäre es, wenn wir einen kleinen Stadtbummel machen? Ich bin sicher, dass es hier viele Geschäfte gibt, die dein Herz erfreuen. Du möchtest doch sicher zum Empfang beim Gouverneur neuen Schmuck oder vielleicht ein neues Kleid.«

Das Leuchten, das nun in die Augen seiner Angetrauten trat, sagte ihm, dass er damit genau ihren Geschmack getroffen hatte.

»O ja, ein neues Kleid wäre wunderbar. Und wie ich gehört habe, soll Sumatra die Insel des Goldes sein. Vielleicht gibt es tatsächlich schönen Schmuck hier!«

»Dann mach dich frisch, anschließend gehen wir ein wenig in die Stadt und suchen ein passendes Kleid für den Empfang.«

Während Maggie im Badezimmer verschwand, trat Paul wieder ans Fenster und beobachtete das Treiben auf der Straße unter ihm. Eine Gruppe Frauen, die in strahlend weiße Gewänder gekleidet waren, zog seinen Blick an. Sie wirkten zwischen all den Buntgekleideten wie Gänseblümchen in einem Rosenbeet, doch gerade das machte sie so anziehend. Ihr Haar hielten sie, wie es unter den Musliminnen des Landes üblich war, unter langen Tüchern verborgen, doch ihre Gesichter waren strahlend schön.

Sein Vater hatte immer von den balinesischen Tänzerinnen geschwärmt, die er bei Besuchen im Hause van Swieten bewundern durfte. Ob der Gouverneur auch für sie solch eine Darbietung parat hatte?

Mit einem unbestimmten sehnsuchtsvollen Gefühl in der Brust schaute er den Frauen noch eine Weile hinterher, bis Maggie aus dem Bad kam.

Die Aussicht, schon bald in Gesellschaft anderer Ausländer zu sein, stimmte Maggie etwas gnädiger. Weder störten sie die Händler am Wegrand noch die Kinderhorden, die zuweilen vor ihnen erschienen und unter den hier üblichen Ehrbezeigungen um eine Gabe baten. Als der Muezzin von einer der Moscheen die Muslime zum Gebet rief, bemerkte Maggie: »Es ist fast, als seien wir in Ägypten. Nur dass es hier nicht so trocken und staubig ist.«

Als sehr junge Frau, das wusste Paul, hatte Maggie ihren Vater zusammen mit ihrer Mutter bei einer Forschungsreise begleitet. Er war der Finanzier einer Ausgrabung im Tal der Könige gewesen, die sich leider als kein besonders großer Erfolg entpuppt hatte. Obwohl sie die meiste Zeit in Zelten verbracht hatte, schwärmte Maggie hin und wieder von den wunderbaren Sonnenuntergängen in der Wüste oder beklagte nachträglich die Kälte, der sie zu Nachtzeiten ausgesetzt gewesen waren.

Der Ruf zum Gebet brachte allerdings auch mit sich, dass sie sich innerhalb weniger Augenblicke in einer dichten Menschenmenge befanden und gar nicht anders konnten, als dem Strom zu folgen, bis sie der Menge in einer kleinen Seitenstraße entkamen. Maggie klammerte sich die ganze Zeit über an Pauls Arm fest und blickte sich ängstlich um.

Das Viertel, in dem sie sich jetzt befanden, schien den Einheimischen vorbehalten zu sein, denn sehr viele Häuser waren wie im Land üblich auf Pfählen gebaut. Zwischen den Häusern ragten Palmen auf, zwischen einige dicht beieinanderstehende waren Wäscheleinen gespannt. Da gerade zum Gebet gerufen worden war, sah man keine Männer, nur Frauen, die mit ihren Kindern entweder auf den Veranden saßen oder Hausarbeit tätigten.

Sogleich richteten die Leute ihre Blicke auf sie. Einige Frauen steckten die Köpfe zusammen und sagten etwas in einer Sprache, die Paul nicht verstand. Er bemerkte, dass sie in diesem Augenblick die einzigen Europäer auf dieser Straße waren – zudem unterschieden sie sich von den Holländern doch ein wenig in der Kleidung. Man sah ihnen durch den Sonntagsstaat an, dass sie nur Besucher waren.

»Wir sollten wieder zurückgehen«, raunte ihm Maggie zu, doch Paul streichelte ihr beruhigend die Hand.

»Du brauchst vor diesen Leuten keine Angst zu haben, sie sind nur neugierig. Mein Vater ist in den Straßen von Padang nie überfallen worden. Schon gar nicht von Frauen.«

Maggie schien das zwar nicht anzuzweifeln, dennoch traute sie den fremden Frauen nicht über den Weg. Das schienen diese allerdings auch zu spüren, denn als einige Kinder zu ihnen laufen wollten, hielten sie sie zurück.

Paul lächelte ihnen entschuldigend zu und führte Maggie dann weiter.

Nachdem sie der Straße eine Weile gefolgt waren, stieg ihnen ein vertrauter Duft in die Nase. Es dauerte nicht lange, bis Paul die Ursache ausgemacht hatte.

»Schau mal, Liebes, dahinten wachsen Zimtbäume.«

Tatsächlich befand sich hinter einem der größeren Pfahlhäuser eine Art Zimtbaumplantage. Dahinter erhoben sich terrassenartig angeordnete Reisfelder, an die sich der Dschungel anschloss.

»Das ist der Padang-Zimt, von dem mein Vater immer geschwärmt hat«, erklärte er Maggie weiter, während er auf die Bäume deutete. »Er meinte, er sei noch besser als der aus Ceylon. Und dahinter siehst du die Reisfelder. Reis ist hier das Hauptnahrungsmittel.«

Während Maggie weiterhin wirkte, als wollte sie am liebsten die Flucht ergreifen, war Paul fasziniert, wie nahtlos sich Padang im Gegensatz zu anderen Hauptstädten in die Natur einfügte. Das satte Grün der Reisfelder überflutete seine Augen, und der Duft, der mit jedem Schritt stärker zu werden schien, berauschte ihn. Er verstand nun, was seinen Vater dazu gebracht hatte, wieder und wieder herzukommen. Schon nach wenigen Stunden Aufenthalt machte dieses Land süchtig. Vielleicht brauchte Maggie nur ein wenig länger …

Schließlich kamen sie zu einer Allee, in der man nur noch vereinzelt Häuser sah. Stattdessen gab es zahlreiche Palmen, in deren Wipfeln es geheimnisvoll raschelte und aus denen merkwürdige Rufe drangen.

»Warum sich wohl die Holländer in dieser Gegend nicht niederlassen?«, wunderte sich Maggie, während sie sich ein wenig beklommen umsah.

»Das liegt sicher nicht daran, dass diese Gegend gefährlich ist«, entgegnete Paul. »Sehr viele Holländer und Deutsche haben hier Plantagen, übrigens auch ein paar Engländer. Ihre Häuser befinden sich außerhalb der Stadt. Ich wette, die Zimtbäume gehören zu einer der Pflanzungen.«

Plötzlich schoss etwas vor ihnen aus dem Busch. Paul sah nur ein rotbraunes Fell, dann war das Tier auch schon wieder verschwunden.

Maggie schreckte mit einem kurzen Aufschrei zusammen. »Paul, lass uns gehen, ja?«, sagte sie dann, während sie sich wieder an ihn drückte.

Paul lachte auf. »Liebes, ich verstehe deine Angst nicht, das war doch nur ein Affe. Schau mal die Palme hinauf, da ist er!«

Maggie wirkte wie gelähmt.

»Du warst doch schon mit deinem Vater unterwegs, warum bist du hier so furchtsam?«, redete Paul weiter auf sie ein. »In Ägypten gibt es doch auch Affen.«

»Es ist nicht wegen der Affen«, antwortete sie schließlich. »Ich fühle mich einfach nicht wohl. Und ich habe gehört, dass es hier Tiger geben soll.«

»Die gibt es tatsächlich, aber sie wagen sich nicht dorthin, wo Menschen sind. Da sie hier wie überall gejagt werden, gehe ich sogar davon aus, dass sie mehr Angst vor uns haben als wir vor ihnen.«

Aber Maggie beruhigte das nicht. Und ihr schien auch die Lust an dem Spaziergang gänzlich vergangen zu sein.

»In Ordnung, dann gehen wir wieder in Richtung Stadtmitte«, sagte Paul und machte mit ihr kehrt. »Dort gibt es bestimmt eine Boutique oder einen Schneiderladen, in dem sich garantiert keine Tiger herumtreiben.«

»Bitte sei mir nicht böse«, sagte Maggie kleinlaut. »Ich ... es macht mich nur nervös, all die Tiere und die fremden

Leute ... In Ägypten war das ähnlich, ich musste mich erst mal an alles gewöhnen. Ich hoffe, du siehst mir das nach.«

Paul nahm ihre Hand und küsste sie. »Natürlich, meine Liebe. Vielleicht würde es mir ähnlich gehen, wenn mein Vater mir nicht so viel von diesem Land erzählt hätte. Ich habe seine Geschichten geliebt, vielleicht ist mir deshalb vieles schon vertraut.«

Als sie die Straße wieder zurückgingen, musterten die Leute sie erneut. Maggie versuchte sichtlich, sie zu ignorieren – ein Jammer, wie Paul fand, denn die Blicke waren keineswegs feindselig. Die Frauen blickten neugierig, wahrscheinlich war das, was sie sich in fremder Sprache zuraunten, auch nicht abwertend oder böse gemeint. Trotzdem entspannte sich Maggie erst, als sie tatsächlich einen Schneiderladen fanden. Die Schneiderin war eine junge Chinesin, und die Auslage ihres Ladens war wirklich beeindruckend. Als eine der dort anwesenden Damen anmerkte, dass dieser Laden bei den Gattinnen der Plantagenbesitzer sehr beliebt sei, war Maggie wieder versöhnt.

Paul verkürzte sich die Wartezeit, indem er dem Treiben auf der Straße zusah und sich dabei lächelnd an die Erzählungen seines Vaters erinnerte. Was für ein Jammer, dass er nicht mehr unter den Lebenden weilte! Und nun wurde Paul auch klar, wie viel es ihm bedeutet hätte, zu Lebzeiten mit ihm zu reisen.

Surabaja 1902

Nur mit Korsett, Hemd und langen Unterhosen bekleidet, saß Rose Gallway breitbeinig auf ihrem Stuhl und hatte dabei wieder die krächzende Stimme von Mrs Faraday, ihrer alten Musiklehrerin aus London, im Ohr. »So etwas tut eine Dame nicht! Das ist zutiefst unanständig!«

Rose konnte nichts Unanständiges daran finden, denn das war für sie nun mal die bequemste Haltung, um neue Saiten auf ihre Violine aufzuziehen und sie dann zu stimmen. Mittlerweile hatte sie Mrs Faradays *Music School* hinter sich gelassen, und obwohl deren Ermahnungen hin und wieder in ihr nachklangen, schmunzelte sie mittlerweile nur noch darüber.

Seit einigen Jahren war Rose auf dem Weg, eine der besten Geigerinnen des Landes und vielleicht auch der Welt zu werden. Ihr Werdegang war bemerkenswert. Trotz des englischen Namens stammte sie aus Padang. Sie war die Tochter eines englischen Hafenbeamten, der eine Einheimische zur Frau genommen hatte.

Obwohl ihr Vater ein sehr sparsamer Mann war, hatte er seine eigenen Regeln außer Kraft gesetzt, als offenbar wurde, dass seine Tochter ein besonderes musisches Talent besaß. Eine der niederländischen Lehrerinnen der Schule, Mejuffrouw Dalebreek, hatte nach einer Musikstunde völlig aufgelöst ihre Eltern aufgesucht und sie gebeten, ihre Tochter doch ein Instrument erlernen zu lassen.

Ihr Vater hatte Rose eine Geige geschenkt, jenes Instrument, das sie heimlich schon lange begehrt hatte. Und dann war ihr Leben von einem Tag auf den anderen ein anderes geworden. Den Unterrichtsstunden bei Anna Dalebreek war schließlich eine Einladung in die *Music School* von Mrs Faraday gefolgt.

Rose erinnerte sich noch sehr gut daran, wie ihre Wangen vor Aufregung geglüht hatten – und ihr Magen vor Angst gekniffen hatte.

Ihr Vater hatte sie zunächst nicht gehen lassen wollen, denn seine Frau war nach langer Zeit wieder schwanger und benötigte Hilfe im Haushalt. Doch dann war es ihre sanfte, aber willensstarke Mutter gewesen, die sich dafür einsetzte, dass er nachgab. Dass sie drei Monate später eine Fehlgeburt erleiden würde, hatte sie da noch nicht wissen können ...

Auf dem Schiff nach England hatte Rose sich die Seele aus dem Leib geweint, und weitere Tränen waren geflossen, als sie feststellen musste, dass das Konservatorium aus überehrgeizigen Schülerinnen und überstrengen Lehrerinnen bestand. Doch dann hatte sie sich an alles gewöhnt – an das kalte, graue Wetter, an die Beleidigungen ihrer Mitschülerinnen und auch an die Boshaftigkeit von Mrs Faraday. Und schließlich war sie als beste Absolventin in die englischen Konzertsäle eingezogen.

Der Unterricht in Mrs Faradays Konservatorium hatte Rose viel gebracht, aber einige Eigenarten hatten ihr auch die strengen Lehrerinnen nicht austreiben können, worüber sie sehr froh war, denn sie war keines der englischen Anziehpüppchen, die ihre Geige sowieso an den Nagel hängen würden, wenn sie erst einmal verheiratet waren.

Als sie fertig war, strich sie mit dem Bogen leicht über die Saiten. Noch immer gefiel ihr der Klang nicht, also griff sie nach ihrer Stimmgabel und schlug sie an. Nach kurzem Drehen an den Wirbeln hatte sie die richtigen Töne gefunden. Als sie die Geige gerade unter ihr Kinn setzen wollte, flog die Garderobentür auf.

»Miss!«, rief Mai aufgeregt, während sie mit einem Stück Papier herumwedelte. »Das hier habe ich eben von Mijnheer Colderup bekommen. Er sagte mir, dass ich es Ihnen sofort übergeben soll.«

Schnaufend nahm Rose das Schreiben entgegen und warf dem Mädchen, dem man die chinesischen Wurzeln nur zu deutlich ansehen konnte, einen giftigen Blick zu. »Beim nächsten Mal betrittst du die Garderobe etwas leiser, oder willst du, dass ich meine Geige fallen lasse?«

»Nein, Miss, aber ich ...« Mai errötete. Eigentlich war sie eine sehr ruhige Bedienstete, die ihre Herrin über alle Maßen anhimmelte. Doch hin und wieder vergaß sie sich.

»Kein Aber, Mai, die Geige ernährt nicht nur mich, sondern auch dich. Ohne Instrument kann ich nicht spielen, ohne Auftritte habe ich kein Geld, und ohne Geld kann ich mir keine Garderobiere leisten, also stets pianissimo und nicht forte!«

Mai nickte eifrig, aber Rose bezweifelte, dass sie sich gemerkt hatte, wofür die Begriffe standen.

Ihr Ärger verflog allerdings, als sie den Absender des Briefes las.

»Ein Brief von Gouverneur van Swieten?«, wunderte sie sich laut, während sie das Siegel brach und dann den Umschlag öffnete. »Was kann er wollen?«

»Er will bestimmt, dass Sie für ihn spielen!«, rief Mai aufgeregt.

Rose sah sie streng an, was ihre Garderobiere den Blick senken ließ. Doch Mai hatte mit ihrer Vermutung recht.

Sehr verehrte Miss Gallway,

nachdem mir zu Ohren gekommen ist, dass Sie derzeit ein Gastspiel in unserer Stadt geben, möchte ich die Gelegenheit nutzen, Sie zum 25. dieses Monats zu einem Konzert in meinem Haus einzuladen. Ich bewundere Ihr Spiel schon, seit ich Sie damals am Konservatorium in London gehört habe, und es wäre mir eine außerordentliche Ehre, Sie auf Wellkom zu einem Konzert begrüßen zu dürfen. Sollten Sie willens sein, meiner Einladung zu folgen, wenden Sie sich bitte an meinen Sekretär Westraa, er wird mit Ihnen die Details klären.

Hochachtungsvoll und voller Bewunderung
Piet van Swieten

Rose stieß einen erstaunten Pfiff aus. Nie hätte sie Mijnheer van Swieten unter ihren Bewunderern vermutet. Er war schon in ihrer Kindheit Gouverneur der Insel gewesen und hätte sich damals sicher nicht um Rose Gallway geschert. Das musste sich inzwischen geändert haben.

»Mai, bring mir bitte meinen Kalender«, wies sie die Garderobiere an, die flink wie ein Wiesel davonhuschte. Termine zu vereinbaren war eigentlich Sache ihres Agenten, doch zur Sicherheit schrieb Rose sie auch in ihre eigene Agenda.

Sie stellte fest, dass sie tatsächlich an dem besagten Abend noch kein Arrangement hatte. Und selbst wenn es so gewesen wäre, hätte sie es wahrscheinlich zugunsten des wichtigeren Termins bei van Swieten sausen lassen. Außerdem freute sie sich auf ein paar Tage in ihrer Heimatstadt. Dort hatte sie dann endlich Gelegenheit, ihre Eltern zu besuchen.

»Wie es aussieht, haben wir Glück«, sagte sie vergnügt zu Mai, die sich inzwischen nützlich machte, indem sie die überall verstreuten Sachen ihrer Herrin zusammensammelte. Mai wusste nur zu gut, dass Rose Untätigkeit hasste. Deshalb gönnte sich ihre Herrin auch nur selten selbst Ruhe. Wenn sie nicht gerade auftrat, stimmte sie entweder ihre Geige oder spielte, spielte, spielte.

»Wir werden beim Gouverneur spielen, ist das nicht wunderbar?«

Mai nickte pflichtschuldig, richtete ihren Blick dann aber wieder auf ihre Arbeit.

Rose erhob sich nun. Nachdem sie ihre Violine vorsichtig in den Kasten zurückgelegt hatte, begab sie sich zum Schreibtisch. Dort verfasste sie die Antwort an den Gouverneur und gab diese zusammen mit einem Zettel für ihren Agenten, der sich bestimmt mit dem Besitzer der Konzerthalle, in der sie morgen spielen sollte, herumtrieb, in Mais Hände.

»Dass du das nicht verlierst, hast du verstanden?«

»Ja, Miss.« Dienstbeflissen nickend schob Mai die Schriftstücke in ihre Jackentasche.

»Und beeil dich, ich brauche dich nachher für den Auftritt.«

»Ja, Miss, bin gleich wieder zurück.«

Als die Tür hinter Mai ins Schloss fiel, huschte ein Lächeln über Roses Gesicht. Der Gouverneur von Sumatra hatte sie eingeladen. Das war fast genauso gut, wie vor dem Sultan persönlich zu spielen. Nein, genaugenommen war das noch besser, denn es war bekannt, dass der Sultan auf der Insel kaum noch Macht hatte. Die einflussreicheren Leute würden beim Gouverneur zu finden sein. Und wer weiß, vielleicht konnte sie ja ein paar Kontakte knüpfen, die sie noch weiter in der Welt herumbrachten. Sie mochte vielleicht Europa und Asien bereist haben, aber ihr Traum war Amerika. Dort zu spielen würde aus ihr wirklich die beste Violinistin der Welt machen.

7

LONDON 2011

Am nächsten Morgen fuhr Lilly mit Ellen in die Stadt, um dort mit der Spurensuche zu beginnen. Während ihre Freundin chauffierte, strich sie abwesend über den Geigenkasten. Wieder hatte sie Ellens Spiel vom Vortag im Ohr. Was für wunderbare Töne sie der Geige entlockt hatte!

»Warum hast du eigentlich das Geigespielen niemals weiterverfolgt?«, sprach sie ihren nächsten Gedanken laut aus. »Als du gestern gespielt hast ... Früher war mir nie aufgefallen, dass du so genial spielen kannst.«

»Genial nennst du das?« Ellen schüttelte lachend den Kopf. »Nein, alles, was du gestern gehört hast, war Technik. Blankes Nachahmen von Fingerbewegungen, die ich als Kind gelernt und seitdem nie mehr vergessen habe. Jeder ernstzunehmende Kritiker hätte die Hände über dem Kopf zusammengeschlagen und mein Spiel als steifes Gedudel abgetan.«

Das Gefühl hatte Lilly nicht. »In meinen Ohren hat es wunderschön geklungen. Außerdem war es ein vollkommen unbekanntes Stück. Du hast es gespielt, als hättest du es bereits geübt.«

»Es ist wie Radfahren, manche Dinge verlernt man nie«, beharrte Ellen.

Darauf schwiegen sie beide, bis Lilly fragte: »Und du hast

wirklich keinen Schimmer, wer die Rosengeige gebaut haben könnte?«

»Nein, ich weiß es beim besten Willen nicht. Der Klang erinnert ein wenig an eine Stradivari, ist aber wesentlich weicher. Ich wüsste keinen mir bekannten Geigenbauer, der solch einen Klang mit seinen Instrumenten zaubern konnte. Aber vielleicht weiß Mr Cavendish etwas.«

»Was macht er eigentlich?«

»Er ist mein Chefkonservator.«

Doch da tauchte auch schon das Institut vor ihnen auf. Ellen fuhr ins Parkhaus unterhalb des Gebäudes und brachte ihren Wagen auf dem für sie reservierten Parkplatz zum Stehen.

Noch nie zuvor war Lilly im Morris Institute gewesen. Dementsprechend aufregend fand sie es, den Arbeitsplatz ihrer Freundin zu betreten.

Der Fahrstuhl brachte sie in den zweiten Stock, moderne Gemälde schmückten die Wände, schlicht gehaltene, aber dennoch teuer anmutende Teppiche die Fußböden.

»Hier empfange ich meine Kunden. In der ersten Etage sind die Restaurationswerkstätten untergebracht.«

»Die würde ich wahnsinnig gern sehen«, sagte Lilly, während sie sich wie ein kleines Mädchen vorkam, das staunend durch ein riesiges Museum lief.

»Das wirst du auch – aber erst mal möchte ich dir mein Büro zeigen.«

Ellen führte Lilly zur hintersten Tür des Ganges. Dort ging es in eine Art Vorzimmer, in dem sie von einem äußerst gepflegten jungen Mann begrüßt wurden.

»Das ist Terence, mein Sekretär. – Terence, das ist meine Freundin, Lilly Kaiser.«

»Freut mich, Sie kennenzulernen.«

Terence sah nicht nur verdammt gut aus, er hatte auch einen verdammt männlichen Händedruck. Lilly war von den Socken. Wie lange war es her, dass sie solch ein Prachtexemplar von einem Mann gesehen, ja geschweige denn kennengelernt hatte?

»Terence, Sie haben mir doch den Terminkalender für heute Vormittag freigehalten, oder?«

»Aber natürlich, Mrs Morris. Und diesmal ist es mir sogar gelungen, Mr Catrell von Sotheby's abzuwimmeln. Er will morgen wieder anrufen.«

»Du meine Güte, das werden dann wieder drei Stunden Gespräch«, stöhnte Ellen gespielt. »Vielen Dank, Terence, dass Sie mir das für heute erspart haben!«

Als sie im Büro verschwunden waren, deutete Lilly mit offenstehendem Mund und weit aufgerissenen Augen auf die Tür. »Ich fass es nicht, du leistest dir einen zweiten Markus Schenkenberg als Sekretär?« Als Ellen Terence zum ersten Mal erwähnt hatte, hatte Lilly eher einen älteren Mann mit Ärmelschonern vor Augen gehabt.

»Ja, Terence hat Ähnlichkeit mit ihm, nicht wahr? Wäre ich ledig, würde ich echt auf dumme Gedanken kommen. Aber leider gibt es für mich noch andere Faktoren als meinen Ehering, die eine Beziehung zu ihm verhindern.«

»Du bist seine Chefin.«

»Das wäre eigentlich kein Hinderungsgrund.«

»Okay, er ist schwul.«

»Bingo! Glück für die Männerwelt, Pech für uns.«

Ellen führte Lilly zu den hohen Glasfenstern, von denen man einen guten Blick auf die Themse und die London Bridge hatte.

»Es ist wunderschön.«

Als das Telefon läutete, ging Ellen zum Schreibtisch und

nahm ab. Wer sich meldete, konnte Lilly nicht hören, aber sie sah, dass ihre Freundin den Anruf bereits erwartet hatte.

»Mr Cavendish teilt mir gerade mit, dass er bereit für uns ist. Wir dürfen runter in sein Büro kommen.«

Die Art, wie Ellen von diesem Mann, ihrem Angestellten, sprach, faszinierte Lilly. Offenbar war er wirklich eine Koryphäe auf seinem Gebiet, und dementsprechend aufgeregt war sie, als sie an den Werkstätten vorbeieilten.

Ellen klopfte kurz, und noch während eine dunkle Männerstimme »Herein« rief, öffnete sie die Tür.

Den Arbeitsplatz eines Restaurators hatte sich Lilly vollkommen anders vorgestellt. Und auch den Restaurator selbst. In Filmen sah man diese Leute mit langen weißen Kitteln durch irgendwelche sterilen Räume eilen. Der Raum hier war zwar nicht mit irgendwelchen uralten Möbeln vollgestellt, strahlte aber dennoch eine gewisse Gemütlichkeit aus. An einer Wand erhob sich ein hohes Bücherregal. Hinter dem Schreibtisch stand ein alter, eingesessener Stuhl, und zahlreiche Bücher und anderer Papierkram lagen darauf. Auf dem Arbeitstisch neben dem Fenster lag auf einem weichen Tuch eine Geige, der man nicht den geringsten Schaden ansah. Das Werkzeug lag ordentlich an der Seite, offenbar war der an ihr auszuführende Auftrag gerade beendet worden.

Mr Cavendish selbst erinnerte Lilly auf den ersten Blick ein wenig an den Darsteller des »Q« in den alten James-Bond-Filmen. Sein leicht gebeugter Körper steckte in einem Tweedjackett und in Cordhosen, das Hemd, das korrekt mit einer Krawatte zusammengehalten wurde, war blütenweiß und gestärkt. Von seinem Haar war nur noch ein grauer Kranz am Hinterkopf geblieben, doch das Leuchten in seinen dunklen Augen hinter dem dezenten silbernen Brillengestell erinnerte an den jungen Mann, der er einst gewesen war. Lilly war sicher, dass ihm die Frauen nachgelaufen waren, denn auch jetzt machte er noch eine gute Figur.

»Guten Morgen, Ben, darf ich Ihnen meine Freundin Lilly Kaiser vorstellen?«

»Ah, die Dame mit der seltsamen Geige.« Lächelnd blickte er ihr zunächst ins Gesicht, dann auf den Geigenkasten unter ihrem Arm. »Ich freue mich, Ihre Bekanntschaft zu machen. Ihre und die Ihrer Geige.«

Die Hand, die er Lilly reichte, war warm und weich.

»Nach alter Schule wäre jetzt der Austausch irgendwelcher Höflichkeiten angezeigt, aber die alten Zeiten sind vorbei, und ich bin nicht gerade für meine Geduld bekannt, wie Ihnen Mrs Morris bestätigen kann. Als der alte Mann, der ich bin, habe ich auch eigentlich keine Zeit mehr für Geduld, also muss ich Ihnen gestehen, dass ich wahnsinnig neugierig auf die Violine bin und sie sehr gern sehen würde.«

»Aber natürlich.« Lilly blickte kurz zu Ellen, die an den Arbeitstisch schritt.

Als Lilly den Koffer aufklappte, trat Cavendish neben sie. Seine Hände steckten bereits in weißen Handschuhen. Kurz überlegte sie, ob sie ihm die Geschichte erzählen sollte, doch dann trat sie schweigend beiseite.

»Welcher Typ sind Sie, Miss Kaiser?«, fragte er, während er die Geige vorsichtig aus dem Kasten hob und seinen wachsamen Blick darübergleiten ließ. »Wollen Sie diese Geige spielen oder einschließen?«

»Zunächst einmal möchte ich wissen, warum ich sie überhaupt erhalten habe. Jemand gab sie mir, weil er meinte, sie würde mir gehören. Aber ich habe nicht den blassesten Schimmer, warum.«

Cavendish drehte die Violine herum und schnappte dann

vernehmlich nach Luft. »Na, sieh mal einer an, was haben wir denn da?«

»Können Sie etwas damit anfangen?«

»O ja, sehr viel sogar. Sie haben einen guten Fang gemacht, Miss Kaiser. Diese Geige ist in einem sehr guten Zustand. Einige Teile könnte man auswechseln, müsste man aber nicht. Sie müsste gereinigt und poliert werden. Ich schätze mal, dass sie im frühen 18. Jahrhundert entstanden ist. Genau kann man das allerdings erst sagen, wenn man den Lack untersucht hat.«

Lilly blickte zu Ellen. »Keine Bange«, sagte diese, »wir hobeln nicht den ganzen Lack ab. Wir entnehmen nur eine ganz winzige Probe. Nach Reinigung und Politur ist der Kratzer praktisch unsichtbar.«

»Ja, das kann ich Ihnen versichern«, setzte Cavendish hinzu, während er die Geige nun unter seine Arbeitslampe hielt. »Ein sehr schönes Stück.«

»Und die Rose? Wissen Sie, was die Rose zu bedeuten hat?«

Cavendish ließ sich Zeit mit seiner Antwort. »Nein, das weiß ich leider nicht. Auf alle Fälle ist es ungewöhnlich, und die Art, wie die Rose gezeichnet wurde, bestätigt meinen Verdacht, dass die Geige aus dem beginnenden achtzehnten Jahrhundert stammt.«

Cavendish rief etwas auf seinem Computer auf und schob dann ein Endoskop in eines der F-Löcher.

Auf dem Computerbildschirm erschien eine Aufnahme aus dem Innern der Geige. Diese Perspektive musste eine Maus haben, wenn sie durch das Instrument huschte.

»Kein Brandstempel. Und wenn ich es richtig sehe, hat es auch niemals einen Zettel gegeben.«

»Dann wäre es möglich, dass ihm die Geige peinlich war?

Dass sie ihm nicht gefallen hat und er seinen Namen damit nicht in Verbindung sehen wollte?«

»Oder jemand hat dem Geigenbauer die Violine gestohlen, bevor er seinen Zettel einsetzen konnte.« Cavendish zog die kleine Kamera wieder zurück. »Das wird noch ein gutes Stück Arbeit.«

Lilly überlegte einen Moment lang, dann zog sie, einer Idee folgend, das Notenblatt hervor.

»Mr Cavendish, dürfte ich Sie vielleicht bitten, einen Blick hier drauf zu werfen? Dieses Notenblatt lag bei der Geige. Mrs Morris und mir ist der Komponist unbekannt, aber vielleicht haben Sie anhand des Stils eine Ahnung.«

Cavendish ergriff das Blatt und betrachtete es kurz. »Nun, wenn Sie mich fragen, sollten Sie sich damit lieber an Gabriel Thornton wenden. Er leitet eine Musikschule in London, die früher einmal ein sehr berühmtes Konservatorium war. Soweit ich weiß, betreibt er Forschungen über frühere Absolventen. Vielleicht haben Sie Glück, und er erkennt im Stil des Stücks jemanden, der sein Konservatorium in früheren Zeiten besucht hat. Geradezu phantastisch wäre es natürlich, wenn ein vorheriger Besitzer der Geige der Komponist wäre.«

Die Erwähnung des Namens Thornton erschreckte Lilly für einen Moment. Konnte das sein? Aber vielleicht hieß der Leiter der Musikschule nur so wie ihr Sitznachbar aus dem Flugzeug ... Dass allerdings zwei Männer gleichen Namens eine Musikschule betrieben, war ziemlich unwahrscheinlich.

»Was ist?«, fragte Ellen verwundert, als sie ihre Starre bemerkte.

»Ich bin Thornton gestern begegnet, auf dem Flug nach London. Klingt verrückt, ich weiß, aber es ist so.«

»Na, wenn das kein Zufall ist!« Mr Cavendish klatschte begeistert in die Hände.

Ellen zog die Augenbrauen hoch. »Davon hast du mir ja noch gar nichts erzählt.«

»Wie hätte ich auch sollen? Ich wusste ja nicht, wer dieser Thornton ist, ich dachte, er ist nur irgendein Musiklehrer.«

»Oh, er ist weit mehr als ein Musiklehrer«, sagte Cavendish. »Er ist ein hervorragender Musikwissenschaftler. Und darüber hinaus ein Kenner jener Instrumente, die von damaligen Absolventinnen gespielt wurden.«

»Was genau wissen Sie, Ben?«, fragte Ellen, und Lilly konnte ihr anhören, dass sie vor Neugierde beinahe platzte. Ihr selbst erging es ebenso, wenngleich sie noch immer nicht wusste, was sie mehr in Aufregung versetzte: die Geige selbst oder die Frage, warum sie gerade ihr gehören sollte.

Cavendish blieb allerdings überaus ruhig. »Nun, es gab da eine Geschichte, die mir vor vielen Jahren zu Ohren gekommen ist. Ich habe sie irgendwo zwischen meinen Gehirnwindungen abgelegt, ohne ihr viel Beachtung zu schenken, aber jetzt, angesichts der Geige und dieses Notenblatts ...«

»Spannen Sie uns nicht auf die Folter«, forderte Ellen, während sie begann, unruhig auf und ab zu gehen. Lilly beobachtete den Mann, der nun sichtlich in seiner Erinnerung zu kramen schien.

»Es hieß damals, dass eine Absolventin dieses Konservatoriums eine ganz besondere Geige besessen hätte, eine Geige mit einer Rose auf dem Boden. Allerdings weiß ich nicht mehr, wie sie hieß, denn entweder habe ich nicht gut genug hingehört oder die Zeit hat meine Erinnerung gefressen, wer weiß. Auf jeden Fall kann Ihnen Mr Thornton wesentlich mehr dazu erzählen, schätze ich.«

8

Nachdem sie die Geige von allen Seiten fotografiert, die Bilder in ihrem Büro ausgedruckt und eine Kopie des Notenblattes gemacht und Lilly alles übergeben hatte, rief Ellen ein Taxi, das Lilly in die *Faraday School of Music* bringen sollte – Thorntons »Musikschule«, die eher so etwas wie ein Konservatorium war.

»Quetsch den Burschen ordentlich aus, und erzähl mir dann alles«, gab sie ihrer Freundin mit auf den Weg. Dann zwinkerte sie ihr zu, und Lilly huschte hinaus zu dem Taxi, das bereits ungeduldig gehupt hatte.

Unterwegs konnte sie es sich kaum verkneifen, den Kopf zu schütteln. Wie war das möglich? Zuerst die Geige und dann noch dieser Zufall mit Thornton! Stimmte die Theorie, dass der Flügelschlag eines Schmetterlings einen Sturm auslösen konnte? War das Auftauchen des alten Mannes mit der Geige dieser Flügelschlag gewesen? Und wie würde der Sturm aussehen, der zweifelsohne noch kam?

»Alles in Ordnung mit Ihnen, Ma'am?«, fragte der Fahrer, der mit seiner Rasta-Frisur einem jungen Bob Marley ähnelte.

»Ja, natürlich, ich hatte nur einen Gedanken.«

»Einen ziemlich unmöglichen wohl, wenn Sie so den Kopf schütteln.«

War es also doch passiert! Lilly lächelte, dann fragte sie: »Glauben Sie an Zufälle?«

Der Taxifahrer lachte auf. »Na klar. Die ganze Welt ist voll davon. Ich hab gestern zufällig einen alten Freund wiedergetroffen, den ich seit der Schule nicht mehr gesehen hatte. Am Tag vorher habe ich mir noch so gedacht, he, was ist wohl mit Bobby passiert, und da läuft er mich am nächsten Tag beinahe über den Haufen.«

»Vielleicht haben Sie ihn mit Ihren Gedanken gerufen?«

»Gut möglich. Aber ich glaube schon, dass es Zufälle gibt. Und manchmal verändern sie was in uns. Als ich mit Bobby gesprochen habe, war es so, als hätte es die zehn Jahre, in denen wir uns aus den Augen verloren hatten, nicht gegeben. Nun habe ich erfahren, dass er nach London gezogen ist, und am Wochenende kommt er meine Freundin und mich besuchen. Ist toll, was?«

»Ja, wirklich toll«, entgegnete Lilly.

»Und bei Ihnen? So, wie Sie den Kopf schütteln, können Sie es nicht glauben, dass Sie ihn wiedergesehen haben.«

»Besser gesagt, ich kann nicht glauben, dass ich ihn wiedersehen werde.« Als der Taxifahrer erwartungsvoll die Augenbrauen hochzog, setzte sie hinzu: »Ich habe einen Mann im Flugzeug kennengelernt, der sehr nett war. Und nun erfahre ich, dass er der Mann ist, der mir vielleicht bei einer Sache helfen kann. Komischer Zufall, nicht?«

»Oh, das ist kein Zufall«, sagte der Taxifahrer bedeutungsschwanger. »Meine Großmutter würde sagen, das war das Schicksal. Gottes Wille. Ich bin sicher, dass Ihnen der Mann helfen wird, wobei auch immer.«

Wirklich?, fragte sich Lilly. Hatte Thornton womöglich eine Antwort darauf, wie sie zu dieser seltsamen Geige gekommen war?

Vor einem zweistöckigen klassizistischen Bau hielt der Fahrer schließlich an.

»Da wären wir!«, verkündete er überflüssigerweise, worauf Lilly ihn bezahlte und dann ausstieg. »Viel Glück, Lady!«

»Ihnen auch!«, entgegnete Lilly, dann brauste das Taxi davon.

Ein eisiger Hauch ließ sie frösteln, während sie zu der Fassade blickte, die von der Mittagssonne beschienen wurde. Genau so hatte sie sich ein Musikkonservatorium immer vorgestellt. Allerdings musste sie beim Näherkommen feststellen, dass hier mittlerweile noch zwei andere Firmen untergebracht waren. Laut Wegweiser im etwas nach Museum riechenden Foyer teilten sich eine Immobilienfirma und eine Konzertagentur die untere Etage. Die obere wurde von der *Faraday School of Music* eingenommen.

Kurzerhand erklomm sie die marmornen Stufen, über die früher wohl mal irgendwelche betuchten Herrschaften gewandelt waren. Oben angekommen, begann sie ganz unbewusst den Wert einer alten Kommode einzuschätzen, die wohl noch aus der Zeit des Erbauers des Hauses stammen musste. Mittlerweile diente das Möbelstück dazu, den Gästen Flyer über das Konservatorium sowie Veranstaltungshinweise nahezubringen.

Nun musste sie nur noch Mr Thorntons Büro finden. Sie marschierte durch lange Gänge, vernahm gedämpfte Violinen-, Cello- und Klaviermusik hinter den Türen. Schließlich stieß sie sogar auf eine Sängerin, die sich gerade an einer Opernmelodie versuchte.

Ich hätte anrufen sollen, ging es ihr durch den Kopf. Es wird ihm sicher nicht gefallen, dass ich einfach bei ihm reinschneie.

Als sie schließlich an einigen Türen vorbeigeirrt war,

sprach sie den erstbesten Menschen an, der ihr auf dem Gang begegnete.

»Biegen Sie am besten hier um die Ecke, Mr Thorntons Büro befindet sich in der Mitte des linken Ganges«, erklärte ihr die junge Frau, die offenbar gerade von ihrer Musikstunde kam, denn sie trug einen Geigenkasten unter dem Arm.

Lilly bedankte sich und marschierte weiter.

Dass die Tür offen stand, stimmte sie schon mal hoffnungsvoll, doch beim Eintreten sah sie, dass dies erst das Vorzimmer war – inklusive Sekretärin. Diese war blond, schätzungsweise vierzig und recht hübsch, allerdings hatte sie den Charme eines Eiszapfens.

»Hallo, ich wollte mal fragen, ob es möglich wäre, Mr Thornton zu sprechen«, begann sie, während sie sich des Gefühls kalter Füße erwehren musste. »Mein Name ist Lilly Kaiser.«

»Haben Sie einen Termin?«, fragte die Sekretärin schneidend.

»Nein, das nicht, aber ich komme gerade aus dem Institut von Ellen Morris. Es geht um eine Violine, die ich Mr Thornton zeigen möchte.«

Bereits der Blick des Vorzimmerdrachens zeigte deutlich, dass sie der Meinung war, ihr Chef könnte seine Zeit mit etwas Besserem verbringen, als irgendeine Geige anzuschauen.

»Bedaure, aber Mr Thornton ist derzeit terminlich sehr ausgebucht. Ich kann Ihnen bestenfalls einen Termin im April geben.«

Lilly glaubte, sich verhört zu haben. April? Da bekam man in Deutschland ja schneller einen Termin beim Facharzt!

»Tut mir leid, aber ich fürchte, im April werde ich nicht mehr in London sein. Ist es nicht möglich, ihn in dieser oder

der nächsten Woche zu sprechen? Ich möchte nur, dass er einen Blick auf das Instrument wirft, nichts weiter.«

Die Miene der Sekretärin blieb eingefroren.

»Dann werden Sie jemand anderen aufsuchen müssen. Mr Thorntons Terminkalender ist in dieser und der nächsten Woche vollkommen belegt.«

Lilly seufzte und überlegte gerade, wo sie Thornton abpassen konnte, damit er einen Blick auf ihre Geige warf. Vielleicht würde es sich ja lohnen, ihm auf dem Parkplatz aufzulauern ...

»Worum geht es denn?«, fragte da eine Stimme hinter ihr.

Lilly wirbelte herum. Thornton lehnte am Türrahmen und lächelte sie jungenhaft an. Seine Sekretärin schien sein plötzliches Auftauchen ebenfalls erst jetzt zu bemerken, denn sie atmete keuchend ein, fing sich dann aber wieder.

»Diese Dame hier hätte gern einen Termin bei Ihnen«, stieß sie hervor, doch da flammte in seinem Blick schon das Wiedererkennen auf.

»Na, wenn das nicht die frischgebackene Geigenbesitzerin vom Berlin-Flug ist! Wollen Sie bei mir Unterricht nehmen?«

Lilly schoss das Blut in die Wangen. Vor Verlegenheit konnte sie zunächst keinen Ton herausbringen. Thornton zwinkerte ihr aufmunternd zu, dann blickte er zu seiner Sekretärin, die nicht so recht zu wissen schien, was vor sich ging.

»Ja, ich meine, nein, ich ... ich bin wegen etwas anderem hier«, presste sie hervor. »Ich verspreche Ihnen, dass ich Sie nur ganz kurz beanspruche. Ich kann leider nicht lange in London bleiben, und es wäre sehr nett, wenn Sie mir helfen würden.«

Thornton betrachtete sie einen Moment lang, dann wandte

er sich an die Sekretärin. »Wie sieht es aus, Eva, habe ich jetzt irgendwas Dringendes?«

Aus dem Augenwinkel heraus bemerkte Lilly, dass Eva jetzt auch rot wurde, und es wunderte sie absolut nicht, als sie antwortete: »Nein, Mr Thornton, der nächste Termin ist erst um halb zwei.«

»Bestens! Haben Sie was dagegen, wenn ich Sie zum Essen in unsere preisgekrönte Kantine entführe, Miss Kaiser?«

»Vielen Dank, das ist sehr freundlich von Ihnen.«

Lilly verkniff sich einen hämischen Blick zur Sekretärin und schloss sich Thornton an.

»Übrigens war das mit dem preisgekrönt ein Witz«, erklärte Thornton, als sie durch einen langen Gang schlenderten, der von Essensgeruch erfüllt war. »Aber das Essen hier ist wirklich sehr gut. Sie sollten das Steak mit Kartoffelbrei probieren.«

Ein wenig fühlte Lilly sich in Uni-Zeiten zurückversetzt, als sie sich mit einem Tablett an der Essensausgabe anstellte. Gleichzeitig fand sie es sehr sympathisch, dass Thornton sich fürs Essen unter seine Mitarbeiter und Schüler mischte. Ihren Uni-Rektor hatte sie nie in der Mensa zu Gesicht bekommen.

Hunger hatte Lilly zwar nicht, entschied sich aber dennoch für das empfohlene Steak, das sich wirklich als ziemlich gut herausstellte.

»Also, wobei soll ich Ihnen helfen?«, fragte Thornton, nachdem er herzhaft einige Bissen Steak mit Kartoffelbrei verschlungen hatte.

Lilly schob ihren Teller beiseite und zog dann die Fotos hervor. »Ich weiß nicht, ob Sie Ben Cavendish kennen, der für Mrs Morris arbeitet, aber er kennt Sie und meinte, dass Sie mir weiterhelfen könnten.«

»Schießen Sie los!«

»Sie erinnern sich an die Violine, die Sie freundlicherweise in die Gepäckablage des Flugzeugs gehievt haben?«

»Ja, die Sie begutachten lassen wollten.«

Lilly nickte und schob ihm dann die Fotos rüber. »Das ist sie.«

Thornton runzelte kurz die Stirn. »Sie haben sie nicht dabei?«

»Nein, sie ist bei Ellen, dort wird sie gerade untersucht. Ich möchte wissen, wem sie früher gehört hat, um vielleicht herauszufinden, wie sie zu mir gelangen konnte. Sie wurde mir als eine Art Erbe übergeben.«

Thornton blätterte sich durch die Aufnahmen. Bei dem Foto vom Boden der Violine stockte er. »Du meine Güte«, raunte er leise und legte die Aufnahme fast schon andächtig vor sich auf den Tisch. »Ich dachte, sie wäre zerstört worden.«

Lilly zog die Augenbrauen hoch. Seine Worte ergaben keinen Sinn für sie. Zumindest jetzt noch nicht. »Sagen Sie bloß, Sie kennen diese Geige!«

Thornton nickte und starrte die Rose für einige Augenblicke wortlos an.

»Kommen Sie mit«, sagte er schließlich.

»Wohin?«, wunderte sich Lilly.

»In unser Archiv. Es sei denn, Sie wollen noch den Rest Ihres Steaks verdrücken.«

Darauf hatte Lilly keine Lust mehr. Ihr Herz pochte auf einmal wie wild, und ihre Wangen begannen zu glühen. Sie sprang derart hastig auf, dass ihr Stuhl bedrohlich ins Wanken geriet. Doch sie reagierte rasch und bekam ihn noch rechtzeitig zu fassen, bevor die gesamte Kantine auf sie aufmerksam wurde.

»Immer mit der Ruhe«, bemerkte Thornton lächelnd. »Das, was ich Ihnen zeigen möchte, läuft nicht weg.«

Peinlich berührt, raffte Lilly die übrigen Bilder zusammen und folgte Thornton aus der Kantine.

Das Archiv des Konservatoriums befand sich im Keller.

»Nicht folgsamen Schülern wurde in früheren Zeiten damit gedroht, sie hier unten einzuschließen«, bemerkte Thornton, als der Fahrstuhl anruckte und sie nach unten trug. »Heutzutage würde das niemanden mehr schrecken, denn hier lagern sehr interessante Dinge. Uralte Tonaufnahmen, Instrumente, Notenblätter, Schülerakten und so weiter.«

Notenblätter. Am liebsten wäre Lilly gleich mit ihrem zweiten Fund herausgeplatzt, doch sie beherrschte sich.

»Und Fotos?«, fragte sie stattdessen.

»Ja, sehr viele Fotos sogar. Wir beschäftigen regelmäßig Restauratoren, die schlimm mitgenommene Exemplare wieder in Ordnung bringen. Und natürlich digitalisieren wir all unsere Exponate. Momentan sind wir damit beschäftigt, aus Wachswalzen und alten Schellackplatten MP3-Aufnahmen zu erstellen. Das ist oftmals nicht so einfach, denn diese Geräte verfügen leider nicht über USB-Anschlüsse.«

Lilly lachte auf. Der Gedanke, dass ein Grammophon einen USB-Anschluss haben könnte, war natürlich absurd. Einmal hatte sie eines in ihrem Laden gehabt und bereute es noch immer, dass sie es nicht selbst behalten hatte.

»Hier ist es!« Thornton deutete auf eine Glastür, auf der in antiken Lettern »Archive« stand. Dahinter wirkte jedoch nichts angestaubt. Die Luft war angenehm temperiert und roch vorwiegend nach altem Papier und Holz.

»Hoffentlich ist es Ihnen hier unten nicht zu kalt. Wir haben neben alten Instrumenten, Tonaufnahmen und Fotos auch viele teilweise sehr alte Notenblätter. Einige stammen sogar noch aus der Zeit vor dem großen Londoner Stadtbrand anno sechszehnhundertsechsundsechzig. Keine Ahnung, wie die das Feuer überleben konnten. Auf jeden Fall ist es sehr faszinierend, zum Beispiel ein Original aus der Zeit von Henry VIII. in der Hand zu halten und die Komposition zu spielen.«

»Das kann ich gut nachvollziehen«, entgegnete Lilly, die es vor Spannung fast zerriss. »Ich bin auch immer sehr aufgeregt, wenn ich ein wirklich altes Stück angeboten bekomme.«

»Was war denn das älteste Stück, das je in Ihr Geschäft gelangt ist?«

»Ein Sekretär aus dem siebzehnten Jahrhundert. Der Besitzer hat ihn in einer Scheune gefunden und als wertlos eingestuft. Ich habe ihn restaurieren lassen und dann sehr teuer verkaufen können. Es war wirklich ein Prachtstück, hätte eher in ein Museum gehört.«

»Das mag sein, und es ist auch gut, dass sich Museen dieser Schätze annehmen. Aber ursprünglich sind Gegenstände dazu gemacht worden, um sie zu benutzen. Genauso wie Musikinstrumente. Mir blutet das Herz, wenn ich höre, dass jemand eine wertvolle Stradivari in einem Safe in der Schweiz deponiert hält und sie nie spielen lässt. Abgesehen davon, dass dies dem Instrument großen Schaden zufügt, würden die besten Virtuosen der Welt einen Mord dafür begehen, darauf zu spielen. Leichter könnte man sich die Prominenz nicht nach Hause holen.«

Thornton öffnete einen Schrank und zog eine Art Karteikasten heraus. In diesem befand sich nicht besonders viel, aber vorn war der Name »Rose Gallway« angebracht.

»Das ist leider schon alles, das wir haben«, meinte er entschuldigend und zog ein Foto hervor. »Die Geige, die in Ihren Besitz gelangt ist, gehörte tatsächlich einst einer Absolventin dieses Konservatoriums. Das weiß ich sicher.«

Das Bild zeigte eine junge, dunkelhaarige Frau in einem hochgeschlossenen, streng wirkenden weißen Kleid. Ihre Gesichtszüge waren leider ein wenig verwaschen, dafür erkannte man die Geige in ihrer Hand recht gut. Lilly empfand es als sehr ungewöhnlich, dass Rose sie so drehte, dass man den Boden sah. Normalerweise ließen sich Musiker doch immer so aufnehmen, dass die Vorderseite ihrer Instrumente zu sehen war. Als wollte sie darauf hinweisen, dass ihre Violine etwas Besonderes war ...

»Seit vielen Jahren bewahren wir Fotografien und Gemälde sämtlicher Männer und Frauen auf, die hier studiert haben. Meist tragen diese ihre Instrumente bei sich, die wir dann recht schnell identifizieren können, sollten sie sich noch in unserem Besitz befinden.« Thornton tippte kurz auf das Foto. »Diese junge Frau hier ist so was wie eine kleine Legende in der Fachwelt. Sie war wohl eine der besten Violinistinnen ihrer Zeit. Und wie es zuweilen bei heiß brennenden Sternen so ist, verglühen sie schnell. Auch Rose Gallway war der Glanz nur kurz beschieden.«

»Was ist passiert?«

Thornton zuckte mit den Schultern. »Das konnte nie wirklich herausgefunden werden. Es heißt, sie sei auf einer Konzerttournee spurlos verschwunden. Die Gazetten der damaligen Zeit ergingen sich in wilden Spekulationen. Von Entführung und Mord war da die Rede, einige meinen sogar, sie hätte den Herrscher irgendeines exotischen Königreiches geheiratet. Aber geklärt wurde das nie. Man wusste allerdings, dass sie eine äußerst merkwürdige Geige gespielt hatte.«

»Meine Rosengeige«, sagte Lilly, während sie den Blick nicht von der Fotografie ließ. »Hatte diese Rose Gallway Kinder?«

»Das weiß niemand. Wie gesagt, sie verschwand von einem

Tag auf den anderen. Und die Geige tauchte mit einer anderen jungen Frau wieder auf. Helen Carter.«

Lilly brauchte einen Moment, um die Nachricht zu verdauen. Ihre Geige hatte einer berühmten Geigerin gehört! Aber wie kam sie nun zu ihr?

»Wer war diese Helen Carter?«

»Die Tochter eines englischen Paares, das auf Sumatra gelebt hatte. Helen war ebenfalls eine sehr berühmte Violinistin, die auf dem Zenit ihrer Laufbahn einen schweren Unfall erlitt. Sie überlebte zwar, spielte danach aber nie wieder. Die Spur der Geige verlor sich im Zweiten Weltkrieg. Wir waren immer davon überzeugt gewesen, dass sie bei den Bombenangriffen auf London zerstört wurde. Aber da haben wir uns wohl gründlich getäuscht.«

»Hatte diese Helen Carter Kinder?«

»Ja, zwei, aber die sind zusammen mit ihr und ihrem deutschen Ehemann während des Krieges bei einem Angriff vor Sumatra ums Leben gekommen.«

»Und welche Verbindung soll ich nun zu der Geige haben?« Im nächsten Augenblick bemerkte Lilly, dass sie diese Frage laut ausgesprochen hatte. »Äh ... ich meine, ich habe keine Verbindung zu Sumatra ...«, setzte sie ein wenig beschämt hinzu. »Meine Mutter und meine Großmutter stammen aus Hamburg und haben nie etwas von einer Geige erwähnt.«

Ein Gedanke dämmerte am Horizont ihres Verstandes auf. Bisher war sie immer nur von sich ausgegangen. Aber was wäre, wenn Peter ...

»Nun, ich fürchte, Sie werden den Weg der Geige ganz genau zurückverfolgen müssen, wenn Sie das herausfinden wollen«, vertrieb Thornton ihre Vermutung erst einmal. »Vielleicht hat jemand sie während des Krieges in die Hände bekommen, sie vielleicht von dem Schiff gerettet, auf dem

Helen mit ihrer Familie war. Der Name Rodenbach ist nicht zufällig irgendwo in Ihrem Stammbaum vertreten? So hieß nämlich Helens Mann.«

Lilly schüttelte den Kopf. »Nein, nicht dass ich wüsste.« Jetzt wurde sie sich wieder der Kopie des Notenblattes in ihrer Tasche bewusst. »Übrigens war da noch etwas anderes in dem Geigenkoffer.«

Lilly zog die Kopie hervor und reichte das Blatt Thornton. Der betrachtete es kurz, wich einen Schritt zurück und ließ sich dann auf der Kante des schweren Schreibtisches neben ihm nieder, als sei ihm plötzlich schwindelig geworden.

»›Mondscheingarten‹.« Seine Stimme war fast nur ein Flüstern.

»Wäre es möglich, dass diese Rose Gallway das komponiert hat? Oder eher diese Helen Carter ...«

Sekundenlang sagte Thornton nichts, doch seine Augen sogen eine Note nach der anderen auf, ähnlich, wie Ellen das getan hatte. Wahrscheinlich hatte er die Melodie jetzt im Ohr.

»Wenn diese Komposition wirklich von einer der beiden Frauen stammt, wäre das eine Sensation«, begann er schließlich und sah dann wieder von dem Notenblatt auf.

»Das Stück klingt ziemlich exotisch, und wenn Sie sagen, dass Rose Gallway aus Sumatra stammte ...«

»Sie haben es also schon gehört?«

»Meine Freundin hat es auf der Rosengeige gespielt.«

Thornton atmete tief durch. »Das würde ich auch zu gern mal tun ...« Er überlegte kurz, dann sagte er: »Wie wäre es mit einem Deal, Miss Kaiser?«

»Einem Deal?«

»Ja. Ich helfe Ihnen bei der Spurensuche, und Sie erlauben mir, einmal Ihre Geige zu spielen.«

Lilly zog überrascht die Augenbrauen hoch. »Aber Sie haben einen vollen Terminkalender und ...«

»... und das Interesse, etwas über unsere ehemaligen Absolventinnen herauszufinden«, vervollständigte er ihren Satz. »Sowohl bei Rose Gallway als auch bei Helen Carter gibt es frappierende Lücken in den Biografien. Und dann diese Komposition. Bisher war uns nicht bekannt, dass eine dieser Frauen auch Musikstücke geschrieben hat. Die Fachwelt würde über diese Erkenntnis sicher sehr erfreut sein. Und ich hätte dazu beigetragen, das Rätsel zu lüften.«

»Meinen Sie denn, dass das möglich ist?«

»Wenn wir nur eine Weile in der Geschichte herumbohren, werden wir sicher etwas finden.«

»In Ordnung, Mr Thornton, wenn es Ihnen keine allzu großen Mühen macht«, entgegnete Lilly, worauf der neue Partner sie breit anlächelte und ihr die Hand reichte.

»Nennen Sie mich Gabriel.«

»Nur, wenn Sie Lilly zu mir sagen.«

»Ich denke, das bekomme ich hin. Und ich versichere Ihnen, es ist mir eine große Freude, an diesem Projekt mitzuwirken. Wir werden nicht lockerlassen, bis wir wissen, wie die Geige den Weg zu Ihnen gefunden hat. Und wer von den beiden Frauen dieses Stück komponiert hat. – Ach ja, darf ich mir von dem Notenblatt eine Kopie ziehen?«

Lilly nickte lächelnd und fragte sich, wie das Stück sich anhören würde, wenn er es spielte.

Es wurde ein langer Abend. Da Dean unterwegs war, hatten Ellen und Lilly allein mit den Kindern zu Abend gegessen und gönnten sich nun noch einen französischen Rotwein, den Ellen von einer Reise nach Paris mitgebracht hatte.

Während die Wärme aus dem Kamin sie umfing und der

Rotwein ihre Glieder mit wohliger Ruhe erfüllte, berichtete Lilly haarklein über alles, was Gabriel ihr erzählt und angeboten hatte. Noch immer kam ihr die ganze Situation unwirklich vor, aber mittlerweile legte sie sich im Geiste einen Plan zurecht, dessen Stationen sie nacheinander abarbeiten konnte.

»Du hast dich richtig entschieden, seine Hilfe anzunehmen«, sagte Ellen, während sie gedankenverloren in ihr Weinglas schaute. »Wenn einer herausfinden kann, wer den ›Mondscheingarten‹ komponiert hat, dann Thornton. Allerdings klingt alles nach ziemlich mangelhafter Aktenlage.«

»Irgendwo gibt es sicher Hinweise«, entgegnete Lilly.

»Ja, und möglicherweise hatte diese Rose auch Nachfahren. Vielleicht bist du ja eine davon?«

Lilly schüttelte den Kopf. »Nein, das ganz sicher nicht. Sieh mich doch an, rothaarig und sommersprossig, wie ich bin. Diese Rose hatte rabenschwarzes Haar und milchweiße Haut. Und ich habe nicht mal ansatzweise musikalisches Talent. Eher wärst du eine Nachkommin einer der beiden. Du hast dunkles Haar und kannst Geige spielen.«

»Unsinn«, entgegnete Ellen trocken. »Der alte Mann kam zu dir und nicht zu mir, also ist das wohl eine Sache deiner Familie.«

»Oder es hat etwas mit Peter zu tun.« Lilly sah, wie Ellen sie beklommen ansah. »Wäre doch möglich, oder? Der ältere Herr hat eigentlich ihn gesucht, erfahren, dass er tot ist, und ist dann zu mir gekommen. Ich war seine Frau und damit ...«

Lilly spürte, wie sich etwas um ihre Brust legte, das sich wie eine Fessel anfühlte. Auf einmal fragte sie sich, wie gut sie ihren Mann eigentlich gekannt hatte. Lag das Geheimnis nicht in ihrer, sondern in seiner Familie?

»Hast du Sunny eigentlich schon erreicht?«, fragte Ellen,

als wollte sie von Peter ablenken. Sie trank den Wein aus, behielt das Glas dann aber noch in der Hand, als wollte sie aus den Spuren darin etwas herauslesen.

Auf der Fahrt nach Hause hatte Lilly ihr von ihrem Plan mit der Überwachungskamera erzählt.

»Nein, bisher nicht, ich fürchte, das wird erst morgen was. Aber wenn es ihr gelingt, den Film zu überspielen und die passende Stelle zu finden, kann ich ihn meiner Mutter zeigen. Vielleicht erinnert sie sich an den Mann. Und wenn sie ihn nicht kennt ...«

Lilly fiel ein, dass sie mittlerweile seit gut zwei Jahren keinen Kontakt mehr zu ihren Schwiegereltern gehabt hatte, und das, obwohl ihr Verhältnis doch gut war.

Wahrscheinlich war es nicht gut genug, um weiterzumachen, obwohl Peter nicht mehr lebte.

»Dann blieben dir nur noch Per und Anke.« Ellen hatte nicht nur ihren Gedanken erraten, sie erinnerte sich offenbar auch immer noch an die beiden.

Lilly nickte. »Ja, Per und Anke. Wer weiß, was sie dazu sagen werden, wenn ich einfach vor ihrer Tür aufkreuze und ihnen dann diese Geschichte erzähle.«

»Sie mochten dich, Lilly, das weißt du. Wahrscheinlich mögen sie dich immer noch. Und sie werden verstehen, dass du nicht ständig zum Sonntagskaffee kommen konntest. Peters Leben war zu Ende, aber nicht deins.«

»Ja, und was meinst du, wie oft ich mir gewünscht habe, dass es andersherum wäre.« Lilly stieß einen tiefen Seufzer aus, dann schwiegen die beiden wieder für ein paar Minuten.

»Hat Thornton verlauten lassen, was er jetzt tun will? Ihr habt doch Telefonnummern und Mailadressen ausgetauscht, oder?«, begann Ellen schließlich wieder.

Lilly nickte. »Ja, haben wir, aber es wird sicher eine Weile dauern, bis er was gefunden hat. Darf ich deinen Computer zum Checken der Mails benutzen? Hätte ich gewusst, dass sich alles so entwickelt, hätte ich meinen Laptop mitgenommen ...«

»Natürlich, da brauchst du nicht mal zu fragen! Die Tür meines Arbeitszimmers steht dir offen. Jessi und Norma würden ständig vor dem Bildschirm hängen, wenn sie nicht bis nachmittags in der Schule sein müssten.«

»Meinst du das im Ernst?«

»Das mit Jessi und Norma oder dem Computer?«

»Computer.«

»Na klar, was soll der so rumstehen? Arbeite ruhig dran. Schreib alles auf, was du findest. Und vielleicht solltest du Sunny vorwarnen, dass du eventuell noch ein bisschen länger hierbleiben musst. Ich lasse dich jedenfalls nicht weg, bis ich weiß, aus wessen Werkstatt die Geige stammt und wie sie in deine Hände gelangen konnte. Immerhin haben wir jetzt Thornton im Boot. Der Zugang zu seinem Archiv ist wirklich Gold wert.«

»Warum hast du eigentlich noch nie mit ihm Kontakt aufgenommen?«, fragte Lilly, während ihre Gedanken wieder zu seinem Gesicht mit den dunklen Augen schweiften. Er war wirklich wahnsinnig attraktiv! Dass sie mit ihm weiterhin zu tun haben würde, freute sie einerseits, andererseits machte es sie aber auch nervös. Obwohl sie fürchtete, dass sie nicht seine Kragenweite war.

»Bisher hat es keine Berührungspunkte zwischen unseren Firmen gegeben. Er forscht nach Notenblättern und Absolventen, ich untersuche Musikinstrumente. Das eine bedingt das andere zwar, aber unsere Ziele sind sehr verschieden. Ich untersuche und restauriere alte Instrumente und bestimme ihren Wert. Der wissenschaftliche Aspekt unserer Tätigkeit ist untergeordnet. Thornton ist jedoch ganz Wissenschaftler, und für den Fall, dass er ein Instrument in die Hände bekommt, das datiert werden muss, hat er seine eigenen Leute.«

Ellen lächelte ihr zu, dann legte sie den Arm um Lillys Schultern. Wie damals, wenn sie beide auf dem Dachboden saßen. »Es ist schön, dich hier zu haben. Etwas mit dir zusammen zu machen.«

»Wohin auch immer uns diese Suche führen wird«, entgegnete Lilly ein wenig skeptisch. »Thornton sagte, dass sowohl Rose Gallway als auch Helen Carter eine Verbindung zu Sumatra hatten. Hast du je daran gedacht, dort mal Urlaub zu machen?«

»Nicht im Traum!«, entgegnete Ellen, und Lilly wusste, dass sie, seit ihr Institut erfolgreich war, nur noch selten verreiste. »Aber wenn ich ehrlich sein soll, hätte ich nichts gegen eine Reise.«

»Und dein Geschäft?«

»Das ist doch mein Geschäft, oder? Ich setze die Reise einfach als Recherchekosten ab.« Beide sahen sich an und lachten.

9

PADANG 1902

Wellkom, das Anwesen des Gouverneurs, lag außerhalb von Padang in der Nähe des Barisan-Gebirges. Eingebettet in einen sattgrünen Teppich aus Reisfeldern und Palmenhainen, wirkte das weiße Gebäude wie eine kostbare Perle. Der koloniale Stil der Niederländer unterschied sich ein wenig vom englischen, doch Paul empfand die Architektur als gelungen. Die Säulen am Eingang wirkten zierlich, in den zahlreichen hohen Fenstern spiegelte sich der rötliche Abendhimmel. Dank der terrassenartigen Anlage und einer Freitreppe mit geringer Stufenhöhe konnten Besucher den Höhenunterschied problemlos bewältigen.

Es war noch weitaus schöner, als Paul es sich angesichts der Erzählungen seines Vaters und anderer Reisender vorgestellt hatte. Die Parkanlage, die Maggie und er mit ihrer Kutsche durchfuhren, wirkte durch Palmen und Melonenbäume ein wenig karibisch, beim näheren Hinsehen entdeckte Paul Jasminbüsche, Orchideen, Frangipani und andere Stauden, die er von weitem nicht richtig hatte erkennen können. All diese Blüten verliehen der Luft ein herrliches Aroma, das mit einer leichten Zimtnote durchsetzt war. Wahrscheinlich wuchsen im Garten des Gouverneurs auch einige Zimtbäume.

Als sei es van Swieten gelungen, die Natur für diesen Abend zu einer besonderen Darbietung zu überreden, kroch rosafarbener Dunst an den Bergen hinab, hinter denen die blasse Scheibe des Mondes noch mit dem Sonnenlicht rang. Aus der Ferne tönten beinahe geisterhaft die Rufe von Affen zu ihnen herüber, die es hier zuhauf und in vielen verschiedenen Gattungen geben sollte.

Paul brannte darauf, die wilden Menschenaffen, die auf Malaiisch *Orang Hutan* – Waldmensch – genannt wurden, einmal in freier Wildbahn zu erleben. Der Londoner Zoo verfügte zwar neuerdings über ein paar Exemplare, doch durch die Gitterstäbe wurde ihnen jegliche Würde und Größe genommen. Als Jahrmarktsattraktion mochte das viele einfache Gemüter erschrecken. Doch Paul wollte ihre wahre Größe sehen, und das konnte er nur hier.

Allerdings wirkte Maggie angesichts der fremdartigen Rufe irgendwie eingeschüchtert. Sie beklagte sich zwar nicht, doch er erkannte an ihrem Blick, dass die exotische Natur sie eher ängstigte als erfreute. Hatte sie denn keinen Blick für die Schönheit dieses Landstrichs?

»Maggie, Liebes«, sagte Paul aufmunternd und deutete auf einen besonders schönen, in voller Blüte stehenden Frangipani-Baum, ein Exemplar, das schon viele Jahrzehnte auf dem Buckel haben musste. In seinen Ästen turnten ein paar schwarz-weiß gefiederte Vögel mit riesigen gelben Schnäbeln herum. »Schau dir mal diesen Baum an! So einen sollten wir in unserem Garten in England haben, findest du nicht?«

Der Anblick der rosafarbenen Blüten mit gelbem Auge schaffte es schließlich, ein Lächeln auf Maggies Gesicht zu zaubern.

»Du hast recht, er ist wirklich wunderschön. Ob uns der Gouverneur einen Ableger überlässt?«

»Ich bin sicher, dass er das tun wird, wenn wir ihn bitten. Dieser Baum wäre sicher eine Zierde für unsere Orangerie. Und wer weiß, vielleicht überlässt er uns auch einen von diesen Vögeln. Wusstest du, dass man sie Nashornvogel nennt?«

»Wegen des riesigen Schnabels.«

Für einen Moment schien seine Frau nun endlich die Anspannung zu verlieren.

»Genau, weil sie ein Horn auf dem Schnabel haben. Um solch ein Exemplar würde dich die gesamte Londoner Gesellschaft mit ihren langweiligen Papageien beneiden.«

Maggie pflichtete ihm nickend bei, lehnte dann ihren Kopf an Pauls Schulter. Ihre Heiterkeit schwand wieder ein wenig. »Wie lange meinst du denn, werden wir hierbleiben müssen?«

»Solange es nötig ist.«

»Und wie lange ist nötig?«

»Wir werden dieses wunderbare Land so lange mit unserer Anwesenheit beehren, bis ich mir mit dem Besitzer der Zuckerplantage einig geworden bin, was die Beteiligung angeht.«

Paul beugte sich blitzschnell zu Maggie, bevor diese ihren Protest anmelden konnte, und drückte ihr einen Kuss auf die Wange. Die Berührung seiner Lippen ließ ihre porzellanfarbene Haut erblühen.

»Aber Paul, das ...«

»... gehört sich nicht?« Paul lächelte breit und gab ihr auch noch einen Kuss auf die andere Wange. »Wir sind verheiratet, warum sollte sich das nicht gehören? Ich bezweifle, dass man etwas daran finden würde, selbst wenn ich dich in aller Öffentlichkeit auf den Mund küssen würde – immerhin bin ich mittlerweile dein Mann!«

Maggies Gesicht wirkte auf einmal wie ein Sommerapfel, der rundherum Sonne bekommen hatte. In Anbetracht dessen, dass auf der großen Freitreppe noch andere Leute zu sehen waren, sah Paul jedoch von einem weiteren Kuss ab.

An der Eingangstür wurden sie von einem dunkelhäutigen Diener in der Tracht der Batak begrüßt. Charakteristisch war das dunkle, gemusterte Kopftuch, das auf eine besondere, beinahe turbanähnliche Weise gebunden wurde. Er verneigte sich vor Paul und Maggie und bedeutete ihnen dann, ihm zu folgen.

In der Eingangshalle befanden sich schon weitere Gäste. Fetzen von Deutsch, Englisch und Niederländisch schwirrten in dem riesigen, prachtvoll verzierten Raum umher, hin und wieder vernahm Paul auch ein paar französische Worte. Aus dem Augenwinkel heraus beobachtete er, wie Maggie die anwesenden Damen musterte. Einige von ihnen waren noch sehr jung und gemessen an ihren Roben ziemlich reich.

Paul war froh, dass er Maggie zu dem Spaziergang durch die Stadt überredet hatte. Er wusste, wie leicht sie Minderwertigkeitskomplexe bekommen konnte, wenn sie sah, dass eine Frau besser angezogen war als sie selbst.

Das pfirsichfarbene Seidenkleid, das ihr eine chinesische Schneiderin innerhalb von drei Tagen angefertigt hatte, konnte es mit den anderen Kleidern problemlos aufnehmen. Dementsprechend stolz reckte Maggie den Kopf, als sie einige neidische Blicke trafen.

Es dauerte nicht lange, bis der Gouverneur auf die Neuankömmlinge aufmerksam wurde.

Piet van Swieten war ein hochgewachsener Mann mit breitflächigem Gesicht, grauen Strähnen im blonden Haar und einem weißen Spitzbart. Seine Augen leuchteten blau wie der Himmel über dem Hafen von Padang, und sein Lachen dröhnte weithin durch den Raum.

Mit einladend ausgebreiteten Armen kam er auf Paul und

Maggie zu und rief in leicht akzentgefärbtem Englisch: »Meine Lieben! Ich freue mich sehr, euch beide hier begrüßen zu dürfen!«

»Mijnheer van Swieten, das Vergnügen ist ganz auf meiner Seite«, antwortete Paul auf Niederländisch. »Darf ich Ihnen meine Frau, Lady Maggie Havenden, vorstellen?«

»Es ist mir eine große Freude, Mylady.« Der Holländer verneigte sich formvollendet zu einem Handkuss. »Und ich hoffe sehr, dass ich Ihren sicher hohen Ansprüchen an eine kulturelle Veranstaltung gerecht werden kann. Hier draußen, am Ende der Welt sozusagen, herrschen vollkommen andere Regeln als in Europa, möchte man meinen. Allein schon durch das Fehlen gewisser Selbstverständlichkeiten der Alten Welt ist man gezwungen zu improvisieren.«

»Haben Sie etwa balinesische Tänzerinnen eingeladen?«

Van Swieten lachte auf. »Ihr Vater hat Ihnen davon erzählt, nicht wahr? Nein, diesmal dürfen wir uns auf einen anderen Kunstgenuss freuen. Es ist zwar auch eine Tochter dieses Landes, aber eine, die in letzter Zeit für Schlagzeilen gesorgt hat, worauf ich sehr stolz bin. Und Sie sollten es auch sein, Paul, denn zur Hälfte ist sie eine Landsmännin von Ihnen.«

»Ein Mischling?«, platzte es aus Maggie heraus.

»Wenn Sie es so nennen wollen ... Auf jeden Fall sind diese sogenannten Mischlinge eine wichtige Stütze unseres Landes und nicht weniger fleißig und engagiert als jeder andere hier.«

Paul entging nicht, dass van Swieten ein wenig missgestimmt klang.

Er wusste nur zu gut, dass die Holländer ein anderes Verhältnis zu Mischehen mit Einheimischen hatten als Engländer. Ihr Ziel war es eher, das Staatswesen am Laufen zu halten und vor allem den Handel. Dazu brauchten sie die Eingeborenen ebenso wie deren Nachkommen auch mit Weißen.

»Entschuldigen Sie bitte, Maggie meint das nicht böse. In englischen Kolonien sind Ehen zwischen Weißen und Einheimischen eher selten. Und natürlich sollte es auch nicht heißen, dass sie das Können Ihres Gastes in Zweifel zieht.«

Van Swietens Miene entspannte sich wieder und kehrte zu ihrer gelösten Heiterkeit zurück. »Wenn das so ist, werden Sie voll auf Ihre Kosten kommen. Doch zuvor möchte ich Ihnen meine Frau und meine Tochter vorstellen. Sie brennen darauf, Sie kennenzulernen.«

Der Gouverneur führte sie unter den neugierigen Blicken der anderen Gäste etwas weiter in den Raum hinein. Seine Gattin, die Paul von einem Foto kannte, befand sich gerade im Gespräch mit einer etwas beleibten älteren Frau. Das Mädchen neben ihr war ihr dermaßen aus dem Gesicht geschnitten, dass es sich zweifelsohne um ihre Tochter handeln musste.

»Geertruida, meine Liebe, komm und begrüße den Sohn von Horace und seine Gemahlin.«

Die Ehefrau des Gouverneurs, die gut zehn Jahre jünger war als van Swieten und in ihrem dunkelblauen Kleid eine sehr gute Figur machte, entschuldigte sich kurz bei den anderen Damen und bedeutete dem Mädchen neben sich mitzukommen.

»Das ist meine Ehefrau, Geertruida, und das meine Tochter Veerle.« Van Swieten reckte stolz die Brust. »Sie wird in zwei Monaten ebenfalls heiraten.«

Die junge Frau, die vielleicht gerade achtzehn oder neunzehn war, lächelte schüchtern, während die Gouverneursgattin Paul die Hand reichte. Dieser neigte sich zu einem Handkuss, dann stellte er Maggie vor.

»Maggie und ich haben vor vier Monaten geheiratet, kurz vor Vaters Tod«, erklärte Paul und bemerkte, dass Maggie betroffen die Lippen zusammenpresste. Sie sprach es nicht aus, aber er wusste, dass sie den Tod seines Vaters kurz nach ihrer Hochzeit für ein schlechtes Omen hielt.

»Es tut mir sehr leid um Ihren Vater«, entgegnete van Swieten betroffen. »Doch wie man sieht, fügt Gott in der Welt alles so, dass sie sich weiterdreht. Sie werden den alten Lord Havenden würdig zu ersetzen wissen.«

Ein Moment klammen Schweigens stellte sich zwischen sie, dann bemerkte van Swieten: »Schade, dass Sie Ihre Hochzeit nicht hier gefeiert haben. Wenn ich noch einmal jung wäre und heiraten wollte, würde ich mit meiner Geertruida ganz gewiss durchbrennen – und in Padang meine Ehe schließen.«

Die Gouverneursfrau warf ihm einen missbilligenden Blick zu. »Piet, rede doch nicht so was, du weißt doch, dass eine Hochzeit vorbereitet werden muss. Nicht mal Arbeiter wagen es, wenn sie noch Familie haben, einfach durchzubrennen.«

»Wenn es die Arbeiter nicht wagen, kann es sich die Aristokratie doch gerade erlauben!«, entgegnete der Gouverneur, doch seine Frau schüttelte den Kopf.

»Du solltest so was besser nicht vor deiner Tochter sagen. Sie wird jedenfalls nicht durchbrennen, nicht wahr, Veerle?«

Der fast schon drohende Unterton brachte Paul zum Schmunzeln. Offenbar hatte Geertruida van Swieten ihre Familie fest im Griff.

Dem Gouverneur schien die Stimmung zu ungemütlich zu werden, denn er sagte: »Also gut, ich muss euch fürs Erste verlassen, aber wir werden noch Gelegenheit erhalten, ein wenig länger miteinander zu sprechen. Geertruida, kümmerst du dich bitte um die beiden?«

»Mit dem größten Vergnügen!« Die Gouverneursfrau

lächelte Maggie und Paul an und führte sie dann zu den Damen, mit denen sie zuvor gesprochen hatte. Bewundernde Blicke trafen das Paar, und Paul blickte stolz auf seine Frau. Ja, sie war eine wunderbare Lady Havenden. Und vielleicht entwickelte sie ja auch eine gewisse Liebe zu diesem Land – dem Land, das vielleicht schon bald eine ihrer Einnahmequellen beherbergte.

Die weiche Puderquaste auf der Haut zu spüren, den zarten Puderduft einzuatmen, beides gab Rose ein beruhigendes Gefühl. Mindestens dreimal hatte sie sich schon die Nase gepudert, was eigentlich unnötig war. Sie wunderte sich über sich selbst: Wieso hatte sie derart großes Lampenfieber? In den vergangenen Monaten, in denen sie als aufgehender Stern der Musikwelt gefeiert wurde, hatte sie schon vor wesentlich mehr Publikum gespielt als hier.

Doch nun saß sie in diesem mit wunderschönen weißen Möbeln eingerichteten Raum, der ihr als Garderobe zur Verfügung gestellt worden war, und fühlte sich auf einmal wie beim ersten Vorspielen bei Mrs Faraday. Nein, schlimmer noch, wie vor ihrem ersten Konzert im Konservatorium, wo Mrs Faraday ihr im Vorfeld angedroht hatte, ihre Geige zu zerschlagen, wenn sie nicht vernünftig spielte. Da Rose damals nicht mehr besessen hatte als diese ungewöhnliche Geige mit der Rose – was sie übrigens, als ihr Vater ihr das Instrument geschenkt hatte, als hübsche Analogie empfunden hatte –, hatte sie wie Espenlaub auf ihrem Schemel gezittert.

Doch es war alles gutgegangen, die Geige war noch heute in ihrem Besitz. Und eigentlich gab es keinen Grund für sie, unruhig zu sein. Mit Vivaldi war sie auf der sicheren Seite, denn das Stück war brillant. Natürlich war es ungewöhnlich, den »Winter« aus den »Vier Jahreszeiten« auf Sumatra zu spielen, aber Mrs Faraday hatte stets gemeint, dass die Musik jene Sprache sei, die man überall auf der Welt verstünde.

Oder war sie unruhig, weil das Konzert hier so intim war? Weil sie in einem Privathaus war? Oder weil man jeden Schnitzer hören konnte? Nicht, dass das in letzter Zeit oft vorgekommen wäre. Ihr Agent hatte ihr letztes Konzert ebenso in allen Tönen gelobt wie die Presse. Doch wie schnell konnte ein Ruf dahin sein! Besonders als Frau wurde man sehr genau beäugt. Unter den Freunden des Gouverneurs brauchte nur jemand zu sein, der Verbindungen zur Musikwelt hatte und dann überall herumerzählte, dass sie katastrophal gespielt hatte.

Ein Klopfen an der Tür riss sie aus ihren Überlegungen. Sie rechnete damit, dass Mai erscheinen würde, um ihr noch einmal die Haare zu richten, doch auf ihren Ruf hin erschien Sean Carmichael, ihr Agent, in der Tür.

»Du siehst bezaubernd aus, Kindchen!«, rief er aus und klatschte kurz in die Hände. »Wie ein Engel, der nur darauf wartet, die Menschheit mit seiner Musik willenlos zu machen und zum Guten zu bekehren.«

»Übertreib nicht«, gab Rose ungerührt zurück, denn wenn es eine Konstante in ihrer Beziehung zueinander gab, dann Seans Schmeicheleien vor einem Auftritt. Bei den ersten Malen hatten sie Rose noch gutgetan, doch mittlerweile wusste sie, dass er ihr auch dann schmeicheln würde, wenn sie zerzaust und hässlich aussehen würde – Hauptsache, sie ging hinaus, spielte und schwemmte Geld in die Kasse. Je höher die Summe, desto übertriebener die Schmeichelei beim nächsten Mal.

»Das tue ich doch gar nicht.« Sean breitete die Arme aus und blickte drein, als könnte er kein Wässerchen trüben. »Du siehst wirklich reizend aus, der Gouverneur und seine Gäste werden zufrieden sein.«

»Wie ist denn der Gouverneur so?«, fragte Rose, denn bei ihrer Ankunft hatte man ihr erklärt, dass der Hausherr gerade nicht zugegen war. Eine Dienerin hatte Rose und Mai zu dem ihr zugedachten Raum geleitet und ihr wenig später etwas Zitronenlimonade und ein paar Küchlein gebracht.

»Er wirkt auf den ersten Blick ein wenig … sagen wir, grobschlächtig, die Holländer haben eine ganz andere Art als die Engländer.«

»Die Art der Holländer hier kenne ich«, entgegnete Rose. »Und sie ist mir nicht unangenehm.«

»Nein, nein, nein, ich wollte keineswegs sagen, dass van Swieten unangenehm ist.« Sean hob abwehrend die Hände, dann trat er hinter sie. »Ich weiß ja, dass du aus der Gegend kommst und deinen holländischen Lehrerinnen viel zu verdanken hast. Ich wollte dich nur vor der Art des Gouverneurs warnen. Er ist von dem Schlag, der jungen Frauen gern ins Hinterteil kneift.«

»Sean!«, rief Rose empört aus, erntete aber nur Gelächter.

»Ach Rose, reg dich ab! Alles, was hier zählt, ist, dass du gut spielst. Der Gouverneur hat ein sehr aufmerksames Auge für seine Freunde, gemessen an der Zahl und der Größe der Kutschen sind das alles einflussreiche Männer. Ich werde meine Fühler mal ein wenig für dich ausstrecken, wäre doch gelacht, wenn wir nicht irgendwann mal einen Auftritt in New York bekommen.«

Rose lächelte ihr Spiegelbild an. Sean mochte vielleicht bei seinen Schmeicheleien übertreiben, aber er wusste genau, was sie wollte. Und bisher hatte er seine Versprechen immer gehalten.

»Das gefällt dir, nicht wahr? Aber jetzt solltest du dich bereitmachen, lange kann es nicht mehr dauern, bis dich die Gäste spielen hören wollen.«

Kaum hatte er das gesagt, stürmte Mai in die Garderobe. Zunächst erstarrte sie, als sie Sean sah, dann schloss sie die Tür hinter sich.

»Der Diener des Gouverneurs sagte mir, dass Sie in einer Viertelstunde spielen sollen. Ich mache Ihnen besser noch mal die Haare.«

»Bring deiner Herrin lieber die Geige und lass sie noch ein wenig üben, das nimmt ihr die Nervosität!«, mischte sich Carmichael ein und verschwand dann lachend aus der Garderobe.

»Hör nicht auf ihn«, sagte Rose, denn sie sah, dass Mai unschlüssig war, was sie tun sollte. »Spielen kann ich auch so. Aber du könntest dir wirklich noch mal mein Haar vornehmen, ich komme mir vor wie ein Mopp!«

Als Mai nach der Bürste griff und sie vorsichtig durch ihr langes schwarzes Haar gleiten ließ, schloss Rose die Augen. Note für Note des Stückes erschien vor ihr, sie malte sich die Begleitung aus, die sie heute zwar nicht haben würde, aber in solchen Fällen in ihrer Seele bei sich trug, und überlegte, an welchen Stellen sie Verzierungen anbringen konnte. Dabei legte sich ihre Unruhe, und als es schließlich an ihrer Tür klopfte, um anzuzeigen, dass es so weit war, erhob sie sich in stiller Vorfreude.

Paul wusste nicht mehr, wie viele Hände er mittlerweile geschüttelt hatte. Es war erstaunlich, wie viele Männer seinen Vater kannten. Maggie war von der Gouverneursfrau entführt worden, die sie ein paar Freundinnen vorstellte. Da Paul gesehen hatte, dass ihr dies gefiel, ließ er sie gehen – und bezahlte nun damit, dass alle ihn nach dem alten Lord Havenden ausfragten.

»Es tut mir wirklich leid, dass Horace bereits das Zeitliche gesegnet hat«, sagte Mijnheer Bonstraa, der Besitzer einer Zuckerplantage nördlich von Padang. Von ihm hatte sein Vater manchmal erzählt. Er hatte einen gesunden Geschäftssinn – und eine grandiose Wirkung auf Frauen. Die Dame, die er an seinem Arm geführt hatte, bevor er sich zu Paul begab, war eine Einheimische, gut zwanzig Jahre jünger als er und wunderschön. Zu behaupten, dass sie sich nur wegen seines Reichtums mit ihm eingelassen hätte, wäre allerdings falsch gewesen, denn für sein Alter war Bonstraa wirklich sehr gutaussehend. In früheren Jahren hatte er gewiss so manches Frauenherz gebrochen.

»Vielen Dank für Ihre Anteilnahme, Mijnheer Bonstraa.«

»Er war wirklich ein guter Mann. So anders als manche Engländer, die mir begegnet sind. Bitte nehmen Sie es mir nicht übel, aber Ihre Landsleute sind manchmal anstrengend.«

»Mittlerweile gibt es sehr viele junge Leute, die erfrischende Haltungen und Ideen entwickeln. Ich nehme an, dass sich in England in den kommenden Jahren so einiges ändern wird.«

Paul musste bei diesen Worten lächeln. Als halber Niederländer wusste er, was Bonstraa meinte. Seine Mutter war ebenfalls ein sehr lebenslustiges Geschöpf, das leicht Freundschaften schloss und auch auf Maggies anfangs etwas reservierte Mutter ganz unbefangen zugegangen war.

»Sie haben übrigens eine sehr hübsche Frau, Paul«, sagte Bonstraa, während er versuchte, Maggie in der Menge ausfindig zu machen. »Das ist sie doch, oder?«

Paul nickte. »Wir haben vor ein paar Monaten geheiratet, nur wenige Wochen vor Vaters Tod. Ich bin froh, dass er das noch miterleben konnte, wenngleich sein Gesundheitszustand schon sehr schlecht war.«

»Der arme Horace. Sie treten ein großes Erbe an, aber ich

bin sicher, dass Sie ihm alle Ehre machen werden.« Bonstraa streckte die Hand aus und berührte Paul beinahe schon väterlich am Arm. »Also stellen Sie mir Ihre Frau vor? Wie Ihnen Ihr Vater vielleicht berichtet hat, bin ich ein Bewunderer weiblicher Schönheit.«

Dazu, Maggie zu suchen und sie dem Freund seines Vaters vorzustellen, kam Paul nicht, denn ein kleines Läuten ließ die Gäste verstummen.

»Meine Damen und Herren, ich freue mich sehr, Ihnen einen ganz besonderen Gast vorstellen zu dürfen«, begann van Swieten, der sich in der Mitte des Saales aufgebaut hatte. »Einige von Ihnen erwarten vielleicht, dass ich wie beim letzten Mal balinesische Tänzerinnen eingeladen habe, doch es ist nicht meine Absicht, Sie mit Wiederholungen zu langweilen. Da es der Zufall so wollte, dass eine ganz außergewöhnliche Tochter unseres Landes wieder in ihrer Heimat weilt, darf ich Ihnen jetzt einen besonderen Kunstgenuss versprechen. Miss Rose Gallway ist ein aufsteigender Stern am Musikhimmel, in der ganzen Welt feiert sie Erfolge mit ihrer Geige. Ich fühle mich überaus geehrt, dass sie meinem Gesuch stattgegeben hat und heute für Sie spielen wird.«

Mit einer ausladenden Handbewegung bat er die Violinistin herein. Sämtliche Gäste reckten die Hälse, und auch Paul konnte sie nicht gleich sehen.

»Das Mädchen ist wirklich was Besonderes«, raunte Bonstraa ihm zu, während er applaudierte. »Haben Sie schon mal von ihr gehört?«

Paul schüttelte den Kopf. Er hatte noch nie viel Zeit mit Kunst verbracht – seit es seinem Vater nicht gutgegangen war, hatte er sich um das Anwesen und die Ländereien kümmern müssen. Hin und wieder musste er sich auf gesellschaftlichen Anlässen sehen lassen, aber das reichte nicht aus, um zu wissen, welche Musiker gerade für Furore sorgten. Doch dann teilte sich die Menge, und in den Raum trat, mit der stolzen Haltung einer Königin, eine junge Frau mit wallendem schwarzen Haar, die eine Rüschenbluse und einen schwarzen Tournürenrock trug, dessen geraffte Schleppe bei jedem Schritt reizvoll wippte. In ihrer linken Hand hielt sie eine seltsam rot gemaserte Geige, in der rechten den dazugehörigen Bogen. Neben einem schwarzen Piano, dessen Platz leer war, nahm sie Aufstellung, blickte mit einem leichten Lächeln auf den Lippen in die Runde der Gäste und setzte dann die Geige an.

Für einen Moment war es so still, dass man die berühmte Stecknadel hätte fallen hören können. Dann erklang der erste Ton, scharf und klar, wie ein Kristall, und Paul konnte nichts anderes tun, als diese Frau anzustarren, die förmlich mit der Musik zu verschmelzen und die Welt um sich herum zu vergessen schien.

Wie immer, wenn das Konzert gut lief, hatte Rose das Gefühl, dass ihr Bogen ein merkwürdiges Eigenleben entwickelte und er ihre Hand führte, anstatt von ihr geführt zu werden. Die Töne waren klar und präzise, das Tempo genau richtig, und wenn Rose die Augen schloss, konnte sie die bösartig funkelnden Eiszapfen ebenso sehen wie weite Felder, die unter einer zarten, aber mächtigen Schneedecke verborgen waren. Ein Schauer rann durch ihren Körper, als würde sie tatsächlich im Winterwind stehen und beobachten, wie die Sonne hinter einem von dunklen Tannenspitzen gesäumten Horizont verschwand und die Dunkelheit so rasch folgte, als hätte sie einen Mantel hinter sich hergezogen.

Bevor sie nach England gekommen war, hatte sie keine Vorstellung davon gehabt, wie der Winter in Europa sein würde. Wie Frost sich anfühlte und Schneekristalle, die einem der Wind ins Gesicht blies. Der Winter war auf Sumatra die Zeit des Regens, sie erinnerte sich noch gut an die großen Pfützen, die sie auf ihrem Schulweg umrunden musste, während sie sich mit einem Hut aus Palmblättern vor dem Regen zu schützen versuchte. Trotz des vielen Wassers war es jedoch warm, die Luft so feucht wie die Dampfwolke über einem Suppentopf.

In England hatte sie schon bald feststellen müssen, dass es auch dort sehr viel Regen gab – aber keinen warmen Regen, der dampfende Berge zurückließ. Der Londoner Regen war eiskalt und der Nebel undurchdringlich, feindlich. Selbst im Sommer hatte Rose in der Anfangszeit sehr oft frierend in ihrer Kammer oder beim Unterricht gesessen.

Als der Winter kam, ein sehr harter Winter selbst für englische Verhältnisse, lernte sie ein Wunder kennen – vom Frost erstarrtes Wasser. Obwohl die Kälte ihr mehr zusetzte als den anderen Mädchen im Konservatorium, hatte sie Stunden damit zubringen können, das Glitzern des Sonnenlichts im Eis zu beobachten oder Schnee in ihrer Hand schmelzen zu lassen, bis ihre Haut rot und taub war.

Die weißen Kristalle sah sie nun wieder vor sich, spürte ihre Kälte an den Fingerspitzen und den eisigen Windhauch auf ihrem Gesicht. All diese Empfindungen trugen sie durch das Stück, und es tat ihr beinahe leid, als sie schließlich an seinem Ende angekommen war.

Erst jetzt bemerkte sie ihren heftigen Atem, das Pochen ihres Herzens und den Druck der Geige unter ihrem Kinn. Es war, als würde sie langsam in ihren Körper zurückkehren, nachdem sie ihn während des Spiels verlassen hatte.

Ein wenig benommen sah sie sich um, und ihr Mund formte ein zufriedenes Lächeln, als sie sah, dass die Zuschauer sie sprachlos anstarrten. Ob sie in ihnen all jene Emotionen geweckt hatte, die sie selbst gespürt hatte? Sie würde es wohl nie erfahren, und wahrscheinlich gab es auch hier Menschen, die angesichts der Musik nichts fühlten, aber dieser Moment der Sprachlosigkeit, kurz bevor Applaus losbrach, stellte sie zufrieden.

Dieser Applaus, durchsetzt mit Bravo-Rufen, setzte schließlich ein, etwas später als gewöhnlich, aber wahrscheinlich waren die Leute nicht auf ihr Spiel gefasst gewesen – ganz im Gegensatz zu den Besuchern einer Konzerthalle.

Rose knickste, wie man es von einer dankbaren Künstlerin erwartete, dann straffte sie sich wieder. In dem Augenblick traf ihr Blick einen jungen Mann, den sie zuvor, versunken in ihr Spiel, nicht bemerkt hatte. Sein Haar hatte einen dunklen Goldton, und seine Augen waren so blau wie das Meer, wenn es einen klaren Sommerhimmel reflektierte.

In ihrem Leben hatte sie schon viele helle, blonde Menschen gesehen – auch ihre Lehrerin hatte flachsblondes Haar besessen, was sie als kleines Kind ungemein fasziniert hatte. Doch nie zuvor hatte sie einen Menschen gesehen, der dermaßen viel Sonne ausstrahlte wie er.

Als Rufe nach einer Zugabe ertönten, kam sie wieder zu sich und wandte ihren Blick ab. Sie gab dem Wunsch des Publikums mit einem Nicken nach, und wenig später breitete der »Frühling« seine akustischen Schwingen in dem Festsaal aus.

Als sie das Stück beendet hatte, kam ein gedrungener Mann zu ihr und schüttelte ihr beinahe etwas grob die Hand. Angesichts der Beschreibung seines Verhaltens und einiger Bemerkungen, die Mai beim Ankleiden fallen gelassen hatte, schloss Rose daraus, dass es sich um van Swieten handeln musste. Himmel, dieser Mann war wirklich einer von der Sorte, die Mädchen in den Hintern kniff, da hatte Carmichael nicht übertrieben.

Rose übte sich in Zurückhaltung, ließ seine Begeisterung und seine Komplimente mit gesenkten Lidern über sich ergehen, und wie Mrs Faraday es ihr eingebläut hatte, dankte sie mit ruhigen und gewählten Worten, obwohl in ihr alles danach schrie, jubelnd aus dem Raum zu laufen und sich einfach nur zu freuen, dass sie so gut gespielt hatte wie nie zuvor. Das brauchte ihr niemand zu sagen, sie wusste es einfach.

Die Aufmerksamkeit des Gouverneurs zog auch die der anderen Männer an. Breit lächelnd oder sie wie ein Pferd auf dem Markt musternd traten sie auf sie zu, während hinter ihnen ihre Gattinnen mit säuerlichen Mienen zurückblieben. Rose war dergleichen gewohnt, angenehm war es ihr aber nie. Doch einen hätte sie gern ein wenig näher kennengelernt.

Vergeblich suchte Rose nach dem Sonnenmann. Hatte ihm ihr Vortrag nicht gefallen? Gehörte er zu den Gefühllosen, wie sie sie nannte? Oder war er zu schüchtern, um sich wie die anderen beinahe schamlos an sie heranzudrängen?

Angesichts der sich immer mehr um sie scharenden Bewunderer blieb Rose schließlich nur noch die Flucht. Unter dem Vorwand, ihre Garderobe aufsuchen zu müssen, weil ihr ein wenig unwohl war, entschuldigte sie sich, doch sie hatte nicht vor, in das Zimmer zu Mai und möglicherweise auch Carmichael zurückzukehren.

Von ihrem Garderobenfenster aus hatte sie einen guten Blick auf den Garten gehabt – welcher Ort wäre besser geeignet, sich ein wenig abzukühlen und den Auftritt zu reflektieren? Sie huschte also an den Gästen vorbei, ignorierte die säuerlichen Blicke einiger älterer Damen und erreichte schließlich den Gang. Dort traf sie ein Dienstmädchen, das eine Schale Obst vor sich hertrug.

»Entschuldige, wie komme ich raus in den Garten?«, fragte sie auf Malaiisch, worauf das Mädchen sie mit großen Augen ansah. Rose war klar, dass man ihr die Herkunft mütterlicherseits kaum ansah, mit ihrer hellen Haut galt sie bei den Einheimischen als Europäerin. Umso überraschter war ihr Gegenüber, wenn es hörte, dass sie akzentfrei in der Landessprache redete.

»Ich meine, wie kommt man hier raus, ohne durch die Gäste zu müssen«, setzte Rose mit einem verschwörerischen Lächeln hinzu, das das Mädchen nicht weniger verwirrte als ihre Sprachkenntnisse.

Doch es zeigte ihr nun bereitwillig den Weg, der sie den Gang hinunter in Richtung Küche führte. Der warme Speisedunst, der ihr entgegenströmte, ließ ihren Magen trotz der Küchlein, die sie am Nachmittag gegessen hatte, knurren. Als ihr ein anderes Dienstmädchen mit einem Tablett Pasteten entgegenkam, schnappte sie sich kurzerhand eine und verschwand dann durch eine kleine Hintertür, hinter deren Fenster sie mondbeschienene Baumkronen ausgemacht hatte.

Der warme Windhauch, der sie draußen umfing, entlockte ihr ein wohliges Seufzen. Die feuchte Luft war erfüllt von dem vertrauten süßen Geruch nach Frangipani, Orchideen und Jasmin. Zwischen den hoch aufragenden Palmen, die auf dem Gelände wuchsen, leuchtete eine sattgelbe, im Wachsen begriffene Mondsichel. Das Licht, das aus den Fenstern der Residenz fiel, zerrte hier und da einen Zweig leuchtender Blüten aus der Dunkelheit.

Nachdem Rose die Pastete verzehrt hatte, schritt sie weiter

und ließ zu, dass die Eindrücke des Gartens, seine Süße und seine von der Dunkelheit verschleierte Farbenpracht langsam in sie hineinsickerten.

Je weiter sie sich vom Haus entfernte, desto klarer wurden die natürlichen Geräusche ringsherum. In den Bäumen und Sträuchern raschelte es, hin und wieder schwang sich ein Nachtvogel mit schnellem Flügelschlag in die Lüfte. In der Ferne schickten die Affen ihre Rufe durch die Nacht. Dazwischen raunte der warme Nachtwind. Die Melodie ihrer Heimat. Wie lange hatte sie diese nicht mehr gehört!

Während die Kiesel unter ihren Schuhen knirschten, überlegte sie, ob es möglich wäre, all diese Eindrücke in ein Musikstück zu fassen. Vivaldi hatte es geschafft, die Vogelstimmen des Frühlings, die Trägheit des Sommers, das Umherwirbeln der Blätter im Herbst und das klirrende Eis des Winters mit Tönen darzustellen. Warum sollte ihr das nicht gelingen? Alles, was sie dazu brauchte, war Zeit und einen Ort, an dem sie ungestört von den Menschen den Noten in ihrem Kopf nachspüren konnte.

Auf einer kleinen Terrasse, von der aus man in Richtung Meer und auf die Stadt Padang schauen konnte, blieb sie schließlich stehen. Das Wasser war ein schmaler, dunkler Streifen, das Mondlicht noch nicht stark genug, um die Fluten mit einem silbrigen Glanz zu überziehen.

Leuchtfeuer wiesen den Schiffen weithin sichtbar den Weg, und auch aus einigen Häusern drang Licht, das aus der Ferne besehen wie Glühwürmchen wirkte, die sich im Gebüsch niedergelassen hatten.

Noch nie zuvor hatte Rose ihre Heimat aus diesem Blickwinkel betrachtet. Nur einmal hatten sie in ihrer Kindheit Padang verlassen, um ihre Großmutter zu besuchen, die weit im Hinterland lebte. Nur noch schemenhaft konnte sich Rose daran erinnern, an das runzlige Gesicht ihrer Ahnin, an den Garten, der ihr so prachtvoll wie aus einem Märchen erschienen war. Außer diesen beiden Schlaglichtern war alles andere in Vergessenheit geraten.

Aber sie wusste immerhin noch, dass der Garten in Terrassen angelegt war und dass man, wenn man auf der obersten Stufe stand, das gesamte Dorf überblicken konnte.

»Sie scheinen den Ausblick zu genießen.«

Rose wirbelte herum. Zunächst konnte sie den Mann, der den schmalen Weg hinaufkam, nicht erkennen. Doch als er näher kam, fiel Mondlicht auf sein Gesicht, und sie sah nun, dass es sich um den Engländer handelte, den sie am Rand des Publikums gesehen hatte – den Sonnenmann. Ohne dass sie genau wusste, warum, begann ihr Herz auf einmal wild zu pochen.

»Ja, er ist traumhaft. Er erinnert mich an ...« Rose stockte. Nein, das wollte sie ihm nicht erzählen. Die Erinnerung an den Garten ihrer Großmutter, den sie nur ein einziges Mal als Kind gesehen und dann in ihrer Fantasie immer weiter ausgeschmückt hatte, gehörte ihr ganz allein.

Außerdem, was suchte er hier?

»Woran erinnert er Sie?«, fragte er, ohne sich zu rühren. Fast schien es, als hielte er sie für eine Erscheinung, die verschwinden konnte, wenn er ihr zu nahe kam.

»An einen Ort meiner Kindheit. Es ist nicht weiter wichtig. Was führt Sie hinaus in den Garten?«

»Ich war auf der Suche nach Ihnen.«

»Auf der Suche nach mir?«

»Ich hatte vorhin keine Gelegenheit, mit Ihnen zu sprechen – und auch das Gefühl, dass Sie sich im Kreise Ihrer Bewunderer nicht wohl gefühlt haben.«

Rose spürte, wie ihr das Blut in die Wangen schoss, und war

froh, dass man es im Mondlicht wahrscheinlich nicht sehen konnte. »Ich bin Musikerin und keine Schauspielerin. Diese mögen sich in der Rolle der Bewunderten vielleicht wohl fühlen. Ich fühle mich am wohlsten, wenn ich ganz in meiner Musik versinke.«

»Das hat man Ihnen beim Spielen angesehen. Vivaldi gehört zu den Lieblingskomponisten meiner Mutter. Und wer kennt nicht die ›Vier Jahreszeiten‹?«

»Sie sind meine Lieblingsstücke, der Winter und der Frühling. Aber wollen Sie mir nicht erst einmal verraten, mit wem ich mich unterhalte?«

»Oh, verzeihen Sie, ich wollte nicht unhöflich sein.« Der Engländer wirkte ein wenig verlegen, als er sich kurz verneigte. »Ich bin Paul Havenden. Lord Paul Havenden, wenn man es genau nimmt, aber an meinen Titel habe ich mich bisher noch nicht so recht gewöhnt.«

»Es ist mir ein Vergnügen.« Rose reichte ihm die Hand, die er ganz sanft in seine nahm und leicht küsste.

»Nun, da die Formalitäten geklärt sind, können wir ja mit der Musik fortfahren. Sie sagten, dass Sie Vivaldi mögen.«

»Eigentlich mag ich jede Art gut geschriebener Musik, die ich auf meiner Geige spielen kann«, entgegnete Rose lächelnd. »Tschaikowsky ist neben Vivaldi mein Lieblingskomponist. Und nicht zu vergessen Mozart. Welche Komponisten bewundern Sie?«

Havenden setzte ein etwas betretenes Lächeln auf. »Ich fürchte, Sie würden mich für einen Banausen halten. Ich liebe die Musik, aber ich habe nicht sehr viel Ahnung davon. Vivaldi, ja, den erkenne ich. Wahrscheinlich auch Mozart, aber das war es dann auch schon. Ich musste mich schon früh um unser Gut in England kümmern, da blieb nicht viel Zeit für geistige Erbauung. Dennoch kann ich mich einiger Dinge erfreuen, die einem einfachen Bauern zu erleben nicht vergönnt sind. Beispielsweise, Sie hier spielen zu hören.«

»Wenn der einfache Bauer genug Geld hätte, um es für eine Eintrittskarte auszugeben, könnte er auch in die Music Hall gehen und meinem Spiel lauschen. Mittlerweile ist Kunst nicht mehr nur was für die Oberklasse.«

Der Engländer lächelte sie breit an. »Ich gebe mich geschlagen. Und verspreche hoch und heilig, dass ich mich mehr der Kunst widmen werde.«

Rose wusste, dass er das nicht tun würde. Sobald er wieder in England wäre, würden ihn die Pflichten wieder so einnehmen, dass er das Konzert schnell wieder vergaß. »Und was führt Sie hierher, Lord Havenden?«

»Geschäfte«, entgegnete er unverwandt. »Mijnheer van Swieten möchte mir die Beteiligung an einer Zuckerrohrplantage nördlich der Stadt vermitteln. Ein Bekannter von ihm führt sie und hätte nichts gegen englische Beteiligung einzuwenden. Er ist ein alter Freund meines verstorbenen Vaters. – Und Sie sind auf Tournee?«

Rose nickte. »Mein Agent hat es sich in den Kopf gesetzt, dass ich, bevor wir in die Neue Welt aufbrechen, die Zeit damit verbringen soll, gekrönte Häupter Asiens zu unterhalten. Und natürlich auch die hier lebenden Weißen. Ich war bereits in Siam, Burma, China, Japan, und nun bin ich hier.«

»Da haben Sie vermutlich mehr gesehen als ich in meinem ganzen Leben.« Havenden stieß ein raues Lachen aus. »Ich habe bisher nur von den Geschichten meines Vaters zehren können.«

»Sie haben England noch nie zuvor verlassen?«

So etwas konnte sich Rose nicht vorstellen. Was gab es – außer den manchmal verschneiten Wintern – denn Reizvolles an England? Wenn ihre Tournee vorüber war, wollte sie sich vorerst in Paris niederlassen – es sei denn, sie wurde bis dahin nach Amerika eingeladen.

»Doch, natürlich habe ich das«, antwortete Havenden. »Ich war in Europa unterwegs, in Deutschland, Italien, Frankreich und Spanien. Aber das hier ist mein erster Besuch in einem außereuropäischen Land.«

»Und wie gefällt es Ihnen?«

»Es ist grandios! Was sonst sollte ich einer Tochter dieses Landes denn antworten?« Er blickte ihr tief in die Augen, beinahe zu tief, wie Rose fand. Verwirrt wich sie zurück.

»Die Wahrheit«, antwortete sie, schroffer, als sie es eigentlich beabsichtigt hatte.

»Die Wahrheit ist, dass ich dieses Land wirklich wunderbar finde. Mein Vater hatte hier etliche Freunde und hat immer von den grünen Urwäldern und den exotischen Blumen geschwärmt. Und von der Schönheit der Frauen, was, wie Sie sich vielleicht denken können, bei meiner Mutter nicht ganz so viel Anklang gefunden hat.«

Er lachte kurz über seinen Scherz, dann setzte er hinzu: »Als ich herkam, waren meine Erwartungen natürlich sehr hoch, aber ich wurde nicht enttäuscht. Und wenn alles gutgeht, werde ich schon bald Teilhaber einer Zuckerplantage sein. Dann werde ich dieses Land hoffentlich öfter besuchen können.«

Einen Moment lang sahen sie sich schweigend an, dann ertönte hinter ihnen ein Ruf: »Paul?«

Havenden zuckte kurz zusammen, als würde man ihn unsanft aus einem Traum herausreißen. Rose sah ihn mit hochgezogenen Augenbrauen an.

»Meine ... Verlobte«, erklärte er hastig und verneigte sich dann zu einem Handkuss. »War mir ein Vergnügen, Sie kennenzulernen, Miss Gallway.«

»Ganz meinerseits«, entgegnete sie, worauf er sich umwandte und zu der Frau ging, die zwischenzeitlich erneut nach ihm gerufen hatte.

Rose wusste nicht warum, aber irgendwie machte es sie traurig, ihn fortgehen zu sehen. Er mochte nicht viel Ahnung von Musik haben, aber es war etwas an ihm, das sie überaus interessant fand.

Als sie sich wieder dem Ausblick zuwandte, hatte sich die Mondsichel ein Stück von den Palmen wegbewegt und strebte nun dem dunkel bewaldeten Berg zu.

»Offenbar hat der junge Mann Gefallen an dir gefunden.«

Rose wirbelte herum. Es gehörte zu Carmichaels unangenehmen Angewohnheiten, dass er manchmal wie aus dem Nichts hinter ihr auftauchte, nachdem er sie heimlich belauscht hatte.

»Was soll das?«, fragte sie unwirsch. »Warum schleichst du dich wie ein Dieb an mich heran?«

»Ich schleiche doch nicht! Ich wollte nur nicht bei eurer Unterhaltung stören.«

Rose schoss das Blut in die Wangen. Wie viel von ihrem Gespräch hatte er mitbekommen? Nicht, dass Havenden anzüglich geworden wäre, aber dennoch hatte sie ein Gefühl, als hätte Carmichael sie bei etwas Intimem beobachtet.

»Er hat mir nur seine Bewunderung ausgesprochen, sonst nichts. Außerdem hat er eine Verlobte.« Warum fügte sie das hinzu? Und warum verspürte sie dabei so ein seltsames Brennen in der Magengegend?

»Ich habe mit van Swieten gesprochen«, kam Carmichael endlich zur Sache, während er mit in den Hosentaschen versenkten Händen auf sie zukam. »Er ist mehr als begeistert von dir – und mehr als enttäuscht, dass du dich nicht auf dem Fest sehen lässt. Er würde sein Gespräch mit dir gern noch weiterführen.«

So, wie seine Augen bei diesen Worten blitzten, konnte ihr Agent das unmöglich ernst meinen. Künstler wurden als solche engagiert, und es wurde normalerweise erwartet, dass sie sich nach dem Auftritt diskret entfernten.

»Du weißt, dass mir solche Anlässe nur so lange liegen, wie ich spiele. Ich mag es nicht besonders gern, wie eine Rinderhälfte auf dem Markt begafft zu werden. Außerdem schickt es sich nicht, sich dem Gastgeber aufzudrängen, nur weil man von ihm engagiert wurde.«

»Und dein Engländer hat dich nicht begafft?«

»Das ist etwas vollkommen anderes.« Nur schwerlich konnte Rose den Ärger, der in ihr aufwallte, unterdrücken. Was mischte sich Carmichael eigentlich ein? Sie hatte mit dem Mann gesprochen, das war alles. Morgen würde sie abreisen.

»Nun gut, wie du meinst. Auf jeden Fall habe ich eine gute Nachricht für dich, auch wenn du dich von der feiernden Gesellschaft fernhältst. Van Swieten hat mich gebeten, dich zu fragen, ob du noch eine Weile in Padang bleiben möchtest – als berühmte Tochter der Stadt und für einige Konzerte, die er für dich organisieren möchte.«

»Ich brauche keinen Mäzen für irgendwelche Auftritte.«

»Wirklich nicht?« Carmichael zog die Augenbrauen hoch. »Du musst zugeben, dass es doch sehr angenehm wäre, Konzerte spielen zu können, bei denen man nicht um die Zuschauerzahl bangen muss.«

»Als ob wir uns über fehlende Zuschauer beklagen könnten.« Rose schnaubte verächtlich und fragte sich, ob ihr Agent zu tief ins Glas geschaut hatte. »Das Konzert in Surabaja war hervorragend besucht.«

»Das war es tatsächlich, und wir hoffen ja, dass diese Glückssträhne noch lange anhält. Aber es würde nicht schaden, wenn ein einflussreicher Mann wie der Gouverneur zu deinen Bekannten, ja vielleicht zu deinen Freunden zählen würde. Dass er auf dieser Insel herrscht, bedeutet nicht, dass er nicht auch Kontakte nach Europa hat.«

»Auch mit Europa hatten wir keine Schwierigkeiten, was die Engagements anbelangt.«

»Aber das wird eines Tages vielleicht vorbei sein. Noch sehen alle in dir den aufgehenden Stern, doch irgendwann hast du deine maximale Höhe erreicht. Und dann müssen wir dafür sorgen, dass du so lange wie möglich leuchtest und nicht gleich wieder vom Himmel fällst. Überheblichkeit hat noch niemandem etwas gebracht, und noch schädlicher ist es, angebotene Hände auszuschlagen – auch wenn man auf dem Weg nach oben ist. Ich halte es jedenfalls für eine gute Idee, noch eine Weile hierzubleiben und van Swietens Angebot anzunehmen. Soweit ich weiß, leben deine Eltern doch hier. Warum besuchst du sie nicht zwischen den Engagements?«

Daran hatte Rose bereits gedacht und sich vorgenommen, vor ihrer Abreise am nächsten Tag ihre Mutter aufzusuchen. Da sie sehr spät angekommen waren, hatte sie vorher nicht die Zeit dazu gehabt. Außerdem bestand dann die Möglichkeit, Paul Havenden noch einmal wiederzusehen.

»Einverstanden«, sagte sie also. »Wir bleiben ein Weilchen hier, und ich spiele die Konzerte.«

Carmichael lächelte breit. »Du wirst es nicht bereuen. Allerdings werde ich dich jetzt bitten müssen, mitzukommen und van Swieten die freudige Nachricht selbst mitzuteilen. Er wird begeistert sein!«

Bei ihrer Rückkehr aus dem Garten wurde Rose von den Gästen erneut eindringlich gemustert. Van Swieten erwartete sie im Kreis zahlreicher Männer.

»Ah, da ist ja unsere musikalische Sensation!«, rief er aus

und reichte einem Diener, der lautlos neben ihm aufgetaucht war, sein Glas. »Ich dachte schon, Sie hätten die Flucht ergriffen.«

Das hatte sie tatsächlich, aber nun setzte Rose ihr herausforderndes Lächeln auf. »Es tut mir leid, wenn Sie diesen Eindruck gewonnen haben«, antwortete sie auf Niederländisch. »Nach meinen Konzerten bin ich immer so aufgewühlt, dass ich einen Moment brauche, um mich wieder zu fassen und mein Spiel zu reflektieren.« Sie konnte den Männern ansehen, dass keiner so recht wusste, was sie damit meinte. »Sie haben wirklich einen wunderbaren Garten, Mijnheer van Swieten!«

»Jetzt machen Sie mich ganz verlegen«, entgegnete er lachend. »Eigentlich halte ich ihn nicht für besonders gelungen und dringend verbesserungswürdig. In England haben Sie sicher viel schönere Gärten gesehen.«

»Da muss ich Ihnen widersprechen, Ihr Garten kann es mit jedem englischen Garten aufnehmen, allein schon deswegen, weil es hier nicht so neblig ist und man sich ganzjährig an Blüten erfreuen kann.«

Van Swietens Blick ruhte einen Moment auf ihr, dann bot er ihr seinen Arm an und führte sie auf die Terrasse. »Sie sind ein sehr außergewöhnliches musikalisches Talent und Tochter meines Landes. Und deshalb fühle ich mich quasi dazu verpflichtet, Sie zu unterstützen. Ich werde in den kommenden Wochen zahlreiche ausländische Gäste begrüßen, unter anderem sehr einflussreiche Männer aus Europa, Asien und Amerika. Wenn diese Männer Ihr Geigenspiel hören, werden sie sicher begeistert sein und dafür sorgen, dass Ihr Name in aller Welt ruhmreich wird.«

»Daran arbeiten Mr Carmichael und ich bereits ...«

»Aber es würde die Sache um so vieles leichter machen! Als

Teil der musikalischen Welt brauche ich Ihnen wohl nicht zu sagen, dass es bei manchen Dingen nicht auf Talent und Können ankommt, sondern um Beziehungen und die richtige Hand zur richtigen Zeit. Ich verfolge Ihren Werdegang schon seit dem Tag, als ich hörte, dass eine junge Frau aus Padang die Konzertsäle in Unruhe versetzt. Einige Menschen mögen mich vielleicht für roh halten, doch wenn es etwas gibt, das ich bedingungslos liebe, sind das meine Familie und die Musik. Ihr Spiel fasziniert mich, und nach allem, was ich bisher von Ihnen gehört habe, bin ich der Meinung, dass ich Ihnen ein wenig Förderung angedeihen lassen sollte.«

Worauf wollte er hinaus? Rose konnte sich des Eindrucks nicht erwehren, dass seine Gönnerhaftigkeit an eine Bedingung geknüpft sein würde. Eine, auf die sie sich vielleicht nicht einlassen wollte.

»Wie ich es Mr Carmichael bereits gesagt habe, möchte ich, dass Sie zehn Konzerte hier in Padang spielen, bevor Sie Ihre Tournee fortsetzen. Ihr Agent versicherte mir, dass dies möglich sei.«

Zehn Konzerte! Carmichael hatte von einigen gesprochen, dass es zehn sein würden, hätte sie nicht gedacht. Ließ das ihr Tourneeplan überhaupt zu?

»Das ist in der Tat möglich«, entgegnete Rose, während sie immer nur denken konnte: Amerika! Wie lange träumte sie schon davon, in New York zu spielen!

Würde wirklich jemand zu Gast sein, der sie dorthin bringen konnte? Nur was war der Preis?

»Und was stellen Sie sich als Gegenleistung vor?«, fragte Rose ein wenig beklommen.

Van Swieten betrachtete sie einen Moment lang, dann lächelte er. »Nicht das, was Sie vielleicht denken. Nein, ich muss zugeben, dass es nur eines gibt, das ich als Gegenleistung will.

Werden Sie so berühmt wie möglich und erzählen Sie allen, woher Sie kommen, damit die gesamte Welt erfährt, dass es unsere schöne Insel gibt. Und sehen Sie mich als einen väterlichen Freund, nichts weiter.«

Rose schämte sich nun dafür, dass sie etwas anderes gedacht hatte. So lange sie auf der Bühne stand, hatte es immer Versuche irgendwelcher Männer gegeben, sich ihr durch den Vorschlag, sie zu fördern, in unmoralischer Weise zu nähern. Offenbar war der Holländer eine Besonderheit.

»Das verspreche ich Ihnen«, sagte sie, worauf van Swieten ihr die Hand reichte.

Als sie in den Saal zurückkehrte, bemerkte sie nicht weit von sich entfernt Paul Havenden, die zierliche Frau an seinem Arm war offenbar seine Verlobte, von der er gesprochen hatte, jedenfalls schloss sie das aus den Blicken, die diese ihm zuwarf.

Schlag ihn dir aus dem Kopf, sagte sie sich und eilte dann zu Carmichael, der gewiss darauf brannte zu hören, was sie von dem Gespräch mit dem Gouverneur berichtete.

10

LONDON 2011

»Das Herunterziehen des Films dürfte kein Problem sein«, tönte Sunnys Stimme durch den Hörer. Unter Lillys telefonischer Anleitung hatte sie die Kamera abgebaut und die Speicherkarte entfernt. »Allerdings sind das sehr viele Stunden Film. Du solltest hin und wieder mal was löschen.«

»Kann man keinen Schnelldurchlauf machen? Ich brauche eigentlich nur den Teil, in dem dieser Mann mit dem Geigenkasten auftaucht.«

Kurz hatte Lilly Sunny umrissen, worum es ging. Natürlich hatte Sunnys Fantasie gleich verrückt gespielt, und sie vermutete nun, dass dieses Instrument »heiße Ware« war, die der alte Mann schnell unter irgendeinem fadenscheinigen Vorwand hatte loswerden wollen.

»Und wozu brauchst du den, wenn du der Meinung bist, dass die Geige nicht gestohlen ist?«

Lilly seufzte. Sie hätte wissen müssen, dass Sunny nachbohren würde.

»Ich möchte meine Mutter fragen, ob sie den Mann kennt. Ist so ein Familiending. Aber bevor du jetzt noch weiterfragst, nein, ich sag dazu nichts mehr. Du würdest mir doch sicher auch nicht deine ganze Familiengeschichte erzählen, oder?«

»Ach, da gibt es nicht viel zu erzählen. Die typische Spießerfamilie eben. Du müsstest mal sehen, wie die mich anschauen, wenn ich ihnen ein neues Tattoo zeige.«

»Allmählich müssten sie sich doch schon an den Anblick gewöhnt haben.«

»Eigentlich schon, aber ich versichere dir, jedes neue Bild ist wieder ein Schock für sie. – Aber okay, ich schau mir den Film gleich mal an. Ist eh gerade tote Hose in deinem Laden, sorry.«

Lilly zuckte mit den Schultern. »Schon gut, was anderes hätte ich auch nicht erwartet. Kannst du mir das Filmchen schicken, wenn du es hast?«

»Ich versuch's zumindest. Sonst brenne ich es auf CD.«

»Und dass du die Kamera wieder anbaust, wenn du fertig bist. Ich möchte nicht gerade dann ausgeraubt werden, wenn nichts aufgenommen werden kann.«

Sunny schnaufte, als bezweifele sie, dass sich irgendwer an ihren Antiquitäten vergreifen würde. Dann sagte sie: »Keine Sorge, Lilly, ich hab alles im Griff. Und wenn hier doch wer ankommt und mich ausrauben will, werde ich …«

»… ihm doch hoffentlich nichts über den Schädel hauen!«

»Nee, die Polizei rufen, ist doch klar.«

»Braves Mädchen!« Lilly holte kurz Luft, dann setzte sie hinzu: »Hättest du übrigens was dagegen, den Laden vielleicht noch für zwei weitere Wochen zu übernehmen? Meine Freundin meint, die Bestimmung meiner Geige könnte noch ein Weilchen dauern. Ich verdopple auch den Betrag, den wir ausgemacht haben, und leg dir eine kleine Prämie drauf.«

»Kein Problem, meine Semesterferien gehen noch bis April, solange kann ich hierbleiben.«

»So lange werde ich nicht brauchen«, entgegnete Lilly. »Außerdem musst du noch was von deinen Ferien haben. Dein Tattoostudio meldet dich sonst noch als vermisst.«

»Nee, keine Bange, ich schreib denen auf Facebook, die vermissen mich schon nicht. Und ich schmeiß wirklich gern deinen Laden. Stell dir vor, gestern hat 'ne alte Dame sogar was gekauft!«

»Also doch nicht ganz tote Hose?«

»Nee, hin und wieder kommt mal wer.«

»Gut, dann bin ich ja beruhigt. Denk an den Film, ja?«

»Mach ich. Bis dann, Lilly!«

»Mach's gut, Sunny.«

Da Ellen ihr angeboten hatte, ihren Computer zu nutzen, ging Lilly ins Arbeitszimmer und fuhr das Gerät hoch. Insgeheim hoffte sie auf eine Nachricht von Gabriel, doch ihr Verstand sagte ihr, dass das unmöglich war. Er hatte einen vollen Terminkalender, und dass er sich ihrer am Vortag gleich angenommen hatte, war Glück gewesen.

Dennoch war sie ein wenig enttäuscht, als sie feststellte, dass das Postfach zwar voll war, aber abzüglich der Werbung und des Spams nur eine Mail ihres Vaters übrigblieb, der sich danach erkundigte, wie es ihr ging, und kurz über einen Ausflug berichtete, den er demnächst mit seinen Vereinsbrüdern unternehmen wollte.

Kurz spielte Lilly mit dem Gedanken, ihn auf diesem Wege nach dem alten Mann zu fragen, doch etwas hielt sie davon ab. Ich brauche das Video, sagte sie sich. Es wird besser sein, ihnen den Mann zu zeigen, anstatt sie mit irgendwelchen Geschichten zu beunruhigen.

Also schrieb sie nur, dass sie für ein paar Tage zu ihrer Freundin nach London gefahren sei und sich melden würde, sobald sie wieder zu Hause war.

Kurz nachdem sie die Mail abgeschickt hatte, läutete das Haustelefon. Wollte jemand etwas von Ellen? Oder rief Sunny noch mal zurück?

Ein Blick aufs Display sagte ihr, dass es nicht Sunny war, die anrief. Es war eine Londoner Nummer.

»Kaiser«, meldete sie sich.

Überraschenderweise meldete sich zunächst eine schneidende Frauenstimme.

Der Vorzimmerdrache, schoss es ihr durch den Kopf. »Miss Kaiser? Einen Moment, ich verbinde Sie mit Mr Thornton.«

Lilly schlug die Hand vor den Mund, um nicht laut aufzujubeln. Er rief sie an! Plötzlich pochte ihr Herz wie wild.

»Miss Kaiser?«, fragte die Sekretärin, die eine Reaktion erwartet hatte.

»Ja, ich bin noch dran. Danke fürs Verbinden.«

Eine Antwort kam darauf nicht, stattdessen dudelte eine kleine Melodie, die Lilly aber nur kurz ertragen musste.

»Lilly, hallo!«, tönte Thorntons Stimme gut gelaunt aus dem Hörer. »Ich hoffe, Sie haben einen Moment Zeit für mich.«

»Den habe ich natürlich. Wo sind Sie gerade?« Lilly hatte hinter den Worten ein leichtes Echo vernommen, genauso hatten sie sich angehört, als sie unten im Archiv waren.

»Ich stehe inmitten von uralten Wachswalzen und Schellackplatten«, erklärte Gabriel geheimnisvoll. »Und was meinen Sie, habe ich wohl hier gefunden?«

»Eine Aufnahme von Rose Gallway?«

»Ja, und zwar von dem ersten Konzert, das sie am 12. Juni 1895 in Cremona gegeben hat. Rose war damals gerade vierzehn, wenn die Aufzeichnungen stimmen. Mrs Faraday hatte offenbar ihre Meisterschülerin in die Stadt der Geigen mitgenommen.«

»Haben Sie sich die Aufnahme schon angehört?«

»Nein, bisher nicht. Die Walzen sind sehr empfindlich, und diese hier gehört zu denen, die als besonders gefährdet gelten. Da wir nicht wissen, ob wir sie vielleicht nur einmal spielen können, habe ich unseren Techniker angewiesen, gleich eine digitale Aufnahme davon zu machen.«

»Oh, natürlich ...« Lilly biss sich auf die Lippe. Am liebsten hätte sie gefragt, ob sie beim Anhören dabei sein könnte. Wie mochte sich das angehört haben, wenn diese Rose auf ihrer Geige spielte?

»Der Grund, aus dem ich anrufe, ist, Sie zu fragen, ob Sie vielleicht Lust hätten, sich die Aufnahme mit mir gemeinsam anzuhören. Vorausgesetzt, Sie haben Zeit.«

Lilly schnappte nach Luft. »Sicher habe ich Zeit.« Was sollte ich auch sonst tun, setzte sie in Gedanken hinzu.

Thornton lachte. »Bestens, dann würde ich mich wirklich sehr freuen, wenn Sie dem Anhören der Walze beiwohnen würden.«

»Und wann wollen Sie loslegen?« Lilly blickte auf die Uhr. Zehn vor halb elf.

»Wann immer Sie hier sein können.«

»Also gleich, nehme ich an?« Lilly klopfte das Herz bis zum Hals. Am liebsten hätte sie Ellen angerufen, damit sie die Aufnahme ebenfalls hören könnte, doch dann entsann sie sich wieder ihrer Worte vom vergangenen Abend, dass sie ihr Geschäft vom Institut Gabriel Thorntons fernhalten wollte.

»Wenn Sie schneller als in zehn Minuten hier sind, muss ich leider passen, aber ich denke, dass wir in einer halben Stunde beginnen können. Also kommen Sie?«

Während der gesamten Taxifahrt fühlte sich Lilly auf dem Rücksitz wie auf glühenden Kohlen. Der Verkehr war an diesem Vormittag ziemlich dicht, immer wieder kamen die Fahrzeuge zum Stehen, worauf die Zeit keine Rücksicht nahm, denn sie rückte weiter und weiter.

Seufzend schaute Lilly auf ihre Armbanduhr. Die halbe Stunde war bereits vergangen. Thornton hatte versprochen, auf sie zu warten, dennoch hasste sie es, unpünktlich zu sein.

Nachdem das Taxi wieder für fünf Minuten zum Stehen verurteilt gewesen war, setzte es sich zögernd in Bewegung.

Können Sie keinen Umweg fahren, hätte Lilly am liebsten nach vorn gerufen, doch dann tauchte das Institut vor ihnen auf. Geschafft!

»Entschuldigen Sie, dass es so lange gedauert hat«, sagte der Fahrer, als sie ihm das Geld aushändigte. »Mittags ist in der City immer die Hölle los.«

»Ist schon in Ordnung«, gab Lilly höflich zurück, obwohl sie zuvor noch kurz vor dem Ausflippen gestanden hatte, dann wandte sie sich der Freitreppe zu.

Das Warmspielen einiger Streicher folgte ihr durch die Gänge, bis sie bei Thorntons Büro ankam. Seine Sekretärin blickte kein bisschen freundlicher drein als beim ersten Mal, aber sie wusste immerhin, aus welchem Grund Lilly kam, und ließ sie ohne Einwände bei ihrem Boss vor.

Thornton schien bereits auf sie gewartet zu haben. Als sie eintrat, schnellte er sogleich von seinem Stuhl hoch. So unordentlich wie die Hemdsmanschette saß, hatte er wohl erst kurz zuvor auf die Uhr gesehen.

»Lilly, da sind Sie ja endlich! Ich wollte schon einen Suchtrupp losschicken!«

»Entschuldigen Sie bitte, der Verkehr war heute besonders dicht«, entgegnete Lilly. »Ich hoffe, Sie haben noch nicht angefangen.«

»Keineswegs. Kommen Sie.«

Gabriel führte sie durch einen langen Gang. Vor einer Tür, aus der dumpfe Geräusche zu vernehmen waren, machten sie halt.

»Unser Tonlabor«, erklärte er, dann traten sie ein.

An einem der Tische erwartete sie ein etwa vierzig Jahre alter Mann in Jeans und grauem Hemd, dessen Ärmel hochgeschlagen waren. Die Apparatur neben ihm wirkte abenteuerlich.

»Bob? Hier ist die Dame, auf die wir alle gewartet haben«, sagte Thornton und wandte sich dann an Lilly. »Lilly, das ist Bob Henderson, ein Genie im Umgang mit Computern und Wachswalzen.«

»Er übertreibt maßlos«, bemerkte Henderson, als er ihr die Hand reichte. »Ich tue nur, was ich tun muss.«

Seine Bescheidenheit zauberte Lilly ein Lächeln aufs Gesicht.

»Na, dann können wir ja anfangen!«, sagte Henderson, als er sich seinem Versuchsaufbau zuwandte. Während Lilly sich fragte, was das alles zu bedeuten hatte, entdeckte sie eine schmale wachsbezogene Walze in der Apparatur.

»Unser Glück ist es, dass diese Wachswalze mit der Aufnahme von Rose Gallway eine der moderneren ist«, erklärte Henderson, während er sich hinter den Tisch begab.

Damit drückte er einen Knopf. Die Walze lief langsam an, das Rauschen war beinahe ohrenbetäubend, so dass Lilly fast schon glaubte, dass alles verdorben sei. Doch dann mischten sich die ersten Töne darunter. Die Einstellungen des Computers veränderten sie so, dass sie stärker hörbar waren.

Lilly lächelte breit, als sie unter dem immer noch prominenten Rauschen die ersten Klänge der »Vier Jahreszeiten« erkannte. Frühling, das erkannte sie auf Anhieb, denn Vivaldi gehörte zu den wenigen klassischen Stücken, die sie jederzeit anhören, ja sogar mitsummen konnte.

Das Spiel der Geigerin war überaus virtuos. Nun erkannte Lilly, was Ellen am Tag zuvor gemeint hatte – diese Interpretation besaß Seele, das konnte sogar jemand hören, der sich nicht so sehr für klassische Musik interessierte.

Die Finger der Violinistin schienen nur so über das Griffbrett zu fliegen, Lilly wusste die Verzierungen in ihrem Spiel nicht zu benennen, doch es faszinierte sie, dass jemand derart schnell und geschickt Töne erzeugen konnte.

Tatsächlich war die Aufnahme kurz, der »Frühling« schaffte es nur bis zu den Aprilstürmen, dann war es auch schon vorbei. Andächtiges Schweigen herrschte, auch die Leute, die mit dem Testen der Instrumente beschäftigt waren, hatten ihre Arbeit eingestellt, um zu lauschen.

Thornton schüttelte nach einer Weile fassungslos den Kopf. »Kein Wunder, dass die Welt von ihr fasziniert war. Ich würde sagen, dass dies eine der besten Geigerinnen weltweit ist. Was meinen Sie, Bob?«

»Nur Paganini spielte besser, würde ich sagen«, antwortete der Techniker, der ebenfalls sehr berührt war von diesem kurzen Stück Musik.

»Und Sie, Lilly?«

Gabriels Blick schien sie auf eine beunruhigend angenehme Weise zu durchbohren. »Es ... es ist ... es war wunderschön!« Lilly ärgerte sich über ihre Stammelei, doch Thornton nickte ihr lächelnd zu und wandte sich dann wieder an Henderson.

»Wir können doch Miss Kaiser sicher eine Kopie der Aufnahme mitgeben, oder?«

»Natürlich, aber das dauert einen Moment. Haben Sie noch so viel Zeit?«

»Miss Kaiser wollte sich ohnehin noch ein paar Unterlagen zu Helen Carter mitnehmen«, antwortete Gabriel für sie.

Lilly sah ihn erstaunt an. Wollte sie das? Gabriels Suche im Keller musste wohl sehr erfolgreich gewesen sein.

»Dann ist ja gut«, sagte Henderson. »Ich bringe sie Ihnen ins Büro, Mr Thornton.«

»Vielen Dank, Bob!«

Damit geleitete Thornton Lilly wieder aus dem Tonlabor.

»Sie haben also Unterlagen über Helen Carter für mich?«, fragte sie, als sie sich ein Stück von der Tür entfernt hatten. Gabriel nickte vielsagend. »Haben Sie die auch in der Kiste der hoffnungslosen Fälle gefunden?«

»Glauben Sie mir nicht, dass es diese Kiste gibt?«

»Doch, schon, aber werfen Sie alle unbrauchbar gewordenen Walzen und Platten dort einfach so hinein? Dann könnten Sie sie auch genauso gut entsorgen.«

»Man entsorgt doch keine Geschichte!«, entrüstete er sich gespielt. »Wir heben auch die Walzen auf, die sich mit unseren jetzigen Mitteln nicht mehr auslesen lassen. Vielleicht werden irgendwann Verfahren entwickelt, mit denen es möglich ist, ihnen die alten Klänge zu entlocken. Die Kiste der ›Hoffnungslosen Fälle‹ ist mehr eine Box, in der jedes der vermeintlich hoffnungslosen Stücke ordentlich und sicher verpackt ist. So wie die Walze von Rose Gallway. Was für ein Fund!«

Unten im Archiv hatte Gabriel ein paar Unterlagen auf einen Schreibtisch gestapelt.

»Das sind also die Unterlagen zu Helen Carter.«

»Ja, das sind sie. Ich hatte Ihnen doch erzählt, dass sie und ihre Familie bei einem Angriff auf ihr Schiff vor Sumatra ums Leben gekommen sind. Ich habe in den alten Aufnahmebüchern von Mrs Faraday nachgesehen und daraufhin versucht, etwas über die Eltern herauszubekommen.«

»War Sumatra nicht früher einmal niederländisch?« Lilly erinnerte sich entfernt an Stockpuppen, die ihr mal von einem Niederländer angeboten worden waren. Die Puppen waren sehr filigran gearbeitet gewesen, richtige kleine Meisterwerke – nur hatte sie sich nicht vorstellen können, sie mitten in Berlin zu verkaufen. Was aus ihnen letztlich geworden war, wusste sie nicht, aber der Niederländer hatte ihr erzählt, dass er sie von seinem Vater hatte, der früher eine Plantage auf Sumatra besessen hatte. Und dass sie dazu benutzt worden waren, um Schattentheaterstücke aufzuführen.

»Nun war es nicht so, dass auf Sumatra nur Holländer gelebt hätten, es gab auch zahlreiche Deutsche, Franzosen und Engländer dort. Emily Faraday führte genau Buch über ihre Schülerinnen, und so wurde auch deren Herkunft und Familie vermerkt. Sie war recht umtriebig und suchte ihre Talente überall in der Welt, selbst in scheinbar so entlegenen Gegenden wie Sumatra, denn sie war der Meinung, dass die schönsten Blüten im Verborgenen gediehen. Rose Gallways Mutter stammte aus Sumatra, während ihr Vater Engländer war. Helen Carter war die Tochter von James und Ivy Carter. Mr Carter leitete eine englische Handelsniederlassung in Padang und war ein Freund von Piet van Swieten, dem damaligen Gouverneur der Insel.«

»Und wäre es möglich, dass Rose Gallway und Helen Carter miteinander bekannt waren? Vielleicht hat Helen bei ihr Geigenunterricht genommen!«

»Das wäre möglich, allerdings fehlt uns dafür der Beleg.«

»Aber wie sonst sollte Helen an die Rosengeige gekommen sein?«

»Vielleicht wurde Rose überfallen, und man hat ihre Geige verkauft, nachdem man sie verschwinden ließ.«

»Das wäre allerdings sehr gruselig.«

»Aber nicht ausgeschlossen. Warum sonst sollte sich Rose von ihrer kostbaren Geige getrennt haben?«

Lilly speicherte diese Fakten in ihrem Gedächtnis ab, hatte aber keine Ahnung, was sie damit anfangen sollte.

»Und Sie haben wirklich keine Ahnung, wo Rose Gallway abgeblieben sein könnte?«

»Nein. Einzig die Geige könnte uns wohl davon berichten, aber leider spuckt sie nur Töne und keine Worte aus.«

Damit suchte Gabriel kurz in seinem Stapel und zog schließlich einen Zettel hervor.

»Hier habe ich die wichtigsten Informationen über Helen und Rose zusammengetragen. Leider geben diese Fakten, Unterrichtsnoten und Anmerkungen der Lehrerinnen keinen Aufschluss darüber, ob eine von ihnen Ambitionen zum Komponieren gezeigt hatte. Doch ich würde wetten, dass sich der ›Mondscheingarten‹ irgendwo in Sumatra befindet – und eine dieser Frauen hatte einen Bezug dazu.«

Lilly betrachtete ihn prüfend. »Haben Sie das Stück mittlerweile gespielt?«

Das Lächeln, das über sein Gesicht huschte, gab ihr die Antwort, bevor es sein Mund tun konnte.

»Natürlich. Und wenn Sie wollen, spiele ich Ihnen gern meine Interpretation vor.«

»Ich bin ganz Ohr.«

Thornton lachte auf. »Ich habe meine Geige nicht hier. Und ich möchte noch ein bisschen üben.«

»Aha, und wann glauben Sie, sind Sie so weit?«

»Wenn Sie mir die Rosengeige bringen. Ehrlich gesagt habe ich ein bisschen darauf gehofft, dass dies schon heute der Fall sein würde.«

»Tut mir leid, Ellen untersucht sie noch immer.«

Thornton zwinkerte ihr zu. »Dann habe ich ja noch ein bisschen Zeit zum Üben.«

Als sie wieder in Thorntons Büro waren, wartete Hendersons Aufnahme bereits auf sie, fein säuberlich auf CD gespeichert.

Außerdem hatte Thornton alles, was er über Rose Gallway und Helen Carter gefunden hatte, kopiert.

»Also, für diesen Gefallen schulden Sie mir was.« Thornton setzte wieder sein unverschämtes Lächeln auf, während er mit dem Jewelcase, in dem die CD steckte, vor seinem Gesicht herumwedelte.

»Und woran hatten Sie dabei gedacht?«, entgegnete Lilly.

»Ich dachte an eine persönliche Wiedergutmachung.«

Lilly überlief es heiß und kalt zugleich. Sie vermutete, dass Thornton ein anständiger Mann war, doch irgendwie klangen diese Worte zutiefst unanständig. Oder waren sie das nur in ihrer Fantasie?

»Und ... was wäre das?«, fragte sie ein wenig unsicher.

»Wie wäre es, wenn wir uns mal zum Abendessen treffen? Sie zahlen natürlich.«

Sie konnte nichts dagegen tun, dass ihr ein beinahe erleichtert klingender Seufzer entschlüpfte. »O ja, natürlich, das wäre nur fair, nicht wahr? Also gut, ich lade Sie zum Essen ein. Allerdings müssen Sie mir sagen, wo es hier in London gute Lokale gibt, denn ich kenne mich ehrlich gesagt nicht so aus, und die Entschädigung soll doch angemessen sein, oder?«

»Ich werde meine Wünsche in einem Gourmetführer ankreuzen und Ihnen den zukommen lassen. Ich erreiche Sie doch noch immer bei Mrs Morris, oder?«

»Ja, natürlich.« Lilly spürte, dass ihre Wangen glühten. Einen Moment lang sahen sie und Gabriel sich schweigend an, dann lächelte sie verlegen. »Nochmals, vielen Dank.«

»Gern geschehen. Ich hoffe sehr, dass Sie etwas über unsere Rose und Ihre Geige herausfinden, ich glaube, das hat sie verdient.«

Lilly nickte, dann hupte draußen auch schon das Taxi.

11

»Die Testergebnisse des Lacks sind da!«, rief Ellen freudig, als sie das Wohnzimmer betrat und Lilly dort mit einem Haufen Zettel auf dem Sofa fand.

Nach ihrer Rückkehr, während sie Roses Aufnahme in Dauerschleife auf dem CD-Player abspielte, hatte Lilly alles, was sie von Thornton bekommen hatte, auf dem Couchtisch ausgebreitet und noch um jene Informationen ergänzt, die sie aus dem Internet ziehen und ausdrucken konnte. Material über Sumatra gab es sehr viel, und Lilly musste sich förmlich zwingen, nicht zu tief in die wunderbaren Abbildungen von dichten Palmendschungeln, rosafarbenem Himmel und köstlichen Gerichten zu versinken.

»Das ist ja wunderbar!«, entgegnete sie und steckte die Kappe auf den Stift, mit dem sie gerade ihr wichtig erscheinende Stellen in den Artikeln angekreuzt hatte. »Was hat das Labor herausgefunden?«

Ellen ließ ihren Blick über die Zettel schweifen. »Dein Tag war heute sehr ergiebig, wie?«

»Überaus! Thornton hat angerufen und mich in die Music School eingeladen – zum Anhören einer Aufnahme von Rose Gallway!«

Ellen zog die Augenbrauen hoch. »Sag bloß, so was gibt es?«

»Gibt es!« Lilly griff nach der Fernbedienung der Anlage.

Wenig später klangen die etwas verzerrten Klänge des »Frühlings« durch das Wohnzimmer.

»Die Aufnahme war auf einer Wachswalze, und du kannst dir gar nicht vorstellen, was sie alles aufgefahren haben, um den Ton aufzunehmen. – Aber was ist nun mit dem Lack?«

Ellen stand einen Moment lang wie vom Schlag gerührt da. Roses Spiel schien auch sie zu faszinieren.

»Das ist Wahnsinn! Woher …«

»Thornton hat die Walze in einer Kiste gefunden. Die Aufnahme soll aus Cremona stammen.«

»Dagegen stinkt mein Laborergebnis aber gewaltig ab.« Ellen legte den Briefumschlag auf einem freien Sessel ab und setzte sich dann zu Lilly.

»Warum?«

»Weil diese ganzen Tabellen nur aussagen, dass die Geige aus dem beginnenden 18. Jahrhundert stammt und wahrscheinlich in Cremona hergestellt wurde. Und dass unsere Geige keine Stradivari ist.«

»Aber das ist doch super!« Lilly räusperte sich. »Ich meine, das mit dem Datum. Dass sie keine Stradivari ist, ist vielleicht schade, aber eigentlich kommt es mir auch nicht so sehr darauf an, wer sie gebaut hat.«

»Das sehe ich ein bisschen anders, mich interessiert es schon. Aber die Ergebnisse sind eben nur graue Theorie. Du hast eine Aufnahme von Rose – aus Cremona! Eine richtige Spur! Weiß Thornton eigentlich, welche Schätze er da hütet?«

»Das weiß er sicher, und er ist stolz drauf, nehme ich mal an.«

Ellen schüttelte gedankenverloren den Kopf. Dann lächelte sie breit. »Erzähl mir was von der Aufnahme. Und wo kommt all das Papier her?«

»Teilweise aus deinem Drucker, teilweise von Thornton. Er

hat mir auch ein paar Sachen über Helen mitgegeben. Ich bin gerade dabei, das alles zu sichten.«

Ein Klingeln aus ihrer Handtasche riss Ellen aus ihrem Gespräch. Sie zog ihr Handy hervor und rief die Nachricht auf, die sie gerade erhalten hatte.

»Oh, so ein Mist!«, platzte es aus ihr heraus, während sie die SMS las.

»Was ist?«

»Auf Deans Baustelle ist was passiert, irgendeine Wand ist zusammengebrochen und hat ein Feuer ausgelöst.«

Lilly sog erschrocken die Luft ein. »Aber ihm geht es doch gut, oder?«

»Ja, schon, aber er wird sicher bis nach Mitternacht dort bleiben müssen.« Sie klappte ihr Handy wieder zu, dann lächelte sie. »Ich hab eine Idee! Zieh dein neues Kleid an, wir essen heute auswärts! Wir müssen unsere Funde feiern, sonst verlässt uns das Glück!«

»Und die Mädchen?«

»Nehmen wir natürlich mit.« Ellen klopfte Lilly auf den Oberschenkel. »Na mach schon, ich sage den beiden Bescheid, du machst dich schick.«

Lilly schüttelte den Kopf. Wie wundervoll es ist, nicht allein zu sein, dachte sie, während sie sich erhob und ins Gästezimmer eilte.

Das Lokal, das Ellen für sie ausgesucht hatte, war zwar sehr edel, aber glücklicherweise nicht allzu abgehoben. Als sie eintraten, zogen die beiden Frauen erstaunte Blicke auf sich.

»Wahrscheinlich halten sie uns für ein lesbisches Paar mit Kindern«, witzelte Ellen im Flüsterton.

»Was ist lesbisch?«, fragte Norma daraufhin mit hochgezogenen Augenbrauen.

»Wenn zwei Frauen miteinander verheiratet sind, Dummerchen«, erklärte Jessi.

»Aber Tante Lilly ist doch nicht mit Mama verheiratet«, entgegnete Norma daraufhin.

»Ich sollte wohl lieber meine Zunge hüten«, raunte Ellen daraufhin. »Meine Mädchen haben mein gutes Gehör geerbt.«

Nachdem sie von einem sehr adrett aussehenden Kellner zu ihrem Platz geführt worden waren und sich gesetzt hatten, stellte sich ihnen der Kellner vor, der an diesem Abend für ihre Wünsche zuständig war. Er legte ihnen die Servietten auf den Schoß, reichte ihnen die Weinkarte und kündigte ihnen an, dass sie vor jedem Gang eine kleine Vorspeise bekamen, um den Gaumen vorzubereiten.

Lilly fühlte sich ein wenig verunsichert. Noch nie war sie in einem so noblen Restaurant gewesen. Ellens Töchter schienen da schon wesentlich erfahrener.

»Du sagst mir aber, wenn ich was falsch mache, ja?«, wandte sich Lilly an Jessi, die neben ihr saß.

»Klar doch!«, entgegnete das Mädchen, stolz darauf, dass sie einer Erwachsenen helfen durfte.

Während sich Probierlöffel zum Einstimmen des Gaumens mit den einzelnen Stationen eines Acht-Gänge-Menüs abwechselten, plauderten sie über Ellens Tag am Institut und Thorntons Schätze im Keller.

»Nun, da wir wissen, dass Rose dort gespielt hat, was hältst du von einer kleinen Reise nach Italien?«, platzte Ellen heraus. »Ein bisschen auf den Spuren unseres kleinen Genies wandeln ...«

»Nichts dagegen«, antwortete Lilly und war darüber verwundert, denn vor dem Auftauchen der Geige hätte sie sicher gezögert. »Ich habe mich jetzt erst mal für zwei Wochen freigeschaufelt.«

»Kommt Sunny gut mit dem Laden zurecht?«

»Bestens! Volle Kassen wird auch sie mir nicht bringen, aber es stiehlt wenigstens niemand etwas. Und sie kann in Ruhe an ihrer Hausarbeit werkeln.«

»Wie viele Tattoos hat sie denn mittlerweile?«

»Keine Ahnung, du müsstest sie heiraten, um alle zu zählen. Und da hast du schlechte Chancen bei ihr, denn sie wünscht sich unbedingt einen Tätowierer als Mann.«

Ellen lachte auf, wohl etwas zu laut für den Geschmack des Paars am Nebentisch, das ihnen verwunderte Blicke zuwarf. Doch sie ignorierte es. »Was meint sie denn zu dem Filmchen?«

»Sie will es herunterziehen und sichern. Wenn ich zurück bin, werde ich es meiner Mutter zeigen, und wenn die nichts damit anfangen kann, rufe ich Peters Eltern an. Wenn die Geige aus ihrer Familie stammt, möchten sie sie womöglich haben.«

»Du willst doch dieses Baby nicht einfach so weggeben!«, rief Ellen entrüstet aus.

»Wenn es mir nicht gehört?«

»Wie kommst du darauf, dass es dir nicht gehören könnte? Du warst Peters Frau! Wenn deine Schwiegereltern auch nur einen Funken Anstand besitzen, und davon gehe ich aus, drücken sie dir die Geige sowieso gleich wieder in die Hand. Von daher ist es vergebliche Liebesmüh, sie ihnen aufzudrängen.«

Einen Moment schwiegen sie, und während dieses Moments wurde die Nachspeise aufgetragen. Das kleine Kunstwerk aus einer Schokoladenmousse, Karamell, Sahne und verschiedenen Früchten war so wunderbar angerichtet, dass Lilly kaum wagte, es mit dem Silberlöffel zu zerstören. Als sie es doch tat, wurde sie von einem wunderbaren Geschmack belohnt, der alles toppte, was sie zuvor gegessen hatte.

»Du meine Güte, wäre dieses Dessert ein Mann, würde ich ihn sofort um seine Telefonnummer bitten«, raunte sie leise in der Hoffnung, dass der Kellner es nicht hörte. Gleichzeitig kam ihr Gabriel in den Sinn, und sie fragte sich, in welches Restaurant er sie wohl führen würde.

In dieser Nacht spukten das Aroma des köstlichen Desserts und der Gedanke an Gabriel Thornton noch lange durch Lillys Sinne. Während sie aus dem Fenster auf den Mond blickte, der sich hinter ein paar Wolken verbarg, versuchte sie, sich die Musik vorzustellen, denn abspielen wollte sie die CD jetzt nicht. Als ihr das misslang, dachte sie an Gabriels Gesicht, das ihr heute so nahe gewesen war.

Sie wusste, dass seine Freundlichkeit möglicherweise nichts weiter zu bedeuten hatte, sie arbeiteten gemeinsam an einem Projekt, und wenn dieses abgeschlossen war, würde jeder wieder seiner Wege gehen. Aber dennoch betrachtete sie in Gedanken seine Augen, die Grübchen an seinen Wangen, den breiten Mund mit den leicht aufgeworfenen Lippen. Die Art, wie sein Haar nach vorn gefallen war, als er sich über das Aufnahmegerät beugte. Irgendwie schien sie alles viel deutlicher zu sehen, und sie spürte auch, dass sich in ihrem Innern etwas bei diesem Anblick regte. Das Herzklopfen, als sie im Tonlabor war, hatte das Gefühl darunter überdeckt, so dass sie es nicht bemerkt hatte. Doch jetzt spürte sie es, und eine wohlige Wärme breitete sich in ihr aus. Außerdem spürte sie zum ersten Mal seit langem wieder das Bedürfnis, die Haut eines Mannes an ihrem Körper zu spüren. Gabriels Haut.

Als sie über diese wunderbaren Gedanken in Schlummer versinken wollte, ertönten Schritte vor ihrer Tür, so leise, dass sie fast schon glaubte, eines der Mädchen wollte zu ihr. Wollten sie sich das Kleid mopsen?

Plötzlich klopfte jemand. »Lilly?«, wisperte Ellen gedämpft.

»Ja?«

»Darf ich reinkommen?«

Lilly setzte sich auf. War etwas mit Dean passiert? Bisher hatte sie sein Auto noch nicht kommen gehört.

»Ja klar, komm rein. Ist was mit Dean?«

»Nein, keine Sorge«, entgegnete Ellen, als sie sich, wie manchmal in Kinderzeiten, auf Lillys Bettkante setzte. »Mich lässt nur die Idee von Cremona nicht los. Ich habe dort einen Bekannten, der uns vielleicht ein bisschen helfen könnte, Rose zu finden.«

»Aber wir haben doch schon Thornton«, entgegnete Lilly und verspürte erneut ein angenehmes Ziehen in ihrer Magengrube.

»Das schon, und ich will seine Kenntnisse auch nicht in Zweifel ziehen. Aber viele Augen sehen mehr, vielleicht findet mein Bekannter etwas über sie in Italien. Möglicherweise ist sie nach ihrem Verschwinden dort noch mal aufgetaucht.«

Lilly schüttelte den Kopf. Doch Ellens Feuereifer konnte sie damit nicht bremsen.

»Wir sollten wirklich jeder Spur nachgehen. Und selbst wenn sie nur als junges Mädchen in Cremona war, ist das schon viel. Willst du nicht die Stadt sehen, die sie gesehen hat? Vielleicht hilft es uns, herauszufinden, wie sie getickt hat.«

Und wie soll das alles zu mir führen?, fragte sich Lilly, doch etwas hielt sie davon ab, ihre Zweifel laut zu äußern.

»Was hältst du davon, wenn wir dieses Wochenende fahren?«, platzte Ellen heraus.

Lilly schnappte überrascht nach Luft. »Und Deans Baustelle? Und deine Kinder?«

»Norma und Jessi kommen auch mal ohne ihre Mummy aus, und Dean hat mir versprochen, dass bis zum Wochenende alles geklärt ist und er auf die beiden aufpassen wird.«

»Wann hat er dir das versprochen?«

»Vorhin am Telefon. Er hat kurz angerufen und gemeint, dass es alles doch nicht so schlimm ist wie gedacht. Er kommt gegen Morgen nach Hause, und dann können wir mit den Vorbereitungen anfangen.«

Lilly fühlte sich noch immer überrumpelt. Eigentlich hatte sie gehofft, morgen Gabriel wiederzusehen. Aber konnte sie sich Cremona entgehen lassen?

»Wann soll es losgehen?«, fragte sie also und sah, dass ein breites Lächeln auf Ellens Gesicht trat.

»Ich sehe nach, wann der beste Flug geht, vielleicht kommen wir *last minute* in einer der Morgenmaschinen unter.«

»Okay, dann sieh nach. Ich überweise dir den Betrag so schnell wie möglich zurück.«

»In Ordnung, so machen wir es«, antwortete Ellen. »Wir beide werden uns ein schönes Wochenende machen und vielleicht etwas über Rose herausfinden.«

Damit erhob sie sich und verließ das Zimmer.

Der Gedanke, nach Italien zu reisen, bescherte Lilly ein erregtes Kribbeln in der Magengrube. Wenn sie doch nur Gabriel mitnehmen könnte …

Gabriel! Plötzlich überkam sie das dringende Bedürfnis, ihm von der Reise zu erzählen. Immerhin könnte er ja schon einen Termin für unser Essen ins Auge gefasst haben, sagte sie sich, doch sie wusste nur zu gut, dass es das nicht allein war. Sie wollte ihm von dem Vorhaben berichten, weil er ihr irgendwie wichtig war. Auch wenn ihr das verwirrend erschien.

Während Ellen wahrscheinlich schon mit dem Packen begann, erhob sich Lilly, warf sich ihren Morgenmantel über und schlich dann hinauf zum Arbeitszimmer. Dort angekommen, schaltete sie das Licht an, begab sich an den Computer und rief das Mailprogramm auf.

Lieber Gabriel,
ich schreibe Ihnen für den Fall, dass Sie bereits einen Termin für unser Abendessen ins Auge gefasst haben.
Meine Freundin hat mich überredet, spontan nach Cremona zu reisen, auf den Spuren von Rose und unserer Geige. Sie finden das jetzt sicher sehr überraschend, aber vielleicht ist von ihrem Besuch dort mehr übriggeblieben als eine Tonaufnahme. Ich hoffe, Sie haben Verständnis dafür und sind mir nicht böse.
Sobald ich zurück bin, werde ich Ihnen berichten. Und dann holen wir auch unser Essen nach, versprochen.
Viele Grüße
Lilly

Bevor sie die Mail abschickte, las Lilly sie noch einmal durch. War der Text zu unpersönlich? Sollte sie vielleicht noch etwas anderes mit hineinschreiben? Etwas, das ihm einen kleinen Einblick in ihre Seele gab? Sie wollte schon dazu ansetzen, doch dann zog sie ihre Hände wieder zurück. Nein, was da stand, war genug. Genug, um ihm zu zeigen, dass sie es ehrlich meinte mit dem Abendessen. Genug, um sich nicht lächerlich zu machen. Also drückte sie den Senden-Knopf. Dabei fühlte sie sich seltsam leicht und gleichzeitig auch merkwürdig gespannt. Es war unwahrscheinlich, dass er die Nachricht heute noch las, aber dennoch gefiel es ihr, sich vorzustellen, wie er am Computer saß und ihre Mail öffnete. Hoffentlich ist er mir nicht böse, dachte sie etwas besorgt.

Noch bevor sie den Computer ausstellen konnte, ging mit einem leisen »Pling« eine Mail ein. Sie kam von Gabriels Büroadresse. Jetzt arbeitete er noch? Mit zitternden Händen öffnete sie das Mailfenster und las.

Liebe Lilly,
ich muss zu meiner Schande gestehen, dass ich noch keinen Termin ins Auge gefasst habe. Dafür habe ich eine Überraschung für Sie, aber da Sie jetzt für ein paar Tage unterwegs sind, halte ich es für eine gute Idee, Sie damit hinzuhalten, damit Sie aus Cremona zurückkehren. Ich war einmal dort und habe die Stadt so fesselnd gefunden, dass ich um ein Haar dageblieben wäre. Damit Ihnen das nicht passiert und Sie zu mir zurückkommen, nur so viel: Ich habe eine kleine Neuigkeit aufgetan, die ein ganz neues Licht auf Rose Gallway wirft.
Ich wünsche Ihnen eine gute Zeit in Cremona und bin gespannt, welche Ergebnisse Sie zutage fördern werden. Meine guten Wünsche und Gedanken begleiten Sie.
Ihr Gabriel Thornton

Lächelnd lehnte sich Lilly auf dem Bürostuhl zurück. Was er wohl herausgefunden hatte? Oder war das alles nur ein Trick, um sie tatsächlich wieder aus Cremona fortzulocken? Nein, das konnte sie sich bei Gabriel nicht vorstellen. Wenn er sagte, dass er etwas hätte, dann hatte er auch etwas. Noch wesentlich interessanter als die Neuigkeit fand Lilly allerdings, dass er geschrieben hatte, dass sie zu ihm zurückkehren sollte. Er hätte diese Wendung verallgemeinern können, doch als sie die Mail wieder und wieder las, stach das »zu mir« förmlich heraus.

Bevor sie die Nachricht ein weiteres Mal lesen konnte, wurde die Tür geöffnet, und Ellen trat herein. Verwundert schnellten ihre Augenbrauen in die Höhe.

»Oh, ich wusste nicht, dass du hier oben bist!«

»Ich habe mich nur kurz abgemeldet für den Fall, dass Gabriel irgendwelche neuen Erkenntnisse für mich hat«, erklärte Lilly und klickte dann die Mail weg.

»Gut, dann schauen wir doch mal, wann der nächste Flug geht. Dean ist übrigens gerade eingetroffen, wenn du ihn suchst, folge einfach dem Brandgeruch.« Ein liebevoller Ausdruck schlich sich auf Ellens Gesicht. »Ich bin so froh, dass er okay ist.«

»Ich auch«, entgegnete Lilly, dann gab sie ihrer Freundin einen Kuss auf die Schläfe und kehrte in ihr Zimmer zurück, bevor sich die Erinnerungen an Peter wieder anschleichen und ihr den schönen Abend verderben konnten.

12

PADANG 1902

An diesem Nachmittag fand Rose endlich die Zeit, ihre Eltern zu besuchen.

Seit sie nach England geschickt worden war, hatte sie sie nicht mehr gesehen. Doch die Sehnsucht nach dem Haus in Hafennähe und nach den Leuten auf der Straße davor war immer geblieben. Und die Sehnsucht nach Mutter und Vater, deren Verschiedenheit ihr bereits als Kind aufgefallen war. Ihr Vater war Engländer, ein großer, stämmiger Mann mit breiten Händen, blauen Augen und Haaren hell wie die Sonne. Ihre Mutter war eine Einheimische, zierlich, mit dickem schwarzen Haar und fein geschnittenen Mandelaugen, die Rose von ihr geerbt hatte. Als Kind hatte sie manchmal mitbekommen, wie ihr Vater um seine schöne Frau beneidet wurde, und das hatte sie ebenfalls stolz gemacht.

Während sie durch die Straßen von Padang eilte, vorbei an Marktständen, die Früchte, Kokosnüsse und Reis feilboten, dachte sie auch wieder an den Engländer, der mit ihr auf dem Empfang des Gouverneurs gesprochen hatte. Seit den wenigen Minuten, die sie mit ihm im Garten allein gewesen war, hatte sie sein Gesicht immer wieder vor sich gehabt, die meerblauen Augen, das goldblonde Haar. Die seltsame Verwirrung, die sie bereits gestern gespürt hatte, war mittlerweile mehr geworden. Nie zuvor hatte sie einen Mann so anziehend gefunden. Dabei hatte es schon etliche gegeben, die ihr den Hof gemacht hatten.

»Nicht fürchten, Lady, Affe tut nichts«, beteuerte der alte Mann in gebrochenem Englisch.

Sehe ich wirklich wie eine richtige Weiße aus?, fragte sich Rose, dann antwortete sie auf Malaiisch: »Ich habe keine Angst. Aber halte ihn gut fest, sonst verschwindet er in irgendeiner Palme, und dann musst du ihn suchen.«

Der Mann starrte sie mit großen Augen an, unfähig, etwas zu entgegnen. Lächelnd wandte sich Rose um und ging weiter.

Schließlich wurde die salzige Brise, die sämtliche Straßen der Stadt einnahm, stärker und frischer. Das Haus ihrer Eltern befand sich in der Nähe einiger Lagerhäuser am Wasser, die ihr Vater für ein großes Handelshaus verwaltete. Es war nicht wie für die Einheimischen auf Sumatra auf Pfählen gebaut, sondern im Stil der Holländer, ein Haus mit dicken Steinwänden und einem weißen Anstrich, der schon immer mehr als einen Riss und einen dunklen Schatten aufgewiesen hatte.

Oftmals hatte sich Rose in der Schule von anderen Mädchen anhören müssen, wie leichtsinnig das war. Wenn es zu einer Überschwemmung kam – und die gab es des Öfteren auf der Insel –, würde es vielleicht zerstört werden: Doch so weit war es nicht gekommen.

Hocherfreut stellte Rose fest, dass es immer noch stand und sich nicht wesentlich verändert hatte. Vor einiger Zeit mussten die Fensterrahmen gestrichen worden sein, denn diesen Blauton kannte sie nicht. Die Dachschindeln hatten noch ein wenig mehr Moos angesetzt, aber sonst war alles beim Alten.

Mit vorfreudig pochendem Herzen näherte sie sich der Haustür. Ob Vater auch da ist?

Sie wusste, dass ihre Mutter eigentlich nur zum Abend hin das Haus verließ, um mit den Nachbarinnen zu sprechen. Die Stunden vorher verbrachte sie mit Arbeit. Sie fand immer etwas zu tun, obwohl sie mit ihrem Mann seit einiger Zeit allein lebte.

Als Rose eintrat, vernahm sie Stimmen, die sie zunächst nicht verstand. Sie unterhielten sich in der Sprache ihrer Mutter Adit, und zwar so schnell, dass Rose kaum ein Wort im Geist übersetzen konnte. Wie lange hatte sie diese Sprache nicht mehr gehört!

Ihre Mutter hatte fast immer, wenn sie allein waren, so mit ihr gesprochen. Seit ihrem Weggang von zu Hause hatte Rose aber fast nur noch Niederländisch und Englisch gesprochen, die Sprache, deren richtiger Gebrauch ihr von Mrs Kavanagh, der Englischlehrerin im Konservatorium, regelrecht eingebläut worden war.

Nach einer Weile jedoch hörte sie sich wieder ein und verstand ungefähr, was die Stimme, die nicht ihrer Mutter gehörte, sagte: »Ich war von Anfang an dagegen, dass du weggehst. Es entspricht nicht dem *Adat*, dass sich die Frau ins Haus ihres Mannes begibt.«

Adat. Was bedeutete dieses Wort noch mal? Rose überlegte kurz, dann fiel es ihr ein. Ihre Mutter hatte es ihr so erklärt, dass, bevor der Islam hier Fuß fasste, das *Adat*, was so viel hieß wie Gewohnheitsrecht, das Leben der Stämme geregelt habe. Von Geburt bis zum Tod, vom Errichten der Häuser bis zum Reisanbau, alles wurde durch das *Adat* geregelt.

»Aber das habe ich dir doch schon hundertmal erklärt«, entgegnete ihre Mutter seufzend. »Ich habe mich dafür entschieden, hier zu leben, mit ihm zusammen. So lange Zeit hast du mich in Ruhe gelassen, und jetzt, wo ich fast schon eine alte Frau bin, kommst du und fängst wieder damit an.«

Was meinte sie? Rose konnte sich nicht entsinnen, diese alte Frau jemals gesehen zu haben. Sie reckte den Kopf ein wenig vor und versuchte, das Gesicht der Besucherin zu erkennen. Es war braun wie eine Nuss, und die Furchen auf den Wangen wirkten wie ein ausgeprägtes Flussdelta. Sie musste schon mehr als achtzig Lebensjahre zählen.

»Es ist deine Pflicht, deinen Platz bei uns einzunehmen«, entgegnete die Alte jetzt wütender. »Das *Adat* schreibt es vor. Wer wären wir denn ohne unsere Ahnen? Du weißt, dass damit viele Ehren verbunden sind.«

»Ehren, die ich nicht will! Ich will bei meinem Mann bleiben, ich will ihn jeden Tag sehen und nicht nur von ihm besucht werden. Meinetwegen gebt einer anderen die Ehren und den Besitz, immerhin habe ich noch eine Schwester.«

Rose runzelte verwundert die Stirn. Ihrer Mutter sollten irgendwelche Ehren zuteilwerden? Ehren, die sie nicht wollte ...

Natürlich wusste sie, dass ihre Mutter aus dem Norden gekommen war und früher bei ihrem Volk gelebt hatte. Doch mehr hatte sie ihr nie erzählt.

Plötzlich knarrte eine Diele unter ihrem Schuh.

»Ist da jemand?«, fragte ihre Mutter plötzlich. Nun konnte sich Rose nicht mehr länger verstecken.

»Mutter?«, fragte sie und schob dann den Vorhang beiseite, der das Hinterzimmer von der Küche trennte.

Die zierliche Frau, deren Haar mittlerweile einige silbrige Strähnen hatte, starrte sie zunächst an, als würde ein Geist vor ihr stehen.

»Rose!«, rief sie dann, sprang auf und stürmte zu ihrer Tochter. Vergessen schien die alte Frau, die auf sie eingeredet hatte.

Rose war mittlerweile gut einen Kopf größer als Adit, doch

das hinderte ihre Mutter nicht, die Hände um ihr Gesicht zu legen und sie dann sanft zu sich herunterzuziehen. »Du bist wieder da! Meine Rose ist zu mir zurückgekommen!«

Eigentlich hätte Rose ihre Ehrerbietung durch einen Stirnkuss zeigen müssen, doch dazu ließ es ihre Mutter nicht kommen. Stattdessen zog sie sie mit erstaunlicher Kraft an sich und brach in Tränen aus. Rose ging es nicht viel besser. Ein Kloß schien in ihrer Kehle zu stecken, bis schließlich ein befreiendes Schluchzen sie davon erlöste. Eine ganze Weile standen sie so, hielten sich, versuchten, einander zu trösten. Auf die alte Frau achteten die beiden für einen Moment nicht mehr.

Doch die Alte brachte sich mit einem Räuspern wieder in Erinnerung.

Ihr gegenüber verneigte sich Rose nun, wie es sich gehörte, und auf einmal kam sie sich wieder vor, als sei sie zwölf Jahre alt und stünde kurz vor ihrer Abreise nach England.

Die Alte nahm ihre Geste ohne die geringste Rührung hin.

»Das ist also deine Tochter«, sagte sie in einem Tonfall, den Rose nicht deuten konnte. »Weiß sie, welcher Abstammung sie ist?«

Ihre Mutter warf der Alten einen warnenden Blick zu. »Sie weiß es. Aber sie hat sich für ein anderes Leben entschieden. Ein Leben jenseits der Insel. Ein modernes Leben.«

Rose sah verwundert zwischen beiden Frauen hin und her. Was sollte sie wissen? Sie konnte sich an kein Gespräch mit ihrer Mutter erinnern, in dem es um ihre Herkunft gegangen war. Oder um irgendwelche Ehren und Pflichten und alte, gespenstisch wirkende Frauen in seltsamer Tracht.

Die alte Frau schnaubte verächtlich. »Das Leben eines Menschen beruht nicht immer nur auf seiner eigenen Entscheidung. Das gilt für dich und auch für sie. An deiner Stelle würde ich beizeiten dafür sorgen, dass sie erfährt, welche

Pflichten sie einst haben wird. Tust du das nicht, ist es möglich, dass dein Kind ins Unglück gerät und dass sie ihre gesamte Familie mit sich nimmt.«

Damit wandte sie sich zum Gehen.

Rose starrte ihr hinterher. Was war das für ein seltsames Weib? Warum drohte sie ihr mit Unglück?

Als die Frau hinter dem Vorhang verschwunden war, blickte Rose ihre Mutter an. Diese wirkte wie erstarrt. Ihr Mund bewegte sich ganz schwach, ein Ton kam aber nicht heraus.

»Was war das für eine Frau, Mutter?«, fragte Rose, nachdem sie sich von ihrer Verwunderung ein wenig erholt hatte.

»Eine alte Bekannte«, antwortete ihre Mutter ein wenig abwesend, doch dann schien sie in die Wirklichkeit zurückzukehren. »Ich freue mich so sehr, dich wiederzusehen, mein Kind, du hast mir keine Nachricht geschickt, dass du kommen wirst.«

»Es ist alles so schnell gegangen, ich habe eine Einladung vom Gouverneur bekommen, um bei einem Empfang zu spielen. Und jetzt bin ich hier.«

»Darüber freue ich mich. Es ist schön, dass du trotz allem deine Eltern nicht vergisst. Immerhin bist du jetzt eine bekannte Dame.«

»Ich bin nur eine einfache Musikerin, Mutter, das weißt du doch. Sind meine Briefe und Pakete bei dir angekommen?«

»Allesamt, und ich habe jeden aufgehoben. Manchmal hätte ich mir gewünscht, dir zurückschreiben zu können, aber wenn du unterwegs bist, würden dich meine Briefe gar nicht erreichen.«

Wenn Rose ehrlich war, hatte sie Post von ihrer Mutter schmerzlich vermisst. Damals, als sie noch im Konservatorium war, hatte ihre Mutter ihr öfter geschrieben. Das war mittlerweile jedoch unmöglich geworden, da sie täglich an einem anderen Ort war und zwar Nachrichten und Briefe verschicken, aber nicht empfangen konnte.

»Meine Tournee ist in einem halben Jahr beendet«, erklärte Rose. »Dann werde ich bei meinem Agenten darauf bestehen, dass ich für längere Zeit bei euch bleiben kann.«

»Du solltest die Zeit besser nutzen und dir von einem jungen Mann den Hof machen lassen«, erklärte ihre Mutter lachend, während sie zum Herd ging, um Teewasser aufzusetzen.

»Ich wüsste nicht, wer mir den Hof machen sollte«, entgegnete Rose. »Während meiner Auftritte lerne ich nur selten Männer kennen, die mir gefallen. Meist sind sie alt und lüstern und nicht gerade geeignet, um mit ihnen eine Familie aufzubauen. Außerdem …« Sie stockte kurz, denn sie wusste, wie sehr sich ihre Mutter Enkelkinder wünschte.

»Außerdem gehört dein Herz der Musik«, vollendete ihre Mutter ihren Satz für sie. »Das hat es schon immer getan, selbst als du noch klein warst.«

Bevor Rose etwas sagen konnte, kam ihre Mutter zu ihr und bedeckte ihre Hand mit ihren zarten, weichen Fingern. »Keine Sorge, Rose, ich weiß, wie es sich anfühlt, einen Traum zu haben. Mein Traum war der, all den Verpflichtungen meiner Familie zu entkommen. Ich …«

Sie senkte den Kopf, schüttelte ihn dann. »Vielleicht hat sie recht, und ich sollte dir davon erzählen.«

»Was erzählen?«

Ihre Mutter seufzte schwer, ging dann, ohne zu antworten, zum Herd und zog den Kessel, in dem es mittlerweile kochte, herunter. Nachdem sie den Tee aufgegossen hatte, stellte sie zwei Tassen auf den Tisch.

Rose beobachtete ihre Mutter. Hatte sie sich immer schon

so langsam bewegt? Waren ihre Bewegungen schon immer so zittrig gewesen?

Nein, das glaubte sie nicht. Irgendwas war an der alten Frau gewesen, das sie zutiefst verwirrt hatte.

»Mutter?«, hakte sie sanft nach.

»Ja, mein Kind, ich habe es nicht vergessen. Ich versuche nur, die Worte richtig zu ordnen. Eigentlich wollte ich, dass du nie mit diesem Wissen belastet wirst.«

»Welchem Wissen?« Rose verstand nicht, worauf sie hinauswollte. Was sollte ihre Herkunft damit zu tun haben?

Nachdem ihre Mutter ihr und sich selbst eine Tasse Tee eingeschenkt hatte, nahm sie Platz und faltete die Hände auf der Tischplatte, als wollte sie beten.

»Du erinnerst dich vielleicht noch an den Besuch bei deiner Großmutter damals«, begann sie, und Rose bemerkte, dass ihre Stimme zitterte.

»Ich erinnere mich an den Garten«, antwortete Rose wahrheitsgemäß. »Und ein wenig auch noch an Großmutter. Aber das nur schwach.«

»Du warst damals drei Jahre alt. Ich kann verstehen, dass der Garten dir mehr im Gedächtnis geblieben ist, immerhin hat er einen ganz besonderen Zauber. Und es ist auch völlig klar, dass du nichts von den Gesprächen der Erwachsenen mitbekommen hast.«

So sehr sich Rose auch anstrengte, sie fand keine Erinnerung an irgendein Gespräch, das ihre Eltern mit ihrer Großmutter geführt hatten.

»Vielleicht täuscht dich deine Erinnerung auch noch in einem anderen Punkt: Ich war allein mit dir dort, ohne deinen Vater.«

Rose schüttelte den Kopf. »Ich erinnere mich nicht.«

»Aber es war so. Ich war allein mit dir dort oben, weil deine

Großmutter um eine Unterredung gebeten hatte. Ich wusste natürlich genau, worum es ging. Seit ich mit Roger nach Padang gegangen war, hatte ich sie nicht mehr gesehen. Sie ließ mich rufen, um mich an meine Pflichten zu erinnern. Damals war ich noch folgsam genug, um zu ihr zu gehen. Doch der Nachmittag endete im Streit. Während du die Wunder des Gartens genossen hast, fielen zwischen meiner Mutter und mir viele böse Worte.«

Während ihre Mutter sprach, tauchte plötzlich ein lang verdrängtes Detail aus Roses Erinnerung auf. Sie sah ein Haus, dessen Dach mehrere spitz aufragende Giebel besaß. Damals war es ihr wie ein Palast erschienen! Ihre Fantasie hatte dem Gebäude mit den Jahren ein goldenes Dach, Edelsteinwände, Türme und riesige Fenster gegeben, bis es rein gar nichts mehr mit dem eigentlichen Haus gemein hatte. Doch jetzt sah sie seltsamerweise das richtige Haus vor sich, mit sechs Spitzen, die wie übereinandergestapelte Halbmonde aussahen. Halbmonde aus braunen Schindeln, und anstatt der Edelsteinwände sah sie Schnitzereien auf rotem Grund, Fensterpfosten, die grün und rot bemalt waren.

Aber der Moment der Erinnerung war zu kurz. Als Adit weitersprach, verschwand das Bild aus Roses Kopf.

»Du erinnerst dich sicher auch nicht mehr daran, dass ich dich am Arm gepackt und mit mir gezerrt habe zum Wagen, auf dem dein Vater weit vor dem Dorf wartete, weil es ihm nicht gestattet war, die Grenze zu überqueren.«

Wenn Rose ehrlich war, erinnerte sie sich nicht. Aber der Einfachheit halber nickte sie.

»Und was bedeutet das nun für mich?«

»Dass du eines Tages auch Besuch von ihnen bekommen wirst. Sie werden versuchen, dich zu bewegen, in das Stammhaus zu ziehen, als Herrin über die Reisfelder unseres Volkes.

Das mag auf den ersten Blick nicht besonders schlimm erscheinen. Doch hast du zu dem Zeitpunkt bereits einen Mann, wirst du gezwungen sein, ihn zu verlassen und bei deinem Volk zu leben. Ihm würde bestenfalls gestattet werden, dich zu besuchen, aber wohnen müsste er bei seinem eigenen Volk. Deshalb habe ich mich gegen das *Adat* entschieden – und damit auch auf mein Erbe verzichtet.« Sie sah Rose nun direkt in die Augen. »Du musst wissen, dein Vater ist mein Ein und Alles. Manche Leute heiraten, weil ihre Eltern es so arrangiert haben. Ich habe ihn geheiratet, weil es für mich vom ersten Augenblick an keinen anderen gab. Ich könnte es nicht ertragen, auch nur einen Moment länger als nötig von ihm getrennt zu sein. Nun könntest du sagen, dass ich auch von ihm getrennt bin, wenn er auf seine Arbeitsstelle geht, aber das ist nicht dasselbe, denn ich habe immerhin die Gewissheit, dass er zu mir zurückkehren wird. Wenn ich nun dem Gesuch der Alten nachgeben würde, müsste ich alles zurücklassen und in das Stammhaus ziehen. Es hatte damals schon seinen Grund, dass ich das Dorf verlassen habe. Ich wollte nicht ohne Roger sein.«

Ihre Hand legte sich eiskalt auf Roses Finger. »Du bist noch zu jung, um zu begreifen, was wahre Liebe ist. Aber ich sage dir, wenn du dich jemals richtig verlieben solltest, wird dich jeder Moment, in dem du von diesem Menschen getrennt bist, ganz furchtbar schmerzen. Für mich ist das ein Schmerz, den ich nicht aushalten kann, verstehst du?«

Rose verstand. Und ihre Mutter irrte, wenn sie ihr unterstellte, keine Ahnung von der Liebe zu haben. Gut, einen Mann hatte sie bisher noch nicht so geliebt wie ihre Mutter ihren Vater. Aber die Liebe zur Musik war für sie durchaus damit vergleichbar. Und Rose hatte nicht vor, sie für das *Adat* aufzugeben.

Den Rest des Nachmittags verbrachte Rose damit, an der Seite ihrer Mutter Hausarbeiten zu erledigen, die ihr mittlerweile recht fremd waren, die sie allerdings auch wieder in die Zeit ihrer Kindheit führten, was ein sehr schönes Gefühl war.

Als am Abend ihr Vater heimkehrte, erstarrte er in der Tür und ließ vor lauter Erstaunen seine Tasche fallen.

»Rose?«

Noch immer war Roger Gallway ein sehr stattlicher Mann, wenngleich die Zeit sein Haar vollkommen ausgeblichen hatte, so dass es jetzt weiß statt dunkelblond war.

Früher hatte Rose ihren Vater immer für sehr bedeutend gehalten, weil er auf die Waren der holländischen Händler aufpasste. Mittlerweile wusste sie, dass auch er nur ein Angestellter war, bedeutend war er für sie aber trotzdem, denn seiner Arbeit und seinem guten Willen hatte sie es zu verdanken, dass sie eine gute Ausbildung erhalten hatte und nach England hatte reisen dürfen, um ihr Talent zu fördern.

Seine blauen Augen und die Grübchen an seinen Wangen zu sehen, erfüllte Rose mit einer ähnlichen Wärme, wie sie sie beim Anblick ihrer Mutter gespürt hatte. Sie ging einfach zu ihm und umarmte ihn in der Hoffnung, dass die Erstarrung dann von ihm abfallen würde. Und das tat sie, denn er legte seine Arme um sie, drückte sie fest an seine Brust, und wenig später spürte Rose, wie eine seiner Tränen auf ihre Wange tropfte.

Den ganzen Abend über, während ihre Mutter das traditionelle Makanan zubereitete, ein aus verschiedenen Zutaten bestehendes Gericht, für das Padang weithin berühmt war, musste Rose erzählen, wie es ihr in der letzten Zeit ergangen war. Ihr Vater hatte natürlich all ihre Briefe mehrfach gelesen, dennoch schaffte er es, immer noch ein paar Details aus ihr hervorzuholen, von denen sie nicht erzählt oder die sie vielleicht für unwichtig erachtet hatte.

Während sie sprach, gelang es Rose, für eine Weile nicht mehr daran zu denken, welches Auftrittspensum vor ihr lag, welche Anforderungen Carmichael an sie stellte – und vor allem, dass sie in den kommenden zehn Tagen unter der Schirmherrschaft des Gouverneurs auftreten sollte.

»Und wohin wird dich deine Tournee jetzt führen?«, fragte ihr Vater dann, während der köstliche Duft der Speisen in ihre Nase stieg.

»Ich werde für ein paar Wochen auf Sumatra bleiben, der Gouverneur möchte, dass ich zu verschiedenen Anlässen spiele.«

»Eine große Ehre!«, stellte ihr Vater anerkennend fest. »Wenn du willst, kannst du in der Zeit wieder bei uns wohnen. Deine Mutter würde sich sicher sehr freuen.«

Rose errötete. »Ich fürchte, das geht nicht. Ich habe meine Garderobiere und meinen Agenten bei mir, außerdem werden die Auftritte abends stattfinden, so dass ich nicht vor Morgengrauen zurück bin.« Als sie sah, dass die Miene ihres Vaters traurig wurde, setzte sie hinzu: »Aber ich werde euch, wenn ich nicht gerade üben muss, jeden Tag besuchen, das verspreche ich.«

Doch das heiterte Roger Gallway keineswegs auf. Er sagte zwar nichts, doch Rose wusste genau, dass sein stummes Vorsichhinbrüten nichts anderes als Enttäuschung bedeutete.

»Ach Liebling, nun lass das Mädchen doch«, sagte ihre Mutter, als sie zum Tisch kam. »Sie ist kein kleines Kind mehr, wie du siehst. Sie ist eine erwachsene Frau, und wenn sie erst einmal verheiratet ist, kann sie auch nicht mehr ohne weiteres bei uns sein.«

»Aber sie ist noch nicht verheiratet.«

»Eines Tages wird es so weit sein. Bis dahin freu dich einfach darüber, dass sie da ist.«

Rose wusste nicht, warum, aber plötzlich hatte sie Paul Havenden vor Augen. Rasch schüttelte sie diesen Gedanken wieder ab und widmete sich ihrer Schale Reis, den sie mit einer scharfen Soße würzte und noch ein paar Garnelen dazulegte.

In dieser Nacht machte Rose lange kein Auge zu. Nicht, dass sie sich in ihrem alten Kinderzimmer gefürchtet hätte. Nein, gerade das vertraute Gefühl, das sich sogleich wieder eingestellt hatte, als sie durch die Tür getreten war, vertrieb ihre Müdigkeit und zerrte erneut Bilder aus ihrer Erinnerung hervor.

Solange sie denken konnte, hatte sie sich der Musik verschrieben. Viele der Mädchen auf Mrs Faradays Schule waren von ihren Eltern dazu gezwungen worden, das Geigenspiel zu erlernen, sie selbst hatte es als Verlust empfunden, wenn sie mal einen Tag nicht spielen konnte. Mit Schrecken erinnerte sie sich daran, dass sie, kaum dass sie drei Monate in London gewesen war, an Scharlach erkrankt war, im abgedunkelten Raum liegen musste und kaum ein Geräusch zu Ohren bekam, weil man nicht wollte, dass sie ihr Augenlicht und ihr Gehör verlor. Diese stummen Wochen waren die schlimmsten ihres Lebens gewesen, hatten ihr aber auch die Fähigkeit verliehen, sich Melodien auch dann vorstellen zu können, wenn sie sie nicht hörte.

Über Männer hatte sie sich allerdings nur wenige Gedanken gemacht. Sie hatte viele Verehrer, aber einen Ehemann an ihrer Seite konnte sie sich nicht vorstellen. Der Engländer war der Erste, der eine gewisse Schwärmerei in ihr geweckt hatte, doch auch bei ihm war sie nicht sicher, ob sie ihr Talent dafür aufgeben würde, seine Frau zu werden.

Letztlich sah sie aber ein, dass all diese Gedanken Unsinn waren. Havenden ist verlobt, sagte sie sich. Er wird mich nie heiraten. Er war einfach nur freundlich, nichts weiter. Und wahrscheinlich sehe ich ihn nie wieder.

Am nächsten Morgen, nachdem sie sich von ihren Eltern verabschiedet und versprochen hatte, nicht wieder Jahre bis zum nächsten Wiedersehen verstreichen zu lassen, machte sich Rose auf den Weg zum Hotel.

Sie war sicher, dass Carmichael vor Sorge schon halb verrückt war – wenn sie verloren ging, gingen auch seine Einnahmen verloren, und das konnte er sich auf keinen Fall erlauben.

Als es ihr doch gelungen war, einzuschlafen, war Rose von einigen recht wirren Träumen heimgesucht worden. Dafür machte sie die Geschichte ihrer Mutter verantwortlich, doch sie nahm es ihr nicht übel. Immerhin war jemand von ihrem Volk erschienen und hatte von ihr gefordert, ihr bisheriges Leben aufzugeben, um als Stammmutter ein Dorf zu regieren!

Für Rose stand fest, dass auch sie dieser Forderung nicht nachgeben würde. Sie wollte die Welt sehen und nicht in irgendeinem Dschungeldorf versauern! Sie wollte Karriere machen, die Welt sehen! Die Forderungen irgendwelcher Ahnen konnten ihr gestohlen bleiben!

»Miss Gallway, was für ein Zufall!«, tönte eine Stimme hinter ihr. Als Rose sich umwandte, kam Paul Havenden gerade über die Straße.

»Lord Havenden«, entgegnete Rose ein wenig gestelzt, denn ihr Herz pochte auf einmal wie wild.

»Was verschafft mir die Ehre, Sie so früh am Morgen durch die Stadt wandeln zu sehen? Wollen Sie etwa auch zum Hahnenkampf?«

Rose hob die Augenbrauen. »Sie wollen sich doch nicht etwa dieses scheußliche Schauspiel ansehen.«

»Mir wurde berichtet, dass es ganz unterhaltsam sein soll.«

»Wurde Ihnen auch berichtet, dass die Hähne so lange gegeneinander kämpfen, bis eines der Tiere tot ist?«

»Das ist doch bei einem Hahnenkampf üblich, oder?«

Rose verzog missbilligend den Mund. »Das ist barbarisch! Auch wenn es eine Tradition in meinem Heimatland ist, ist es nichts, was man einem Touristen empfehlen sollte.«

»Und was sagen Sie dazu, dass Hühner in die Suppe kommen?« Pauls Augen leuchteten schelmisch. Offenbar schien es ihm zu gefallen, sich mit ihr zu streiten. »Das wäre dann auch barbarisch, aber ich habe gerade gestern ein ganz köstliches einheimisches Hühnergericht gekostet.«

»Das ist etwas völlig anderes!«

»Aber es hat dasselbe Ergebnis – die Hühner sterben. Ich bin sicher, dass der unterlegene Hahn sehr gut in einer Suppe schmecken würde.«

Rose runzelte die Stirn. Die Freude, Havenden wiederzusehen, verflüchtigte sich ein wenig. Der Engländer schien das mitzubekommen, denn er lenkte ein: »Und was schlagen Sie stattdessen vor?«

»Ich wüsste nicht, dass ich Ihnen Vorschläge zu unterbreiten hätte«, entgegnete Rose schnippisch, doch gleich danach tat es ihr leid.

»Aber Sie raten mir ab, zu den Hahnenkämpfen zu gehen.«

»Ich habe Ihnen nicht abgeraten, sondern nur bemerkt, dass die Kämpfe barbarisch sind«, sagte sie etwas milder.

Paul lachte auf, und obwohl sich Rose dagegen wehrte, konnte sie nicht anders, als ebenfalls zu lächeln.

»Lieber sollten Sie sich das Stück eines Schattenspielers anschauen, ein *Wayang Kulit*«, sagte sie dann. »Zu meiner

Kinderzeit hier in Padang gab es ständig einen dieser Puppenspieler. Die Stücke sind sehr lang, mir ist es nie gelungen, eines bis zum Ende zu schauen, weil meine Eltern mich immer nach Hause gezerrt und ins Bett gesteckt haben.«

Paul schien einen Moment zu überlegen, dann bot er Rose den Arm. »Wie wäre es, wenn wir solch einen Puppenspieler suchen gehen?«

Rose sah ihn verwirrt an, dann schüttelte sie den Kopf. »Ich fürchte, da muss ich ablehnen, denn diese Stücke werden erst in der Nacht gespielt. Haben Sie in England noch nie ein Schattentheater gesehen?« Lebhaft erinnerte sie sich an den Besuch eines sogenannten Kinematographen, in dem auch Schattenspiele gezeigt worden waren. Außerdem hatte sie dort, zum ersten Mal in ihrem Leben, bewegte Bilder gesehen, was sie sehr faszinierend fand.

»Ich fürchte, auch in dieser Hinsicht habe ich keine Ahnung. Aber ich kann Ihnen etwas von Pferdezucht erzählen, wenn Sie mögen.«

»Ein anderes Mal vielleicht«, entgegnete Rose, denn sie spürte, dass Paul es darauf anlegte, mehr Zeit mit ihr zu verbringen.

»Und dieses andere Mal ist nicht heute Abend? Wie wäre es, wenn Sie mich zu dem Puppenspieler begleiten?«

»Ich denke, Ihre Verlobte wäre da die bessere Begleitung. Guten Tag, Lord Havenden.« Als Rose sich umwandte, klopfte ihr das Herz bis zum Hals.

»Rose, warten Sie!«, rief Paul ihr nach, doch sie wollte weder stehenbleiben noch sich zu ihm umdrehen, denn sonst hätte sie es sich vielleicht anders überlegt.

Als Paul ins Hotel zurückkehrte, brannte noch immer der Anblick von Rose Gallways leuchtender Schönheit vor seinem inneren Auge. Was war nur los mit ihm? Er war Geschäftsmann, er hatte eine Frau, und wenn alles gutging, würde er bald Teilhaber einer gut laufenden Plantage sein. Dennoch verspürte er auf einmal einen Mangel, den er sich zunächst nicht erklären konnte. Warum zog ihn alles zu dieser Frau hin? Warum verleugnete er Maggie ihr gegenüber und erzählte ihr, dass Maggie seine Verlobte sei? Er war nicht mal ein besonders großer Musikliebhaber ...

Dass sie beinahe vor ihm geflohen war, zeigte ja nur, dass ihre Sympathien nicht so groß waren, wie er angenommen hatte. Aber dennoch drängte alles in ihm danach, sie wiederzusehen, wieder zu hören, wie sie spielte.

»Wie war es in der Stadt?«, schnitt Maggies Stimme seine Gedanken ab. »Hast du dich mit deinem Anwalt geeinigt?«

Paul hörte deutlich die Ungeduld in der Stimme seiner Frau, die auf der Chaiselongue lag und eine Frucht aus der Schale neben sich klaubte. Wahrscheinlich hoffte sie, so schnell wie möglich von hier wegzukommen, und irgendwie machte Paul das allmählich ärgerlich.

»Mijnheer Dankers ist ein wirklich netter Mann, aber von Einigung kann noch keine Rede sein. Zuerst muss ich mir die Plantage ansehen.«

Paul bemerkte, dass fast schon ein entsetzter Ausdruck in Maggies Augen trat. Er wusste, was sie befürchtete, und sagte: »Keine Sorge, du kannst hierbleiben, in der Sicherheit des Hotels. Obwohl ich ja denke, dass die Ladys in London vor Neid platzen würden, wenn du ihnen von deinen Abenteuern im Dschungel erzählst.«

»Tut mir leid, ich habe nicht vor, eine zweite Marianne North zu werden und meine Zeit damit zu verschwenden, Pflanzen zwischen Zeitungspapier zu pressen.«

Es erstaunte Paul ein wenig, dass Maggie von der Naturforscherin wusste, die unter anderem auch Südostasien bereist hatte. Pauls Vater hatte sie bei einer Überfahrt mal getroffen und berichtet, was für ein patentes Weibsbild sie war.

»Nun, wie gesagt, ich zwinge dich nicht«, gab Paul zurück, und aus irgendeinem Grund fragte er sich, ob Rose Gallway ebenso zimperlich wäre.

»Ich danke dir«, gab Maggie träge zurück und fächelte sich dann wieder Luft zu.

Paul stand einen Moment lang schweigend neben ihr, ohne so recht zu wissen, was er tun sollte. Seine geschäftlichen Verpflichtungen waren für diesen Tag erledigt, und es dürstete ihn förmlich nach einem Ausritt oder Spaziergang. Doch Maggie sah ganz so aus, als wollte sie auf ihrer Chaiselongue festwachsen.

»Jemand hat mir erzählt, dass es hier am Abend ein wirklich reizvolles Schattentheater geben soll«, begann er schließlich in der Hoffnung, dass Maggie sich für ein wenig Kultur begeistern konnte. »Hast du nicht Lust, dir das anzusehen?«

Jetzt richtete sich Maggie auf. Rote Flecken brannten auf ihren Wangen, als hätte sie Fieber. Doch das war nicht der Fall, vielmehr hatte sie sich noch immer nicht an die Wärme gewöhnt. Nicht einmal der Deckenventilator schien genug Kühle zu bringen.

»Schattentheater?«

»Ja, ein Puppenspieler führt ein Stück mit Scherenschnittpuppen auf. Es ist hier eine Tradition.«

Der kleine Funke Interesse, der kurz aufgeflammt war, erlosch sogleich wieder.

»Das heißt, wir müssen runter in die Stadt. Zwischen all diese ... Leute.«

»Ja.« Paul ging neben der Chaiselongue in die Hocke und griff nach ihrer Hand. »Schatz, was ist nur los mit dir? Auf dem Empfang hatte ich den Eindruck, dass du dich köstlich amüsiert hast.«

»Das habe ich auch. Aber ich bin auch immer noch erschöpft davon und weiß nicht, ob ich Lust darauf habe, heute wegzugehen.«

»Lust? Aber du bist einundzwanzig! Da haben Frauen für gewöhnlich noch Lust auf alles!«

»Aber nicht in dieser Hitze.«

Paul seufzte. Irgendwie wurde er das Gefühl nicht los, dass Maggie sich nicht nur vor diesem Land fürchtete, nein, sie schien es abgrundtief zu verachten und zu verabscheuen. Und anscheinend war es zwecklos, die Liebe zu diesem Ort in ihr wecken zu wollen, denn sie hatte ihr Urteil bereits gefällt.

»Wie du meinst, dann gehe ich allein«, sagte er beinahe schon trotzig und zog sich dann ins Schlafzimmer zurück. Die Chancen, dass Maggie doch noch einlenkte, standen zwar nicht besonders gut, aber vielleicht würde sie es sich ja noch überlegen.

Am Abend, kurz bevor Rose sich für die Nacht bereitmachen wollte, erschien Mai ganz aufgeregt in ihrem Zimmer. In der Hand hielt sie einen kleinen Umschlag.

»Da unten ist ein Gentleman, der mir diesen Brief für Sie gegeben hat«, berichtete sie atemlos.

Wieder eine Nachricht vom Gouverneur? Rose nahm das Schreiben an sich, trug es zum Schreibtisch und schlitzte den Umschlag mit einem silbernen Brieföffner auf.

Sehr geehrte Miss Gallway,

tatsächlich ist es mir gelungen, einen der Schattenspieler, von denen Sie gesprochen hatten, ausfindig zu machen. Würden Sie mir die Ehre erweisen, mich dorthin zu begleiten? Heute? Jetzt?

Der Ihre, Paul Havenden

Jedes einzelne Wort schickte einen Feuerstoß durch ihre Adern. Ihre Wangen, ihre Stirn begannen wie im Fieber zu glühen. Diese Hartnäckigkeit!

Hatte sie ihm nicht deutlich genug zu verstehen gegeben, dass sie nicht an einem gemeinsamen Abend mit ihm interessiert war?

»Wie sah der Mann aus, der dir den Brief gegeben hat?«, fragte sie nachdenklich.

»Oh, es war ein sehr schöner Mann. Ich glaube, ich habe ihn kurz im Haus des Gouverneurs gesehen, als ich in der Küche war. Seinen Namen kenne ich nicht, aber er wartet noch immer unten.«

»Er wartet unten?« Rose sah sie entgeistert an. Havenden hatte keinen Diener geschickt? Was sollte sie jetzt tun?

»Ja, er hat mir gesagt, dass ich ihm Ihre Antwort bringen soll, Miss.«

Unter den verwunderten Blicken ihrer Dienerin, die nichts über die näheren Umstände wusste, begann Rose, unruhig im Raum auf und ab zu gehen. Nichts täte sie lieber, als mit Havenden das Schattenspiel zu besuchen. Aber schickte sich das denn? Wieder betrachtete sie den Brief. Es klang nicht so, als sei seine Verlobte ebenfalls mit von der Partie. Sie konnte doch nicht abends mit einem Mann ausgehen, der einer anderen ein Heiratsversprechen gegeben hatte!

Eigentlich hätte sie Mai das Schreiben zurückgeben und ihr sagen sollen, dass sie ihn wegschicken möge. Doch etwas hielt sie davon ab. Was war schon dabei, wenn sie ihn begleitete? Es war doch nur ein harmloser Besuch beim Schattenspiel. Danach würden sie auseinandergehen, und alles würde so sein wie früher.

Während Mai nach unten lief, um Bescheid zu sagen, dass ihre Herrin die Einladung annehmen würde, ging Rose zu ihrem Schrankkoffer, der ihr ständiger Begleiter auf der Tournee war. Mai war dafür zuständig, ihre Garderobe stets in Ordnung zu halten, doch obwohl die Kleider alle sehr geschmackvoll waren, zweifelte Rose nun, das richtige dabeizuhaben. Wirkten diese Konzertkleider denn nicht alle zu bieder?

Schließlich entschied sie sich für ein rosafarbenes mit Rüschen und Biesen am Oberteil, das schmale Ärmel und einen ebenfalls recht schmal geschnittenen langen Rock hatte. Das kam einem Abendkleid wenigstens ein bisschen nahe, war aber dennoch nicht zu pompös für einen nächtlichen Spaziergang durch die Stadt.

Sie würde mit Lord Havenden durch das nächtliche Padang wandern! Das erschien ihr immer noch unerhört, doch bevor sie es sich anders überlegte, warf sie ihren Morgenmantel von den Schultern und schlüpfte in ihr Kleid.

Nach fünf Minuten war Mai wieder zurück, um sich um ihr Haar zu kümmern. Ihr Gesicht glühte, als hätte Havenden die wenigen Augenblicke genutzt, um sie gehörig in Verlegenheit zu bringen.

»Ein wirklich schöner Mann!«, schwärmte sie. »Was für blaue Augen er hat!«

»Rede nicht lange, bring lieber meine Frisur in Ordnung«, sagte Rose, während sie vor dem Schminkspiegel Platz nahm. Gehorsam griff Mai nach der Bürste, plapperte aber weiter, was Rose allerdings nicht mehr wahrnahm, denn ihre Gedanken eilten bereits voraus zu dem Stand des Puppenspielers, der wahrscheinlich gerade seine Lampen entzündete und seine filigran gestalteten Lederpuppen überprüfte.

Wie hatte sie diese Kunstwerke als Kind immer bewundert! Jeder Puppentyp war für einen bestimmten Charakter festgelegt. So hatten die Rajahs und Prinzessinnen, die guten Mädchen und rechtschaffenen Weisen immer sehr schlanke Körper mit langen schmalen Nasen, während die Puppen der Bösewichte oft plump waren, Knollennasen hatten und, wenn es sich um Dämonen handelte, auch scheußliche lange Zähne, die furchterregend aus den verzerrten Mäulern herausragten.

Ob die Puppenspieler heute immer noch die Märchen aus ihrer Kindheit spielten?

Als sie endlich fertig war, fühlte sich Rose ein wenig wie Cinderella in dem Märchen, das sie vor langer Zeit im Konservatorium gehört hatte. Obwohl es verboten war, hatte Rose sich immer wieder heimlich in die Küche geschlichen, die Frauen bei der Arbeit beobachtet und hin und wieder einen Mince Pie oder Scones bekommen. Mit diesem Besuch bei den Köchinnen war meist eine Geschichte verbunden, besonders dann, wenn Laura gerade Abenddienst hatte. Während Rose vor dem Feuer saß, lauschte sie den Erzählungen, die so anders waren als die Märchen, die sie aus ihrer Heimat kannte. Auch ihre holländischen Lehrerinnen hatten ihr Märchen und Sagen aus ihrer Heimat erzählt, aber keines war so hübsch gewesen wie das Märchen von Cinderella, die für ihre Stiefschwestern hart arbeiten musste und dennoch mit Hilfe einer Fee endlich ihren Prinzen bekam. Die Stelle, in der Cinderella in ihrem wunderschönen Kleid den Ballsaal betrat, hatte Rose immer besonders geliebt und sich gewünscht, eines Tages ebenso prachtvolle Kleider tragen zu dürfen.

Nun verließ sie ihr Zimmer mit Herzklopfen und der Frage, ob Paul Havenden, wenn schon kein Prinz, aber immerhin ein Lord, in ihr vielleicht die Prinzessin sehen würde, die er auf seinem weißen Pferd in sein Schloss entführen wollte.

Aber nein, mahnte sie sich selbst. Sei nicht so töricht. Sonst schmerzt dir nur das Herz, wenn er wieder nach England reist und du in ein Land am anderen Ende der Welt.

An der Treppe angekommen, entdeckte sie ihn in der Nähe der Hotelrezeption. Anstatt sich in einem bequemen Ledersessel niederzulassen, hatte er es vorgezogen, unruhig auf und ab zu gehen. Das rührte Rose irgendwie. Sonst ließ er sich keine Unsicherheit anmerken, aber jetzt wirkte er wie ein Bräutigam, der auf seine Braut wartete. Der dunkle Anzug mit der blutroten Ascotkrawatte stand ihm ausgezeichnet und betonte den Goldschimmer seines Haars. Unruhig drehte er seinen Gehstock in der Hand, dann holte er seine Taschenuhr hervor und klappte sie auf.

Rose beschloss, ihn nicht mehr länger warten zu lassen. Sie presste ihre Hand auf den Bauch und versuchte, gegen das Flattern darin anzuatmen. Als das nichts half, setzte sie kurzerhand einen Fuß auf die Stufe und rief sich ins Gedächtnis, was Mrs Faraday ihnen immer bei Lampenfieber geraten hatte: »Wenn ihr erst einmal spielt, wird es sich von allein legen, ihr werdet schon sehen.«

Ihre Schritte brachten Paul dazu, sich umzuwenden. Als er sie erkannte, flammte augenblicklich ein Lächeln auf.

»Rose, da sind Sie ja!«, rief er aus. »Ich fürchtete schon, Sie hätten es sich überlegt.«

»Ich stehe zu meinem Wort, allerdings braucht eine Dame ein wenig, um sich zurechtzumachen.«

Paul musterte sie verstohlen, dann entgegnete er: »Ich kann

mir nicht vorstellen, dass es eine Gelegenheit gibt, zu der Sie nicht wunderschön sind.«

»Ich sollte Sie vielleicht daran erinnern, dass Ihre Verlobte diese Schmeicheleien mir gegenüber als unpassend empfinden würde.«

Pauls Miene verfinsterte sich, während er seine Lippen zusammenpresste, als müsste er eine Bemerkung zurückdrängen. »Verzeihen Sie, ich …«, begann Rose, denn sie hatte das Gefühl, ihn irgendwie verletzt zu haben.

»Nein, ist schon gut, und Sie haben recht, meiner Verlobten würde das ganz sicher nicht gefallen. Aber Sie gefallen mir, dagegen kann ich nichts machen.« Damit bot er ihr seinen Arm. »Wollen wir? Ich fürchte, bis wir die Puppenspielbühne erreicht haben, hat das Stück bereits begonnen.«

Die Stadt wirkte im Schein der vielen Lampen und Fackeln wie dem Märchen aus Tausendundeiner Nacht entrissen. Die Fassaden der Kolonialbauten schienen sich in den Hintergrund zurückzuziehen, während die traditionellen Bauten der Einheimischen hervortraten. Exotische Düfte erfüllten die Gassen, die köstlichen Aromen der Garküchen vertrieben den Gestank des Hafens und des Schmutzes.

Selbst zu dieser Zeit noch boten Händler ihre Waren feil. Ihre Rufe konkurrierten mit dem Gesang der Straßenmusikanten und den Klängen von Trommeln, Anklung, Suling-Flöten, Gamelan und Ouds. Von Fackeln beleuchtet, boten bunt gekleidete junge Frauen traditionelle Tänze dar.

Obwohl sie als Kind des Öfteren diesen Zauber erlebt hatte, fühlte sich Rose nun, als würde sie ein längst vergessenes Wunderland betreten. Für gewöhnlich verließ sie ihre Unterkunft nur dann, wenn sie zu einem Auftritt musste, die restliche Zeit verbrachte sie mit Vorbereitungen. Bestenfalls führte

Carmichael sie nach einem gelungenen Konzert aus, aber sie verweilten nie lange genug, um wirklich etwas von den Auftrittsorten zu sehen.

Das wäre diesmal auch der Fall gewesen, wenn nicht das großzügige Angebot des Gouverneurs gekommen wäre. Ja, sie hätte nicht einmal die Zeit gefunden, ihre Eltern zu besuchen. Vielleicht war sie van Swieten in diesem Augenblick noch dankbarer als gestern.

»Sie haben mir gar nicht erzählt, was für eine wunderbare Heimatstadt Sie haben«, bemerkte Havenden, der dem Zauber Padangs ebenso zu erliegen schien wie sie, denn dies waren die ersten Worte, die er an sie richtete, seit sie das Hotel verlassen hatten.

»Ich fürchte, das hatte ich vergessen«, antwortete sie. »Seit vielen Monaten bin ich nur unterwegs, und zuvor habe ich mehrere Jahre in England verbracht.«

»Haben Sie Verwandte dort? Immerhin klingt Ihr Name englisch.«

»Mein Vater ist Engländer, er arbeitet für die Niederländer als Lageraufseher. In England war ich im Konservatorium von Mrs Faraday. Der Name sagt Ihnen bestimmt nichts.«

»Und ob er mir etwas sagt!«, gab Paul zurück. »Mrs Faraday ist noch immer eine der größten Konkurrentinnen des Trinity College. Während Letzteres nur männliche Studenten annimmt, nimmt ihr Konservatorium nur Schülerinnen auf. Mein Vater hat Mrs Faraday des Öfteren als anonymer Spender unterstützt.«

»Dann hat Ihre Familie wahrscheinlich auch Anteil an meiner Ausbildung, dafür danke ich Ihnen.« Rose lächelte ihn schelmisch an.

»Da ich nun weiß, dass Mrs Faraday so hervorragende Musikerinnen hervorbringt, werde ich diese Tradition natürlich fortsetzen. Oder benötigen Sie gar einen Sponsor oder Mäzen?«

»Ich finde es ein wenig seltsam, dass Sie mir dergleichen anbieten, wo Sie doch zugegeben haben, keine besonders große Liebe zur Musik zu empfinden.«

»Das war bisher der Fall, aber da kannte ich Sie noch nicht. Sie haben etwas in Ihrem Spiel, das aus den schlimmsten Banausen glühende Verehrer dieser Kunst machen kann. Ich bin das beste Beispiel dafür.«

»Dann hoffe ich, Sie auch für diese Form des Theaters begeistern zu können«, entgegnete Rose und deutete nach vorn. »Da ist die Bühne.«

Eigentlich konnte man den Aufbau nicht Bühne nennen. Auf einem Holzpodest, das dazu diente, dass auch weiter entfernte Zuschauer etwas erkennen konnten, war zwischen zwei Pfähle eine große Leinwand gespannt. Diese wurde von der Rückseite durch zahlreiche Lampen beleuchtet, die die Schattenrisse auf den Stoff projizierten.

Bei ihrer Ankunft hatte das Stück schon begonnen. Auf der Leinwand sah Rose das Schattenbild zahlreicher Bambusrohre sowie die detailliert ausgearbeitete Figur einer jungen Frau, die sich dem stilisierten Wald mit einem Messer in der Hand näherte. Begleitet wurden die Bewegungen der Puppe durch Gamelan-Klänge.

Unwillkürlich musste Rose breit lächeln, denn hier handelte es sich zweifellos um eines der Märchen, die ihr ihre Mutter immer erzählt hatte.

Als sie zur Seite blickte, bemerkte sie, dass Paul verwundert die Stirn runzelte. Natürlich verstand er kein Wort, also entschloss sie sich, ihm ein wenig unter die Arme zu greifen.

»Er spielt das Märchen von der Vergessenen«, erklärte Rose im Flüsterton, damit sie die anderen Zuhörer, die meist aus der Stadt stammten, nicht störte. »Es geht um die letzte von sieben Schwestern, die immer vergessen wird. Sie bekommt auch keinen Bräutigam und muss stattdessen für ihre hartherzigen Schwestern schwer arbeiten – ohne Lohn versteht sich. Doch eines Tages schenkt ein gutherziger Fischer dem Mädchen einen kleinen Fisch mit goldenen Schuppen. Das Mädchen behält den Fisch, doch bald schon kommen die bösen Schwestern dahinter und wollen ihr den Fisch abschwatzen. Als das Mädchen sich weigert, töten die Schwestern ihn.«

»Was für eine furchtbare Geschichte«, raunte Paul fasziniert. »In England würden Sie damit Scharen von Kindern erschrecken.«

»Aber sie geht doch noch weiter«, fuhr Rose fort, nachdem sie einen Blick auf die Leinwand geworfen hatte, wo gerade die vergessene Schwester das Glas mit dem Fischlein erhielt. Die Puppen waren überaus fein gearbeitet. »Als sie nach ihrem Fisch sucht, wird sie von ihren Schwestern verspottet, und sie werfen ihr den Fischkopf vor die Füße.«

Paul schnaubte, doch Rose stieß ihn an, damit er sich eines Kommentars enthielt.

»Das Mädchen nimmt den Fischkopf, begräbt ihn im Wald und weint ganz bitterlich. Und siehe da, es wächst aus dem Boden ein Baum mit goldenen Blättern und goldenen Früchten. Er strahlt so hell, dass ein vorbeireisender Rajah – bei Ihnen sagt man König – auf die Vergessene aufmerksam wird. Er macht sie zu seiner Frau, und sie pflanzt ihr Bäumchen im Schlossgarten ein. Jahre später kommt es zu einer großen Dürre im Land. Die Büffel der bösen Schwestern verhungern und verdursten, schon bald haben sie nichts mehr zu essen. Da begeben sie sich zum Schloss des Rajahs und treffen dort auf ihre Schwester, und sie flehen sie an, ihnen zu helfen.«

»Dazu wird sie wohl kaum bereit gewesen sein, nach all der Grausamkeit, die sie erfahren hatte«, setzte Paul hinzu, sichtlich bewegt von der Geschichte.

»Das mag man meinen, und tatsächlich weist sie ihren Schwestern die Tür und hält ihnen vor, dass sie sie gequält haben. Aber da beginnt das goldene Bäumchen zu singen und bittet die Vergessene, das Leid, das ihre Schwestern über sie gebracht haben, zu vergessen und Gnade walten zu lassen. Daraufhin lässt sie die Schwestern an ihrem Reichtum teilhaben. Die Schwestern sind darüber so beschämt, dass sie nun Tränen echter Reue weinen und um Verzeihung bitten.«

Rose, die erst jetzt bemerkt hatte, wie nahe sie Paul gekommen war, wich nun wieder ein Stück zurück und blickte nach vorn auf die Bühne, wo die Geschichte der Vergessenen mit Musik und Gesang ihren Fortgang nahm.

Paul war anscheinend nicht fähig, etwas zu sagen. Wie gebannt blickte er auf die Schattenrisse, als versuchte er zu erkennen, an welchem Teil des Märchens sie nun angekommen waren.

Erst als das Stück sich seinem Ende zuneigte und das Bäumchen durch die Klänge des Gamelan zu sprechen begann, regte er sich wieder.

»Wirklich, eine schöne Geschichte. Meinem Vater hätte sie sehr gefallen.«

»Und Ihnen?«

»Mir gefällt sie auch. Und fast bedauere ich ...« Er stockte und schien mit sich zu ringen, ob er weitersprechen sollte.

»Was bedauern Sie?«, fragte Rose.

»Nichts, es ist nichts ...«, erwiderte Paul, obwohl man ihm ansehen konnte, dass er einen Gedanken gehabt hatte. Rose beschloss, nicht nachzufragen. Sie war hier, um einen netten

Abend beim Schattentheater mit ihm zu verbringen, nichts weiter.

Während der Puppenspieler die Puppen sorgsam in seine Kiste packte, entdeckte Rose einen Stand in der Nähe, von dem ein herrlicher Geruch ausging.

»Warten Sie, ich hole uns etwas zu essen«, sagte Rose, und bevor Paul etwas dazu sagen konnte, lief sie los. Wann hatte sie zum letzten Mal Klepon gegessen? Diese mit Palmzucker gefüllten Reiskugeln, die in Kokosraspeln gewälzt wurden, hatte sie als Kind geliebt! Wann immer sie zum Puppenspiel gegangen waren, hatte ihre Mutter ihr welche gekauft.

An dem kleinen Stand, dessen Besitzer alle Hände voll zu tun hatte, die Köstlichkeit frisch zuzubereiten, reihten sich ein paar Leute auf, vorwiegend mit Kindern an der Hand. Niemand ging zum *Wayang*, ohne sich zwischendurch etwas zu essen zu holen. Das wussten die Händler und versammelten sich rings um die Bühne.

Mit zwei kunstvoll aus Palmblättern geflochtenen Tüten kehrte sie schließlich zu Paul zurück, gerade rechtzeitig, bevor das Gamelan den Beginn des neuen Stücks ankündigte.

»Die sind ja grün!«, rief er überrascht aus, als Rose ihm eine Tüte reichte.

»Was meinen Sie? Die Palmblätter? Natürlich sind die grün!« Rose lächelte schelmisch. Natürlich wusste sie, was den Lord so erstaunte.

»Nein, die Kugeln. Ich habe noch nie eine vollkommen grüne Süßigkeit gesehen. Außer bei sündhaft teuren Konditoren in London.«

»Das ist der Saft von Schraubenpalmen«, erklärte Rose, während sie eines der Kügelchen in die Hand nahm. »Damit wird der Teig gefärbt. Außerdem kommen da noch Reismehl und Süßkartoffel hinein. Probieren Sie, es ist gut.«

Während Rose abbiss und die Süße der Palmzuckerfüllung ihren Mund flutete, wirkte Paul noch etwas skeptisch. Doch dann versuchte er es. Zunächst zogen sich seine Augenbrauen zusammen, doch dann entspannte sich seine Miene und begann zu leuchten.

»Mmh, das ist wirklich gut!«

»Finden Sie?«

»Ja, ehrlich! Ich sollte dieses Rezept mitnehmen und die Küchlein in London verkaufen.«

»Meinen Sie, Londoner Gaumen sind bereit dafür?«, scherzte Rose und ließ eine zweite Kugel in ihrem Mund verschwinden.

»Londoner Gaumen sind immer auf der Suche nach etwas Neuem. Sie kennen ja die englische Küche, die ist von sich aus nicht besonders fantasievoll, also braucht sie Einflüsse von außen.«

»Dann sollten Sie vielleicht in einen Klepon-Stand investieren anstatt in eine Zuckerplantage«, entgegnete Rose amüsiert.

»Das werde ich vielleicht«, entgegnete Paul kauend und griff nach dem nächsten Kügelchen. Währenddessen begann das nächste Märchen – von der Prinzessin aus dem Ei.

Als sie kurz vor Anbruch des Morgens ins Hotel zurückkehrte, fühlte sich Rose so leicht, als sei sie ein Teil des Nebels, der um diese Zeit über der Küste schwebte. Der Abend mit Havenden hatte ihr gezeigt, dass es noch andere Dinge als die Musik gab, Dinge, die sich überaus schön anfühlten, und Wünsche, die nichts mit Musik zu tun hatten, sondern mit Liebe und Leidenschaft. Am liebsten würde sie Hunderte von diesen Abenden verleben, mit Paul an ihrer Seite.

Mit einem seligen Lächeln auf den Lippen sperrte sie die Tür auf – nur um im nächsten Augenblick erschrocken zusammenzuzucken. Schwerlich konnte sie einen Schrei unterdrücken, als sie Carmichael auf dem Sofa sitzen sah.

»Was suchst du hier?«, fuhr sie ihn an, während sie die Tür ins Schloss fallen ließ.

»Ich wollte eigentlich mit dir über die Konzerte, die van Swieten für dich arrangiert hat, reden. Mai hat mich eingelassen.«

Dummes Mädchen, dachte Rose zornig, während sie sich die Hutnadeln aus dem Haar zog.

»Wo warst du?«, fragte Carmichael betont ruhig – das Anzeichen dafür, dass es in ihm brodelte.

»Aus«, antwortete Rose, denn sie hatte nicht vor, ihm irgendwelche Erklärungen zu geben, schon gar nicht zu Paul. Außerdem war der Abend viel zu schön gewesen, um ihn sich von Carmichael madig reden zu lassen.

»Schon das zweite Mal. Gestern habe ich dich auch nicht erreicht.« Carmichael kniff misstrauisch die Augen zusammen, beäugte sie.

»Da war ich bei meinen Eltern und bin über Nacht geblieben.«

»Du hättest die Güte haben können, dich zu melden, mir wenigstens eine Nachricht zukommen zu lassen.«

»Ich bin müde«, sagte Rose erschöpft. »Lass uns nachher weiterreden, ich habe keine Lust, mich jetzt mit dir zu streiten.«

»Also gut, wie du willst.« Er erhob sich, und fast so, als würde es ihm nichts ausmachen, schlenderte er zur Tür. Bevor er diese öffnete und wirklich verschwand, drehte er sich aber noch einmal zu ihr um. »Du hast dich mit diesem Havenden rumgetrieben, nicht wahr? Mai hat es mir erzählt.«

Rose war zu überrascht, um etwas zu entgegnen. Ihr Verstand suchte nach einer Ausflucht, war allerdings nicht schnell genug. Wahrscheinlich war Carmichael ihr sogar nachgeschlichen, um sich mit eigenen Augen davon zu überzeugen.

»Du musst dir diesen Kerl aus dem Kopf schlagen!«, schimpfte Carmichael, während er wütend auf sie zustapfte und sie dazu zwang, ein paar Schritte zurückzuweichen. »Weißt du, was für dich auf dem Spiel steht? Du bist eine der besten Geigerinnen der Welt! Wenn du dir jetzt den Kopf verdrehen lässt, wenn du dich von ihm ablenken lässt, wirst du dir alles ruinieren!«

»Wer sagt denn, dass ich mich von ihm ablenken lasse? Wie kommst du nur darauf!« Wütend feuerte sie den Hut auf ihr Bett. Mai würde sie etwas erzählen, wenn sie sie später sah.

»Ich habe gesehen, wie er dich auf dem Empfang angestarrt hat! Und du warst heute mit ihm aus! Was soll das bedeuten?«

»Das bedeutet, dass ich hin und wieder auch ein normales Leben habe und mir nicht ständig wie ein Kleinkind vorschreiben lassen will, wohin ich zu gehen habe!«

Carmichael stieß ein spöttisches Schnauben aus. »Du und ein normales Leben? Du bist Künstlerin, sei froh, dass du kein normales Leben hast! Normalerweise wärst du jetzt schon verheiratet und schwanger, vielleicht schon mit dem zweiten Balg! Sehn dich nicht danach, ein normales Leben zu führen, denn das wirst du glücklicherweise nie haben! Und sollte ich Havenden dabei erwischen, dass er dich ablenkt, werde ich ihm persönlich die Hände brechen!«

Mit diesen Worten stürmte er zur Tür, riss sie auf und verschwand.

Rose starrte ihm fassungslos hinterher. Was sollte das? Er kümmerte sich doch sonst nicht um ihre Verehrer, warum denn gerade jetzt?

Seufzend ließ sie sich auf das Sofa sinken, in dem noch die klamme Wärme von Carmichael steckte. Tränen krochen in ihre Augen, doch als sie ihr die Sicht zu nehmen drohten, sprang sie trotzig auf.

Ich werde es ihm beweisen, dachte sie. Ich werde ihm beweisen, dass ich nicht auf die Freuden des normalen Lebens verzichten muss. Du wirst schon sehen, Sean Carmichael!

13

CREMONA 2011

Ein grauer Winterhimmel spannte sich über die Stadt, als der Zug in den Bahnhof einfuhr. Lilly und Ellen erhoben sich von ihren Sitzen und nahmen ihre Koffer von der Gepäckablage.

Behutsam klemmte sich Lilly den Geigenkasten unter den Arm. Sie war noch immer nicht sicher, ob es eine gute Idee war, das Instrument bei sich zu tragen. Vor ein paar Tagen hätte ihr das wahrscheinlich nichts ausgemacht, doch nun wusste sie, dass die Geige einen Wert hatte – wenn vielleicht keinen großen finanziellen so doch einen ideellen, insbesondere für Gabriel. Ging der Geigenkoffer verloren, würde die Geige wahrscheinlich wieder für viele Jahrzehnte verschwinden – und damit auch das Rätsel um Rose Gallway.

Ellen war allerdings dabei geblieben, dass es besser sei, wenn sie ihrem Bekannten das Original und keine Fotos zeigten. Noch in Heathrow war es Ellen gelungen, Enrico di Trevi, so der Name des Mannes, zu kontaktieren. Er hatte die beiden Frauen in sein Haus nahe dem *Palazzo Trecchi* eingeladen und versprochen, ihnen bei ihrer Suche nach Rose Gallway zu helfen.

Während des Fluges nach Mailand hatten sie sich dann einen Plan zurechtgelegt, wie sie das Wochenende am besten nutzen konnten, um möglichst viel über die Geigerin herauszufinden. »Vielleicht gibt es ja irgendwelche alten Zeitungsartikel«, hatte Ellen fröhlich gemutmaßt. »Enrico kann sie uns übersetzen. So, wie ich ihn einschätze, würde er wahrscheinlich alles dafür tun, diese Geige mit eigenen Augen zu sehen.«

Als der Zug zum Stehen kam, drängten sie zusammen mit den anderen Passagieren dem Ausgang entgegen. Italienische Wortfetzen umschwirrten Lilly und riefen die Erinnerung an eine Reise mit Peter in ihr Gedächtnis zurück. Damals waren sie noch Studenten gewesen und hatten eine Rucksacktour durch die Toskana gemacht – ohne auch nur ein Wort Italienisch zu verstehen.

Die Sprache konnte sie noch immer nicht, und die Gedanken an Peter riefen ein bittersüßes Ziehen in ihrer Brust hervor. Rasch drängte sie die Empfindung beiseite. Jetzt war nicht der passende Augenblick dafür. Vielleicht konnte sie sich heute Abend erlauben, in Erinnerungen zu versinken, jetzt mussten sie erst einmal sehen, dass sie Ellens Freund fanden.

Der Cremoneser Bahnhof war etwas Besonderes, das merkte Lilly schon, als sie die Halle durchschritten. Er war mehr als hundert Jahre alt und dank der hohen Rundbogenfenster vollkommen lichtdurchflutet. Es fiel ihr leicht, sich vorzustellen, wie die Passagiere früherer Tage über den glänzenden Steinboden eilten: Frauen in ausladenden Tournürenröcken und mit schleifengeschmückten Hüten auf dem Kopf, Herren in schmal geschnittenen Gehröcken. Mädchen in gestärkten Kattunkleidern, die mit Jungs in Kniehosen spielten. Dazwischen Zeitungsjungen mit Schiebermützen, die lauthals die neueste Ausgabe irgendeines Käseblattes anpriesen.

Das Bild verschwand, als sie den Bahnhof verließen und Lilly einen Blick auf den etwas trostlos wirkenden Vorplatz warf, der in Frühling und Sommer sicher einen wunderbaren Anblick abgab.

Autos hupten in der Nähe, Motorroller knatterten vorbei. Ganz in der Nähe befand sich ein Taxistand.

Bevor sie diesem zustrebten, wandte sich Lilly noch einmal nach dem Bahnhof um, dessen gelber Anstrich der einzige Farbtupfer im winterlichen Grau zu sein schien. Das Gebäude erinnerte sie mit seinen Rundbögen an einen kleinen Palast.

»Lilly, komm, dahinten ist ein Taxi frei!«, tönte Ellens Stimme zu ihr herüber. Als sie sich umwandte, sah sie, dass Ellen bereits mit langen Schritten zu dem Fahrzeug eilte.

Das Haus, in dem Enrico di Trevi wohnte, musste früher mal die Wohnstätte eines Adligen oder zumindest eines sehr reichen Mannes gewesen sein, denn dem benachbarten *Palazzo* stand es in Größe und Pracht nur geringfügig nach. An der zur Straße gewandten Fassade befanden sich zahlreiche Verzierungen, Balkone und Figuren. Zwei Atlanten trugen das leicht hervorspringende Dach. Die Butzenfenster wirkten auf den ersten Blick wie Originale aus längst vergangener Zeit, doch dazu wirkten die Scheiben zu klar, das sie verbindende Blei zu neu.

Lilly schätzte, dass das Haus im 17. Jahrhundert erbaut worden war. Ein Riss hatte sich an der linken Seite in die Mauer gefressen, vielleicht stammte er sogar von einem Erdbeben. Ansonsten war das Haus in einem guten Zustand und gab ihr das Gefühl, Geschichte einatmen zu können.

Lilly hatte angenommen, dass Ellens Bekannter ebenso wie Ben Cavendish ein alter Mann sein würde. Umso überraschter war sie, als sie ein attraktiver Mittvierziger an der Tür empfing. Er trug Jeans und ein schwarzes Hemd, was zu seiner leicht gebräunten Haut einfach umwerfend aussah. Sein rabenschwarzes Haar trug er halblang, seine Augen schimmerten wie zwei Silbermünzen.

»Buon giorno, Ellen!«, rief er aus und schloss ihre Freundin in seine Arme. So herzlich, dass Lilly fast schon glaubte, ein Liebespaar vor sich zu haben, das sich schon sehr lange nicht mehr gesehen hatte. »Du bist ja schnell wie der Wind!«

Lilly fand, dass er erstaunlich gut Deutsch sprach.

»Bedank dich bei der italienischen Bahn«, entgegnete Ellen und wandte sich dann Lilly zu. »Das ist die Freundin, von der ich dir erzählt habe. Lilly Kaiser. – Lilly, das ist mein Freund Enrico.«

»Freut mich, Sie kennenzulernen.«

Di Trevi antwortete mit einem Handkuss – was das Letzte war, das Lilly erwartet hätte. »Das Vergnügen ist ganz auf meiner Seite. Warum hast du mir verschwiegen, dass du so eine hübsche Freundin hast?«

»Wahrscheinlich, weil ich bisher noch nie die Gelegenheit hatte, mit dir über sie zu sprechen.« Ellen zwinkerte Lilly zu. »Aber vielleicht sollte ich ihr mal erzählen, was für ein Süßholzraspler du bist.«

»Meinst du etwa, ich lüge?«

»Das habe ich nicht behauptet!«

Ehe es sich Lilly versah, legte ihr di Trevi den Arm um die Schultern. »Was sagen Sie dazu? Ist es nicht das Recht eines Mannes, einer schönen Frau zu sagen, dass sie schön ist?«

»Ähm ...«

»Ach Enrico, du bist immer noch der Gleiche geblieben«, sagte Ellen und zerrte ihn dann von Lilly weg. Dieser klopfte das Herz bis zum Hals, und sie ärgerte sich darüber, dass ihre Wangen sicher so rot wie Tomaten glühten. Als wäre sie noch ein Teenager!

»Du musst wissen, dass Enrico der geborene Entertainer ist«, erklärte Ellen derweil.

Er trat beiseite, um sie einzulassen. Dabei zwinkerte er Lilly verschmitzt zu.

Im Gegensatz zum alten Äußeren war seine Wohnung weitestgehend modern eingerichtet. Hier und da gab es ein altes Möbelstück, das aussah, als stünde es schon seit Jahrhunderten an seinem Platz und jeder neue Besitzer hätte es übernommen. Beeindruckend und verstörend zugleich fand sie ein riesiges modernes Gemälde, das einen Stier zeigte, der offenbar gerade in die Klinge des Toreros gerannt war, grellrote Flecken umgaben seine stilisierte Gestalt. Das Bild hing direkt über dem schneeweißen Sofa, zu dem Enrico sie jetzt führte.

»Kaffee für die Damen?«, fragte er, während er zu der Küchentheke eilte, die zu dem riesigen Wohnzimmer gehörte und die Lilly eher in einem riesigen modernen Loft vermutet hätte.

»Danke, gern«, antwortete Ellen für sie beide.

Wenig später standen drei Espresso vor ihnen auf dem kleinen Beistelltisch, die Enrico mit seiner hochmodernen Kaffeemaschine gezaubert hatte.

»Wie ich sehe, haben Sie die Geige mitgebracht«, wandte sich di Trevi an Lilly, als er sich in dem Ledersessel neben ihr niederließ. »Darf ich einen Blick drauf werfen?«

Bei dem gewinnenden Lächeln, das er ihr schenkte, konnte Lilly gar nicht anders und reichte ihm den Geigenkasten.

Di Trevi ließ die Schlösser aufschnappen und klappte den Deckel auf. Dann weiteten sich seine Augen.

»Das ist eindeutig eine Cremoneser Violine.«

»Die Untersuchung des Lacks hat ergeben, dass die Geige Ende bis Mitte des achtzehnten Jahrhunderts angefertigt wurde. Aber dreh das Baby doch einmal um!«, entgegnete Ellen.

Di Trevi kam ihrem Vorschlag nach und schnappte nach Luft, als hätte er soeben einen Geist gesehen. »Die Rosengeige!«, platzte es aus ihm heraus.

Ellen seufzte tief. »Ich frage mich, warum jedermann in der Welt zu wissen scheint, was für eine Geige das ist – nur ich nicht.«

»Wie kannst du diese Geige nicht kennen?«, entrüstete sich Enrico gespielt. »Die Geige von Rose Gallway!«

Die Erwähnung des Namens schickte einen Feuerschauer durch Lillys Adern.

»Sie wissen etwas über Rose?«, platzte es aus ihr heraus.

»Nicht besonders viel, aber immerhin, dass sie eine der besten Geigerinnen ihrer Zeit war. In Italien war man regelrecht vernarrt in sie.« Er warf einen Blick auf die Geige, und ein beinahe zärtliches Lächeln erschien auf seinem Gesicht. »Ebenso wie in ihre zweite Besitzerin.«

»Helen Carter.«

Die Trevi nickte. »Ja, Helen. Helen und Rose. Und nun sind Sie die Besitzerin, Lilly. Vielleicht können wir von Ihnen ja ebenfalls musikalische Wunder erwarten.«

»O nein!« Lilly hob abwehrend die Hände. »Nein, nein, ich spiele nicht. Man hat mir die Geige nur übergeben, mir fehlt wirklich jegliches Talent für Musik.«

Di Trevis tiefer Blick in ihre Augen machte sie nervös.

Heimlich wünschte sie sich, dass Gabriel mitgefahren wäre. Dann hätte di Trevi sie sicher nicht so verwirrend angesehen.

»Wirklich? Sie haben so eine schöne Stimme, man könnte meinen, dass Sie eine gute Sängerin abgeben würden.«

»Ich habe eher Ahnung von Antiquitäten«, versuchte Lilly

sich auf das Gebiet zu hangeln, auf dem sie sich sicher fühlte. »Ich könnte Ihnen beispielsweise sagen, wie teuer dieses Schränkchen dort drüben wäre.«

»Wirklich?« Di Trevi lächelte sie breit an.

»Du wolltest uns doch was von Rose und Helen erzählen«, schaltete Ellen sich ein, worüber Lilly nicht im Geringsten traurig war, denn irgendwie verwirrte di Trevi sie. »Weißt du zufällig, wo unsere hübsche Miss Gallway abgeblieben ist?«

»Tja, das weiß keiner so genau …« Di Trevi hob ein wenig ratlos die Hände. »Es gab Gerüchte, dass sie vielleicht nach Italien gegangen sein könnte. Aber beweisen konnte das bisher niemand.«

»Und was weiß man hier in Italien über sie?«

»Dass sie ein Wunderkind war und als schöne junge Frau auch den hiesigen Konzertsaal in Unruhe versetzt hat.« Enrico setzte ein hintergründiges Lächeln auf, dann blickte er auf die Uhr. »Ich habe eine Idee. Wie wäre es, wenn wir zum Geigenmuseum gehen? Dort bewahrt man auch einige alte Zeitschriften auf. Vielleicht gewährt man uns trotz des Wochenendes einen Einblick ins Archiv.«

»Sie meinen, dort lagern Informationen über Rose?«, fragte Lilly, deren Wangen jetzt vor Eifer zu glühen begannen.

»Möglicherweise hat man dort ein paar Zeitungsausschnitte aufbewahrt. Über Konzerte wurde in einigen Gazetten ausführlich geschrieben – und wenn die Künstler Pech hatten, wurden sie auch sehr bösartig kritisiert. Allerdings werden wir uns durch so manchen Stapel wühlen müssen.«

»Ich glaube nicht, dass das nötig ist«, entgegnete Lilly rasch und zog die CD aus der Tasche, die sie mitgenommen hatte. »Ich habe hier die Kopie einer Aufnahme von Rose, die in Cremona gemacht wurde.«

»Am 12. Juni 1895«, sagte Enrico, während er die Aufschrift auf der Silberscheibe las. »Das ist brillant! Woher haben Sie die Aufnahme?«

»Aus der *Faraday School of Music*. Dort erforscht man das Leben von Rose Gallway.«

»Die müssen Sie mir heute Abend unbedingt vorspielen. Aber jetzt sollten wir besser aufbrechen.«

»Gute Idee!«, entgegnete Ellen und deutete zum Flur, in dem sie ihre Taschen abgestellt hatten. »Aber vorher sollten wir einen Abstecher ins Hotel machen, damit wir unser Gepäck loswerden.«

»Hotel?«, entrüstete sich Enrico. »Kommt gar nicht in Frage, ihr übernachtet bei mir!«

»Aber wir …«

»Komm jetzt nicht damit, dass ihr mir keine Mühe bereiten wollt.« Er machte eine ausladende Armbewegung. »Schau dir mal diesen Palazzo an, der so weitläufig und leer ist. Denkst du, ich lasse mir die Gelegenheit nehmen, endlich mal wieder richtige Menschen um mich zu haben und keine Geister?«

Lilly blickte zu Ellen. Diese schien unschlüssig zu sein.

»Was meinst du?«, fragte sie sie schließlich.

»Ja, was meinen Sie, Lilly?«, hakte Enrico sich mit einem gewinnenden Lächeln bei ihr ein. »Wollen Sie mich wirklich auch in dieser Nacht mit den Geistern des Palazzo allein lassen?«

»Gibt es hier denn wirklich welche?«, entgegnete sie lachend.

»Und ob! Wenn Sie hierbleiben, stelle ich sie Ihnen persönlich vor. Also?«

Lilly konnte nicht anders, als das Lächeln zu erwidern. Aber aus irgendeinem Grund wäre es ihr lieber gewesen, er würde sie loslassen. War das ein schlechtes Gewissen gegenüber Gabriel? Seltsamerweise war es nicht Peter, der ihr in diesem Augenblick in den Sinn kam.

»Also gut, da du ohnehin keine Ruhe geben wirst, bis wir einwilligen: ja, wir bleiben«, sagte Ellen, bevor Lilly antworten konnte. »Lass mich nur noch schnell das Hotel anrufen und die Zimmerfrage klären, dann können wir uns auf den Weg machen.«

»Dann telefoniere aber nicht von deinem Handy, sondern nimm mein Telefon im Arbeitszimmer, dann ist es nicht so teuer.«

»Ja, Papa!«, scherzte Ellen, die offenbar wusste, wo sich di Trevis Arbeitszimmer befand, denn sie verschwand im Flur und stapfte schnurstracks die Treppe hinauf.

»Wie alt ist eigentlich Ihr Palazzo?«, fragte Lilly, während sie ihren Blick durch den Raum schweifen ließ, der trotz der modernen Einrichtung etwas Museales an sich hatte. Enrico ließ sie nun los und machte eine theatralische Geste. »Oh, ich schätze so um die vierhundert Jahre. Ist er nicht ein Prachtstück?«

»Das ist er tatsächlich.«

»Und Sie interessieren sich für so alte Gemäuer wie dieses?«

»Ja, sehr. Das bringt mein Beruf so mit sich. Ich könnte Ihnen freilich nicht sagen, was das Gebäude wirklich wert ist, aber für einige Stücke, die Sie hier stehen haben, würden Sie bei uns ein Vermögen bekommen.«

Enrico lächelte breit. »Wie gut, dass ich nicht hinter dem Geld her bin wie der Teufel hinter Seelen. So sagt man das bei Ihnen, oder?«

»So ungefähr.«

Im nächsten Augenblick schneite Ellen durch die Tür.

»Ich muss dich warnen«, begann sie, während sie wieder dem Sofa zustrebte. »Lass dich in der nächsten Zeit besser nicht in der Nähe des Visconti-Hotels sehen, ich habe dich persönlich dafür verantwortlich gemacht, dass wir die Zimmer stornieren mussten.«

»Hast du nicht«, entgegnete Enrico selbstsicher. »Und wenn doch, die Leute im Visconti werden mir nichts tun, ich habe Freunde da.« Er zwinkerte mit den Augen. »Kommt, lasst uns gehen.«

Das Geigenmuseum befand sich im *Palazzo Communale*, einem zweistöckigen Bau aus dem 13. Jahrhundert, mit wuchtigen Rundbögen und hohen Fenstern, der an die *Piazza commune* grenzte. Direkt gegenüber befand sich der Dom, daneben der *Torazzo*, der berühmte Turm, von dem aus man die gesamte Stadt überblicken konnte.

Im nachmittäglichen Licht wirkte der Platz wie verzaubert. Lilly konnte sich sehr lebhaft vorstellen, wie es hier im Mittelalter ausgesehen hatte. Wie die Gläubigen in die Kirche strömten oder sich vor dem Rathaus mit Bekannten oder Geschäftspartnern unterhielten.

Das Museum selbst wirkte sehr barock mit all dem grauen und weißen Marmor, den Kronleuchtern und den cremefarbenen Empirestühlen. Staunend schritt Lilly mit Ellen an den Ausstellungsstücken vorbei, während Enrico versuchte, ihnen Zugang zu den Dokumenten zu verschaffen, von denen er gesprochen hatte. Sie versuchte, ein paar Fetzen von dem zu erhaschen, was Enrico mit dem Museumswärter beredete. Obwohl sie kein Italienisch sprach, glaubte sie zu verstehen, dass der Mann vom Museum alles andere als begeistert war, ihnen jetzt noch Zugang zum Archiv zu gewähren.

Nach einer Weile war das Gespräch beendet, und Enrico kehrte zu ihnen zurück.

»Wir haben Glück«, erklärte er. »Sie lassen uns ein paar Zeitungen durchsehen. Allerdings sollten wir uns beeilen, besonders lange haben sie nicht mehr geöffnet.«

Enrico brachte sie zum Museumswärter und stellte sie vor, dann verließen sie den eigentlichen Ausstellungsraum und betraten das Archiv, in dem nicht nur Ausstellungsstücke lagerten, sondern auch Akten und in dicke Ledereinbände gebundene Zeitungen und Zeitschriften. Ein Kopierer in der Ecke gab ein leises Summen von sich.

»Ich habe uns erst einmal die Zeitungen aus der Woche um den 12. Juni 1895 bringen lassen«, erklärte Enrico die beiden dicken Lederfolianten auf dem Tisch, während er die Lampe anschaltete. »Es ist denkbar, dass das Ereignis vorher angekündigt wurde. Immerhin wurde sogar eine Tonaufnahme davon gemacht, das war zu damaligen Zeiten äußerst selten.«

Als Lilly den ersten Folianten öffnete, blickte sie auf ein leicht vergilbtes, mit Bildern geradezu überladenes Titelblatt. Interessanterweise waren sehr viele Zeichnungen dabei und kaum Fotografien. Mit den Schlagzeilen konnte sie allerdings ebenso wenig anfangen wie Ellen.

»Ich glaube, wir werden die Suche auf dich abwälzen müssen«, sagte diese. »Diese Zeilen sind für uns wie Chinesisch.«

»Na, dafür habt ihr mich ja, oder?«

Flink blätterte sich di Trevi durch die großformatigen Seiten, bis er schließlich an einer bestimmten Stelle haltmachte.

»Da haben wir schon mal was«, verkündete er und drehte den Folianten herum. »Schauen Sie sich dieses Bild an.«

Lillys Blick fiel auf ein etwas linkisch wirkendes Mädchen, das etwa dreizehn oder vierzehn Jahre alt war. In ihrer Hand hielt sie ihre Geige – so herum, dass man die Rose auf dem Boden sehen konnte. Später im Konservatorium hatte Rose ähnlich dagestanden, nur war sie da schon zu einer schönen jungen Frau erblüht. Hübsch war sie als Teenager auch schon, das musste Lilly zugeben. Und man sah ihr ihre südostasiatische Herkunft noch etwas mehr an als in späteren Zeiten.

Neben der jungen Rose stand eine ältere Frau in einem strengen schwarzen Kleid. Das leicht ergraute Haar war nach damaliger Mode an den Schläfen onduliert, am Kragen des Kleides war eine in Metall gefasste Onyxbrosche zu erkennen. Die Hand der älteren Frau, von der Lilly annahm, dass es sich um Mrs Faraday handelte, lag auf Roses Schulter, die andere hielt ein kleines Notizbüchlein umklammert. Während Rose unsicher, aber sehr sympathisch wirkte, ging von Mrs Faradays Gesicht eine Kälte aus, die dem Betrachter auch über hundert Jahre später noch Ehrfurcht einflößte.

»Dem Text nach zu urteilen gedachte die gesamte Lokalprominenz das Konzert zu besuchen. Einige werden sich dabei mehr für die Tonaufnahme interessiert haben, da bin ich mir sicher. Aber das Auftauchen von Rose Gallway muss bereits damals sehr wichtig gewesen sein.«

Lilly wusste nicht warum, doch sie fühlte angesichts des Bildes einen merkwürdigen Zauber. So als hätte sie die Gelegenheit erhalten, Rose durch ein Fenster zuzusehen. Hatte sie sehr unter ihrer strengen Lehrerin zu leiden gehabt? Oder wirkte Mrs Faraday härter, als sie in Wirklichkeit gewesen war? Hatte Mrs Faraday das Notizheft mit Roses Verfehlungen gefüllt? Oder hatte es keinen besonderen Zweck gehabt?

»Kann ich hiervon eine Kopie bekommen?«, fragte sie, während es ihr schwerfiel, sich von dem Bild loszureißen.

»Ich denke schon. Ich werde Ihnen den Text des Artikels übersetzen, dann können Sie leichter etwas damit anfangen.«

»Aber haben Sie denn Zeit dazu?«

»Natürlich!«, gab Enrico zurück, und wieder flammte das unverschämte Lächeln in seinem Blick auf. »Wenn nicht für Sie, für wen dann?«

Noch eine Weile durchsuchten sie die Zeitungen, und tatsächlich stieß Enrico auf weiteres Material. Von dem Konzert gab es noch ein Foto sowie in einem anderen Blatt eine Zeichnung, die das Foto zur Quelle gehabt hatte. Es zeigte Rose, wie sie höchst konzentriert den Bogen führte und dabei wirkte, als hätte sie alles um sich herum vergessen.

»Die Kritiken fielen alle recht gut aus, man war begeistert von dem schüchternen Wunderkind«, berichtete Enrico. »Ich fürchte allerdings, dass wir hier nicht viel Aufschluss über ihr späteres Leben erhalten.«

»Weiß man denn, ob Rose noch einmal in Italien spielte?«

»Möglicherweise. Ich bin kein Experte, was Rose Gallway betrifft, aber herausfinden ließe sich da schon was. Allerdings kann ich nicht sagen, wie lange das dauern wird. Sie sind ja eigentlich nur noch morgen richtig hier, also wen auch immer Sie an der *Faraday School of Music* kennen, Sie sollten ihn anrufen, dann kann ich Ihnen vielleicht besser weiterhelfen.«

Lilly huschte ein Lächeln über das Gesicht, dann bemerkte sie, dass Ellen sie ebenfalls lächelnd ansah.

»Das werde ich tun«, versprach sie.

»Sie können auch gern mein Telefon benutzen, damit Ihnen die Handykosten kein Loch in die Tasche brennen.«

»Ist das nicht ein bisschen viel?«, fragte Lilly ein wenig unwohl, denn irgendwie hatte sie das Gefühl, dass sich Enrico eine Gegenleistung von ihr erhoffte.

Doch er winkte ab. »Unsinn! Wir sind einer rätselhaften Frau auf der Spur, da kommt es für mich nicht auf den Euro an!«

Bevor sie weitermachen konnten, erschien der Wärter und erinnerte sie daran, dass das Museum gleich schließen würde.

Di Trevi vereinbarte mit der Dame vom Archiv, die gerade Feierabend machen wollte, dass sie am nächsten Tag, obwohl dann Sonntag war, noch einmal herkommen durften, um weitere Zeitungen zu sichten. Anschließend verließen sie den *Palazzo Communale*.

Draußen wurden sie mit ohrenbetäubendem Glockengeläut empfangen, das die Tauben aufscheuchte, die sich auf dem Platz niedergelassen hatten. Als das Läuten vorüber war, sagte Enrico: »Wie wäre es, wenn ich euch zum Essen einlade? Dann können wir unsere Geschichte über Rose und Helen ein bisschen weiterspinnen.«

Dagegen hatten weder Lilly noch Ellen etwas einzuwenden.

Nach einem guten Abendessen in Enricos Lieblingstrattoria und einem nächtlichen Rundgang durch die Altstadt fühlte sich Lilly angenehm müde. Da di Trevis *Palazzo* über mehrere Gästezimmer verfügte, hatte sie eines für sich allein – inklusive Kleiderschrank aus dem 17. Jahrhundert, einer reichverzierten Brauttruhe und einem Himmelbett mit schweren Samtvorhängen, die einen leichten Lavendelduft verströmten.

Wer mochte in früheren Zeiten in diesem Bett gelegen haben?

Bevor sie sich unter die schweren Decken begab, ging sie noch einmal zum Fenster, von dem aus sie einen guten Blick auf die Altstadt hatte, die jetzt von Straßenlampen beleuchtet wurde. Sie setzte sich in die breite Laibung und beobachtete die wenigen Passanten, die um diese Zeit noch an dem Haus vorüberkamen. Dabei kam ihr wieder Peter in den Sinn. Ihm hätte es hier sicher gefallen.

Doch schon bald wurde sein Bild überlagert von dem Gesicht Gabriel Thorntons! Meine Güte, dachte Lilly, den hätte ich beinahe vergessen! Sie blickte auf den Wecker neben ihrem Bett. War Gabriel um halb elf noch wach? Sollte sie das Telefonat nicht besser auf morgen früh verschieben?

Nachdem sie kurz mit sich gerungen hatte, griff sie nach ihrem Handy. Dabei fiel ihr wieder ein, dass di Trevi ihr angeboten hatte, von seinem Festnetzanschluss zu telefonieren.

Doch konnte sie das annehmen? Wollte sie unten im Wohnzimmer sitzen und mit Gabriel reden?

Sie entschied sich dagegen. Obwohl sie höchstwahrscheinlich nicht über Persönliches sprechen würden, wollte sie nicht, dass jemand unabsichtlich mithörte. Noch einmal atmete sie durch, dann rief sie Gabriels Nummer auf. Es knackte im Äther, dann meldete er sich.

»Thornton.«

»Gabriel ... ich ... ich hoffe, ich störe Sie nicht.«

»Lilly!«

Klang es entsetzt? Lilly wurde heiß und kalt. Vielleicht hätte ich doch bis morgen warten sollen.

»Ich weiß, es ist spät«, begann sie. »Ich ... ich kann auch morgen anrufen ...«

»Nein, sagen Sie, was los ist, Lilly. Jetzt haben Sie mich ja an der Strippe. Ist irgendwas passiert?« Dass er besorgt klang, verstärkte Lillys schlechtes Gewissen noch.

»Nein, es ist alles in Ordnung. Es ist nur ... wir haben Bilder von Rose gefunden. In einer Zeitung. Eines zeigt sie und Mrs Faraday, wie ich vermute.«

»Das ist ja großartig! Von wann ist das Bild?« Offenbar

reichte diese kurze Bemerkung aus, um ihn sogleich Feuer und Flamme sein zu lassen.

»Von dem Tag, an dem die Tonaufnahme gemacht wurde.«

»Hervorragend! Soweit ich weiß, habe ich das nicht in den Akten. Der Krieg hat einige Unterlagen zerstört. Das ist ein toller Fund.«

»Wirklich?« Lilly schlug das Herz bis zum Hals. Warum war das so? Sie hatte ihm doch nur gesagt, dass sie das Bild gefunden hatte!

»Ein sehr toller sogar. Bitte bringen Sie mir eine Kopie mit, ja?«

»Das mache ich. Signore di Trevi wird uns den Text übersetzen.«

»Di Trevi?«

»Ellens Bekannter. Wir übernachten in seinem Palazzo, und er hat es geschafft, dass wir morgen noch einmal in die Zeitungen sehen dürfen. Darin standen auch ein paar Konzertkritiken, und vielleicht finden wir noch mehr über Rose.« Lilly musste sich bremsen. Du kannst die Worte nicht herunterrattern wie ein Sägewerk, sonst glaubt er noch, du hast eine Koffein-Überdosis.

»Das klingt alles wunderbar!«, gab Gabriel zurück. »Aber irgendwie habe ich das Gefühl, dass das nicht der einzige Grund ist, weshalb Sie mich anrufen.«

»Nein, ich …« Lilly stockte, als ihr aufging, wie er das gemeint haben könnte. Doch sie zwang sich zur Ruhe. »Ich wollte Sie fragen, ob Rose möglicherweise weitere Konzerte in Italien gegeben hat. Und wenn ja, wann. Wir könnten so leichter die Zeitungen ausmachen, in denen über sie geschrieben wird. Es sind ziemlich dicke Bücher, und es würde Wochen dauern …«

Lilly stockte, als sie das Gefühl hatte, Gabriel würde am Telefon lächeln.

»Das sollte kein Problem sein«, entgegnete er, und tatsächlich schwang in seinen Worten der Hauch eines Lächelns mit. »Allerdings bin ich bereits zu Hause.«

»Oh, bitte entschuldigen Sie, ich wollte nicht ...«

»Da gibt es nichts zu entschuldigen, für Sie bin ich jederzeit erreichbar. Na ja, fast. Während des Unterrichts und Meetings gehe ich für gewöhnlich nicht ans Telefon.«

»Das ist verständlich ...« Lilly fragte sich erneut, warum sie so verdammt unsicher war. Gabriel war so freundlich, da war das eigentlich gar nicht nötig ...

»Haben Sie Zugriff auf einen Computer im Palazzo? Oder überbringt die Nachrichten der Hausgeist?«

»Ich glaube schon. Ich meine, das mit dem Computer. Den Hausgeist habe ich noch nicht gesehen.« Lilly kicherte bei der Vorstellung eines geisterhaften Butlers, der ihr eine ausgedruckte E-Mail auf einem Silbertablett reichte.

»Gut, ich maile Ihnen die Daten gleich morgen früh. Natürlich sind sie nicht vollständig, irgendwann hatte Mrs Faraday ihren Schützling aus den Augen verloren, aber was ich dahabe, bekommen Sie.«

»Danke, das ist sehr nett.«

»Jederzeit gern, Lilly.« Die Art, wie er ihren Namen aussprach, erfüllte sie mit einer Wärme, die sie das letzte Mal verspürt hatte, als sie mit Peter zusammen war. Und doch war es etwas völlig anderes.

»Also dann ... gute Nacht ... Gabriel.«

»Gute Nacht, Lilly. Und denken Sie dran, aus Cremona zurückzukommen. Ich freue mich darauf, wieder mit Ihnen zu sprechen.«

Damit legte er auf. Lilly behielt das Handy noch einen Moment am Ohr, auch wenn das Gespräch bereits beendet war. Ihr Herz pochte noch immer, und es machte den Anschein, als wollte es nie mehr damit aufhören. Genauso hatte sie damals gefühlt, als sie Peter kennengelernt hatte. Und wahrscheinlich war sie auch so nervös gewesen. Das war alles schon so lange her ...

Den kurzen Anflug von Trauer verdrängend, legte sie das Handy neben sich auf das Bett und bemerkte kurz vor dem Einschlafen, dass sie über das ganze Gesicht lächelte.

Später, im Traum, fand sie sich in einer Garderobe wieder, wie sie sie aus alten Theaterfilmen kannte. Ein großer Spiegel dominierte den Raum, an den Türen eines altertümlichen Schrankkoffers hingen ein Morgenmantel und zwei Kleider – Kleidungsstücke einer erwachsenen Frau.

Umso überraschter war Lilly, als sie aus einer der Raumecken das Lachen eines Kindes vernahm. Als sie zur Seite blickte, sah sie in das Gesicht eines etwa sieben oder acht Jahre alten Mädchens, das entfernt Ähnlichkeit mit Helen Carter hatte. Jedenfalls hatte sie dieselben dichten schwarzen Locken.

»Suchst du was?«, fragte die Kleine überhaupt nicht schüchtern.

Lilly wusste zunächst nicht, was sie sagen sollte. »Ich ... ich ...«, stammelte sie, doch dann flossen die Worte in ihren Mund zurück. »Ich suche nach Rose.«

»Ich bin Helen«, antwortete die Kleine kichernd.

»Aber du bist doch ein Kind!«

»Warst du denn keins?«, fragte die Kleine zurück und hopste zu dem Tisch, auf dem ein Geigenkoffer lag.

»Doch, ich war eins. Aber ...«

Was wollte sie sagen? Sie wusste es nicht.

Das Mädchen strich mit der Hand über die Geige. Die Geige! Vielleicht sollte sie nach der Geige fragen.

»Woher hast du die Geige?«, hörte sie ihre Traumstimme.

»Ich hab sie geschenkt bekommen«, antwortete die kleine Helen.

»Von wem?«

»Von einer Frau.«

»Und wie heißt diese Frau?«

Darauf kicherte das Mädchen nur. Hatte Mrs Faraday dem Mädchen die Geige gegeben? Das war anzunehmen.

Am liebsten hätte Lilly das Kind, das wohl eine geisterhafte Abbildung von Helen war, fragen mögen, was aus ihr geworden war. Doch das Mädchen klappte nun den Koffer auf. Die Geige darin wirkte wesentlich neuer als jetzt. Als Helen mit den Fingern darüberstrich, gab sie einen Misston von sich, als wäre sie verstimmt.

»Die Lösung des Rätsels ist verborgen im ›Mondscheingarten‹«, wisperte das Mädchen, nachdem der schräge Klang vergangen war.

Lilly blickte in die Augen des Kindes, und ihr fiel auf, dass sie nicht braun waren, sondern seltsam goldbraun. Als wäre ein Lichtstrahl auf ihre Iris gefallen.

»Wie meinst du das?«, fragte sie weiter, doch das Mädchen hatte kein Interesse daran, ihr irgendwelche Fragen zu beantworten.

»Siehst du, ich kann zaubern!«, rief sie, und während ihr Lachen durch den Raum hallte, löste sie sich vor Lillys Augen in Luft auf. Als Lilly wach wurde, stellte sie fest, dass der Mond aus dem Fenster verschwunden war. Über die Straße unter dem Fenster knatterte ein Motorroller.

Unter den schweren Decken fand sie jedoch so schnell keine Ruhe mehr. Immer wieder hatte sie das Traumbild vor sich.

Die kleine Helen, die ihr gesagt hatte, dass die Lösung des Rätsels im »Mondscheingarten« verborgen sei. Natürlich bedeutete das nur, dass sich das, was sie am Vortag auf dem Foto gesehen hatte, in ihrem Verstand festgesetzt hatte. Aber was, wenn des Rätsels Lösung wirklich auf dem Notenblatt zu finden war?

Am liebsten wäre Lilly aufgestanden, um nachzusehen, doch die Müdigkeit war stärker. Sie zerrte sie zurück ins Reich des Schlafs, der diesmal traumlos blieb.

14

Am nächsten Morgen holte Lilly ihr Vorhaben nach. Während eine seltsame Unruhe ihre restliche Müdigkeit vertrieb, ging sie zu dem Tisch, auf dem der Geigenkasten stand, und holte aus dem Innenfutter das Notenblatt hervor.

Dabei ging ihr wieder durch den Sinn, was Dean gesagt hatte. Versteckte sich in dem Notenblatt ein Code?

Wenn ja, dann einer, der sich ihr nicht erschloss, denn das Stück war rein instrumental, es gab keinen Text, den man interpretieren konnte. Seufzend gab sie auf, legte das Blatt auf den Tisch und ging unter die Dusche. Mit dem warmen Wasser plätscherten auch die Fragen wieder auf sie ein.

Vielleicht konnten Ellen und Enrico irgendwas in den Noten erkennen …

Noch immer voller Unruhe drehte sie die Hähne zu und strich sich das Wasser aus dem Haar. Dann hüllte sie sich in eines der flauschigen Badetücher, um die sie Enrico ganz furchtbar beneidete – was ihre Waschmaschine ausspuckte, konnte hin und wieder auch als Brett bezeichnet werden.

Durch die Gänge des Hauses waberte Kaffeeduft, der sie geradewegs in die Küche lockte. Ellen saß dort an einer langen Holztafel, die Hände um einen roten Kaffeebecher gelegt. Beinahe wirkte sie ein wenig verloren an dem überdimensionalen Möbelstück. Hatte Enrico wirklich manchmal so viele Gäste hier, dass sie alle an diesem Tisch Platz fanden?

»Hey, da bist du ja!«, rief ihre Freundin. »Ich dachte schon, du kommst heut gar nicht mehr runter.«

»Ich habe gestern noch Gabriel angerufen«, gestand Lilly, worauf ihre Freundin erstaunt die Augenbrauen hochzog.

»Na, du bist ja mutig! Reißt Männer einfach so aus dem Schlaf.«

»Er hat nicht geschlafen. Jedenfalls hat er sich nicht so angehört.«

Die Erinnerung an das Telefonat zauberte ein Lächeln auf Lillys Gesicht und ließ die Fragen bezüglich des Notenblatts für einen Moment in den Hintergrund treten.

»Na, auf jeden Fall wird er hellwach gewesen sein, als er dich gehört hat«, entgegnete Ellen und nahm einen Schluck aus ihrem Becher. »Meine Güte, der ist fast so gut wie der von Terence«, setzte sie hinzu.

»Wo ist dein Freund?«, fragte Lilly, während ihr Blick durch den Raum schweifte. In dieser Küche hätte man wahrscheinlich auch sehr gut die Auftritte irgendwelcher Gourmet-Köche filmen können.

»Enrico ist in die Stadt gefahren, um uns Frühstück zu besorgen. Allerdings sollten wir keine großen Erwartungen hegen, die Italiener essen morgens eher wenig.« Damit erhob sich Ellen und strebte dem teuren Kaffeeautomaten zu. »Wie wäre es mit einem Cappuccino für die Geschichte von deinem Telefonat mit Gabriel.«

»Danke, gern«, entgegnete Lilly und vernahm das Brummen und Schlürfen der Maschine. »Allerdings weiß ich nicht, ob die Geschichte des Telefonats tatsächlich so spannend ist. Du ahnst sicher, dass Gabriel nicht abgelehnt hat, mir zu helfen.«

»Das ahne ich nicht nur, darauf hätte ich den Inhalt meines Kleiderschranks verwettet.«

Kurz darauf stellte Ellen die Tasse neben ihr ab und setzte sich dann wieder. Lilly pustete in den Milchschaum und probierte zaghaft.

»Na, was sagst du? Kann er sich mit dem von Terence messen oder nicht?«

»Sicher.« Lilly nahm noch einen weiteren Schluck, dann setzte sie die Tasse ab. »Also, Gabriel will mir nachher die Konzertdaten mailen. Und dann ... hatte ich noch einen Traum.«

»Einen unanständigen von Gabriel?« Ellens Augen leuchteten schelmisch.

»Nein, das nicht ... Ich habe von Helen geträumt. Einer sehr kleinen Helen. Sie sagte mir, dass die Lösung des Rätsels im ›Mondscheingarten‹ liegen würde. Erinnerst du dich, was Dean gesagt hat? Die Sache mit dem Code?«

»Meinst du wirklich, in der Melodie ist einer verborgen?«

»Wäre das denn möglich? Ich habe die Sache mit den Noten nie verstanden, aber du kannst immerhin spielen.«

»Das schon, aber der MI6 ist bei mir noch nicht angekommen und hat mir einen Vertrag auf den Tisch geknallt. Ich würde einen Code nicht mal erkennen, wenn man mich mit der Nase drauf stößt.« Ellen überlegte einen Moment lang, dann setzte sie hinzu: »Außerdem war es nur ein Traum, Lilly. Wissen, das du in deinem Verstand verarbeitet hast.«

»Da hast du recht. Aber vielleicht ist es wirklich so. Vielleicht war der Komponist genial genug, um eine Botschaft in den Noten zu verstecken.«

Lilly zog das Notenblatt, das sie mitgenommen hatte, aus der Tasche und breitete es vor sich aus. Für sie sahen die Noten wie die Abdrücke kleiner Vogelfüße aus. Keine Botschaft, kein Code.

Ellen betrachtete die Noten sicher mit anderen Augen, doch nachdem sie eine Weile auf das Blatt geschaut hatte, schüttelte sie den Kopf. »Ein Musikstück. Ich sehe nur ein Musikstück, nichts weiter. Und ich bin mit einem Mann verheiratet, dessen großer Held James Bond ist.«

Bevor Lilly etwas darauf erwidern konnte, ging die Tür auf.

»Wie ich sehe, sind Sie beide wach und hübsch wie der frühe Morgen«, plapperte Enrico gut gelaunt drauflos, als er in die Küche rauschte und einen Korb auf dem Tisch abstellte, der mit zwei nach Bäckerei duftenden Papiertüten und einem großen Glas Gelee gefüllt war.

Lilly verkniff sich ein Augenrollen und konnte nicht anders, als zu Ellen zu blicken, doch sie reagierte nicht.

»He, meine Damen, was ist mit Ihnen?«, erkundigte sich Enrico, der offensichtlich eine Reaktion auf seine Worte erwartet hatte.

»Nichts, wir sind nur etwas nachdenklich«, antwortete Ellen, dann nahm sie noch einen Schluck Kaffee. »Lilly hatte einen verwirrenden Traum, und nun fragen wir uns, ob man in Notenblättern einen Code festhalten kann.« Ellen deutete auf das Notenblatt vor Lilly.

»Einen Code wofür?«

»Für etwas, das Rose oder vielleicht auch Helen der Nachwelt hinterlassen wollten«, antwortete Lilly und drehte den Zettel so herum, dass er die Komposition sehen konnte. »Ein Geheimnis vielleicht. Möglicherweise auch den Aufenthaltsort oder das Schicksal von Rose.«

Enrico grübelte einen Moment, dann zuckte er mit den Schultern. »Also ich würde es nicht ausschließen. In früheren Zeiten sollen die Leute sehr erfindungsreich gewesen sein, was Verschlüsselungen angeht. Allerdings bin ich nicht der Richtige, um diese Frage zu beantworten. Ich habe aber einen

Freund, einen Historiker, der sich mit Spionage im Mittelalter beschäftigt. Rose ist natürlich wesentlich jünger und hat nichts mit den Borgias zu tun, aber vielleicht hat er eine Antwort auf eure Frage.«

Ellen lächelte Lilly breit zu. »Allmählich stehen wir so tief in deiner Schuld, dass wir im Leben nicht mehr rauskommen.«

»Das müsst ihr auch nicht«, entgegnete Enrico diesmal vollkommen ernsthaft und ohne eine Spur von Anzüglichkeit. »Wenn sich in dem Notenblatt da wirklich ein Code verbirgt, ist es eine Sensation! Ihr beide solltet jetzt gut frühstücken, denn das Archiv wartet. Und ich werde versuchen, meinen Freund zu erreichen. Vielleicht kann er mir weiterhelfen.«

Den ganzen Vormittag ging Lilly der Traum nicht aus dem Sinn. War es möglich, dass sich in den Noten eine geheime Botschaft verbarg? Ein wenig ärgerte sie sich, dass sie im Musikunterricht nicht besser aufgepasst hatte. Aber selbst wenn, wäre sie in der Lage dazu, einen Code zu erkennen? Wahrscheinlich nicht. Und es war noch nicht mal gesagt, dass es eine geheime Botschaft gab. Es war ein Traum, Lilly, ein Traum, ermahnte sie sich immer wieder. Aber irgendwas sagte ihr, dass sie nicht lockerlassen sollte.

Allerdings hatte Enrico seinen Bekannten nicht sofort erreichen können. Er hatte ihm eine Nachricht auf der Mailbox hinterlassen, und nun kam Lilly sich vor, als würde sie auf glühenden Kohlen sitzen, während die lachende Stimme der kleinen Helen ständig durch ihren Verstand spukte.

»Also Ihr Mr Thornton ist wirklich eine große Hilfe«, bemerkte Enrico, als sie wieder im Museum waren und er einen weiteren Zeitungsartikel zutage förderte. »Mich wundert es nur, dass er nicht selbst hier aufgekreuzt ist und nach den Artikeln gesucht hat.«

»Er hat nun mal ein Institut zu leiten und nicht immer die Zeit, sich mit den früheren Absolventen zu beschäftigen«, entgegnete Lilly, verwundert über ihren heftigen Tonfall. Dabei hatten Enricos Worte gar nicht vorwurfsvoll geklungen.

»Entschuldigen Sie, ich wollte Ihren Bekannten nicht angreifen. Es hat mich nur ein wenig gewundert.«

»Nein, verzeihen Sie mir, ich bin nur ein bisschen angespannt wegen Rose«, entgegnete Lilly peinlich berührt und gewahrte Ellens amüsierten Blick. »Und ich gebe zu, dass ich nervös bin wegen des Notenblatts.«

»Pietro wird sich schon melden«, entgegnete Enrico zuversichtlich. »Wahrscheinlich ist er heute nur von seiner Frau entführt worden, sie legt sehr viel Wert darauf, dass sie die wenige freie Zeit, die er hat, gemeinsam verbringen. Wahrscheinlich schlendert er gerade mit ihr durch den Park, genießt das schöne Wetter und sehnt sich nach seinem Handy, das er bei den Spaziergängen nicht anschalten darf.«

Durch den Park schlendern. Lilly lächelte traurig, als sie diese Worte im Geiste wiederholte. Mit Peter war sie auch durch den Park geschlendert, am Sonntag, wenn es die Zeit zuließ. Immer dann, wenn die ersten Magnolien geblüht hatten, waren sie rausgegangen, immer dann, wenn die Sonne schien. Würde sie jemals wieder solche Spaziergänge machen? Mit Gabriel konnte sie sich das vorstellen, aber würde es je geschehen?

»Schauen Sie hier!«, riss Enrico sie aus ihren Gedanken fort. »Rose mit achtzehn. Wahrscheinlich das letzte Mal, dass diese missmutige alte Dame sie begleitet hat.«

Auf dem Foto, das die Mitte der Zeitungsseite dominierte, war nun die Rose zu sehen, die Lilly auch schon in Thorntons

Unterlagen betrachtet hatte. Mrs Faraday wirkte gealtert, und etwas weiter im Hintergrund entdeckte Lilly einen Mann. Roses Liebhaber?, war Lillys erster Gedanke, doch dann schüttelte sie den Kopf. Die strenge Musiklehrerin hätte das sicher nicht zugelassen. Doch was hatte er auf dem Bild zu suchen? Es sah ganz so aus, als hätte er sich in letzter Sekunde mit hineingemogelt.

»Steht in dem Artikel etwas darüber, wer dieser Mann ist?«, fragte Lilly, während sie auf das Bild deutete.

Enricos Augen überflogen rasch die Zeilen, dann schüttelte er den Kopf. »Der Kerl erinnert mich an Fußballfans«, sagte er dann, worauf Ellen auflachte.

»Fußball?«

»Ja, kennst du das nicht? Die Fans, die ihr Gesicht oder ihre Finger in die Kamera halten, während ihr Idol vor ihnen interviewt wird.«

»Meinen Sie wirklich, dass es dieses Verhalten damals schon gegeben hat?«, fragte Lilly, während sie ihm im Stillen recht gab. Ja, es sah wirklich so aus, als würde er sich ins Bild hineindrängen wollen.

»Die Menschen haben sich während der vergangenen Jahrhunderte nicht wesentlich geändert«, entgegnete Enrico lachend. »Auch damals gab es schon die Schamlosen und Aufdringlichen. Vielleicht ist dieser Mann ein glühender Verehrer von Rose.«

Ein schrilles Klingeln zerstörte jäh das Schweigen, das inzwischen eingetreten war. Enricos Hand schnellte in seine Hosentasche. Der junge Museumswärter, der dazu abgestellt war, sie im Auge zu behalten, zog missbilligend die Augenbrauen zusammen, ließ ihn aber gewähren.

Das Gespräch war kurz und schnell, und als Enrico wieder auflegte, leuchteten seine Augen geheimnisvoll.

»Das war Pietro. Der durch die Landschaft spazierende Historiker. Er hat sich das, was ich ihm auf die Mailbox gesprochen habe, angehört und mich nun um eine Kopie des Notenblatts gebeten. Er möchte es sich anschauen.«

Lilly entfuhr ein kleiner Jubelschrei. »Also ist es möglich?«

»Laut Pietro ja. Allerdings sollten Sie dennoch die Möglichkeit in Erwägung ziehen, dass da nichts ist. Mein Freund kann keinen Code finden, wo keiner ist.«

»Aber er wird es versuchen.«

»Sie können sicher sein, dass er sich das Notenblatt ganz genau ansehen wird. Und wenn auch nur die Spur eines Geheimnisses darin enthalten ist, wird er es finden, garantiert.«

»Dann sollten wir es ihm so schnell wie möglich zukommen lassen«, sagte Ellen. »Wohnt er hier in der Nähe?«

»Nein, in Rom. Wir werden es ihm also schicken müssen. Wenn Sie den Brief noch heute Abend vorbereiten, werde ich ihn gleich morgen abschicken.«

»Du schickst Sachen noch immer per Post?«, wunderte sich Ellen. »Hat dein Freund keine Mailadresse?«

»Natürlich, aber ich besitze keinen Scanner, um das Bild einzulesen. Du weißt, dass ich mich nur mit dem Nötigsten an Technik abgebe.« Damit wandte er sich wieder Lilly zu. »Haben Sie das Blatt mitgenommen? Dann kopieren Sie es am besten hier. Einen Kopierer besitze ich nämlich auch nicht.«

Lilly nickte und reichte ihm die Notenblattkopie.

Zur Belohnung für alles, was Enrico für sie getan hatte, boten sich Lilly und Ellen an diesem Abend an, für ihn zu kochen.

»Deutsche Küche, seid ihr sicher?«, witzelte er mit gespielt entsetztem Gesichtsausdruck. »Ich weiß nicht, ob ich Bratwurst und Sauerkraut in meinem Kühlschrank habe.«

»Immer diese Klischees!«, entgegnete Ellen augenrollend.

»Außerdem bist du Italiener und kein Amerikaner. Du solltest uns ein bisschen besser kennen.«

»Und wir haben nicht vor, Ihnen Eisbein aufzutischen«, setzte Lilly lachend hinzu. Beinahe tat es ihr ein wenig leid, dass sie bereits am nächsten Morgen wieder abreisten. Enrico hatte sich vom vermeintlichen Süßholzraspler in einen freundlichen, hilfsbereiten Mann verwandelt. Und Cremona gefiel ihr sehr. Schade nur, dass sie nicht dazu gekommen waren, sich die Geigenbauwerkstätten anzusehen. Wenn sie das nächste Mal hier war, würde sie sich das nicht entgehen lassen.

Entgegen Enricos Befürchtungen zauberten Lilly und Ellen eine passable Pasta, die sie in gemütlicher Runde am langen Küchentisch verputzten. Anschließend bestand Enrico darauf, sie durch den *Palazzo* zu führen – auch in die Räume, die abgeschlossen waren, weil er sie nicht benutzte. Nach ein paar gruseligen Geschichten von ermordeten Grafen, untreuen Giftmischerinnen und dem Geist einer Hebamme, die von einem der Contes getötet wurde, nachdem sie eine Entbindung verpatzt hatte, kehrten sie ins Wohnzimmer zurück.

»Was wollen Sie nun tun?«, fragte Enrico, während sie einen Rotwein aus dem palazzoeigenen Weinkeller genossen. »Die Zeitungsausschnitte helfen Ihnen wohl nicht wirklich dabei zu klären, welchem Umstand Sie die Geige zu verdanken haben.«

»Aber ich habe immerhin mehr über Rose herausgefunden«, entgegnete Lilly. »Außerdem steht ja die Analyse des Notenblatts aus. Vielleicht bringt das mehr, als wir annehmen.« Gleich bei ihrer Heimkehr hatte Lilly die Kopie des Notenblatts in einen Umschlag gesteckt. Jetzt hieß es abwarten.

»Und wenn nicht?«

»Dann werden wir versuchen, neue Spuren zu finden. Vielleicht erfahre ich in der Zwischenzeit ja, wer der rätselhafte Mann war, der mir die Geige gebracht hat. Er kann mir ganz sicher erzählen, wie er darauf kommt, dass mir die Geige zusteht.«

»Wenn er Ihnen nicht wieder entwischt«, gab Enrico zu bedenken. »Offenbar hatte er seine Gründe, Ihnen nichts zu sagen. Warum sollte das anders sein, wenn Sie ihn wiedertreffen?«

»Ich muss es zumindest versuchen. Ich möchte nicht etwas besitzen, das mir nicht gehört.«

»Oh, vielleicht gehört die Geige Ihnen. Man kann nie sagen, welche verschlungenen Wege Menschen gehen – oder Dinge. Nach Helen Carter wird die Geige jemandem gehört haben – soweit ich weiß, konnte sie nach einem Unfall nicht mehr spielen. Vielleicht hatte sie sie verkauft – an einen Ihrer Vorfahren.«

Lilly wollte schon protestieren, dass das ausgeschlossen sei, doch Enrico setzte rasch hinzu: »Sie werden es schon herausfinden – und ich würde mich sehr freuen, wenn Sie mir Bescheid geben, wenn Sie des Rätsels Lösung entdeckt haben.«

»Das werde ich«, versprach Lilly und versank dann in den Anblick des Weins in ihrem Glas.

Als sie schließlich unter die schweren Decken ihres Bettes schlüpfte, schwirrten Düfte und Worte durch ihren Kopf. Und da sich die Gedanken im Hintergrund hielten, gab sie sich der wohligen Schwere hin und ließ sich von ihr in den Schlaf ziehen.

15

PADANG 1902

Das Konzert im Grand Hotel, zu dem die gesamte Pflanzerprominenz Padangs erschienen war, lief großartig. Während sich Rose in die Melodie sinken ließ, wusste sie, dass sie nie besser gespielt hatte. Das musste zweifellos daran liegen, dass sie Paul im Publikum ausgemacht hatte. Bei seinem Anblick hatte sie sich unendlich leicht gefühlt – umso mehr, da sie gesehen hatte, dass seine Verlobte ihn nicht begleitete.

Voller Genugtuung hatte sie den Bogen auf ihre Geige gesetzt und gespielt, bis die Bilderflut sie einhüllte und fortzureißen schien aus dem Konzertsaal. Ja, sie hatte für Paul gespielt, nur für ihn, und was daran noch befriedigender war: Sean Carmichael bekam nicht recht. Die aufkeimenden Gefühle für Paul – auch wenn sie nicht wusste, ob er sie erwiderte, ließen sie eher besser spielen.

Als sie unter dem Jubel der Zuschauer von der Bühne ging, warf sie ihrem Agenten einen vernichtenden Blick zu. Seit dem Vorfall nach ihrer Rückkehr vom *Wayang* hatten sie kaum ein Wort miteinander gewechselt. Das, was sie miteinander zu besprechen hatten, tauschten sie schriftlich aus – über Mai. Diese hatte von Rose eine gehörige Abreibung dafür kassiert, dass sie Carmichael von ihrem Abend mit Havenden erzählt hatte. Eigentlich hätte sie auch sie mit Schweigen strafen sollen, aber sie brauchte das Mädchen. Dass sie nach der Ohrfeige, die Rose ihr verabreicht hatte, gut eine halbe Stunde lang geweint hatte, war Strafe genug gewesen.

Als Rose in ihre Garderobe zurückrauschte, fühlte sie sich, als würde sie auf Wolken gehen. Diesmal würde sie es nicht scheuen, sich unter die Gäste zu mischen, denn vielleicht würde sie dazu kommen, wieder ein paar Worte mit Paul zu wechseln.

Allerdings wollte sie vorher aus ihren Bühnenkleidern heraus.

»Mai, such mir das blaue Kleid mit den Spitzen! Beeil dich.«

Schweigend kam die Chinesin der Anweisung nach. Seit der Strafaktion von Rose beschränkte sie sich darauf, nur das Nötigste zu sagen und ihre Herrin ja nicht anderweitig zu verärgern. Das rührte Rose ein bisschen, denn so ähnlich hatte sie sich auch verhalten, wenn Mrs Faraday wieder einmal nicht zufriedenzustellen gewesen war und ihr rotgeschminkter Mund giftige Bemerkungen abgefeuert hatte.

Angesichts dessen, dass alles so gut gelaufen war und das Schicksal mit der Anwesenheit von Paul auf ihrer Seite zu sein schien, beschloss sie, ein bisschen Milde walten zu lassen. Immerhin wollte sie nicht so ein boshafter Drache wie Mrs Faraday werden!

Als Mai ihr das Kleid brachte, lächelte sie ihr aufmunternd zu, was diese unsicher erwiderte.

»Hast du Lust, heute Abend ein wenig freizuhaben?«, fragte sie, während Mai begann, die Verschlüsse ihres Kleides zu öffnen.

»Aber Miss, Sie brauchen mich doch«, entgegnete sie vorsichtig, als vermutete sie dahinter eine Finte, die ihr eine weitere Ohrfeige einbringen würde.

»Natürlich brauche ich dich, aber ich finde, du solltest auch mal ein paar Stunden freihaben. Ich werde mich nachher unter die Gäste mischen, wenn du magst, brauchst du erst heute Nacht wieder da zu sein. Es gibt doch bestimmt ein paar Dinge in Padang, die du dir anschauen möchtest.«

Mais Mund klappte kurz auf, ohne dass sie einen Ton hervorbringen konnte. »Meinen Sie das ernst, Miss?«

»Wenn ich es sage! Aber wenn du nicht willst, kannst du auch zum Hotel gehen und meine Unterwäsche ausbessern, es liegt an dir.«

»Nein, nein, ich meine, ich würde gern ein wenig freihaben, wenn Sie erlauben.«

»Geh zum *Wayang*, die Geschichten, die dort gespielt werden, sind sehr schön. Und du triffst vielleicht ein paar Landsleute, mit denen du dich unterhalten kannst.«

»Vielen Dank, Miss«, sagte Mai und machte eine kleine Verbeugung. »Ich werde pünktlich zurück sein und Ihnen auch sonst keinen Ärger mehr machen.«

»Gut, dann hilf mir ins Kleid und mach mir die Haare. Wenn du fertig bist, hast du frei.«

Eine halbe Stunde später verließ Rose die Garderobe. Ein paar Gäste hatten versucht, ihre Umkleide zu betreten, doch Mai hatte sie resolut und mit der Erklärung, dass Miss Gallway sich gleich unter den Gästen zeigen würde, abgewiesen.

Als sie jetzt, in ihrem besten blauen Kleid, den Gang zum Gästeraum entlangschritt, klopfte Rose das Herz bis zum Hals. Würde sie dazu kommen, mit Paul zu reden?

Als man ihre Anwesenheit bemerkte, brachen die Gäste in Applaus aus. Van Swieten kam zu ihr, gab ihr einen Handkuss und führte sie dann in die Mitte des Raumes. Seiner kurzen Ansprache lauschte sie nur beiläufig, ihre Augen suchten nach Paul in der Menge. Doch zunächst konnte sie ihn nicht entdecken. War er etwa schon gegangen?

Panik überfiel sie. Wenn er nicht da war, um mit ihr zu sprechen, würde sie den anderen Männern ausgeliefert sein. Deren Fragen kannte sie zur Genüge, sie waren immer gleich. Und die Frauen redeten nur sehr selten mit ihr, eher betrachteten sie sie wie eine, die ihr Geld damit verdiente, ihren Körper zu verkaufen.

Natürlich scharten sich die Männer sofort um Rose und überhäuften sie mit Komplimenten. Da sie Paul nicht fand, hielt sie Ausschau nach Carmichael, doch auch ihn sah sie in der Menge nicht.

Doch plötzlich, als sich der Wald schwarzer Gehröcke und Anzüge vor ihr lichtete, entdeckte sie Havendens blonden Haarschopf.

Natürlich durfte sie sich nicht von den anderen losreißen und zu ihm laufen, das hätte sicher Gerede gegeben. Doch als hätte er ihren stummen Hilferuf empfangen, blickte Paul auf und kam dann auf sie und die sie umgebenden Männer zu. Es dauerte eine Weile, bis er zu ihr vorgedrungen war, doch allein, dass er in ihrer Nähe war, gab Rose die Kraft, die Fragen und die Bemerkungen zu ertragen und humorvoll zu kontern.

Schließlich gelang es Paul, sie aus der Menge zu lösen, indem er vorgab, sie seiner Verlobten vorstellen zu wollen. Dass die nicht da war, schien den anderen Männern nicht aufgefallen zu sein.

»Sie wissen gar nicht, wie dankbar ich Ihnen bin!«, flüsterte Rose, als sie in den Gang verschwunden waren, der zur Bibliothek des Hauses führte und der um diese Zeit kaum frequentiert wurde.

»Ihre Freude an der Konversation mit Ihren Bewunderern ist nicht mehr geworden, nehme ich an«, entgegnete Paul amüsiert, während Rose ihr Taschentuch hervorzog und sich damit ein wenig Luft zufächelte.

»Wenn es denn eine Konversation wäre! So fragen mich die Männer, ob ich bereits vergeben sei, wie es sich anfühlt, auf der Bühne zu stehen, und ob ich als Frau nicht das Bedürfnis nach einem Beschützer hätte.«

»Wie man sieht, besteht dieses Bedürfnis offensichtlich.« Paul grinste sie breit an.

»Natürlich besteht dieses Bedürfnis nicht!«, entgegnete sie. »Ich bin in dieser Stadt geboren, ich bin noch im Kindesalter von hier fortgegangen, um in London zu studieren. Ich brauche niemanden, der mich beschützt. Allenfalls jemanden, der mich vor Männern bewahrt, die sich mir als Liebhaber andienen wollen oder die mir zu diesem Zweck ihre Söhne empfehlen.«

Rose spürte, wie sie bei diesen Worten rot wurde. So offen hatte sie gegenüber Paul nicht sein wollen. Aber er schien ihr das Gesagte nicht übelzunehmen.

»Nun, Sie sind zweifellos eine sehr moderne Frau. Viele der anwesenden Damen würden sich sicher darum reißen, von einem der betuchten Plantagenbesitzer beschützt zu werden.«

»Aber diese Damen sind auch zufrieden damit, auf der Plantage alt zu werden. Das würde mir nie reichen, fürchte ich. Ich brauche die Musik, und ich brauche die Bühne.«

»Und den Applaus?«

»Welcher Künstler braucht den nicht?«

»Aber dennoch scheuen Sie die Bewunderung nach dem Konzert.«

»Wie ich schon sagte, die hat nichts mit meiner Kunst zu tun.«

Auf diese Worte sah Paul sie lange an.

»Würden Sie mir erlauben, Ihre Geige ein wenig näher zu betrachten?«, fragte er dann, was Rose ein wenig verwirrte, denn eigentlich wollte sonst keiner ihrer Bewunderer das Instrument sehen. Oder erwartete Havenden vielleicht, dass sie ihn mit in ihre Garderobe bat? Einen Moment lang bereute sie, sich über seine Anwesenheit gefreut zu haben, doch dann sagte sie sich, dass Paul nicht so wie die anderen war. Und wenn doch, würde sie ihm gehörig die Meinung sagen!

»Natürlich, allerdings muss ich sie erst aus der Garderobe holen.«

»Damit würden Sie mir eine große Freude machen«, entgegnete Paul und trat einen kleinen Schritt zurück.

Ein Lächeln huschte über Roses Gesicht. Sie hatte sich also doch nicht in ihm getäuscht!

»Also gut. Ich bin gleich wieder da.«

»Ich werde auf Sie warten.«

Als sie durch die Garderobentür trat, sah sie, dass Mai bereits fort war. Allerdings hatte sie den Raum nicht verlassen, ohne vorher aufzuräumen. Rose lächelte kurz in sich hinein, das Mädchen schien ihr wirklich keinen Ärger mehr machen zu wollen.

Mit zitternden Händen ergriff sie den Geigenkasten. Ein wenig eifersüchtig war sie schon, dass Pauls Interesse der Geige galt. Doch letztlich gehörten sie und die Geige ja zusammen ...

Rose kam sich ein wenig wie eine Diebin vor, als sie, nachdem sie sich umgesehen hatte, in den Gang schlüpfte.

Paul wartete dort auf sie, lässig an die Wand gelehnt. Glücklicherweise hatte niemand ihr Versteck gefunden, und ihr Fehlen schien offenbar auch noch nicht aufgefallen zu sein.

Rose stellte den Geigenkasten auf einem kleinen Tisch ab, der von einer Blumenvase geschmückt wurde. Vor dem Hintergrund der Geräusche aus dem Festsaal öffnete sie den Deckel und nahm die Geige vorsichtig heraus.

»Ihre Geige ist wirklich wunderbar«, sagte Paul, nachdem

er sie ehrfürchtig betrachtet hatte. »Woher haben Sie sie? Sie ist sicher schon sehr alt.«

Rose blickte versonnen auf das Instrument, dann berührte sie mit den Fingerspitzen fast schon zärtlich den Corpus.

»Mein Vater hat sie mir geschenkt. Er hat sie einem chinesischen Händler abgekauft.«

»Einem chinesischen Händler?«

»Ja, erstaunlich, nicht wahr? Ich habe in London mal eine Stradivari gesehen, die dieser Geige ein wenig geähnelt hat. Ganz sicher ist sie nicht in China hergestellt worden. Und die Rose ...«

»... ist wirklich ungewöhnlich für solch ein Instrument.« In dem Augenblick, als Rose die Geige herumdrehen wollte, bewegte sich Pauls Hand vor und streifte leicht ihre Finger.

Augenblicklich hielt Rose in ihrer Bewegung inne und sah auf. Die Art, wie Paul sie musterte, beunruhigte sie ein wenig, doch zugleich erweckte sie ein bisher unbekanntes Gefühl in ihrer Brust.

»Ich ... sollte jetzt wohl besser gehen«, sagte sie und legte die Geige wieder in ihren Koffer zurück.

Auf einmal kam sie sich albern vor und gleichzeitig zutiefst unanständig. Paul hatte ein Heiratsversprechen abgegeben. Sie konnte doch nicht ...

»Warten Sie ...«

Pauls Hand umschloss warm ihr Handgelenk.

Rose blickte ihn verwirrt an. Das, was sie bei ihren Berührungen fühlte, dieses sehnende Brennen in ihrer Brust, hatte sie bisher nur dann gespürt, wenn sie sich der Musik vollkommen hingab.

»Bitte lassen Sie mich los«, sagte sie sanft, wenngleich sich alles in ihr wünschte, mehr von ihm zu spüren als nur seine Hand.

»Ich möchte Sie wiedersehen, Rose«, sagte er beinahe flehentlich. »Begleiten Sie mich bitte zur Plantage. So hätten wir wenigstens ein paar Stunden für uns.«

»Aber Ihre Verlobte ...«

Für einen Moment wirkte Paul erschrocken. Dann entgegnete er: »Maggie hat panische Angst vor der Natur, sie würde mich nie begleiten. Aber Sie sind furchtlos, und ich kann mir nichts Schöneres vorstellen, als einen Nachmittag mit Ihnen zu verbringen. Bitte.« Der Druck seiner Hand wurde fester. Und auch Roses Verwirrung wuchs.

»Ich kann nicht«, entgegnete sie, doch sie hörte, wie schwach ihre Stimme klang und wie laut ihre Seele danach verlangte, mit ihm allein zu sein. Es ist nur ein Nachmittag, sagte sie sich. Was kann schon passieren? Ich begleite ihn, sehe mir die Plantage an, und dann kehren wir wieder zurück. In ein paar Tagen werde ich nach Indien aufbrechen, danach verlieren wir uns ohnehin aus den Augen.

Doch da war auch Mrs Faraday, die ihr Benimmregeln eingebläut und sie stets dazu angehalten hatte, sich nicht mit irgendwelchen Bewunderern einzulassen. Außerdem würde man es hier sicher nicht gutheißen, wenn sie sich in ein Abenteuer stürzte. Ihr Verhalten färbte auf den Ruf des Gouverneurs ab, der sie so großherzig förderte.

Aber es ist doch nur eine Reise, ein Ausflug in den Dschungel, redete ihr Herz auf sie ein. Es werden sicher noch andere Leute zugegen sein. Und vielleicht kannst du mit deiner Ortskenntnis den anderen eine Hilfe sein.

»Bitte, Rose«, flehte Havenden jetzt fast. »Ich verspreche Ihnen, Sie werden es nicht bereuen. Und wer sonst könnte mich durch die Wildnis Ihrer Heimat leiten?«

»Es gibt sicher geeignete Führer, die Ihnen gern ihre Dienste anbieten.«

»Da haben Sie recht, aber mein Malaiisch ist nicht besonders gut.«

»Die Führer sprechen auch sehr gut Niederländisch und Englisch.«

Paul barg ihre Finger nun zwischen seinen warmen Handflächen. »Rose. Bitte gewähren Sie mir meinen Wunsch. Sie haben mich in die Welt des einheimischen Puppenspiels entführt, jetzt möchte ich Sie in den Dschungel entführen. Es ist nur ein Ausritt, nichts weiter. Und es wäre möglich, dass Sie sich auf der Plantage ein wenig amüsieren, denn sie soll auch über einen sehr weitläufigen Garten verfügen.«

So nahe er ihr jetzt war, so eindringlich, wie er sie jetzt ansah, konnte Rose nicht anders. »Also gut, ich begleite Sie. Allerdings werde ich in dieser Woche noch einige Konzerte spielen müssen.«

»Geben Sie mir einfach Bescheid, wenn es Ihnen passt, ich werde mein Vorhaben danach ausrichten. Dafür müssen Sie mir versprechen, dass Sie mich beim kleinsten Anzeichen, dass ein Tiger auftaucht, in Sicherheit bringen.«

»Ich glaube kaum, dass ein Tiger auftauchen wird«, entgegnete Rose. »Sie sind sehr scheu, und obwohl ich als Kind im Dschungel herumgelaufen bin, meist entgegen dem Verbot meines Vaters, habe ich doch nie einen zu Gesicht bekommen. Sie sehen, ich könnte Sie nicht einmal warnen.«

»Dann werde ich wohl für unsere Sicherheit sorgen.«

Auf einmal waren ihre Gesichter so dicht voreinander, dass nur eine kleine Bewegung genügt hätte, um sich zu küssen. Doch Rose meinte plötzlich, einen Blick auf sich zu spüren, und zog sich zurück. Als sie sich zur Seite wandte, erblickte sie einen Mann, den sie nicht kannte, der sie allerdings ein wenig brüskiert ansah.

»Ich sollte jetzt wirklich gehen«, sagte Rose, griff nach

dem Geigenkasten und verschwand damit in Richtung Garderobe.

Als Paul an diesem Abend in sein Hotel zurückkehrte, fühlte er sich zutiefst verwirrt. Noch immer hatte er Roses Duft in der Nase, noch immer meinte er, ihre Hand in seinen Händen zu spüren. Auch wenn er wusste, dass es nicht sein durfte, fühlte er, dass er bei der Heirat mit Maggie einen Fehler begangen hatte.

Wie konnte so etwas in so kurzer Zeit angehen?

Verwirrten die Tropen vielleicht seine Sinne? Setzte ihm die Wärme zu?

Nein, er war sicher, dass Rose ihm auch in London aufgefallen wäre. Besonders dort, denn in den grauen Straßen und zwischen all den steifen Konventionen würde sie wie eine Orchidee im Gras wirken.

Durfte er diese Blume für sich beanspruchen? Wahrscheinlich würde es einen gewaltigen Skandal geben, wenn er das Ansinnen, sich scheiden zu lassen, auch nur kundtat. Nicht einmal seine tolerante Mutter würde dafür Verständnis haben. Von Maggie und seinen Schwiegereltern ganz zu schweigen. Er würde in London zum Geächteten werden, mit dem niemand, der auf seinen Ruf bedacht war, verkehren wollte …

Erhitzt riss sich Paul die Krawatte vom Hals und schleuderte sie auf das Sofa, das leer war, denn Maggie hatte sich bereits schlafen gelegt. Sicher hätte sie ihn zu dem Konzert begleitet, aber er hatte ihr erzählt, dass er zu einem Treffen mit Investoren wollte, bei dem sie sich nur langweilen würde. Sie hatte ihm geglaubt und war im Hotel geblieben, während er sich abgesetzt hatte.

Ein wenig schämte er sich dafür, dass er sie angelogen

hatte – und er schämte sich auch dafür, dass er mittlerweile eine ziemliche Abneigung für sie empfand, wenn er sie auf dem Sofa liegen sah. Wahrscheinlich würde sie auf dem Schiff nach Hause wieder putzmunter sein.

Schwer ließ sich Paul auf das Sofa fallen. Was sollte er nun tun? Weitermachen wie bisher, seine immer stärker werdende Leidenschaft zügeln und mit Maggie in die Heimat zurückkehren?

Oder das tun, was sein Herz verlangte? Rose für sich gewinnen, sich scheiden lassen und mit seiner neuen Frau glücklich sein. Das klang alles so einfach ...

Doch was, wenn sie nicht wollte? Er spürte, dass sie ihm zugeneigt war, aber reichte das aus, um seinen Antrag anzunehmen? Oder sollte er besser damit warten, bis er wirklich geschieden war? Wollte er sich überhaupt wirklich scheiden lassen? Noch nie hatte ihn eine größere Verwirrung heimgesucht!

Da ihm der Kopf schmerzte, erhob er sich und ging ins Badezimmer. Dort ließ er sich Wasser in eine Schüssel und tauchte seinen Kopf hinein. Das Wasser war nicht so kalt, wie es nötig gewesen wäre, doch er spürte, wie sich seine Adern verengten und der Schmerz ein wenig nachließ.

»Geht es dir nicht gut?«, fragte Maggie plötzlich hinter ihm, worauf er erschrocken in die Höhe schnellte. Sie hatte sich ihren Morgenmantel über das Nachthemd geworfen, ihr Haar fiel lose über die Schultern.

So, wie sie jetzt dastand, hätte er sonst ein tiefes Begehren verspürt – doch jetzt fühlte er nichts. Und schlimmer noch, seine Gedanken wanderten zu Rose, und er fragte sich, wie sie in dieser Situation aussehen würde.

»Ja, es war alles ein bisschen viel«, erklärte er, während er nach einem Handtuch griff und sich das Haar trockenrieb.

Indem er die Augen zusammenkniff, vertrieb er das Bild von Rose.

»Das ist alles nur diese schreckliche Hitze und dieses schreckliche Land«, brummte Maggie und hakte sich bei ihm ein. »Wir sollten so schnell wie möglich von hier abreisen. Wann willst du dir denn die Plantage ansehen?«

Maggies Worte erregten erneut tiefen Widerwillen in ihm. Das Land, immer war dieses Land an allem schuld! Warum sah sie denn nicht, wie wunderbar es hier war? Warum wollte sie unbedingt wieder in die graue Kälte Englands? Wenn es nach ihm gegangen wäre, hätte er seinen Wohnsitz hierher verlegt. In die Wärme. In das Land, aus dem Rose stammte. Vielleicht würde er hier wesentlich glücklicher werden als in einem kalten Land, mit einer Frau, die sich ständig beschwerte!

Wie gern hätte er ihr dies ins Gesicht geschleudert, doch wie es ihm sein Vater beigebracht hatte, zügelte er seine Gefühle und verschloss sie angesichts von Maggie. Er streifte ihren Arm nicht ab, wie er es gern getan hätte, und er regte sich auch nicht wegen ihrer Abneigung auf. Er spielte den treusorgenden Gatten, wie man es von ihm erwartete.

»Tut mir leid, aber ein paar Tage wirst du dich noch gedulden müssen. Mein Anwalt setzt sich jetzt mit dem Plantagenbesitzer zusammen und sucht einen Termin für die Besichtigung heraus. Wenn ich Bescheid bekomme, werde ich mir einen Führer suchen und dann zusammen mit Mijnheer Dankers aufbrechen.«

Dass der Termin einzig und allein von Rose abhing und der Anwalt ebenso wie der Plantagenbesitzer nur auf sein Zeichen warteten, brauchte sie nicht zu wissen.

»Dann hoffe ich inbrünstig, dass dieser Termin bald ist. Ich möchte endlich wieder Zeit mit dir verbringen, ohne von der Sonne geröstet zu werden.«

Damit zog sie ihn mit sich ins Schlafzimmer. Paul ließ es über sich ergehen, doch als Maggie neben ihm bereits wieder eingeschlafen war, starrte er noch immer an die Decke und versuchte, Herr seiner Gedanken zu werden, die unablässig zu Rose wanderten.

Da Rose Mai trotz aller Versprechen, keinen Ärger zu machen, nicht mehr vertraute, was ihre Verschwiegenheit gegenüber Carmichael anging, beschloss sie, die Nachricht mit den Konzertterminen persönlich zu Paul zu bringen. Natürlich wusste sie um seine Verlobte, und sie wusste auch, dass sie nicht einfach so in sein Zimmer schneien konnte. Doch der Portier seines Hotels würde sicher nichts dagegen haben, wenn man sein Schweigen kaufte. Sie kleidete sich also in ein einfaches braunes Reisekleid, steckte ihre Haare zusammen und stellte im Spiegel zufrieden fest, dass sie wie eine gewöhnliche Hausfrau aussah, eine von vielen Bewohnerinnen von Sumatra, die zur Hälfte englisch und zur Hälfte einheimisch waren.

Nachdem sie den diskreten Umschlag, auf dem lediglich Pauls Name stand, in ihrer Rocktasche verstaut hatte, verließ sie das Zimmer. Mai war gerade unterwegs zu einer der Schneiderinnen der Stadt, denn beim Auskleiden war ihr gestern noch ein kleines Missgeschick mit ihrem Kleid passiert. Da Rose Mai beauftragt hatte, so lange zu warten, bis die Schneiderin die aufgerissene Naht genäht hatte, würde sie genügend Zeit haben, um ungesehen zu Paul zu gelangen.

Es hatte sie nicht viel Mühe gekostet, herauszufinden, in welchem Hotel er untergekommen war. Es gab ein Hotel in der Stadt, das die Engländer bevorzugten und empfahlen – selbst damals in London bei Mrs Faraday war der Name des Öfteren gefallen. Das Newcastle Hotel lag in Hafennähe, als eines der wenigen trug es einen englischen Namen. Ihr eigenes Hotel, das Batang, lag mitten im Stadtzentrum und wurde von Einheimischen betrieben. Eigentlich hatte Carmichael ebenfalls ins Newcastle gewollt, doch die Zimmer waren belegt gewesen, und eigentlich war Rose froh, dass sie mitten in der Stadt, in ihrer alten Heimat, sein konnte.

Nachdem sie sich vergewissert hatte, dass Carmichael nicht in der Nähe des Hotels herumlungerte – entweder war er auf seinem Zimmer oder er trieb sich Gott weiß wo herum –, trat Rose durch die Glastür und reihte sich dann in den Strom der Passanten ein. Viele von ihnen waren Einheimische, die Frauen trugen entweder ihre Kinder in Tüchern an ihren Leib gebunden oder Körbe mit Reis, Süßkartoffeln oder Früchten. Die Niederländer, meist in Anzügen oder Gehröcken, unterhielten sich lebhaft, die dazugehörigen Frauen schwatzten mit ihren Nachbarinnen. Rose kannte die Straßen ihrer Heimatstadt noch immer gut genug, um auf schnellstem Wege an einen Ort zu gelangen. Da sie nicht allzu sehr auf ihre Garderobe achtgeben musste, eilte sie durch schmale Gassen, in denen der Geruch nach Gewürzen und Unrat förmlich zu stehen schien, sprang über ein Rinnsal aus Waschwasser, das jemand auf die Straße gegossen hatte, und vertrieb mit ihrem Rocksaum einen kleinen Hund, der es sich neben einer Hausecke gemütlich gemacht hatte.

Und da hatte sie es plötzlich vor sich!

Das Hotel war eines der nobelsten in ganz Padang. Die weiße Fassade hätte auch sehr gut nach London gepasst, auf den Balkonen, über die einige der Zimmer verfügten, standen entweder hell gekleidete Herren, die sich den Verkehr ansehen wollten, oder saßen Damen mit ausladenden Hüten, um sich die Zeit bis zum Lunch zu vertreiben.

Da die Einheimischen wussten, dass die Engländer gern

Souvenirs mitnahmen, lagen auf den Tüchern am Straßenrand Schmuck, verzierte Dosen, Bilder und geschnitzte Figuren. Einige europäisch aussehende Leute reihten sich davor auf, während die Einheimischen keine Zeit darauf verschwendeten, sich diese Waren anzusehen.

Rose zog den Brief aus ihrer Rocktasche und ging mit festem Schritt auf die Hoteltür zu, ein Meisterwerk aus Schnitzerei und Glas.

Das Innere des Hotels ähnelte den Hotels in London und Paris, und außer den sundanesischen Pagen erinnerte hier kaum etwas daran, dass sie sich auf Sumatra befanden. Die Kristalle und Lichter des prächtigen Kronleuchters spiegelten sich in dem blankpolierten Marmorboden, der in der Mitte mit roten Teppichen ausgelegt war. Der Geruch von Kaffee und Tee hing in der Luft, doch hier fehlten die Gewürze, die durch die Gänge ihres eigenen Hotels schwebten.

Sich den Anschein gebend, lediglich die Botin zu sein, ein Dienstmädchen ihrer anonymen Herrin, reichte Rose dem rot livrierten Portier den Brief. »Geben Sie das bitte Lord Havenden – nur ihm und niemand anderem.« Ihre Worte unterstrich sie mit einem Geldschein, den sie diskret über den Empfangstresen schob.

Der Portier musterte sie fragend, nickte dann und ließ den Geldschein unter seiner Hand verschwinden. Den Brief verstaute er sorgsam in einer Schublade, worauf Rose ihm dankte und dann kehrtmachte.

Draußen hatten sich die Engländer offenbar zum Kauf von einigen Schmuckstücken durchgerungen. Einer von ihnen wandte sich zur Seite und lächelte Rose an. Diese erwiderte das Lächeln unverbindlich und huschte weiter.

In dem Augenblick sah sie Paul, der ebenfalls vor einer Auslage der Händler haltgemacht hatte. Die Frau an seinem

Arm war zweifelsohne seine Verlobte, gekleidet in ein cremefarbenes Kleid, das sie wohl aus Paris hatte, mit hochrotem Gesicht von der Wärme. In der Hand, die sich nicht an Paul klammerte, hielt sie ein filigranes weißes Sonnenschirmchen, das ihr, so dachte Rose ein wenig boshaft, nicht viel bringen würde. Wenn sie erst einmal wieder in England war, war ihre Haut entweder braun wie die Schale einer Haselnuss oder vom Sonnenbrand ruiniert.

Doch es versetzte ihr einen Stich, dass Maggie sich verliebt gegen seinen Arm lehnte und ihm etwas ins Ohr flüsterte. Paul wirkte nicht, als würde ihn diese Frau nicht glücklich machen. Er hatte nur Augen für sie, sah nicht auf die Straße und bemerkte Rose auch nicht.

Und wenn er es täte – würde er mich dann erkennen? Würde er zu mir kommen, sie mir vorstellen, mit mir reden? Oder an mir vorbeigehen, als sei ich eine ganz gewöhnliche Frau? Gefällt ihm an mir vielleicht nur mein Glanz?

Carmichaels Worte kamen ihr wieder in den Sinn, und sie verfluchte sich dafür, dass sie das zuließ. Ein normales Leben ... Eigentlich wollte sie einfach ein Leben an der Seite eines Mannes, der sie liebte. Konnte Paul dieser Mann sein? Sie wusste es nicht. Besonders in diesem Augenblick kamen ihr Zweifel, und schon bald wurden sie so stark, dass sie gewillt war, ins Hotel zu laufen und ihre Nachricht zurückzunehmen. Wenn sie sich nicht meldete, wenn sie ihn einfach vergaß ... Zweifelsohne würde er eine Gelegenheit finden, sich bei ihr sehen zu lassen. Und dann hätte sie gewiss nicht die Kraft, ihn fortzuschicken.

Während die Zweifel noch an ihr zerrten, setzte sich das Paar wieder in Bewegung. Der Sonnenschirm der Engländerin versperrte Paul die Sicht auf die Straße, und so bemerkte er Rose nicht. Für sie war es allerdings zu spät, jetzt noch in

Richtung Hotel zurückzukehren. Dann würde er sie sehen, und sich vor ihm und seiner Verlobten lächerlich machen, wollte sie nicht. Also setzte sie ihren Weg fort und bog, befreit vom Bann seines Anblicks, in die nächste Seitenstraße ab.

Es lag jetzt in seiner Hand. Wenn er es sich anders überlegte, würde sie ihn aus ihren Gedanken streichen.

Als sie in der Straße ihres Hotels ankam, sah sie gerade, dass Mai sich ganz in der Nähe mit einer etwas älteren Chinesin unterhielt.

Eigentlich gab es keinen Grund, dass die Herrin vor ihrer Dienerin Angst haben musste, aber dennoch verspürte Rose ein Kribbeln in ihrer Magengrube, als sie über die Straße eilte in der Hoffnung, dass Mai sie nicht sah.

Es war fast so wie damals in London, als sie mit ein paar anderen Mädchen nachts heimlich in die Stadt gegangen war, obwohl man ihnen erzählt hatte, dass das aufgrund des herumstreifenden Gesindels gefährlich sei. Unterwegs hatten sie sich wüste Geschichten von Jack the Ripper erzählt, der vor vielen Jahren sein Unwesen getrieben hatte und nie gefasst worden war, und im Schein der Gaslaternen einen wohligen Grusel verspürt. Bei ihrer Rückkehr hatten sie das Gefühl noch verstärkt, indem sie durch den Gang geschlichen waren, an den Mrs Faradays Schlafzimmer grenzte. Es war ihnen tatsächlich gelungen, sie nicht zu wecken – und als sich Rose im Hotel angekommen umsah, stellte sie fest, dass auch Mai sie nicht bemerkt hatte. Mit einem befreiten Lachen wandte sie sich daraufhin der Treppe zu und ignorierte den verwunderten Blick des Portiers, als sie hinaufstürmte.

»O, schau nur, diese niedlichen Elefanten!«, rief Maggie begeistert und zeigte auf die geschnitzten Figuren, die vor einem braungebrannten Jungen in traditioneller Tracht ausgebreitet waren.

Paul blickte sie ein wenig verwundert an. Am heutigen Tag war sie wie ausgewechselt. Sicher, die Hitze machte ihr noch immer zu schaffen, aber sie hatte sich bei ihrem Spaziergang durch die Stadt kein einziges Mal beschwert. Nicht mal dann, als Paul vorgeschlagen hatte, doch die Fischer beim Einholen der Netze aus dem Meer zu beobachten, hatte sie sich gesträubt – und das, obwohl sie doch fürchten musste, Sand in die Schuhe und eine Salzkruste auf den Lippen zu bekommen. Hatte sie sich etwa an diesen Ort gewöhnt? Oder spürte sie instinktiv seine Unzufriedenheit? Seine innerliche Zerrissenheit, die über Nacht nur noch größer geworden war?

»Ja, die sind wirklich sehr niedlich«, entgegnete er und versuchte, sich seine Beklommenheit nicht anmerken zu lassen. »Möchtest du einen?«

Maggie nickte, und Paul kaufte die kleine, glattgeschliffene Figur, deren Rücken mit zahlreichen kleinen Einritzungen versehen war.

»Er wirkt fast ein bisschen indisch«, sagte er, als er ihn ihr reichte.

»Hoffentlich bringt er Glück«, entgegnete Maggie, als sie mit dem behandschuhten Finger über die glatte Oberfläche strich.

»Das tun Elefanten immer.« Paul küsste sie leicht auf die Schläfe und führte sie dann zur Hoteltür.

»Sir, da ist eine Nachricht für Sie angekommen«, sagte der Portier, kaum dass er Pauls ansichtig wurde, und streckte ihm einen kleinen Umschlag entgegen. Zunächst wirkte Paul verdutzt, doch als er das Schreiben annahm, erkannte er die Handschrift und konnte sich nur schwerlich beherrschen, nicht zu lächeln.

»Was ist das für ein Brief?«, fragte Maggie, die mitbekommen hatte, dass er ihn schnell in seiner Tasche verschwinden ließ.

»Nichts Besonderes. Nur eine Nachricht wegen der Plantage.«

Jetzt verfinsterte sich Maggies Miene wieder, als hätte sie mittlerweile vergessen, aus welchem Grund sie hier waren.

Paul versuchte, darüber hinwegzusehen, und führte sie zur Treppe. Kein einziges Wort kam über Maggies Lippen, bis sie ihr Zimmer erreicht hatten.

»Musst du diese Plantage wirklich kaufen?«, fragte sie, nachdem sie ihren Hut abgenommen hatte.

Paul zog verwundert die Augenbrauen hoch. »Was meinst du, warum wir diese Reise hierher gemacht haben? Und ich kaufe die Plantage nicht, ich erwerbe eine Beteiligung.«

»Aber auch mit der Beteiligung wirst du immer wieder hierher fahren, nicht wahr?«

»Selbstverständlich, denn ich muss mich ja um meine Anteile kümmern. Außerdem erwartet der Besitzer von mir, dass ich mich kümmere. Wozu sind Partner da?«

Maggie kniff die Lippen zusammen. So friedlich sie vorhin noch gewirkt hatte, so verwandelt war sie jetzt. Vorhin noch glücklich, schien jetzt regelrecht ein Gewitter in ihr zu grollen.

Ahnte sie vielleicht... Nein, das war unmöglich, beruhigte er sich. An dem Abend, als ich mit Rose beim Puppenspiel war, hatte sie sich schon früh zu Bett begeben und bei seiner Heimkehr immer noch geschlafen. Außerdem würde sie nicht allein durch die Straßen einer fremden Stadt schleichen, um ihn zu beobachten.

»Was ist nur mit dir los, Maggie?«, fragte er beruhigend, obwohl ihm das Herz bis zum Hals klopfte und er sich fragte, ob es eine gute Idee gewesen war, sie zu seiner Frau zu machen. Seine Mutter hatte ihren Mann immer in allen Dingen unterstützt. Wenn schon so etwas wie die Beteiligung an einer Plantage und somit die Sicherung ihres Vermögens Streit hervorrief, wie würde es dann bei anderen Dingen aussehen?

»Ich will einfach nicht länger hier sein!«, brach es zornig aus ihr hervor. »Ich hasse dieses Land! Ich hasse diese Hitze! Ich hasse diese Leute! Hast du die Kinder gesehen? Man wird sie nicht los, sie sind wie die Schmeißfliegen. Und dann dieser elende Gestank hier überall! Ich will weg von hier, nichts weiter!«

Dieser Ausbruch kam für Paul so überraschend, dass er nicht gleich etwas darauf erwidern konnte. So wütend wie ihre Augen glühten, schien das nicht mehr seine Maggie zu sein. Wann hatte diese ungeheure Wut von ihr Besitz ergriffen?

Eigentlich war er fassungslos über das, was sie soeben gesagt hatte, doch dann kochte der Zorn in ihm hoch wie Milch, die auf der Herdplatte vergessen wurde.

»Dieses Land, das du so sehr hasst, hat meiner Familie Reichtum eingebracht! Und ich sehe nicht ein, warum ich mir die Gelegenheit, hier ein erfolgreiches Geschäft zu tätigen, nehmen lassen sollte! Der einzige Fehler, den ich in puncto Sumatra begangen habe, war zu glauben, dass du mich unterstützen wirst. Ich hätte dich zu Hause lassen sollen, im grauen nebligen London, das wäre dir besser bekommen, und ich müsste mir nicht ständig dein kindisches Gejammer anhören!«

Maggie starrte ihn an, als hätte er ihr eine Ohrfeige versetzt, dann verzog sie das Gesicht und brach in Tränen aus. Wahrscheinlich hoffte sie, ihn damit zu erweichen, aber Paul machte keine Anstalten, sie zu trösten. Stattdessen sah er all seine Anschuldigungen bestätigt. Maggie war in vielen Dingen noch ein Kind, und wie ein Kind verhielt sie sich auch. Es fehlte nur noch, dass sie mit dem Fuß aufstampfte, weil sie nicht das bekam, was sie wollte. Nein, so eine Ehefrau wollte er nicht. Er brauchte eine starke Frau, eine, die ihm den Rücken bei seinen Unternehmungen stärkte!

Noch einen Moment ließ Paul sie so stehen, dann sah er ein, dass er etwas tun musste, wenn er sich nicht den ganzen Nachmittag ihre Klagen anhören wollte.

»Verzeih mir, ich wollte nicht grob werden«, sagte er und ging zu ihr, um sie in die Arme zu nehmen. Als hätte sie genau darauf gewartet, lehnte sie sich an ihn, und er strich über ihr Haar und ignorierte, dass Tränen auf sein Hemd flossen. Doch seine Gedanken waren bei dem Brief in seiner Jackentasche, der nur auf eine Gelegenheit wartete, geöffnet und gelesen zu werden.

Als Maggie schließlich im Badezimmer verschwand, um sich die Tränen vom Gesicht zu waschen, war es so weit. Hastig riss er den Umschlag auf und zuckte ein wenig enttäuscht zurück, als er lediglich eine Reihe Zahlen auf dem Papier entdeckte. Ein Geheimcode? Das wäre ihm passend erschienen, doch dann fiel ihm ein, was es wirklich war: die Daten von Roses Konzerten. In den Tagen zwischendurch hatte sie frei, und wie es der Zufall wollte, gab es kurz vor seiner Abreise drei Tage, an denen sie mit ihm reisen konnte.

Während das Wasser im Bad plätscherte, setzte er sich an den Sekretär, um eine Antwort zu verfassen. Gut, Maggie mochte dieses Land hassen, aber Rose tat es nicht. Er konnte sich kaum eine bessere Begleitung vorstellen als sie. Sie würde ihm die Reise versüßen, würde ihm Geschichten erzählen und ihn vielleicht auch gegenüber dem Plantagenbesitzer sympathischer erscheinen lassen – Dinge, die er von Maggie nicht erwarten konnte. Er setzte also das Datum fest und schrieb dann gleich noch an den Plantagenbesitzer, der ihm freie Auswahl bei dem Termin gelassen hatte.

An dem Tag, als die Reise losgehen sollte, war Rose zutiefst nervös. Weder Mai noch Carmichael wussten, wohin sie fuhr. Sie hatte sich mit dem Vorwand entschuldigt, zusammen mit ihrer Mutter ins Landesinnere zu reisen, um ihre Großmutter zu besuchen. Drei Tage waren ihr gewährt worden, danach musste sie sich auf das nächste Konzert vorbereiten.

Noch immer war sie sich unsicher, was ihre Gefühle für Paul Havenden betraf. Die Antwort, die er ihr geschickt hatte, war mehr gewesen als bloße Zahlen, sie hatte sehr gefühlvoll geklungen.

Obwohl es jetzt beinahe eine Woche her war, hatte sie das Bild von Paul und seiner Verlobten im Gedächtnis. Was, wenn er nur mit ihr spielte? Oder war es die schöne Engländerin, die er betrog? Wie sah es in seinem Herzen wirklich aus?

Auf den Konzerten hatte er sich jedenfalls nicht gezeigt, entweder hatte er geschäftlich zu tun, oder er musste sich um die Engländerin kümmern.

»Miss, verzeihen Sie, aber Sie wollten um sieben Uhr aufbrechen«, riss Mai, die noch etwas verschlafen wirkte, Rose aus ihren Gedanken fort. Erst weit nach Mitternacht war ihre Herrin von ihrem Konzert zurückgekehrt, dem vorletzten der gesamten Reihe. Nur noch eines würde sie geben, einen Tag vor ihrer Abreise nach Indien. Und dann würde Rose auf der Überfahrt versuchen müssen, nicht daran zu denken, dass Paul in der Zeit schon wieder auf dem Weg nach England war und sie ihn vielleicht nie wiedersehen würde.

»Ja, du hast recht, ich sollte los«, sagte Rose, die ihr eleganteres grünes Reisekleid trug, und griff nach ihrer Teppichstofftasche, die mit allem gefüllt war, was sie unterwegs brauchen würde. Als sie das Gewicht des Gepäcks spürte, musste sie lächeln. Als Kind, wenn sie mit ihrer Mutter durch den Dschungel unterwegs gewesen war, hatte sie einen Bruchteil an Dingen für die Reise gebraucht. Und auch jetzt würde sie sich nur mit etwas Proviant in der Wildnis zurechtfinden können. Aber sie hatte Paul dabei, und wahrscheinlich noch einen Führer und andere Begleiter. Da musste sie sich so gesittet wie möglich geben, denn eigentlich war es alles andere als moralisch, dass sie einen Mann ohne Anstandsdame begleitete.

»Pass gut auf meine Sachen auf, und schau dir die Kleider an«, trug sie Mai auf, damit diese nicht die Zeit mit Tagträumereien vergeudete. »Wenn du irgendwelche Flecken oder Schäden findest, sorg dafür, dass alles wieder in Ordnung ist, wenn ich zurückkomme. Ich sehe nach!«

»Ja, Miss, ich werde dafür sorgen, dass alles ordentlich ist.«

Rose nickte. Nach dem Verrat an Carmichael hatte ihre Dienerin ihr keinen Grund mehr zum Unmut gegeben.

»Gut, dann gib auf dich acht, benimm dich anständig und halte Mr Carmichael bei Laune, damit er nicht auf die Idee kommt, mir nachzureisen und mich zurückzuholen, weil ich noch schnell in irgendeiner Pinte spielen soll.«

»Das werde ich, Miss Rose«, entgegnete Mai, jetzt lächelnd, denn sie wusste, dass Letzteres ein Scherz gewesen war. »Geben Sie auch auf sich acht im wilden Dschungel.«

»Der ist weniger wild, als du denkst. Wenn du die Wege nutzt, die meine Leute seit vielen Jahren nehmen, läufst du nicht Gefahr, vom Tiger gefressen zu werden.« Rose wunderte sich über sich selbst. Wann hatte sie die Bewohner von Sumatra zuletzt als »ihre Leute« bezeichnet? »Und die Waldmenschen tun einem nichts.«

»Waldmenschen?« Mais Augen weiteten sich überrascht.

»*Orang Hutans*, so werden sie bei den Einheimischen genannt. Sehr große Affen, die früher für Menschen gehalten wurden. Ich erzähle dir bei meiner Rückkehr davon.« Damit verabschiedete sich Rose und verließ das Zimmer.

Sie hatte gehofft, dass Carmichael vergessen würde, sie zu verabschieden, doch da kam er ihr auf dem Gang schon entgegen.

»Wünsche dir eine gute Reise.« Das waren die ersten Worte, die sie seit dem Streit wieder miteinander sprachen. Auch die Ankündigung, dass sie verreisen würde, hatte sie ihm schriftlich übermittelt, wenn sie sich begegneten, hatte sie gerade noch so einen Gruß für ihn übrig. »Pass auf dich auf und vor allem auf deine Hände. Ohne sie …«

»… bin ich wertlos, ich weiß«, entgegnete Rose ein wenig ungehalten. »Mach dir nur keine Sorgen, dies hier ist mein Land, hier kenne ich mich aus. In zwei Tagen bin ich wieder zurück.«

Als sie an ihm vorbeiwollte, schoss seine Hand vor und hielt sie fest. Carmichaels Blick bohrte sich in ihre Augen.

»Wie lange willst du denn noch schmollen? Hatte ich nicht recht damit, dass du keine gewöhnliche Frau bist? Du solltest mal hören, wie voll des Lobes die Leute wegen deiner Konzerte sind! Viele vergleichen dich mit einem Engel. Und wenn die Schmierblätter dieser Gegend endlich mal aus dem Knick kommen, kann ich dir die Kritiken zeigen. Sie sind so gut wie noch nie.«

Rose entwand sich seinem Griff. Zu hören, dass sie gut bei den Leuten ankam, schmeichelte ihr, bestätigte sie aber auch darin, dass Schwärmerei, ja vielleicht sogar Verliebtheit ihr nur guttat.

»Dann solltest du dich vielleicht bei mir entschuldigen«, entgegnete sie kühl. »Oder heb es dir auf, bis ich wieder zurück bin. Ich habe nichts Unrechtes getan, mein Spiel ist nach wie vor brillant, also war die Szene, die du mir gemacht hast, vollkommen ungerechtfertigt. Und jetzt entschuldige mich, ich will meine Mutter nicht warten lassen!«

Damit wandte sie sich um, und auch ohne noch einmal zu Carmichael zurückzublicken, wusste sie, dass er ihr mit säuerlicher Miene hinterherstarrte.

Für den Fall, dass sich ihr Agent doch nicht zurückhalten konnte, ihr nachzuspionieren, hatte Rose mit Havenden alles gründlich besprochen. Sie würde tatsächlich bis zum Hafen gehen, und für jemanden, der ihr folgte, würde es den Anschein machen, als wäre ihr Elternhaus ihr Ziel. Doch kurz vorher, in einer kleinen Gasse, würde sie abbiegen – da sollte er auf sie warten.

Rose pochte das Herz bis zum Hals, während sie versuchte, den Pfützen auszuweichen. In der vergangenen Nacht hatte es heftige Regenschauer gegeben, die allerdings die Luft kein bisschen abgekühlt hatten. Auf den Berghängen klebte jetzt der Dunst wie Watte, die man über grünen Samt gezogen hatte.

Kurz bevor sie die Gasse erreichte, hielt sie inne. Ihre Hände waren kalt vor Erwartung, ihre Wangen glühten. Wenn uns auf der Reise etwas zustößt, wird nicht nur Carmichael mich bis in alle Ewigkeit verfluchen. Aber dann schob sie diesen Gedanken beiseite und schritt energisch weiter. Da hörte sie auch schon das Schnauben der Pferde.

Als sie um die Ecke bog, sah sie drei Pferde. Zwei davon hielt ein braunhäutiger Einheimischer am Zügel, dem dritten tätschelte Paul die Mähne.

»Ah, da sind Sie ja!«, rief er, als er Rose gewahrte. »Ich dachte schon, Sie hätten es sich anders überlegt.«

»Warum sollte ich?«, entgegnete Rose, dann grüßte sie ihren Landsmann auf Malaiisch. »Aber Sie warten doch gewiss noch auf jemand anderen, oder?«

»Nein, wieso?« Paul lächelte sie breit an. »Mein Anwalt, Mijnheer Dankers, ist mir bereits vorausgeritten, er wollte schon mal mit meinem zukünftigen Geschäftspartner sprechen, die Türen öffnen, wenn man so will.«

»Ist der Plantagenbesitzer denn nicht willens, das Geschäft mit Ihnen einzugehen?«

»Doch, sicher, aber der Plantage, an der ich mich beteiligen möchte, geht es wirtschaftlich nicht so schlecht, dass sie nicht auch einen anderen Gesellschafter finden würde. Wenn ich dem Besitzer beispielsweise unsympathisch wäre, würde das Geschäft sicher nicht zustande kommen.«

Rose musste einsehen, dass ihr die Männerwelt nach wie vor ein Rätsel war. Auch Carmichaels Berichte darüber, wie Arrangements zustande kamen, fand sie manchmal im höchsten Maße absurd, aber sie sagte sich, dass sie Künstlerin war und das Geschäft nicht verstehen musste.

»Dann sollten Sie dafür sorgen, dass Sie ihm sympathisch sind«, entgegnete sie, worauf Paul lachte.

»Ihre reizende Begleitung wird ihren Anteil daran haben. Alles andere wird mein Anwalt erledigen. Ich brauche dann nur noch zu lächeln und ein paar geistreiche Bemerkungen zu machen.«

»Glauben Sie wirklich, dass ich den Plantagenbesitzer überzeugen kann?«

Als Pauls Blick ihre Augen traf, verstummte sie. Das war nicht der Blick eines Mannes, der in ihr lediglich eine Begleitung sah, mit der er bei einem Geschäftspartner eine gute Figur machen konnte. Dieser Blick verhieß etwas ganz anderes.

All die moralischen Ermahnungen von Mrs Faraday kehrten in ihren Verstand zurück. Es schickte sich nicht für eine junge Frau, allein mit einem Mann in die Wildnis zu reiten. Eine Anstandsdame oder zumindest eine Dienerin wären nötig gewesen. Doch jetzt stand sie hier, mit einem Mann, den sie äußerst anziehend fand, nur begleitet von einem Führer, der sicher nichts tun würde, um ihre Tugend zu wahren.

Doch wollte sie ihre Tugend wahren? Sie war nicht die verwöhnte Tochter eines Adelshauses. Und sie hielt sich auch für klug genug, um einen Skandal zu vermeiden. Warum sollte sie nicht dem nachgeben, was sich ihr Herz wünschte?

»Also gut, wenn Sie auf niemanden mehr warten …« Rose blickte sich um. Alles in ihr drängte plötzlich darauf, aus der Stadt fortzukommen, denn man konnte nie wissen, ob Carmichael nicht doch …

»Dann können wir in der Tat los. Ich hoffe, Sie sitzen nicht zum ersten Mal auf einem Pferd.«

Rose schüttelte den Kopf. »Nein, mein Vater hat mir das Reiten beigebracht. Kann sein, dass ich etwas eingerostet bin, aber wenn ich erst mal wieder im Sattel sitze, wird sich die Gewohnheit sicher rasch einstellen.«

Nachdem sie die Stadt hinter sich gelassen hatten, breitete sich in Rose eine tiefe Erleichterung aus. Bis zuletzt hatte sie gefürchtet, dass Carmichael auftauchen, die Wahrheit erkennen und sie dann vom Pferd zerren würde. Das war nicht geschehen, und nun umfing sie die grüne Pracht des Dschungels mit seinem Vogelgezwitscher und den Affenrufen.

»Ihnen scheint es wirklich nichts auszumachen, hier draußen zu sein«, bemerkte Paul, als er sein Pferd neben sie lenkte. Der Führer ritt ein Stück voraus, doch Rose wusste genau, dass auf diesen Wegen nur wenig Gefahr lauerte. Die Tiger befanden sich tiefer im Dschungel, nur alte Exemplare, die zu schwach zum Jagen waren, wagten sich in die Nähe der Menschen. Schlangen und Spinnen wurden vom Hufgetrappel verscheucht, und die friedfertigen Orang-Utans taten den Reisenden ebenso wenig wie die zahlreichen kleineren Affen und Meerkatzen. Dafür konnte der aufmerksame Beobachter prachtvolle Vögel und Schmetterlinge beobachten.

»Natürlich nicht, das hier ist doch meine Heimat«, entgegnete sie lachend. »Sie können mir glauben, dass ich mich eher fürchten würde, durch bestimmte Gegenden von London zu reiten. Hier draußen gibt es nichts, was uns gefährlich werden könnte.«

Ein Lächeln huschte über Pauls Gesicht. »So schlimm, wie Sie es machen, ist wohl auch das gute alte London nicht. Aber ich verstehe, was Sie meinen. Das hier ist das Paradies. Je mehr ich von dieser Insel sehe, desto mehr komme ich zu dem Schluss, dass sich der Garten Eden hier befunden haben muss.«

»Wahrscheinlich würden das so einige Reisende von anderen Ländern ebenfalls behaupten. Ich habe jedenfalls schon viele hübsche Orte gesehen.«

»Aber keinen wie Ihre Heimatinsel, nicht wahr?« Paul betrachtete sie prüfend.

Rose sah ein, dass es keinen Zweck hatte zu leugnen.

»Nein, mit Sumatra lässt sich kaum etwas messen.« Ein Lächeln huschte über ihr Gesicht. »Haben Sie eigentlich vor, öfter hier zu sein?«

»Nach allem, was ich hier gesehen habe, ja. Diese Insel ist wirklich inspirierend, und meiner Gesundheit tut es gut, mal nicht in der feuchten Kälte zu sein. Natürlich muss ich mich auch um meine Geschäfte in England kümmern, doch ich kann mir vorstellen, ein paar Monate im Jahr hier zu verbringen – vielleicht sogar im Winter, wenn es in England am ungemütlichsten ist.«

»Und was sagt Ihre Verlobte dazu?« Fast bereute Rose ein

bisschen, diese Frage gestellt zu haben, als sie sah, dass sich Pauls Miene verfinsterte.

»Nun ja, Maggie ...« Er stockte und wirkte, als würde er seine Antwort bereits jetzt bereuen. »Sie hält nichts von diesem Land. Eigentlich habe ich das Gefühl, das jedem zu erzählen, mit dem ich zu tun habe, jeden Tag.« Er schüttelte den Kopf. »Ehrlich gesagt, weiß ich mittlerweile nicht mehr, ob Maggie die Frau ist ...« Kurz stockte er, und angesichts der Miene, die er zog, musste wohl ein finsterer Gedanke durch seinen Verstand ziehen. »Ich meine, ich weiß nicht, ob ich sie ... heiraten will.«

Rose schnappte erschrocken nach Luft. »Sagen Sie doch so was nicht!«

»Doch, ich sage es«, entgegnete er, so heftig, als müsse er sich die Worte selbst einbläuen. »Ich sage es, weil ich genau so fühle! Wenn ich mich mit dem Plantagenbesitzer einigen kann, werde ich hin und wieder Zeit hier verbringen müssen. Viel Zeit, während der ich nicht allein sein will. Ich brauche eine Frau, die gewillt ist, mit mir zu reisen, die bereit ist, auch Unbekanntes zu erforschen. Ich kann keine Frau gebrauchen, die sich vor Affen oder Einheimischen fürchtet, obwohl es da nichts zu fürchten gibt.«

Rose blickte Paul erschüttert an. Solche Offenheit hätte sie nicht von ihm erwartet. Ein Teil von ihr freute sich darüber, doch der größere Teil empfand einfach nur Erschütterung. War ihr geheimer Wunsch so stark gewesen, dass sich alles zu ihren Gunsten entwickeln sollte?

Doch was, wenn er sich zu erfüllen drohte? Wäre sie bereit, Pauls Frau zu werden? Oder zumindest seine Geliebte? Wäre sie bereit, ihre Musik für ihn aufzugeben?

Letzteres sicher nicht, doch Paul hätte dafür gewiss Verständnis ...

Schweigend ritten sie, bis sich die Sonne allmählich dem Horizont zuneigte und die Luft von Dunst durchsetzt wurde.

Schließlich kam der Führer auf sie zugeritten und berichtete in abgehackten niederländischen Worten, dass die Plantage ganz in der Nähe sei.

»Haben Sie gehört?«, wandte sich Paul mit einem Lächeln an Rose. »Gleich werden wir erfahren, ob die Plantage eine lohnende Investition oder ein Pfundgrab ist.«

Das Plantagenhaus wirkte ein wenig verwittert, dennoch leuchtete es wie eine Perle in all dem Grün, das es umgab. Der Besitzer hielt zur Bewachung seines Anwesens zwei große Hunde, Bluthunde, wie Rose erkannte, denn in London hatten sich einige begüterte Herrschaften ähnliche Tiere zum Schutz ihres Grund und Bodens angeschafft.

Das hohe schwarze Eisentor, das in der Mitte jeweils eine kunstvoll gebogene Rosette schmückte, wirkte ein wenig abweisend, genau wie die hohe Hecke, die neben den gemauerten Pfosten emporragte und jeden Blick von außen abschirmte.

Warum diese Sicherheitsvorkehrungen?, fragte sich Rose. Hier draußen würde nie jemand auf die Idee kommen, ihn zu berauben. Und wilde Tiere fanden auf eigenen Wegen hier hinein. Gegen einen Tiger hatten die Hunde keine Chance.

Um sich bemerkbar zu machen, gab es eine Glocke, die weit über das Gelände tönte. Kurz nachdem Paul am Seil gezogen hatte, ertönte ein wütendes Bellen, und die beiden muskulösen schwarzen Tiere stürzten sich so heftig auf das Gitter, dass die Pferde erschrocken zurückwichen.

»Nun, wenn der Hausherr die Glocke nicht gehört hat, die Hunde hört er sicher«, bemerkte Paul trocken.

Tatsächlich kamen nur wenige Augenblicke später zwei Männer den Weg herauf. Einer von ihnen, ein hochgewachsener kräftiger Kerl, der Rose an einen Wildhüter erinnerte, hatte zwei Leinen in der Hand, die er den tobenden Tieren in Windeseile anlegte. Er rief ihnen etwas in scharfem Ton zu und zog dann kurz und kräftig an den Leinen. Die Hunde jaulten einmal kurz auf und legten sich dann demütig neben seine Füße.

»Stachelhalsbänder«, flüsterte Paul, der ihr ihre Frage ganz offensichtlich von der Stirn abgelesen hatte.

Dann öffnete der andere Mann. Dieser war anscheinend nicht der Besitzer der Plantage, sondern der Butler des Hausherrn.

»Herzlich willkommen, Mijnheer Havenden«, sagte er und wandte sich dann mit fragendem Blick Rose zu.

»Das ist meine Verlobte Maggie Warden«, stellte Paul sie vor, worüber Rose dermaßen erschrak, dass sie keinen einzigen Ton herausbrachte.

»Mijnheer van den Broock und Mijnheer Dankers erwarten Sie bereits. Wenn Sie mir bitte folgen würden? Um die Pferde wird sich Anders kümmern, sie sind bei ihm in den besten Händen.«

Der Diener, der so viel und gleichzeitig auch recht wenig Ähnlichkeit mit einem englischen Butler hatte, wandte sich um. Erst jetzt wagte Rose, Paul einen entrüsteten Blick zuzuwerfen. Was hatte er sich dabei gedacht, sie einfach als seine Verlobte vorzustellen? Die beiden Männer, auf die sie gleich treffen würden, wussten doch sicher, wie Pauls Verlobte aussah? Am liebsten hätte sie ihm gleich die Leviten gelesen, doch sie hielt sich zurück. Wenn alles aufflog und die Männer sich wunderten, sollte er sehen, wie er sich herausredete!

Vor lauter Angst und Groll hatte Rose kaum einen Blick auf den wunderbaren Garten geworfen. Erst als sie schon fast an der Freitreppe angelangt waren, die zum Haus führte, bemerkte sie, dass sie in einem Meer aus Blüten stand. Der Plantagenbesitzer hielt nicht viel von der englischen Gartenkunst, er ließ alles wild wuchern – beinahe so, wie es die Ahnen ihrer Mutter taten.

Als sie die Treppe erklommen, entdeckte sie hinter dem Haus, beinahe verborgen von all dem Grün, die Schuppen der Pflanzer und Erntehelfer. Dahinter erstreckten sich terrassenförmig angelegte Zuckerrohrfelder.

»Auf den ersten Blick ist es schon mal recht nett hier, nicht wahr, Liebling?«, fragte Paul mit einem unverschämten Grinsen.

Rose entgegnete darauf nichts. Wahrscheinlich hätte die echte Maggie auch kein anderes Gesicht gezogen, ging es ihr dabei durch den Kopf.

Der Diener führte sie durch das Foyer in eine Art Empfangszimmer, dessen hölzerne Täfelung unter zahlreichen Gemälden beinahe verschwand.

Rose hatte inzwischen das Gefühl, gleich zu platzen. Solange der Diener zugegen war, machte sie gute Miene, doch dann verließ er endlich das Zimmer.

»Was haben Sie sich dabei gedacht?«, zischte sie Paul wütend zu. »Ihr Anwalt weiß doch sicher, dass ich nicht Ihre Verlobte bin!«

»Meinem Anwalt sind solche Dinge egal, und er hat Maggie kein einziges Mal gesehen.«

»Haben Sie das etwa die ganze Zeit über geplant?«

Ein schelmisches Lächeln huschte über sein Gesicht. »Nein, es war ein spontaner Einfall. Und es erspart uns doch auch viele Erklärungen. So würde jeder wissen wollen, wer Sie sind, in welcher Beziehung Sie zu mir stehen und so weiter. Als meine Verlobte werden Sie so akzeptiert, wie Sie sind, und können die Anonymität genießen.«

»Es ist dennoch eine bodenlose Frechheit!«

»Ach, kommen Sie, Rose, ich bin sicher, dass Sie nichts gegen ein kleines Spielchen haben. Sehen Sie es als solches und genießen Sie es. Es sind doch nur zwei Tage. Außerdem bin ich sicher, dass unser Gastgeber mich um eine so zauberhafte Frau wie Sie beneidet und mir gegenüber etwas milder gestimmt ist, was die Konditionen angeht.«

Zauberhafte Frau? An anderer Stelle hätte sie sich vielleicht gefreut, jetzt machte sie diese Bemerkung wütend. Wollte Havenden sie auf den Arm nehmen? Und wenn das Ganze ein Spiel sein sollte, warum weihte er sie dann als Mitspielerin nicht ein?

Bevor Rose zu einer neuen Tirade ansetzen konnte, öffnete sich die Tür erneut, und in Begleitung des Dieners erschienen zwei Männer. Ein mittelgroßer dunkler, etwas untersetzter mit langem Bart und ein hochgewachsener blonder, dessen einfache, aber dennoch stilvolle Kleidung verriet, dass er der Herr der Plantage sein musste.

Paul warf Rose noch einen bittenden Blick zu, dann reichte er dem Blonden die Hand. »Mijnheer van den Broock, es ist mir eine Freude, Sie persönlich kennenzulernen. Das hier ist meine Verlobte Maggie Warden, die ganz entzückt ist von Ihrem herrlichen Flecken Erde.«

Rose drängte ihren Groll zurück und schaffte es irgendwie, ein Lächeln aufzusetzen. Sie bemerkte, dass der Mann sie prüfend ansah, wahrscheinlich bemerkte er den leicht exotischen Hauch in ihrem Aussehen, doch da sie Paul nicht schaden wollte, antwortete sie: »Ich freue mich sehr, Sie kennenzulernen, Paul spricht seit Tagen von nichts anderem mehr als der Plantage.«

Van den Broock, der nicht so aussah, als hätte er viel Humor, lachte auf. »Na, dann wollen wir mal sehen, ob es bei seiner Begeisterung bleibt. Meine Plantage läuft gut, könnte aber noch mehr Gewinn abwerfen, wenn ich einen zuverlässigen Partner hätte.«

»Das glaube ich Ihnen aufs Wort, und ich bin sicher, dass Paul der Richtige für das Geschäft ist.«

Wagte sie sich damit zu weit vor? Jedenfalls bemerkte sie erneut, dass van den Broock sie skeptisch musterte.

»Übrigens sprechen Sie hervorragend Niederländisch, darf ich fragen, wo eine Engländerin so etwas lernt?«, fragte er schließlich.

Rose war gar nicht aufgefallen, dass sie in der Muttersprache des Plantagenbesitzers geantwortet hatte. Jetzt fiel ihr ein, dass sie als echte Maggie Warden so hätte tun müssen, als verstünde sie ihn nicht. Augenblicklich begann ihr Puls zu rasen.

»Ich habe es von meiner Mutter gelernt«, entgegnete sie, was an sich keine Lüge war. Scheinbar scheu senkte sie den Blick, doch in Wirklichkeit wollte sie sich den Ärger über Paul nicht anmerken lassen. »Sie hat die Sprache in ihrer Kindheit gelernt.«

»Bemerkenswert. Aber ich freue mich, somit muss ich hier niemanden mit meinem schlechten Englisch beleidigen. Aber wollen wir nicht ins Esszimmer wechseln? Mein Koch ist ein regelrechter Zauberkünstler, ich fürchte, dass ich seine Wundertaten gar nicht richtig zu würdigen weiß. Aber ich entschädige ihn regelmäßig damit, dass ich Gäste einlade und ihm erlaube, dann alle Register seines Könnens zu ziehen.«

Das Menü, das der Koch auf den Tisch zauberte, bestand vor allem aus einheimischen Spezialitäten, die teilweise sehr scharf gewürzt waren. Van den Broock schien diese Küche ebenso wie Rose gewöhnt zu sein, doch Paul hatte sichtlich

Probleme mit der Schärfe. Dass er mit tränenden Augen nach dem Wasserglas griff, zu stolz zuzugeben, dass es einfach zu viel für ihn war, entschädigte sie ein wenig für das Spiel, das sie unfreiwillig spielen musste. Sie selbst bekam von dem Essen zwar auch rote Wangen, doch teilweise kochte ihre Mutter noch schärfer als der Koch des Plantagenbesitzers.

Nach dem Abendessen verwickelte van den Broock sie in ein schier endloses Gespräch über die Zuckerproduktion. Er hatte sehr viel Wissen über Klima, Tiere und Sorten und kannte sich mit den politischen Gegebenheiten bestens aus.

Paul erzählte im Gegenzug Anekdoten von seinem heimatlichen Gut, von der Pferdezucht und vom Ackerbau, wofür beide Männer ein Faible zu haben schienen.

Rose war froh darüber, dass der Plantagenbesitzer nur selten das Wort an sie richtete. Die Fragen, die er stellte, drehten sich meist um London, das van den Broock nie gesehen hatte, so dass Rose sie mühelos beantworten konnte. Dabei musste sie ihre Zunge ziemlich im Zaum halten, um nicht in Anekdoten aus Mrs Faradays Institut zu verfallen. Einmal, als es um ihre Interessen ging, verriet sie sich beinahe, indem sie davon erzählte, dass sie sich sehr für die Werke Vivaldis interessierte. Paul hatte sich daraufhin einen Spaß daraus gemacht, anzumerken, dass sie recht passabel Geige spielen könne, worauf der Plantagenbesitzer natürlich eine Kostprobe haben wollte. Glücklicherweise war seine Geige ein recht anspruchsloses Modell, und da sie ihr Spiel ein wenig schleifen ließ, bemerkte niemand, dass die Frau vor ihnen eine der besten Geigerinnen der Welt war. Nach diesem für ihn wohl recht amüsanten Spaß zwinkerte ihr Paul verschwörerisch zu, und Rose konnte ihm eigentlich nicht mehr böse sein. Ja, eigentlich war es sogar amüsant, den Plantagenbesitzer ein wenig in die Irre zu führen. Rose spielte mit, und der Rest des Abends ging für alle Beteiligten friedlich zu Ende.

Als sie schließlich in ihrem Bett lag – van den Broock, der weder Frau noch Kinder hatte, war glücklicherweise der Ansicht, dass Verlobte noch nicht im gleichen Zimmer schlafen sollten –, blickte sie nachdenklich aus dem Fenster, an dem hin und wieder Fledermäuse und Nachtvögel vorbeihuschten.

Am heutigen Abend hatte sie eine kleine Kostprobe dessen erhalten, was es bedeutete, Pauls Verlobte zu sein. Zum einen hatte es ihr gefallen, von den Männern anerkannt zu werden, ohne dass sie ihnen erst einmal zeigen musste, was sie konnte. Doch zum anderen hatte sie auch bemerkt, dass sie in ihren Augen nichts weiter als Pauls Anhängsel war. Auf der Bühne und auch danach waren alle Augen auf sie gerichtet, niemand, der sie spielen gehört hatte, würde ihr Können bezweifeln. Neben Paul hatte sie sich regelrecht nutzlos gefühlt – oder lag das daran, dass er ihr eine fremde Identität aufgezwungen hatte?

Ein wenig grollte sie ihm immer noch deswegen. Was hätte dagegen gesprochen, sie als Bekannte vorzustellen? Van den Broock machte zwar nicht den Eindruck eines großen Musikliebhabers, aber sie hätte weitaus mehr zur Konversation beitragen können.

Und dennoch, bei allem Ärger, den sie auf Paul verspürte, genoss sie es doch, in seiner Nähe zu sein. Auch wenn Paul ein elender Schuft war, so wollte sie doch dafür sorgen, dass er seinen Anteil an der Plantage bekam. Auf dem Rückweg – vorausgesetzt der Anwalt, der sich die ganze Zeit über sehr zurückgehalten hatte, ritt nicht mit ihnen – würde sie ihm dann die Meinung sagen.

Am nächsten Morgen wurde sie von Paul schon in aller Frühe geweckt, denn van den Broock hatte versprochen, ihnen die Zuckerplantage zu zeigen.

Zunächst wusste sie nicht, wo sie war, dann sah sie Paul und schnellte in die Höhe. Er hatte sich nach dem Klopfen gleich selbst in ihr Zimmer eingelassen.

»Was machen Sie hier?«, rief sie erschrocken und zog die Bettdecke bis zum Kinn hoch.

»Guten Morgen, Rose, entschuldigen Sie bitte mein Eindringen, ich … ich hatte gestern eine Eingebung … Es hat mich einfach nicht losgelassen, und ich glaube, ich sollte meine Chance nutzen.« Er hielt kurz inne und atmete durch, wie um sich zu beruhigen.

»Und das kann nicht bis nachher warten?«, fragte Rose verwundert und gleichzeitig auch ein bisschen nervös, denn Paul schien völlig durch den Wind zu sein.

Zu ihrer großen Verwunderung kniete er plötzlich neben dem Bett nieder. »Rose, willst du meine Frau werden?«

Damit hatte sie nicht gerechnet. Rose riss erschrocken die Augen auf und wich zurück, als hätte er ihr ein ekliges Insekt hingehalten.

»Sie haben den Verstand verloren.«

»Keineswegs«, entgegnete er. »Ich meine es ernst. Könntest du dir vorstellen, meine Frau zu werden? An meiner Seite zu leben. Hier, auf Sumatra.«

»Sie vergessen, dass mein Beruf mich dazu zwingt, durch die Welt zu reisen. Und ich habe nicht vor, meine Geige und die Auftritte aufzugeben.«

»Das müsstest du auch gar nicht. Wir richten hier lediglich unseren Hauptwohnsitz ein, du machst deine Reisen, und wenn du es mir erlaubst, begleite ich dich. Und wenn du nicht gerade von deinem Agenten durch die Weltgeschichte gejagt wirst, bist du bei mir, und wir werden lange Reisen durch den Dschungel unternehmen und was immer du willst.«

Rose schüttelte den Kopf. »Sie vergessen Ihre Verlobte.«

»Verlobungen kann man lösen.«

Jetzt war Rose davon überzeugt, dass Paul wirklich seinen Verstand verloren hatte. Vielleicht war es doch besser, sich von hier zu verabschieden. Sollte Paul doch erklären, wieso seine »Verlobte« sich so rasch aus dem Staub machte.

Sie wich zurück, und die Bettdecke mit sich ziehend, stand sie schließlich auf.

»Ich weiß nicht, wie Sie dazu kommen, mir dergleichen am frühen Morgen anzutragen, aber ich bin mir sicher, dass Sie sich damit einen weiteren Scherz erlauben.«

»Ich scherze ganz und gar nicht!«, entgegnete Paul etwas betroffen, während er sich vom Bett zurückzog.

»Umso schlimmer! Wissen Sie denn nicht, welche Konsequenzen das hätte? Was für einen Skandal das nach sich ziehen würde?«

»Das ist mir egal! Ich habe die ganze Nacht darüber gegrübelt. Ich weiß nur, dass es sich richtig anfühlt. Dass es das Richtige ist.«

Rose schüttelte den Kopf. Ihr Herz schlug ihr bis zum Hals. Auch sie hatte in Gedanken durchgespielt, wie es wäre, seine Frau zu sein – dass er es ernsthaft in Erwägung ziehen würde, damit hatte sie nicht im Geringsten gerechnet. Und noch immer war sie davon überzeugt, dass die Hitze seinem Verstand nicht gutgetan haben konnte. Wie sollte er sonst überhaupt darauf kommen, seine Verlobung lösen zu wollen?

»Ich hätte nicht mit Ihnen reisen sollen«, sagte sie schließlich, während sie nicht wusste, ob es Enttäuschung war, die in ihrer Brust tobte, oder etwas anderes. »Bitte gehen Sie jetzt, ich muss mich anziehen. Immerhin muss ich Ihre Farce ja noch eine Weile mitmachen.«

Paul blickte sie lange an. Seine Miene wirkte enttäuscht, aber auch sehnsüchtig. Meinte er es vielleicht ernst?

Doch selbst wenn, das war alles großer Wahnsinn!

»In Ordnung«, sagte er schließlich seufzend und senkte verwirrt den Blick. »Bitte entschuldigen Sie, ich dachte …«

Rose hätte zu gern gewusst, was er dachte, doch bevor sie den Mut aufbrachte, ihn zu fragen, wandte er sich um und verließ das Zimmer.

Mit einem großen Klumpen im Magen erschien Rose im Esszimmer, wo der Koch für ein wunderbares Frühstück gesorgt hatte. Die drei Männer unterhielten sich bereits lebhaft und erhoben sich, als sie zu ihnen kam.

»Ich hoffe, Sie hatten eine angenehme Nacht, Miss Warden«, sagte der Plantagenbesitzer auf Englisch, das tatsächlich alles andere als gut war.

»Sie war sehr angenehm, danke«, antwortete Rose so akzentfrei sie nur konnte, denn noch immer glaubte sie, dass van den Broock sie auf die Probe stellen wollte.

Während sie sich setzte, warf sie einen Blick auf Paul, der sich wie die anderen ebenfalls auf seinem Platz niederließ. Doch er schaute in seine Teetasse, als gäbe es dort etwas unfassbar Interessantes zu sehen. Rose erkannte Enttäuschung auf seinen Zügen. Verwirrt blickte sie in ihre eigene Tasse, in der gerade Milchwolken im Morgentee erblühten, denn lautlos war ein sundanesischer Diener neben ihr aufgetaucht und hatte ihr eingeschenkt. Hatte sie vorhin eine Chance vertan?

War sie, als Paul das Zimmer verlassen hatte, der Meinung gewesen, das Richtige getan zu haben, zweifelte sie nun, und diese Zweifel verdarben ihr den Appetit und machten sie schweigsam.

Leben kam erst wieder in sie, als sie zur Besichtigung der Plantage aufbrachen.

»Ich hoffe, der Marsch wird Ihnen nicht zu anstrengend, Miss Warden«, bemerkte van den Broock, als sie, vom Gebell der Bluthunde begleitet, über den Hof schritten.

Am liebsten hätte sie geantwortet, dass sie schon mehr als eine kleine Runde um eine Plantage auf Sumatra gelaufen war, doch glücklicherweise konnte sie ihre Zunge im Zaum halten.

»Ich unternehme gern lange Spaziergänge, machen Sie sich keine Sorgen um mich.«

Der Plantagenbesitzer lachte auf. »Ich glaube wirklich, dass Sie die richtige Frau heiraten, Lord Havenden, diesen Geist brauchen wir hier auf Sumatra.«

Paul nickte darauf nur und sah sie immer noch nicht an. Glücklicherweise schien van den Broock nicht darauf erpicht zu sein, dass sie sich vor seinen Augen einen Liebesbeweis lieferten. Er besprach etwas mit seinem riesenhaften Verwalter, der am gestrigen Tag so mühelos die Bluthunde gezähmt hatte, dann bat er Paul, Rose und den Anwalt, ihm zu folgen.

Die Plantage war auf zahlreiche Terrassen verteilt und wirkte beinahe paradiesisch. Aus der Ferne drangen Affenrufe zu ihnen herüber, bunte Vögel flatterten über ihre Köpfe hinweg. Rose fühlte sich ein wenig an den Besuch bei ihrer Großmutter vor so vielen Jahren erinnert, und doch merkte sie schon bald, dass van den Broock nicht darauf aus war, hier einen Garten zu schaffen. Gemäß der Mentalität der holländischen Plantagenbesitzer waren alle Flächen zweckmäßig und möglichst gewinnbringend bewirtschaftet.

Das Zuckerrohr wuchs hier besonders gut, und während

sich auf der einen Seite der Plantage die grünen Schösslinge in die Höhe kämpften, wurden am anderen Ende die langen, stabilen Rohre mit scharfen Messern abgeschlagen. Die Männer, die hier arbeiteten, trugen fast ausnahmslos helle weite Hosen und einfache Baumwollhemden, einige von ihnen arbeiteten mit freiem Oberkörper. Ihre Köpfe waren mit Tüchern bedeckt, die den Schweiß auffangen sollten. Mit großem Geschick stapelten und bündelten sie das geerntete Zuckerrohr und trugen es dann hinunter zu den Schuppen, in denen es weiterverarbeitet wurde.

Van den Broock folgte ihnen aber nicht, sondern führte seine Gäste noch ein Stück weiter hinauf. Natürlich reichte seine Plantage nicht den gesamten Berghang hinauf, aber die letzte Terrasse erlaubte einen wunderbaren Blick auf die Landschaft, die wie ein grünes Meer wirkte, dessen Brandung sich an den Rand der Plantage ergoss.

»Besonders in der Anfangszeit gab es Tage, da zweifelte ich, ob ich es schaffen würde. Mein Vater hatte die Plantage angelegt, doch er lebte nicht lange genug, um zu sehen, wie sie zu voller Blüte gelangte.«

»Das war dann zweifelsohne Ihr Verdienst.«

»Ich habe mich zumindest bemüht«, entgegnete van den Broock, scheinbar bescheiden, doch Rose hörte deutlich den Stolz in seiner Stimme. »Aber nun bin ich an einen Punkt gekommen, an dem ich allein nicht weitermachen kann. Ich brauche einen starken Partner, einen, der mir bei der Expansion hilft.«

»Dann hoffe ich, Ihren Ansprüchen Genüge tun zu können.«

»Sie sollten sich das gut überlegen, denn eine Plantage zu besitzen, wird sehr fordernd sein. Wahrscheinlich werden Sie viele Monate hier auf Sumatra sein müssen. Sie sollten sich fragen, ob Ihre zukünftige Frau und Ihre Familie das akzeptieren werden.«

Paul blickte sich um zu Rose, die verlegen den Blick senkte. Doch warum? Nicht von ihr hing es ab, ob er dieses Geschäft eingehen konnte. Nicht sie war die Frau, sondern diese Maggie! Diese Maggie, der Sumatra kein Stück am Herzen lag und die sich offenbar nur danach sehnte, wieder abzureisen.

Seltsamerweise bekümmerte sie dieser Gedanke jedoch ein wenig. Nicht wegen der Insel, sondern wegen Paul. Und wegen ihrer eigenen Gefühle. Sie war noch nie verliebt gewesen, hatte also keine Ahnung, wie sich das anfühlte. Aber das Brennen in ihrer Brust konnte gut dazu passen.

Schließlich kehrten sie der Anpflanzung den Rücken und folgten ein paar Zuckerrohrträgern hinunter zu den Schuppen, aus denen ein lautes Klappern ertönte.

In den aus Bambusrohr errichteten Gebäuden arbeiteten hauptsächlich Frauen, die das Zuckerrohr in eine riesige Presse schoben, deren Mahlwerk über einen breiten Keilriemen von einer Dampfmaschine betrieben wurde. Deren Rattern und Schnaufen verschluckte alle anderen Geräusche, auch van den Broocks Ausführungen waren kaum zu verstehen.

Fasziniert betrachtete Rose, wie die Maschine das Zuckerrohr in sich hineinzog und zermalmte – würde ein Arm zwischen die eisernen Zähne kommen, wäre er wohl unrettbar verloren. Doch die Frauen arbeiteten mit äußerster Vorsicht und Sorgfalt, ihre Handbewegungen, die sie ganz offensichtlich schon Tausende Male vollführt hatten, wirkten routiniert und präzise.

Über eine Rinne aus Bambus floss der dickflüssige gelbbraune Saft in einen Kessel, der, wenn er voll war, von einer Frau zu einer Feuerstelle getragen wurde. Dort wurde er zusammengekocht und der zähflüssige Sirup dann in Formen gegossen.

»Das hier ist pures Gold«, behauptete van den Broock, als er einen erkalteten Klumpen in die Höhe hielt. »Was die Goldminen wie lange noch hergeben, kann niemand sagen. Aber der Reichtum hier wird nie versiegen, solange dieser fruchtbare Boden unter unseren Füßen ist.«

Während van den Broock weiter über die wunderbaren Möglichkeiten des Zuckerverkaufs referierte, fiel Rose auf, dass die hier arbeitenden Frauen ein wenig ängstlich zu ihrem Herrn hinübersahen, dann aber schnell den Blick wieder abwandten. Einige wirkten unter ihren Gewändern ziemlich mager. Sorgte der Plantagenbesitzer nicht gut für sie?

In ihrer Kindheit hatte Rose hin und wieder gehört, dass einige Plantagenbesitzer willkürlich mit ihren Arbeitern verfuhren, sie prügelten und ausbeuteten. In der Stadt hatte man kaum etwas davon gemerkt, natürlich schufteten die einheimischen Männer schwer am Hafen, doch man sah nie, dass sich die Holländer öffentlich schlecht gegenüber ihren Arbeitern verhielten. Ihr Vater sorgte dafür, dass die Leute, die für ihn arbeiteten, genug zu essen hatten und auch ihre Familien durchbringen konnten.

Aber jetzt bekam Rose ein flaues Gefühl im Magen. Immerhin war sie zur Hälfte ebenfalls eine Einheimische, auch wenn man es ihr nicht ansah, und sie schämte sich plötzlich, an der Seite van den Broocks zu stehen und diese Frauen mit den großen, ängstlichen Augen zu betrachten. Nur selten hatte sie sich zuvor Gedanken darüber gemacht, dass die Holländer die Herren dieses Landes waren, denn sie waren schon weit vor ihrer Geburt hier gewesen. Aber in diesem Augenblick empfand sie es als ungerecht, dass der Herr der Plantage diese Frauen für sich schuften ließ – und offenbar nicht mal gut bezahlte, wenn man sich ihre dürren Körper und hohlen Wangen ansah.

Da sah eine der Frauen sie direkt an. Ihre Augen waren dunkel wie der fruchtbare Boden der Plantage, und Rose bemerkte, dass sie eine Narbe auf der Wange hatte. Wahrscheinlich stammte diese von einem Gertenhieb oder einem Schnitt. Hatte van den Broock das getan? Der Blick der Frau brannte sich in ihre Seele ein.

»Miss Warden, kommen Sie?«, schreckte eine Stimme sie aus ihren Gedanken. Ohne dass sie es mitbekommen hatte, waren die Männer bereits an der Tür. Sie sah noch einmal zu der Frau, die sich jetzt aber wieder den Zuckerklumpen zuwandte, dann drehte sie sich mit einem klammen Gefühl in der Magengrube um.

Nach dem Besuch der Schuppen, die von einem süßen Geruch erfüllt waren, wirkte die Luft, die sie draußen erwartete, regelrecht frisch und würzig. Ein leichtes Grollen tönte von den Bergen. Die ganze Zeit über war der Himmel bereits bezogen gewesen, würde nun der Regen kommen? Irgendwie sehnte sich Rose danach, mitten in einem Schauer zu stehen, in der Hoffnung, dass dieser ihre Gedanken klären und ihre Verwirrung abwaschen würde. Doch selbst wenn der Regen kam, würde sie nicht einfach so hinauslaufen und das Wasser mit ausgebreiteten Armen empfangen können. Rose Gallway konnte das vielleicht in einem unbeobachteten Moment tun, aber Maggie Warden würde so etwas sicher nicht mal in Erwägung ziehen.

»Wir sollten uns auf den Rückweg machen, der Regen kommt in dieser Gegend sehr schnell, und wir wollen es der Dame nicht zumuten, dass sie von Kopf bis Fuß durchnässt wird.« Mit diesen Worten stapfte van den Broock voran und führte sie über einen schmalen, beinahe versteckt wirkenden Weg zurück.

Kaum waren sie wieder am Haus angekommen, wurde Rose von ihren Gedanken und der Erinnerung an das Gespräch am Morgen wieder eingeholt. Da sich Paul entschlossen hatte, die Teilhaberschaft an der Plantage zu übernehmen, und van den Broock damit einverstanden war, saßen die beiden mit dem Anwalt zusammen und besprachen alle Details ihres Geschäfts.

Da weder die »Verlobte« noch eine andere Frau bei der Besprechung zugegen sein durfte, setzte sich Rose ans Fenster ihres Zimmers, von dem aus sie auf den Garten blicken konnte. Überraschenderweise gab es hier europäische Obstbäume, die entweder van den Broock oder seine Vorfahren angepflanzt haben mussten. Sie gediehen recht gut, wirkten aber ziemlich fehl am Platz. Eher gehörten sie in einen Garten in England oder Frankreich.

Genauso falsch hatte sich Pauls Frage angefühlt. Seine Frau zu werden, würde ihr vielleicht viele Türen öffnen, aber auch viele verschließen. Über allem stand jedoch, dass sie sich nach ihm sehnte. Sie konnte sich nichts Schöneres vorstellen, als mit ihm zusammenzuleben. Bisher hatte sie solche Gefühle noch nie einem Mann entgegengebracht. Und sie konnte sich auch nicht vorstellen, dass ein anderer Mann sie derart einnehmen konnte.

Zwischen ihre Gedanken an Paul mischte sich auch wieder das schlechte Gewissen gegenüber den Arbeitern. Würde sich etwas ändern, wenn Paul Teilhaber war? Vielleicht sollte sie ihm eher abraten. Aber konnte sie das? Sie war nicht seine Verlobte, sie war niemand, der ihm etwas sagen konnte. Vielleicht änderte sich das, wenn sie seinem Vorschlag zustimmte. Wenn sie seine Frau wurde, würde sie nicht nur ihr persönliches Verlangen stillen können, irgendwann konnte sie vielleicht auch etwas für die Frauen hier tun. Eigentlich wunderte sie sich selbst darüber, hatte sie doch bisher nur die Musik im Kopf gehabt und sich keine Gedanken über andere Dinge gemacht. Doch der Blick der Frauen hatte ein Fenster in ihrer Seele geöffnet, und auf einmal erschien ihr Pauls Antrag gar nicht mehr so schlimm und falsch. Sie würde vielleicht etwas für die Arbeiterinnen hier tun können – und darüber hinaus die brennende Sehnsucht ihres eigenen Herzens stillen.

In der Nacht hielt sie es nicht lange in ihrem Bett aus. Das Erlebte trieb sie so um, dass sie sich erhob, ihren Morgenmantel überwarf und dann begann, unruhig auf und ab zu laufen. Was sollte sie tun? Was war das Richtige? Noch immer erschien es ihr vollkommen absurd, dass Paul ihr einen Heiratsantrag machte. Aber war es nicht das, wovon sie heimlich träumte? Hatte er ihren Wunsch gespürt?

Rose lehnte die Stirn ans Glas und lächelte leise vor sich hin, als ihr wieder Pauls Gesicht in den Sinn kam, mit dem er ihr angetragen hatte, seine Verlobte zu spielen. Hieß es nicht, dass sich Verliebte vollkommen irrational benahmen? Mrs Faraday hatte sie stets davor gewarnt, ihr Herz zu verlieren, weil ihr damit auch ihr Verstand abhandenkommen würde. Sie hatte nicht das Gefühl, dass sie ihren Verstand verloren hatte, doch wenn ihre alte Lehrerin recht behielt, zeigte Paul ganz heftige Zeichen von Verliebtheit. Und was anderes konnte sie sich wünschen? Paul erwiderte ihre Gefühle. Und wenn man es genau nahm, hatte sie für ihn auch schon eine Dummheit begangen, indem sie heimlich mit ihm gereist war ...

Während Wetterleuchten vor ihrem Fenster zu sehen war und Regentropfen gegen das Glas prasselten, traf sie eine Entscheidung. Sie musste mit Paul reden!

Rasch warf sie sich ihren Morgenmantel über und schlich dann auf Zehenspitzen zu seinem Zimmer. Paul lag im Bett und atmete friedlich, schreckte aber zusammen, als er ihre Anwesenheit spürte.

»Rose!«, rief er überrascht aus. »Was machen Sie denn in meinem Zimmer?«

»Ich ... ich konnte nicht schlafen«, gestand sie, während sie verlegen an ihrem Morgenmantel nestelte. »Ich wollte Sie etwas fragen.«

»Und was?«

»Meinst du ... meinen Sie es ernst?«

Paul richtete sich verschlafen auf. Noch immer wirkte er, als traute er seinen Augen nicht oder wähnte sich in einem Traum.

»Was meinen Sie?«, entgegnete er schlaftrunken, doch als sich ein Hauch Enttäuschung auf ihr Gesicht schlich, fiel es ihm wieder ein.

»Aber natürlich meine ich das! Willst du mich doch?«

Rose sah wieder die Augen der Frau vor sich. Und sie spürte ihr Herz klopfen, spürte das sehnsuchtsvolle Brennen in ihrem Leib. Dein Traum könnte in Erfüllung gehen, wisperte eine Stimme in ihrem Hinterkopf. Lass dir diese Chance nicht entgehen ...

»Ja«, antwortete Rose mit fester Stimme und ignorierte die Stimme in ihrem Hinterkopf, die davor warnte, seinen Antrag ernst zu nehmen – immerhin gab es genug Dinge, die eine Hochzeit verhindern konnten. »Aber es würde für dich doch so viel Ärger bedeuten. Du müsstest deine Verlobung lösen und deine Mutter ...«

Ein Schatten huschte über Pauls Gesicht, doch nur kurz, dann vertrieb er ihn mit einem Lächeln. »Mach dir darüber keine Gedanken. Meine Mutter wird dich mögen, ehrlich.«

»Aber ich bin nicht adelig. Außerdem habe ich es schon erlebt, dass manche Adelige Musiker für Herumtreiber halten.«

»Doch nicht eine Geigerin, die vor gekrönten Häuptern gespielt hat! Wenn sogar der Gouverneur von Sumatra dich einlädt, hier zu spielen, bist du alles andere als eine Herumtreiberin. Das werde ich meiner Mutter auch klarmachen, wenn sie es zur Sprache bringt. Aber sie ist eine herzensgute Frau, und auch wenn sie sich aufregen wird, irgendwann beruhigt sie sich wieder. Ich verspreche dir, wenn ich dich ihr vorstelle, wird sie die Liebenswürdigkeit in Person sein.«

Rose nickte. In diesem Augenblick war sie gewillt, ihm alles zu glauben.

»Und was ist mit Maggie selbst?«, wandte sie ein. »Ich glaube, von allen wird sie diejenige sein, die die Enttäuschung am härtesten trifft.«

»Maggie hat einen anderen Mann verdient, glaub mir. Ich bin viel zu abenteuerlustig, das habe ich hier auf Sumatra gemerkt. Während ich mich für alles Mögliche interessiere, hat sie schon vor den Einheimischen Scheu. Es wird besser sein, wenn sie einen Mann heiratet, der mit ihr in London bleibt, der sie ausführt und seinen Freunden vorstellt und dafür sorgt, dass sie Frauen als Gesellschaft hat, mit denen sie belanglose Gespräche über Mode und das Personal führen kann. Für mich ist es jedoch besser, eine abenteuerliche Frau zu haben, eine, die den Dschungel nicht scheut und die so anpassungsfähig ist, dass sie problemlos in die Rolle meiner Verlobten schlüpfen kann, obwohl sie es nicht ist.«

Damit griff er nach ihrer Hand und hielt sie fest. Rose schlug das Herz noch immer bis zum Hals. Nun hatte sie keine Zweifel mehr an seiner Aufrichtigkeit.

»Die entscheidende Frage ist doch, liebst du mich?«, fragte

er, während sein Blick sich an ihre Augen heftete. »Denn was mich angeht, ich liebe dich, und ich bin bereit, es mit allen möglichen Widrigkeiten aufzunehmen, wenn ich nur weiß, dass du hier auf mich wartest.«

Rose forschte in ihrem Herzen nach. Liebte sie ihn?

»O ja, ich liebe dich!«, antwortete sie. »Wahrscheinlich schon seit dem Augenblick, als wir uns in van Swietens Garten zum ersten Mal begegnet sind.«

Paul zog sie kurzerhand an sich und küsste sie. »Lass den Rest meine Sorge sein. Ich werde mich von Maggie trennen, und wenn ich zurückkehre, heiraten wir.«

Erneut trafen seine Lippen ihren Mund und ließen eine wilde, ungekannte Sehnsucht in ihr erwachen. Obwohl sie wusste, dass es falsch war, dass es gegen alles, was Mrs Faraday ihr eingebläut hatte, verstieß und sie besser sehen sollte, dass sie aus dem Zimmer kam, ließ sie doch zu, dass seine Lippen von ihrem Mund abglitten, über ihren Hals wanderten und dann an ihrer Schulter verharrten.

»O Rose«, hauchte er, während ein Schauer durch seinen Körper rann. Für einen Moment hielt er inne, betrachtete sie, spürte anscheinend dem Gefühl ihrer Haut an seinen Händen nach. Seine Berührungen brannten auf ihrem Körper, ließen ihren Schoß erwachen und damit auch das verzehrende Begehren, das sie nur in manchen Nächten überkam, ohne dass sie wusste, wie sie sich Erleichterung verschaffen konnte. Aber nun wusste sie es. Pauls Wärme, der Duft seiner Haut waren die Antwort.

Ihr Herzschlag donnerte in ihren Ohren, und als er sie schließlich auf das Bett zog, wehrte sie sich nicht. Keuchend schob Paul ihr das Nachthemd über die Schenkel und zog sich dann seine Pyjamahose herunter. Sein Geschlecht sah Rose nicht, doch als er vorsichtig in sie eindrang, spürte sie es, und es verschlug ihr den Atem. Der Schmerz hielt allerdings nur wenige Augenblicke an und wich erneut dem Verlangen.

»Ich liebe dich, Rose«, keuchte er, während er auf sie sank und begann, sich vorsichtig zu bewegen. Rose schlang die Arme um ihn und versuchte, die vorwurfsvolle Stimme von Mrs Faraday, die sie eine Hure nannte, auszublenden.

Was sie tat, war das, was sie wollte, und es fühlte sich richtig an. Er war der Mann, den sie liebte. Sie wollte ihm für immer gehören. Und in diesem Augenblick war ihr alles, was sie über vermeintliche Moral gehört hatte, egal. Sie wollte ihn, seine Haut, seinen Duft, seine Küsse und das Gewicht seines Körpers auf ihr. Ihre Hände erfühlten die Muskeln unter seiner festen Haut, dann den Ansatz seines Haars im Nacken.

Und als sich Paul in ihr verströmte, explodierte etwas in ihr und jagte alle Zweifel, alle Vorwürfe davon.

16

LONDON 2011

Nasskaltes Wetter schlug ihnen entgegen, als Lilly und Ellen das Flughafengebäude verließen. Am Tag ihrer Abreise hatte sich Cremona von der schönsten Seite gezeigt, die Sonne hatte auf das Bahnhofsgebäude geschienen und sie bis zum Flughafen in Mailand begleitet.

»Wir hätten in Italien bleiben sollen«, murrte Ellen, während sie versuchte, mit einer Hand ihren Wollmantel enger um ihren Körper zu ziehen. Vergeblich, der feste Stoff widersetzte sich, und der Wind zerrte einen Zipfel ihres Schals aus dem Ausschnitt heraus. Ellen kniff die Augen zusammen und wandte den Kopf zur Seite. Zwecklos.

Schließlich blieb sie stehen, stellte ihren Koffer ab und richtete dann ihre Sachen. »Schade, dass die Pflicht ruft, sonst würde ich Dean fragen, ob wir uns in Zukunft über die Wintermonate nach Italien verziehen könnten.«

»Und was soll dann aus deinen Geigen werden?«, fragte Lilly lachend. Sie spürte die feuchte Kühle zwar auch, doch in ihrem Innern war es warm, denn sie freute sich auf das Wiedersehen mit Gabriel. Was er wohl zu den Bildern und Zeitungsartikeln sagen würde?

Enrico hatte zwei von ihnen gleich übersetzt, die anderen wollte er ihr zumailen. Sobald sie alle Texte hatte, würde sie versuchen, einen Termin mit Gabriel auszumachen. Oder sollte sie ihn vielleicht vorher schon zu dem versprochenen Abendessen einladen?

Während sie in einer Schlange anderer Reisender auf ein freies Taxi warteten, malte sich Lilly ihr Treffen aus, und dabei schweiften ihre Gedanken schnell in eine andere Richtung ab. Sie sah Magnolienblüten und Gabriel, mit dem sie in einem frühlingshaften Park spazieren ging und über Rose und Helen sprach …

»He, träumst du?« Ellen versetzte ihrer Freundin einen kleinen Knuff. Lilly hatte über ihren Tagtraum nicht mitbekommen, dass sie in der Taxischlange an der Reihe waren. Der Taxifahrer lud ihr Gepäck ein, während sie sich auf den Sitzen niederließen.

»Sag mal, woran hast du denn eben gedacht?«, fragte Ellen, doch bevor Lilly antworten konnte, stieg der Fahrer wieder ein. »Wohin soll's gehen, Ladys?«, fragte er.

Nachdem Ellen ihm die Adresse genannt hatte, drehte er nicht nur die Klimaanlage hoch, sondern auch sein Radio. Die indische Tanzmusik, die aus den Lautsprechern plärrte, war so laut, dass er das Funkgerät kaum verstehen konnte.

Während er sich in den Londoner Verkehr einreihte, betrachtete Lilly ganz fasziniert die Ganesha-Figur am Spiegel, die bei jedem Schlenker des Wagens zu tanzen begann. Das sah so witzig aus, dass selbst mürrische Fahrgäste sicher lächeln mussten, wenn sie mit diesem Taxi fuhren.

Schon bald begann er, auf sie einzureden, in einem schweren Akzent, den Lilly manchmal nicht verstand, doch Ellen schien das gewohnt zu sein, denn sie plapperte munter mit ihm, als hätte sie soeben einen alten Freund wiedergetroffen.

Nach einigen kleineren Staus und etwa einer Stunde Fahrzeit erreichten sie Ellens Haus.

Die indische Musik dröhnte weithin übers Gelände und scheuchte ein paar Krähen aus den Bäumen, die ihrerseits versuchten, die Klänge mit ihrem eigenen Krächzen zu übertönen. Ellen bezahlte den Fahrer, dann brauste er davon.

»Du hast mir meine Frage noch nicht beantwortet«, bemerkte Ellen, während sie die Zahlenkombination eintippte und das Torschloss daraufhin aufschnappte.

»Welche denn?«, fragte Lilly und bugsierte den Koffer durchs Tor.

»Woran du gedacht hast, bevor *Sha Rukh Khan* uns mit seiner Lieblingsmusik bekannt gemacht hat.«

»Wer ist Sha Rukh Khan?«

»Indischer Schauspieler, sehr berühmt. Aber darum geht's nicht, du hast an ihn gedacht, nicht wahr? Gabriel Thornton.«

Die Röte zwickte in Lillys Wangen.

»Wusste ich's doch!«, entgegnete Ellen und zwinkerte ihr zu. »War es was Unanständiges?«

»Nein, wo denkst du hin! Ich mag ihn nur, das ist alles. Und wenn man jemanden mag, denkt man auch an ihn, oder?«

»Natürlich.« Ellen lächelte hintergründig.

»Was ist eigentlich mit diesem Enrico?«, versuchte Lilly das Gespräch von Gabriel abzulenken, denn es widerstrebte ihr, Mutmaßungen über Dinge anzustellen, die vielleicht niemals passieren würden. »Ich hatte den Eindruck, dass ihr euch sehr gut kennt. Gibt es da etwas, das du mir bisher verschwiegen hast?«

Ellen lachte auf, dann schüttelte sie den Kopf. »Nein, jedenfalls nicht das, was du denkst. Ich könnte Dean niemals untreu werden. Aber ich muss zugeben, dass Enrico, als wir uns bei einem Job kennenlernten, doch ziemlich interessiert war. Ich habe ihn nur niemals erhört, und irgendwann sind wir dann Freunde geworden. Das ist alles. – Außerdem hatte ich den Eindruck, dass er sich mehr für dich interessiert. Warum hast du dich nicht ein wenig offener gezeigt?«

»Offener?« Lilly runzelte die Stirn. »Wie meinst du das? Hätte ich einen Striptease hinlegen sollen, oder was?«

»Nein, aber du hast doch gemerkt, dass er mit dir flirten wollte. Warum hast du dich nicht drauf eingelassen, das hätte lustig werden können.«

»Weil …« Lilly stocke. Den Grund kannte sie, doch sie wollte nicht schon wieder auf dieses Thema zurückkommen.

»Gabriel Thornton, stimmt's? Er ist der Grund.«

»Darauf antworte ich erst, wenn ich die Antwort selbst kenne«, entgegnete Lilly, spürte jedoch, dass ihre Freundin recht hatte. Das, was sie für Gabriel empfand, war nicht nur Sympathie. Zeigen wollte sie das aber nicht. Wer weiß, ob er mich überhaupt will, dachte sie. Und da war auch noch ein leichter Anflug von schlechtem Gewissen gegenüber Peter. Warten wir es ab, sagte sie sich. Erst einmal möchte ich ihn wiedersehen.

Ein leichtes Raunen zog durch die Baumkronen über ihnen, ansonsten war alles still. Ellen atmete tief durch und lächelte dann in sich hinein. »Wenn man es genau nimmt, will ich gar nicht den ganzen Winter in Italien verbringen. Es gibt keinen schöneren Platz auf der Welt als zu Hause, nicht wahr?«

»Da hast du recht«, entgegnete Lilly, wenngleich sie sich nicht sicher war, ob sie sich wirklich auf die Rückkehr nach Berlin freuen sollte, denn das würde sie ja nur fortbringen von Gabriel und der Gelegenheit, ihn näher kennenzulernen.

»Was hältst du davon, wenn wir heute Abend wieder zusammen kochen?«, fragte Lilly und hakte sich bei ihrer Freundin ein, während beide die Koffer über den Weg zogen.

»Meinetwegen gern. Dean wird sich freuen, wenn er hört, dass jetzt jemand versucht, einen Code aus dem Notenblatt zu lesen.«

Sie hatte gerade mit dem Auspacken begonnen, als das Telefon klingelte. In der Annahme, es sei ein Anruf aus dem Büro, gab Lilly nicht viel darauf und machte ungerührt weiter, bis Schritte den Gang hinaufkamen und vor ihrer Tür haltmachten.

Nachdem sie einmal geklopft hatte, trat Ellen ein. Auf ihrer Miene lag ein vielsagendes Lächeln, als sie flüsterte: »Für dich!«

Lilly schnappte nach Luft, nahm das Telefon und meldete sich.

»Na, wieder da?«, fragte Gabriel Thornton.

»Wie Sie hören«, gab Lilly zurück und blickte zu Ellen, die gerade aus dem Zimmer schlich. Sie blickte sich kurz um, grinste Lilly an und zog dann die Tür hinter sich zu.

»Ich hoffe, Sie konnten etwas mit den Daten anfangen«, sagte Gabriel inzwischen.

»Sehr viel sogar, Sie waren eine sehr große Hilfe! Wir haben einige Artikel gefunden, und ich hoffe, dass Sie die noch nicht haben.«

»Ich sagte Ihnen ja schon, dass wir im Zweiten Weltkrieg sehr viel Material verloren haben. Ich bin sicher, dass das, was Sie gefunden haben, eine große Bereicherung sein wird.«

Lilly zögerte einen Moment, dann sagte sie: »In Cremona hatte ich einen seltsamen Traum.«

»Etwa von mir?«, scherzte Gabriel lachend.

»Nein, von Helen. Von Helen als Kind … Glauben Sie, dass in Notenblättern ein Code festgehalten werden kann?«

»Ein Code?«

»Na ja, es war ja eigentlich nur ein Traum, aber vielleicht wollte mir mein Unterbewusstsein etwas sagen. Es muss doch einen Grund geben, warum dieses eine Notenblatt im Futteral steckte. Die Helen in meinem Traum meint, dass sich die Lösung des Geheimnisses im ›Mondscheingarten‹ befindet.«

Stille folgte ihren Worten. War Gabriel überhaupt noch dran? Amüsierte er sich vielleicht über sie? In ihrer Magengrube brannte es plötzlich. Vielleicht hätte sie lieber nichts sagen sollen …

»Gabriel?«, fragte sie zögerlich, dann hörte sie seine Stimme.

»Ja, ich bin noch dran. Ich denke nur nach.«

»Es ist sicher unwahrscheinlich, nicht wahr?«

»Das würde ich nicht sagen. Es ist vorgekommen, dass geheime Botschaften in Musikstücken verborgen wurden. Möglichweise steckt etwas Vergleichbares auch im ›Mondscheingarten‹ … Wenn das stimmt, dann war eine der beiden Frauen, entweder Helen oder Rose, ein wirkliches Genie. Wenn sie es denn selbst komponiert hat …«

»Ellens Bekannter hat einen Freund, der sich mit Codes auskennt. Vielleicht kann er irgendwas zutage fördern. Wenn Sie …«

»Ich kenne mich mit Codes leider nicht aus und habe auch keine Freunde beim Geheimdienst, aber dennoch werde ich mir das Notenblatt noch ein bisschen näher ansehen. Vielleicht erschließt sich einem das Geheimnis, wenn man nur lange genug draufblickt …«

Lilly lächelte ihr Spiegelbild im Fenster an. Gabriel war wirklich wunderbar.

»Vielen Dank«, sagte sie leise.

»Nichts zu danken, Lilly. Wir ziehen doch beide an einem Strang, nicht wahr?«

»Das schon, aber genauso gut hätten Sie mich für verrückt halten können. Wer glaubt heutzutage noch an Träume?«

»Sie!«, antwortete er. »Und wenn ich ehrlich bin, ich auch. Was wäre das Leben ohne Träume – und Geheimnisse?«

»Und was ist mit Ihren Neuigkeiten?«, fragte Lilly, die ihre Wange nun an der Fensterscheibe kühlte.

»Nun, was das angeht, sollten wir beide von Angesicht zu Angesicht miteinander sprechen.«

»Also gut, wann haben Sie denn Zeit für mich?«

»Wie wär's morgen Mittag? Dann könnten wir uns wieder in die Kantine setzen und uns von den kulinarischen Kreationen des Kochs in Erstaunen versetzen lassen.«

»Wenn das so ist, einverstanden!«, entgegnete Lilly fröhlich.

»Und Sie erzählen mir, was Sie sonst noch in Cremona erlebt haben. Ich bin gespannt darauf, Ihre Sichtweise auf die Stadt zu erfahren.«

»Ich werde mein Bestes geben, sie Ihnen zu zeigen.«

»Also, dann bis morgen, ich freue mich auf Sie!«

Nachdem sie sich verabschiedet hatten, legte Lilly auf und hockte sich einen Moment lang auf die Bettkante. Es tat so gut, Gabriels Stimme zu hören! Und sie freute sich sehr auf das Wiedersehen mit ihm. Nicht nur wegen des angeblichen Geheimnisses, das er entdeckt hatte, sondern wegen ihm selbst, denn sie vermisste ihn sehr.

»Du solltest ihn hierher einladen«, sagte Ellen, als Lilly das Telefon wieder zurückbrachte. Fast schien es, als könnte sie den Inhalt des Gesprächs, das Lilly gerade geführt hatte, von ihrer Stirn ablesen.

»Was?«, fragte Lilly verwirrt.

»Ein Abendessen. Expertenaustausch, wie auch immer.«

»Aber ... wir haben uns gerade schon zum Mittagessen verabredet. In der Kantine.«

»Aber ich würde auch gern dabei sein, wenn ihr wieder mal Wissen austauscht. Disponier doch einfach um!«

»Das ... das kann ich nicht.«

»Warum kannst du nicht? Du bist doch sicher fähig, ein Telefon zu bedienen.«

»Das schon, aber ich kann ihn doch nicht einfach so hierher einladen.«

Ellen legte den Kopf zur Seite, betrachtete sie prüfend. »Hm, das ist seltsam. Ich glaube nicht, dass es an einem Mangel an Geselligkeit deinerseits liegt. Du scheinst Gabriel nicht nur zu mögen, da ist mehr. So viel, dass du ihn nicht mit mir teilen magst.«

»Wie kommst du nur darauf?«

»Weil du immer dann, wenn du einen Mann toll findest, rote Wangen wie eine dieser Hummel-Figuren bekommst.«

Lilly biss sich ertappt auf die Lippe. »Ich sagte doch schon, ich finde ihn sympathisch. Aber das heißt noch gar nichts.«

»Das heißt nichts?« Ellen verschränkte die Arme vor der Brust. »Lilly Kaiser findet einen Mann sympathisch. Wie oft musste sich die Welt diesem Umstand stellen? Wann hast du denn zum letzten Mal jemanden sympathisch gefunden und dabei rote Ohren bekommen?«

»Du bist albern«, konterte Lilly, doch ihre Freundin hatte recht. Vor Gabriel hatte sie sich für keinen Mann interessiert, Männer teilweise gar nicht wahrgenommen, wenn sie ihr auf der Straße nachsahen. Und die männliche Klientel ihres Ladens war entweder verheiratet, unausstehlich oder viel zu alt für sie.

»Ja, das bin ich, aber nichtsdestotrotz, ruf ihn an und lad ihn ein.«

»Und du hast wirklich nichts dagegen?«

»Von wem kommt denn der Vorschlag?«

»Okay, wenn du meinst.« Da Lilly sich von Ellen nicht ansehen lassen wollte, wie sie auf Gabriels Stimme reagierte – Ellen würde sie gewiss wieder aufziehen –, zog sie sich in ihr Zimmer zurück. Dort wählte sie mit pochendem Herzen und zittrigen Fingern die Nummer und legte sich sorgsam die Worte zurecht, die ihre vorherige Abmachung zunichtemachen würden.

Doch dann meldete sich nicht Gabriel, sondern seine Sekretärin. Vor lauter Schreck legte Lilly rasch wieder auf, fragte sich danach allerdings, warum. Immerhin hatte sie nicht vorgehabt, ihm irgendwelche unanständigen Sachen zuzuflüstern.

Ich versuche es nachher noch mal, sagte sie sich und wandte sich dann wieder ihrem Koffer zu.

Eine halbe Stunde später, Lilly war gerade dabei, ihre Unterlagen zu sortieren, klingelte das Telefon. Ohne lange zu überlegen ging Lilly ran und wollte schon aus dem Zimmer stürmen, um es Ellen zu bringen, weil der Anruf gewiss für sie war. Doch dann erstarrte sie.

»Dachte ich es mir doch, dass Sie das waren«, begann Gabriel ohne Umschweife. Lillys Ohren begannen erneut zu glühen.

»Was denn?«, fragte sie, doch sie wusste, dass sie sehr schlecht darin war, Unschuld vorzutäuschen. Wahrscheinlich hatte ihm die Sekretärin von dem merkwürdigen Anruf erzählt, und anhand der Nummer hatte er natürlich erkannt, wer da zu feige gewesen war, mit dem Vorzimmerdrachen zu sprechen.

»Der Anruf. Wollten Sie einfach nur meine Stimme hören, oder hatte er noch einen anderen Grund?«

»Sie sind anscheinend ziemlich von sich eingenommen, Gabriel«, gab sie zurück und konnte sich ein Grinsen nicht verkneifen. »Aber ja, es gibt einen Grund.«

»Einen, den Sie meiner Sekretärin nicht mitteilen wollten?«

»Genau.« Lilly atmete tief durch und setzte dann hinzu: »Ich möchte unser Mittagessen absagen und Sie stattdessen zum Abendessen hierher einladen. In das Haus meiner Freundin Ellen.«

»Zu Ellen Morris? Hui, das ist wirklich brisant! Sie hätten meiner Sekretärin ruhig sagen können, dass Sie mich einladen wollen.«

»Jetzt haben Sie es ja gehört.«

»Und Ihre Freundin ist einverstanden?«

»Sie ist Teil der Forschungsarbeiten!«, entgegnete Lilly. »Und sie hat überhaupt nichts dagegen, Sie mal kennenzulernen, im Gegenteil.«

»Gut, dann sagen Sie mir nur noch, wann ich bei Ihnen erscheinen darf.«

»Wann passt es Ihnen denn?«

»Das sollten Sie als Gastgeberin festlegen«, gab Gabriel zurück. »Außerdem weiß ich nicht, wie lange Sie noch in England bleiben, also sollten wir erstens keine Zeit verlieren, und zweitens richte ich mich voll und ganz nach Ihnen. Notfalls lasse ich Eva ein paar Termine verschieben.«

»Was halten Sie von morgen?«, fragte sie also, worauf von seiner Seite wie aus der Pistole geschossen kam: »Perfekt!«

»Zwanzig Uhr?«

»Perfekt!«

»Mit Smoking und Fliege?«

»Was?«

»Ich wollte nur testen, ob Sie zuhören und nicht einfach irgendwas sagen«, entgegnete Lilly lachend.

»Ich höre Ihnen zu. Und ich komme in jedem Aufzug, in dem Sie mich sehen wollen. Allerdings kann ich das hier noch nicht als das versprochene Essen ansehen, zu dem Sie mich einladen wollten.«

Lilly lief rot an. Das versprochene Abendessen fiel ihr wieder ein. Bei ihr und Ellen zu Hause zu essen konnte da wirklich nicht gelten. »Ähm ... nein, natürlich nicht, das hier ist nur ein kleiner ... Informationsaustausch.«

»Also dann, bis morgen.« Man hörte Gabriel an, dass er lächelte.

»Bis morgen!«, entgegnete Lilly grinsend, dann legte sie auf.

»Und?«, erkundigte sich Ellen, als sie wieder im Wohnzimmer erschien. Offenbar konnte ihr ihre Freundin ansehen, mit wem sie sich gerade unterhalten hatte.

»Er kommt morgen um zwanzig Uhr. Mit seinen neuesten Erkenntnissen.«

Ellen klatschte begeistert in die Hände! »Das ist ja klasse! Bis dahin ist mir auch eingefallen, was ich uns kochen kann.«

»Hast du dazu überhaupt Zeit?«, fragte Lilly skeptisch. »Immerhin musst du wieder ins Institut. Und Dean?«

»Ja sicher, das habe ich nicht vergessen. Die Aufträge werden es mir heimzahlen, dass ich mir diese kurze Auszeit gegönnt habe, aber das ist kein Problem. Und auch Dean wird nichts dagegen haben, endlich mal wieder Besuch zu bekommen. Nach all dem Stress auf seiner Baustelle ...«

»Dann lassen wir uns doch Pizza kommen! Gabriel isst in der Kantine, ich glaube, er hat nichts dagegen.«

Ellen schüttelte vehement den Kopf. »Kommt gar nicht in Frage! Leute, die bei mir zu Gast sind, werden nicht einfach mit Pizza abgespeist, hier gibt es etwas Ordentliches! Es wäre ja gelacht, wenn ich das nicht hinbekommen würde!«

Bevor Lilly etwas dazu sagen konnte, läutete es an der Tür.

Jessi und Norma waren zurück von der Schule. Jubelnd fielen sie Ellen um den Hals und küssten sie, dann wurde auch Lilly gedrückt, und schließlich mussten sie den beiden Mädchen einen Haufen Fragen über Cremona beantworten.

17

PADANG 1902

Niedergeschlagen blickte Rose aus dem Fenster und bereute es nun doch ein wenig, das Hotel nicht in der Nähe des Meeres zu haben. Wäre das der Fall gewesen, hätte sie wenigstens das Schiff sehen können, mit dem Paul losgefahren war.

Sein Versprechen brannte ebenso in ihr wie die Erinnerung an die leidenschaftlichen Umarmungen in jener Nacht auf der Plantage. »Ich werde zurückkommen«, hatte er gesagt und sie dann leidenschaftlich geküsst. »Lass mich nur die Angelegenheiten in der Heimat klären.«

Würde er sich daran halten? Oder sie noch auf dem Ozean vergessen haben?

Nein, so war Paul nicht. Sie mochte zwar nicht viel von ihm wissen, aber in dem Punkt war sie sich sicher.

Rose kehrte zu ihrem Koffer zurück, der offen in der Mitte des Raumes stand. Eigentlich wäre es Mais Aufgabe gewesen, ihn einzuräumen, doch sie hatte eines der Kleider in der Schneiderei vergessen und war nun auf dem Weg dorthin.

Als Rose gerade damit begonnen hatte, ein paar leichte Wäschestücke einzupacken, stürmte Mai völlig aufgelöst und blass durch die Tür.

»Was gibt es denn?«, fragte Rose verwundert.

»Mr Carmichael sagt, Sie sollen sofort kommen, Miss«, keuchte die Garderobiere.

»Wohin soll ich kommen?« Er hat doch hoffentlich nicht schon wieder ein Engagement hier aufgetan, setzte Rose in Gedanken hinzu. Das Einzige, was sie wollte, war von hier wegzukommen, fort von dem unerträglichen Warten auf Pauls Rückkehr. Sie musste sich ablenken, die Welt sehen. Nur so würde sie die Zeit ertragen, bis sie endlich wieder in Pauls Armen liegen konnte.

»Zum Hafen. Es hat einen Unfall gegeben.« Mai presste sich die Hand auf den Mund, als hätte sie damit schon zu viel gesagt. Rose starrte sie einen Moment lang an, schoss dann wie ein Raubvogel auf sie zu und packte sie an den Schultern.

»Was ist passiert?«, schrie Rose, voller Angst, dass der Unfall Paul gegolten haben könnte. Paul, der es sich vielleicht überlegt hatte und zurückgekehrt war.

Mai starrte sie entsetzt an. Da sie nicht antwortete, schüttelte Rose sie kurzerhand. »Sag mir, was ist los?«

»Ihr Vater, Miss …«, presste Mai schließlich hervor.

Rose ließ sie wieder los und wich von ihr zurück. Dann stürzte sie zur Tür.

Mit wehendem Haar, ohne Rücksicht darauf, dass ihre Kleider schief saßen und ihre Schminke verlaufen war, hastete Rose durch die Straßen von Padang. Mai war ihr gefolgt, doch Rose hatte ihre Dienerin unterwegs abgehängt. Das war auch besser so, denn Rose brauchte in diesem Augenblick ihre Hilfe nicht.

Während ihr Herzschlag sämtliche Geräusche um sie herum übertönte, versuchte sie, sich einzureden, dass es schon nicht so schlimm sei, dass ihr Vater, sobald sie um die Ecke bog, ihr entgegenkommen und darüber lachen würde, dass sie sich Sorgen gemacht hatte.

Am Hafen angekommen, stieß sie schon bald auf die Menschenmenge, die sich um einen umgestürzten Lastkran scharte. Hafenarbeiter bemühten sich, mit Seilen und anderen Gerätschaften zum Ort des Geschehens zu kommen.

»Lasst mich durch!«, rief Rose den Leuten aufgeregt in ihrer Muttersprache und auf Niederländisch zu. Diejenigen, die sie kannten, wichen sogleich zurück. Rose versuchte, die entsetzten Blicke zu ignorieren. Wo war ihr Vater bloß? Dass sie gerufen worden war, hieß, dass er verletzt sein musste. Doch er hatte sicher nur ein paar Kratzer abbekommen. Einen Mann wie Roger Gallway bekam doch nichts und niemand klein …

Am Lastkran angekommen, sah sie, dass zahlreiche Männer damit beschäftigt waren, das schwere Gebilde zu heben. Es war auf die Straße gestürzt, hatte einige Kisten und ein kleines Holzhäuschen unter sich begraben. Schreie und Gewimmer waren zu vernehmen. Einige Frauen in der Menge weinten. Ein unangenehmer Geruch stieg langsam vom Boden auf.

Rose starrte den Kran an, als sei er ein Monstrum. Sie versagte sich, den Gedanken, der sie wie ein Tiger ansprang, zu Ende zu denken. Ihm ist nicht viel geschehen, versuchte sie sich einzureden. Sicher wird er bald wieder auf den Beinen sein.

So versunken wie sie in den Anblick des Krans war, bemerkte sie den Mann, der mit langen Schritten auf sie zukam, erst, als er direkt neben ihr stand.

Dr. Bruns, der ihrer Familie schon oft geholfen hatte, packte sie am Arm. Rose wurde übel, als sie das Blut an seinen Armen und den Ärmelaufschlägen sah.

»Kommen Sie bitte nicht näher, Rose«, sagte er, denn er kannte sie schon von Kindesbeinen an und hatte es nie über sich bringen können, Sie Mejuffrouw Gallway zu nennen.

»Ihr Vater ist mit ein paar Arbeitern unter dem Kran begraben worden.«

»Aber sie können ihn doch sicher retten!«, sprudelte es aus Rose heraus, während es in ihren Ohren rauschte und sie Mühe hatte, zu verstehen, was der Arzt sagte. »Sie können es doch, oder, Doktor?«

Bruns' ohnehin schon blasses Gesicht wurde noch eine Spur heller, als er beschämt den Kopf senkte.

»Sie haben Ihren Vater bereits geborgen. Leider konnte ich nichts mehr für ihn tun.«

Rose prallte entsetzt zurück. Ihr Mund öffnete sich, doch sie brachte keinen Schrei zustande. Nein, schrie alles in ihr. Das kann nicht sein! Das darf nicht sein!

»Ich will ihn sehen!«, presste sie schließlich hervor. »Vielleicht ist es ein Irrtum, vielleicht ist er es nicht …«

»Rose«, sagte der Arzt langgezogen, wie damals, als er sie dazu überreden musste, die Medikamente gegen das Fieber zu schlucken, das sie als Kind heimgesucht hatte. »Es tut mir leid, aber es gibt keinen Zweifel, dass es sich um Ihren Vater handelt. Und ich halte es für keine gute Idee, dass Sie ihn jetzt sehen.«

Der Nachdruck, mit dem er das sagte, ließ Roses Gegenwehr erlahmen. Ihr Verstand weigerte sich noch immer, das zu glauben – doch war Bruns ein Mann, der in solch einer Situation lügen würde?

»Gehen Sie am besten nach Hause zu Ihrer Mutter. Ich wollte jemanden schicken, aber es wäre wohl besser, wenn Sie sich selbst um sie kümmern.«

Rose nickte betäubt und wandte sich dann langsam um.

»Ich komme heute Abend noch einmal zu euch, bis dahin sollten wir hier fertig sein«, rief er ihr nach, doch sie hörte es nicht mehr. Betäubt und mit einem seltsamen Schwindelgefühl, das sie glauben ließ, über die Planken eines schwankenden Schiffes zu gehen, ging sie durch die Menschenmenge. Diesmal brauchte sie nicht zu bitten, durchgelassen zu werden, der Anblick ihres geschockten Gesichts ließ die Leute von allein zurückweichen. Hin und wieder berührte sie jemand am Arm, vermutlich Leute, die sie kannten, aber Rose achtete nicht auf Gesichter. Sie bemerkte es nicht einmal, als sie die Menschenmenge hinter sich gelassen hatte.

»Miss Gallway!«, rief eine helle Frauenstimme. Erst da blieb Rose stehen und blickte auf. Mai hatte sie eingeholt, wagte aber nicht, weiter als bis auf zwei Armlängen an sie heranzukommen.

»Geh ins Hotel, Mai«, hörte Rose sich sagen. »Ich brauche dich im Moment nicht.«

»Aber Miss Gallway, ich ...«

»Tu doch wenigstens einmal etwas ohne Widerspruch!«, zischte Rose und schloss genervt die Augen. Sie spürte, dass Tränen über ihre Wangen kullerten. Das Letzte, was sie jetzt gebrauchen konnte, war ein schwatzhaftes Mädchen, das nicht im Geringsten wusste, wie ihr zumute war.

Mai zuckte erschrocken zurück. »Ja, Miss, ich geh schon, Miss«, sagte sie und wirbelte herum. Rose blickte ihr nicht nach, sondern setzte den Weg zu ihrem Elternhaus fort.

Der Schmerz tobte in ihr und die Angst vor der Reaktion ihrer Mutter. Für einen Moment war sie versucht, sich einzureden, dass sich der Arzt geirrt hatte. Dass ihr Vater sie zu Hause erwartete und sie in den Arm nahm und beruhigte.

Als sie durch die Haustür trat, stürzte ihre Mutter ihr entgegen. Ihre Augen weiteten sich erschrocken, als sie den Gesichtsausdruck ihrer Tochter sah. »Was ist passiert?«, fragte sie, während sie sich an Roses Unterarme klammerte. Ihre

Hände waren feucht und kalt, und ihr Mund zitterte. Ahnte sie, was passiert war?

Rose brachte zunächst kein einziges Wort heraus. Du musst es ihr sagen, forderte sie sich selbst auf. Nun sag doch etwas! Doch ihr Mund wollte nicht gehorchen.

Erst nach einer ganzen Weile brachte sie es über sich, ein Wort zu sagen. »Vater ...«

Mehr sagte sie nicht. Nur »Vater«. Doch das reichte Adit bereits. Mit einem schrecklichen Klagelaut warf sie sich in die Arme ihrer Tochter, und beide brachen in Tränen aus.

Die folgenden Tage rauschten an Rose vorbei wie ein Fischschwarm an einer Wasseranemone. Sie erwachte am Morgen, stand auf, sah nach ihrer Mutter, die es nicht über sich brachte, das Bett zu verlassen oder gar das Tageslicht zu sehen. Hin und wieder kamen Leute vorbei, der Pastor, der Sargtischler, Nachbarn. Mit allen redete Rose, ohne sich später an das Gesagte erinnern zu können.

In ihrer Trauer um ihren Vater sehnte sie sich noch mehr nach Paul. Wann würde sie ihn wiedersehen? Wann sich in seine Arme schmiegen, sich von ihm trösten lassen können? Wann würde er ihr all den furchtbaren Schmerz nehmen können, der in ihr wütete?

Irgendwann war dann der Tag zu Ende, ohne dass sie etwas geschafft, ohne dass sie auch nur einmal nach ihrer Geige gegriffen hätte, die Mai ihr am ersten Tag nach dem Unglück gebracht hatte.

Rose hatte sich nie Gedanken darum gemacht, ob sie es über sich brächte, auf einer Beerdigung ein Requiem für einen geliebten Menschen zu spielen.

Doch da sie wusste, wie gern ihr Vater ihrem Spiel gelauscht hatte – letztlich hatte er sie auch deswegen gefördert, weil er Geigenmelodien liebte –, bat sie Carmichael, das Nötige zu arrangieren und die entsprechenden Noten zu bringen, damit sie üben konnte.

Das Requiem von Mozart hatte sie in ihrem Leben nur ein einziges Mal gespielt, und doch erinnerte sie sich an jede einzelne Note.

An ihres Vaters Grab musste sie dann alle Kraft zusammennehmen, um den Bogen auf die Saiten zu setzen. Ihre Hände zitterten, und die Vorstellung, dass sie ihren Vater nie wiedersehen würde, ließ ihre Knie weich werden und sie fast zusammenbrechen.

Doch als die ersten schwermütigen Klänge über dem Friedhof schwebten, wurde der Schmerz ein wenig erträglicher. Rose ließ sich mit der Melodie treiben und ignorierte die Tränen, die über ihre Wangen rannen. Die Seele ihres Vaters sollte mit schönen Klängen in den Himmel aufsteigen. Als sie ihr Spiel beendet hatte, trat sie mit hängendem Kopf zurück. Sie achtete nicht auf die Trauergäste, doch sie spürte, dass sie ergriffen waren. Auch der Pastor hatte zunächst keine Worte. Die Melodie echote noch einige Augenblicke nach, bevor die Beerdigung fortgesetzt wurde.

Als sie vom Friedhof zurückkehrten, waren Rose und ihre Mutter sehr still. Es war Adit unschicklich erschienen, einen Leichenschmaus zu veranstalten, also dankte sie den Anwesenden einfach nur und zog sich dann zurück.

Rose wusste nicht, ob die Leute wirklich Verständnis dafür hatten, aber in diesem Augenblick war es ihr auch egal. Immer wieder fragte sie sich, ob nicht ihre Vermessenheit, ihr eigenes Glück zu suchen, schuld an dem Ganzen war. Doch was hätte sie tun können, damit ihr Vater nicht von dem umstürzenden Kran erschlagen wurde? Sie war nicht unten am Hafen gewesen, sie hatte doch nicht ahnen können …

Die beiden Frauen setzten sich an den Küchentisch, und obwohl sie einander ansahen, waren sie beide weit weg mit ihren Gedanken. Rose wünschte sich in diesem Augenblick, dass Paul noch da wäre, dass sie die Gelegenheit hätte, mit ihm zu reden, sich an seine Brust zu lehnen. Doch ihr Liebster war weit fort, und sie saß hier, selbst dann noch, als die Dunkelheit über das Haus hereinbrach und der Lärm der Straße die Stille vertrieb.

Es folgten weitere Tage der Lethargie. Rose saß meist vor dem Fenster und versuchte, einer Melodie in ihrem Kopf nachzuspüren, die sie dann doch nicht zu fassen bekam.

Nachdem sich Carmichael zwei Wochen lang geduldig gezeigt hatte, erschien er Anfang der dritten Woche im Haus der Gallways. Als sie ihn vor der Tür stehen sah, hätte sich Rose am liebsten versteckt oder wäre zur Hintertür hinausgelaufen, doch sie wusste, dass das kindisch war. Und sie wusste auch, dass sie dem, was Carmichael fordern würde, nicht entkommen konnte. Die Tour sollte weitergehen, nach Indien und schließlich nach Australien. Rose hatte alle Daten im Kopf und wusste, dass er bereits drei Auftritte abgesagt hatte. Mehr ging nicht. Aber konnte sie einfach auf die Bühne steigen, als wäre nichts passiert? Konnte sie spielen?

Als Carmichael zum wiederholten Male klopfte, blickte sie auf ihre Hände. Sie schienen sich seit dem Requiem auf dem Friedhof nicht verändert zu haben, aber dennoch bezweifelte Rose, dass sie damit genauso spielen konnte wie vor dem Unglück. Die Musik kam nicht nur aus den Händen, sie kam aus der Seele, und diese war jetzt sogar zweifach verwundet. Sie konnte nicht einfach so tun, als sei nichts geschehen.

»Willst du nicht öffnen, Kind?«, fragte ihre Mutter plötzlich. Das hartnäckige Klopfen hatte sie aus dem Bett gelockt, bleich und elend stand sie in der Küche. »Ich weiß doch, du kannst nicht für immer hierbleiben. Das Leben ruft dich, Rose.«

»Und was ist mit dir?«, fragte Rose hilflos und in der Hoffnung, dass Carmichael kehrtmachen würde. Aber er blieb stehen und lauschte. Wahrscheinlich hatte er ihre Stimmen längst bemerkt.

»Ich komme schon zurecht, Rose. Es wird mir schwerfallen, und ich weiß nicht, wie ich ohne deinen Vater leben soll, aber stell dir vor, du wärst jetzt nicht zufällig hier, sondern am anderen Ende der Welt. Die Nachricht hätte dich womöglich erst Wochen später erreicht, und erst nach noch einmal so vielen Wochen wärst du hergekommen.«

»Aber ...«

»Nun geh schon und öffne, sonst schlägt er uns noch ein Loch in die Tür. Hör dir zumindest an, was er zu sagen hat, und dann entscheidest du.«

Rose nickte, und während ihre Mutter sich wieder in ihre Schlafkammer zurückzog, strich sie ihr Kleid glatt und ging zur Tür.

»Rose, Gott sei Dank!«, rief Carmichael aus, der sich sichtlich Sorgen gemacht hatte. »Ich dachte schon ...«

»Keine Sorge, niemand hier in diesem Haus ist ernsthaft krank oder selbstmordgefährdet«, entgegnete sie ihm rau und trat dann beiseite. »Komm rein, ich nehme an, du willst mit mir sprechen.«

Carmichael musterte sie aufmerksam, dann ging er an ihr vorbei.

»Wie geht es dir und deiner Mutter?«, fragte er, während er etwas ratlos in der Küche stand.

Rose verkniff sich eine zynische Antwort und sagte nur: »Den Umständen entsprechend.«

»Gut, gut ...«, entgegnete er und blickte dann ein wenig verlegen auf seine Schuhspitzen.

»Setz dich doch«, sagte Rose, während sie langsam zum Küchenbord ging. Hatte sich ihr Körper immer schon so schwer angefühlt? Während der vergangenen Tage hatte sie nicht darauf geachtet, doch Carmichaels Besuch schien sie in die Wirklichkeit zurückgeholt zu haben. »Du kommst sicher, um mir zu sagen, dass ich mich für die Tournee vorbereiten soll.«

Carmichael blickte sie zunächst überrascht, dann scheinbar erleichtert an, weil sie es ihm abgenommen hatte, das Thema zur Sprache zu bringen. »Du weißt, wir hängen unserem Zeitplan hinterher. In deiner Situation ist das natürlich verständlich, und niemand versteht das besser als ich, denn auch ich habe meinen Vater bei einem Unfall verloren. Aber die Veranstalter werden nicht ewig warten. Und wenn wir ein ganzes Land enttäuschen, wird das deinem Ruf schaden.«

Das wusste Rose, doch ihre Zweifel waren stärker als ihre Angst vor dem Verlust ihres Rufes. Allerdings kam ihr jetzt nicht zum ersten Mal in den Sinn, dass sie ab sofort für ihre Mutter sorgen musste – vor allem finanziell, denn ob ihr der Besitzer des umgestürzten Krans eine Rente oder Abfindung zahlen konnte, war fraglich.

»Wann wäre denn der nächste machbare Termin?«, fragte sie also, worauf Carmichael sie so überrascht anschaute, als hätte er eine gegenteilige Antwort erwartet.

»Ähm ... soweit ich weiß ... Delhi ... genau, Delhi ... am Siebzehnten.«

Natürlich hatte Rose diesen Termin bereits im Kopf gehabt. Es war nicht das erste Mal, dass sie in Indien auftrat. In Delhi war sie kurz nach ihrem ersten großen Konzertauftritt gewesen, auf Einladung eines Earls, der sie in London gesehen hatte. Die farbenfrohe Stadt mit ihren wunderbaren Palästen hatte sie fasziniert. Vielleicht würde es ihr ein wenig Ablenkung bringen, dort aufzutreten.

»In Ordnung, wir reisen nach Delhi«, beschied sie schließlich, wenngleich sie immer noch nicht wusste, wie sie ihr ursprüngliches Repertoire wieder aufnehmen sollte. »Lass alles packen und gib mir Bescheid, wann wir abreisen. Ich bleibe solange noch bei meiner Mutter, sie braucht mich.«

Carmichael nickte und erhob sich dann. »Sag ihr mein Beileid, ja?«

Rose nickte und begleitete ihn zur Tür.

Als er fort war, betrat Rose das Schlafzimmer ihrer Eltern. Ihre Mutter hatte sich wider Erwarten nicht hingelegt, sondern saß auf dem Korbstuhl vor dem Fenster, aus dem sie zwischen den beiden Häusern gegenüber aufs Meer schauen konnte.

»Du wirst wieder auf Tournee gehen, nicht wahr?«, fragte sie, ohne sich umzusehen.

»Ja, Mutter. Und das tue ich nicht, weil mir die Musik wichtiger ist als du, ich tue es, um dich versorgen zu können.«

Ihre Mutter, die zweifellos das Gespräch mit angehört hatte, sagte darauf zunächst nichts.

»Und selbst wenn du die Musik mir vorziehen würdest, wäre ich dir nicht böse«, sagte sie dann und erhob sich so schwer, als würden nicht nur fünfundvierzig, sondern fünfundachtzig Jahre an ihrem Leib zerren.

»Aber Mutter, ich ...«

»Ist schon gut, meine Kleine. Du warst der ganze Stolz deines Vaters, und es wäre eine Schande, wenn du hierbleiben und zusehen würdest, wie dein Ruhm vergeht. Geh ruhig wieder auf Tournee, spiele, und spiele gut für deinen Vater,

denn der wird dir wahrscheinlich vom Himmel aus zusehen.«
Sie kam ganz dicht an Rose heran und nahm ihr Gesicht zwischen ihre Hände. »Du bist etwas ganz Besonderes, Rose. Versprich mir, dass du immer gut auf dich achtgeben wirst, denn in dir und deinen Kindern lebt dein Vater weiter.«

»Mir wird schon nichts geschehen, keine Sorge«, entgegnete Rose tapfer. »Ich bin doch bisher auch immer gut durchs Leben gekommen.«

»Das bist du. Aber jetzt, wo ich nur noch dich habe, sieh dich besonders vor, ja?«

Diese Bitte erschien Rose ein wenig merkwürdig, doch sie nickte, nahm die Hände ihrer Mutter und führte sie sich an die Stirn.

»Meinst du, dass die alte Frau …«, begann Rose zögerlich, als sie sich wieder aufgerichtet hatte. »Meinst du, dass sie uns verflucht hat, nachdem du dich geweigert hast …«

Adit schüttelte den Kopf. »Nein, mein Kind, es liegt nicht in der Macht dieser Frau, uns zu verfluchen. Wenn das so wäre, wenn es meine Schuld wäre, dass dein Vater tot ist, so hätte ich meinem Leben sofort ein Ende bereitet. Wahrscheinlich wollte mich das Schicksal mit dem Auftauchen dieser Frau warnen. Aber eine andere Entscheidung hätte deinen Vater nicht retten können. Es gibt Dinge, die sind im Leben vorherbestimmt. Ich soll offenbar das Erbe meines Volkes antreten. Eines Tages wirst du diejenige sein, die vor diese Wahl gestellt wird. Solange ich lebe, werde ich verhindern, dass sie zu dir kommen, doch wenn ich tot bin, bist du die nächste Stammmutter. Und dann musst du entscheiden, was für dich wichtig ist.«

Rose blickte sie nachdenklich an. Eigentlich hatte sie bereits eine Entscheidung getroffen. Sobald Paul zurückkehrte, würde sie mit ihm gehen. Doch das wollte sie ihrer Mutter noch nicht sagen, nicht jetzt, wo sie ihren Mann verloren hatte. »Das werde ich«, sagte sie nur, nahm erneut die Hände ihrer Mutter, und während sie sie an ihre Wangen führte, schickte sie den stillen Wunsch in die Ferne, Paul möge bald wiederkommen.

18

LONDON 2011

Aufgeregt rutschte Lilly auf dem Sofa herum. Sie fühlte sich, als würde gleich ein Dynamitlager unter ihrem Hintern explodieren.

Fast bereute sie es nun ein bisschen, Ellens Vorschlag zugestimmt zu haben. Auf den ersten Blick war es eine tolle Idee, aber nun fürchtete sie, dass Ellen mitbekommen konnte, was für eine Verwirrung Gabriel in ihr anrichtete. Dass sie sich wie ein Schulmädchen benahm, war ein deutliches Indiz dafür.

Ellen grinste sie an. »Du scheinst dich ja sehr auf Gabriel zu freuen.«

»Ich?« Ertappt erstarrte Lilly.

»Du hibbelst auf dem Sofa herum, als hättest du Hummeln im Hintern. So aufgeregt habe ich dich das letzte Mal gesehen, als Markus Hansen dich zum Abi-Ball abholen wollte.«

»Das ist doch Unsinn!«, entgegnete Lilly. Wenn sie ehrlich war, fühlte sie sich so aufgeregt wie an dem Tag, als Peter und sie sich zum ersten Mal verabredet hatten. Da im Vorfeld dieses Dates absolutes Chaos geherrscht hatte, hatte Ellen allerdings nichts von ihrer wirklich großen Aufregung mitbekommen. Das war jetzt anders.

»Ich bin nur gespannt, was er gefunden hat.«

»Ja, wahrscheinlich hat er herausgefunden, welches Parfüm Rose Gallway immer benutzt hat.«

»Nun sei nicht gemein!« Lilly knuffte Ellen kurz in die Seite.

»Das bin ich doch gar nicht. Ich glaube nur, dass wir ihm wesentlich mehr zu berichten haben als er uns.«

»Warten wir es doch mal ab!«

Motorengeräusch beendete ihre Diskussion.

»Das ist er!« Lilly sprang vom Sofa auf und wollte schon zur Tür laufen, doch Ellen hielt sie zurück.

»Warte doch, lass ihn erst einmal aussteigen!«

Lilly blieb stehen, strich ihr Kleid am Körper glatt und trampelte auf der Stelle herum. »Na, eigentlich solltest du doch die Tür öffnen, oder? Immerhin bist du die Hausherrin.«

»Das schon, aber er kommt wegen dir. Lass uns beide gehen, immerhin sind wir ein Team!«

Als es klingelte, musste sich Lilly zwingen, nicht zur Tür zu rennen. Gemächlich, als erwarteten sie lediglich irgendeinen Bekannten, gingen sie zum Eingang, und Lilly überließ Ellen das Öffnen.

»Guten Abend, Mr Thornton, ich freue mich, dass Sie hergefunden haben.«

Thornton lächelte beide breit an. »War ehrlich gesagt nicht ganz einfach, aber es ist mir gelungen.« Damit reichte er beiden einen kleinen Blumenstrauß. »Nur ein kleines Dankeschön dafür, dass ich Ihnen heute Abend die Zeit stehlen darf.«

»Kommen Sie doch rein, Mr Thornton.«

Gabriel zwinkerte Lilly kurz zu, und sie lächelte ihn breit an, dann wurde er auch schon ins Wohnzimmer geführt.

Ellen hatte alles akribisch vorbereitet. Als Aperitif hatte sie kleine Häppchen und einen alkoholfreien Cocktail bereitgestellt, in der Küche wartete Pasta Milanese mit dem obligatorischen Kalbsschnitzel – sie hatten sich angesichts ihrer Rückkehr aus Cremona darauf geeinigt, etwas Italienisches aufzutischen – und ein herrliches Tiramisu, dessen Rezept sich Lilly sogleich gesichert hatte.

Jessi und Norma waren nicht dabei, sie hatten eine Pizza bekommen, die sie ausnahmsweise auf ihren Zimmern essen durften, was sie ziemlich begeistert taten. Die Musik, die sie sich dabei anhörten, war nicht überlaut, aber dennoch auch im Wohnzimmer zu vernehmen, doch das störte Ellen nicht.

Dean hatte leider nicht rechtzeitig zu Hause sein können, die Baustelle nahm ihn noch immer voll in Anspruch. Aber er hatte versprochen, später dazuzustoßen, allein schon, weil er wissen wollte, was Gabriel von dem vermeintlichen Code im Notenblatt hielt.

Beim Essen trugen Ellen und Lilly ihrem Gast abwechselnd vor, was sie in Erfahrung gebracht hatten. Gabriel lauschte gespannt und betrachtete interessiert die Kopien der Zeitungsartikel.

»Da sind Sie wirklich auf Gold gestoßen«, sagte er, während er die Kopie zur Hand nahm, auf der die junge Rose neben Mrs Faraday zu sehen war. »Dieses Foto kenne ich nicht, ebenso ist es mit den anderen Artikeln. Wahrscheinlich hatte Mrs Faraday sich eine Ausgabe der Zeitungen zuschicken lassen, doch der Krieg hat viel vernichtet. Außerdem wurden wegen der Bombenangriffe einige Kisten mit Material in Sicherheit gebracht. Material, das nach dem Krieg nicht mehr aufgetaucht ist. Wir können davon ausgehen, dass es ebenfalls vernichtet wurde – oder auf irgendeinem Dachboden vor sich hin schimmelt.«

»Und was ist nun mit Rose?«, platzte Lilly heraus. »Sie haben uns doch eine Neuigkeit versprochen.«

Gabriel lächelte breit und hob die Hände. »Schon gut, ich ergebe mich ja, Sie brauchen keine Folterinstrumente anzuwenden.«

»Hatten wir auch nicht vor«, gab Ellen zurück. »Aber Ihre Chancen auf den Nachtisch haben sich soeben deutlich verbessert.«

»Nach diesem wunderbaren Hauptgang kann es ja eigentlich nicht noch besser kommen, aber da ich neugierig bin, freut mich das natürlich sehr.« Er setzte sich ein wenig zurecht, tat, als müsse er in seiner Erinnerung kramen, und dann begann er: »Bevor Sie nach Cremona gefahren sind, habe ich noch einmal unser Archiv intensiv untersucht, dort allerdings nicht viel Neues gefunden. Rose Gallway ist, wie Sie wissen, in unserem Haus eine Person von besonderem Interesse. Die Informationen, die über sie vorhanden sind, wurden bereits von meinen Vorgängern gesammelt und archiviert. Aber dabei haben sie eine Sache übersehen. Vielleicht kam es ihnen nicht so wichtig vor, doch beim Durchsehen der Akten traf es mich regelrecht wie ein Blitzschlag.«

»Und was haben Sie gefunden?«

»Zu unserer Music School gehörte von jeher auch ein Internat, in dem die Zöglinge, die nicht aus London stammten, untergebracht waren. Es heißt, dass Mrs Faraday zu einer bestimmten Zeit im Jahr in der Weltgeschichte herumreiste und überall dort junge Talente besichtigte, die ihr von Musiklehrerinnen empfohlen wurden. Das Internat wurde von einer gewissen Miss Patrick geführt, über die außer den Lebensdaten kaum etwas bekannt ist. Aber: Sie sammelte akribisch Daten und Unterlagen ihrer Schützlinge. Von dem Augenblick an, an dem Mrs Faraday sich entschieden hatte, ein Mädchen bei sich aufzunehmen, trat Miss Patrick auf den Plan und legte einen Eintrag in ihrem Hausbuch an.

Diese Hausbücher – für jeden Jahrgang gab es eines – enthielten Berichte über die Führung der Schüler, wobei nur bei groben Verstößen Namen genannt wurden. Aber auch

Listen von Dingen, die angeschafft wurden – und Herkunftsdaten. Sobald eine neue Schülerin eingetroffen war, schrieb sie alles, was sie über das jeweilige Mädchen wusste, nieder. Rose musste ihr ziemlich ausführlich berichtet haben, denn es steht sehr viel auf ihrer Seite.«

»Und warum haben Ihre Vorgänger das nicht beachtet?«, fragte Ellen, nachdem sie einen Schluck Wein getrunken hatte.

»Weil sie glaubten, diese Bücher seien nichts anderes als Jahrbücher voller Kostenaufrechnungen und erbaulichen Geschichten, die Miss Patrick tatsächlich dort niedergeschrieben hat. Dabei entging ihnen nicht nur, dass diese erbaulichen Geschichten größtenteils von den Mädchen selbst stammten, sie bemerkten auch nicht die fein gestalteten Datenblätter zwischen all den anderen Dingen.«

»Dann spannen Sie uns nicht länger auf die Folter, was haben Sie gefunden?«

Gabriel zog einen kleinen Briefumschlag aus der Tasche, in der, wie Lilly vermutete, wieder ein paar Kopien steckten. Diese zog er allerdings nicht hervor, sondern antwortete: »Dass Rose Gallway aus Sumatra stammte, wussten wir bereits, auch kannten wir ihr Geburtsdatum, den 9. Mai 1880. Doch schon bei ihren Eltern erwartet uns eine kleine Sensation.« Jetzt zog er doch eine der Kopien aus dem Umschlag. »Ihre Mutter trug den Vornamen Adit und stammte aus dem Dorf Magek – während ihr Vater Engländer war.«

»Was man ihr aber gar nicht so richtig ansieht«, entgegnete Lilly nickend. »Sie wirkt eher ein bisschen wie eine Italienerin oder Spanierin.«

»Die Augen sind ein bisschen exotisch«, setzte Ellen hinzu und tippte auf die Kopie mit der noch sehr jungen Rose. »Das sieht man besonders auf diesem Bild.«

Gabriel nickte. »Da haben Sie recht, aber der Einschlag ist

recht gering, auch Europäerinnen haben manchmal Katzenaugen und tiefschwarzes Haar. Die Fotos verraten nicht einmal ansatzweise, dass ihre Mutter eine Minangkabau war, deren Stamm im Herzen der Insel ansässig war.«

Lilly zog die Augenbrauen hoch. Ellen stellte ihren Espresso weg.

»Und was sind diese Minangkabau?«, fragte Lilly, denn diesen Begriff hörte sie zum ersten Mal.

»Ein Volksstamm auf Sumatra, bei dem das sogenannte *Adat* herrscht, eine Gesellschaftsordnung, in der die Frauen das Sagen haben.«

»Also ein Matriarchat«, stellte Ellen fest, worauf Gabriel nickte.

»So ist es. Natürlich herrscht dort der Islam, das Studium des Korans ist den Männern vorbehalten, doch Grundbesitz wird in weiblicher Linie vererbt. Jede Familie hat eine sogenannte Stammmutter, diese wird von allen Nachkommen verehrt. Die jeweils erste Tochter ist dazu ausersehen, den Stamm weiterzuführen, während ihre Schwestern ihrerseits dafür sorgen, dass sich die Familie vergrößert oder ein neuer Stamm entsteht.« Er faltete das Blatt auseinander und reichte es Lilly. Dabei streifte er absichtlich ihre Hand.

Wie weich sich die Haut und wie kräftig sich die Finger anfühlten! Es war die Hand eines Musikers, aber auch die Hand eines Mannes, der anpacken konnte.

Verwirrt richtete Lilly den Blick auf die Kopie. Etwas über die Minangkabau stand dort nicht, aber Rose musste mit einigem Stolz berichtet haben, dass ihre Mutter diesem Volk angehörte. Und noch mehr stand dort. Dass sie in Padang gewohnt hatten und dass Rose dort zur Schule gegangen war, wo sie ihrer niederländischen Musiklehrerin auffiel und diese durchsetzte, dass sie Geigenunterricht bekam.

»Lassen Sie mich raten!«, warf Ellen inzwischen ein. »Roses Mutter war Hausangestellte bei einem Engländer, und dieser hat sie geschwängert.«

Gabriel lachte kurz auf. »Mrs Morris, woher haben Sie denn nur diese schlechte Meinung über Männer des 19. Jahrhunderts?«

»Na, ist das denn nicht das gängige Klischee? Wo auch immer englische Kolonialherren Personal unter den Einheimischen genommen haben, setzten sie auch Kinder mit einigen der Frauen in die Welt.«

Gabriel wirkte noch immer amüsiert. »Ja, das mag das gängige Klischee sein, angefeuert von Buch und Film, und sicher hat es solche Fälle gegeben. Doch hier sieht es etwas anders aus.«

Gabriel verstummte, sah abwechselnd zu Ellen und Lilly, bis sein Blick bei der Antiquitätenhändlerin hängenblieb. Lillys Wangen glühten vor Aufregung, und in ihrem Magen kribbelte es.

»Tatsächlich ist es so, dass Rose Gallway eine moralisch unbedenkliche Herkunft hat. Ihr Vater war der Hafenmeister von Padang, ein Engländer, und er hatte Adit ordnungsgemäß geheiratet. Das Erstaunliche daran ist, dass sie bei ihrem Mann gelebt hat. Ich habe mich ein wenig schlaugemacht über die Minangkabau. Bei denen ist es eigentlich üblich, dass die Frauen im Haus ihrer Mutter bleiben und dass sie mit ihren Männern, die in ihren Augen zur Familie ihrer eigenen Mutter gehören, eine Art Besuchsehe führen. Die Kinder, die geboren werden, gehören zu ihrer Familie, nicht zu seiner.«

»Also hat Roses Mutter mit der Tradition gebrochen.«

»Könnte man so sagen. Allerdings heißt das nicht, dass das so geblieben ist. Die Minangkabau sind sehr traditionsbewusst, vielleicht hat sie sich doch wieder zurückbesonnen auf ihr Volk. Ich glaube, das ist der Punkt, an dem wir ansetzen können. Schließlich verlor sich die Spur von Rose auf Sumatra. Nachdem ihre Karriere bereits im Niedergang begriffen war, reiste sie dorthin, ohne jemandem zu erklären, was sie dort wollte. Ich gehe davon aus, dass der Besuch ihren Eltern galt. Vielleicht gibt es in Padang und Magek Spuren von ihr und ihrer Familie. Da Grundbesitz in mütterlicher Linie vererbt wird, sollte ihr Name bekannt sein – auch wenn es keine Kirchenbücher gibt, haben die Minangkabau vielleicht auch Aufzeichnungen über ihre Ahnen. Oder zumindest mündliche Überlieferungen.«

»Dann wird uns nichts anderes übrigbleiben, als nach Indonesien zu reisen«, bemerkte Ellen, allerdings konnte man ihr ansehen, dass sie das nicht ernsthaft in Erwägung zog.

»Das wäre eine Möglichkeit«, stimmte Gabriel zu. »Die andere wäre, Unterlagen von dort anzufordern. Es gibt in Indonesien auch sehr gute Musikschulen, von denen ich vielleicht Hilfe bekommen kann.«

Lilly saß da wie versteinert. Sie spürte, dass es nicht reichen würde, Kontakte nach Indonesien zu knüpfen. Sie musste Roses Wege nachvollziehen. Sie musste nach Sumatra!

»Also, für diese Geschichte habe ich doch mindestens eine Portion Nachtisch verdient, oder was meinen die Damen?«

Etwas später, nachdem sie den Nachtisch verdrückt und es sich auf der Sitzgruppe vor dem Kamin gemütlich gemacht hatten, nahmen sie das Gespräch über die Rosengeige und ihre Besitzerinnen wieder auf.

»Haben Sie denn auch etwas Neues über Helen Carter?«, fragte Lilly und verdrängte ihr Grübeln darüber, wie sie nach Indonesien kommen sollte.

»Natürlich habe ich in den Hausbüchern auch nach ihr geschaut, aber die gute Miss Patrick war mittlerweile verstorben, und ihre Nachfolgerin führte die Bücher weit weniger akribisch. Noch immer wurden die Neuzugänge vermerkt, doch der Eintrag über Helen brachte nicht viel Neues. Ihre Eltern sind James und Ivy Carter aus Padang, geboren wurde sie am 12. Dezember 1902, und die alte Mrs Faraday, die tatsächlich mit ihren dreiundachtzig Jahren immer noch umherreiste, um junge Talente zu begutachten, wurde auf sie aufmerksam, weil die Leute ihr von dem Wunderkind vorschwärmten. Das meiste Können soll Helen nämlich autodidaktisch erworben haben, wie es bei so einigen Musikgenies der Fall war. Nach dem Erdbeben im Jahr 1910 taucht ihr Name ziemlich häufig auf, und schließlich wurde sie von Mrs Faraday besucht. Wahrscheinlich bekam sie das Angebot unterbreitet, bei ihr zu lernen, denn im Jahr 1911 trat Helen Carter als eine der jüngsten Schülerinnen in das Konservatorium ein. Mrs Faraday bemühte sich in den ersten Jahren noch persönlich um sie, musste den Unterricht aber drei Jahre später ihren Lehrerinnen überlassen, denn sie erlitt einen Schlaganfall. Dennoch kümmerte sie sich bis zu ihrem Tod im Jahr 1916 um Helen und machte aus ihr den Star, der sie in den Jahren 1919/1920, den beginnenden Golden Twenties, war.«

»Und dann kam der Unfall.«

»Ja, dann kam der Unfall, genau genommen ein Verkehrsunfall, sie wurde von einem Autobus angefahren, und die Welt war um einen Stern ärmer. Helen überlebte zwar, spielte aber nie wieder, weil ihre linke Hand verstümmelt war.«

»Das muss furchtbar gewesen sein«, raunte Ellen, während sie auf ihre eigenen Hände blickte. »Wenn man mit ganzer Leidenschaft dabei ist ... Ich habe mir als Kind manchmal gewünscht, dass meinen Händen etwas passiert. Nach anfänglicher Begeisterung über das Geigenspiel verlor ich das Interesse daran, aber meine Eltern bestanden darauf, dass ich weitermache. Ihnen zuliebe habe ich das getan, aber Lilly kann Ihnen bestätigen, wie sehr mich das genervt hat.«

»O ja!«, setzte Lilly hinzu, dann fuhr Ellen fort.

»Allerdings kann ich mir auch vorstellen, wie es wäre, wenn ich mit vollem Herzblut dabeigeblieben wäre. Eine Verletzung zu erleiden, die es mir unmöglich macht, meiner Berufung nachzugehen, muss ganz furchtbar sein. Eigentlich vergleichbar damit, dass mein Institut abbrennt.«

»Wogegen man sich heutzutage versichern kann«, gab Gabriel beipflichtend zurück. »Ich kenne sehr viele Profimusiker, die sich ihre Hände ziemlich hoch versichern lassen – höher noch als ihr Leben. Doch damals hat es so was noch nicht gegeben. Und ich glaube nicht, dass man einen Herzblutmusiker mit Geld darüber hinwegtrösten könnte, dass er die Fähigkeit zu spielen verliert. Die finanzielle Sicherheit ist zwar gewährleistet, aber was ist das schon gegen Leidenschaft?«

»Hat Helen vielleicht deshalb geheiratet, weil sie keine andere Wahl hatte und sonst ruiniert gewesen wäre?«

»Nein, das glaube ich nicht, sie wird ihren Mann nach dem Herzen gewählt haben. Es deutet jedenfalls nichts darauf hin, dass sie ein finanzielles Interesse hatte.«

»Immerhin hat sie dann noch die Liebe bekommen«, raunte Ellen gedankenvoll, dann verlor sich ihr Blick wieder in der Ferne.

Für einige Minuten schweigen sie, jeder in seine eigenen Gedanken versunken.

»Übrigens hatten Sie mir noch versprochen, dass ich einmal auf Ihrer Geige spielen darf«, wandte sich Gabriel schließlich an Lilly. »Habe ich mich durch meine Geschichten qualifiziert, sie in der Hand halten zu dürfen?«

Lilly errötete. Eigentlich hätte sie ihm die Geige gleich zeigen sollen, wie unhöflich von ihr!

»Aber natürlich, ich hole sie.«

Während sie aufsprang, spürte sie Gabriels Blick zwischen ihren Schulterblättern. Mit dem Geigenkasten wieder zurück, hob sie das Instrument vorsichtig aus dem roten Futter und reichte es Gabriel. Dieser drehte es vorsichtig und voller Ehrfurcht herum, betrachtete kurz die Rose und wandte sich dann wieder der Vorderseite zu.

»Die Geige von Rose Gallway. Ich hätte nicht geglaubt, sie jemals in den Händen halten zu dürfen, aber manchmal geschehen noch Wunder.«

»Und Sie wissen wirklich nicht, wie die Geige in die Hand der kleinen Helen Carter gelangt ist, wo sie doch Rose Gallway gehört hat?«, fragte Ellen nachdenklich.

»Wir vermuten, dass Rose die Geige versetzt oder verkauft hat. Oder dass sie ihr gestohlen wurde. Wenn Rose Opfer eines Verbrechens wurde, ist Letzteres wahrscheinlich und würde auch ihr Verschwinden erklären.«

»Aber gab es denn niemanden, der auf sie achtgegeben hat? Musiker hatten doch damals schon so was wie Manager oder Agenten.«

»Das stimmt, und im Fall von Rose wissen wir sogar, wer dieser Agent war. Sein Name war Sean Carmichael, ein ziemlich umtriebiger Bursche, der früh das Potential von Rose erkannt hat. Leider hat ihn ihr Niedergang ziemlich hart erwischt, möglicherweise hat er sie auch fallen gelassen. Auch das ist immer noch Gegenstand unserer Forschung, und da Sie diesen Gedanken aufgebracht haben, werde ich ihm als Nächstes nachgehen.«

Damit legte er sich die Geige unters Kinn. Lilly wollte schon fragen, ob er Lust hätte, den »Mondscheingarten« zu spielen, doch da begann er auch schon. Überrascht stellte sie fest, dass es sich um das Stück handelte. Offenbar hatte er es auswendig gelernt.

Überwältigt schloss sie die Augen und versuchte, sich einen Garten vorzustellen. Einen Garten mit wilden Blumen, Bäumen, von denen lange Blattgirlanden herabhingen, dichtem Gestrüpp, in dem sich kleine Tiere verbargen. Darüber einen Mond, der alle Farben verblassen ließ, dem Ort aber dennoch nichts von seiner Schönheit nahm.

Diese Vision hielt einige Minuten an, dann beendete Gabriel das Stück. Langsam nahm er den Bogen herunter und betrachtete dann beeindruckt die Geige.

»Kein Wunder, dass man meinte, Helen Carter sei eine Enkelin von Paganini. Wenn ich mit meinen bescheidenen Fähigkeiten die Geige so zum Klingen bringen kann, wie war es dann bei einem Genie wie ihr? Oder bei Rose Gallway, deren Talente beinahe noch ein bisschen größer waren?«

Bevor Lilly protestieren konnte, fuhr ein Wagen vor. Wenig später erschien Dean im Wohnzimmer.

»Entschuldigt bitte, dass ich so spät komme«, sagte er seufzend. »Diese Baustelle macht mich geradezu wahnsinnig.«

»Dean, das ist Mr Thornton«, stellte Ellen ihren Gast vor. »Und ich glaube, es sind noch ein paar Geschichten für dich übrig.«

Erst weit nach Mitternacht verabschiedete sich Gabriel und folgte Lilly nach draußen.

»Es war wirklich ein schöner Abend«, begann er dann mit einem schüchternen Lächeln, während er die Hände in den

Hosentaschen vergrub. »Ihre Freundin und deren Mann sind sehr nett.«

»Es sind wunderbare Menschen. Ich verdanke ihnen sehr viel. Sie waren immer für mich da, besonders nach dem Tod meines Mannes.«

Gabriel schien sich zu erinnern. »Ja, davon haben Sie mir im Flugzeug erzählt. Es ist gut, dass man sich auf Menschen verlassen kann. Ich hätte mir gewünscht, dass ich auch auf so gute Freunde hätte zurückgreifen können nach der Trennung von Diana.«

»Ihrer Frau.«

Gabriel nickte, und für einen Moment wirkte er so verletzlich, dass sie ihn am liebsten in ihre Arme gezogen hätte. Doch Lilly hielt sich zurück. Sie spürte, dass er sie mochte, doch das gab ihr noch lange nicht das Recht, ihm um den Hals zu fallen.

»Das tut mir leid«, sagte sie dann, weil ihr nichts Besseres einfiel.

»Das muss es nicht. Diana und ich waren nicht füreinander geschaffen, ganz einfach. Und ich hatte so sehr meinen Job im Kopf, dass ich meine Freundschaften vernachlässigt habe. Das hat sich gerächt. Aber Fehler macht man im Leben, um daraus zu lernen, nicht wahr?«

Er lächelte sie an, dann zog er etwas aus seiner Tasche.

»Hier habe ich noch etwas für Sie.«

Lilly erkannte, dass es die zweite Kopie war, die er vorhin nicht aus dem Umschlag genommen hatte. Es handelte sich um die Niederschrift eines Märchens, das mit »Die Vergessene« betitelt war.

»Diese Geschichte muss unsere gute Miss Patrick von Rose aufgeschnappt haben. Es ist ein recht bekanntes indonesisches Märchen, soweit ich weiß, taucht es in einigen Sammlungen auf. Es gibt uns leider keinen Hinweis darauf, ob Rose den ›Mondscheingarten‹ komponiert hat, aber es zeigt, welche Einflüsse Rose während ihrer Kinderzeit hatte. Ich habe gelesen, dass die Märchen bei den Schattenspielen auf Indonesien vorgeführt werden, vielleicht hat sie ja selbst Vorstellungen besucht …«

»Möglicherweise. Danke.«

»Keine Ursache. Wie immer gilt, wenn ich noch mehr finde, lasse ich es Ihnen zukommen.«

»Wann sehen wir uns wieder?«

Gabriel lächelte breit. »Sie schulden mir noch ein Abendessen, nicht wahr? Das hier war ja sehr nett, aber ich sehe das eher als Arbeitsessen.«

»Und das Abendessen, das Sie sich vorstellen?«

»Sollte einen etwas privateren Charakter haben, finden Sie nicht?«

Lilly wurde rot. Wann war sie das letzte Mal privat mit einem Mann ausgegangen?

»Ich hoffe, ich habe Sie damit nicht erschreckt«, setzte Gabriel hinzu, als er ihr Zögern bemerkte.

»Nein, keineswegs. Und … Sie haben recht, vielleicht sollten wir …«

»Nur, wenn Sie es wirklich wollen. Sie sollen wissen, dass ich Ihnen nicht helfe, weil ich mit Ihnen ausgehen will. Meine Hilfe bekommen Sie so oder so, aber ich dachte …«

»Am Freitag«, platzte es aus Lilly heraus. »Haben Sie da Zeit?«

Gabriel zog überrascht die Augenbrauen hoch. »Ja sicher. Und wenn ich wider Erwarten doch einen Termin habe, sage ich ihn ab. Sie sind anscheinend doch eine Schnellentschlossene, oder?«

»Nun ja, ich weiß nicht, wie lange ich noch hierbleibe. Und wer weiß, vielleicht …«

»… gefällt es uns dermaßen, dass wir es wiederholen wollen.«

»Das wäre doch möglich, oder?«

»Das wäre möglich.« Gabriel sah sie eindringlich an, dann beugte er sich vor und gab ihr einen Kuss auf die Wange. »Gute Nacht, Lilly.«

»Gute Nacht, Gabriel. Kommen Sie gut heim.«

»Keine Sorge, ich will mir doch das Abendessen nicht entgehen lassen.«

Damit ging er zu seinem Wagen, winkte noch einmal und stieg ein.

19

PADANG 1910

Helen liebte es, sich zu verstecken. Wenn sie unter den dichten Büschen hinterm Haus saß und sicher war, dass niemand sie finden konnte, dachte sie sich die wildesten Geschichten aus. Von Prinzen und Rajahs, von Dämonen und wunderschönen Prinzessinnen. Manchmal versteckte sie sich vor ihrer Mutter, manchmal auch vor Miss Hadeland, ihrer holländischen Musiklehrerin.

»Helen!«, tönte die Stimme ihrer Mutter vom Haus her, doch das Mädchen hörte sie nicht. Sie lief weiter ums Haus herum, in Richtung Gartentor, dorthin, wo dichtes Gebüsch die Sicht auf die Straße versperrte.

An einer bestimmten Stelle hatten die Äste eine Art schützende Kuppel gebildet, unter der Helen sich wunderbar verstecken konnte.

Normalerweise war sie hier ganz allein – bis ihre Mutter sie fand natürlich –, doch diesmal erblickte sie vor dem hohen Gartentor eine schlanke, dunkelhaarige Frau, die ein hübsches dunkelblaues Kleid trug. Suchend blickte diese den Weg hinauf, als erwarte sie jemanden. Offenbar hatte sie Helen noch nicht bemerkt. Das Mädchen überlegte. Sollte sie die Frau ansprechen? Ihre Mutter sah es nicht gern, wenn sie mit Fremden redete. Doch galt das auch für jemanden, der eigentlich ganz harmlos aussah? Schließlich fasste sie sich ein Herz und trat hinter dem hohen steinernen Pfosten hervor.

»Hallo«, sagte sie zu der Frau, die daraufhin ein wenig zurückschrak. Mit großen Augen sah sie Helen an. Aber seit wann erschreckte ein kleines Mädchen eine große Frau?

»Wer bist du denn?«, fragte Helen und lächelte in der Hoffnung, dass die Fremde dann weniger entsetzt dreinschauen würde.

»Ich …«, sagte die Frau und wirkte immer noch, als hätte sie Angst.

»Du hast doch bestimmt einen Namen, oder?«, beharrte Helen und überlegte, ob sie die Frau nicht hereinbitten sollte. Die Köchin hatte jetzt sicher schon die Scones fertig, die es immer zum Nachmittagstee gab. Mit Sahne waren sie einfach köstlich und würden sicher auch der Frau schmecken.

»Ja, ich habe einen Namen«, sagte die Frau, jetzt schon ein bisschen mutiger. Sie hockte sich vor Helen, und diese erkannte nun, dass Tränen in ihren Augen standen.

»Warum weinst du denn?«, fragte Helen und streckte die Hand nach der Frau aus. Wie hübsch sie doch aussah. Noch nie hatte sie eine Frau gesehen, die so schön war. Nicht einmal ihre Mama war so schön.

»Ich weine, weil ich so froh bin, dich zu sehen«, sagte die Frau und schloss die Augen, als das Mädchen ihre Wange berührte. Helen spürte deutlich, wie die Frau zu zittern begann, eine Träne rann über ihre Fingerspitzen.

»Aber wenn du froh bist, musst du doch nicht weinen!« Helen zog ihre Hand zurück und betrachtete staunend die Träne, die wie ein Tautropfen aussah.

»Manchmal weinen Menschen auch, wenn sie glücklich sind«, entgegnete die Frau, zog ein Taschentuch aus ihrem

Ärmel und tupfte sich damit über die Augen. Dann sah sie Helen noch eine Weile an, als wollte sie sich jede Linie, jede Augenbraue, ja jede Pore einprägen.

»Ihr habt einen wunderschönen Garten«, sagte die Frau dann und deutete über Helens Schulter. »Weißt du denn, wie die Blumen da drin alle heißen?«

Helen schüttelte den Kopf. »Nein, nicht alle. Aber ich weiß, was Rosen sind und Fangi ... Fragi ...«

»Frangipani«, half die Fremde ihr auf die Sprünge.

»Ja, genau, Frangi ... pani.« Wenn Helen langsam sprach, konnte sie das Wort meistern. »Und Orchideen und Jasmin.«

Die Frau lachte kurz auf. »Du kennst aber viele Blumen! Die wichtigsten, würde ich sagen.«

»Aber wir haben noch viel mehr«, entgegnete Helen. »Möchtest du sie dir mal ansehen?«

»Später vielleicht.«

Als sie den Ruf von Helens Mutter hörte, schreckte die Fremde hoch.

»Ich glaube, ich muss jetzt gehen«, sagte sie und schob das Taschentuch wieder in ihren Ärmel zurück. Ihre Stimme klang auf einmal leiser, als wollte sie flüstern.

»Besuchst du mich wieder?«, fragte Helen, während sie hörte, wie ihre Mutter wiederkam.

»Ja, ich besuche dich«, versprach die Fremde. »Aber erzähl bitte deiner Mutter nichts. Sie muss nicht wissen, dass ich hier war.«

»Warum denn nicht?«

»Weil es ein Geheimnis ist.«

»Ein Geheimnis?«

»Ja, ein Geheimnis. Und wenn du es für dich behältst, bringe ich dir nächstes Mal etwas Schönes mit.«

»Was denn?«, fragte Helen, doch die Frau blickte über ihre

Schulter und sah dann Helens Mutter, die mit langen Schritten zum Tor geeilt kam.

»Das wirst du sehen. Ich komme bald wieder.« Damit wandte sie sich um und ging mit raschem Schritt davon.

Nur einen Moment später tauchte ihre Mutter hinter ihr auf. »Helen, da bist du ja! Ich habe die ganze Zeit nach dir gerufen!«

Das wusste Helen, doch sie konnte ihrer Mutter unmöglich sagen, dass sie keine Lust gehabt hatte, zu antworten.

»Wer war denn die Frau, mit der du geredet hast?« Helens Mutter, Ivy Carter, reckte den Hals und versuchte, die Fremde noch zu sehen, doch sie war bereits verschwunden.

»Weiß ich nicht«, antwortete Helen, spürte aber zugleich, dass sie ihrer Mutter nicht mehr erzählen durfte, wenn sie erfahren wollte, welches Geschenk die Fremde für sie hatte.

»Und was wollte sie von dir?«

Helen biss sich auf die Unterlippe. Was sollte sie sagen? Ihre Mutter anzulügen, wäre ihr im Traum nicht eingefallen. Aber sie durfte die Frau, diese schöne fremde Frau, die vielleicht eine Prinzessin war oder eine gute Fee, nicht verraten.

»Sie sagte, dass wir einen schönen Garten haben.« Das erschien ihr richtig, denn die Frau hatte den Garten ja gelobt.

Helens Mutter lächelte jetzt und hob sie schwungvoll auf ihre Arme. »Na, hoffentlich warst du so höflich, dich dafür zu bedanken.«

Auch darauf nickte Helen. »Ja, das habe ich getan, und ich habe auch gefragt, ob sie reinkommen möchte, aber das hat sie nicht getan und sich verabschiedet.«

Ivy drückte ihrer Tochter einen Kuss auf die Stirn. Gleichzeitig vertiefte sich aber die Sorgenfalte zwischen ihren Augen, was ihr stets einen nachdenklichen bis ärgerlichen Ausdruck verlieh.

»Hab ich was falsch gemacht?«, fragte Helen, die diesen Ausdruck nur zu gut kannte, denn ihre Mutter blickte manchmal auch so drein, wenn sie etwas angestellt hatte.

»Nein, du hast nichts falsch gemacht, mein Liebling«, entgegnete ihre Mutter. »Es war sehr höflich, dass du sie hereinbitten wolltest. Allerdings solltest du mir vorher Bescheid sagen, denn man kann nicht wissen, was das für eine Person ist.«

»Aber sie war ganz freundlich!«, erklärte Helen mit hochgezogenen Augenbrauen.

Ivy seufzte. Wie sollte sie ihrer Tochter nur erklären, dass freundlich wirkende Menschen nicht immer freundlich waren? Dass Erwachsene hinter lächelnden Mienen Geheimnisse verbargen?

»Gut, dann komm jetzt rein, die Scones sind fertig, und davon möchtest du doch sicher einen probieren?«

Helen nickte eifrig und hopste dann hinter ihrer Mutter ins Haus.

In dieser Nacht lag Helen lange wach und betrachtete die Schatten an der Zimmerdecke. Die Umrisse des Fensters und der Bäume, die sich draußen im Meereswind wiegten, waren ihr früher einmal unheimlich vorgekommen. Doch mittlerweile wusste sie, dass es nur Bäume waren und keine Dämonen.

Als sie das herausgefunden hatte, war sie ein wenig enttäuscht gewesen, denn sie liebte Märchen. Besonders das Schattenspiel, zu dem ihr Vater sie vor kurzem mitgenommen hatte, hatte ihr gefallen. Zusammen mit ihrer Freundin Antje Zwaneweeg hatte sie noch tagelang über die schönen und teilweise auch gruseligen Puppen gesprochen, die sich so wunderbar hinter der beleuchteten Leinwand bewegt hatten.

Als sie dann aber auf die Schatten an der Zimmerdecke geblickt hatte, die ihr früher immer so ein wohliges Gruseln beschert hatten, erkannte sie, dass die Bäume wirklich nur Bäume waren. Und das, was an ihnen vorbeihuschte, nur Nachtvögel auf Nahrungssuche.

Dafür hatte sie jetzt ein richtiges Geheimnis! Ob die fremde Frau morgen kommen würde? Sie hatte bald gesagt, aber wie Helen wusste, war dies keine besonders genaue Zeitangabe. Wenn sie ihrer Mutter sagte, dass sie bald Ordnung in ihrem Zimmer schaffte, dauerte es mindestens ein oder zwei Tage, bis sie das wirklich tat.

Wie lange würde es bei der fremden Frau dauern?

Am nächsten Morgen, als sie mit ihrer Mutter im Unterrichtszimmer saß und eigentlich Buchstaben üben sollte, konnte Helen nur daran denken, wann die fremde Frau kommen würde. Fast fürchtete sie schon, dass sie beim Zaun auftauchen könnte, wenn sie nicht dort war. Vielleicht dachte sie dann, dass Helen sich nicht an ihr Versprechen halten wollte …

Am liebsten wäre sie nach draußen gelaufen und hätte nachgeschaut. Doch sie wusste, dass ihre Mutter sie nicht rauslassen würde, bis sie die Buchstabenreihen geschrieben hatte.

»Helen, hörst du mir zu?«

Das Mädchen schreckte zusammen. Sie hatte wohl gehört, dass ihre Mutter etwas gesagt hatte, doch sie hatte nicht auf die Worte geachtet.

»Helen, was ist denn mit dir heute los?«, fragte ihre Mutter besorgt und legte ihr Buch weg. »Du bist mit den Gedanken ja ganz woanders.«

Beschämt blickte Helen auf den Tisch vor sich. Was sollte sie sagen? Der Unterricht bei Miss Hadeland machte ihr keinen Spaß, aber mit ihrer Mutter lernte sie gern zusammen, weil sie ihr versprochen hatte, sie eines Tages auf eine richtig schöne Schule zu schicken, wo sie ganz viele Bücher lesen und Musik machen durfte.

Als Helen nicht antwortete, kam ihre Mutter zu ihr, hockte sich vor sie und strich ihr eine Haarsträhne aus dem Gesicht. »Bist du müde, mein Schatz? Hast du vielleicht schlecht geschlafen?«

Der Einfachheit halber nickte Helen, denn geschlafen hatte sie wirklich nicht viel. Aber sie konnte, nein, sie durfte nicht zugeben, dass sie eigentlich so abwesend war, weil sie nur daran denken konnte, wann die Frau mit ihrem Geschenk auftauchen würde. Wenn sie ihr doch nur einen Tag und eine Uhrzeit genannt hätte!

Diesmal ließ es ihre Mutter dabei bewenden und fuhr zwar mit dem Unterricht fort, pochte jedoch nicht darauf, dass sich Helen sehr beteiligte. Helen wusste allerdings, dass das nicht so weitergehen konnte. Wie sollte sie sich nur von dem Gedanken an die fremde schöne Frau ablenken?

In den folgenden Tagen lief Helen immer dann zum Tor, wenn ihre Mutter nicht da war, um nach der geheimnisvollen Besucherin Ausschau zu halten. Natürlich war sie nicht ganz allein im Haus, die Köchin war da und auch das Zimmermädchen, doch diese saßen, wenn die Hausherrin unterwegs war, in der Küche zusammen, schwatzten und tranken Tee.

Mehr denn je war Helen froh darüber, dass sich eigentlich niemand um sie kümmerte und alle davon ausgingen, dass sie brav in ihrem Zimmer an ihren Hausaufgaben säße.

Der Gedanke an die fremde Frau und das versprochene Geschenk beherrschte Helens Denken schon, wenn sie die Augen morgens aufschlug. Beim Frühstück stocherte sie gelangweilt in ihrem Porridge herum, beim Unterricht war sie unkonzentriert. Immer wieder wanderten ihr Blick zum Fenster und ihre Gedanken zu dem Geschenk, das die Frau ihr machen wollte. Was würde es sein? Ein Armband? Ein Strauß Blumen? Nein, darum musste man kein großes Geheimnis machen. Aber vielleicht war es ein Holzkästchen, in dem ein Juwel lag? Oder noch etwas viel Spannenderes wie ein Zauberbuch oder eine sprechende Puppe?

Während sie am Tor stand und wartete, ging sie alle Dinge durch, die sie kannte, und als ihr die bekannten Gegenstände ausgingen, erfand sie neue.

Sie ließ sich auch nicht davon entmutigen, dass ihr Warten vergebens war. Wenn ihre Mutter sie mit verwundertem Blick vom Tor abholte und fragte, warum sie dort stand, dachte sie sich kurzerhand eine Antwort aus – und sagte sich dann, dass sie am nächsten Tag wiederkommen würde.

An diesem Tag hatte sie wieder Musikunterricht bei Miss Hadeland. Helen nannte sie Miss, obwohl sie eigentlich Holländerin war, aber die holländische Bezeichnung für Fräulein wollte ihr nicht so richtig über die Zunge.

Miss Hadeland schien damit zufrieden zu sein, solange Helen fleißig am Klavier übte.

Doch besonders in letzter Zeit war sie ein wenig unzufrieden mit ihr. Einmal hatte Helen sie dabei belauscht, wie sie zu ihrer Mutter sagte: »Es scheint, als würde sie keine Fortschritte machen. Das Kind spielt, als würde es ihm keinen Spaß machen.«

»Vielleicht ist das der Fall«, hatte ihre Mutter entgegnet. »Wie wäre es, wenn sie es mit einem anderen Instrument versuchte?«

»Das Klavier ist eines der einfachsten Instrumente überhaupt für Damen! Wenn sie das nicht beherrscht, wie will sie dann ein anderes Instrument erlernen?«

»Lassen Sie ihr ein wenig Zeit, sie ist ja erst acht Jahre alt. Ihre Hände wachsen noch, sie wird die Griffe besser beherrschen, wenn sie ein wenig älter ist.«

»Mozart war erst sechs, als er schon ganze Sonaten spielen konnte!«

»Unsere Helen ist doch kein Wunderkind und soll es auch nicht werden. Ich möchte lediglich, dass sie ein gutes musikalisches Gehör und Freude am Spielen bekommt. Haben Sie ein wenig Nachsehen mit ihr.«

Doch Miss Hadeland hatte kein Nachsehen mit ihr. Als sei sie besessen davon, sie zu einem Wunderkind wie diesem Mozart zu machen, von dem Helen Stücke spielen sollte, trieb sie ihre Schülerin immer mehr an. Wieder hagelte es Stockschläge auf ihre Hand, einmal so schlimm, dass Helen weinend zu ihrer Mutter gelaufen war.

Diese hatte die Lehrerin zur Rede gestellt, und seitdem schlug sie nicht mehr so fest und so häufig zu, aber sie traktierte Helen mit Worten.

So auch an diesem bestimmten Tag.

»Nicht einmal ein Kamel würde so plump über die Tastatur laufen, wie es deine Finger tun!«, schimpfte sie, während sie mit klackernden Absätzen vor Helen auf und ab ging. »Das mit anhören zu müssen, straft meine Ohren. Los, spiel die Passage noch mal!«

Helen, die es bereits satthatte, das Stück zu spielen, und außerdem vollkommen verunsichert war, setzte die Finger an und begann die verhasste Passage erneut zu spielen. Diesmal sogar besser als zuvor, wie sie fand.

Da passierte es! Die Gerte zischte über ihre Finger, schneller, als Helen es mitbekommen konnte. Erschrocken zog sie die Hand zurück, ein grausiger Misston hallte durch das Zimmer.

Diesmal reichte es Helen! Sie sprang auf, stampfte mit dem Fuß auf und schrie: »Ich spiel nicht mehr!« Dann, bevor Miss Hadelands Zorn sie erreichen konnte, rannte sie nach draußen.

Panisch donnerte ihr Herz gegen ihre Brust. Mit einem Ohr lauschte sie hinter sich, in der Annahme, dass die Klavierlehrerin ihr folgen würde. Noch hörte sie nichts, aber vielleicht brauchte Miss Hadeland auch ein Weilchen, um sich von ihrer Überraschung zu erholen.

Voller Zorn und auch mit ein wenig Angst lief Helen wieder zum Gebüsch, an dem sie täglich auf die Frau wartete. In diesem Augenblick dachte sie aber nicht daran, sie wünschte ihrer Klavierlehrerin nur alle möglichen Krankheiten an den Hals, wie die Beulenpest zum Beispiel, von der Antje ihr erzählt hatte.

Als sie den Busch mit den leuchtenden Blüten erreicht hatte, stockte Helen plötzlich.

Wie ein Geist war vor ihr die fremde Frau aufgetaucht. Ganz ruhig, wie von einem Zauber, der sie zu Stein werden ließ, stand sie neben dem Zaunpfosten. Als sie Helen sah, erschien ein Lächeln auf ihren Zügen.

»Da bist du ja wieder!«, sagte sie sanft.

Schlagartig vergaß Helen den Schmerz auf ihrer Hand. All die Tage hatte sie gewartet, und nun, an einem Tag, an dem Miss Hadeland wieder so richtig blöd war, kam die Fremde wie eine gute Fee zu ihr, die sie für das, was passiert war, trösten wollte! Sogleich trat Helen dichter ans Gitter. Die Frau streckte ihre Hand aus, die sich angenehm kühl auf ihren zornesroten Wangen anfühlte. Und da sah Helen, dass sie in der anderen Hand einen länglichen Koffer hielt.

»Ich bin jeden Tag hergekommen und hab gehofft, dass Sie

wiederkommen würden«, gestand Helen und schaffte es nur schwerlich, ihre Freudentränen zurückzuhalten.

»Entschuldige bitte, dass ich dich habe warten lassen, mir... mir ging es nicht so gut«, entgegnete sie. »Außerdem musste ich noch etwas erledigen. Aber jetzt bin ich hier und habe dir das Geschenk mitgebracht.«

Die Frau schob den schwarzen Koffer zwischen den Gitterstäben hindurch.

»Was ist da drin?«, fragte das Mädchen fasziniert.

»Etwas ganz Besonderes. Eine Geige.«

Die Augen des Mädchens weiteten sich. »Eine Geige? Für mich?«

»Ja, wenn du möchtest, ist es deine Geige. Allerdings solltest du sie dann auch spielen lernen. Wie ich gehört habe, lernst du Klavier.«

»Woher weißt du das?«, fragte das Mädchen, worauf die Frau milde lächelte.

»Ich weiß vieles über dich, Helen. Und deshalb schenke ich dir die Geige. Sie war früher einmal meine, aber jetzt kann ich sie nicht mehr spielen.«

»Warum? Hast du das verlernt?« Auch wenn Helen den Musikunterricht nicht besonders mochte, hätte sie doch nie eine der Bewegungen vergessen können, die Miss Hadeland ihr beigebracht hatte.

»Nein, es gibt einen anderen Grund dafür.« Kurz musterte die Frau das Mädchen, dann fragte sie: »Du hast doch ein starkes Herz, oder?«

»Natürlich habe ich das!«, behauptete Helen, ohne recht zu wissen, wie man die Kraft eines Herzens messen sollte. Aber wenn es danach ging, wie schnell es schlagen konnte, dann hatte sie in diesem Augenblick das stärkste Herz der Welt.

»Gut, dann wirst du die Geige sehr lange spielen können.«

»Aber woher lerne ich, wie man sie spielt? Kannst du es mir zeigen?«

»Was ist mit der Frau, die dir das Klavierspiel beibringt?«

»Die mag keine Geigen«, antwortete Helen. »Ich weiß nicht mal, ob sie eine spielen kann, denn sie klimpert immer nur auf unserem Klavier rum und haut mir mit einem Stock auf die Finger, wenn ich es nicht richtig mache.«

»Sie schlägt dich?«, fragte die Frau erschrocken.

»Nur dann, wenn ich etwas falsch mache. Das mache ich nicht oft.«

Die Frau presste die Lippen zusammen, griff dann durch das Gitter nach der Hand des Mädchens und betrachtete die Striemen. Dann streichelte sie ganz vorsichtig über den Handrücken. Wieder schien es, als würden Tränen in ihren Augenwinkeln glitzern.

»Sie hat kein Recht, dich zu schlagen! Sag das am besten deiner Mutter, wenn es wieder passiert. Sie darf dich rügen, wenn du was falsch machst, aber auf keinen Fall schlagen.«

»Das ist aber gar nicht so schlimm«, wiegelte Helen ab, denn sie spürte, dass sich die fremde Frau ernsthaft Sorgen um sie machte. »Es zwiebelt ein bisschen, aber ich kann weiterspielen. Und im Stillen nenne ich sie eine blöde Kuh.«

Die Frau lachte kurz auf – oder schluchzte sie? Helen konnte das nicht genau erkennen.

»Außerdem hab ich Mama das schon gesagt, und sie hat mit ihr geredet. Und heute bin ich ihr einfach weggelaufen.«

»Pass gut auf deine Hände auf, ja?«, sagte die Frau nun, während sie Helens Hand ganz fest hielt. »Und versprich mir bitte etwas.«

Helen nickte eifrig. Für so ein Geschenk hätte sie beinahe alles versprochen, besonders der fremden Frau.

»Versprich mir, dass du eines Tages eine ganz wunderbare Musikerin wirst. Eine Geigerin, ja? Vorausgesetzt, du kommst mit dem Instrument zurecht.«

»Das verspreche ich«, gab Helen zurück, doch dann sah sie ein, dass das vielleicht ein wenig voreilig war. »Aber erst einmal muss ich lernen, die Geige zu spielen!«

Die Frau blickte an ihr vorbei zum Haus. Kam da etwa schon wieder jemand? Als Helen sich umsah, sah sie nichts.

»Ich kann dir ein bisschen beibringen, wie man sie spielt. Aber dazu brauchen wir einen Ort, an dem uns weder die Menschen auf der Straße noch deine Mutter oder deine Musiklehrerin sehen können. Ich werde dir zeigen, wie du sie halten musst, und dir den Ton vorsingen, den das Instrument machen würde. Meinst du, dass du auf diese Weise lernen kannst?«

»Aber wie soll ich dann spielen üben?«, fragte Helen verwundert, die von solch einer Art Übung noch nie etwas gehört hatte.

Die Frau blickte wieder zum Haus, diesmal aber nicht, um zu überprüfen, ob sich jemand näherte.

»Das Haus, in dem du wohnst, ist recht groß, vielleicht findest du eine Kammer. Außerdem wird deine Mutter sicher irgendwann am Tag zu Besorgungen aufbrechen, nicht wahr?«

»Ja, das tut sie, immer am Nachmittag für zwei oder drei Stunden. Da könntest du sogar reinkommen.«

Die Frau schüttelte den Kopf. »Nein, das kann ich nicht. Wenn deine Mutter mich sieht, wäre es ihr bestimmt nicht recht, dass ich da bin. Außerdem soll das hier doch unser Geheimnis sein, nicht wahr? Magst du Geheimnisse?«

Helen nickte. Ja, sie mochte Geheimnisse, auch wenn es, wie sie gesehen hatte, so eine Sache war, sie zu wahren.

»Und wo wollen wir uns treffen?«, fragte sie.

»Sag du es mir! Ich nehme an, dass du nicht allein von hier weg darfst, oder?«

Helen überlegte. Wo konnte sie sich mit ihrer neuen Freundin verstecken und das Geigespielen üben?

Da fiel ihr etwas ein. Diesen Ort hatte sie bisher nur ein einziges Mal aufgesucht, weil er eigentlich nicht zu ihrem Grundstück gehörte, sondern zu dem ihres Nachbarn, der seinen Garten verwildern ließ. In ihrer Erinnerung hatte sich das Bild eines kleinen Pavillons festgesetzt, der jetzt wieder vor ihrem geistigen Auge erschien. Genau dorthin musste sie mit der fremden Frau gehen!

»Ich weiß einen Ort. Aber den muss ich dir zeigen, den findet man nicht so leicht.«

»Ist er bei euch im Garten?« Die Frau wirkte, als wäre sie darüber nicht gerade froh.

»Nein, außerhalb. Geh einfach am Zaun entlang, bis du zu einer Hecke kommst. Dort treffen wir uns.«

Helen huschte durch das Gestrüpp. Zielsicher fand sie die Lücke zwischen Zaun und Hecke, durch die man auf das andere, verwahrloste Gelände kam.

Helen spähte durch die Lücke, und da ihre Freundin sich noch etwas Zeit ließ, warf sie einen Blick auf das weiße Holzhaus, von dem die Farbe in großen Fladen abblätterte. Wohnte da überhaupt noch jemand? Die Fenster wirkten wie traurige Augen. Wahrscheinlich fühlte sich das Haus ohne Bewohner einsam.

Als es hinter ihr raschelte, wandte sich Helen um. Da erschien die Frau, ziemlich außer Atem, als wäre sie gerannt. Aber das hatte sie nicht getan, denn sonst wäre sie gewiss schneller gewesen.

»Das ist also dein geheimer Ort«, sagte sie, während sie sich mit einem Taschentuch die Stirn abtupfte. Helen bemerkte nun, dass die Lippen der Frau so blau waren wie die Heidelbeeren, von denen sie in einem ihrer Bücher ein Bild gesehen hatte.

»Ist alles in Ordnung?«, fragte sie besorgt, denn noch nie hatte sie einen Menschen mit blauen Lippen gesehen.

»Ja, es geht schon wieder«, sagte die Frau dann, allerdings in dem Tonfall, wie ihre Mutter immer sagte, dass alles in Ordnung sei, wenn sie Kopfschmerzen hatte.

»Und gefällt es dir hier?«

Die Frau blickte auf das Haus. »Sieht ein wenig gruselig aus. Hast du denn keine Angst?«

»Wir sollen ja auch nicht hier üben. Komm, ich zeig es dir!« Damit fasste sie die Frau bei der Hand und zog sie mit sich durch das Gras, das so hoch war, dass sie selbst darin fast vollständig verschwand. Obwohl es ihr ein wenig die Sicht versperrte, fand sie wenig später den Pavillon, der nicht wesentlich fröhlicher wirkte als das Haus. Aber vielleicht würde es ihn mit Leben füllen, wenn er wieder regelmäßig besucht wurde.

»Das ist es!«, sagte Helen und deutete glücklich auf das Gebäude, dessen Seiten mit dünnen Bretterwänden verkleidet waren.

»Und glaubst du wirklich, hier ist es sicher?«

»Ja, nicht mal meine Mama hat mich hier gefunden. Wenn wir nicht zu laut sind, wird niemand merken, dass wir hier sind.«

»Also gut, dann treffen wir uns hier. Sagen wir, jeden Dienstag- und Donnerstagnachmittag? Ich werde hier warten, bis du kommst, einverstanden?«

»Einverstanden.«

»Und die Geige bewahrst du gut auf, so gut, dass niemand sie finden kann?«

Helen nickte eifrig.

»Bist ein braves Mädchen.« Die Frau strich ihr liebevoll über die Wangen. »Aber jetzt wirst du wohl wieder ins Haus zurück müssen.«

»Und du kommst wirklich wieder?«

»Versprochen. Und diesmal lasse ich dich nicht so lange warten. In zwei Tagen ist Donnerstag, dann werde ich da sein.«

Erfreut drückte Helen den Geigenkasten an sich, dann verabschiedete sie sich von ihrer Freundin und lief mit leichtem Herzen zum Haus zurück. Allerdings nahm sie nicht den Vordereingang, wo Miss Hadeland vielleicht schon wartete. Sie huschte durch den Dienstboteneingang, dann die Treppe zu ihrem Zimmer hinauf und verstaute mit klopfendem Herzen die Geige unter ihrem Bett.

Dann trat sie wieder nach draußen. Vielleicht sollte sie sich schon mal nach einem Ort umsehen, an dem sie heimlich üben konnte? Vor dem Dachboden hatte sie sich stets ein bisschen gegruselt, aber die Geige würde sie vielleicht beschützen, und mit ihrer Musik konnte sie die Geister, die dort oben hausten, vertreiben …

Doch bevor sie die Treppe, die zum Dachboden führte, erreichte, ertönten Schritte hinter ihr.

»Wo warst du denn, Helen?«, fragte Ivy Carter vorwurfsvoll, als sie ihrer Tochter ansichtig wurde. »Und warum versteckst du dich hier oben, du hast doch eigentlich Musikstunde!«

Helen hob die Hand, zeigte ihrer Mutter den frischen Striemen und sagte dann in tiefster Überzeugung: »Ich will nie, nie, nie wieder Klavier spielen!«

20

LONDON 2011

Seufzend blickte Lilly in ihren E-Mail-Eingang. Noch immer keine Nachricht von Enrico oder seinem Freund. Dabei hatte sie so sehr darauf gehofft, dass sie schon bald wissen würde, was es mit dem Notenblatt auf sich hatte. Und mit ihrem Traum.

Außerdem plagte sie noch etwas anderes.

Seit Gabriels Besuch war ihr der Gedanke, dass sie vielleicht nach Sumatra fliegen sollte, nicht aus dem Sinn gegangen. Sie spürte, dass die Lösung des Rätsels auf dieser Insel lag. Doch würde sie es wagen, diese Reise allein anzutreten? Seit Peters Tod hatte sie keine weite Reise mehr gemacht. Aber etwas war anders geworden in ihrem Innern, etwas, woran die Geige, Rose und Helen und auch Gabriel ihren Anteil hatten.

Nun verbrachte sie schon den ganzen Vormittag damit, nach einer preiswerten Reise zu suchen. Das Ergebnis war allerdings niederschmetternd. Allein schon die Preise für einen Flug nach Sumatra waren horrend. Ihr Antiquitätenladen mochte sie vielleicht ernähren, aber so viel, um nach Padang zu reisen und dort die Spuren der beiden Geigerinnen zu verfolgen, hatte sie nicht übrig. War ihre Suche damit zu Ende?

Das Klingeln des Telefons schreckte sie aus ihrem Nachdenken. Sie erwartete eigentlich keinen Anruf, dennoch eilte sie die Treppe hinunter und ging ran.

»Lilly?«, fragte eine Männerstimme, die sie nur zu gut kannte. Dahinter ertönte lautes Rauschen, als würde er an einer dicht befahrenen Straße stehen.

»Gabriel, was verschafft mir die Ehre?«, fragte sie zurück. Kann er es schon gar nicht mehr erwarten, mit mir essen zu gehen? Gleich am Morgen nach seinem Besuch hatte er ihr ein paar Vorschläge für Londoner Lokale geschickt.

»Ich fürchte, ich habe schlechte Nachrichten für Sie«, kam es ein wenig zögerlich. »Ich habe einen Anruf von Diana bekommen, meiner Exfrau, Sie erinnern sich?«

»Ja«, entgegnete Lilly. »Ist etwas passiert?«

»Kann man so sagen, ich muss zu ihr, mich um sie kümmern. Mehr erzähle ich Ihnen, wenn wir uns wiedersehen, bin jetzt gerade auf dem Sprung, und zu meinem großen Bedauern kann ich Ihnen nicht mal einen neuen Termin für unser Essen nennen. Am Freitag klappt es leider nicht.«

Lilly schluckte. Die Freude, von Gabriel zu hören, schrumpelte zu einem dicken Klumpen in ihrer Magengegend zusammen.

»Okay«, sagte sie, und obwohl sie sich bemühte, es nicht zu tun, klang sie beleidigt.

»Es tut mir wirklich leid, Lilly, aber ich verspreche Ihnen, dass wir unser Abendessen bekommen. Aufgeschoben ist nicht aufgehoben, oder wie sagt man bei Ihnen?«

Lilly stieß ein unsicheres Lachen aus. »Ja, so heißt das.«

»Gut. Ich melde mich wieder bei Ihnen, wenn ich in London bin, ja?«

Ein dicker Kloß in ihrer Kehle hinderte sie daran, zu antworten. Dabei hätte sie gern gewusst, wann genau das sein würde.

Als hätte er ihre Gedanken gelesen, setzte er hinzu: »Es

kann einen Tag oder eine Woche dauern, aber ich komme wieder, versprochen.«

»In Ordnung«, gab Lilly zurück und hätte am liebsten auflegen wollen, doch dann hörte sie sich sagen: »Geben Sie auf sich acht, Gabriel.«

»Und Sie auf sich. Bis bald, Lilly.« Damit legte er auf.

Lilly stand noch eine Weile wie betäubt neben dem Telefontischchen. Er fährt zu seiner Ex, ging es ihr durch den Sinn, und obwohl eigentlich nichts dabei war, machte sich Enttäuschung in ihr breit. Sie hatte sich so sehr auf den Abend gefreut, und nun ...

Sei nicht kindisch, sagte sie sich dann. Du hast ihm auch abgesagt.

Entschlossen legte sie das Telefon zurück und stieg wieder die Treppe hinauf.

Vielleicht gab es ja doch eine Möglichkeit, nach Sumatra zu kommen. So musste sie wenigstens nicht daran denken, dass Gabriel bei seiner Exfrau war – und dass Diana ihm vielleicht wichtiger war als sie ...

»Wonach suchst du?«, fragte Ellen, während sie sich sanft auf Lillys Schultern abstützte und auf den Bildschirm lugte. Mittlerweile war es Nachmittag, und noch immer suchte Lilly nach einem Sonderangebot. Und noch immer hatte sie es nicht geschafft, ihre Enttäuschung wegen Gabriels Absage in den Griff zu bekommen.

»Nach einem Lottogewinn«, murmelte Lilly.

»Und den soll es in Padang geben? Haben die da eine spezielle Lotterie oder was?«

»Nein, den brauche ich, um nach Indonesien zu kommen. Aber wahrscheinlich ist das ohnehin Unsinn.«

Ellen schwieg einen Moment, dann drehte sie vorsichtig

den Bürostuhl herum und zwang Lilly so, ihr ins Gesicht zu sehen.

»Was ist los?«

Lilly presste die Lippen zusammen und blickte auf ihre Knie. Benimm dich nicht so kindisch, sagte sie sich. Du hast auch schon einen Termin abgesagt. Es hat alles nichts zu bedeuten. »Gabriel hat angerufen.«

»Und?«

»Wir wollten uns diesen Freitag zum Abendessen treffen, aber er hat abgesagt.«

Ellen schüttelte ungläubig den Kopf. »Hat er dir einen Grund genannt?«

»Er meinte, es gäbe irgendwelche familiären Dinge, die er zu klären hätte.«

»Oh, na das kann passieren.«

»Es geht um seine Exfrau.«

Wieder trat eine Pause ein.

»Seine Exfrau.«

»Ja, Diana. Er sagte, dass sie ihn um Hilfe gebeten hätte und dass er sich um sie kümmern müsste.«

Ein Lächeln huschte über Ellens Gesicht. »Du bist eifersüchtig.«

»Ach Quatsch, warum sollte ich eifersüchtig sein?«, wehrte Lilly ab, um nicht zugeben zu müssen, dass Ellen einen Volltreffer gelandet hatte. »Wir sind nur befreundet, mehr nicht.«

»Wirklich? Also die Blicke, die er dir bei seinem Besuch zugeworfen hat, waren doch ziemlich interessiert.«

»Davon habe ich nichts gemerkt«, behauptete Lilly ein wenig verstimmt.

»Ach Lilly!«, sagte Ellen und zog sie in ihre Arme. »Mir kannst du nichts vormachen. Du hast Angst, dass er wieder Gefallen an seiner Ex finden könnte, oder? Dabei weißt du überhaupt nichts über die Umstände ihrer Trennung. Sie können ganz friedlich auseinandergegangen und immer noch Freunde sein. Wirf doch nicht die Flinte ins Korn, bevor du sie überhaupt in die Hand genommen hast. Er hat euer Date doch nicht abgesagt, sondern nur verschoben, oder?«

Lilly nickte. »Ja, er meinte, es wäre nur verschoben. Aber einen Termin hat er mir nicht gesagt.«

»Wer weiß, was da los ist, Liebes. Warte ab und lass ihn berichten. An deiner Stelle würde ich mir keine Sorgen darum machen. Lass uns lieber nachsehen, ob es nicht doch eine Möglichkeit für dich gibt, nach Padang zu kommen.«

Bis zum Abend saßen sie am Computer und suchten ein passendes Reiseangebot, doch etwas Preiswertes war nicht in Sicht. Lilly spürte, wie sich ihre Laune weiter verschlechterte, da brachte es auch nichts, dass Ellen versuchte, sie durch Witze über die Reiseanbieter aufzumuntern. Sie würde kein Date mit Gabriel haben und wahrscheinlich auch nie nach Sumatra kommen. Das Rätsel um die beiden Violinistinnen würde für immer unaufgedeckt bleiben, und sie konnte sich bis ins hohe Alter fragen, welches Geheimnis in ihrer Familie dazu geführt hatte, dass sie nun die Besitzerin einer berühmten Geige war.

Beim Abendessen war sie sehr schweigsam und konnte nicht einmal sagen, ob das daran lag, dass sie die Indonesien-Reise nicht bezahlen konnte oder weil sie ständig an Gabriel denken musste, Gabriel, der zu der Frau gefahren war, mit der er einst verheiratet gewesen war. Dass sie nicht mehr über Gabriel und seine Vergangenheit wusste, machte sie verrückt. Hatte Ellen recht, dass sie noch Freunde waren? Lief da noch etwas zwischen ihnen? Machte sie sich lächerlich, wenn sie sich mehr von ihm erhoffte? Ein privates Abendessen hieß noch lange nicht, dass sie auch privat zusammenkommen würden.

All die Fragen verfolgten sie schließlich ins Bett und bescherten ihr einen unruhigen, völlig wirren Traum über indonesische Tempel und Landschaften, in denen sie Gabriel hinterherlief und ihn doch nicht erreichte.

Zwei Tage später, in denen sie weiterhin vergeblich auf irgendeine Nachricht aus Italien gewartet hatte, fand Lilly einen Umschlag neben ihrer Kaffeetasse. Da sie verschlafen hatte, war Ellen bereits auf dem Weg zur Arbeit, die Kinder waren schon lange aus dem Haus, und auch Dean hatte sie an diesem Morgen verpasst. War das der Brief, auf den sie schon so lange gewartet hatte?

Da »Lilly« in Ellens schöner geschwungener Handschrift darauf stand, gab es wohl keinen Zweifel, dass er für sie war.

Weil Ellen ihn zugeklebt hatte, als befänden sich geheime Staatspapiere darin, nahm Lilly kurzerhand ihr Messer und schob es vorsichtig in den Spalt. So, wie es sich anfühlte, enthielt der Brief tatsächlich Papiere.

Zunächst kam nichts weiter als dickes weißes Papier zum Vorschein. Dann entdeckte Lilly, dass das weiße Blatt lediglich ein kurzer Brief war, in dem noch ein zweiter schmaler, bunt bedruckter Umschlag steckte. Als Lilly ihn herumdrehte, entglitten ihr die Gesichtszüge. Einen Moment lang betrachtete sie den Umschlag fassungslos, dann legte sie ihn auf den Tisch und lief aus der Küche, um das Telefon zu holen.

Es dauerte eine Weile, bis sie durchkam, die Leitung in Ellens Büro war an diesem Vormittag notorisch besetzt.

Schließlich meldete sich eine Männerstimme. Terence, Ellens Sekretär.

»Was kann ich für Sie tun?«, fragte er in einem Tonfall, der sicher jede wütende Anruferin sogleich besänftigt hätte.

Lilly fragte nach Ellen und erhielt die Auskunft, dass ihre Freundin gerade in einer Besprechung sei, aber so bald wie möglich zurückrufen würde.

Am liebsten hätte Lilly ihn gefragt, wie sie das so lange aushalten sollte, aber sie bedankte sich nur und legte auf.

Kopfschüttelnd starrte sie auf die beiden Logos, die den Umschlag zierten. Bei dem einen handelte es sich um einen violetten Ziegenkopf auf grauem Grund, beim zweiten waren blaue und türkisfarbene Linien so angeordnet, dass sie Flügel und Kopf eines fliegenden Adlers ergaben.

»Ellen, Ellen, was machst du bloß«, murmelte Lilly. Kopfschüttelnd studierte sie die Zeilen, las sie noch mal und noch mal, in der Annahme, dass sie irgendwas überlesen hatte.

Als das Telefon klingelte, schoss sie vor und ging ran, bevor es noch einmal läuten konnte.

»Ellen?«, fragte sie, bevor sich der Anrufer melden konnte.

»Du meine Güte!«, entgegnete die Frauenstimme, die tatsächlich ihrer Freundin gehörte. »Was ist denn los?«

»Das frage ich dich!« Wieder blickte sie auf das türkisblaue Emblem. »Ich habe hier so eine Nachricht von dir.«

»Und was sagst du dazu?«, entgegnete Ellen, und das Grinsen, das sie nun aufsetzte, war ihr geradezu anzuhören.

»Meinst du nicht, das ist übertrieben? Ich kann das im Leben nicht wieder gutmachen.«

»Es ist doch nur ein Gutschein. Und ein Vorschlag, wie du ihn nutzen kannst, wenn du willst.«

»Das hier ist mehr als ein Gutschein!«

Lilly konnte förmlich *hören*, wie Ellen abwinkte.

»Ich habe dir zwei Reisen herausgesucht, bei denen du ungefähr ein Viertel des Preises dazubezahlen müsstest. Ich hätte dir auch die ganze Reise schenken können. Nach dem Gespräch mit Mr Thornton wusste ich, dass du in Roses Heimatland musst. Deshalb mach mir die Freude, nimm den Gutschein an und buch die Reise. Sieh es einfach als ein vorzeitiges Geburtstagsgeschenk an.«

Lilly strich versonnen mit dem Daumen über das Logo von Garuda Airlines, einer indonesischen Fluglinie. Die Ziege gehörte zu »Qatar Airways« – die Flüge würden sie nach Padang bringen. Sie musste nur noch buchen ...

»Hallo Lilly, bist du noch da?«, fragte Ellen, als ihr die Pause, die ihre Freundin machte, zu lang wurde.

»Ja, ich bin noch da. Allerdings warte ich noch immer darauf, dass jemand von der ›Versteckten Kamera‹ auftaucht und das Ganze als Spaß entlarvt.«

»Lilly, wir beide kennen uns nun schon mehr als ein halbes Leben lang. Hast du jemals erlebt, dass ich dich auf den Arm nehme?«

»Nein. Aber dennoch, das hier ist zu teuer, es ist ...«

»Kein Problem für deine reiche Freundin. Und du weißt, dass ich keine Gegenleistung von dir will. Ich will einfach nur, dass du Spuren von Rose und Helen findest. Und dass du dein Leben wieder in die Hand nimmst. Indem du allein fährst, kannst du dir und auch Peter beweisen, dass du ohne ihn zurechtkommst und alles schaffen kannst. Du musst endlich den Bann loswerden, der auf dir liegt. Die Geige war ein Zeichen, und ich spüre, dass sie bereits etwas in dir verändert hat. Also ergreife die Gelegenheit, du bist so weit!«

Darauf sagte Lilly erst einmal nichts. Ihre Freundin hatte recht, ohne einen Grund wäre sie allein nie nach Indonesien gefahren. Selbst wenn sie die finanziellen Mittel gehabt hätte. Die Geige hatte ihr Leben auf den Kopf gestellt. Oder besser gesagt, Rose und Helen.

»Lass uns heute Abend darüber reden, Terence drängelt schon«, vernahm sie Ellens Stimme aus dem Hörer. »Aber ich rate dir, buch die Flüge beizeiten, sonst sind sie weg. Und solltest du dich entscheiden, mein Geschenk anzunehmen, nutz die Zeit, um dir alles Mögliche über Indonesien anzueignen.«

»In Ordnung. Danke!«, war das Einzige, was Lilly herausbrachte.

»Schon gut. Küsschen, Süße!« Damit legte sie auf.

Eine Weile brauchte Lilly noch, um den Schock zu verdauen. Nur langsam wich er einer nie gekannten Freude, einer nie gekannten Angst. Noch nie war sie ohne Peter weiter als nach London geflogen. Vor ihrer Reise zu Ellen hatte sie Berlin kaum verlassen. Und nun sollte sie ans andere Ende der Welt? Dieser Gedanke ließ ihre Magengrube flattern und ihre Hände kalt werden.

Dennoch rief sie das Reisebüro an, dessen Nummer Ellen ihr aufgeschrieben hatte, und buchte die Flüge, die sie bereits in zwei Tagen nach Padang bringen würden.

Am Nachmittag dann hatte sie sich an den Gedanken gewöhnt, dass sie diese Reise wirklich antreten würde. Es war ihr zwar noch immer ein wenig peinlich, so ein großzügiges Geschenk von Ellen anzunehmen, aber sie wusste auch, dass es ihr guttun würde.

Und – sie wollte nach Indonesien! Sie wollte herausfinden, was mit Rose passiert war, und sie wollte auch etwas über das Leben der offenbar so behüteten Helen Carter erfahren.

Dabei schoss ihr plötzlich Gabriel in den Sinn, und sie ertappte sich dabei, dass sie ihn anrufen wollte, um ihm von ihrer unverhofften Reise zu erzählen.

Doch konnte sie das tun? Seit dem Vortag war er bei Diana.

Und eigentlich war die Tatsache, dass sie verreisen würde, nichts Weltbewegendes. Dennoch war es ihr wichtig, und sie hatte das dringende Bedürfnis, es ihm zu erzählen.

Sie kramte also seine Handynummer hervor und wählte. Tatsächlich meldete sich Gabriel nach dem dritten Klingeln.

»Lilly, was für eine Überraschung! Haben Sie bereits jetzt so starke Sehnsucht nach mir?«

Der scherzhafte Tonfall in seiner Stimme zerstreute ihre kurz aufkeimenden Zweifel, dass sie ungelegen anrief.

»Ich wollte Ihnen etwas erzählen. Es ... es hat sich ... etwas ergeben.«

»Ich hoffe, nichts Unangenehmes. Alles okay bei Ihnen? Hat sich der Freund Ihres Bekannten aus Rom gemeldet?«

»Nein, das nicht. Es ist etwas anderes ...« Lilly atmete tief durch. Wenn sie es ihm jetzt sagte, gab es kein Zurück mehr. »Ich werde in zwei Tagen nach Sumatra fliegen.«

Wie unwirklich diese Worte aus ihrem Mund klangen. Gabriel schien das auch zu überraschen, denn er sagte für einige Augenblicke nichts.

»Meinen Glückwunsch!«, entgegnete er, und Lilly war sicher, dass er gerade wieder dieses unverschämt breite Lächeln auf seinem Gesicht hatte. »Also werden wir unser Abendessen noch ein Stück weiter verschieben müssen.«

»Ich fürchte schon«, entgegnete Lilly und fühlte tiefes Bedauern darüber. »Aber Sie haben sicher ohnehin noch zu tun wegen Ihrer ... Familiensache ...«

»Ein bisschen, aber es ist weniger schlimm, als ich dachte. Wie kommt es denn, dass Sie so bald loswollen?«

»Meine Freundin meinte, dass ich losreisen soll, solange die Spur frisch ist. Alte Jägerweisheit.«

»Haben Sie denn irgendwelche Jäger in der Familie, die das bestätigen?«

Lilly kicherte in sich hinein. »Nein, natürlich nicht. Aber es ist eine ungeheure Chance, und ich glaube, sie hat recht, wenn sie meint, dass ich endlich den Bann loswerden muss.«

»Welchen Bann denn?«

Hatte sie zu viel erzählt? Für einen Moment zögerte sie, beschloss dann aber, dass Gabriel es ruhig wissen konnte.

»Nach dem Tod meines Mannes habe ich mich kaum irgendwo hingewagt. Ich habe mich eingeigelt, mich auf meine eigene Welt beschränkt. An dem Tag, als ich die Geige geschenkt bekam … Irgendwas ist da aus den Fugen geraten. Hat meine Weltsicht verschoben.« Sie machte eine kleine Pause, lauschte nach irgendeiner Reaktion im Äther, doch am anderen Ende vernahm sie nur Gabriels gleichmäßige Atemzüge.

»Auf jeden Fall geht mein Flug in zwei Tagen, morgens um zehn. Laut Flugplan werde ich dann am darauffolgenden Vormittag in Padang sein.«

»Das ist gut. Ich meine, dass Sie fliegen. Nicht nur wegen Rose und Helen, auch für Sie.«

Klang er ein wenig enttäuscht? Am liebsten hätte sie gefragt, ob er nicht mitreisen wollte – als Chef der *Music School* hatte er sicher die nötigen Mittel. Aber das ging nicht.

»Wenn Sie es schaffen, auch nur ein paar Teile des Puzzles zu finden, werden Sie diesen Bann loswerden. Dann werden Sie frei sein und sich neu orientieren können. Und außerdem haben Sie mir dann eine Menge zu erzählen. Vorausgesetzt, Sie vergessen mich nicht ganz.«

»Wie könnte ich!«, entgegnete Lilly lächelnd.

»In Indonesien gibt es sicher einen Haufen gutaussehender Männer, die Ihnen gern den Kopf verdrehen würden.«

»Das mag sein, aber ich glaube …« Beinahe hätte sie ihm gestanden, dass er ihr den Kopf bereits kräftig verdreht hatte, doch sie machte im letzten Moment einen Rückzieher. »Ich glaube nicht, dass ich schon wieder ...«

Erneut hätte sie beinahe das Falsche gesagt. Natürlich fühlte sie sich noch nicht reif für eine neue Beziehung, aber wenn sie ihm das sagte, würde er vielleicht alle Hoffnungen, die er hegte, sausen lassen.

»Ich glaube, ich verstehe schon, was Sie meinen«, entgegnete Gabriel, worauf Lilly nur einfiel: Bitte nicht! Er soll es nicht so verstehen! »Und ich werde geduldig warten, bis Sie wieder da sind. Sie haben mir noch gar nicht gesagt, wie lange Sie verreisen wollen.«

»Oh, es ist nur eine Woche.«

»Wirklich? Ich dachte, Sie verschwinden jetzt für einen Monat.«

»Nein, nur ein paar Tage. Aber für die Spurensuche reicht es hoffentlich. Sie haben nicht zufällig einen Bekannten dort, der mich ein wenig herumführen könnte?«

»Nein, den habe ich leider nicht. Und selbst wenn, würde ich Sie darauf hinweisen, dass Sie den Auftrag haben, die Sache allein über die Bühne zu bringen. Selbst wenn es alles vollkommen ätzend wird, an diese Woche werden Sie sich erinnern. Und wer weiß, was sie alles bringt.«

Bis Ellen von der Arbeit zurückkehrte, hatte Lilly schon ein wenig mehr Selbstvertrauen gewonnen. Zwar glaubte sie zwischendurch noch immer, sich in einem Traum zu befinden, doch als ihre Freundin sich nach dem Essen mit einem breiten Lächeln zu ihr setzte, brach auch der letzte Zweifel weg, und sie sah ein, dass sie in knapp zwei Tagen in einem Flugzeug in Richtung Jakarta sitzen würde.

»Es ist nur schade, dass ich dich nicht mitnehmen kann«, sagte sie ein wenig bedauernd.

»Keine Sorge, Dean wird mir die Zeit schon versüßen«, entgegnete Ellen schulterzuckend und warf ihrem Mann, der es diesmal pünktlich zum Abendessen geschafft hatte, einen liebevollen Blick zu.

»Daran habe ich keinen Zweifel, aber ...«

»Das ist deine Reise, Lilly«, entgegnete Ellen, während sie über den Tisch langte und ihre Hände streichelte. »Wenn es dort so schön ist, wie die Bilder im Internet versprechen, machen wir die Reise irgendwann noch einmal zusammen.«

»Oder ich mache eine zweite Hochzeitsreise mit dir dorthin«, setzte Dean hinzu.

»Hatten wir denn überhaupt schon eine richtige Hochzeitsreise?«, fragte Ellen lachend.

»Natürlich. Damals, nach Schottland?«

»O Gott!«, stöhnte Ellen auf. Lilly verkniff sich ein Grinsen. Selbstverständlich kannte auch sie die Geschichte von der verkorksten Reise.

»Du und ich in einem Zelt«, rekapitulierte Dean. »Du musst zugeben, das war doch romantisch.«

»Das war romantisch, bis der Sturzregen kam. Wir haben uns den Allerwertesten abgefroren.«

Jessi und Norma kicherten leise in sich hinein. Wahrscheinlich gebrauchte an ihrer Schule niemand mehr diesen Begriff.

»Aber wir haben dann diese Burg gefunden.«

»Du meinst, diese Burg-Ruine!« Ellen schenkte ihrem Mann ein liebevolles Lächeln. »Aber ja, es war romantisch. Solange ich dich bei mir hatte, war es romantisch. Und das gilt auch noch heute.«

Lilly lächelte, doch im Inneren fühlte sie sich sonderbar. Wieder dachte sie an Peter, aber nun war der Schmerz nicht mehr so schneidend. Und wenn sie sich vorstellte, dass vielleicht Gabriel mit ihr nach Schottland fahren würde ... Da könnte es wahrscheinlich stürmen und hageln, ohne dass sie sich beschwerte.

»Aber jetzt sind wir erst einmal gespannt, was du berichtest«, riss Dean sie aus ihrem Nachdenken fort.

»Die Dame vom Reisebüro sagte, dass das Hotel sehr komfortabel und ziemlich alt sei, vielleicht waren Rose oder Helen sogar mal dort«, setzte Ellen hinzu. »Sicher gibt es dort Museen und Archive, und du kannst gut genug Englisch, um dich verständlich zu machen. Außerdem bist du eine erwachsene Frau, und wie mir das Reisebüro versicherte, ist Indonesien gerade kein ausgewiesenes Krisengebiet. Du kannst also fahren und suchen, und wenn du nichts findest, dann genieß das ferne Land.«

Lilly war nicht sicher, ob ihr das gelingen würde, aber das würde sie ja sehen. Beinahe war es wieder so wie kurz nach dem Augenblick, als die Trauer um Peter auf ein erträgliches Maß zurückgegangen war: Der Weg vor ihr war unklar, was geschehen würde, vollkommen offen. Damals hatte sie sich nach innen gewandt, hatte ihren Mut verloren und sich eingeschlossen, um ja nicht wieder durch einen Verlust verletzt zu werden. Nun würde sie den Schritt nach außen wagen und so verletzlich sein, wie sie nur sein konnte. Aber vielleicht war ja das genau das, was sie brauchte ...

»Bringst du uns auch was mit aus Indonesien?«, platzte Norma hoffnungsvoll heraus, offenbar gleich für ihre Schwester mit, die Lilly bittend ansah.

»Natürlich«, entgegnete Lilly. »Vielleicht haben sie dort schicke T-Shirts.«

»Oder Schmuck!«, entfuhr es Jessi.

»Na, na, junge Dame, wir wollen doch nicht gierig sein«, mahnte Ellen.

»Das ist schon in Ordnung«, beschwichtigte Lilly. »Wenn ich etwas Passendes sehe, bringe ich es euch mit.«

»Dann möchte ich aber auch etwas!«, warf Dean lachend ein.

»Ja, einen Glückselefanten für deine Baustellen, den kannst du im Moment wirklich gebrauchen.«

Dean winkte ab. »Das wird schon, mach dir keine Sorgen, Lilly. Genieß deinen Flug und komm heil wieder, das ist alles, was wir wollen.«

21

Aufgeregt knetete Lilly ihre Hände, während sie in der Wartehalle des Flughafens auf und ab ging. Nach Indonesien! Sie würde nach Indonesien, nach Sumatra fliegen. Vollkommen allein! So sehr sie sich auf die Reise freute, im Moment war sie nur aufgeregt und wünschte sich, dass Ellen hätte mitkommen können. Wie sollte sie sich in dem fremden Land zurechtfinden? Sie sprach ja nicht einmal die Sprache! Sei nicht albern, schalt sie sich wenig später selbst. Wenn Gabriel das hören würde, würde er sich über dich kaputtlachen.

Jetzt wünschte sie sich, dass sie am Tag zuvor noch einmal mit ihm telefoniert hätte. Doch die Reisevorbereitungen hatten ihr keine Zeit gelassen. Schneller als sie es sich versah, war Mitternacht gewesen, und dann hatte sie nur noch wenige Stunden gehabt, um sich unruhig im Bett zu wälzen.

Gegen Morgen hatte sie noch eine Mail von Sunny auf Ellens Computer gefunden, in der die Studentin berichtete, dass sich die Filmdatei aufgrund ihrer Größe nicht per Mail verschicken ließ.

Der Film! Den hatte Lilly beinahe vergessen gehabt! Aber es machte keinen Sinn, ihn nach London zu verschicken. Lilly wollte ihn zu Hause ansehen, wenn sie die Gelegenheit hatte, ihre Mutter aufzusuchen und sie zu fragen.

Sie hatte also geantwortet, dass Sunny den Film gut aufheben sollte, bis sie wieder zurück war.

Und nun stand Lilly hier, fühlte sich, als hätte sie einen Schwarm Bienen verschluckt, und wünschte sich, dass ihr Flug endlich aufgerufen wurde.

»Lilly!«, tönte es plötzlich hinter ihr. Einen Moment lang war sie schon versucht, sich umzublicken, aber sie sagte sich, dass es hier viele Lillys geben konnte, und vielleicht hatte eine davon ja was vergessen ...

»Lilly!«, rief es nun wieder.

Als sie sich nun doch umwandte, entdeckte sie Gabriel, der ihr heftig zuwinkte. Was hatte er hier zu suchen? War er nicht bei seiner Exfrau? Er hatte doch gemeint, dass es noch ein wenig dauern würde ...

»Für einen Moment hatte ich schon befürchtet, dass Sie eine Doppelgängerin haben«, sagte er, als er keuchend vor ihr haltmachte. »Ein Hörsturz wäre ja eher unwahrscheinlich gewesen, oder?«

»Was machen Sie denn hier?«, fragte sie verwundert. »Ich denke, Sie sind bei ...«

»Die Sache hat sich erledigt. Dianas Mutter war ins Krankenhaus gekommen, ich hatte zu der alten Lady immer ein sehr gutes Verhältnis.«

»Und wie geht es Ihrer ...« Beinahe hätte sie Schwiegermutter gesagt, aber das stimmte doch eigentlich nicht mehr, oder?

»Meiner Ex-Schwiegermutter geht es mittlerweile wieder besser. Diana war deswegen ein bisschen durch den Wind, verständlich, denn bisher hatte sich ihre Mutter gut gehalten. Weil sie wusste, dass ich an Jolene hänge, hat sie mir Bescheid gegeben, und da es zunächst ziemlich kritisch aussah, bin ich gefahren.«

»Dann ist das Verhältnis zu Ihrer Exfrau ...«

»Ein freundschaftliches«, vervollständigte Gabriel ihren Satz. »Ja, mittlerweile kommen wir wieder gut miteinander aus. Nicht gut genug, um es noch einmal miteinander zu versuchen, dazu sind wir zu verschieden. Aber wir reden miteinander und melden uns, wenn es was Außergewöhnliches gibt. Ihr neuer Freund ist übrigens Segelfan, ein Sport, zu dem es mich bisher nicht gezogen hat.«

Na, das sagen Sie mal meinem Vater, dachte Lilly, sprach es aber nicht aus. Obwohl sie diese Rechtfertigung nicht eingefordert hatte, war sie froh, dass Gabriel ihr jetzt mehr als am Telefon erzählt hatte.

»Und warum sind Sie nach der ganzen Aufregung zum Flughafen gekommen?«

»Ich wollte Sie sehen.« Das kleine Lächeln, das um seine Lippen spielte, war einfach umwerfend. »Wo ich Sie doch jetzt für eine Woche entbehren muss. Außerdem habe ich etwas für Sie. Zwar könnte ich mir denken, dass dies ein gutes Lockmittel wäre, damit Sie zu mir zurückkommen, aber ich finde, dass Sie das hier kennen sollten. Es könnte ein völlig neues Licht auf Ihre Suche werfen.«

Gabriel lächelte Lilly erwartungsvoll an, dann reichte er ihr einen Brief. Er war sehr abgegriffen, als hätte Rose ihn jahrelang unter ihrem Kleid getragen. Adressiert war er an einen Lord Paul Havenden auf einem Landgut nahe London.

»Wo haben Sie den denn gefunden?«, fragte Lilly verwundert und musste sich bezähmen, den Umschlag nicht gleich zu öffnen.

»In den Unterlagen von Mr Carmichael, dem Agenten unserer lieben Rose. Ich habe ein bisschen herumgestöbert und bin auf eine seiner Nachfahrinnen gestoßen. Diese bewahrte eine alte Mappe mit Briefen ihres Großvaters auf. Als klar war, dass Jolene durchkommen würde, habe ich einen Abstecher zu der alten Dame gemacht. Das Verlangen, tiefer in seine Vergangenheit vorzudringen, hatte sie wohl nicht gehabt, aber sie hat es auch nicht übers Herz gebracht, die Mappe wegzuwerfen. Als ich bei ihr vorsprach, übergab sie mir die Unterlagen, ohne mit der Wimper zu zucken. Ja, sie wirkte geradezu erleichtert, dass ich ihr den alten Staubfänger abnehme.«

»Vielleicht wusste sie ja doch, was die Mappe enthielt.«

»Oh, ich bin mir sicher, dass sie das wusste! Aber wie gesagt, wahrscheinlich waren ihr diese Briefe wertlos vorgekommen. Soweit ich weiß, gibt es die Familie Havenden so nicht mehr, und also gibt es auch keinen Skandal auszulösen.«

»Skandal?« Das Papier in Lillys Hand erschien ihr plötzlich wärmer, was aber nur daran liegen mochte, dass sämtliche Wärme aus ihren Fingern wich.

Jakarta, den 16. Dezember 1909

Mein lieber Paul,

wahrscheinlich hast Du mich schon längst vergessen, jedenfalls erscheinen mir der Nachmittag auf der Plantage und Dein Versprechen so fern, als läge ein Menschenleben dazwischen.

Gewiss bist Du jetzt verheiratet, Deine Plantage läuft prächtig, und Du kannst auf eine reiche Kinderschar blicken. Gewiss denkst Du nicht mehr an unsere Küsse und leidenschaftlichen Umarmungen. Doch ich kann Dich nicht vergessen. Nicht, weil ich Dich noch immer liebe, nein, derlei Gefühle sind mir mittlerweile fremd geworden. Das Zusammentreffen mit Dir hat mein Leben vollkommen aus der Bahn geworfen, so dass ich mir manchmal wünschte, ich hätte die Einladung des Gouverneurs, die mich nach Wellkom brachte, einfach zerrissen.

Der Grund, weshalb ich Dir schreibe, ist, dass aus der damaligen Nacht eine Frucht entsprungen ist, ein kleines Mädchen. Mit dieser Schuld hätte ich leben können, und es ist mir auch erfolgreich gelungen, Dich aus meinem Herzen zu verbannen.

Doch nun wurde mir eine verhängnisvolle Diagnose gestellt, Dr. Bruns meint, mir blieben nur noch ein paar Monate, bestenfalls ein Jahr. Also bitte ich Dich heute erneut, Dich um Deine Tochter zu kümmern, weil ich es nicht tun kann. Wenn Du dem Überbringer dieses Briefes Dein Einverständnis gibst, wird er Dir sagen, wo Du sie finden kannst. Solltest Du das nicht wollen, wirst Du auch nie ihren Namen erfahren.

Rose

Lilly, die die Worte halblaut vorgelesen hatte, verstummte. Sie brauchte eine Weile, um zu verdauen, was sie da gelesen hatte. Eine Gänsehaut überlief ihren Rücken. »Rose hatte ein Kind?«

»Eine Tochter, wie es aussieht, ja.«

»Und warum hat niemand etwas davon gewusst?« Fassungslos betrachtete Lilly die geschriebenen Zeilen, die sowohl Enttäuschung als auch Verzweiflung beinhalteten.

»Weil unser guter Mr Carmichael offenbar ein Geheimnis bewahren konnte. Und weil er sich gewiss des Skandals bewusst war, den dieses Schreiben verursacht hätte, wäre es an die Öffentlichkeit gelangt. Ich habe einen meiner Leute aus der Music School losgeschickt, um etwas über die Havendens herauszufinden, und was der zutage gefördert hat, ist wirklich interessant. Demnach war Lord Havenden mit seiner Ehefrau Maggie nach Sumatra gereist, um eine Plantage zu erwerben. Irgendwann muss er Rose dort getroffen und sie geschwängert haben.«

Lilly schüttelte fassungslos den Kopf. »Dieser Brief ist eine Sensation!«

»Und ob er das ist! Rose bat um Hilfe für ihr Kind mit Havenden, weil sie schwer krank war! Auch ein Umstand, von dem wir nichts wussten, der aber ein wenig Klarheit in der Frage bringen kann, warum sie so plötzlich verschwand. Sie wird an der Krankheit, die sie hier nicht näher beschrieben hat, gestorben sein.«

»Und warum hatte Carmichael den Brief in seinem Besitz?«

Ein Lächeln schlich sich auf Thorntons Gesicht. »Wie wäre es, wenn wir das bei einem Kaffee besprechen? Ein bisschen Zeit bleibt doch noch bis zum Flug, oder?«

Jetzt musste auch Lilly lächeln. Er hatte den Weg hierher gemacht, um ihr den Brief zu zeigen. Und das, kurz bevor sie nach Sumatra reiste!

»Natürlich, sogar noch ziemlich viel Zeit. Ich war zu früh dran.«

»Na gut, dann kommen Sie mit. Ich weiß, wo man schnell Kaffee bekommt und noch ein bisschen reden kann.«

Mit einem Becher heißem Kaffee saßen sie schließlich vor einem Schnellrestaurant, das zum Food Court des Flughafens gehörte.

»Also, was sind Ihre Theorien dazu?«, fragte Lilly, nachdem sie einen Schluck von dem höllisch heißen und höllisch faden Getränk genommen hatte.

»Nun.« Gabriel atmete tief durch, als bereite er sich auf einen langen Vortrag vor. »Es gibt da mehrere Möglichkeiten. Zum einen könnte Rose Carmichael den Brief übergeben haben, um ihn zu bitten, die Nachricht weiterzuleiten. Es ist auch nicht ausgeschlossen, dass er die Nachricht überbracht hat. Dann hat Havenden sie entweder abgelehnt oder Carmichael erst gar nicht vorgelassen.«

»Meinen Sie nicht, dass das ein wenig schäbig wäre? Eine Frau schwängern und dann einfach sitzen lassen?«

»Tja, so war die englische Aristokratie. Aber ich habe beschlossen, Havenden nicht vorzuverurteilen. Adlige dieser Zeit waren gefangen in Zwängen, teilweise ist das auch heute noch der Fall. Die Ehe hätte arrangiert sein können, das ist auch Anfang des letzten Jahrhunderts noch häufig vorgekommen. Vielleicht hat er Rose wirklich geliebt. Und möglicherweise hat er etwas für seine Tochter tun wollen, vielleicht hat er es ja auch getan. Ob das stimmt, können wir nur herausfinden, wenn wir wissen, wie diese Tochter hieß.«

»Und warum hat Carmichael den Brief dann behalten?«

»Das ist eine gute Frage. Zum einen könnte Havenden Roses Bitte abgelehnt haben. Außerdem ... könnte die Bitte zwar bei Havenden angekommen sein, er den Brief aber zurückgegeben haben, damit ihn niemand Unbefugtes findet.«

»Aber damit hätte er sich gegenüber Carmichael erpressbar gemacht. Wenn er Rose als Agent vertrat, hatte er sicher keine gute Meinung von ihm, immerhin hat er sein Goldkind geschwängert.«

»Vielleicht hat Carmichael Havenden auch erpresst, wer weiß. Die dritte Möglichkeit wäre, dass der Agent den Brief behalten und gar nicht erst abgegeben hat.«

»Warum sollte er so was tun? Immerhin bittet Rose bei ihrem früheren Geliebten um Hilfe. Und ich sehe es sicher nicht falsch, dass Havenden sich ruhig um seine Tochter hätte kümmern können.«

»Das stimmt, das hätte er tun können. Ich werde jetzt in zwei Richtungen ermitteln – zum einen werde ich den Nachfahren Carmichaels noch einmal einen Besuch abstatten und sie bitten, ein wenig in ihrer Familiengeschichte herumzustochern. Und dann werde ich versuchen, die Nachfahren dieses Havenden ausfindig zu machen. Wie Sie gelesen haben, hatte er eine Verlobte oder Frau, auf jeden Fall eine Partnerin, und Roses Vermutung, dass er mit ihr Kinder hatte, könnte sich ja bewahrheiten.«

»Die Erben werden sicher alles andere als begeistert sein, von dem unehelichen Kind zu hören.«

»Nun, wie man es nimmt. Uneheliche Kinder gehören von jeher in einigen Adelsfamilien zum Alltag. Und es ist ja auch schon eine halbe Ewigkeit her. Wenn das Kind irgendwann zwischen 1902 und 1909 geboren wurde, ist es jetzt bestimmt schon tot.«

»Wie kommen Sie gerade auf den Zeitraum?«

»Bis 1902 ist das Leben von Rose gut dokumentiert, danach gibt es ein paar Lücken wie eine sechsmonatige Pause, in der nicht klar war, wo sie sich befand. Vielleicht ist diese Pause Zufall, vielleicht hat sie da aber auch das Kind bekommen.«

Lilly nickte, dann kam ihr eine Idee. »Aber Roses Kind könnte doch selbst Kinder bekommen haben. Und es könnte Enkel geben, die dem Gesetz nach Anspruch auf ihr Erbe haben. Ich kenne mich da zwar nicht aus, kann mir aber vorstellen, dass ein Gentest immer noch eine Verwandtschaft nachweisen könnte. Diese Leute wären dann die rechtmäßigen Besitzer der Geige!«

»Immer langsam, Lilly, bedenken Sie, dass es da noch eine zweite Figur in unserem Spiel gibt: Helen. Sie war die letzte Besitzerin der Geige. Eher wären es ihre Nachfahren, die Anspruch darauf hätten. Ich betone aber, hätten, denn deren Familie könnte die Geige ebenso verkauft haben wie Rose.«

Lilly seufzte. »Sie haben recht. Damit ist noch lange nicht geklärt, wem die Geige wirklich gehört.«

»Ihre Detektivarbeit wird noch ein bisschen weitergehen. Aber jetzt genießen Sie erst einmal die Tage in Sumatra – und nutzen Sie sie gut. Während ich bei den Leuten hier nachforsche, schauen Sie doch mal, ob sich nicht eine Spur von Rose und ihrem Kind findet. Und ganz nebenbei können Sie ja auch mal nach Helen Carter schauen. Ich tippe, dass Sie von ihr noch wesentlich mehr finden werden.«

»Das werde ich«, versprach Lilly, dann sah sie in seine Augen.

Ein Gedanke schien ihm durch den Kopf zu gehen, doch er ließ ihn unausgesprochen.

»Wir bleiben in Kontakt, okay?«

»Natürlich«, entgegnete Lilly. »Ich halte Sie auf dem Laufenden.«

»Und ich Sie.«

Kurz sahen sie sich an, dann beugte sich Gabriel unvermittelt vor und küsste sie.

Lilly erstarrte zunächst, doch dann ließ sie zu, dass er sie umarmte und an sich zog. Die Berührung seiner Lippen jagte heiße Schauer durch ihren Körper.

»Ich hoffe, ich habe mir die Chance, dass du mir schreibst, jetzt nicht verdorben«, sagte er leise, als sich ihre Lippen wieder voneinander trennten.

Lilly starrte ihn verwirrt an, im ersten Moment nicht fähig, etwas zu entgegnen.

»Natürlich nicht«, brachte sie hervor. »Ganz im Gegenteil.«

Gabriel nickte ihr lächelnd zu. »Okay, ich glaube, wir sind einem gemeinsamen Abendessen jetzt noch ein Stück näher gekommen. Sobald du aus Sumatra zurück bist, nehme ich dich in die Pflicht, hörst du?«

Lilly nickte. Ihre Wangen glühten fiebrig, so dass sie am liebsten ihre eiskalten Hände dagegengedrückt hätte. Doch Gabriel hielt sie fest und sah ihr noch einen Moment in die

Augen. Dann war der Augenblick des Abschieds nicht mehr länger hinauszuzögern, denn Lillys Flug wurde aufgerufen.

Während des Flugs in Richtung Dubai ging Lilly der Gedanke an den Brief nicht aus dem Sinn. Rose hatte ein Kind von einem englischen Adeligen. Was aus dem Kind wohl geworden war? War es genauso verschollen wie seine Mutter? War es nach ihrem Tod im Waisenhaus gelandet? Oder in einer anderen Familie?

Alles war möglich, und so machte sich Lilly eine Liste, wo sie nachschauen wollte. Da Rose zur Hälfte Engländerin war, war es möglich, dass ihr Kind getauft worden war. Wenn es noch irgendwelche Kirchenregister gab, würde die Taufe zumindest datiert sein. Gabriel hatte den Zeitraum zwischen 1902 und 1909 eingegrenzt. Die Wahrheit lag gewiss irgendwo dazwischen. Trotzdem würde es eine ziemliche Arbeit werden, Kirchenbücher von acht Jahren durchzusehen. Würde sie das innerhalb dieser einen Woche schaffen?

Nach der Zwischenlandung in Dubai um Viertel vor sieben hatte Lilly noch zwei Stunden Zeit, um sich ein wenig zu erholen, bevor die Maschine gen Jakarta aufbrach. Zunächst holte sie sich etwas zu essen, dann flanierte sie an den Geschäften im Flughafengebäude vorbei, ohne wirklich Lust zu verspüren, sich etwas zu kaufen. Schließlich suchte sie sich einen Platz in der Abfertigungshalle und verlegte sich darauf, die Leute, die durch den Flughafen eilten, zu beobachten.

Sie sah einen sehr beleibten Araber in der traditionellen Djellaba, der von zwei Frauen in Burkas begleitet wurde. In Berlin sah sie dergleichen auch manchmal, doch die Burkas dieser Frauen waren ziemlich reich bestickt, offenbar war der Mann vor ihnen wohlhabend. Eine Gruppe arabischer Geschäftsleute war in ein angeregtes Gespräch vertieft, das von zahlreichen Gesten begleitet wurde. Die Deutschen standen dagegen stocksteif da, wenn sie sich unterhielten. Neben den traditionell gekleideten Einheimischen gab es auch zahlreiche asiatische und europäische Touristen, die meisten stiegen wie sie hier nur um.

Da ihr ein Blick auf die Uhr sagte, dass erst wenige Minuten vergangen waren, zückte sie wieder ihren Reiseführer. Die Abbildungen waren wunderschön und weckten Erinnerungen in ihr. Erinnerungen an eine Reisemesse, die sie zusammen mit Peter besucht hatte. Damals hatten sie Pläne geschmiedet, wohin sie reisen würden, wenn er beruflich etwas mehr Fuß gefasst hätte. In jenen Augenblicken hatten sie nicht ahnen können, dass es dazu nicht kommen würde – jedenfalls nicht gemeinsam.

»Sie können wohl mit den Verlockungen der Duty-free-Shops auch nichts anfangen, wie?«, fragte eine Stimme neben ihr.

Lilly ließ vor Schreck beinahe den Reiseführer fallen. Der Mann, der sich auf dem Sitz neben ihr niedergelassen hatte, lächelte sie breit an. Sein dunkelblondes Haar war an den Schläfen angegraut, sein Gesicht sonnengebräunt. Unüberhörbar schwang ein holländischer Akzent in seinen Worten mit.

»Nein, ich wüsste nicht, was ich hier kaufen sollte, ich hab schon mit meinem Gepäck genug.«

»Sie wollen auch nach Padang?«

»Ja«, antwortete Lilly ein wenig verwirrt und schloss den Reiseführer. »Woher ...«

Der Mann deutete auf den Reiseführer. »Ich bin ziemlich gut im Raten. Ich glaube, ich habe Sie in unserer Maschine gesehen. Qatar Airlines, nicht wahr?«

Lilly nickte völlig überrumpelt.

Einen Moment schien der Mann zu überlegen, dann setzte

er hinzu: »Ich bin Derk Verheugen, und Sie sind die erste Deutsche, die ich seit der Landung hier gesehen habe.«

»Wirklich?«, fragte Lilly verwundert, dann fiel ihr ein, dass sie ihm eigentlich ihren Namen sagen sollte.

»Ich schwöre es.«

»Lilly Kaiser«, stellte sie sich nun vor.

»Freut mich, Sie kennenzulernen. Ich hoffe, ich falle Ihnen nicht zur Last. Es ist nur schön, eine Gleichgesinnte zu finden. Was führt Sie nach Padang? Oder ist das zu indiskret?«

Lilly sah den Mann verblüfft an, und ein klein wenig fürchtete sie sich auch vor ihm, denn noch nie hatte sie jemand so offensiv angesprochen. Außerdem war er nicht ihr Typ, obwohl seine blauen Augen freundlich wirkten und er nicht mal zehn Jahre älter zu sein schien als sie.

Vielleicht ist es ein Menschenhändler, schoss es ihr unbehaglich durch den Kopf, doch da sie hoffte, ihn zumindest im Flugzeug los zu sein – und weil ganz in der Nähe zwei Flughafenpolizisten standen –, antwortete sie: »Ich bin auf der Suche nach einer Violinistin.«

»Sie sind Konzertveranstalterin?«

Lilly schüttelte den Kopf. Vielleicht ist er ja doch nicht so verrückt, sagte sie sich, nahm sich aber vor, weiterhin auf der Hut zu bleiben.

»Nein, ich forsche nach einer Violinistin, die vor etwas mehr als hundert Jahren gelebt hat. Sie ist auf Sumatra verschollen. Und hatte dort ein Kind, von dem niemand etwas wusste.«

»Wahrscheinlich hat sie einen reichen Plantagenbesitzer getroffen. Früher gab es davon haufenweise auf der Insel.«

»Aber das würde doch kein Verschwinden rechtfertigen! Nein, ich glaube, es gab einen anderen Grund. Den möchte ich herausfinden und auch, warum die Geige, die sie besessen hat, in die Hände einer anderen Violinistin geraten ist, die ebenfalls auf Sumatra geboren wurde.«

»Das klingt ungemein spannend. Da tut es mir fast leid, dass ich nicht Geschichte studiert habe.«

»Was machen Sie denn beruflich?«, fragte Lilly und bemerkte, dass ihre Scheu allmählich schwand. Irgendwie hatte er etwas Vertraueneinflößendes, das allerdings besser zur Geltung kommen würde, wäre er nicht so direkt.

»Ich bin Zahnarzt.«

»Zahnarzt?« Lilly hätte alles erwartet, aber nicht das.

»Keine Angst, ich habe mein Besteck zu Hause gelassen«, witzelte er. »Ich bin ganz privat unterwegs und habe nicht vor, hier irgendwem einen Zahn zu ziehen. Es sei denn, Sie wollen das unbedingt.«

»Ich denke, Sie haben Ihr Besteck nicht mit.«

»Ach, da lässt sich bestimmt was arrangieren.« Verheugen lachte auf. »Aber Sie haben recht, das habe ich nicht wirklich vor. Ich genieße lieber die Schönheit des Landes.«

Im nächsten Augenblick erfolgte der Aufruf der Maschine.

»Ich glaube, wir müssen«, sagte Verheugen fröhlich. »Was meinen Sie, ob Ihr Sitznachbar mit mir tauscht?«

»Unwahrscheinlich«, entgegnete Lilly lächelnd. »Aber Sie können Ihr Glück ja mal versuchen.«

Natürlich tauschte Lillys Sitznachbar nicht, und auch im nächsten Flugzeug hatten sie Pech. Lilly wusste nicht so recht, ob sie darüber traurig oder froh sein sollte. Der Niederländer war humorvoll und hatte sicher einige Anekdoten auf Lager. Aber seine Art war ihr dann doch etwas zu direkt.

So genoss sie den stillen indonesischen Geschäftsmann neben sich, der irgendeine einheimische Zeitung las, und studierte ihren Reiseführer.

Der Minangkabau-Airport wurde beim Tsunami im Jahr 2004 weitestgehend zerstört und danach im Stil traditioneller Inselbauten wieder aufgebaut, las sie dort, dann reckte sie den Hals in Richtung Fenster.

Es hatte in dem schmalen Buch geheißen, dass man die weitläufigen Palmenhaine der Insel bereits beim Anflug sehen könnte. Doch die Insel lag unter einer dicken Dunstglocke. Nur vereinzelt ragten ein paar grüne Bergspitzen aus den weißen Schleiern.

In dem Reiseführer stand auch, dass der grüne Palmenteppich durch Abholzungen und Brandrodungen zahlreiche Löcher bekommen hatte, die Regierung aber mittlerweile bestrebt war, wieder aufzuforsten.

Vielleicht war es doch gut, dass sich der Wald unter Nebel verbarg.

Immerhin konnte sie einen kurzen Blick auf den Flughafen werfen, bevor die Maschine zum Landeanflug ansetzte. Das Gebäude war den traditionellen Bauten der Minangkabau nachempfunden, die scheinbar aufeinandergestapelten Dächer glichen Mondsicheln, die auf den Rücken gefallen waren. Das passte irgendwie, genauso wie der Name der Airline, in die sie in Jakarta umgestiegen waren. Diese war nach Garuda, dem Nationalvogel Sumatras, benannt, einem Mischwesen aus Vogel und Mensch, das in dem Ruf stand, die Menschen der Insel zu beschützen.

Was würde sie hier finden? Gab es diesen »Mondscheingarten« vielleicht noch? Würde sie erfahren, was aus Rose Gallway geworden war und wie die Geige in die Hände von Helen Carter gekommen war?

In der Flughafenhalle wartete Dr. Verheugen schon auf sie. Noch immer wusste Lilly nicht so recht, was sie von ihm halten sollte – aber ihr Gefühl sagte ihr, dass er einfach nur hilfsbereit war – und vielleicht auch etwas Gesellschaft brauchte.

»Na, haben Sie alles beisammen?« Er deutete auf ihren Koffer.

»Ja, und jetzt brauche ich eine ordentliche Mütze voll Schlaf.«

»Das kann ich verstehen, aber Sie sollten vielleicht noch ein bisschen damit warten, dann gewöhnen Sie sich besser an die Zeitumstellung. Oder Sie machen ein kurzes Nickerchen und stellen sich den Wecker, damit Sie zum Abendessen wieder fit sind.«

»Sind Sie öfter auf Sumatra?«

Der Zahnarzt lächelte. »Ich betrachte die Insel fast schon als mein zweites Zuhause. Ich bin zweimal, manchmal auch dreimal im Jahr hier.«

Lilly musste sich beherrschen, nicht erstaunt die Augen aufzureißen. Wenn sie daran dachte, was Ellen für sie gezahlt hatte …

»Ich hoffe, Sie haben ein gutes Hotel.«

»Das Batang-Hotel«, antwortete Lilly und blätterte die entsprechende Seite des Reiseführers auf. »Allerdings weiß ich darüber nur das, was im Reiseführer steht.«

»Das Batang ist wirklich sehr gut, zwei Engländer führen es. Die Bausubstanz stammt von meinen Landsleuten, soweit ich weiß, ist es früher auch schon ein Hotel gewesen. Die Leute, die dort übernachtet haben, haben nur Gutes erzählt.«

»Und wo wohnen Sie?«

»Bei Bekannten, mitten in der Stadt. Es ist gut, dass Sie das Batang gewählt haben, das ist nicht weit von mir, und wenn Sie möchten, zeige ich Ihnen, wo Sie das Archiv finden können, in dem die Unterlagen aus der Kolonialzeit aufbewahrt werden. Erwarten Sie aber bitte keine Wunder, es hat in der

Zwischenzeit immer wieder Erdbeben gegeben, es könnte sein, dass einige wichtige Stücke für immer verloren gegangen sind.«

»Das würden Sie tun? Ich meine, mir das Archiv zeigen?«

»Ja, sehr gern, vorausgesetzt, das erscheint Ihnen nicht zu aufdringlich. Wissen Sie, das ist eine meiner persönlichen Unarten, wenn ich von etwas höre, bei dem ich helfen kann, erwacht in mir der Drang, das auch zu tun. Wenn es Ihnen nicht angebracht erscheint, dann ziehe ich mich wieder zurück, aber anderenfalls helfe ich Ihnen gern. Wenn Sie möchten, fungiere ich auch als Dolmetscher. Viele der Unterlagen werden in Niederländisch abgefasst sein, und mit den Leuten, die das Archiv führen, kann man natürlich Englisch sprechen, aber mit Malaiisch und Niederländisch kommen Sie sehr viel weiter.«

»Aber halte ich Sie nicht zu sehr auf?«, fragte Lilly ein wenig unsicher. Außer Ellen hatte sie selten Menschen getroffen, die bereit waren, ihr bedingungslos und ohne dass sie fragen müsste, zu helfen. »Sie haben doch sicher auch etwas vor.«

»Die Person, die ich treffen möchte, wird erst in zwei Tagen hier ankommen, ich habe also Zeit für Sie. Und wann trifft man schon mal jemanden, der in der kolonialen Geschichte Sumatras herumstochern will. Ich stehe Ihnen gern zur Verfügung, wenn Sie mir ein bisschen mehr über diese beiden Frauen erzählen. Wenn ich wieder in Amsterdam bin, muss ich meinen Patienten doch etwas Abenteuerliches berichten.«

Als ob es nicht schon abenteuerlich wäre, hier zu sein, dachte Lilly im Stillen, war allerdings froh darüber, dass sie Verheugen nicht ignoriert oder abgewiesen hatte.

»Also gut, ich freue mich. Und ich danke Ihnen für Ihre

Hilfe und erzähle Ihnen gern etwas über die Vorbesitzerinnen meiner Geige.«

»Gut, treffen wir uns morgen um zehn vor Ihrem Hotel? Ich bleibe auch nur so lange bei Ihnen, wie Sie mich brauchen. Wenn ich Ihnen lästig werde, sagen Sie einfach Bescheid.«

»In Ordnung«, entgegnete sie und reichte ihm die Hand. Der Zahnarzt lächelte, dann begaben sie sich nach draußen, wo die Transfertaxis warteten.

22

PADANG 1910

Helen rannte, als gelte es, einer wütenden Hundemeute zu entkommen. Ihre Mutter hatte sich später als erwartet zu ihrem täglichen Rundgang verabschiedet, und auch das Dienstmädchen wollte nicht von Helens Seite weichen. Aber schließlich war sie frei und konnte nach oben laufen, um den Geigenkasten zu holen. Vollkommen aus der Puste erreichte sie die Hecke und gönnte sich ein paar Augenblicke zum Verschnaufen, bevor sie dann über das Nachbargehöft zum Pavillon schlich.

Mit Herzklopfen und der Geige unter ihrem Arm öffnete sie vorsichtig die Tür und atmete erleichtert auf, als sie in dem staubigen Lichtstrahl, der durch die Fenster fiel, die Gestalt in dem blauen Kleid sah. Jetzt waren ihre Lippen wieder rosig, und sie wirkte auch sehr ruhig, als das Mädchen durch die Tür trat. Während sie gewartet hatte, hatte sie etwas in ein Heft geschrieben, das sie nun eilig beiseitelegte.

»Da bist du ja!«, sagte sie erfreut und streckte die Hand aus, um Helen über die Wange zu streicheln.

»Tut mir leid, ich bin nicht eher weggekommen«, entschuldigte Helen sich, denn sie wusste, dass sie einige Minuten zu spät war.

»Ist schon in Ordnung. Der Pavillon ist recht nett, schön geschützt vor den Blicken der Leute auf der Straße. Und mittlerweile weiß ich auch ganz genau, dass in dem Haus niemand wohnt. Wir werden also nicht gestört.«

Damit nahm sie Helen den Geigenkoffer ab und öffnete ihn. Als sie mit dem Finger sanft über die Saiten streichelte, trat ein wehmütiger Ausdruck in ihren Blick. Es war so, als würde sie das Bild einer Freundin betrachten, die schon vor vielen Jahren gestorben war. Helen hatte mal beobachtet, wie ihre Mutter das Bild ihrer Schwester angesehen hatte, die schon seit einigen Jahren tot war. Genauso blickte sie dann auch immer, und wenig später wandte sie sich ab, um sich verschämt mit einem Taschentuch ein paar Tränen von den Wangen zu wischen.

Die Frau allerdings weinte nicht, sie hob die Geige vorsichtig aus dem Koffer.

»Hast du schon mal versucht, sie anzulegen?«, fragte sie. »Weißt du, wie du sie halten musst?«

Helen schüttelte den Kopf. »Nein, ich habe mich nicht getraut.«

»Aber angesehen hast du die Geige doch bestimmt, oder?«

»Ja, natürlich!«, antwortete Helen.

»Und wie findest du sie?«

»Sie ist wunderschön!«

»Hast du denn die Rose auf ihrem Rücken auch gesehen?«

Helen nickte eifrig. Gleich nachdem ihre Mutter sie allein gelassen hatte, war sie in ihr Zimmer gehuscht und hatte die Geige in Augenschein genommen. So etwas Schönes hatte sie zuvor noch nie gesehen. Allein schon, als sie das lackierte Holz so vorsichtig berührte, als könnte es unter ihrer Fingerkuppe zerfallen, wusste sie, dass dies das Instrument war, das sie gern spielen wollte.

»Gut, dann brauche ich dir das nicht mehr zu zeigen.«

»Woher hat die Geige denn die Rose? Hat sie jemand draufgemalt?«

»Nein, Liebes, diese Rose ist in das Holz gebrannt worden von dem Menschen, der sie gebaut hat. Er wollte sie wohl besonders hübsch machen. Glücklicherweise hat das auf den Klang keine Auswirkungen.«

»Kannst du sie einmal spielen, damit ich weiß, wie sie sich anhört?«, fragte Helen, worauf die Frau zögerte. Doch dann nickte sie, legte sich die Geige unter ihre linke Kinnseite und begann, mit dem Bogen darüberzustreichen. Obwohl sie vorhatte, nicht allzu laut zu spielen, tönte die Melodie kraftvoll durch den Pavillon. Allerdings nicht einmal eine Minute lang, dann setzte sie den Bogen wieder ab. »Das muss leider fürs Erste reichen.«

Helen strahlte sie an. »Das war sehr schön! Werde ich auch mal so spielen können?«

Die Frau lächelte sie breit an. »Ich hoffe, du wirst noch wesentlich besser spielen als ich. Aber fangen wir erst einmal mit der Haltung an.«

Sie ließ Helen die Geige genauso anlegen, wie sie es selbst getan hatte – nur mit dem Unterschied, dass sie den Bogen nicht aufsetzen durfte, sondern in der Schwebe über den Saiten halten musste. Das fiel Helen zunächst schwer, aber sie versuchte es so lange, bis die Frau zufrieden war.

»Was ist eigentlich mit deiner Musiklehrerin?«, fragte sie, als sie Helen eine kleine Verschnaufpause gönnte – etwas, das Miss Hadeland nie machte.

»Mama hat sie beurlaubt«, antwortete Helen, nicht ohne Schadenfreude. Miss Hadeland hatte wirklich sehr dumm aus der Wäsche geschaut, als Ivy sie gerügt und sie für die nächsten vier Wochen suspendiert hatte.

»Wenn Sie bis dahin Ihre Lehrmethoden überdacht haben,

werden wir Sie weiterhin unterrichten lassen. Sollte das nicht der Fall sein, werden wir nicht nur von einer Weiterbeschäftigung absehen, auch werden wir öffentlich machen, dass Sie Ihre Schüler schlagen. Ich glaube kaum, dass Sie dann noch eine andere Familie anstellen wird«, hatte Ivy Carter der Lehrerin mit auf den Weg gegeben.

Miss Hadeland hätte behaupten können, viele andere Aufträge zu haben und das Geld von ihnen nicht zu brauchen. Doch sie sagte nichts und schlich nur kleinlaut aus dem Haus. Dieser Anblick hatte Helen vergnügt in die Hände klatschen lassen. Der verhasste Klavierunterricht war fürs Erste vorüber.

Bevor die Frau weiter erklären konnte, wurde Helen von einer Bewegung abgelenkt. An der Fensterscheibe flatterte ein sehr großer bunter Schmetterling herum, der offenbar nicht einsehen wollte, dass die Glasscheibe ihn von der Außenwelt trennte.

Als die Fremde das bemerkte, lächelte sie: »Sieh mal einer an, es kommt sogar schon das erste Publikum! Aber ein wenig muss sich der Schmetterling wohl noch gedulden, bis er dein Spiel so richtig genießen kann.«

»Du meinst, Schmetterlinge können hören?«

»Warum sollten sie das nicht können? Ich bin der Meinung, dass sogar Pflanzen hören können. Wenn sie schöne Musik hören, sollen sie angeblich besser wachsen.« Die Frau verstummte einen Moment lang, dann setzte sie hinzu: »Was meinst du, warum der Dschungel hier so gut wächst? Hier ist am Abend immer irgendwo Musik, und die Affen singen ebenfalls ihre Lieder.«

»Stimmt das wirklich?«

Die Frau nickte. »Später, wenn du richtig spielen kannst, kannst du es ja mal probieren. Aber jetzt sollten wir die Griffe üben. Ich sage dir, wie du die Finger halten musst, und singe dir dann den Ton vor, den die Geige dabei machen sollte. Hoffentlich klappern dir nicht die Ohren bei meinem Gesang.«

Helen lachte auf, und die Frau zeigte ihr nun, wie sich das anhören konnte. Dabei fiel dem Mädchen auf, was für eine schöne Singstimme die Frau hatte. Damit hätte sie auch gut eine Opernsängerin sein können, da war sie sicher.

Viel zu schnell ging die Stunde vorüber. Helen ärgerte sich ein wenig, dass sie nicht pünktlich gewesen war und ihr diese Minuten nun verloren gingen. Aber ihre Freundin tröstete sie. »Am Dienstag sehen wir uns wieder. Und versuch zu spielen, wenn du irgendwie kannst. Auch wenn sich dein Spiel noch nicht ganz so anhört wie meines, gib nicht auf, du wirst sehen, eines Tages bist du so weit!«

Wieder im Haus, glühten Helens Wangen. Als sie das Dienstmädchen rumoren hörte, rannte sie schnell die Treppe hinauf, damit sie die Geige nicht sah. Am liebsten hätte sie geübt, aber da hielt auch schon eine Kutsche vor dem Haus, und ihre Mutter stieg aus.

Am nächsten Nachmittag hatte sie aber mehr Glück. Die Frau hatte recht, so wie sie das Instrument zum Klingen brachte, konnte man das noch nicht als Spielen bezeichnen, aber wenn sie ein wenig übte, würden die Melodien schöner klingen.

Von nun an übte Helen all das, was die Frau ihr immer am Dienstag und Donnerstag zeigte. Allerdings nur dann, wenn ihre Mutter nicht im Haus war. Das Dienstmädchen, das auf sie aufpassen sollte, hatte ohnehin anderes im Sinn. Seit kurzem traf sie sich heimlich beim Pferdestall mit Jim, dem Pferdeknecht der Nachbarn. So geschah es, dass Helen täglich mindestens eine weitere Stunde allein war. Eine Stunde, in der sie sich auf den Dachboden zurückzog und spielte.

Wie anders die Melodien doch klangen, wenn sie aus dem Instrument kamen! Beim Üben hatte sie immer nur den Gesang der fremden Frau im Ohr, doch nun hörte sie die Violine richtig – und diese war wesentlich lauter, als sie zunächst angenommen hatte. Da sie keine Notenblätter besaß, versuchte Helen, sich nicht nur an die Griffe, sondern auch an die Stimme der Frau zu erinnern. So schuf sie sich ein kleines Repertoire, das sie nur zu gern ihrer erwachsenen Freundin vorgespielt hätte, doch diese bestand darauf, weiterhin nur stumm oder mit ihrem leisen Gesang zu üben.

Dafür erzählte ihr die fremde Frau, deren Namen Helen immer noch nicht kannte, zwischendurch, wenn sie verschnaufte, wunderbare Märchen, von Mädchen mit goldenen Fischen oder von einer Prinzessin, die wie ein Vogel aus einem Ei geschlüpft war. Manchmal brachte sie Helen ein wenig Zuckerzeug mit, am liebsten mochte sie die grünen Kugeln, die mit Palmzucker gefüllt und mit Kokos bestreut waren.

»Iss aber nicht zu viel davon«, ermahnte die Frau sie, als sie ihr einmal eine ganze Tüte überließ. »Wenn deine Mutter merkt, dass du keinen Hunger hast, wird sie misstrauisch werden, und dann ist unser Geheimnis in Gefahr, und ich kann nicht mehr herkommen.«

»Keine Sorge, ich hebe mir welche auf«, versicherte Helen, denn sie wollte auf keinen Fall auf die netten Stunden mit ihrer Freundin verzichten – zumal sie das Gefühl hatte, dass diese ihr mehr beibrachte als Miss Hadeland. Manchmal ertappte sie sich dabei, dass sie sich wünschte, ihre Freundin ihrer Mutter vorzustellen und sie zu ihrer richtigen Musiklehrerin zu machen. Als sie das einmal anbrachte, verfinsterte sich die Miene der Fremden.

»Du darfst ihr auf keinen Fall von mir erzählen.« Ohne dass die Frau die Freundlichkeit in ihrer Stimme verlor, spürte Helen, dass sie dabei war, eine Grenze zu übertreten, und dass sie das ihre Freundschaft zu der Frau kosten könnte.

»Ich verspreche, ich sage nichts«, entgegnete sie rasch. »Ehrlich. Es wäre nur so schön, wenn du meine richtige Musiklehrerin sein könntest. Wenn du hören könntest, wie ich auf der Geige spiele.«

»Das werde ich vielleicht eines Tages«, entgegnete die Frau, doch so traurig, wie sie dreinblickte, schien sie wohl zu glauben, dass das nie passieren würde.

Einige Wochen später bekam Helens Mutter Besuch von ihren Freundinnen und Nachbarinnen. Diese trafen sich unregelmäßig zum Nachmittagstee, immer abwechselnd bei einer anderen Teilnehmerin. Dieses Mal war Ivy Carter mit dem Ausrichten der Kaffeetafel an der Reihe.

Schon einen Tag vorher war sie zusammen mit dem Dienstmädchen und der Köchin in der Küche, um zu backen und Kaffeebohnen zu mahlen. Da sie ohnehin nichts von dem Backwerk, das einen wunderbaren Duft verströmte, naschen durfte, holte Helen die Geige unter ihrem Bett hervor und übte stumm die Griffe, während sie sich die dazugehörigen Klänge vorstellte.

Da der Besuch der Nachbarinnen und Freundinnen auf einen Mittwoch fiel, konnte sie ihre Freundin am Tag zuvor noch einmal sehen, allerdings ließ sie noch viel größere Vorsicht walten, denn ihre Mutter ging an diesem Tag nicht aus, sondern buk, was die Küche hergab.

Nachdem sie sich vergewissert hatte, dass ihr niemand nachblickte, rannte sie zur Hecke und betrat wenig später den Pavillon. Wieder fand sie die Frau schreibend vor.

»Was schreibst du denn da?«, erkundigte sich Helen, denn wie so oft verstaute ihre Freundin auch diesmal das Heftchen unter ihrem Korsett, das in den vergangenen Wochen begonnen hatte, immer lockerer zu sitzen.

»Ein Tagebuch«, entgegnete die Frau. »Ich schreibe alles nieder, was ich am Tag erlebe.«

»Schreibst du denn auch was von mir?«

»Oh, von dir schreibe ich besonders viel.«

»Warum?«, fragte Helen mit großen Augen.

»Weil ich dich gernhabe und gern mit dir zusammen bin.«

»Darf ich das irgendwann mal lesen?«

Die Frau lächelte sie an. Wieder waren ihre Lippen etwas bläulich, und sie wirkte wie Helens Mutter, wenn sie ihre Migräne hatte.

»Vielleicht. Eines Tages ganz bestimmt, denn ich werde es dir schenken. Dann kannst du darin sehen, wie du als Kind warst, und ich habe auch alle Märchen aufgeschrieben, die ich dir erzählt habe. Wenn du groß bist, kannst du sie deinen Kindern erzählen.«

Das gefiel Helen irgendwie, wenngleich sie Schwierigkeiten hatte, sich vorzustellen, wie sie als erwachsene Frau aussah. Vielleicht wie ihre Mutter? Und würde sie dann immer noch Geige spielen?

Am nächsten Tag konnte Helen nicht üben, denn die Freundinnen ihrer Mutter rückten zum Nachmittagstee an, und sie selbst wurde nicht nur in ein rüschenverziertes Kleid gesteckt, das kratzte und kniff, man erwartete auch, dass sie die ganze Zeit über stillsaß, gute Manieren an den Tag legte und sich freute, wenn die Frauen feststellten, wie groß sie schon geworden war. Dabei wusste Helen nur zu gut, dass sie nicht groß geworden war – für ihren eigenen Geschmack war sie noch viel zu klein. Und sie wusste mit ihren acht Jahren auch genau, dass es Zeitverschwendung war, hier zu sitzen und sich die ganzen seltsamen Geschichten anzuhören, anstatt auf dem Dachboden zu sein und zu üben.

Helen saß also an der Seite ihrer Mutter auf dem Sofa, unterdrückte den Drang, mit den Beinen zu schaukeln, und lauschte den vollkommen langweiligen Gesprächen. Der einzige Trost war, dass sie nun endlich von den Köstlichkeiten, die ihre Mutter gebacken hatte, naschen durfte.

»Du meine Güte, Mevrouw Carter, wer spielt denn bei Ihnen so göttlich Geige?«, fragte plötzlich eine der Nachbarinnen, nachdem sie ihre Kaffeetasse abgesetzt hatte.

Ivy Carter zog überrascht die perfekt gezupften Brauen hoch. »Geige? Da müssen Sie sich wohl verhört haben, Mevrouw Hendriks, hier im Haus gibt es niemanden, der Geige spielt.«

»Wirklich nicht?«, bohrte die Nachbarin weiter, wobei ihr Blick auf Helen fiel. »Ich habe Ihre Tochter sonst immer Klavier spielen gehört. Sie hat also nicht das Instrument gewechselt?«

Verwirrt blickte Ivy zu ihrer Tochter. »Helen? Kannst du uns vielleicht erklären, was das zu bedeuten hat? Haben wir neuerdings einen Geige spielenden Geist im Haus?«

Helen antwortete zunächst nicht. Sie ärgerte sich vielmehr darüber, dass die Nachbarin so gute Ohren hatte. Aber hätte sie nicht wissen müssen, dass man die Geige weithin hören konnte? Und dass kein Geheimnis auf ewig eines blieb?

Langsam erhob sich Helen von ihrem Stuhl. Dass ihre Mutter verständnislos den Kopf schüttelte, ignorierte sie. Ivy Carter war keine Frau, die sich leicht aufregte, und wahrscheinlich würde sie ihrer Tochter auch nicht folgen. In Anbetracht des Besuchs würde es die Schelte für Helens Verhalten wahrscheinlich erst dann setzen, wenn die anderen Frauen gegangen waren. Aber das machte ihr nichts aus.

»Helen? Wo willst du hin?«, fragte ihre Mutter. Doch Helen ging unbeirrbar weiter. Sie ließ den Salon mit den staunenden Damen hinter sich, und kaum hatte sie den Flur durchquert, begann sie zu rennen. Schneller, als ihr irgendein Erwachsener hätte folgen können, stürmte sie die Treppe hinauf. Ihr Herz raste wie verrückt. Was sollte sie tun? Sich verstecken? Warten, bis die Mutter heraufkam und wissen wollte, was los war?

Als sie die Tür hinter sich ins Schloss geworfen hatte, stand sie minutenlang an den Türflügel gelehnt und lauschte. Nichts tat sich. Keine Schritte polterten die Treppe hinauf, keine Rufe ertönten. War es ihrer Mutter gleichgültig, was sie getan hatte? Oder war sie im Augenblick nur zu gelähmt, um etwas zu unternehmen? Machten ihr die Nachbarinnen Vorwürfe?

Helen musste etwas tun!

Mit rasendem Herzen kroch sie unter ihr Bett und holte die Geige hervor. Was soll ich nur tun?, fragte sie stumm das Instrument, während sie den Deckel des Geigenkastens aufklappte und mit ihrem Zeigefinger über die Saiten strich.

Die Geige antwortete ihr auf ihre Weise: mit einem leisen Geräusch, das sich anhörte, als würde der Wind an einer Hausecke vorbeistreichen. Bedeutete das etwa, dass es Zeit war, das Geheimnis zu lüften? Aber was war mit der fremden Frau? Sie hatte ihr doch gesagt, dass sie niemandem etwas erzählen durfte. Wie sollte sie das jetzt weiter tun, nachdem die Nachbarin sie bereits gehört und die Geige ihr Geheimnis verraten hatte?

In dem Fall durfte sie doch nicht als die Schuldige angesehen werden, wenn sie das Versprechen brach!

Nach einigen Minuten stand ihr Entschluss fest – und gleichzeitig fühlte sie eine tiefe Erleichterung in sich. Ein Geheimnis zu bewahren war sehr schwierig, besonders vor den Menschen, die man liebte!

Helen klappte den Koffer wieder zu, umklammerte seinen Griff und trug ihn dann nach draußen.

Von unten hörte sie aufgeregtes Geplapper. Die Frauen redeten auf ihre Mutter ein, einige sprachen davon, dass Helen schlecht erzogen sei, andere waren neugierig, was das alles zu bedeuten hatte.

Als Helen durch die Tür trat, wurde es plötzlich still. Alle Augen richteten sich auf sie, doch niemand sagte etwas. Nachdem sie sie gemustert hatten, wanderten die Blicke auf die Geige neben ihr.

Helen wusste, wenn sie sie behalten wollte, musste sie den Anwesenden zeigen, dass sie spielen konnte. Ansonsten würde ihre Mutter verlangen, dass sie die Geige wieder hergab. Doch das wollte sie auf keinen Fall.

Langsam, die Blicke der Frauen ignorierend und auch die Frage ihrer Mutter, was das zu bedeuten habe, stellte Helen den Koffer auf dem Boden ab, ließ das Schloss aufschnappen und holte die Geige hervor.

Ein Raunen ging durch die Besucherinnen. »Ivy, was ...«, begann eine der Frauen, die ihre Mutter etwas besser kannten.

Doch bevor sie eine Antwort erhalten konnte, setzte Helen die Geige unter ihr Kinn und begann zu spielen – so, wie sie die Töne herausgefunden hatte, wie sie meinte, dass sie am besten klangen. Sie spielte ein altes Lied, das ihre Mutter ihr manchmal vorgesungen hatte, als sie noch sehr klein gewesen war. Die Melodie war sehr einfach, doch sie war hübsch, und

Helen hätte sie viel öfter auf dem Klavier spielen wollen, doch das hatte ihr Miss Hadeland nicht erlaubt.

Als sie mit ihrem Vortrag fertig war, herrschte Stille. Die Töne waren durch das Fenster entwichen, und Helen gefiel der Gedanke, dass sie vielleicht wie Tautropfen zur Erde gefallen waren und dort dafür sorgten, dass die Blumen wuchsen.

Mit ernster Miene packte sie ihre Geige wieder in ihren Koffer und stellte sich dann dem Urteil der Zuhörerinnen.

Diese waren sprachlos. Am liebsten hätte Helen gefragt, ob Mrs Hendriks dieses Lied gehört hatte, doch all ihren Mut hatte sie schon beim Hinauslaufen und Offenbaren der Geige verbraucht. Jetzt fühlte sie sich, als sei sie ein Stück geschrumpft, weil so viel aus ihr herausgekommen war.

Nach einer Weile erhob sich Ivy. Ihre Züge waren blass, aber sie wirkte nicht verärgert. Stattdessen glitzerten Tränen in ihren Augen.

»Das war wunderschön, Helen«, sagte sie dann, als sie vor ihr auf die Knie ging. »Wer hat dir beigebracht, so zu spielen?«

Helen presste die Lippen aufeinander. Sie hatte nun schon so viel verraten, konnte sie auch von der Frau erzählen? Der Frau, die ihr im Gartenpavillon gezeigt hatte, wie sie die Geige halten musste? Wie sie die Finger auf das Griffbrett legte, um einen bestimmten Ton zu erzeugen? Wie die Frau ihr das stumme Spielen beigebracht hatte, damit sie üben konnte, wenn ihre Mutter im Haus war?

»Ich hab es mir selbst beigebracht«, sagte sie dann. »Jeden Tag, wenn du nicht da warst, habe ich geübt. Gespielt, laut.«

»Aber warum hast du es denn heimlich getan?«, wollte die Mutter wissen. »Und woher hast du eigentlich diese schöne Geige?«

Es war klar gewesen, dass diese Frage kommen würde. Ivy

wusste genau, dass auf ihrem Dachboden nicht einfach so eine Geige herumlag. Das Klavier, an dem Helen immer übte, hatte ihrer Mutter gehört, doch die Geige ...

Nein, sie durfte es nicht sagen, sie durfte die Fremde nicht einfach so verraten!

»Helen, bitte sag es mir«, bat die Mutter mit der sanften Stimme, der sich Helen noch nie hatte widersetzen können.

Plötzlich begann die Erde zu beben.

23

PADANG 2011

Am nächsten Morgen fühlte sich Lilly, als würde ihr Kopf in Watte stecken. Dank des WLAN-Anschlusses, den das Hotel anbot, hatte sie Ellen noch am Abend eine kurze Mail geschrieben, dass sie gut angekommen war. Und auch Gabriel hatte sie eine kleine Nachricht geschickt. Antworten hatte sie von beiden nicht erhalten, aber es beruhigte sie, dass die beiden Menschen, die ihr wichtig waren, wussten, dass es ihr gutging.

Den Ratschlag des Zahnarztes hatte sie befolgen wollen, doch sie war so müde gewesen, dass sie den Wecker zwar gehört, aber ignoriert hatte. Als sie wach geworden war, war es drei Uhr in der Früh. Schlafen konnte sie da nicht mehr, also hatte sie in ihrem Reiseführer gelesen und sich Notizen gemacht, wonach sie suchen wollte.

In der Einsamkeit des Zimmers wurde sie nachdenklich. Ein einfacher Erholungsurlaub würde das nicht werden, dazu hatte sie zu viel vor, dazu war der Drang, etwas herauszufinden, viel zu groß. Würde es ihr gelingen, Spuren der Geigerinnen zu finden? Und welcher Zusammenhang bestand zwischen der Geige und ihr? Ob die Geige nun aus ihrer eigenen oder Peters Familie stammte, war völlig irrelevant. Außerdem musste sie endlich die Scheu überwinden, in die sie sich seit Peters Tod eingehüllt hatte. Vielleicht würde ihr das nun endlich gelingen, und sie würde wieder Menschen wirklich an sich heranlassen können, jemanden so lieb gewinnen können, ohne Angst vor dessen Verlust zu haben.

Gabriel, dachte sie und schloss lächelnd die Augen. Vielleicht war er jemand, den sie wieder näher an sich heranlassen würde. Sein Kuss war alles andere als unangenehm gewesen und hatte ihr das Gefühl gegeben, dass er da sein würde, wenn sie zurückkam. Warum sollte sie ihn also auf Distanz halten?

Außerdem war er ein sehr angenehmer Mann, eine Seele, in die sie gern eintauchen und die sie erforschen wollte. Vielleicht sollte sie sich nach ihrer Rückkehr ein wenig mehr ins Zeug legen …

Als die Zeiger der Uhr auf die Sieben rückten, trat sie nach draußen auf den Balkon, um dem Morgen beim Erwachen zuzusehen. Auf der Straße unter ihr herrschte bereits reger Betrieb: Männer auf Mofas fuhren Kisten umher, offenbar waren sie unterwegs zum Hafen, wo um diese Zeit begonnen wurde, die schweren Netze einzuholen. Allmählich schwoll der Lärm des Straßenverkehrs, der wie in allen Großstädten nie zur Ruhe kam, wieder an, Rufe wurden von der Straße laut. Ein Lastwagen quälte sich die Straße hinauf und kam vor dem Hotel zum Stehen.

Ein wenig beneidete Lilly die Gäste auf der anderen Seite des Hotels, denn diese konnten auf den Hafen hinausblicken und auf das alte holländische Schiff, das in dem schmalen Flussarm vertäut war. Der dunstige, rosafarbene Morgenhimmel musste herrlich über dem Wasser aussehen.

Als ihr der Straßenlärm zu viel wurde, kehrte sie in ihr Zimmer zurück und checkte noch einmal die Mails, doch Ellen hatte noch nicht geantwortet, und auch Gabriel hatte ihr nicht geschrieben. Wahrscheinlich war jetzt, wo hier die Sonne aufging, drüben in Europa immer noch Abend.

Nach dem Frühstück, um kurz vor zehn, ging sie hinunter

in die Hotellobby. Eigentlich war es so gar nicht ihr Stil, mit einem Wildfremden durch eine vollkommen fremde Stadt zu ziehen. Doch der Zahnarzt schien wirklich nichts anderes im Sinn zu haben, als ihr bei der Suche zu helfen – auch wenn sie ihm nur sehr wenig erzählt hatte. War er wirklich einfach nur freundlich und über die Maßen hilfsbereit? Lag es daran, dass die Niederländer ein offeneres Volk waren als die Deutschen?

Tatsächlich entstieg Dr. Verheugen nur wenige Minuten später einem der seitlich offenen Kleinbusse, die Lilly auf dem Weg schon beobachtet hatte und die wohl so etwas wie Taxis waren. Das himmelblaue Fahrzeug war mit dem Airbrush-Gesicht eines Filmpaars geschmückt, das Lilly ein wenig an Plakate aus Bollywood erinnerte.

Sie schulterte ihre Tasche und ging dem Zahnarzt entgegen, der ein blütenweißes, dezent besticktes Hemd und lange Khakihosen trug.

»Guten Morgen, hatten Sie eine gute Nacht?«

»Wie man's nimmt«, entgegnete Lilly ehrlich. »Ich wollte Ihren Ratschlag ja beherzigen, aber mein Wille war einfach zu schwach.«

»Na, macht nichts, nach der Fahrt in einem der hiesigen Taxi-Vans werden Sie hellwach sein.«

»Wie meinen Sie das?«, fragte Lilly beunruhigt, denn das hörte sich nach allem, aber nicht nach vorsichtiger Fahrweise an.

»Lassen Sie sich überraschen! Das Leben wäre doch langweilig ohne ein bisschen Risiko, oder?«

Als sie das Hotel verließen, erwartete sie ein dichtes Menschen- und Fahrzeuggewirr auf den Straßen. Die schwülwarme Luft war von verschiedenen Gerüchen erfüllt, wobei die Benzinnote überwog.

Zwischen den Minangkabau entdeckte Lilly auch zahlreiche Chinesen und einige Europäer und Inder. Die einheimischen Frauen trugen, wie im Islam üblich, bunte Kopftücher und lange Röcke, einige von ihnen knatterten auf Mofas an ihnen vorbei. In der Ferne entdeckte Lilly das Minarett einer Moschee. Den Ruf zum Gebet hatte sie am vergangenen Abend vor lauter Müdigkeit nicht mitbekommen, dafür aber am Morgen, während sie unter der Dusche gestanden hatte.

An einem Haus entdeckte sie ein langes Stoffbanner, auf das ein ziemlich kitschig aussehendes Liebespaar aufgemalt war.

»Das ist Reklame für einen Kinofilm«, erklärte Verheugen.

»Sieht ja aus wie ein Bollywood-Plakat.«

»Die Leute hier mögen es ähnlich romantisch. Wenngleich die indonesischen Filme doch noch anders sind. Aber manchmal finden Sie hier auch Importe aus Indien. Und natürlich auch unsere Blockbuster, fein säuberlich untertitelt.«

Wie mochte es hier vor mehr als hundert Jahren ausgesehen haben? Lilly stellte sich vor, dass die Menschen sich in Kutschen fortbewegt hatten, vielleicht auch in Rikschas.

Sie dachte an eine der Internetseiten, die sie auf ihrer Suche nach Informationen über das Land abgegrast hatte, und fragte sich, ob es noch immer Hahnenkämpfe gab und ob hier die Schattenspieler, für die Indonesien bekannt war, immer noch ihre bis ins Morgengrauen dauernden Stücke aufführten.

Auf der Straße fuhren neben Motorrädern, Autos, Lieferwagen und Fahrrädern auch jene an der Seite offenen Kleinbusse, die teilweise abenteuerliche Aufbauten hatten. Das Knattern der verschiedenen Motoren wurde von Hupen und lauter Musik begleitet. Lilly fiel auf, dass es keine Fahrbahnmarkierungen gab. Und anscheinend auch keine Vorschriften, wer wo zu fahren hatte. Fußgängerampeln suchte sie ebenfalls vergebens.

Lilly schwirrte der ohnehin schon angeschlagene Kopf von dem Geräuschpegel. Erschrocken sprang sie zur Seite, als ein seltsamer Signalton erklang. Dieser kam aus einem grellrosa angemalten Kleinbus, der direkt auf sie zuhielt. Er ähnelte dem himmelblauen Bollywood-Van, wartete aber neben einem verschlungenen Tribal auch noch mit einem Spoiler am Heck auf.

»Ich glaube, der will uns mitnehmen«, sagte der Doktor. »Kommen Sie!«

Tatsächlich machte das Gefährt direkt vor ihnen halt. Dr. Verheugen fragte den Fahrer etwas, dann bedeutete er Lilly einzusteigen.

Während aus den Lautsprechern laute Musik dudelte, fuhr der Fahrer, als gelte es, einen Slalom zwischen den anderen Verkehrsteilnehmern hinzulegen. An ein Gespräch war in diesem Gefährt nicht zu denken. Das schienen die drei Frauen und zwei Männer, die ebenfalls in dem an den Seiten offenen Van saßen, zu wissen, denn sie fächelten sich lediglich gelangweilt Luft mit ihren Zeitungen zu.

Obwohl sie versuchte, sich so fest wie möglich in den Sitz zu pressen, hatte Lilly in den Kurven das Gefühl, jeden Augenblick aus der Türöffnung geschleudert zu werden. Zwischendurch hielt der Fahrer mit großem Getöse an, einige Fahrgäste stiegen aus, andere ein. Wie Lilly feststellte, bezahlten die Gäste vor Antritt der Fahrt, offenbar hatte der Zahnarzt das schon für sie erledigt.

Nach zehn Minuten war die Höllenfahrt vorbei. Der Fahrer hupte und kam dann neben dem Gehsteig zum Stehen. Dr. Verheugen bedeutete ihr, dass sie aussteigen konnten.

»Ich hoffe, Ihnen ist nicht übel«, fragte er, nachdem das Gefährt mit lauter Musik davongerast war. »Sie sehen etwas weiß um die Nase aus.«

»Es geht schon«, entgegnete Lilly, obwohl sie ein heftiges Flattern in der Magengrube spürte. Doch das hielt nur wenige Augenblicke an, denn nun hatte sie wieder festen Boden unter den Füßen.

Eine Straße weiter meinte Verheugen: »Wir sind da!«

Er deutete auf einen Park, in dessen Mitte ein großes Haus stand, das dem Flughafengebäude der Stadt sehr ähnelte. Wie dieses hatte auch das Museum das traditionelle Mondsichel- oder, wie Lilly gelesen hatte, »Büffelhorndach«. Die Einheimischen nannten diese Bauweise Rumah Gadang, was so viel wie »Großes Haus« bedeutete.

»Das ist das Adityarwaman-Musem, das Nationalmuseum von Padang«, erklärte der Zahnarzt. »Hier werden hauptsächlich Exponate über die Minangkabau gezeigt, aber es gibt auch zahlreiche koloniale Ausstellungsstücke. Außerdem verfügt es über ein gutes Archiv. Alles, was aus niederländischer Zeit übriggeblieben ist, wird hier gelagert.«

»Haben Sie denn schon mal was gesucht?«

»Vor einigen Jahren wollte ich Informationen über ein ganz bestimmtes Haus einholen, man gab mir den Tipp, es hier zu versuchen.«

»Und sind Sie fündig geworden?«

»Ja, und ich war erstaunt, was sie hier alles haben.«

Als sie die rot geflieste Treppe hinaufstiegen und einen modern gestalteten Turm passierten, betrachtete Lilly fasziniert das Dach mit den vielen geschwungenen Spitzen. »Kennen Sie die Geschichte, warum die Minangkabau ihre Häuser so bauen?«, fragte Verheugen, dem das nicht entgangen war.

»Es hat etwas mit Büffeln zu tun, nicht wahr?«

»Ganz richtig. Haben Sie schon von dem Büffelkampf gehört?«

Lilly schüttelte den Kopf. »Nein, so gut war mein Reiseführer dann doch nicht.«

»Sie sollten dem Verlag einen Verbesserungsvorschlag machen«, scherzte Verheugen, dann erzählte er: »In grauen Vorzeiten bedrohte ein Kriegerheer aus Java die Insel. Um Blutvergießen zu vermeiden, einigten sich die beiden Könige darauf, anstelle der Krieger Büffel gegeneinander antreten zu lassen. Während die Javaner einen großen Büffel aussuchten, ließen die Minangkabau ein Büffelkalb eine Weile hungern und versahen sein Maul mit einer langen eisernen Spitze.«

»Oh, ich ahne es!«, platzte Lilly heraus. »Der hungrige kleine Büffel stürmte auf den großen Büffel zu, in der Annahme, es sei eine Kuh, die Milch gibt.«

»Genau! Dabei tötete das kleine Kalb den großen Büffel, und die Javaner mussten die Insel verlassen.«

»Eigentlich eine sehr vernünftige Lösung für die damalige Zeit. Bei uns hat man sich da sicher gerade mal wieder mit Keulen oder Schwertern auf den Kopf gehauen.«

»Die Minangkabau sind eigentlich ein friedliches Volk. Die Niederländer mussten nicht viel Mühe aufwenden, um Sumatra zu kolonialisieren. Später, als die wirtschaftliche Situation schlechter wurde, haben die Niederländer hier einigen Schaden angerichtet. Aber dazu erzähle ich Ihnen lieber später etwas.«

Damit war Lilly einverstanden, denn sie war wahnsinnig gespannt, was das Museum bringen würde. Bekam sie hier einen Hinweis auf die Kirchenbücher und damit auf Roses Tochter?

»Auf Sumatra werden Sie nur wenige wirklich alte Bauten finden«, erklärte Verheugen nun, während er seine Sonnenbrille ins dichte Haar steckte.

»Wegen der Erdbeben, nicht wahr?«

»Ja, wegen der Erdbeben und anderen Widrigkeiten. Dass es hier immer noch Häuser vom Anfang des 20. Jahrhunderts gibt, ist ein großes Wunder und wahrscheinlich der guten Bausubstanz zu verdanken. Das Museum hier wurde übrigens in den Siebzigern erbaut, seitdem hat es sich ziemlich gut gehalten, nicht wahr?«

Im Museum bemühten sich die Ventilatoren, ein wenig Erfrischung in die Luft zu bringen. In den Schaukästen sah Lilly prunkvolle Gewänder und Gebrauchsgegenstände aus vergangenen Jahrhunderten. Sogar eine Brautkrone, die sogenannte »Sunting«, gab es zu bestaunen. Lilly fragte sich, wie eine Frau dieses riesige, kunstvoll gearbeitete und fast vollständig aus Gold bestehende Gebilde tragen konnte, ohne Nackenprobleme zu bekommen.

Es dauerte nicht lange, bis ihr Begleiter jemanden aufgetrieben hatte, der über das Archiv Bescheid wusste. Nach kurzem Wortwechsel bedeutete Verheugen ihr, dass sie mitkommen sollte.

Die Frau, die mit ihm gesprochen hatte, trug über ihrem Haar ein himmelblaues Tuch, dazu ein dunkelblaues Kostüm mit langem Rock. Lilly war überrascht, dass sie sie auf Englisch begrüßte.

»Ich bin Iza Navis und freue mich, dass ich Ihnen helfen kann.«

»Sie ist die stellvertretende Leiterin des Museums und weiß, wo die Schätze des Hauses lagern«, setzte Verheugen hinzu, worauf die Frau, die schätzungsweise Ende zwanzig war, ein wenig verlegen wurde.

»Ich werde mich zumindest bemühen, so hilfreich wie möglich zu sein.«

Die Bescheidenheit, die Iza Navis an den Tag legte, erinnerte Lilly an japanische Filme, in denen die Helden auch stets sehr bescheiden sind und ihr Licht unter den Scheffel stellen.

»Was kann ich also tun?«, fragte die stellvertretende Leiterin.

»Ich ... ich suche nach Kirchenbüchern«, begann Lilly mit dem Naheliegendsten und erntete einen verwunderten Blick.

»Kirchenbücher.«

»So etwas wie Geburtenregister«, sprang Verheugen ihr bei.

»Oh, natürlich«, entgegnete Iza Navis da. »Wir haben einige Kirchenbücher, wie Sie sie nennen, eine Spende aus dem Nachlass einer Kirche, die bei einem der zurückliegenden Erdbeben beschädigt wurde. Dafür interessieren sich die Besucher kaum, deshalb halten wir sie unter Verschluss. Aber wenn Sie sich gedulden mögen, lasse ich sie in den Leseraum schaffen.«

Der Leseraum war ein kleines, nicht allzu üppiges Zimmer, in dem ein paar Tische mit Leselampe standen und ein Buchregal mit Titeln, die alle in Malaiisch abgefasst waren.

Lilly und Verheugen nahmen Platz, nachdem ihnen die Museumsdame mitgeteilt hatte, dass sie einen Moment Geduld brauchten.

»Was wollen Sie denn gerade mit Kirchenbüchern?«, fragte der Zahnarzt, während er seine Lesebrille hervorzog und putzte.

»Kurz vor meiner Abreise habe ich erfahren, dass Rose ein Kind gehabt haben muss. Ich möchte schauen, ob es in den Büchern registriert und getauft wurde.«

»Indonesien wurde im frühen 20. Jahrhundert von einigen Erdbeben heimgesucht. Gut möglich, dass Mutter und Kind bei einem Unglück ums Leben gekommen sind.«

»Zuvor bat sie allerdings den Vater darum, sich um das Kind zu kümmern. Entweder hat er den Brief nie erhalten oder wollte sich einfach nicht kümmern ...«

»Oder er hat sich darum gekümmert und es gerettet, aber seine Herkunft geheim gehalten ...«

In dem Augenblick öffnete sich die Tür, und ein junger Mann rollte auf einem kleinen Servierwagen einige dicke alte Bände herein. Neben Kirchenbüchern hatte Miss Navis auch noch eingebundene Tageszeitungen aus der Zeit und ein paar andere Bücher dazulegen lassen, die auf den ersten Blick gar nicht so viel mit dem, was Lilly wissen wollte, zu tun hatten. Dennoch nahm sie sich vor, einen Blick hineinzuwerfen, denn man konnte ja nie wissen.

Das Durchsehen der Kirchenbücher gestaltete sich allerdings recht schwierig, denn viele von ihnen hatten einen massiven Wasserschaden erlitten und waren anschließend nicht fachmännisch getrocknet worden.

Obwohl Lilly nicht viel Ahnung von Buchrestauration hatte, tat ihr das Herz weh angesichts der verklebten Seiten. Das hier waren wertvolle Zeitdokumente, die zwar aufbewahrt, aber nicht aufgearbeitet wurden!

»Das sieht wirklich nicht gut aus«, bemerkte Verheugen nach einem kurzen Blick. »Ich hätte wohl doch mein Besteck mitnehmen sollen, mit Skalpell und Pinzette kann man vielleicht einige der Seiten trennen, ohne dass sie gleich zerreißen.«

Dennoch machten sie sich vorsichtig an die Arbeit. Zunächst sahen sie nur die Kirchenbücher durch, dann, als sie fürs Erste genug hatten, wandten sie sich den eingebundenen Zeitungen zu, die sich zwar in wesentlich besserem Zustand befanden, aber weitestgehend in Niederländisch verfasst waren.

»Wenn Sie etwas finden, das Ihnen wegen des Namens oder eines Bildes interessant erscheint, geben Sie es mir ruhig rüber, dann übersetze ich es Ihnen.«

Der Geruch alten Papiers, das teilweise von Stockflecken verunziert wurde, wallte zu ihnen auf, als sie sich durch die Seiten blätterten. Dick waren die einzelnen Zeitungen nicht gewesen, die meisten Ausgaben bestanden aus acht Seiten, von denen eine Seite von Reklame für Haushaltsgegenstände, Seife, Bartpomade und Strumpfhalter für Männer eingenommen wurde.

Lilly überflog den Text auf der Suche nach einem Namen, den sie kannte. Sie betrachtete die Bilder, die sehr alte Aufnahmen des kolonialen Padang zeigten, aber hin und wieder auch Abbildungen von Zuckerrohr- und Tabakplantagen. Hin und wieder waren Familien abgebildet, aber Rose Gallway entdeckte Lilly nicht.

»Vielleich habe ich etwas für Sie«, merkte Verheugen nach einer Weile an, dann drehte er das Buch herum und deutete auf einen Namen, der sich inmitten eines für sie völlig unverständlichen Textes befand.

»Schreibt sich Ihre Geigerin vielleicht so?«, fragte der Zahnarzt, worauf Lilly nickte und dabei gleichzeitig einen Funken Hoffnung verspürte.

»Bitte lesen Sie vor, was da steht!«, bat Lilly, während sie den Blick auf ein Foto richtete. Es sah darauf aus, als sei etwas eingestürzt ...

»Am vergangenen Montag kam es in der Nähe des Hafens zu einem bedauerlichen Unfall. Ein unzureichend gesicherter Lastkran stürzte in eine Gruppe von Arbeitern, die gerade von ihrem Vorgesetzten, Mijnheer Gallway, eingewiesen wurden. Es gab drei Todesopfer zu beklagen, unter anderem Mijnheer Gallway, der seine Frau und seine Tochter Rose, die berühmte Violinistin, die vor kurzem einige Auftritte in ihrer Heimatstadt absolviert hat, zurücklässt.«

Roses Vater war also einem Unfall zum Opfer gefallen! Lilly war fassungslos. Wie mochte es Rose und ihrer Mutter danach ergangen sein? Sie selbst hatte nach Peters Tod das Gefühl gehabt, jemand hätte ihr die Seele aus dem Leib gerissen.

»Es muss eine ganz furchtbare Zeit für sie gewesen sein«, bemerkte sie tonlos und zwang sich dazu, nicht an ihre eigene furchtbare Zeit zu denken.

»Für wen ist es das nicht, wenn man einen geliebten Menschen verliert?« Auch Verheugen schien da seine Erfahrungen gemacht zu haben, wie die tiefe Furche über der Nasenwurzel verriet. »Sieht ganz so aus, als hätten Sie das noch nicht gewusst.«

»Nein, das weiß nicht mal der Leiter der Musikschule, auf die Rose Gallway gegangen ist.«

»Nun, es ist ziemlich lange her, die Zeitung ist von 1902. Und es ist in einem anderen Land passiert. Wie sollte er davon wissen?«

»Da haben Sie recht, auf Sumatra hatte er noch nicht nachgeforscht.«

Lilly betrachtete den Artikel eine Weile, und es tat ihr leid, dass sie kein Niederländisch beherrschte.

»Da steht doch, dass Rose zur selben Zeit einige Auftritte in Padang absolviert hat«, erklärte Verheugen. »Vielleicht findet sich darüber ja etwas in früheren Ausgaben.«

Wieder blätterten sie, und tatsächlich förderte der Zahnarzt aus seinem Folianten noch elf weitere Artikel zutage.

Da die Zeitungen in umgekehrter Reihenfolge zusammengebunden waren, betrachtete Lilly die Ausschnitte von hinten nach vorn.

Die beiden Bilder des ersten Artikels waren besonders schön. Sie zeigten zum einen Rose, die zwischen dem Gouverneur und anderen Männern in Frack und Gehrock stand und beinahe schüchtern in die Kamera lächelte. Die zweite Aufnahme zeigte die hintere Terrasse des Hauses, von der aus man auf eine etwas undeutliche, mondbeschienene Landschaft schauen konnte. Das Schwarzweißfoto ließ nur ahnen, was das für ein wunderbarer Anblick gewesen sein musste.

Lilly staunte über die Aufnahmen, während Verheugen ihr den Artikel übersetzte.

Darin hieß es, dass Rose Gallway auf Einladung des Gouverneurs zum jährlichen Empfang der Pflanzer der Gegend gespielt hatte. Wie mochte der Empfang ausgesehen haben? Welche Farben hatten die Kleider der Anwesenden gehabt? Auf einmal kam sie sich wieder vor wie in der Kinderzeit, als sie noch keinen Farbfernseher hatten.

Die nächsten Artikel waren vorwiegend Konzertkritiken, die Roses Musik und ihr Erscheinungsbild in vollen Zügen lobten, offenbar war ganz Padang entzückt von ihr.

Doch dann zauberte Verheugen einen Knaller aus dem Folianten.

»Kann das sein?«, fragte Lilly, während sie das Zweierporträt inmitten des recht kleinen Artikels betrachtete. Die Bildunterschrift verriet, wer der Mann an Roses Seite war.

»Was meinen Sie?«, fragte Verheugen nach.

»Das hier ist Paul Havenden. Lord Paul Havenden.«

Das Gesicht des Mannes war der Kamera größtenteils abgewandt, was Lilly schade fand – dieser Mann war immerhin derjenige, der Rose zu seiner Geliebten machen und sie schwängern würde. Rasch markierte sie diesen Artikel für eine Kopie und freute sich diebisch über das Bild.

»Ah, der Vater des unbekannten Kindes«, setzte Verheugen

dazu und schnaubte entrüstet. »Ich kann die Frau echt verstehen, dass sie ihm einen Brief geschrieben hat. Wäre ich das gewesen, hätte ich ihm aber die Leviten gelesen!«

»Vielleicht gibt es eine Erklärung für sein Verhalten.«

Der Zahnarzt schüttelte den Kopf. »Das glaube ich nicht. Er hat seine Geliebte geschwängert und sich dann verzogen, davon bin ich überzeugt.«

Lilly betrachtete das ebenmäßige Gesicht des jungen Mannes, die schönen Augen, die sie ein klein wenig an Gabriel erinnerten. Hatte Paul Havenden vorsätzlich gehandelt? Hatte er Rose vergessen, als er zurück in England war? Oder hatte es Zwänge gegeben, aus denen er sich nicht lösen konnte?

»Bevor wir ihn verurteilen, sollten wir die ganze Geschichte herausfinden«, sagte Lilly, noch immer erfreut über ihren Fund. Gabriel wird bestimmt begeistert sein, dachte sie.

Bis zum Abend hatte sie noch weitere Zeitungsausschnitte von Roses Auftritten, einen Bericht über ihre Garderobe vom Abschiedskonzert und vom Unfalltod ihres Vaters. Auf den Seiten der Kirchenbücher war allerdings nie der Name Gallway aufgetaucht.

Was hast du denn erwartet?, fragte sie sich selbst. Dass du das Rätsel gleich am ersten Tag lösen wirst? Sei zufrieden, dass du ein Bild ihres Geliebten zusammen mit ihr hast. Gabriel wird sich sicher sehr freuen!

Sehr wahrscheinlich war, dass die Niederländer, als sie sich von der Insel zurückziehen mussten, eine Vielzahl an Dokumenten mitgenommen hatten. Was Rose Gallways Tochter anging, war vielleicht ein Besuch in Amsterdam besser. Wenn es koloniale Unterlagen gab, wurden diese sicher in einem Museum für Kolonialgeschichte aufbewahrt.

»Es tut mir sehr leid, dass Sie nicht viel gefunden haben«,

erklärte die stellvertretende Museumsleiterin, als sie die Unterlagen wieder zurückbrachten.

»Wir haben doch so einiges zutage gefördert«, antwortete Lilly lächelnd. »Haben Sie vielen Dank, dass wir uns die Zeitungen ansehen durften.«

»Wenn Sie noch weitere Unterlagen aus der niederländischen Zeit ansehen möchten, sollten Sie im ehemaligen Wochenendhaus des Gouverneurs vorbeischauen.«

»Wochenendhaus?«, wunderte sich Lilly, dann fiel bei ihr der Groschen. Offenbar war dies das Haus, von dem auf dem Foto in einem Artikel die Terrasse zu sehen war. Das Haus, in dem Rose Gallway gespielt hatte.

»Das ist sehr modern ausgedrückt, ich weiß. Mir fiel kein besseres Wort ein. Gearbeitet hat der Gouverneur natürlich hier in Padang, doch er hatte einen Landsitz außerhalb der Stadt, wo er seine Empfänge abhielt. Auch dieses hat die Erdbeben einigermaßen gut überstanden. Allerdings findet sich seit Jahren niemand, der es kaufen würde. Wenn es weiterhin leer steht, wird es eines Tages abgerissen werden müssen.«

»Kann man das denn so einfach?«

»Ich fürchte schon. Zwar gibt es auch hier so etwas wie eine Denkmalpflege, doch wenn Gebäude zu stark beschädigt sind, werden sie eben abgerissen.«

»Und lohnt es sich nicht, daraus ein Museum zu machen?«, sprach Verheugen den Gedanken aus, den Lilly in diesem Augenblick ebenfalls gehegt hatte.

»Man könnte es schon, aber es fehlen leider die Gelder dafür. Außerdem haben einige Menschen hier noch immer ein gespanntes Verhältnis zur Kolonialzeit. Die Erforschung und Präsentation der Kultur der Minangkabau erscheint den staatlichen Stellen wichtiger.«

Fast hörte es sich so an, als würde sie das ein wenig bedauern, obwohl auch sie sicher den Minangkabau angehörte.

»Und was werden wir in dem Wochenendhaus finden?«, fragte Lilly. »Lagern Sie dort ungeordnete Bestände?«

»Das kann man so sagen. In dem Gebäude befinden sich noch etliche Kisten, die wir hier noch nicht unterbringen konnten. Es gibt einen Wächter, der auf das Haus und seinen Inhalt achtgibt. Wenn Sie ihm sagen, dass ich Sie geschickt habe, wird er Sie reinlassen.«

»Vielen Dank, das ist sehr nett«, entgegnete Lilly und versuchte, nicht wie jemand zu grinsen, der vorhatte, Großmutters edles Porzellan zu klauen. Das Haus, in dem Rose ein Konzert gespielt hatte! Das Haus, in dem sie vielleicht schon Paul Havenden getroffen hatte. Würde man ihren Geist dort spüren? Selbst wenn dort in den Kisten nur durchgeweichter Plunder lag, würde sich die Reise dorthin lohnen, da war sie sicher.

»Und? Wollen Sie sich das Haus des Gouverneurs ansehen?«, fragte Verheugen, als sie das Museum wieder verließen. Inzwischen dämmerte der Abend herauf, die Luft wurde merklich feuchter.

»Ja, auf jeden Fall. Vielleicht finde ich den Zugang zur Terrasse, die auf dem Zeitungsfoto abgebildet war.«

»Ganz sicher. Wenn der Wächter oder baufällige Decken Sie nicht davon abhalten.«

»Allerdings brauche ich jemanden, der mich hinfährt.«

»Dieser Jemand steht vor Ihnen«, behauptete der Zahnarzt.

»Wirklich?« Lilly hob zweifelnd die Augenbrauen. »Habe ich Ihnen noch nicht genug Zeit geraubt?«

»Das betrachte ich nicht als Zeitraub, sondern als Zeitvertreib. Wir können meinetwegen hochfahren und nachsehen, ob wir etwas finden. Und wenn Sie jetzt das schlechte Gewissen plagt, so können Sie mich ja heute zum Essen einladen, wie wär's?«

»Wenn Sie mir sagen, wo wir hingehen? Ich kenne mich ja gar nicht aus.« Lilly dachte an Gabriel und hoffte, dass das Abendessen mit ihm schon bald nach ihrer Rückkehr endlich stattfinden würde.

»Es gibt in der Nähe Ihres Hotels ein sehr gutes Lokal, in dem man hervorragendes Rendang bekommen kann. Oder gleich ein ganzes Makanan Padang.«

»Und was ist das?«

»Man muss sich das Makanan Padang als eine Art Buffet vorstellen, man bekommt verschiedene Schüsseln vorgesetzt, die verschiedene Sorten scharf gewürztes Fleisch, Gemüse und Reis enthalten. Sie suchen sich etwas aus und zahlen dann nur das, was Sie gegessen haben.«

»Klingt interessant.«

»Ist es auch, aber in manchen Lokalen muss man ein bisschen auf die Preise achten. Mit Rendang können Sie nichts falsch machen, es besteht aus Rind, ist auch sehr scharf und wird mit Reis gegessen. Ich hoffe, Sie haben einen guten Magen.«

»Eigentlich schon«, entgegnete Lilly, die sich tatsächlich nicht vor scharfem Essen fürchtete. Damals hatte sie mit Peter beinahe jedes indische oder thailändische Restaurant besucht und sich im Gegensatz zu ihm als sehr schäferesistent erwiesen.

»Gut, dann würde ich vorschlagen, ich hole Sie in einer Stunde ab, und wir belohnen uns für all die Mühe und den Papiermuff.«

In dem Lokal, das Verheugen empfohlen hatte, drängten sich um diese Zeit die Menschen, also musste es tatsächlich gut sein. Allerdings hatte das den Nachteil, dass auf Anhieb kein freier Tisch zu haben war.

Ihnen blieb also nichts anderes übrig, als sich in die Schlange der Wartenden einzureihen.

»Wenn wir Glück haben, geht es schneller, als man denkt«, sagte der Zahnarzt, und Lilly wünschte sich in diesem Augenblick ein Stück von seiner Zuversicht. Irgendwie schien für ihn nie etwas ein Problem zu sein. Wenn er warten musste, vertrieb er sich die Zeit eben mit Beobachtungen oder Gesprächen.

Doch Lilly spürte allmählich, wie etwas von diesem Geist auch in ihre Person einsickerte. Hätte sie in Deutschland vor einem überfüllten Lokal sofort kehrtgemacht, stand sie nun hier und dachte nicht im Traum daran, wieder ins Hotel zurückzugehen. Sie sog die Düfte und die Klänge ein, die Stimmen und Farben, denn einige der Einheimischen waren in traditionelle bunte Sarongs gekleidet.

Andere trugen weiße Hemden und Hosen, die Frauen bedeckten ihr Haar fast ausnahmslos mit bunten Tüchern.

Nach etwa einer halben Stunde war endlich ein Tisch für sie frei.

»Glauben Sie mir, das Warten hat sich gelohnt«, sagte Verheugen, während sie sich auf die Sitzkissen niederließen, die auf breiten Rattanmatten lagen. Dazwischen stand ein niedriger Tisch mit hübschen Intarsien. Der Kellner erschien kaum einen Moment später mit den Speisekarten, die in dickes Leder eingebunden waren. Die Karten waren teils in Malaiisch und teils in Niederländisch verfasst. Hin und wieder gab es auch eine englische Übersetzung, die allerdings ziemlich schlecht war.

»Was bedeutet das hier?« Lilly deutete auf eine Zeile der Karte.

»Oh, das ist Kaffee aus der Katze!«

»Kaffee aus der Katze?«

»Die Kaffeebohnen werden von einer bestimmten Sorte Schleichkatze gefressen und wieder ausgeschieden. Aus den so fermentierten Bohnen macht man Kaffee, der sehr sehr teuer ist. Für den Preis einer Tasse können Sie hier schon eine ganze Mahlzeit bekommen.«

»Ich bin mir nicht sicher, ob ich Kaffee wollte, der …« Lilly schüttelte sich.

Verheugen lachte auf. »Das ist eine Delikatesse! Hier im Land wird sie sehr geschätzt, und Liebhaber in aller Welt ordern die teuren Bohnen.«

»Die von einer Schleichkatze ausgeschieden wurden.«

»Ich sehe schon, wir sollten bei Tuak bleiben.«

»Solange das nicht auch aus einem Tier stammt.«

»Nein, Tuak ist so was wie die Vorstufe vom Arak. Er wird aus den Blüten der Zuckerpalme gewonnen und enthält nur sehr wenig Alkohol.«

»Klingt akzeptabel.«

»Ist es auch. Also dann wollen wir mal!« Aus dem Augenwinkel heraus hatte er bereits den Kellner bemerkt, der flink auf ihren Tisch zusteuerte.

Verheugen bestellte, während Lilly ihn beeindruckt musterte. »Ich habe zwar keine Ahnung davon, aber Ihr Malaiisch ist offenbar wirklich gut.«

»Wenn man Verbindungen wie die meinen zu diesem Land hat, ist man auch gewillt, mit den Einheimischen zu sprechen, ohne sie an die Geschichten zu erinnern, die ihre Großeltern von den Niederländern erzählen. Da gibt es sicher noch einige, die nicht besonders gut auf uns zu sprechen sind.«

Lilly musste ihn fragend angesehen haben, denn er sagte nun: »Indonesien hat eine ziemlich wechselvolle Geschichte. Sie haben vielleicht schon etwas über die Kolonialherrschaft und die VOC gehört?«

»Sie meinen die Ostindienkompanie?«

»Ja, ein Verbund niederländischer Handelsleute und Seefahrer. Es ist ein sehr weitreichendes Thema, und zuweilen auch ein blutiges. Einige Gouverneure von Sumatra und Bali waren so grausam, dass das Königshaus einschritt und den Vertretern der VOC befahl, sich zu mäßigen. Als die VOC im Jahr 1799 zerbrach, milderte sich das Klima, die Grausamkeiten wurden weniger. Dennoch wurden allmählich Stimmen gegen die Kolonialisten laut. In den Zwanzigerjahren setzte sich eine Unabhängigkeitsbewegung für die Befreiung von den Niederländern ein. Im Zweiten Weltkrieg wurde Indonesien kurzfristig von Japan erobert, die Kolonialherrschaft endete damit.«

»Bei all dem Wissen, das Sie haben, würden Sie auch einen guten Historiker abgeben.«

»Vielleicht werde ich das noch, wenn ich mich eines Tages zur Ruhe gesetzt habe. Oder ich werde Reiseschriftsteller und berichte über meine Touren durch das Land. Wenn es erst mal so weit ist, glaube ich nicht, dass ich in die Niederlande zurückkehren möchte.«

Angesichts dessen, was sie bisher von Sumatra gesehen hatte, konnte Lilly das verstehen.

Den ganzen Abend über erzählte ihr der Zahnarzt vom Alltag in diesem Land, ein wenig auch von seiner Praxis, aber die schien ihm nicht so wichtig zu sein wie Indonesien. Ein wenig fragte sich Lilly, ob die Person, die er hier treffen wollte, nicht vielleicht eine Frau war. Verheugen war ein attraktiver Mann und hatte Humor. So, wie er von Sumatra und seinen

Bräuchen sprach, merkte man es ihm an, dass seine Verbindung zu dem Land durch mehr als nur die Liebe zu der Natur und den Menschen genährt wurde. Es musste eine persönliche Bindung geben. Und auch wenn sie sich sagte, dass es sie nichts anging, interessierte es sie schon, wie die Frau aussehen würde, mit der er sich hier vielleicht treffen wollte. War es eine schöne Einheimische wie Roses Mutter? Sie hatte für sich beschlossen, dass sie ihre gerühmte Schönheit vor allem ihrer Mutter zu verdanken hatte.

»Ich hoffe, das Essen war nicht zu scharf«, sagte der Zahnarzt, während die Nachtluft sie umfing. Obwohl sie noch immer recht warm war, fröstelte Lilly ein wenig. So ging es ihr immer, wenn sie aus einem warmen Lokal ins Freie musste. »Manche Touristen haben beim ersten Mal ziemliche Schwierigkeiten damit.«

Lilly zuckte mit den Schultern. Zwar spürte sie die Schärfe der Mahlzeit noch immer an ihren Lippen, doch wirklich ausgemacht hatte es ihr nichts.

»Ich liebe scharfes Essen«, entgegnete sie. »Es hat mir noch nie etwas ausgemacht. Wenn ich da an Peter denke …«

»Ihr Mann?«

Lilly senkte den Kopf. Über ihre eigentlich gute Stimmung zog eine graue Wolke. »Das war er, ja. Er ist vor einigen Jahren gestorben.«

»Das tut mir leid. Und ich kann mir denken, wie Sie sich gefühlt haben. Auch mein Leben war bereits voller Verluste. Aber seit ich dieses Land kennengelernt habe, glaube ich, dass es besser wird, immer besser. Da Sie ebenfalls hier sind, kann ich Ihnen schon jetzt vorhersagen, dass Sie als eine andere Frau zurückfahren werden. Und dass von nun an das Glück Ihr Begleiter sein wird.«

Über diese Worte dachte Lilly lange nach, während sie unter dem kühlenden Luftzug der Klimaanlage, geschützt durch ein Moskitonetz, auf ihrem Bett lag. Gleichzeitig regte sich in ihr ein Verdacht. War Verheugen vielleicht nicht nur freundlich, sondern machte sich Hoffnungen? Hoffnungen, die sie nicht erfüllen konnte ... Auf einmal wurde ihr ganz mulmig zumute. Sie fand Verheugen verrückt, auf eine nette Art und Weise, und dass er ihr so bereitwillig half, beschämte sie ein wenig, aber sie war sehr froh darüber. Ihn sich als ihren Partner vorstellen konnte sie nicht. Sie war nicht sicher, ob Gabriel für diese Rolle in Frage kam, aber Verheugen auf keinen Fall. Aber wollte er das wirklich? Ellen würde sagen, dass sie die Sache zu eng sah. Dass es auch in unseren Zeiten immer noch Menschen gab, die selbstlos halfen.

Du solltest ihm nichts unterstellen, sagte sie sich dann. Der Holländer ist sehr nett, du darfst ihn nicht vor den Kopf stoßen. Nur, wenn er wirklich Anstalten macht, etwas zu wollen, solltest du ihn in die Schranken weisen.

Schließlich schloss sie die Augen und spürte in ihrem Innern nach. War diese Veränderung, von der der Zahnarzt gesprochen hatte, bereits im Gange? Würde sie sie erst bemerken, wenn sie wieder bei Ellen war?

Nein, sie spürte es jetzt schon. Und während ihre Gedanken vorfreudig nach London zu Gabriel wanderten, überließ sie sich dem Schlaf.

24

PADANG 1910

Das Instrument fest an die Brust gepresst, hockte Helen im Gras und starrte teilnahmslos auf ihre Schuhspitzen. Als die Erde begonnen hatte zu wanken, war alles ganz schnell gegangen. Die Besucherinnen waren davongestoben wie aufgescheuchte Hühner, ihre Mutter hatte sie beim Arm gepackt und mit sich nach draußen gezerrt. Kaum hatten sie das Haus verlassen, wurden die Erdstöße heftiger. Steine bröckelten, Ziegel hagelten ins Gras.

Ihre Mutter schleppte Helen in den Garten, an jene Stelle, die sie immer am langweiligsten gefunden hatte, denn hier wuchs nichts weiter als Gras.

»Leg dich hin!«, rief Ivy ihr zu und streckte sich dann neben ihr aus. Helen tat es ihr gleich, behielt aber die Geige bei sich, denn sie wollte nicht, dass ihr etwas passierte.

Die Erde bebte unter ihnen einen Moment lang ganz heftig, dann hörte es plötzlich auf, und eine Stille folgte, die tiefer war als alles, was Helen zuvor gehört hatte. Selbst die Affen, deren Rufe sogar in der Stadt zu hören waren, schwiegen. Das Rauschen des Meeres war verschwunden, fast so, als hätte das Erdbeben alles Wasser geschluckt. Antje Zwaneweeg behauptete immer, dass bei Erdbeben tiefe Gruben im Boden aufreißen, die dann alles verschlucken, was sich in ihrer Nähe befindet.

Und nun saß Helen hier. War das die Strafe dafür, dass sie

die fremde Frau verraten hatte? Vielleicht war sie ja doch eine Märchenfee gewesen! Doch konnte deren Rache so grausam sein, wo sie ihr so ein schönes Geschenk gemacht hatte?

»Helen, Ivy!«, tönte da die Stimme ihres Vaters. »Gott sei Dank, euch ist nichts passiert.«

Ivy Carter, die die ganze Zeit über ebenso schweigsam gewesen war wie ihre Tochter, erhob sich nun. »James! Endlich bist du da!«

Helens Vater zog seine Frau in die Arme und küsste sie.

»Tut mir leid, ich konnte nicht früher kommen, in der Stadt sind mehrere Häuser zusammengebrochen. Es hat zahlreiche Tote gegeben.«

»Mein Gott, das ist ja schrecklich! Sind Bekannte von uns darunter?«

»Das weiß ich nicht, aber soweit man hört, waren vorwiegend Einheimische und Holländer unter den Opfern. Als man meine Hilfe nicht mehr benötigte, bin ich gleich hierher gelaufen, um nachzusehen.«

Damit beugte er sich zu Helen hinunter. »Geht es dir gut, meine Kleine?«

Helen nickte, hob den Blick aber nicht, sondern ließ ihn starr auf ihre Schuhe gerichtet, während sie den Geigenkasten fest an sich drückte. Dennoch spürte sie, dass ihr Vater mit ihrer Mutter einen Blick austauschte, und sie wusste, dass ihre Mutter in der Lage war, mit ihrem Mann zu sprechen, ohne ein einziges Wort zu sagen.

»Wo hast du denn diesen Kasten gefunden?«, fragte James Carter und wollte schon die Hände danach ausstrecken, doch da sagte Ivy: »Es ist zwecklos. Sie gibt ihn nicht her.«

»Ist er dir so wichtig?«, fragte ihr Vater verständnisvoll weiter, worauf Helen nickte.

»Sie hat durch das Erdbeben einen ziemlichen Schock erlitten«, kommentierte Ivy. »Und kurz zuvor ... Kurz zuvor hat sie uns allen etwas auf der Geige vorgespielt, die da im Koffer steckt.«

Ihr Vater betrachtete Helen einen Moment lang, dann legte er seine Hand sanft unter ihr Kinn. Minutenlang blickte er in ihre bernsteinfarbenen Augen, dann fragte er: »Du hast also eine Geige?«

»Ja«, antwortete Helen wahrheitsgemäß, dann kamen ihr die Tränen.

»Warum weinst du denn?« Die Daumen ihres Vaters rieben sanft die Tränen von ihren Wangen.

»Ich habe Angst, dass ihr sie mir wieder wegnehmt«, gestand sie dann.

»Aber warum sollten wir das denn tun? Fällt dir vielleicht ein Grund ein?«

Helen, die ahnte, was ihr Vater eigentlich fragen wollte, schüttelte den Kopf. »Nein, sie gehört mir, ich habe sie nicht gestohlen.«

»Und von wem hast du sie bekommen? Oder hast du sie vielleicht auf dem Dachboden gefunden?«

Es wäre einfach gewesen, die letzte Frage des Vaters mit einem Ja zu beantworten, doch Helen wusste, dass er sie dann als Lügnerin entlarvt hätte. Ebenso wie Ivy wusste auch er, was auf seinem Dachboden lag.

»Und woher hast du sie?«

»Das darf ich nicht sagen.«

Kurz zuckten die Augenbrauen des Vaters in die Höhe. »Warum nicht?«

»Weil ich es versprochen habe.«

Ihr Vater seufzte. Er war kein Mann, der leicht ungehalten wurde, aber er mochte es ganz und gar nicht, wenn man etwas vor ihm verheimlichte.

Doch konnte sie ihm die Wahrheit sagen? Oder würde dann wieder etwas Schreckliches passieren?

»Wem hast du das Versprechen denn gegeben?«, fragte er weiter, doch jetzt schlich sich etwas Hartes, Drohendes in seine Stimme.

»Das darf ich nicht sagen.« Helen blickte ihren Vater fast schon flehentlich an. »Bitte, Papa, zwing mich nicht dazu, noch mehr zu sagen.«

Jetzt blickte der Vater zur Mutter. »Sie kann spielen«, erklärte diese. »Sie kam einfach runter und hat uns was vorgespielt.«

»Vielleicht hat Miss Hadeland …«

»Das glaube ich nicht, so vernarrt wie die ins Klavier ist. Wie es aussieht, hat sich unser Mädchen ein anderes Instrument ausgesucht.« Sanft streichelte sie über den Kopf ihrer Tochter. »Manche Dinge lassen sich eben nicht auf ewig verleugnen.«

Helen wusste nicht, was ihre Mutter damit meinte, und sie dachte darüber auch nicht nach. In diesem Augenblick wollte sie nur, dass man ihr die Geige nicht wieder wegnahm. Auch wenn es das Erdbeben gegeben hatte – auch wenn sie durch ihren Verrat vielleicht schuld daran war.

»Darf ich mal einen Blick auf die Geige werfen?«

Helen presste die Lippen zusammen. Wieder rannen Tränen aus ihren Augenwinkeln. Ihre dünnen Arme schlossen sich wie Eisenklammern um den Kasten. »Aber du nimmst sie mir doch nicht weg, oder?«

»Versprochen. Ich möchte sie mir nur ansehen.«

Da sie ihrem Vater vertraute, löste Helen ihren Griff und stellte den Kasten vor sich ab. Das Aufschnappen der Schlösser erschien ihr überlaut, und als ihr Vater die Geige berührte, zuckte sie zusammen, als hätte er sie unvermittelt angepackt.

»Was für eine schöne Geige«, murmelte er, während er sie vorsichtig in den Händen herumdrehte. Als er die Rose auf dem Boden erblickte, wurde er plötzlich bleich.

»Ivy ...« Mehr als den Namen seiner Frau brachte er nicht hervor. Er zeigte ihr die Geige, worauf sie erschrocken die Hand vor den Mund schlug. Nun verständigten sich beide lediglich mit Blicken, wie sie es immer taten, wenn Helen etwas nicht hören sollte.

Helen war sicher, dass die beiden sich fragten, ob sie sie nicht doch gestohlen hatte. Innerlich wappnete sie sich schon gegen diesen Vorwurf, als ihr Vater plötzlich laut zu ihrer Mutter sagte: »Du hast anscheinend recht, es gibt Dinge, die bleiben nicht ewig verborgen.«

Wieder diese stummen Blicke, dann legte er das Instrument in den Koffer zurück.

»Wie hast du denn gelernt, die Geige zu spielen?«

»Ich hab es mir selbst beigebracht.«

Das stimmte natürlich nicht so ganz, aber wenn sie die Wahrheit gesagt hätte, hätte sie die Frau verraten.

»Du bist ein ganz besonderes Mädchen, Helen.« Ihr Vater schloss den Koffer und nahm seine Tochter dann in seine Arme.

»Und was wird jetzt mit der Geige?« Am liebsten hätte Helen den Koffer gleich wieder an sich gerissen.

»Solange sie niemand zurückfordert, kannst du sie behalten«, antwortete der Vater nach kurzer Überlegung. »Aber du wirst verstehen, dass ich mich umhören werde, ob die Geige irgendwo gestohlen wurde. Nicht, dass jetzt jemand sehr traurig ist, weil er sein Instrument vermisst, nicht wahr?«

Helen nickte lächelnd, denn sie wusste, dass die fremde Frau die Geige nicht zurückfordern würde.

Die Frage, woher die Geige stammte, stellte ihre Mutter Helen noch öfter, doch nie erhielt sie eine Antwort darauf. Helen war sicher, dass das Erdbeben eine Warnung gewesen war. Wenn sie noch mehr von ihrem Geheimnis preisgab, würde ihnen vielleicht noch viel Schlimmeres passieren. Das wollte sie auf keinen Fall.

Nachdem die Unordnung des Erdbebens beseitigt war, wurde der Musikunterricht mit Miss Hadeland wieder aufgenommen. Zunächst war diese gar nicht begeistert, dass Helen das Klavierspiel aufgeben und stattdessen Geige üben wollte.

»Die Geige ist ein Instrument für Zigeuner!«, beschwerte sie sich bei Ivy Carter. »Das Klavier ist eher etwas für eine junge Dame, die in der Gesellschaft geachtet sein möchte.«

»Allerdings haben Sie selbst gesagt, dass Helen auf dem Klavier keine nennenswerten Fortschritte macht. Möglicherweise hat sie sich beim Spielen gelangweilt oder …« Sie hob die Hand und brachte Miss Hadeland, die schon protestieren wollte, zum Schweigen. »Oder das Klavier ist einfach nicht ihr Instrument. Vielleicht sollten Sie mal hören, wie sie die Geige spielt, dann ändern Sie bestimmt Ihre Meinung.«

Helen, die das Gespräch von einem Stuhl neben der Tür aus verfolgt hatte, erhob sich nun, als hätte ihre Mutter ihr ein unsichtbares Kommando gegeben.

Bedächtig entnahm sie die Geige dem Koffer und bat sie im Stillen, nicht wieder ein Erdbeben zu verursachen, denn sie wollte ja jetzt richtig spielen lernen, und das war es doch, was die Fremde von ihr gewollt hatte. Dass sie spielte.

Als sie den Bogen ansetzte, verzog Miss Hadeland ihr Gesicht. »Wie hält sie denn die Geige? Beim Spielen muss man gerade stehen!«

»Lassen Sie es Helen erst einmal allein versuchen«, sagte Ivy, und obwohl ihre Stimme sanft klang, lag in ihr eine unausgesprochene Drohung, die die Musiklehrerin davon abbrachte, weiter an Helen herumzukritisieren. Mit verkniffenem Mund lehnte sie sich aufrecht gegen die Stuhllehne, und ihr Blick verriet, dass sie Helen keinen einzigen klaren Ton auf der Geige zutraute.

Helen, die fest entschlossen war, ihr zu zeigen, dass sie durchaus spielen konnte, setzte entschlossen den Bogen an.

Während die ersten Klänge durch das Musikzimmer hallten, stellte sie aus dem Augenwinkel heraus fest, dass Miss Hadelands Miene vollkommen anders wurde. Ihr überheblicher Blick verschwand, ihr Mund klappte auf, als würde sie Zeugin eines Wunders werden. Das gab Helen die Zuversicht, dass sie richtig spielte, und so legte sie sich weiter ins Zeug, wobei ihr Herzschlag den Takt vorzugeben schien.

Als sie fertig war, fühlte sie sich, als wäre sie schwerelos. Keuchend setzte sie die Geige ab, spürte, wie Schweiß ihren Körper kühlte und dass ihr Verstand vollkommen klar war, als wäre frischer Wind durch ein Fenster geweht und hätte den Muff vertrieben.

Minutenlang herrschte Stille. Ivy Carter blickte erwartungsvoll zwischen ihrer Tochter und der Musiklehrerin hin und her. Helen richtete ihren Blick bang auf Miss Hadeland. Deren Blick gefiel ihr nicht.

»Was ist denn, Miss Hadeland?«, fragte Helen ein bisschen ängstlich. Ihrer Meinung nach hatte sie gut gespielt, ihre fremde Freundin wäre sicher zufrieden gewesen. Doch die Augen der Musiklehrerin blieben noch eine ganze Weile auf die Geige in ihrer Hand gerichtet.

»Nichts, es ist nichts«, presste sie schließlich heraus. »Es war ein schöner Vortrag.«

»Dann glauben Sie also, dass es sich lohnen würde, sie zu unterrichten?«

»Sicher«, entgegnete Miss Hadeland etwas hölzern. »Natürlich muss sie noch einiges lernen, vor allem muss sie diesen ... ungewöhnlichen Stil ablegen, aber ich bin sicher, dass sie dazu mehr Talent hat als zum Klavier. Es ist eben nicht jedem gegeben, diese Kunst zu beherrschen.«

Den letzten Satz überhörend, sagte Helens Mutter daraufhin: »Also gut, dann unterrichten Sie sie. Wir werden Ihr Gehalt ein wenig aufstocken, denn ich glaube, es wird sich lohnen, dass Helen das Instrument gut beherrscht.«

Miss Hadeland nickte, und ihr Blick fiel auf die Geige, die nun wieder auf ihrem Samtbett im Koffer schlummerte. Helen sah für einen Moment Begehrlichkeit in ihren Augen aufflammen, doch dann schien die Musiklehrerin wieder zu sich zu kommen.

»Vielen Dank, Mrs Carter, ich werde mein Bestes geben. Vielleicht hat die Welt ja bald ein neues Wunderkind.«

Daran, dass ihr Können ein Wunder sein sollte, glaubte Helen nicht. Die Geige zu spielen, fiel ihr zwar wesentlich leichter, als mit dem Klavier komplizierte Melodien zu produzieren, doch das alles sah sie als Produkt der Treffen mit der Fremden an. Der Fremden, die sie noch immer nicht wiedergesehen hatte. Miss Hadeland war dagegen wie eine Zuchtmeisterin, sie schenkte dem Mädchen wirklich nichts, ließ sie unsauber gespielte Akkorde ständig wiederholen, bis sich ihre Finger vom Druck auf die Saiten ganz taub anfühlten.

Wenn Miss Hadeland besonders schwer zufriedenzustellen war, dachte Helen intensiv an die fremde Frau, die ihr so einfach und freundlich gezeigt hatte, wie man spielte. Wenn es ihre Zeit erlaubte, ging sie zum Gartenzaun, um Ausschau nach der Fremden zu halten, doch sie erschien nicht. War ihr bei dem Erdbeben vielleicht etwas passiert?

Dann wiederum sagte sie sich, dass die Frau vielleicht böse auf sie war, weil Helen die Geige nicht weiter verheimlicht hatte. Am liebsten hätte sie ihr erklärt, dass sie nicht anders gekonnt hatte, aber die Frau war und blieb verschwunden.

Hin und wieder kam ihre Mutter ins Musikzimmer, um den Fortschritt ihrer Tochter zu begutachten. Miss Hadeland ließ die Zügel dann etwas lockerer und tadelte auch nicht so scharf, wenn Helen etwas falsch machte. Ihre Mutter schien mit dem Spiel jedenfalls sehr zufrieden zu sein.

»Helen meint, sie habe sich das Spielen selbst beigebracht«, flüsterte sie der Musiklehrerin zu, als sie glaubte, Helen würde nicht hinhören. Aber Helen hörte dank ihrer guten Ohren deutlich, was sie besprachen.

»Natürlich wäre das möglich«, entgegnete Miss Hadeland. »Viele große Geiger waren Autodidakten. Und so, wie sie spielt, wäre es möglich, dass sie tatsächlich eine eigene Technik entwickelt hat. Allerdings würde mich interessieren, woher sie die Geige hat.«

»Darüber schweigt sie sich ganz beharrlich aus, alles gute Zureden hat keinen Sinn«, antwortete ihre Mutter. »Aber sie sprach vor einigen Wochen von einer fremden Frau, die sie am Tor getroffen hat. Vielleicht hat diese ihr die Geige gegeben. Vielleicht war es ja eine Fahrende, die nichts mit dem Instrument anzufangen wusste.«

»Dann ist die Geige vielleicht gestohlen.« Helens Mutter entging das begehrliche Aufleuchten in den Augen der Musiklehrerin vielleicht, doch Helen sah es ganz deutlich. Fest presste sie das Instrument an ihre Brust und schwor ihm leise, es davor zu beschützen, dass jemand seine Hand daran legte.

»Nein, das glaube ich nicht. Und wenn es entwendet wurde, dann nicht in dieser Gegend. James hat sich überall in der Stadt umgehört, aber niemand vermisst ein Instrument. Natürlich haben die meisten Leute immer noch mit den Folgen des Erdbebens zu tun, doch das Fehlen einer Geige wäre sicher aufgefallen.«

Helen bemerkte, dass Miss Hadeland auf diese Worte eine Weile sinnierte, und wieder hatte sie den Drang, die Geige fest an sich zu drücken und ihr zu versichern, dass sie in keine anderen Hände gelangen würde als die ihren.

25

PADANG 2011

»Wollen Sie fahren, oder soll ich?«, fragte Verheugen, als er auf den Jeep deutete. Dieser sah aus, als sei er vom Militär ausgemustert worden, die Tarnfarbe bröckelte an einigen Stellen ein wenig ab. Rostspuren zierten das Heck und die Türen. Lilly lag schon die Bemerkung auf der Zunge, dass dieses Gefährt in Deutschland wohl nicht durch den TÜV kommen würde, doch sie wollte nicht herummäkeln, wo der Zahnarzt sie so freundlich umsorgte.

»Ich glaube, Sie kennen sich mit Wagen wie diesen ein bisschen besser aus.«

»Wenn Sie damit meinen, dass ich schon öfter eines dieser Gefährte gefahren habe, das stimmt. Aber ich sage Ihnen, die Dinger fahren sich leichter, als Sie denken. Auf der Rückfahrt sollten Sie es mal versuchen!«

Damit schwang er sich auf den Fahrersitz. Lilly betrachtete das Auto noch immer ein bisschen skeptisch, aber wenn ihr Begleiter zuversichtlich war, warum sie dann nicht auch?

»Na immerhin scheint der Motor in Ordnung zu sein«, witzelte Verheugen, nachdem der Wagen nach kurzen Startschwierigkeiten brüllend angesprungen war. »Steigen Sie ein, ich verspreche Ihnen auch, nicht so zu fahren wie die Taxifahrer in Padang!«

Lilly kam seiner Aufforderung nach, dann ging es los.

Als sie sich in den Stadtverkehr von Padang einfädelten, war Lilly froh, die Strecke nicht selbst fahren zu müssen. Einige Gefährte brausten rasant an ihnen vorbei, einige schnitten sie ohne Rücksicht auf Verluste. Todesmutig stürmten Passanten über die Straße, einige ließen es drauf ankommen und gingen gemächlich zwischen den vorbeirasenden Wagen hindurch. Schrilles Hupen ertönte, hin und wieder schien jemand zu fluchen, doch kaum war der Störenfried von der Straße, ging es weiter.

Schließlich erreichten sie den Stadtrand von Padang, wo die Häuser recht ärmlich wirkten. Im Gegensatz zur Innenstadt waren hier viele Häuser noch auf Pfählen gebaut, wie es in Indonesien Tradition war. Auch ein paar »Mondhäuser« waren zu sehen, aber im Großen und Ganzen überwogen andere Haustypen.

Nachdem sie der dicht befahrenen Hauptstraße gen Norden eine Weile gefolgt waren, bog Verheugen in einen Sandweg ein.

»Sind Sie sicher, dass es hier richtig ist?«, schrie Lilly gegen das Motorengeräusch an, das lauter geworden zu sein schien.

Verheugen nickte. »Ich habe mir gestern Abend eine Karte angesehen. Wir müssen durch etwas Buschland, doch der Weg sollte einigermaßen sicher sein. Immerhin wurde er noch bis in die Fünfzigerjahre genutzt. Dann hat man das Haus einfach vergessen. Nach dem Ende der Kolonialherrschaft war man nicht erpicht darauf, die Geschichte der ehemaligen Herren zu erforschen. Dazu gab es viel zu viele dunkle Begebenheiten, die man besser vergessen wollte. Das Rawagede-Massaker auf Java zum Beispiel.«

»Was ist da passiert?«

»Die Niederländer wollten ihren Kolonialbesitz in einem

Krieg zurückgewinnen. Dabei kam es zu diesem Massaker. Vierhunderteinunddreißig Tote gab es da. Nichts, womit man sich bei den Menschen beliebt macht. Mittlerweile beginnt man allerdings wieder, sich für die Kolonialzeit zu interessieren, wie das Museum bewiesen hat. Aber es gibt noch viel zu tun.«

Während der Fahrt bemerkte Lilly, dass hin und wieder Schatten durch die Bäume huschten. Auf Sumatra gab es zahlreiche Affenarten, doch die Tiere, die sie sah, verschwanden so schnell im Laub, dass sie sie nicht identifizieren konnte.

Nach etwa einer halben Stunde Fahrt tauchte zwischen den Palmen ein verwittertes rotes Dach auf, nur wenig später leuchtete eine schmutzig weiße Wand zwischen dem Grün.

Verheugen parkte den Jeep vor dem Eingang, dem man ansehen konnte, dass das Haus nicht ganz verlassen war. Der Wächter machte sich nicht viel Mühe mit der Anlage, sorgte aber dafür, dass das Gras vor dem Tor nicht allzu hoch stand.

Als das Motorengeräusch verklungen war, legte sich eine seltsame Stille über den Ort. Nur vereinzelt vernahm Lilly Rascheln und Vogelgezwitscher.

Fasziniert betrachtete sie das kunstvoll geschmiedete Eisentor, das ein wenig schief in den Angeln hing und mit einer Kette gesichert war. Von der einstigen Pracht war nicht mehr viel übriggeblieben. Die hohen gemauerten Pfosten waren mit Moos überwachsen, und da der Garten von keinem Menschen im Zaum gehalten worden war, hatte er sich frei entfaltet und den gesamten Zaun überwuchert. Der Weg, der zum Herrenhaus führte, war zwar noch zu erkennen, aber zwischen den Pflastersteinen wucherte hohes Gras. Die Wegränder waren keine gerade Linie mehr, sondern eher

Wellen aus Grün. Schwer neigten die Bäume ihre langen Äste gen Boden.

»Deprimierend, nicht wahr? Sie haben das alte Foto gesehen, früher konnte es dieser Garten mit jedem in England aufnehmen. Und jetzt wird er mehr und mehr zum Dschungel.«

Da die Kette am Tor nicht durch ein Schloss gesichert war, zog der Zahnarzt sie kurzerhand ab und stieß einen der Torflügel auf. Das schrille Quietschen scheuchte ein paar Vögel aus dem Dickicht, am Boden suchte etwas durch das raschelnde Laub das Weite.

Doch vom Wächter war nichts zu sehen.

»Was, wenn er heute nicht hier ist?«

»Dann kann er uns nicht stören«, entgegnete der Zahnarzt, während er sich umsah.

Angesichts der schlechten Sicherheitsvorkehrungen wunderte sich Lilly, dass dieses Haus noch nicht vollkommen geplündert worden war. Natürlich würden sich im Innern keine brauchbaren Möbel mehr befinden, doch auch die Steine, aus denen es erbaut war, hatten durchaus ihren Wert und konnten gut weiterverkauft werden.

Als sie sich dem Haus näherten, tauchte plötzlich der Wächter zwischen dem Grün auf und rief ihnen etwas zu. Verheugen verstand es und antwortete, worauf sich die angespannte Miene des Wächters gleich beruhigte.

»Will er nicht, dass wir uns hier umsehen?«, fragte Lilly, als das Gespräch beendet war und der Wächter die Freitreppe des Hauses erklomm.

»Er hat gefragt, was wir hier wollen. Ich habe ihm den Namen unserer Freundin aus dem Museum genannt, und schon wurde er lammfromm. Er will uns das Haus aufschließen, lehnt es aber ab, eine Führung zu machen.«

»Die brauchen wir wohl auch nicht, oder?«

»Das Einzige, was wir in diesem Haus brauchen, sind gute Ohren und Finderglück.«

»Warum gute Ohren?«

»Weil ich mir nicht sicher bin, wie gut die Fußböden da drin noch sind.«

»Also kaputte Decken und kaputte Böden. Vielleicht sollten wir durch die Tür schweben.«

»Sagen Sie mir Bescheid, wenn Sie das irgendwie hinbekommen haben«, entgegnete Verheugen und lachte.

Der Wächter schloss die große Haustür auf, durch die früher wohl die Gäste geströmt waren. Ein muffiger Geruch nach alten Blättern, Sand und Feuchtigkeit schlug ihnen entgegen. Da die Fenster mit Brettern mehr schlecht als recht vernagelt waren, fiel diffuses Licht auf das Parkett, das unter der dicken Schmutzschicht kaum noch zu erkennen war. Erkennen konnte man allerdings, welchen Weg der Verwalter öfter durchs Haus nahm. Der gut ausgetretene Pfad, unter dem das Parkett glänzte, als sei es tatsächlich mal gereinigt worden, führte direkt zu einer kleinen Tür, hinter der Lilly eine Toilette vermutete.

Doch sie schlugen einen anderen Weg ein. Der Wächter hatte Verheugen erklärt, dass sich die Kisten mit den Dokumenten in der Bibliothek befanden, die im hinteren Teil des Hauses lag.

Nachdem sie die Halle durchschritten hatten, aus der das Licht eine lange Freitreppe hervorzerrte, erreichten sie den Ballsaal, dessen einstiger Glanz nur noch schwach zu erahnen war. Lilly erinnerte sich an die Bilder in der Zeitung und meinte, die feine Festgesellschaft, vor der Rose gespielt hatte, förmlich vor ihrem geistigen Auge zu sehen. All die Seidenroben der Damen, die vielleicht Edelsteine oder Federn im

Haar trugen. 1902 war der Charleston noch nicht erfunden, und gewiss hatten da viele Frauen noch ein Korsett getragen. Und die Vatermörderkragen und Fracks der Männer, die sich hier trafen, um Geschäftsbeziehungen zu knüpfen oder die Konkurrenz im Auge zu behalten.

Dazwischen stand Rose mit ihrer wallenden Lockenpracht und der ungewöhnlichen Geige. Wieder fragte Lilly sich, ob sie Paul Havenden bereits hier kennengelernt hatte ... Wenn er beim Gouverneur zu Gast gewesen war, konnte er das Konzert gehört und Rose gesehen haben. Hatten sie sich hier ineinander verliebt?

Lilly suchte nach dem Fenster, durch das man die Terrasse aufgenommen hatte, aber wegen der Bretter konnte sie es nicht bestimmen.

»Ich glaube, ich weiß, wo die Bibliothek ist«, sagte Verheugen plötzlich. Offenbar hatte er die Zeit, in der sie sich gedankenvoll umgesehen hatte, genutzt, um den Standort der Kisten ausfindig zu machen. »Kommen Sie.«

Lilly riss sich vom Anblick der hohen Fenster und der Schnitzereien an den Deckenbalken des Festsaals los und folgte ihm.

Wie immer, wenn sie mit alten Einrichtungsgegenständen oder Häusern zu tun hatte, erwachte die Antiquitätenhändlerin in ihr, doch diesmal bekam sie keine Nahrung. Hier hatte niemand einen wertvollen Intarsienschrank vergessen, hier stand kein Sekretär, dessen Schubladen voller alter Liebesbriefe waren. Das Haus hatte sein Innenleben schon lange verloren, nur Schatten an Wänden und auf dem Boden deuteten auf Bilder, Möbelstücke und Teppiche hin.

Und dennoch ... hatte dieses Haus etwas ganz Besonderes an sich. Manche alten Häuser, die dem Verfall preisgegeben wurden, wirkten so düster, als seien sie frustriert darüber, dass man sie vergessen hatte. Dieses Haus strahlte trotz allem Wärme aus. Vielleicht bildete sie es sich nur ein, aber es war, als würde es sich freuen, endlich wieder bemerkt und von Fremden besucht zu werden – wie damals, als sein alter Herr noch lebte.

»Das hier muss die Bibliothek sein.« Verheugen deutete auf die offenstehende Flügeltür, von der die weiße Farbe herunterrieselte. Dahinter kam ein Raum zum Vorschein, der groß genug war, um selbst als Ballsaal zu dienen.

Eigentlich erkannte man nicht mehr, dass dieser Raum früher als Hort der Bildung und Unterhaltung gedient hatte. Bücherregale gab es nicht mehr. Dafür stand ein Haufen Kisten auf dem Boden herum. Die Luft war erfüllt von feuchtem Muff, und es hätte sie nicht verwundert, wenn sich vor ihnen eine fette tropische Spinne abgeseilt hätte.

»Du meine Güte!«, entfuhr es Lilly, als sie die unordentlich gestapelten Papiere und Bücher sah. Die Pappe der Kisten hatte der Feuchtigkeit hier Tribut gezollt, lange Risse klafften wie Mäuler in den Seiten. Es war nur eine Frage der Zeit, bis die Kisten nachgaben und den Inhalt über den ebenfalls völlig verdreckten Boden verteilten.

»Es ist wirklich ein Jammer, dass sich niemand für dieses Haus interessiert«, sagte Verheugen. »Ich sollte in der Heimat mal ein paar Leute ansprechen, die genug Geld hätten, um sich das Gebäude zu kaufen.«

»Glauben Sie, die Regierung würde das so einfach zulassen?«

»Sicher. Und wenn es eine Stiftung kaufen würde, wäre es noch besser. Andererseits würde es auch ein wunderbares Hotel abgeben. Dass noch niemand diese Möglichkeit erkannt hat!«

»Die Menschen hier haben sicher andere Dinge zu tun, als

sich um den Wochenendsitz ihres früheren Unterdrückers zu kümmern. Und selbst wenn sie das nicht so sehen, gibt es wahrscheinlich dringlichere Probleme.«

»Da haben Sie auch wieder recht. – Lassen Sie uns nachsehen, welche Schätze sich hier verbergen.«

»In Ordnung. Ich schlage vor, dass Sie an der rechten Seite beginnen und ich an der linken. Dann arbeiten wir uns langsam aufeinander zu.«

Der Zahnarzt nickte, dann fingen sie an.

Skeptisch blickte Lilly in die erste Kiste.

Es befanden sich nur irgendwelche Rechnungen aus den 40er Jahren darin. Diese hatten mittlerweile keinen Wert mehr, entweder waren die Forderungen längst beglichen oder längst vergessen, die Firmen, mit denen hier abgerechnet wurde, gab es nicht mehr. Auf dem Boden dieser Kiste stieß Lilly auf Schimmel, was sie dazu brachte, ihre Hände schnell wieder zurückzuziehen. In der nächsten Kiste sah es nicht viel besser aus. Rechnungen, Lieferscheine, Reste alter Schulhefte, auf deren Deckeln die Namen längst unlesbar waren. Eine unattraktive Kinderschrift, der man anmerkte, wie ungern sich ihr Besitzer mit Algebra beschäftigt hatte. Darunter noch ein paar Schulbücher in niederländischer Sprache. Sicher für den einen oder anderen interessant, aber für sie vollkommen wertlos.

»Haben Sie schon etwas gefunden?«, erkundigte sie sich in Verheugens Richtung.

»Nein, alles nur Plunder. Offenbar hat man vergessen, das hier zu verbrennen, und hält es nun für wertvoll. Und bei Ihnen?«

»Genau dasselbe. Kennen Sie vielleicht jemanden, der Verwendung für verwässerte alte Schulbücher hat?«

»Nein, und ich schlage vor, dass wir sie hierlassen.«

»Gute Idee!«, pflichtete Lilly ihm bei. Sie wollte auch schon die dritte Kiste aufgeben, als sie unter einem weiteren gammeligen Rechnungsblatt auf dickes braunes Leder stieß.

»Das gibt's nicht!«, raunte sie so leise, dass der Zahnarzt sie offenbar nicht hörte, und zog das Fotoalbum hervor. Es war in dickes, geprägtes Leder eingebunden und ziemlich schwer, was nicht verwunderte, denn es enthielt sehr viele Fotografien, entweder auf Papier oder feinen Bleiplatten. Ehrfürchtig schlug Lilly es auf und blickte in die Gesichter des Gouverneurs und seines Hausstandes. Neben seiner Frau und seiner Tochter waren auch sämtliche Bedienstete zu sehen. Dienstmädchen mit gestärkten Schürzen und Hauben, ein Butler mit strengem Blick, eine Köchin, und wenn Lilly die Art der Schürze richtig deutete, zwei Hausdiener und zwei Pferdeknechte. Auffällig war, dass sämtliche Bedienstete Einheimische waren – und sie wirkten nicht so, als hätte ihr Dienstherr sie schlecht behandelt.

Die nächsten Fotos zeigten die Einrichtung des Hauses und den Blick aus den Fenstern. Die Terrasse zum Garten erschien darunter ebenfalls, außerdem der Garten selbst, der eine Mischung aus einheimischer Vegetation und niederländischer Gartenkunst war. Lilly musste schmunzeln, als sie sah, dass es sogar ein Beet mit wunderschönen Tulpen gab.

Die folgenden Bilder waren wenig interessant. Offenbar war das Album weniger ein persönliches Familienalbum als eine Art Fotodokumentation über die Geschichte des Hauses. Der Empfang eines Sultans wurde hier abgebildet, verschiedene höchst wichtig aussehende Männer, die mit dem Gouverneur wahrscheinlich Zimtzigaretten rauchten, offizielle Anlässe und einmal sogar eine meterhohe Tanne, die von wer weiß wo importiert worden war, um damit das Weihnachtsfest zu begehen.

Das nächste Foto ließ ein Prickeln durch Lillys Magengrube rinnen. Die Frau in der Mitte war unverkennbar Rose Gallway. Die Fotografie war eine Variation des Bildes, das sie in der Zeitung gesehen hatte. Offenbar hatte der Gouverneur – Lilly war davon überzeugt, dass ihm das Album gehörte – um ein Bild für sich gebeten.

Leider gab es auf den folgenden Seiten nur wenig Aufschlussreiches. Noch einmal tauchte Rose auf, wieder zwischen ein paar Leuten, die sich ganz offensichtlich mit ihr schmücken wollten. Es folgten erneut Szenen mit wichtigen Männern, nach einer Weile ein Foto des gesamten Haushaltes, wobei diesmal bei der Tochter des Gouverneurs ein Mann und ein Kind hinzugekommen waren.

Als sie weiterblätterte, bemerkte sie unter dem halbdurchsichtigen, pergamentartigen Zwischenblatt etwas Dickes, das keine Fotoplatte sein konnte. Vorsichtig hob sie das Blatt und sah, dass zwischen die Seiten ein schmales schwarzes Heft gepresst war. Ganz offensichtlich gehörte es nicht dorthin, doch mit den Jahren, die es in dem Album vergessen worden war, war es ein Teil desselben geworden. Vorsichtig löste Lilly das Heftchen und schlug es auf.

Zwischen den Fotoplatten war es vor dem Durchweichen bewahrt worden, das Papier sah noch gut aus, und obwohl die Tinte ein wenig verlaufen war, erkannte man die Wörter noch sehr gut.

Verfasst war das Heftchen in Englisch, und Lilly stockte der Atem, als sie erkannte, wer der Verfasser war.

Dies ist das Tagebuch meiner Sühne. Rose Gallway.

Die Worte auf der ersten Seite des Heftes brannten sich regelrecht in Lillys Hornhaut. Rose Gallway hatte ein Tagebuch geführt! Und sie sprach von Sühne! Was sich dahinter wohl verbarg? Und wie kam es hierher? Hatte man sämtliche

Dokumente, die man nach dem Abziehen der niederländischen Kolonialherren gefunden hatte, hier gelagert?

Verstohlen blickte Lilly zu Verheugen, der sich gerade durch eine neue Kiste wühlte. Am liebsten hätte sie ihm das Büchlein gleich gezeigt, aber etwas hielt sie davon ab. Vielleicht war es undankbar, doch bevor sie ihm diesen Schatz zeigte, wollte sie erst einmal selbst darin lesen, ganz allein, völlig intim mit der Frau, die einst ihre Geige besessen hatte.

Außerdem, wie würde er reagieren, wenn sie ihm eröffnete, es mitnehmen zu wollen? Das hier waren Archivalien, und sie mochte sich höllisch strafbar damit machen, wenn sie es einfach so an sich nahm. Aber dieses Heftchen wäre für Gabriels *Music School* eine wahre Sensation!

Da der Zahnarzt noch immer in seine Kiste versunken war, schob Lilly sich das Heftchen kurzerhand unter ihr Shirt. Ich entscheide später, was ich damit mache, dachte sie. Erst einmal werde ich es lesen.

»Na Lilly, haben Sie was gefunden?«, tönte es plötzlich zu ihr herüber. Lilly durchzog ein Schreck. Hatte er bemerkt, dass sie das Heftchen eingesteckt hatte?

»Das kann man wohl sagen«, entgegnete sie ein wenig unsicher und griff nach dem Album. Das Heftchen nahm sehr schnell ihre Körpertemperatur an, und als sie sich erhob und zum anderen Ende des Raumes ging, merkte sie es schon nicht mehr.

»Ob man etwas dagegen hat, wenn ich das hier mitnehme?«, fragte Lilly und reichte Verheugen das Album.

Dieser stieß einen bewundernden Pfiff aus. »Wenn das kein Fund ist! Es wundert mich, dass das noch keiner haben wollte. Immerhin ist es ein wichtiges Zeitdokument.«

Das beantwortete Lillys Frage. »Dann ist es also doch besser, ich lasse es hier.«

»An Ihrer Stelle würde ich es tun. Allerdings wird niemand etwas dagegen haben, wenn Sie diese Fotos kopieren und mitnehmen.«

Lilly nickte. »Haben Sie irgendwas Interessantes gefunden?«

»Keine Ahnung, ob es interessant ist, mir sah das alles aus wie Rechnungsbücher. Der Gouverneur hat hauptsächlich Zeitungen und Magazine hinterlassen, wie mir scheint.«

»Das wäre dann eher etwas für die Leute im Museum.«

»Stimmt, aber wir sollten dennoch weitersuchen. Vielleicht finden wir ja noch ein Kirchenbuch oder etwas anderes. Möglicherweise sind hier auch glühende Liebesbriefe vergessen worden.« Verheugen zwinkerte ihr zu. »Ich danke Ihnen, dass ich dabei sein darf, das ist wohl die spannendste Suche, die ich bisher unternommen habe.«

»Sind Sie sicher?«, entgegnete Lilly ein wenig zurückhaltend. »Sie haben doch bestimmt schon ziemlich viel von der Welt gesehen.«

»Das schon, aber nie war ich an einer Art Forschungsarbeit beteiligt. Es ist einfach wunderbar, einen Teil Geschichte meines Landes zu entdecken. Sie müssen wissen, dass Sumatra in den Niederlanden immer noch von großem Interesse ist, es gibt sogar Museen darüber. Ich war mal in einem, aber das ist was ganz anderes, als die Geschichte wirklich anfassen zu können.« Er deutete auf die Kiste. »Es macht jedenfalls großen Spaß, und ich bin sehr froh, dass ich Sie im Flugzeug angesprochen habe.«

Meinte er das ernst? Natürlich machte es Spaß, die Kisten zu durchsuchen, aber war seine Reaktion nicht ein bisschen viel?

Vermutlich nicht, dachte Lilly. Offenbar ist das seine Art.

»Ich bin ebenfalls froh, Sie kennengelernt zu haben«, entgegnete sie und lächelte nun. »Ich weiß nicht, ob ich ohne Sie so weit gekommen wäre.«

»Natürlich wären Sie das!«, entgegnete Verheugen, doch es schien ihn sichtlich zu freuen, dass sie seinen Einsatz zu würdigen wusste. »Dann lassen Sie uns schauen, ob wir noch mehr finden, bevor es dunkel wird. Ich glaube nicht, dass es die Elektrizität bis hierher geschafft hat, und der Wächter möchte bestimmt auch mal Feierabend machen.«

Lilly stimmte ihm lachend zu und machte sich wieder an die Arbeit. Allerdings bohrte jetzt die Ungeduld in ihrer Magengrube. Egal, was kam, sie würde in dieser Nacht erst einmal lesen, welche Schuld Rose mit ihrem Tagebuch sühnen wollte.

26

PADANG 1910

Einen Monat nach dem Beben normalisierte sich das Leben in Padang allmählich. Das Meer rauschte wieder, der Wind sang, und von den Bergen her tönten die Rufe der Affen in die Stadt.

Die Bewohner hatten die Trümmer fortgeschafft und die Toten begraben. Teilweise hatte man nicht mehr erkennen können, wer sie waren, also stellte man ihnen ein leeres Kreuz aufs Grab und hoffte, dass sich irgendwann jemand melden würde, der sie vermisste oder zumindest kannte.

Helen übte verbissen auf ihrer Geige und ließ sie keinen Augenblick aus den Augen. Selbst zu den Mahlzeiten, zum Unterricht und beim Zubettgehen war sie an ihrer Seite. Wenn sie einen Moment lang nichts zu tun hatte, holte sie das Instrument hervor und spielte dann Lieder, die Miss Hadeland ihr nicht beibrachte, einfache Lieder, die für sie aber umso hübscher klangen.

Manchmal bemerkte Helen, dass ihre Mutter sie sorgenvoll ansah, doch sie sagte nichts.

Eines Tages erschien Ivy Carter im Übungszimmer. Bei sich hatte sie eine Frau, die Helen uralt vorkam. Ihr schlohweißes Haar war zu einem Dutt zusammengesteckt, ihr hagerer Körper steckte in einem schwarzen Kleid, das sie noch magerer aussehen ließ. Ihr Gesicht wirkte so kantig, als hätte das Leben ihr sämtliche Rundungen abgeschliffen, und die Nase ragte wie ein Vogelschnabel aus ihrem Gesicht.

»Helen, ich möchte dir Mrs Faraday vorstellen«, sagte ihre Mutter. »Sie ist zufällig in Padang, um sich die Schülerinnen von Mejuffrouw Dalebreek anzuschauen. Dabei hat sie auch von dir gehört und möchte nun, dass du ihr etwas vorspielst.«

Die Frau betrachtete Helen mit stechendem Blick. Helen wagte nicht, wegzusehen, aber anschauen konnte sie sie auch nicht. Also konzentrierte sie sich auf die in Gold gefasste Gemme, die die Alte am Kragen ihres Kleides trug.

»Mrs Faraday, es ist mir eine große Ehre …«, begann Miss Hadeland, doch die alte Frau, die den Blick nicht von dem Mädchen ließ, hob die Hand und brachte sie so zum Schweigen.

Während Helen den Blick weiterhin auf die Brosche gerichtet ließ, näherte sich die Alte nun.

»Wie alt bist du, Kind?«, fragte sie mit schneidender Stimme, die an den Klang einer schlecht gestimmten Geige erinnerte. Ihre krallenartige Hand streckte sich nach dem Kinn des Mädchens aus, und wenig später legten sich kalte Finger auf ihre Haut.

»Acht Jahre, Madam«, antwortete Helen so höflich wie möglich, denn sie wollte diese vogelartige Alte nicht verärgern. Das Bild, das sie von einer Hexe hatte, war zwar ein anderes – die Frau sah dazu viel zu ordentlich aus –, dennoch konnte man nie wissen, was in einem Menschen steckte.

»Acht Jahre. Das ist genau das richtige Alter. Wenn sie zu alt sind, sind ihre Finger bereits zu steif, um die Griffe richtig zu erlernen.«

Obwohl sie von den Fingern sprach, betrachtete die Frau prüfend Helens Gesicht, was diese sehr merkwürdig fand.

Dann sagte die Alte: »Spiel uns was vor. Das schwierigste Stück, das du schon beherrschst.«

Da brauchte Helen nicht lange zu überlegen. Bedächtig nahm sie ihre Geige vom Ständer und legte sie an. Dabei bemerkte sie, dass der Blick der alten Frau auf die Geige fiel. Was in ihren Augen aufflammte, konnte sie nicht bestimmen, auch konzentrierte sie sich jetzt lieber auf das Stück.

Nach einer Weile hob Mrs Faraday die Hand und riss Helen damit aus ihrem Spiel.

»Du spielst recht ordentlich, Mädchen. Und der Klang deiner Geige ist wirklich wunderbar. Woher hast du sie?«

»Es ist ein Geschenk einer Bekannten«, antwortete ihre Mutter rasch für Helen.

Die Alte reagierte darauf nicht.

»Du erinnerst mich sehr an ein Mädchen, das einst bei mir unterrichtet wurde. Auch sie war sehr begabt, auch sie hatte diese Art zu spielen. Jemand hat ganz offensichtlich versucht, dir das natürliche Spiel auszutreiben ...« Dabei fiel ihr Blick beinahe schon zornig auf Miss Hadeland, doch dann richteten sich ihre Augen wieder auf Helen. Nicht gerade freundlicher, aber immerhin ohne einen Vorwurf. »Ja, dieses Mädchen war eine meiner besten Schülerinnen. Nicht immer gehorsam, aber es hätte Großes aus ihr werden können. Leider hat sie ihre Karriere weggeworfen und alles vergessen, was ich ihr je beigebracht habe.« Sie pausierte kurz, griff dann wieder nach ihrem Gesicht. »Ja, du hast sehr viel von ihr. Wahrscheinlich bist du wie sie. Aber diesmal werde ich es nicht zulassen, dass ein großes Talent verschwendet wird ...«

Helen wusste nicht, wieso, aber bei diesen Worten begann ihr Herz ganz wild zu pochen. Was meinte sie damit?

»Was hältst du davon, nach England zu gehen und dort das Geigenspiel richtig zu lernen? Ich führe in London eine Musikschule, an der ich dich aufnehmen würde. Du kannst einiges, aber ich bin sicher, dass noch mehr in dir steckt. Ich weiß nicht, wie lange ich noch auf der Welt sein werde, wahrscheinlich ist diese Reise hier meine letzte. Was danach kommt, kann ich nicht sagen, es steht allerdings fest, dass du so eine Chance wie diese hier nicht noch einmal bekommen wirst. Also?«

Helen wusste nicht, was sie sagen sollte. Nachdem sie unschlüssig ihre Hände gerieben hatte, schaltete sich ihre Mutter ein.

»Nun, ich glaube kaum, dass Helen bereits erfassen kann, welch große Ehre es ist ...«

»Reden Sie mit Ihrer Tochter«, sagte Mrs Faraday. »Und wenn es sein muss, entscheiden Sie für sie. Sie sollten immer im Hinterkopf haben, dass dieses Mädchen es vielleicht zu einiger Größe in der Welt bringen könnte – vorausgesetzt, es erhält die richtige Anleitung.«

»Ich werde mit ihr sprechen«, entgegnete Ivy Carter, während Helen zu Miss Hadeland blickte. Diese wirkte ein wenig verwirrt und starrte die ganze Zeit über den Ständer mit der Geige an. Erst als sich Mrs Faraday verabschiedete, kam wieder Leben in sie. Sie begleitete die alte Dame zusammen mit Ivy Carter zur Tür.

Helen blieb zurück, und während sie ihre Geige vorsichtig mit einem weichen Tuch abrieb und dann in den Koffer zurücklegte, fragte sie sich, was die alte Frau wohl gemeint hatte. Sie sollte in England das Geigenspiel erlernen? Spielte man in England etwa anders als hier?

Den ganzen restlichen Tag war Helen nicht mehr in der Lage, klar zu denken. Die Begegnung mit der alten Frau hatte sie fest im Griff, und so begann sie, rastlos durch den Garten zu wandern. Dabei hielt sie sich in der Nähe des Zauns und hoffte, dass vielleicht die fremde Frau erscheinen würde. Sie konnte ihr bestimmt sagen, was Mrs Faraday gemeint hatte!

Doch so sehr sie auch aufpasste, die Frauen, die am Garten ihres Elternhauses vorbeigingen, waren allesamt nicht so schön wie die Fremde, die ihr die Geige geschenkt hatte. Seufzend ließ sich Helen unter einem Baum nieder. Was sollte sie nun tun?

Sie blickte zum Haus, in dem ihre Mutter immer noch mit Miss Hadeland sprach. Wollte ihre Lehrerin vielleicht nicht, dass sie nach England ging? England, das klang so nach Ferne, aber irgendwie auch kalt. Sicher war es nicht so warm und sonnig wie hier, aber irgendwie hörte sich London auch nach Abenteuer an.

Am Abend schließlich platzte sie beinahe vor Aufregung. Aus Angst, dass ihre Mutter eine Entscheidung getroffen haben könnte, die ihr nicht gefiel, bekam sie beim Abendessen keinen Bissen runter. Unruhig rutschte sie auf dem Stuhl herum, während ihre Mutter mit ihrem Vater plauderte und anscheinend keine Notiz von ihr nahm. Der Besuch von Mrs Faraday kam schließlich auch zur Sprache, aber ihre Mutter lobte sie nur dafür, dass sie so schön gespielt hatte – und kündigte ihrem Mann an, dass sie später noch einmal mit ihm darüber sprechen wollte.

Schließlich musste Helen auf ihr Zimmer, worüber sie sehr froh war. Vielleicht sollte sie es so machen, wie sie es immer tat, seit sie ihre Geige hatte – sich mit ihr besprechen. Immerhin würde auch sie die Reise nach London antreten müssen.

Sie zog den Koffer unter ihrem Bett hervor und klappte den Deckel auf.

Im nächsten Augenblick schreckte sie zurück.

Ihre Geige war verschwunden.

Helen weinte mehrere Stunden ununterbrochen, während ihre Mutter verzweifelt versuchte, sie zu trösten. Mittlerweile waren Helens Lippen bläulich, und offenbar nahm sie nichts, was um sie herum vor sich ging, wahr. Sie trauerte wie um einen lebenden Menschen, und Ivy Carter hoffte nur, dass ihr Mann etwas finden würde. Irgendeine Spur. Nachdem das Fehlen der Geige bemerkt worden war, hatte er sich sofort auf den Weg zu Miss Hadelands Unterkunft gemacht.

Innerlich wehrte sich Ivy Carter dagegen, dass die Musiklehrerin die Geige gestohlen haben könnte, aber wer sollte es sonst getan haben? Die alte Mrs Faraday? Nein, das war unmöglich, sie hatte sich wohl kaum ins Haus geschlichen.

Schließlich versiegten Helens Tränen, nicht weil sie jetzt weniger traurig war, sondern weil ihre Augen, ihr gesamter Körper nicht mehr konnte. Sie verfiel in eine seltsame Starre, die ihre Mutter nicht einmal mit Scones und süßer Milch durchbrechen konnte. Mit zugeschwollenen leeren Augen starrte sie an die Zimmerdecke, so lange, bis die Lider zu schwer wurden und der Schlaf sie übermannte.

Doch selbst da hatte Helen keine Ruhe. Furchtbare Träume suchten sie heim. Die fremde Frau erschien ihr, mit bleichem Gesicht und schwarzen Schatten unter den Augen, und warf ihr vor, nicht gut genug auf die Geige aufgepasst zu haben. Ständig wiederholte sie ihre Vorwürfe, und ihr Gesicht wurde immer furchterregender.

Als Helen schreiend erwachte, sah sie, dass sie allein in ihrem Zimmer war. Die Tür war nur angelehnt, ein heller Lichtstrahl fiel in den Raum. Von unten drangen Stimmen herauf. Eine von ihnen gehörte ihrem Vater, der von der Suche zurückgekehrt sein musste.

»Ich habe die ganze Stadt nach dieser Hadeland abgesucht – nichts«, sagte er zu Helens Mutter. »Sie hat ihr Zimmer heute Nachmittag aufgegeben und ist beinahe fluchtartig verschwunden. Ich habe mit ihrer Vermieterin gesprochen, die sich aber auch keinen Reim auf ihr Verhalten machen konnte.«

»Hast du ihr erzählt, dass sie die Geige unserer Tochter gestohlen hat?«

»Ich habe zumindest diesen Verdacht geäußert. Die Vermieterin will mir Bescheid geben, wenn sie sie noch einmal sieht.«

Ihre Musiklehrerin sollte sie bestohlen haben? Helen erinnerte sich wieder an die begehrlichen Blicke, und etwas in ihrer Brust krampfte sich zusammen. Miss Hadeland hatte sie manchmal ziemlich streng behandelt, aber dass sie ihr das Wertvollste, das sie besaß, stehlen würde, hätte sie nicht geglaubt.

Niedergeschlagen schleppte sie sich zum Bett zurück. Dabei hatte sie das Gefühl, dass jetzt nicht nur ihre Augen brannten, sondern ihr gesamter Körper. Was, wenn sie die Geige nie wiederbekam? Wie sollte sie dann weiterspielen – und wer sollte sie unterrichten? Die alte Frau vielleicht mit den kalten Augen? Zitternd schlüpfte sie unter die Decke und dachte noch eine Weile über das, was geschehen war, nach. Ich habe keine Schuld, sagte sie sich. Ich habe doch nicht gesehen, wie sie an meinen Geigenkasten gegangen ist ...

Als Ivy Carter am nächsten Morgen das Zimmer ihrer Tochter betrat, fand sie das Mädchen fiebernd und beinahe bewusstlos vor. Erschrocken über ihren Zustand, rief sie nach ihrem Mann.

»Das muss von dem vielen Weinen kommen, sie hat sich ja so furchtbar aufgeregt«, stellte er fest und lief los, um den Arzt zu holen.

Diesem erzählten sie die gesamte Geschichte nicht, sie erwähnten lediglich, dass das Mädchen sehr geweint hätte, weil sie etwas Persönliches verloren hatte.

»Wahrscheinlich ist es ein Nervenfieber«, konstatierte der Arzt, während er Helens Puls fühlte. »Das Herz schlägt kräftig, und ich finde auch keine andere Ursache für eine Erkrankung. Ich lasse Ihnen etwas Fieberpulver da und empfehle Ihnen, kalte Wickel zu machen. Und wenn's geht, das Verlorene, an dem die Kleine offenbar sehr gehangen hat, wieder zu ersetzen.«

Als der Arzt gegangen war, schritt James Carter im Esszimmer unruhig auf und ab, bis seine Frau endlich wieder unten erschien.

»Wie geht es ihr?«, fragte er, worauf sie den Kopf schüttelte.

»Nicht besser. Ich habe sie einfach nicht wach genug bekommen, um ihr das Fiebermittel zu geben. Auch die Wadenwickel holen sie nicht aus dem Schlaf. Ich werde es nachher aber noch mal versuchen.«

»Verdammtes Weibsbild«, murmelte Carter wütend vor sich hin. »Was ist ihr überhaupt eingefallen?«

»Ich bin sicher, dass die Polizei Miss Hadeland findet.«

»Ich spreche nicht von ihr!«, fuhr ihr Mann sie an. »Du weißt, wen ich meine! Sie hatte kein Recht, das Kind aufzusuchen. Nicht nach alledem. Und dann die Geige! Warum zum Teufel hat sie eigentlich nach Helen gesucht? Und wie konnte sie sie finden? Hat sie vor, sie uns jetzt wieder wegzunehmen? Nach allem, was wir getan haben?«

»Ich glaube nicht, dass sie das tun wird, denn sonst hätte sie gewiss schon irgendwelche Schritte eingeleitet. Und wer weiß, warum sie ihr dieses Geschenk gemacht hat.«

»Sie hat unserer Helen das Versprechen abgenommen, nichts zu sagen. Wer weiß, was sie ihr erzählt hat!«

»Ich glaube nicht, dass sie ihr etwas gesagt hat, das unsere Autorität in Frage stellt, sonst hätte Helen längst in irgendeiner Weise aufbegehrt.«

»Und was soll nun dieses Fieber?«

»Das kommt wohl schwerlich davon, weil Helen sie gesehen hat. Helen liebt diese Geige abgöttisch, sie behandelt sie fast wie einen Menschen.«

»Unnormal ist das!«, brummte Carter ungehalten, doch in seinen Augen schimmerten Tränen der Sorge. »Sie sollte nicht so viel Liebe auf einen Gegenstand verwenden!«

»Weißt du, was Mrs Faraday gesagt hat?«, fragte Ivy daraufhin, ohne ihm recht zu geben oder seine Behauptung abzustreiten. »Sie wäre genau wie sie. Sie hätte dasselbe Talent. Es wäre ein Jammer, wenn dieses vergeudet würde, wenn schon …«

»Ich bin mir nicht sicher, Ivy«, sagte James, jetzt wieder ein wenig ruhiger. »Wenn wir sie vor diesem ganzen Rummel bewahren, wenn wir ihre Förderung nicht weiter vorantreiben, ersparen wir ihr vielleicht so einiges.«

»Aber wir betrügen die Welt um etwas Großartiges, wenn wir es nicht tun. Mrs Faraday mag vielleicht eine hartherzige Frau sein, aber ich hatte den Eindruck, dass sie ganz genau weiß, was sie tut.«

»Du meinst also, wir sollten sie nach England bringen.« Ivy konnte den unausgesprochenen Gedanken hinter diesen Worten erahnen. Wenn sie nach England reiste, könnte sie nicht mehr von dieser … Frau aufgesucht werden.

»Ich könnte fürs Erste mit ihr reisen«, schlug sie also vor. »Ich würde darauf achten, dass sie anständig untergebracht wird und dass es ihr gutgeht.«

»Und was meinst du, wie lange wird es dauern, bis sie die Wahrheit erfährt? Mrs Faradays Vermutung ist so verdammt nahe an der Wahrheit gewesen, wenn sie eins und eins zusammenzählt, könnte sie Helen in tiefe Verwirrung stürzen.«

»Es sind Vermutungen, nichts weiter«, beruhigte Ivy ihren Mann. »Sie wird niemals Beweise dafür finden, Mijnheer van Swieten hat uns sein Ehrenwort gegeben, und das wird er nicht brechen.«

»Ich möchte mein kleines Mädchen nicht verlieren, Ivy«, sagte James, dann zog er seine Frau in seine Arme.

»Das wirst du nicht«, versprach sie ihm. »Unsere Tochter wird eines Tages eine sehr berühmte Frau sein, die ganze Welt wird zu ihr aufblicken. Diese Chance sollten wir ihr nicht verwehren, egal, was in der Vergangenheit vorgefallen ist. Außerdem können wir sie, wenn Helen in England ist, besser davor bewahren, dass sie erneut versucht, mit ihr Kontakt aufzunehmen.«

James überdachte all diese Argumente und nickte schließlich.

»In Ordnung, das ist vielleicht das Beste. Doch vorher sollte ich Helen wohl eine neue Geige beschaffen. Ich befürchte nämlich, dass diese verfluchte Hadeland mit dem Instrument verschwunden ist und vielleicht schon zu Geld gemacht hat.«

Ivy küsste ihn zärtlich auf den Mund. »Ich bin sicher, dass du ein neues Instrument finden wirst. Damit können wir Helen dann hoffentlich wieder etwas aufmuntern.«

Derweil träumte Helen wieder, allerdings keinen Traum voller Zorn und Vorwürfe. Sie befand sich in einem Garten, der zu großen Teilen von Nebel eingeschlossen war. Hin und wieder drangen bunte Farbkleckse durch das Weiß, die Blüten von Rhododendren, Magnolien, Frangipani und leuchtenden Orchideen.

So sehr sich Helen auch umschaute, weder konnte sie den Anfang noch das Ende des Gartens erkennen. Irgendwer hatte sie mittendrin abgesetzt und ihr keinen Hinweis darauf gegeben, wohin sie gehen sollte. Zaghaft machte sie einen Schritt nach vorn und bemerkte dabei, dass sie ihr weißes Sonntagskleid trug.

War sie vielleicht gestorben? Sie hatte noch nie einen Toten gesehen, aber sie wusste von ihren Freundinnen, die schon mal jemanden aus ihrer Familie verloren hatten, dass Tote immer besonders schön zurechtgemacht wurden, bevor man sie begrub. Wahrscheinlich darum, weil sie diese Kleider mit in den Himmel nahmen und die Engel es nicht gern sahen, wenn man unpassend gekleidet war.

Doch wenn sie wirklich tot war, warum kam dann kein Engel, um sie abzuholen?

»Da bist du ja«, sagte plötzlich eine leise Stimme.

Als Helen herumwirbelte, erblickte sie die fremde Frau. Sie trug das gleiche Kleid wie damals, als sie sie zum ersten Mal gesehen hatte. Noch immer war sie sehr schön, aber jetzt wesentlich blasser als zuvor. Sie streckte die Hand nach ihr aus. »Möchtest du mich ein Stück begleiten?«

Helen wusste zunächst nicht, ob sie Angst haben und weglaufen sollte. Doch wohin? Es gab nur den Garten.

Sie reichte der Frau also die Hand, und diese führte sie ein Stück weit durch den Nebel, bis sie schließlich an einer kleinen weißen Steinbank haltmachten.

»Es tut mir leid«, sagte Helen, bevor sie sich setzten. Obwohl die Frau einen gütigen Gesichtsausdruck hatte, fürchtete sie, dasselbe zu erleben wie schon in den Träumen zuvor. »Ich weiß nicht, wie die Geige weggekommen ist, als ich am Abend den Koffer geöffnet habe, war sie einfach weg.«

»Es ist nicht deine Schuld«, entgegnete die Frau mit leiser

Stimme. »Die Person, die sie dir gestohlen hat, wird sicher bald gefunden und bestraft.«

»Woher weißt du das?«

»Weil es immer so ist. Man kann ein Unrecht begehen, aber man muss wissen, dass es irgendwann ans Licht kommt. Hüte dich ja davor, ein Unrecht zu begehen, Helen.«

Das Mädchen nickte eifrig und war gleichzeitig erleichtert darüber, dass die Frau ihr nicht böse war.

»Warum sind wir hier?«, fragte Helen, während sie sich umsah. Der Nebel hatte sich immer noch nicht zurückgezogen, wie Watte steckte er zwischen den Sträuchern, die sie umgaben.

»Ich möchte dir ein Versprechen abnehmen«, antwortete die Frau.

»Und was für eines?«

»Solltest du deine Geige wiederbekommen, möchte ich, dass du alles dafür tust, um eine berühmte Geigerin zu werden. Versprichst du mir das?«

»O ja, das verspreche ich!«, entgegnete Helen eifrig.

»Du wirst sie zurückbekommen, das verspreche ich. Aber jetzt muss ich los.«

»Sehen wir uns wieder? Meine Mama überlegt, ob sie mich zu Mrs Faraday nach England schicken soll …«

»Ich weiß nicht, ob wir uns wiedersehen werden. Aber denk immer an dein Versprechen, ja? Spiele, so gut du kannst.«

»Das werde ich!«, entgegnete das Mädchen, woraufhin sich die Frau erhob und langsam dem Nebel entgegenging.

»Leb wohl, Helen!«, sagte sie, wandte sich noch einmal um und wurde dann von dem wabernden Weiß verschluckt.

Helen blieb noch eine Weile auf der Bank sitzen und blickte auf die Stelle, an der die Frau verschwunden war. Sie wunderte sich darüber, wie friedlich ihre Begegnung gewesen war.

Würde sie ihre Geige wirklich wiederbekommen? Bevor sie aufstehen und einen Ausweg aus dem Garten suchen konnte, umfing sie die Dunkelheit, und sie schlief traumlos weiter.

Drei Tage später fanden Waldarbeiter Imela Hadeland in unwegsamem Gelände, halb begraben unter einem Pferd, das den Sturz nicht überlebt hatte.

In ihrer Eile, die Stadt zu verlassen, hatte sie den Weg durch eine Stelle des Busches gewählt, die wegen Gefahr, mit Pferden und Gefährten abzurutschen, selbst von den Einheimischen gemieden wurde. Dass sie überhaupt auf ein Pferd gestiegen war, verwunderte die Leute ein wenig, denn bisher hatte sie sich nicht als geübte Reiterin hervorgetan. Sie hätte eher ein Schiff nehmen können oder eine Kutsche. Wahrscheinlich wäre sie dann davongekommen. Doch die Furcht, jemand könnte sie wegen des Diebstahls verfolgen, war größer gewesen als die Vernunft.

Das Motiv, da waren sich Helens Eltern sicher, war Gier gewesen, offenbar litt Imela Hadeland unter Geldnot, die sie mit dem Verkauf der Geige wohl lindern wollte. Und sie hatte ihre Tat geschickt geplant. Indem sie den Geigenkasten zurückließ, verschaffte sie sich einen kleinen Vorteil, denn das Fehlen des Kastens wäre eher aufgefallen als das Fehlen seines Inhalts.

Dass man ihre Musiklehrerin mit gebrochenem Genick gefunden hatte, erschreckte Helen sehr. Natürlich sagte man es ihr nicht offen, da wurde nur davon geredet, dass Miss Hadeland einen Unfall gehabt hätte, den sie nicht überlebte. Helen aber belauschte ihre Mutter und ihren Vater, als sie vor der Tür standen und sie schlafend wähnten.

Auch vom Diebstahl der Geige redete niemand. Man hatte das Instrument unbeschadet in der Nähe der Leiche gefunden, und da es noch immer niemanden gab, der Anspruch darauf erhoben hätte, brachte man sie Helen zurück. Wie von Zauberhand tauchte sie eines Morgens auf dem Stuhl neben dem Bett auf, und da wich auch die seltsame Krankheit von dem Mädchen. Das Fieber besserte sich schlagartig, binnen Stunden war Helen wieder so munter wie zuvor. Und sie spielte. So innig und lange, als wollte sie die versäumten Stunden an einem Tag nachholen. Sie hatte der fremden Frau ein Versprechen gegeben und wollte dieses auch einhalten.

Nur wenige Tage später holten ihre Eltern sie in den Salon und fragten sie, ob sie gern nach England in die Musikschule von Mrs Faraday gehen wollte. Helen war begeistert. Sie hatte mittlerweile einige Geschichten aus London, der Stadt, aus der ihre Urgroßeltern stammten, gehört und brannte jetzt doch darauf, diesen Ort einmal in Wirklichkeit zu sehen. Dass ihre Mutter mit ihr reisen würde, erleichterte ihr nur die Entscheidung. Ihren Vater lange nicht wiedersehen zu dürfen, bekümmerte sie dabei schon, aber sie dachte wieder an das, was die Frau gesagt hatte. Wenn sie ihr Versprechen nun hielt, wenn sie tat, was sie von ihr verlangt hatte, würde vielleicht alles gut werden und gut bleiben.

27

PADANG 2011

Am Abend, im Hotelzimmer, während die Eindrücke des vergangenen Tages noch in ihr brannten, zog Lilly das schmale Tagebuch aus der Tasche, das sie bei ihrer Rückkehr dort fürs Erste verstaut hatte.

Nachdem sie das Haus des Gouverneurs wieder verlassen hatten, ohne weitere nennenswerte Funde zu machen, waren sie zurück nach Padang gefahren. Während der Fahrt versank Lilly in Gedanken. Sollte sie Ellen und Gabriel gleich heute schreiben? Oder besser mit der Neuigkeit warten, bis sie zurück war? Nach einigem Hin und Her entschied sie sich, die Bombe erst platzen zu lassen, wenn sie zurück in London war. Immerhin musste sie ihren Fund zunächst selbst einmal anschauen.

Verheugen hatte sich angeboten, das Album im Museum abzugeben und dafür zu sorgen, dass die Fotografien kopiert wurden. Lilly hatte sich bedankt und sich dann von ihm noch zum Hotel bringen lassen, wo sich Verheugen mit dem Hinweis verabschiedete, dass er heute Abend noch zum Flughafen müsse, um jemanden abzuholen.

Jetzt, nach einer erfrischenden Dusche und etwas Obst, das ihr ein freundliches Zimmermädchen gebracht hatte, fühlte sie sich in der Stimmung, sich dem Heftchen zu widmen. Vor ihrem Fenster breitete sich gerade ein grandioser Sonnenuntergang über Padang aus. Orange, Rot und Violett mischten sich zu einem atemberaubenden Schleier, während in den Gebäuden nach und nach Licht aufflammte und sich draußen die Geräusche veränderten. Zwar brodelte noch immer der Verkehr, den Klang der Hupen nahm Lilly schon gar nicht mehr gesondert wahr, doch hin und wieder drang ein Musikfetzen zu ihr herauf. Ob es jetzt irgendwo in der Stadt ein Schattenspiel gab? Oder ein Konzert?

Ellen hätte sicher darauf bestanden, sich das anzuschauen, aber dieser Abend sollte Rose Gallway gehören.

Ehrfürchtig fuhr Lilly mit dem Finger über den Deckel des Heftchens, dann begab sie sich auf ihr Bett, von dem aus sie einen tollen Blick auf den Himmel hatte.

»Na gut, Rose«, murmelte sie. »Dann erzähl mal ...«

Aus den Aufzeichnungen von Rose Gallway

Vielleicht ist es zu spät, um mit einem Tagebuch zu beginnen, aber ich brauche es, um meine Gedanken zu ordnen.

Das Schreiben bereitet mir Mühe, doch ich möchte, dass etwas von mir bleibt. Etwas, das vielleicht die Zeit überdauert, etwas, das den Nachkommen erklärt, warum ich so gehandelt habe, wie ich es tat.

Seit mir der Doktor die Diagnose gestellt hat und ich weiß, wie wenig Zeit ich noch habe, bin ich nur noch von einem Gedanken beseelt: meinen Fehler von damals wiedergutzumachen.

All die Jahre habe ich mir Vorwürfe gemacht. Ich mochte vielleicht den großen Skandal vermieden haben, wofür ich Mijnheer van Swieten zunächst sehr dankbar war. Doch der Preis dafür war Leere, Einsamkeit. Der Verlust meiner Fähigkeiten. Mein Abstieg. Vertrauen hatte ich zu den Menschen kaum noch, Männern gegenüber hegte ich Gefühllosigkeit.

Und doch ist es jetzt wieder ein Mann, der mir neue Hoffnung gibt. Er ist vollkommen anders als jene, die in mir nur die schöne Frau sehen, deren Bild sie beim Ausleben ihrer schmutzigen Begierden begleitet.

Cooper Swanson ist der wohl unattraktivste Mann, den ich kenne, und gerade das gibt mir Vertrauen. Er redet nur so viel wie nötig, hört dafür aber lange und ausdauernd zu und gibt einem das Gefühl, dass sein Verstand jedes Detail aufsaugt wie ein Schwamm.

Er ist bereit, meinem Wunsch zu entsprechen. Auch wenn es schwierig sein wird. Van Swieten ist seit drei Jahren tot – und gibt es wirklich Unterlagen über die damaligen Vorgänge? Ich bezweifle das. Man hat sicher alles getan, um keine Spuren zu hinterlassen.

Aber ich will von vorn beginnen. Am Scheideweg meines Lebens, auf dem ich, ohne es zu wissen, den falschen Pfad eingeschlagen habe.

Nachdem mein Vater bei dem Hafenunfall ums Leben gekommen war, wurde das Leben für meine Mutter und mich anders. Ich bereitete mich auf den Fortgang meiner Tournee vor, ohne eine Ahnung zu haben, ob ich sie auch wirklich durchstehen könnte. Meine Mutter begann, Vorbereitungen für ihre Rückkehr in ihr Heimatdorf Magek zu treffen. Da die Wohnung ihr nur noch ein paar Monate gehören würde – ein neuer Hafenmeister war bereits gefunden –, schickte sie einen Boten in ihr Dorf, um der Alten, die sie aufgesucht hatte, bekanntzugeben, dass sie ihren Platz im Dorf bei ihrer Familie einnehmen würde.

Beim Abschied weinte ich bittere Tränen darüber. Während meiner Reisen hatte es immer sehr gut getan zu wissen, dass sie da war, in dem kleinen Haus am Hafen. Nun würde ich, wenn ich sie sehen wollte, weit in den Dschungel reisen müssen – unmöglich bei dem Zeitplan, den Carmichael mir aufgestellt hatte.

Wir trennten uns einen Tag bevor mein Schiff fuhr, denn aus dem Dorf hatte man bereits einen Ochsenkarren geschickt, um sie abzuholen.

Wieder legte sie mir ans Herz, auf selbiges zu hören, wenn ich vor einer Entscheidung stünde. In Unkenntnis der Lage, in der ich mich bereits befand, versprach ich es ihr und blickte dann weinend dem Karren nach, der mit ihr im Dschungel verschwand.

Voller Schmerz und Sehnsucht, voller Unlust und Ungewissheit bestieg ich schließlich die MS Flora, die uns nach Indien bringen sollte.

Schon während der Überfahrt begann ich, mich seltsam zu fühlen. Meine Stimmungen schwankten wie das Schiff im Seegang. Mal rauf, mal runter. Mal erschien mir meine Garderobiere Mai als das liebenswürdigste Wesen der Welt, mal verabscheute ich sie zutiefst und jagte sie davon, wenn sie mir die Haare richten wollte. Ich konnte mir denken, wie sie gegenüber Carmichael über mich sprach. Sie hielt mich für eine rasende Verrückte. Und Carmichael? Nein, recht gegeben hat er ihr sicher nicht. Er hatte schon mit einigen Künstlern zusammengearbeitet und wusste, dass viele von ihnen überspannt waren.

In meinem Fall glaubte er wohl, dass die zurückliegenden Ereignisse meinen Zustand bedingten. So ließ er mich gewähren, wenn ich tobte, er sagte nichts, wenn ich Mai ohrfeigte, und ließ sich nicht blicken, wenn ich schlechte Laune hatte. Ich selbst aber wusste, dass etwas in mir vorging, etwas, das mich wie eine Marionette steuerte und mich dazu brachte, mich unmöglich zu benehmen. Sonst wäre ich kaum zu solch einem furchtbaren Drachen geworden.

Bei der Ankunft in Delhi – wir mussten noch viele Meilen über Land zurücklegen – ging es mir furchtbar schlecht. Meine Beine schwollen an, als hätte ich die Wassersucht, ich schwitzte bei der kleinsten Anstrengung, und dann kam die Übelkeit hinzu.

Zunächst versuchte ich, es zu verbergen. Ich redete mir ein, dass das furchtbare Essen auf dem Schiff und während der Reise über Land die Schuld daran trüge. Auf keinen Fall sollte Carmichael mitbekommen, was los war, weil er dann wieder mit Vorhaltungen beginnen würde, dass ich die Tournee nicht einfach so sausen lassen durfte. Er hätte es fertiggebracht, mich selbst kurz vor einer Ohnmacht an einen Pfeiler zu lehnen und mir die Geige in die Hand zu drücken.

Also suchte ich in Delhi heimlich einen englischen Arzt auf, der mir etwas eröffnete, das mich zutiefst schockierte – und das mir von einem Tag auf den anderen die Fähigkeit nahm, wie früher zu spielen. Es war, als stemmte sich plötzlich etwas in mir gegen die Musik, die mich früher so wunderbar erfüllt hatte.

Schon bei meinen Übungen für das Konzert merkte ich, dass die Bilder fehlten. Solange ich denken konnte, waren Bilder sehr eng mit meiner Musik verbunden gewesen. Jedes Stück löste neue in mir aus. Wenn ich spielte, war ich von der Schwere der Welt befreit, ja ich glaubte, nicht mal auf der Bühne zu stehen. Aber nun spürte ich nur noch Schwere. Nicht einmal, als ich am Grab meines Vaters gespielt hatte, hatte ich mich so schwer, so unfähig gefühlt.

Das Fehlen der Bilder, das Fehlen des Hochgefühls ließ meine Hand unsicher werden. Auf einmal fürchtete ich, der

Musik nicht mehr gerecht zu werden. Und über allem schwebte Angst. Angst davor, dass ich das, was ich bislang noch verbarg, nicht mehr länger geheim halten könnte. Das machte mich noch unsicherer, und so wurde die Bosheit, die ich an den Tag legte, zu meinem Schild und meiner Waffe, mit der ich begann, die Menschen zu vertreiben.

Ich erinnere mich noch gut an den Tag, als das Geheimnis sich nicht mehr verbergen ließ. Es war der Tag, an dem ich einsehen musste, dass meine Glut für die Musik am Erlöschen war.
»Das Konzert war ein Desaster!«, schimpfte Carmichael, während er in meinem Hotelzimmer vor mir auf und ab ging. »Was war nur los mit dir? Du hast gespielt, als sei dein Kopf ganz woanders. Wenn du dir so etwas noch einmal erlaubst, ist deine Karriere ruiniert!«

Ich antwortete nicht. Am Notenständer vorbei starrte ich ins Leere. Die Erinnerung an das desaströse Konzert hallte wie der Missklang einer gerissenen Saite in mir nach. Wieder und wieder hörte ich die Passage, spürte das Versagen meiner Finger, die Schwäche meiner Bogenhand.

Ich hatte mich verspielt! Und zwar so gravierend, dass der Schock darüber dem Publikum deutlich anzumerken gewesen war. Nie zuvor war mir dergleichen passiert!

Und nie zuvor habe ich mich so klein gefühlt. Auf einmal spürte ich alle Gefühle, die ich unter dem Deckmantel meines aufbrausenden Temperaments verborgen hatte: die Trauer um meinen Vater, die Sehnsucht nach meiner Mutter und das alles verzehrende Verlangen nach Paul. Seit unserer sündigen Nacht auf der Plantage hoffte ich jeden Tag auf Nachricht von ihm. Natürlich war das illusorisch, denn wie sollte er mich in Delhi erreichen? Ich hatte in dem Hotel, in dem ich übernachtet hatte, eine Nachricht hinterlassen für den Fall, dass er sich dort melden würde, aber wahrscheinlich war er noch nicht einmal wieder in England.

Zu meinem Zustand der Unsicherheit gehörte noch etwas anderes. Gehässige Stimmen tauchten in meinem Verstand auf, Stimmen, die mir zuflüsterten, dass er mich nur benutzt hätte, um seine Lust an mir zu stillen, um mich seiner Sammlung an Affären als Trophäe hinzufügen zu können.

So sehr sie auch auf mich eindrangen, ich weigerte mich, ihnen Glauben zu schenken.

Konnte der Mann, der so zärtlich meinen Rücken gestreichelt, so leidenschaftlich meine Haut und meine Lippen geküsst hatte, mich tatsächlich belogen haben?

Nein, das war unmöglich. Paul mochte vielleicht in gesellschaftlichen Zwängen gefangen sein, Paul mochte einer anderen versprochen sein und letztlich nicht die Kraft haben, die Verlobung aufzulösen. Doch ein Lügner war er ganz sicher nicht.

All das ließ einen merkwürdigen Trotz in mir aufkommen. Während Carmichael seine Tirade fortführte und mir vorhielt, was mir alles blühen würde, wenn ich nicht wieder zur Besinnung kam, holte ich tief Luft und sagte: »Ich bin schwanger.«

Carmichael sank schockiert gegen den Türrahmen. Nie werde ich seinen Gesichtsausdruck vergessen. Kein Fausthieb hätte ihn so effektiv zum Schweigen bringen können wie diese Worte. »Was sagst du da?«, fragte er verwirrt.

»Dass ich schwanger bin«, antwortete ich.

Carmichael stieß ein Geräusch aus, das dem eines Ballons ähnelte, der all seine Luft verlor. »Du lieber Himmel! Das war dieser Engländer, nicht wahr? Ich dreh ihm den Hals um, wenn ich ihn noch mal sehe! Wann habt ihr ... Etwa an dem Abend, als ihr unterwegs wart?«

»Das ist nichts, das dich etwas angeht!«, fauchte ich ihn an.

Carmichael schnaufte wie ein Stier in der Arena. »Weißt du, was das bedeutet?«

»Dass ich ein Kind bekommen werde.«

»Dass du dir deine gesamte Karriere verbaust, verdammt!« Carmichael schlug mit der flachen Hand so heftig auf die Kommode neben der Tür, dass ich erschrocken zusammenzuckte. »Was meinst du denn, werden die Konzertveranstalter dazu sagen, wenn eine Schwangere auf die Bühne kommt? Ganz zu schweigen vom Publikum? Wenn du verheiratet wärst, wäre es etwas anderes, aber so …«

Ich sah ihn trotzig an. Was er sagte, war richtig, dennoch fühlte ich mich ihm in diesem Augenblick überlegen. Und ich verspürte auch diebische Freude darüber, ihm solch einen Ärger zu bereiten.

Natürlich war es schlecht für meine Karriere, denn einem Engel nahm man seine Rolle nur ab, wenn er rein blieb und den Anschein machte, dass er nur von Licht und Luft lebte wie eine Blume. Leidenschaften und fleischliche Gelüste passten nicht dazu.

»Du solltest zu einer Engelmacherin gehen.«

Diese Worte trafen mich wie ein Peitschenhieb. Ich hätte wissen müssen, dass ein Mann wie Carmichael zum Gegenangriff ausholte!

»Hast du den Verstand verloren?«, presste ich fassungslos hervor.

Die Diagnose des Arztes mochte mich ebenfalls schockiert haben, aber das Letzte, woran ich gedacht hatte, war, das Kind loszuwerden. Es war Pauls Kind, es war eine kleine Lady oder ein kleiner Lord Havenden. Es war meine Versicherung, dass er zu mir zurückkehren würde.

»Natürlich nicht hier«, lenkte Carmichael ein, ohne meine

Antwort richtig zu deuten. »Wir fahren nach England. Und da lässt du es dir einfach wegmachen.«

»Nein«, entgegnete ich kalt. »Abgesehen davon, dass es mich auch das Leben kosten könnte, wäre das glatter Mord!«

Den dritten Grund, nämlich dass ich hoffte, schon bald Lady Havenden zu sein, nannte ich ihm nicht, denn damit hätte ich mir zweifelsohne seinen Spott eingehandelt. Und es reichte schon, dass die Stimmen in meinem Hinterkopf mir vorhielten, dass Pauls Absichten unehrenhaft gewesen sein könnten.

Carmichael sah mich gequält an. »Rose, verstehst du denn nicht? Das hier kann sich zu einem furchtbaren Skandal ausweiten! Ein uneheliches Kind! Niemand wird dich mehr spielen lassen, solange du nicht verheiratet bist!«

»Wir können es doch geheim halten«, schlug ich vor. »Ich könnte vielleicht ein paar Monate nicht spielen, aber …«

»Und wie erklären wir dem Publikum, wie du zu dem Kind gekommen bist?«

»Bin ich dem Publikum etwa Rechenschaft schuldig?«, knurrte ich. Wenn ich an die Leute dachte, die mich heute bei meinem Fehlgriff angesehen hatten, als hätte ich den Teufel heraufbeschworen, drehte sich mir der Magen um.

»Du stehst in der Öffentlichkeit, im Rampenlicht! Du bist keine Frau, die einfach mal für ein paar Monate verschwinden kann, um das Kind zu kriegen. Wir werden Termine haben!«

»Aber was spräche denn dagegen, ein halbes Jahr zu pausieren?«, hielt ich dagegen. »Schon jetzt sind wir gut zwei Jahre unterwegs. Die Öffentlichkeit würde es verstehen.«

Wieder schnaubte Carmichael. »Und in der Zwischenzeit schwingt sich eine andere zum neuen Liebling des Publikums auf, wie? Nein, das werde ich nicht zulassen.«

»Ich werde das Kind nicht abtreiben!« Meine Stimme schraubte sich schrill in die Höhe. »Wenn ich bei der Engelmacherin umkomme, wirst du noch weniger von mir haben, dann werde ich gar nicht mehr spielen. Ich werde das Kind bekommen, und während der Tourneen werde ich es bei meiner Mutter unterbringen, basta!«

Carmichael mahlte mit den Zähnen. Er war zornig. Gut so! Ich wusste, wie seine Reaktion im Zorn aussah. Er ging einfach. Drehte sich auf dem Absatz um und schlug die Tür hinter sich zu. So auch diesmal. Das Krachen des zufallenden Schlosses ließ mich zusammenzucken.

In dieser Nacht setzte ich mich an den Schreibtisch und schrieb Paul einen Brief. Ich teilte ihm mit, was geschehen war, in der Hoffnung, dass das seinen Entschluss festigen würde, zu mir zurückzukehren.

Beim nächsten Konzert unterlief mir kein Fehler. Ich spielte Note für Note, ohne dass jemand etwas daran auszusetzen gehabt hätte. Aber wieder sah ich die Musik nicht. Und ich spürte, wie seelenlos der Klang meiner Violine plötzlich war.

Carmichael tauchte diesmal nicht auf, um mir Vorhaltungen zu machen, eine ganze Woche lang kommunizierten wir, wenn überhaupt, über Mai, der ich anmerkte, dass ihre Sympathie für mich mehr und mehr schwand. Wahrscheinlich hatte Carmichael ihr von meinem Zustand erzählt.

Konzert um Konzert spielte ich und verlor mit jedem Mal ein Stück mehr Seele in meinem Spiel. Tief in meinem Inneren spürte ich, dass alles wieder besser werden würde, wenn Paul zurückkehren würde. Ein paar Mal bildete ich mir ein, ihn im Publikum zu sehen, und tatsächlich, mein Spiel verbesserte sich dann, und auch wenn die Bilder nicht mehr vor meinem geistigen Auge auftauchten, so gewann die Melodie wieder mehr Seele.

Umso tiefer war das Loch, in das ich fiel, wenn ich nach dem Konzert feststellte, dass ich mich geirrt hatte und er es nicht war. Ich fühlte mich, als hätte ich meine kostbare Energie verschwendet, also wich ich meinen Bewunderern aus, und wenn ein Gespräch mit ihnen nicht zu umgehen war, hielt ich es so kurz wie möglich.

»Na also, das wird schon wieder«, fühlte sich Carmichael berufen zu sagen, als er nach zwei Wochen mal wieder in meine Garderobe kam. Nein, Fehler machte ich noch immer nicht, aber mein Spiel wurde so glatt und kalt wie eine Marmorfliese. Woche um Woche, Tourneeort um Tourneeort wartete ich auf eine Reaktion von Paul. Ich bildete mir ein, dass er, wenn er gewollt hätte, mich hätte erreichen können, dass er sich, wenn er mich wirklich liebte, auf eine halsbrecherische Reise um die Welt begeben würde. Doch es tat sich nichts. Wenn er auftauchte, dann lediglich in einem Traum, der mich dazu brachte, anschließend stundenlang zu weinen.

Dann ließ sich mein Zustand eines Tages nicht mehr verbergen, mein Bauch wölbte sich unter meinem Kleid, selbst wenn ich das weiteste trug, das ich besaß.

Es war illusorisch, sich einzubilden, dass ich irgendwen täuschen könnte. Tiefe Verzweiflung überkam mich, als ich mich selbst im Spiegel sah. Was bei anderen Frauen sicher Entzückung auslöste, machte mir mehr und mehr Angst.

Aber ich sagte mir, dass es gehen würde, wenn nur Paul auftauchte. Wenn er mich zu seiner Frau machte, wie er es versprochen hatte.

Carmichael knirschte mehr und mehr mit den Zähnen. Der Zeitpunkt, um mich einer Engelmacherin anzuvertrauen, war vorüber. Auf das Kind aufpassen zu müssen, war ein Alptraum für ihn, doch für mich stand nach wie vor fest, dass es leben sollte – immerhin war es mein Kind, meines und Pauls.

Dann kam mein Agent eines Tages zu mir. Ich hatte mir bisher keine Gedanken darum gemacht, wohin ich gehen sollte. Das Haus meiner Mutter gab es nicht mehr, sie war im Dschungel, in Magek, einem Ort, der nur noch eine blasse Erinnerung aus meiner Kinderzeit war und in dem mich Forderungen erwarteten, auf die ich unzureichend vorbereitet worden war. Außerdem würde mich Paul bei seiner Rückkehr dort nie und nimmer finden!

Carmichael erwies sich als hilfreich, auch wenn ich ihn nicht um Hilfe gebeten hatte. Er hätte mich, da ich ihm nun nicht mehr von Nutzen war, einfach fallen lassen können, doch das tat er nicht. Er nutzte die Kontakte, die wir in den vergangenen Monaten geknüpft hatten, und fand jemanden, der bereit war, mich aufzunehmen.

Beschämt stand ich nur eine Woche später Piet van Swieten gegenüber. Bedauern leuchtete in seinen Augen, so als hätte sich seine Tochter diesen Fehltritt geleistet und nicht ich. Wahrscheinlich hatte auch er mich als Engel gesehen, als ein ätherisches, übersinnliches Ding, dem fleischliche Gelüste fremd waren. Doch jetzt musste er einsehen, dass auch ich nur ein Mensch war, schwach und verdorben.

Das sagte er mir natürlich nicht. Er bot mir stattdessen das Nebengelass seines Hauses an, das sogenannte Gästehaus. Dort zog ich noch am selben Tag mit Mai und meinem Gepäck ein, denn mehr als das, was sich in meinem Koffer befand, besaß ich nicht.

Vier lange Monate wartete ich daraufhin. Tag für Tag saß ich am Fenster und wartete. Blickte hinaus auf den traumhaften

Garten, den ich schon bald in jeder Stimmung kannte, denn manchmal betrachtete ich ihn auch nachts und ganz besonders zu Regenzeiten, wenn das trübe Grau meine Seele verdunkelte. Außer Carmichael und Mai hatte ich niemanden bei mir. Die Dienerschaft des Hauses war angewiesen worden, sich nicht blicken zu lassen. Und auch der Hausherr blieb mir fern. Da wusste ich, dass ich bei ihm in Ungnade gefallen war, dass sein Einverständnis, mich hier zu verstecken, nichts weiter als ein Akt christlicher Nächstenliebe war, den er beging, ohne Verständnis für mich zu haben.

Das Nebengelass von *Wellkom* hätte für mich dennoch ein Ort der Ruhe und Entspannung werden können. Der traumhafte Garten hätte meine Seele kräftigen können, mir das Vertrauen schenken können, dass ich es mit dem Kind schaffen würde. Dass ich, trotz aller Schande, meinen Weg zurückfinden würde.

Doch meine Zuversicht schwand zusehends. Als der Geburtstermin nahte, weinte ich fast jeden Tag und wünschte mir, dass das Ding in meinem Bauch endlich heraus wäre, ja manchmal bereute ich es, dass ich mich damals nicht für die Engelmacherin entschieden hatte.

Carmichael sah meine Verzweiflung und fühlte sich gezwungen, zu handeln, ohne vorher um meine Erlaubnis zu fragen.

»Van Swieten bietet dir an, das Kind in eine sehr angesehene Familie hier in Padang zu geben«, eröffnete er mir eines Tages. »Sie würden es aufziehen, und du könntest weiterhin deiner Karriere nachgehen.«

Die Worte glitten über mich hinweg wie ein schneidender Wind. Ich fühlte jedoch keine Bestürzung.

»Ist Post gekommen?«, fragte ich nur, als hätte ich ihn nicht gehört, als hätte ich den Verstand verloren.

In Wirklichkeit versuchte ich, eine Entscheidung zu treffen.

»Nein«, antwortete Carmichael tonlos und fast schon ein wenig mitleidig. »Keine Post.«

Mein Agent trug mir das Angebot des Gouverneurs noch drei Mal vor, bevor ich eines Morgens realisierte, dass Paul nicht kommen würde. Beinahe neun Monate hätte er Zeit gehabt, mich zu besuchen, auch ohne meinen Brief hätte die Zeitspanne gereicht, um wieder zurückzukehren. Oder zumindest eine Nachricht zu schicken, in der er mir versicherte, dass alles gut werden würde. Kurz spielte ich mit dem Gedanken, einen Boten zu dem Plantagenbesitzer zu schicken und nachfragen zu lassen, ob das Geschäft zwischen ihm und Paul zustande gekommen war. Aber was war, wenn man mir dann mitteilte, dass er und seine reizende Gemahlin gerade zu Besuch dort weilten und sich prächtig amüsierten?

Ich ließ Carmichael dem Gouverneur Bescheid geben, dass ich einverstanden war.

Die Geburt selbst war eine der schrecklichsten Erfahrungen, die ich jemals machen musste. Stundenlang lag ich mit schmerzendem Leib da und betete nur um Erlösung. Im Nachhinein bin ich froh, dass die Erinnerung viele Details dieses Ereignisses verschluckt hat. Ich erinnere mich nur noch an den Moment, als das Kind aus mir herausglitt und ich daraufhin eine wunderbare Erleichterung verspürte. Die einheimische Hebamme, die offenbar nicht eingeweiht war in das Arrangement, legte mir das schreiende Kind auf die Brust, nahm es aber rasch wieder herunter, als der Arzt ihr irgendwas zuraunte, das ich nicht verstand.

Doch dieser Moment hatte gereicht. Ich hatte das zarte Gesicht gesehen, das Gesicht, dem man noch keine rechte

Verwandtschaft zuordnen konnte, das aber dennoch wunderschön war. Und ich hatte auch gesehen, dass es ein Mädchen war. Ich hatte eine kleine Tochter!

Doch es war zu spät, um noch umzukehren. Das Kind war einer anderen Familie versprochen worden, und die Geburt hatte mich derart geschwächt, dass ich nicht dagegen aufbegehren konnte. Man brachte es weg, und mir blieb nichts anderes als die Erinnerung an die Geburt und eine Woche in tiefster Umnachtung und mit vielen Tränen, die eine Narbe in mir hinterließ, ja die mir vielleicht sogar das Herz brach.

Obwohl es für Aufsehen sorgte, dass ich so lange von der Bühne verschwand, praktisch von einem Tag auf den anderen, verzieh mir mein Publikum meine Abwesenheit und begrüßte mich, frisch genesen aus dem Wochenbett, wieder im Rampenlicht. Eigentlich hätte ich es genießen sollen, wieder die bewunderte Musikerin zu sein. Doch ich konnte mich über den Applaus nicht freuen, denn ich war der festen Ansicht, dass ich ihn nicht verdient hatte.

Carmichael war es jedoch egal. Er organisierte mir Konzert um Konzert, die Hallen wurden kleiner, das Interesse der Menschen weniger, aber ich spielte. Spielte ohne Seele, spielte, nur um mein schlechtes Gewissen zu betäuben. Abends nach den Auftritten starrte mich dann eine leere Hülle aus dem Spiegel an, und in der Nacht plagten mich Alpträume, in denen ich ein blutverschmiertes Kindergesicht sah, das mir vorwarf, es verkauft zu haben.

Aber am Morgen setzte ich wieder meine Maske auf, und nach einer Weile gewöhnte ich mich so sehr an sie, dass ich glaubte, wieder die alte Rose zu sein, jene, die nur für die Musik lebte. Äußerlich mochte mir das gelingen, aber dass dies nur eine Täuschung war, erkannte ich daran, dass die Bilder beim Spielen auch weiterhin fernblieben.

Dann, ein paar Jahre später, lernte ich Johan de Vries kennen, einen Plantagenbesitzer aus der Nähe von Padang. Er erschien zu einem meiner Konzerte, und obwohl das Blühen von meinen Wangen ebenso verschwunden war wie das Leuchten aus meinen Augen, stand er eines Tages schüchtern vor meiner Garderobe, in der Hand einen Strauß dunkelroter Rosen, die sündhaft teuer gewesen sein mussten.

In diesem Augenblick, als er kaum wagte, mich anzusehen, wusste ich, dass er vielleicht meine Rettung war. Dass ich durch ihn meine Seele retten konnte.

Ich will es nicht Liebe nennen. Die hatte Paul mit übers Meer genommen, die hatte er offenbar lachend hineingeworfen, damit sie von den Haien gefressen werden konnte.

Im Gegensatz zu der Beziehung mit Paul näherten Johan und ich uns langsam an. Rosen in der Garderobe, kurze Gespräche, Briefe, Spaziergänge. Er war geradezu hingebungsvoll bemüht, mir jeden Wunsch zu erfüllen, und ich nahm seine Geschenke huldvoll an. Da mein Blick nicht von Liebe getrübt wurde, erkannte ich, dass er meine Chance war, meine Ehre wiederherzustellen.

Als er eines Tages vor mir niederkniete, um mir einen Heiratsantrag zu machen, sagte ich ohne lange nachzudenken ja. Carmichael war das alles andere als recht, bedeutete es doch, dass ich nun für immer der Bühne fernbleiben und nicht als Spelunkengeigerin in Jakarta enden würde. Ich zahlte Carmichael eine großzügige Summe und versicherte ihn meiner Freundschaft, außerdem übertrug ich ihm Mai, die ich nun nicht mehr brauchte.

Ich hätte noch einmal Aufsehen erregen können durch

eine große Hochzeit, doch ich bat Johan, mich in aller Stille zu heiraten, mit einer privaten Feier im kleinsten Kreis. Ich wollte die Welt nicht an das erinnern, was ich einmal gewesen war, sondern mich still und leise zurückziehen. Nicht mal eine Heiratsanzeige in der Zeitung gab es – auf meinen Wunsch. In seiner Verehrung tat Johan wirklich alles, was ich wollte.

Unsere Hochzeitsnacht ist mir kaum in Erinnerung geblieben, wie auch alle anderen Nächte, in denen er mir ehelich beigewohnt hat. Er war kein rücksichtsloser Liebhaber, im Gegenteil, er war zärtlich, bemühte sich um mich, bewegte sich vorsichtig und fügte mir keine Schmerzen zu. Doch es war, als würde seine Hingabe an einem Stein abprallen. Ich ließ es über mich ergehen, und wenn ich die Augen schloss und an Paul dachte, war es auch etwas besser als nur erträglich.

Und tatsächlich wurde ich recht rasch schwanger, was in der Familie meines Mannes große Freude auslöste. Ich tat so, als freute ich mich ebenfalls, und ich ertrug die Beschwerden mit Würde. Was mir leichtfiel, denn es warteten kein Publikum und kein ungeduldiger Agent. Hin und wieder spielte ich noch Geige, aber nur, weil ich mir einredete, dass das Kind in mir vielleicht musikalisch werden würde, dass ich ihm durch die Klänge etwas Gutes tat.

Auch diese Geburt war schrecklich, doch diesmal legte ich meine Kraft hinein mit dem Wissen, dass ich nun ein Kind haben würde, das mich vielleicht über den Verlust meiner Erstgeborenen hinwegtrösten könnte. Die Hebamme legte mir einen kleinen Jungen auf die Brust, der genauso schön war wie das mir unbekannte Kind.

Diesmal erholte ich mich nicht so schnell. Ich bekam Kindbettfieber und lag tagelang im Delirium. Keine Ahnung, was ich in der Zeit von mir gab, schlimmstenfalls hatte ich nach

Paul gerufen, immer wieder nach Paul, der zu mir zurückkommen sollte. Als ich wieder wach wurde, war er mein erster Gedanke, aber glücklicherweise war ich doch wach genug, um zu erkennen, dass nicht er sich über mein Bett beugte, sondern Johan, der schon ganz krank vor Sorge war.

»Da bist du ja wieder!«, sagte er erleichtert, streichelte mir übers Haar und küsste mich. »Ich dachte schon, ich würde dich auch verlieren.«

Diese Worte hatte er ziemlich unbedacht gewählt, denn sie machten mich sogleich misstrauisch.

»Was ist mit unserem Sohn?«, fragte ich schwach, während sich die Angst in meine Eingeweide verbiss.

Da schien Johan seinen Fehler zu bemerken. Er biss sich kurz auf die Lippe, sah dann aber ein, dass es nichts brachte zu lügen. »Unser Sohn ... ist tot«, sagte er tonlos und zog mich in seine Arme.

Hatte der Verlust meiner Tochter meine Seele bereits tief verletzt, so brachen diese Worte sie endgültig entzwei. Wie ich später erfuhr, hatte mein Junge einen Herzfehler gehabt, den er wohl aus der Familie des Vaters geerbt haben musste, denn Johan hatte zwei Schwestern, die ebenfalls an Herzfehlern gestorben waren.

Dann überkam mich plötzlich eine seltsame Schwäche. Man führte es zunächst auf die Melancholie zurück, die ich als trauernde Mutter fühlte. Doch als ich eines Tages am Fuß der Treppe zusammenbrach, holte Johan den Arzt, und der setzte sich mit ernster Miene vor mich.

»Mevrouw de Vries, ich fürchte, ich habe keine guten Nachrichten für Sie. Ihr Herz hat durch das Kindbettfieber wohl einen massiven Schaden erlitten. Auf jeden Fall werden Sie sich in der kommenden Zeit sehr schonen müssen, ansonsten fürchte ich ...«

Die Worte vertrockneten ihm in der Kehle, aber ich wusste, was er sagen wollte. Wenn ich mich nicht schonte, würde ich sterben. Mit gerade mal neunundzwanzig Lebensjahren!

Als Johan nach dem Arztbesuch zu mir kam, nahm er mich wortlos in seine Arme. Ich spürte, wie viel Liebe in dieser Berührung lag, spürte, wie viel Verzweiflung seine Tränen enthielten, doch ich selbst fühlte nichts.

Ich war mir nur sicher, dass nicht das Kindbettfieber mein Herz geschädigt hatte, nein, vielmehr hatte der Verlust meiner beiden Kinder es entzweigebrochen, und ich spürte, dass wenn ich nicht wenigstens meine Tochter wiederfinden, ich nach meinem Tod der ewigen Verdammnis anheimfallen würde.

13. Februar 1910

Heute nun ist der Tag gekommen. Ich treffe mich mit dem Detektiv. Ich bin ganz furchtbar nervös, etwas, wovor mich mein Arzt gewarnt hat, denn mein schwaches Herz verträgt keine Aufregung mehr, und jederzeit könnte die marode Ader platzen. Ich will nicht hoffen, dass Gott so grausam ist und mir das Leben nimmt, bevor ich erfahre, wo sich mein Mädchen aufhält. Sicher, ich habe mich versündigt, aber jeder Mensch hat doch Vergebung verdient, oder?

Später am Tag ...

Ich kann kaum beschreiben, was ich gefühlt habe, als ich vor der Detektei stand. Mein rascher Herzschlag hatte mir den Atem genommen, und ich konnte zunächst keinen Schritt weit über die Straße. Mein Leib zitterte von oben bis unten, einige besorgte Passanten erkundigten sich, ob mir nicht wohl sei. Ich schickte sie mit der Erklärung weg, dass mir das heiße Klima nicht gut bekommen würde, was sie nicht sonderlich verwunderte, denn ich gehe ja gut als Engländerin durch. (Pauls Verlobte hatte sich andauernd über die Hitze beklagt.) Schließlich schaffte ich es, das Haus zu betreten, in dem Cooper Swanson arbeitete. Neben seiner Unattraktivität hat er auch eine ziemlich zweifelhafte Vergangenheit, die Gerüchte, die über ihn im Umlauf sind, besagen, dass er früher einmal in Indien in der englischen Armee gedient hat, von dort allerdings fliehen musste, nachdem er einen Kameraden im Streit erschlagen hatte. Eine andere Version besagt, dass er sich mit chinesischen Banditen zusammengetan hat, um in Indien englische Villen auszurauben. Welche Version auch stimmt und ob vielleicht beide ausgedacht sind, interessiert mich nicht. Ich wollte nur eines: eine Antwort auf die Frage, die ich ihm vor Wochen gestellt habe.

Er empfing mich mit sorgenvollem Blick, wahrscheinlich hatten sich meine Lippen wieder blau verfärbt, wie sie es immer taten, wenn ich großer Anstrengung ausgesetzt wurde.

»Ihr Anliegen war wirklich eine ziemlich große Herausforderung für mich, Mrs de Vries«, begann er, während er sich auf den alten Lederstuhl hinter dem Schreibtisch niederließ. »Aber ich habe positive Nachrichten für Sie.« Damit schob er eine schmale schwarze Mappe über den Tisch. Zaghaft öffnete ich sie, wappnete mich innerlich gegen das Unbekannte und war dennoch nicht gefasst darauf, was ich nun zu sehen bekam.

Die Fotoplatte zeigte ein Mädchen, gerade mal acht Jahre alt und meinem eigenen Spiegelbild aus früheren Zeiten so ähnlich, dass ich nicht anders konnte, als erschrocken nach Luft zu schnappen. Kein Zweifel, das war das Kind, dessen Gesicht ich vor so langer Zeit an meiner Brust gesehen habe!

»Ich musste ein paar Leute bestechen, aber dieser Einsatz hat sich gelohnt«, bemerkte Swanson selbstgefällig, denn er spürte genau, dass ich seine Aufgabe als erfüllt ansah. »Das Mädchen befindet sich in der Obhut von James und Ivy Carter, einer sehr angesehenen Familie in Padang. Die Adresse finden Sie unter der Fotoplatte. Sie können sich ja überlegen, ob Sie einen weiteren ... Service von mir in Anspruch nehmen wollen. Die Sicherheitsvorkehrungen sind jedenfalls alles andere als groß.«

Zunächst fragte ich mich, was er damit meinte, doch dann ging mir ein Licht auf.

15. Februar 1910

Ich kann es kaum glauben! Das Mädchen, dieses kleine Mädchen mit den bernsteinfarbenen Augen! Der Detektiv hatte recht, sie war es wirklich. Und ich habe mit ihr gesprochen. Ich habe keine Ahnung, wie ich als Kind war, doch dieses Mädchen ist so offen, so mitfühlend ... In all den Jahren habe ich mir vorgestellt, wie sie sein würde. Ich habe mich gefragt, wem von uns, ihrem Vater oder mir, sie ähnlich sein würde. Und jetzt habe ich sie gesehen.

Die Züge meiner Ahnen sind bei ihr kaum noch vorhanden, der Schnitt ihrer Augen ist wie der ihres Vaters, auch ihre Haut ist sehr weiß. Niemand würde merken, dass das Blut der Minangkabau in ihren Adern fließt. Doch die Augenfarbe – sie ist wie die meiner Mutter. Meiner Mutter, die ich nicht mehr gesehen habe, seit sie sich auf den Weg zurück in ihr Dorf gemacht hat. Sie wäre so unendlich stolz auf ihre Enkelin. Und ich bin stolz auf meine Tochter, obwohl ich weiß, dass ich mich schwer gegen sie versündigt habe ...

Ich habe zeit meines Lebens nicht an irgendwelche Götter

geglaubt, doch wer immer mir diese Gnade gewährt hat, sie zu sehen, mit ihr zu sprechen, dem danke ich von Herzen. Auch wenn dieses Herz mir heute noch deutlicher gezeigt hat, wie schwach es eigentlich ist.

27. März 1910

Nach einem Monat Krankheit und Schwäche, der mir beinahe die Zuversicht genommen hat, mein Versprechen einzulösen, kann ich nun endlich wieder zu ihr!

Während mein Herz darum rang, weiterzuschlagen, stellte ich mir mein kleines Mädchen vor, wie es hinter diesem Gittertor stand. Nein, als Gefängnis sah ich es nicht an, es erschien mir viel mehr als das Tor zum Himmel, einem Himmel, von dem ich ausgeschlossen war. Doch ich bin dankbar, dass ich wenigstens einen Blick darauf werfen darf.

Später ...

Meine kleine Helen hat die Geige jetzt bei sich, und ich fühle mich irgendwie, als sei ich selbst nun bei ihr, Tag und Nacht, um auf sie achtzugeben. Wir haben verabredet, uns regelmäßig zu treffen, damit ich ihr das Spielen beibringen kann.

Wie gern würde ich sie zu mir nehmen, doch ich kann nicht. Sie würde innerhalb weniger Monate zur Waise werden, und dann gäbe es vielleicht niemanden mehr, der sich so gut um sie kümmern würde wie die Carters.

Aber es gibt noch zwei Dinge, die ich tun muss, bevor ich die Augen für immer schließe.

Das Erste ist bereits erledigt – ich habe Paul einen letzten Brief geschrieben.

Mittlerweile ist mein Groll gegen ihn verschwunden, ein wenig verstehe ich sogar, dass er damals nicht anders konnte. Ja, ich wehre mich noch immer dagegen, dass er aus Boshaftigkeit gehandelt haben soll. Wahrscheinlich wurde er, kaum dass er einen Fuß auf englischen Boden gesetzt hatte, wieder derart von seinen Pflichten eingenommen, dass ihm keine andere Wahl blieb.

Dennoch habe ich Carmichael, mit dem ich trotz des Endes unserer Geschäftsbeziehung in den vergangenen Jahren in sporadischem Kontakt stand, kürzlich gebeten, ihm diese letzte Nachricht von mir zu überbringen. Paul soll wissen, was aus seinem Kind geworden ist. Vielleicht haben ihn die Jahre ebenfalls verändert, und er ist nun bereit, die Verantwortung zu übernehmen. Doch selbst wenn er es nicht tut, weiß ich sie in sehr guten Händen, die Carters sind ihr eine fürsorgliche Familie, und deren Wohlstand kommt ihr sehr zugute.

Und nun setze ich mich noch einmal an den Schreibtisch und verfasse einen Brief an meine Mutter, die ich schon so lange nicht gesehen habe.

Dass ich sie nicht eingeweiht habe in meine Schwangerschaft, dass ich sie nicht eingeladen habe zu meiner Hochzeit, sind weitere schwere Sünden, die ich auf mich geladen habe. Ich wollte um jeden Preis verhindern, dass das *Adat* Forderungen an mich stellt, dass ich darüber vergessen habe, dass es keine fordernde Alte sein würde, die mich dort erwartet, sondern meine Mutter, meine Mutter, die mich liebt und die mir vielleicht hätte helfen können, mich anders zu entscheiden ...

28

Als Lilly wach wurde, war es schon fast Nachmittag. Müde blinzelte sie in das trübe Tageslicht, das durch das Fenster fiel.

Erst nach einigen Minuten wurde ihr klar, dass sie die ganze Nacht mit dem Tagebuch von Rose Gallway verbracht hatte. Das Heftchen lag unter ihr auf dem Kopfkissen und hatte einen Abdruck auf ihrem Gesicht hinterlassen.

Dennoch hatte sie so gut geschlafen wie schon lange nicht mehr. Was für eine Geschichte! Gabriel würde begeistert sein, wenn er das Heft in die Hände bekam. Und sie hatte nun einen Anhaltspunkt! Rose Gallway war verschwunden, weil sie nicht mehr Rose Gallway hieß, sondern Rose de Vries. Vielleicht würde Lilly diesen Namen irgendwo finden. Immerhin war sie die Frau eines Plantagenbesitzers, und wenn sie gestorben war, hatte es gewiss auch jemand erfahren.

Da sie nun einen halben Tag verloren hatte, beeilte sie sich, unter die Dusche zu kommen, und nahm sich vor, sich als Nächstes bei Verheugen zu melden, um ihm von dem Tagebuch zu erzählen.

Unten an der Hotelrezeption erwartete sie eine Nachricht von ihm.

Sicher sind Sie nach unserer gestrigen Tour erledigt, dennoch würde ich mich freuen, wenn Sie heute Abend an einer kleinen Feier teilnehmen würden. Die Person, von der ich Ihnen erzählt habe, ist endlich zurück, und ich würde sie Ihnen sehr gern vorstellen. Herzliche Grüße D. V.

Seine Freundin ist zurück, ging es Lilly durch den Kopf, und ein Lächeln huschte über ihr Gesicht. Sie freute sich ehrlich darauf, diese Frau kennenzulernen.

Da ihre Ehrlichkeit doch über die Selbstsucht siegte, begab sie sich mit dem Heftchen zu einer Art Copyshop, den sie nicht weit vom Hotel entfernt fand. Das Heft selbst brachte sie dann zum Museum, wo sie es der erstaunt dreinblickenden stellvertretenden Museumsleiterin überreichte.

»Das hier ist ein wertvolles Dokument, es kann sein, dass die *Faraday School of Music* auf Sie zurückkommt, um es zu erwerben.«

Iza Navis lächelte mild, dann gab sie ihr das Heftchen zurück. »Dann überreichen Sie es dieser Schule mit meinen besten Wünschen. Es macht mich stolz, dass eine Tochter unseres Landes Verbindungen nach England hat, und vielleicht ergibt sich ja eine Zusammenarbeit.«

»Das ist sehr großzügig, vielen Dank«, entgegnete Lilly verblüfft. Gleichzeitig kam ihr eine Idee. »Könnte ich vielleicht einen Blick in Zeitungen und Sterberegister zwischen 1909 und 1915 werfen? Das Heftchen hat mir einen neuen Anhaltspunkt für meine Suche geliefert.«

»Natürlich, ich lasse Ihnen die Dokumente heraussuchen«, antwortete die stellvertretende Museumsleiterin und begleitete Lilly dann noch bis zur Tür des Leseraumes.

Die Masse an Papier, die ihr ein Gehilfe auf den Tisch legte, überforderte Lilly zunächst ein wenig, doch dann erwachte der Ehrgeiz in ihr. Sie hatte das Gefühl, dass ihr zu Roses Geheimnis nur noch ein Puzzleteil fehlte. Vielleicht befand es sich ja zwischen den vielen Seiten.

Während sie blätterte, ging ihr auch immer wieder Helen durch den Sinn. Ob sie jemals erfahren hatte, wer ihre Mutter war? Im Tagebuch hatte nicht gestanden, ob sich Rose ihr offenbart hatte.

Lilly konnte sich vorstellen, in welch tiefe Verwirrung diese Nachricht sie gestürzt haben könnte ...

Obwohl Lilly den Sinn der niederländischen Artikel in den Zeitungen nicht erfassen konnte, stieß sie schließlich auf ein Bild, das eigentlich für sich sprach und keine weitere Erklärung benötigte.

Aardbeving, hieß es in der Überschrift. Wahrscheinlich bedeutete das Erdbeben. Das Foto zeigte eingestürzte Häuser und umgekippte Lastkräne. Menschen blickten mit geschockten Mienen auf das Trümmermeer.

Lilly suchte nach einem Datum und fand es schließlich: 6. Juni 1910. Nur wenige Monate, nachdem Rose Helen wiedergefunden hatte.

Auf einmal überkam sie eine seltsame Unruhe. Sie überflog all die fremden Wörter, von denen einige dem Deutschen sehr ähnlich waren. Kein Name. Fieberhaft blätterte sie weiter. Suchte nach Todesanzeigen und Ähnlichem. Es gab etliche, aber keine Rose de Vries. Dann stieß sie auf eine lange Auflistung von Namen.

Eine Opferliste!

Ein furchtsames Kribbeln ging durch Lillys Magengrube. Beinahe ängstlich ließ sie den Finger über die Namen gleiten. Es waren vorwiegend niederländische und einheimische Namen, aber auch ein paar Engländer.

»O mein Gott!«, presste sie schließlich hervor und schlug

die Hand vor den Mund. Da stand sie. Rose de Vries, Ehefrau von Johan de Vries.

Daraufhin musste sie sich erst einmal zurücklehnen. Rose war bei dem großen Erdbeben ums Leben gekommen! War sie da auf dem Weg zu ihrer Tochter gewesen? War Helen ihr letzter Gedanke gewesen, bevor Hausteile sie getroffen und getötet hatten?

Tränen stiegen Lilly in die Augen. Nicht nur wegen Roses tragischem Ende, auch wegen des Lebens, das sie geführt hatte. Konnte ein Mensch so viel Pech haben?

Als ihre Tränen versiegt waren, fühlte sie Erleichterung und beinahe auch ein bisschen Freude. Gabriel kam ihr wieder in den Sinn. Die Lösung des Rätsels Rose Gallway und der Zusammenhang zwischen ihr und Helen Carter würden ihn wahnsinnig freuen. Und sie freute sich darauf, seine Augen aufleuchten zu sehen, zu beobachten, wie ein breites Lächeln auf sein Gesicht trat. Sie vermisste ihn so sehr! Beinahe noch mehr als Ellen.

Nach weiterem Blättern stieß sie schließlich auch auf Roses Todesanzeige. Mochte ihr Mann auch keine Hochzeitsanzeige aufgegeben haben, die Nachricht vom Verlust seiner Frau hatte er so liebevoll gestaltet, dass man deutlich spürte, wie viel er für Rose empfunden hatte. Ob er je geahnt hatte, dass ihr Herz eigentlich einem anderen gehörte?

Mit Kopien des Artikels, der Liste und der Anzeige verließ sie schließlich das Museum. Ihr melancholisches Lächeln wurde im strahlenden Sonnenschein, der jetzt durch die dichten Wolken brach, zu einem freudigen. Vielleicht hat Rose jetzt Ruhe, dachte sie sich. Auch wenn ich noch immer nicht weiß, warum die Geige zu mir gekommen ist, kann ich damit leben, dass ich weiß, was mit ihren Besitzerinnen geschehen ist.

Am Abend fand sich Lilly bei der Adresse ein, die Verheugen ihr gegeben hatte. Ein wenig mulmig war ihr schon zumute. Die ganze Zeit über war sie das Gefühl nicht losgeworden, dass er näher an ihr interessiert wäre. Was, wenn seine Nachricht nur ein Vorwand war? Unsinn, sagte sie sich selbst. So etwas braucht ein Mann wie er, dem das Herz auf der Zunge liegt, nicht.

Schon von weitem konnte sie die Feiernden hören, was in ihr ein paar Hemmungen auslöste, denn sie fragte sich, ob sie den Leuten wirklich willkommen war. Wie sollte sie dem Menschen, der an der Tür erschien, klarmachen, dass Verheugen sie erwartete? Glücklicherweise öffnete er persönlich.

»Na, haben Sie ausgeschlafen?«, fragte er mit einem breiten Lächeln, als er sie hereinbat. »Als ich im Hotel nach Ihnen fragte, sagte man mir, dass an Ihrer Tür noch immer ›Bitte nicht stören‹ stand. Da ich ein positiv denkender Mensch bin, bin ich aber nicht davon ausgegangen, dass Ihnen etwas zugestoßen ist, sondern dass Sie einfach nur müde waren.«

»So war es auch«, entgegnete Lilly lächelnd, während sie ihm an anderen Gästen vorbei ins Innere des Hauses folgte. »Ich habe gestern sehr lange über einem Dokument gesessen und mich festgelesen.«

»Dann hoffe ich, es hat Ihnen etwas gebracht.«

»O ja, das hat es. Und ich war heute auch noch mal im Museum und habe eine grandiose Entdeckung gemacht. Wenn Sie wollen, erzähle ich Ihnen nachher davon.«

»Dieses Angebot nehme ich sehr gern an«, entgegnete der Zahnarzt. »Aber jetzt möchte ich Ihnen jemanden vorstellen.«

Verheugen löste sich von ihr und ging dann zu einer Gruppe Männer. Mit einem von ihnen sprach er kurz, dann kehrte er mit ihm zurück.

Es war ein sehr gut aussehender, muskulöser Mann mit schwarzen Locken und dunkelbraunen Augen.

»Wenn ich Ihnen vorstellen darf, das ist Setiawan, mein Lebensgefährte. – Setiawan, das ist meine neue Freundin Lilly Kaiser.«

Überrascht zog Lilly die Augenbrauen hoch und war froh darüber, dass ihr Verstand reagierte, bevor ihre Regung falsch verstanden werden konnte.

»Freut mich sehr, Sie kennenzulernen!«

»Das Vergnügen ist ganz auf meiner Seite«, entgegnete der Mann.

»Setiawan arbeitet bei einer großen Computerfirma und gibt landesweit Seminare.« Verheugen lächelte stolz, und sein Partner stimmte etwas schüchtern ein.

»Eine sehr verantwortungsvolle Aufgabe. Ich kenne mich leider nicht so gut mit Computern aus, obwohl ich das eigentlich müsste. Bisher dachte ich immer, ich bräuchte das für meinen Laden nicht.«

»Ich glaube, da kann ich Ihnen helfen«, entgegnete Setiawan. »Aber jetzt sollten Sie erst einmal etwas essen und ein paar Leute kennenlernen.«

»Setiawan ist Minangkabau«, erklärte Verheugen Lilly später, als er sich nach dem Essen kurz zu ihr gesellte. Er lächelte seinem Freund zu, der sich nach ihm umgedreht hatte und aussah, als wollte er ihn bitten, ihn von den anderen Männern zu befreien. »Ich habe ihn vor zehn Jahren während eines Urlaubs kennengelernt und mich sofort in ihn verliebt.«

»Da haben Sie großes Glück gehabt«, entgegnete Lilly fast ein bisschen wehmütig. »Es ist schwierig, jemanden zu finden, der einen liebt und den man zurücklieben kann.«

»Und da gibt es niemanden bei Ihnen?«

»Doch, vielleicht schon«, entgegnete Lilly. »Aber irgendwie ... Ich denke immer noch sehr an meinen Mann und bin für eine neue Beziehung nicht so offen, wie ich gern sein würde.«

»Dass Sie eine neue Beziehung eingehen, heißt ja noch lange nicht, dass Sie Ihren Mann vergessen wollen. Er würde es bestimmt gutheißen, dass Sie sich wieder binden.«

»Das weiß ich, aber dennoch ...«

»Sie sollten immer zu dem stehen, was Ihr Herz Ihnen sagt. Schauen Sie mich und Setiawan an. Für eine Weile haben wir unsere Beziehung geheim gehalten, aus Angst davor, was seine Familie dazu sagen würde. Doch von ihr bin ich vollkommen offen empfangen worden. In Aceh regen sich zwar radikale Kräfte, die Homosexualität am liebsten unter Strafe stellen würden, aber im größten Teil des Landes ist sie akzeptiert, was ich als große Erleichterung empfinde. Ich will damit sagen, dass uns die Dinge oftmals mehr Angst einjagen, als sie müssten. Also gehen Sie auf den neuen Mann zu, versuchen Sie es, vielleicht sind Sie überrascht, wie einfach es ist.«

Lilly nickte und verfiel dann für einige Augenblicke in Nachdenklichkeit.

»Setiawan besucht hier die Familie seiner Schwester und will dann zu seinem Mutterdorf, wo der Rest der Familie lebt. Wenn Sie wollen und noch ein wenig Zeit haben, nehmen wir Sie gern mit, dann können Sie sich die Mutterhäuser von nahem ansehen.«

»Das wäre schön«, entgegnete Lilly. »Ich habe aber leider nur noch zwei Tage.«

»Kein Problem, ich fahre Sie rechtzeitig wieder zurück. Diese Dörfer müssen Sie einfach gesehen haben!«

Lilly nickte begeistert. »Ein Freund in England hat herausgefunden, dass Rose Gallway selbst zur Hälfte eine Minangkabau war. Und ihre Tochter demnach zu einem Viertel.«

Sie konnte noch immer nicht glauben, dass Helen das Kind von Rose war und dass es Rose tatsächlich gelungen war, sie zu finden.

»Dann hatten die beiden Frauen vielleicht auch einen Erbanspruch«, bemerkte Verheugen. »Der Besitz wird in mütterlicher Linie weitergegeben. Wenn es Nachkommen gäbe ...«

»Die gibt es leider nicht«, entgegnete Lilly fast schon ein bisschen betrübt. »Helen ist mit ihrer Familie bei einem Angriff auf ihr Schiff ums Leben gekommen.«

»Das ist wirklich bedauerlich«, entgegnete Verheugen betroffen. »Wissen Sie denn wenigstens, zu welchem Dorf sie gehört haben? Es wäre doch ein toller Abschluss Ihrer Reise, wenn Sie auch noch das Dorf sehen, aus dem die Mutter von Rose stammte.«

»Ja, ich habe herausgefunden, dass das Dorf Magek heißt.«

»Das gibt es doch nicht!«, platzte Verheugen heraus. »Setiawan stammt ebenfalls aus Magek, seine Schwestern, seine Mutter und sogar seine Großmutter leben dort! Vielleicht kennt man die beiden Frauen im Dorf.«

Lilly schüttelte den Kopf. »Das bezweifle ich. Rose hielt nicht sehr viel vom *Adat*. Und sie wollte auch nicht an die Stelle ihrer Vorfahrinnen treten.« Aber vielleicht kennen sie Adit, ging es Lilly durch den Sinn. Immerhin war sie ins Dorf zurückgekehrt. Vielleicht gibt es sogar noch irgendwelche Verwandte, die mir etwas über sie erzählen können.

»Magek ist gut einen Tag von hier entfernt, dann sollten wir bald aufbrechen«, fuhr der Zahnarzt fort. »Oder haben Sie morgen schon etwas vor?«

»Nein, eigentlich nicht.«

»Und, wollen Sie das Dorf sehen?«

»Aber was wird Ihr Partner dazu sagen?«

»Er wird begeistert sein, Ihnen alles zeigen zu dürfen.

Seine Verwandten werden sich freuen, wenn er sich mal wieder sehen lässt, wegen seiner Geschäfte kommt er nur zweimal im Jahr dorthin.«

»Und ich stehle Ihnen wirklich nicht die Zeit? Vielleicht sollten Sie Setiawan noch mal fragen.«

»Ich weiß schon ganz genau, was er dazu sagen wird«, entgegnete Verheugen mit einem breiten Lächeln. »Dass es ihn freut, Ihnen sein Dorf zu zeigen. Und dass man Sie sehr willkommen heißen wird.«

Vor lauter Vorfreude und Aufregung konnte Lilly in dieser Nacht kein Auge zutun. Die Bilder der vergangenen Nacht flirrten mit den Erkenntnissen über Rose Gallway und Helen Carter durcheinander, und sie konnte kaum glauben, was sie in so kurzer Zeit herausgefunden hatte.

Gegen Morgen dann erhob sie sich, setzte sich ans Fenster und beobachtete, wie die Stadt langsam wieder zum Leben erwachte. Was sie wohl im Dschungel finden würde? Gab es dort einen »Mondscheingarten«?

Als Verheugen und Setiawan mit ihrem Wagen vor dem Hotel erschienen, saß sie bereits seit zwei Stunden in der Lobby und las noch einmal in den Kopien, die sie eigentlich nicht mehr brauchte.

»Hier, für Sie«, sagte sie zu Verheugen, als sie ihm die Blätter reichte. »Das ist das Tagebuch, von dem ich Ihnen gestern erzählt habe. Und Kopien des Erdbebenartikels.«

Am vergangenen Abend hatte sie ihm nicht nur von dem Erdbeben und Roses Tod erzählt, auch hatte sie voll schlechtem Gewissen gebeichtet, dass sie etwas aus dem Gouverneurshaus hatte mitgehen lassen, das sie ihm nicht gezeigt hatte.

Der Zahnarzt hatte die Augenbrauen gehoben, doch seine

Verwunderung legte sich, als Lilly ihm die Geschichte des Tagebuchs erzählte – und dass sie es von der Museumsdame geschenkt bekommen hatte.

»Ich nehme mal an, dass Sie meine Hilfe bei der Übersetzung des Artikels brauchen.«

»Ja, das wäre sehr nett. Aber nur, wenn es Ihnen keine allzu großen Umstände macht.«

Während sie sprach, fiel Lilly wieder ein, dass sie noch immer auf Nachricht von dem Mann wartete, der das Notenblatt auf einen Code untersuchen wollte. Wenn etwas angekommen wäre, hätte Ellen ihr sicher geschrieben. Aber welches Geheimnis würde das Notenblatt – wenn es überhaupt eines gab – hüten?

»Umstände?« Verheugen lachte auf. »Mittlerweile müssten Sie mich doch schon kennen. Es macht mir keine Umstände, sondern großen Spaß.« Und dann fügte er augenzwinkernd hinzu: »Sie haben mich anfangs sicher für verrückt gehalten, nicht wahr?«

Lilly schob sich mit einem verschmitzten Lächeln eine Haarsträhne hinters Ohr. »Nur ein kleines bisschen. Aber hauptsächlich bin ich froh, Sie getroffen zu haben.«

Wenig später befanden sie sich auf dem Weg in den Dschungel. Die Straßen waren größtenteils sehr gut, hin und wieder mussten sie aber auch über zerfahrene Landwege fahren, auf denen sie kräftig durchgeschüttelt wurden. Nach einigen Stunden Fahrt erreichten sie schließlich Magek, das sich im Herzen des Gebirges befand, kurz hinter einem der größten Berge des Landes, dem Gunung Singgalang.

Das Dorf inmitten des Dschungels wirkte, als sei es einem Märchen entsprungen. Große, mit Büffelhorndächern gekrönte Häuser erhoben sich in all dem Grün, ihre unterschiedliche Färbung deutete auf verschiedene Familien hin.

Ganz verzaubert betrachtete Lilly die Bauten und auch die Pflanzen, die hier üppig wucherten und sicher jedes Botanikerherz höherschlagen ließen.

Setiawan wurde von seiner Familie sehr herzlich empfangen, fast so, als sei er jahrelang weg gewesen.

»Ein männlicher Minangkabau steigt im Ansehen seiner Familie, wenn er viel Zeit im *Rantau*, also im Ausland, verbringt. Sicher werden sie Setiawan eines Tages den Titel Datuk verleihen und ihn zum Sprecher der Familie machen. Momentan versieht sein Onkel immer noch dieses Amt, aber wie Sie sehen können, ist seine Beliebtheit sehr groß.«

»Möchte er denn diesen Titel haben?«

»Natürlich! Datuk zu sein bedeutet, dass man die Interessen der Familie in der Öffentlichkeit vertritt. Es ist für die Männer hier eine große Ehre, und die schlägt auch ein Computerfachmann nicht aus, zumal es ihn ja nicht im Geringsten in seiner Arbeit behindert.«

Nachdem alle Verwandten Setiawan und schließlich auch Verheugen herzlich in Empfang genommen hatten, wurde Lilly vorgestellt. Einige der Frauen sprachen sehr gut Englisch, und wie sie herausfand, hatten einige auch studiert. Wie das vor hundert Jahren war, wusste Lilly nicht, doch sie spürte, dass Roses Ängste vor den Minangkabau unbegründet gewesen waren. Der Familienverbund hätte sie sicher aufgefangen und ihr und ihrem Kind ein gemeinsames Leben ermöglicht.

Schließlich wurde Lilly auch vor die Stammmutter geführt, eine sehr alte Frau, die ihr als Indah vorgestellt wurde. Sie trug ein sehr farbenfrohes Gewand und zur Feier des Tages wie viele Frauen eine Kopfbedeckung, die ebenso wie die Häuser an Büffelhörner erinnerten, die allerdings weitaus weniger geschwungen und aus feinem Stoff gewickelt waren.

Lebhaft erkundigte sich die Frau nach dem Grund ihrer Reise, und Lilly berichtete, dass sie auf der Spur zweier Frauen war, deren Ursprung ebenfalls in diesem Dorf lag. Sie erzählte über Rose und Helen, doch sie merkte schon bald, dass die Leute nicht viel mit ihnen anfangen konnten.

»Könnten Sie sie bitte fragen, ob sie eine Frau namens Adit kannte? Das war Roses Mutter, die wieder in ihr Dorf zurückgekehrt ist.«

Setiawan, der als ihr Übersetzer fungierte, nickte, dann stellte er die Frage der alten Frau. Diese wiegte den Kopf kurz, dann lächelte sie und sagte etwas.

»Wie es aussieht, kennt Indah sie tatsächlich. Sie sagt, dass die Ahnenmutter Adit im Dorf regierte, als sie geboren wurde. Damals muss sie so Ende siebzig gewesen sein.«

Roses Wangen begannen zu glühen. »Das ist ja wundervoll! Können Sie sie bitte fragen, wie Adit so war? Warum sie zurück ins Dorf gegangen ist?«

Auf ihre Frage erfuhr Lilly, dass Adit eine sehr strenge, aber gute Stammmutter gewesen war, die man lange bitten musste, ihre Pflichten zu übernehmen. Doch als sie sie schließlich übernahm, versah sie sie mit großer Gewissenhaftigkeit und sorgte dafür, dass der Reichtum ihrer Sippe größer wurde.

»Es wurde erzählt, dass sie eine Reise nach London gemacht hat, um ihre Enkeltochter zu suchen«, übersetzte Setiawan. »Sie fand sie auch, doch ebenso wie sie selbst einst, weigerte sich die junge Frau, mit ihr zu kommen. Später dann aber erhielt Adit Briefe von ihr, die Enkelin versprach, zu ihr zu kommen. Leider wurde nichts daraus, weil sie mit ihrer Familie während des Krieges umkam.«

Damit hatte Lilly endlich den Anschluss an das, was Gabriel schon über Helen Carter wusste. Der Grund, weshalb die Musikerin, die eigentlich in London lebte, nach Sumatra fahren wollte, war die Mutter von Rose. Damit schloss sich der Kreis, und Lilly hatte nun die Gewissheit, dass Helen gewusst hatte, wer ihre Mutter war.

Etwas später stand Lilly drei Terrassen hoch über dem Garten und erinnerte sich an die Melodie des »Mondscheingartens«. Wenn Rose das Stück komponiert hatte, konnte sie dabei nur diesen Ort im Sinn gehabt haben.

Der Garten vor ihr war nicht das Werk von Menschenhand wie beim Gouverneurshaus. Hier hatte die Natur selbst ein perfekt abgestimmtes Gleichgewicht geschaffen. Dieser Garten verfügte über Bäume und Sträucher, über Blumen und Gräser und strahlte in allen erdenklichen Farben. Kein Feengarten im Märchen hätte schöner sein können.

Wie oft mochte Rose wohl hier gestanden und ihn betrachtet haben? Wie oft mochte sie zwischen den Blumen umhergelaufen sein? Es war ein Jammer, dass Adit tot war und Lilly nichts über Rose erzählen konnte. Aber in diesem Augenblick fühlte sie sich Rose merkwürdig nahe.

Vielleicht sollte ich mir den Garten auch noch einmal im Mondschein ansehen, nahm sie sich vor und machte ein paar Fotos, damit sie Ellen zeigen konnte, wie wunderbar er war.

Sie war gerade auf dem Weg zurück ins Dorf, als Verheugen und Setiawan ihr entgegenkamen.

»Wir haben Sie schon gesucht!«, rief der Zahnarzt und winkte.

»Ich habe mir den Garten mal von oben angeschaut«, berichtete Lilly. »Ein grandioser Anblick. Schade, dass ich ihn nicht im Mondlicht sehen kann.«

»Ich schicke Ihnen ein Foto. Und vielleicht kommen Sie noch einmal hierher und sehen sich alles in Ruhe an.« Verheugen lächelte ihr aufmunternd zu. »Aber jetzt sollten Sie kommen, Indah wäre zutiefst gekränkt, wenn Sie vor der Abreise nicht noch eine gute Mahlzeit bekämen.«

29

LONDON 1920

Die Tage nach dem Unfall verschwammen im Delirium. Hin und wieder hatte Helen einen wachen Moment, in dem sie mitbekam, dass sie sich im Krankenhaus befand und dass sie Schmerzen hatte. Doch dann griff die Bewusstlosigkeit wieder nach ihr und zerrte sie ins Reich wirrer Träume. Sie sah ein Dorf vor sich, von dem sie wusste, dass sie dort nie gewesen war. Seltsame spitzgiebelige Dächer, die an Büffelhörner erinnerten, ragten in den Himmel.

Nach drei Wochen im Dämmerzustand wurden ihre Gedanken klarer, und sie begann, ihren Körper wieder zu spüren. Die Ärzte sprachen sie nun an, versuchten, mit ihr zu reden. Ihr fiel es zunächst schwer, Antworten zu geben, denn ihre Zunge schien ihrem Verstand nicht folgen zu können. Als die Ärzte das bemerkten, erklärten sie ihr, dass dies das Opium war, das man ihr verabreichte, um die Schmerzen ihrer Brüche zu lindern.

Das Letzte, woran sich Helen beim Erwachen erinnern konnte, waren die Lichter des Busses, der auf sie zugerast kam, und ein furchtbares Hupen, der schlimmste Misston, den sie je zu hören bekommen hatte. Alles danach war ein Wechsel von Licht und Schatten, von Hitze und Kälte, von Schweigen und dumpfen Geräuschen.

Als sich ihr Augenlicht zum ersten Mal wieder richtig

klärte, blickte sie auf ein Metallgestänge über sich. Zunächst war ihr Geist noch zu träge, um zu wissen, wo sie sich befand, doch dann realisierte sie, wo sie war, und sie bemerkte auch, dass sie eine Hand nicht bewegen konnte.

Als die Krankenschwester mitbekam, dass sie wach war, holte sie den diensthabenden Arzt, einen Mann mit freundlichen blauen Augen und graumeliertem Haar.

»Meine Geige, Doktor, was ist mit ihr geschehen?«, war die erste Frage, die Helen an ihn richtete.

Ein Lächeln huschte über das Gesicht des Arztes, der sich als Dr. Fraser vorgestellt hatte. »Offenbar geht es Ihnen wieder gut genug, um an die Musik zu denken, wie?«

Helen entging nicht, dass sein Blick etwas mitleidig wurde. Sie ist zerstört worden, ging es ihr durch den Kopf, und obwohl sie das Instrument in ihren letzten Momenten vor dem Unfall gehasst hatte, so bereitete ihr der Gedanke, dass diese Kostbarkeit zerstört worden sein könnte, ein schmerzhaftes Ziehen in ihrer Brust. Oder waren das nur ihre gebrochenen Rippen? Nein, der Schmerz saß tiefer.

»Was Ihre Geige angeht, kann ich Sie beruhigen, die hat wie durch ein Wunder nur ein paar Kratzer abbekommen, und ein paar Saiten sind gerissen. Jemand an der Unfallstelle hat sie aufgesammelt und mit ins Krankenhaus geschickt. Es gibt doch noch ehrliche Menschen auf der Welt, und das zu diesen Zeiten …«

Helen stiegen Tränen in die Augen. Die Geige war heil geblieben. Auch wenn sie ihre Karriere durch den Unfall gefährdet hatte, würde sie wieder spielen können.

Allerdings legte sich ihre Freude auf die Musik bald, denn als der Gips von der Hand abgenommen wurde, merkte Helen schnell, dass etwas nicht stimmte. Ihre Daumen sowie Zeige-

und Mittelfinger waren taub. Sie hatte zunächst angenommen, dass das von den Betäubungsmitteln kommen würde, doch Dr. Fraser war schockiert, als sie ihm von ihren Empfindungen berichtete.

Ein paar Tage später erschien der Arzt mit einem Röntgenbild in ihrem Zimmer. Seine bedrückte Miene ließ Helens Magen zusammenkrampfen. Bisher hatte sie sich selbst nicht gestattet, dass der schreckliche Gedanke Gestalt annahm – doch nun …

Schwer seufzend stellte sich Fraser vor ihr Bett und sagte für einige Augenblicke überhaupt nichts. Es schien, als wollte er die Verfassung seiner Patientin abschätzen, als wollte er prüfen, ob sie stark genug war für die Nachricht, die er ihr überbringen würde.

»Bei Ihrem Unfall wurden anscheinend auch Nerven in Mitleidenschaft gezogen«, begann er ein wenig zögerlich. »Ich scheue mich ein wenig davor, Prognosen abzugeben, doch ich fürchte …«

»Ich werde nie wieder spielen können, nicht wahr?« Helens Stimme schnitt durch ihre Kehle wie Glas.

Fraser seufzte. Sie konnte ihm deutlich ansehen, wie sehr er es sich wünschte, ihr etwas anderes sagen zu können. »Irgendwann …«, begann er, stockte aber gleich wieder, als müsse er um die richtigen Worte kämpfen. »Vielleicht werden Sie es eines Tages. Nerven finden manchmal wieder zusammen, heilen. Wenn Sie Ihre Hände trainieren, wird es Ihnen möglicherweise wieder gelingen.«

Die Worte der alten Frau, die behauptet hatte, ihre Großmutter zu sein, hallten wieder durch Helens Ohr. Und sie sah erneut das Bild. Bei der Begegnung in der Garderobe hatte es dazu geführt, dass Helen die alte Frau rausgeworfen hatte und schließlich in tiefer Verwirrung auf die Straße gelaufen war …

»*Du bist die Tochter von Rose*«, *sagte die alte Frau, während ihre wachsamen Augen Helen musterten.*

»*Ich verstehe nicht*«, *entgegnete Helen verwirrt.* »*Meine Mutter war Ivy Carter.*«

Die alte Frau schüttelte den Kopf, richtete dann ihr Kopftuch. »*Nein, Ivy Carter hat dich aufgenommen, weil deine Mutter dich für die Musik weggegeben hatte.*«

Was redete die Alte da? Helen spürte ein seltsames Drücken in der Magengegend. Sie hatte nie daran gezweifelt, dass Ivy ihre Mutter war. Und jetzt behauptete die Alte, dass eine Fremde ihre Mutter sei.

»*Schau, hast du diese Frau schon einmal gesehen?*« *Mit zitternden Händen zog sie eine Fotoplatte aus ihrem Bündel. Das Bild war fleckig, die Platte leicht angerostet, doch die Frau darauf gut zu erkennen.*

Helen schnappte nach Luft. Das war die Frau, die sie am Zaun angesprochen hatte! Die Frau, die ihr diese seltsame Geige geschenkt hatte. Nach dem Beben hatte sie sie nie wieder gesehen.

»*Diese Frau hieß Rose. Rose Gallway. Ihren Namen kennen Sie sicher nicht …*«

»*O doch, den kenne ich!*«, *rief Helen erschrocken aus.* »*Sie war vor zwanzig Jahren eine der besten Soloviolinistinnen der Welt!*«

Ein bitteres Lächeln schlich sich auf das Gesicht der Alten. »*Du bist Roses Kind*«, *sagte sie dann.* »*Und ich mache mir große Vorwürfe, dass ich nicht für dich da war.*«

»*Sie?*«

»*Ich bin Roses Mutter, Adit. Nach dem Tod meines Mannes bin ich in mein Dorf zurückgekehrt, um mein Erbe anzutreten. Das Erbe meiner Ahnen. Zu spät habe ich erfahren, was mit Rose passiert ist.*«

Sie seufzte schwer und strich liebevoll mit dem Daumen über die Platte. »*Ich hatte darauf gehofft, dass sie mich finden würde, dass sie sich in Not mir anvertrauen würde. Aber dazu war sie offenbar zu stolz. Erst später habe ich erfahren, was geschehen ist. Dass sie geheiratet hatte und unter den Toten des Erdbebens war. Und dass sie eine Tochter hatte, die bei Fremden aufwuchs.«*

Helen schüttelte ungläubig den Kopf. Nein, das alles hatte nichts mit ihr zu tun! Die alte Frau redete wirr, vielleicht wollte sie nur Geld.

»Du glaubst mir nicht«, stellte die Alte fest. »Ich habe auch nicht erwartet, dass du das tust. Aber ich bin alt und werde bald sterben. Andere Töchter als Rose hatte ich nicht. Du bist meine Enkelin, Helen. Und es liegt bei dir, ob unsere Mutterlinie ausstirbt oder erhalten bleibt.«

Mutterlinie? Enkelin? Helen schwirrte der Kopf. Was sollte das alles? Ihre Mutter war doch ...

Auf einmal hatte sie das Gesicht der Fremden wieder vor sich. Bernsteinfarbene Augen, die ein wenig exotisch geschnitten waren. Ein kräftiges Kinn, volle Lippen. Die Jahre hatten die Erinnerung an die Fremde getrübt, aber nicht völlig ausgelöscht, und das Foto schärfte ihr inneres Bild nun wieder. Wie schön diese Frau doch gewesen war!

»Gehen Sie!«, sagte sie und bemerkte selbst nicht, dass ihre Stimme hysterisch durch den Raum hallte. »Lassen Sie mich in Ruhe!«

Mit einem traurigen Lächeln drehte sich die Alte um und ging ...

Mit einem langen Seufzer kehrte Helen in die Wirklichkeit zurück. Bitterkeit machte sich in ihrem Herzen breit. Verzweiflung. Vielleicht war der Unfall die Strafe des Schicksals, die Strafe dafür, dass sie ihrer Großmutter nicht geglaubt hatte.

Hatte sie jetzt noch eine andere Wahl als zurückzukehren zu ihren Wurzeln? Das glanzvolle Leben einer Musikerin konnte sie nun nicht mehr führen. Vielleicht würde sie irgendwann einmal wieder spielen können, sie war sicher, dass ihr das gelingen würde, aber das würde dann bestenfalls reichen, um eine Abendgesellschaft zu amüsieren, die anschließend über das tragische Schicksal der ehemals so glanzvollen Helen Carter schwafeln würde. Allein schon der Gedanke drehte ihr den Magen um.

Bedauernd blickte sie auf den Geigenkasten neben sich, bis Tränen ihn vor ihren Augen verschwimmen ließen. Würde meine Großmutter mich so einem Fluch aussetzen?, fragte sie sich, dann streckte sie ihre weniger verletzte Hand nach dem Kasten aus. Während sie sich bemühte, die Schlösser aufzubekommen, überzog ein Schweißfilm ihre Haut, klebte das Hemd an ihren Bauch und ihren Rücken, doch sie gab nicht auf. Sie hätte eine Schwester rufen können, doch sie wollte sich mit dieser Handlung etwas beweisen. Sich selbst und auch der alten Frau, die ihr Leben so gehörig durcheinandergebracht hatte.

Als sie den Deckel schließlich angehoben hatte, fühlte sie sich so schwach wie nie zuvor. Ihre Atembewegungen schmerzten in ihren Rippen, und ihre halb taube Hand fühlte sich noch tauber an. Doch sie schaffte es, den Hals der Geige zu umklammern und sie aus dem Kasten zu ziehen.

Wie ein Kind barg sie sie an ihrer Brust und ließ sich dann wieder in die Kissen sinken. Der Gedanke, sie nie wieder zum Klingen bringen zu können, erschien ihr beinahe unerträglich, doch ihr Schmerz und ihre Trauer wurden von Trotz umfangen. Ich werde es schaffen, sagte sie sich. Irgendwie.

Einige Wochen später wurde Helen entlassen, allerdings nicht nach Hause, sondern in ein Sanatorium in der Schweiz, wo sie sich vom Trauma des Unfalls erholen sollte. Ihr Agent hatte auf die Diagnose des Arztes geschockt reagiert, ihr aber versichert, die Nachricht nicht eher an die Öffentlichkeit zu bringen, bis wirklich feststand, dass der Zustand ihrer Hand unverändert blieb.

Im Sanatorium hatte Helen ihre Geige dabei und eher zufällig ein Notenblatt unter dem Futter entdeckt. Ein sehr ungewöhnliches Stück, das wahrscheinlich von ihrer Mutter stammte.

Während sie auf den Garten hinausschaute, hielt sie das Notenblatt fest in der Hand. Welchen Garten mochte ihre Mutter gemeint haben? Stammte das Notenblatt wirklich von ihr?

Der Kuraufenthalt hatte ihr zwar nicht die Fähigkeit zurückgegeben, wieder Geige zu spielen, doch ihr Lebensmut war gewachsen. Wieder und wieder war sie das Gespräch mit der alten Frau durchgegangen, und allmählich hatte sich ein Wunsch herauskristallisiert: Ich muss etwas über meine Mutter herausfinden!

Die Fragen, die ganz offensichtlich auf der Hand lagen, hätten sie entmutigen können, doch in ihrem Innern spürte sie plötzlich eine Kraft, die sie bisher nicht gekannt hatte. Ich darf nicht aufgeben!

Aber vielleicht konnte sie ganz neu anfangen. Vielleicht war der Abstand zu London nicht das Schlechteste, das ihr passieren könnte.

Nach Hause, dachte sie. Sumatra ist weitab von allem. Es ist meine Heimat, es war die Heimat meiner Mutter. Und meiner Ahnen. Sobald ich Gelegenheit dazu habe, werde ich dorthin zurückkehren.

30

LONDON 2011

Die Frühlingssonne brannte auf ihrer Haut, als Lilly den Kieselweg zu Ellens Haus hinaufging. Zwar war diese Wärme nicht zu vergleichen mit der, die Lilly auf Sumatra erlebt hatte, doch sie schien für europäische Verhältnisse schon recht ordentlich.

Am Haus angekommen, suchte sie vergeblich nach dem Gärtner – und das, obwohl aus den Beeten neben dem Weg bereits Schneeglöckchen und Krokusse ihre Köpfe reckten. War Rufus krank, oder hatte sie ihn nur verpasst?

Daran, dass Ellens Wagen vor der Tür stand, erkannte sie, dass ihre Freundin kurz vor ihr angekommen sein musste. Sie hatte extra darauf verzichtet, sie über ihre genaue Ankunftszeit zu unterrichten, weil sie sie nicht aus ihrer Arbeit fortreißen wollte. Aber offenbar schien sie den sechsten Sinn zu besitzen.

»Wenn das nicht unsere Reisende ist!«

Lilly erschrak, als Ellen neben ihr auftauchte. Ihre Hände steckten in Gartenhandschuhen und hielten einen Strauß Birkenzweige, die sie wohl als Zierde für einen Blumenstrauß brauchte.

Die beiden Frauen fielen sich in die Arme. »Wie schön, dich zu sehen! Du hast mir in dieser Woche einfach unglaublich gefehlt!«

»Und du mir erst! Du hättest mitkommen sollen, ich habe so viel herausgefunden.«

»Na, dann komm mal rein und erzähl, ich bin schon sehr gespannt!«

Im Wohnzimmer, bei Tee und Gebäck, berichtete Lilly ausführlich über alles, was sie in Indonesien erlebt hatte. Und auch, was sie über Rose und Helen herausgefunden hatte. Das Tagebuch und die Kopien lagen auf dem Tisch und verströmten eine seltsame Energie, als brannten sie nur darauf, endlich in Gabriels Hände zu gelangen und so auch wieder zu Rose und Helen zurückzukehren, selbst wenn die in der *Music School* nicht viel mehr als Schatten der Vergangenheit waren.

»Die beiden waren Mutter und Tochter …« Ellen schüttelte fassungslos den Kopf. »Ich verstehe nicht, wie eine Mutter es über sich bringen kann, ihr Kind wegzugeben.«

»Das waren andere Zeiten damals«, erklärte Lilly, obwohl sie wusste, dass sie es ebenfalls nicht übers Herz bringen würde. »Die einzige wirkliche Rettung vor dem Skandal wäre gewesen, zu ihrer Mutter nach Magek zu gehen. Aber davor hatte Rose Angst. Sie hatte Angst, ihre Selbstbestimmung zu verlieren, und hat dafür dann einen hohen Preis gezahlt.«

Ellen schwieg nachdenklich, dann sagte sie: »Ich bin echt froh, heute zu leben. In einer Zeit, in der sich eine Frau nicht mehr zwischen Familie und Karriere entscheiden muss.«

»Da hast du recht«, pflichtete Lilly ihr bei und versank einen Moment lang in Gedanken. Wie wäre es Rose in meiner Situation gegangen? Hätte sie sich noch einmal verlieben können, wenn Paul gestorben wäre? Paul hatte sie sitzengelassen, und sie hatte wahrscheinlich entgegen dem, was sie geschrieben hatte, bis zu ihrem Lebensende doch eine winzig kleine Hoffnung, ihn noch mal wiederzusehen. Wohingegen ich Peter für immer verloren habe. Rose konnte ihr Herz nicht mehr öffnen, aber ich kann es.

»Auf jeden Fall hat ihr das Erdbeben wahrscheinlich eine lange Leidenszeit erspart«, meinte Ellen traurig, als sie nach der Kopie der Todesanzeige griff. »Kein Wunder, dass man sie für verschollen hielt. Die Historiker hätten sich ohne das Wissen, dass sie verheiratet war, schwarz suchen können.«

»So ist es! Und ich bin so froh, dass dieser lebhafte Holländer mir geholfen hat. Ich hatte schon gedacht, der will was von mir, aber nein, er hatte seine Liebe schon gefunden.« Lilly ordnete ihre Gedanken kurz, dann fragte sie: »Haben wir schon Post aus Italien?«

Ellen schüttelte den Kopf. »Nein, leider nicht. Ich habe Enrico an dem Tag, als du losgeflogen bist, eine E-Mail geschickt, aber nur eine kurze Antwort erhalten, dass sein Freund noch nichts von sich hat hören lassen. Wahrscheinlich braucht er noch eine Weile.«

»Ja, wahrscheinlich. Oder es gibt nichts, was er finden kann.«

»Möglicherweise. Aber eigentlich braucht er auch nichts mehr zu finden, oder?«

»Na ja, abgesehen davon, wie die Geige zu mir gekommen ist, habe ich das Rätsel um Rose und Helen gelöst. Und ich vermute mal, dass mir das Notenblatt beim letzten Teil des Rätsels nicht wesentlich helfen kann, oder?«

»Vermutlich nicht, es sei denn, eine der Frauen hätte in die Zukunft sehen können.«

Ellen machte eine kurze Pause und lächelte sie dann hintergründig an. »Und?«

»Was, und?«, fragte Lilly, aber sie konnte es sich fast denken.

»Gabriel wird sich sicher freuen, all das zu hören, nicht wahr?«

»Und ob er das tun wird!«, entgegnete Lilly lächelnd.

»Dann solltest du ihn nicht mehr länger auf die Folter spannen. Ihr wolltet doch essen gehen, oder?«

»Ja, das wollten wir. Und ...« Lilly fiel ein, dass sie ihr vor lauter Dingen, die sie in Padang erlebt hatte, gar nicht geschrieben hatte, dass Gabriel vor dem Flug noch einmal zu ihr gekommen war. »Er war bei mir.«

»In Padang?«

»Nein. Wenngleich, doch, schon. Ich habe an ihn gedacht. Aber er kam vor dem Flug noch einmal zu mir. Ich hatte ihn angerufen, und das Letzte, womit ich gerechnet habe, war, dass er auftauchen würde. Aber er kam und brachte mir einen Brief, in dem Rose einen Paul Havenden darum bittet, sich um die gemeinsame Tochter zu kümmern. Das war letztlich der Stein, der alles ins Rollen gebracht hatte.«

»Und das hast du alles vor mir verheimlicht, schäm dich!« Ellen lächelte breit. »Du weißt, was das bedeutet?«

»Dass Havenden sie sitzengelassen hat?«

»Nein, das meine ich nicht. Ich meine Gabriel. Du weißt, dass er so was nicht tun würde, wenn er nicht in dich vernarrt wäre, oder? Und dass deine Befürchtungen wegen seiner Exfrau vollkommen haltlos waren.«

Lilly senkte ein wenig beschämt den Kopf. »Ich weiß.« Dann blickte sie lächelnd auf. »Und ich bin mir jetzt auch sicher, was ihn betrifft.«

»Na, dann ans Telefon! Aber ich glaube, das brauche ich dir nicht laufend zu sagen, wie?«

»Nein, das brauchst du in dem Fall nicht mehr.«

Lilly erhob sich und strebte dem Telefontischchen zu. Einen Ratschlag konnte sich Ellen jedoch nicht verkneifen.

»Geh mit ihm in das Lokal, in dem wir waren. Und zieh dein grünes Kleid an! Ich bin sicher, dass ihn dein Anblick umhauen wird!«

Unruhig blickte Lilly aus dem Fenster. Mittlerweile war es schon halb acht. Vielleicht hätte sie doch ein Taxi nehmen sollen. Als sie Gabriel diesen Vorschlag unterbreitet hatte, hatte er vehement abgelehnt.

»Du glaubst doch wohl nicht, dass ich meine Lady den Fahrkünsten eines Fremden überlasse!«

Lilly hatte darauf aufgelacht. »Ich bin schon so etliche Male mit fremden Männern gefahren, da würde ich die Fahrt zum Restaurant sicher auch überstehen.«

»Daran habe ich keinen Zweifel, aber ich würde mich um das Vergnügen bringen, noch ein paar Minuten mehr mit dir zu verbringen. Und das werde ich auf keinen Fall zulassen.«

Aber warum brachte er sich gerade um das Vergnügen? Wo blieb er nur? Nachdem sie ihre Frisur und den Sitz des grünen Kleides noch einmal überprüft hatte, vernahm sie Motorengeräusch. Als sie aus dem Fenster blickte, durchschnitten Scheinwerfer das Halbdunkel. Das war er!

Rasch griff sie nach ihrer Handtasche und lief mit pochendem Herzen in Richtung Wohnzimmer. Dort saßen Dean und Ellen auf dem Sofa und sahen fern, ein Anblick, der Lilly lächeln ließ. Werde ich mit Gabriel auch irgendwann mal so dasitzen und glücklich sein bei einer so profanen Sache?

»Gabriel ist da, ich geh dann!«, rief sie, stürmte wieder nach draußen und holte ihren Mantel.

»Viel Spaß!«, kam es im Chor zurück. Ellen winkte durch die Tür.

Draußen machte der Wagen halt, und wie sie es vereinbart hatten, hupte er einmal kurz. Tatsächlich kam sich Lilly auf einmal wieder so vor, als würde sie zu einem Abschlussball gehen. Oder wie Cinderella, die von ihrem Prinzen abgeholt wurde.

»Sprich mit ihm aber nicht nur über Arbeit, hörst du!«, rief Ellen ihr hinterher, doch da war Lilly schon zur Tür hinaus und hatte nur noch Augen für Gabriel, der aus dem Wagen stieg und sie mit einem Kuss begrüßte.

»Ich kann es kaum glauben, aber du gehst wirklich mit mir essen!«, witzelte er dann und hielt ihr die Beifahrertür auf.

»Natürlich, was hast du denn erwartet?«, gab sie lachend zurück und schnallte sich an.

»Dann werde ich wohl mal schnell losfahren, nicht, dass du es dir anders überlegst.«

»Keine Sorge«, entgegnete Lilly kichernd. »Außerdem hat es nicht immer an mir gelegen, dass aus dem Abendessen nichts wurde.«

»Okay, okay, ich gebe zu, ich habe auch Schuld. Dann sollten wir diesen Abend aber wirklich genießen, das haben wir verdient, oder?«

Während der Fahrt erzählte sie ihm alles, was sie über Rose in Erfahrung gebracht hatte. Dass sie dabei kaum Luft holte, bekam sie erst mit, als sie Gabriels breites Lächeln sah.

»Es scheint dich ja wirklich gepackt zu haben«, bemerkte er, als sie doch für einen Augenblick pausierte.

Lilly spürte, wie ihr das Blut in die Wangen schoss. Würde das jemals aufhören, wenn sie in seiner Nähe war? Aber genaugenommen wollte sie gar nicht, dass es aufhörte.

»Ja, das hat es.« Aber etwas anderes noch viel mehr, setzte sie im Stillen hinzu und blickte neben sich. Die Scheinwerfer der entgegenkommenden Fahrzeuge zerrten sein Profil immer wieder aus der Finsternis. Wie schön er doch war! Lilly fühlte auf einmal eine brennende Sehnsucht, ein Pochen in ihrer

Körpermitte, wie sie es schon lange nicht mehr gespürt hatte. Beinahe hatte sie keine Lust mehr auf das Essen, sie wollte nur noch ihn. Aber ein Schritt nach dem anderen, sagte sie sich.

Das Lokal war auch diesmal sehr gut gefüllt, und als könnte er spüren, was zwischen ihr und Gabriel vorging, platzierte sie der Kellner an einem Zweiertisch, von dem aus sie einen guten Blick auf die Themse hatten, über der ein satter runder Mond schwebte.

Viele Augenblicke lang sahen sie sich einfach nur an, und als der Kellner schließlich ihre Bestellungen aufgenommen hatte, sagte Gabriel: »Es ist schön, dass du wieder da bist. Und du siehst in deinem Kleid überaus reizend aus.«

»Danke. Du hast dir doch nicht etwa Sorgen gemacht?« Lilly lächelte unsicher, strich dann über den seidigen Stoff. Das Kleid schien ihr Glück zu bringen. Dass es Gabriel gefiel, freute sie.

»Natürlich. Ein bisschen schon, denn ich wollte ja, dass du heil wiederkommst. Offenbar hast du nicht nur das Rätsel Rose Gallway gelöst, die Reise ist dir auch ziemlich gut bekommen, wie mir scheint.«

»Ja, das stimmt, obwohl ich zugeben muss, dass ich mich manchmal ziemlich unsicher gefühlt habe.«

»Unsicher? Du?«

»Ja, alles war so neu und so fremd.«

»Das haben fremde Orte so an sich.«

»Das lag nicht an der Stadt oder dem Land. Es lag daran, dass ich allein unterwegs war. Ich habe mich in den vergangenen Jahren eingeigelt, ja ich glaube sogar, ich hatte Angst vor der Welt.« Kurz pausierte sie, dann setzte sie hinzu: »Ich möchte dir etwas erzählen. Und zwar möchte ich das, weil unter anderem auch du dazu beigetragen hast, dass ich mich in die Welt zurückgewagt habe.«

Zitternd atmete sie durch. Etwas war plötzlich in ihr aufgebrochen, fast so wie im Märchen vom Froschkönig, wo der treue Heinrich die Eisenringe um sein Herz verlor.

Die folgenden Worte kamen dann ruhig und wie von selbst aus ihr heraus. »Kurz bevor Peter starb, kam er noch einmal zu sich. Es war ein sehr seltsamer Moment, denn der Tumor hatte ihm weitestgehend die Fähigkeit genommen, zu sprechen, und meist war er in einem Dämmerzustand, von dem ich nicht wusste, ob er in ihm meine Anwesenheit überhaupt bemerkte. Doch in dem Augenblick war er auf einmal ganz klar. Er streckte seine Hand nach mir aus, streichelte über mein Gesicht, und so deutlich wie schon lange nicht mehr sagte er: ›Ich liebe dich.‹ Ich bin damals in Tränen ausgebrochen und habe ihn geküsst. Für den Bruchteil eines Atemzugs habe ich geglaubt, dass vielleicht ein Wunder geschehen würde. Mit dem Versprechen, uns am nächsten Tag wiederzusehen, verabschiedete ich mich von ihm und fühlte mich irgendwie … leicht. Leichter als an irgendeinem Tag in den Wochen davor. Am nächsten Morgen kam der Anruf. Sie sagten mir, dass Peter in der Nacht sanft eingeschlafen war …«

Sie musste pausieren, denn plötzlich waren sie alle wieder da, die Bilder, die sie so lange in sich eingeschlossen, so lange verdrängt hatte. Und mit den Bildern kam auch eine Erkenntnis. »Sein Tod hat mir den Boden unter den Füßen weggezogen«, setzte sie hinzu. »Aber ich wusste, dass er mich liebt. Und als ich dich gesehen habe, als ich dir nähergekommen bin, wusste ich, dass du mich befreien könntest.«

Auf ihre Worte folgte minutenlanges Schweigen. Lilly wischte sich die Tränen von den Wangen und blickte dann zu Gabriel, in dessen Augen es ebenfalls feucht glitzerte.

Er sah sie eindringlich an, an seiner Miene war zu erkennen, dass ihre Worte ihn sehr bewegten.

»Ich möchte, dass du etwas weißt«, sagte er, nachdem er einen Moment geschwiegen hatte. »Und zwar, dass nicht nur Peter dich geliebt hat. Sondern dass ich dich auch liebe. Selbst wenn wir heute erst unser erstes wirkliches Date haben, habe ich die starke Vermutung, dass das mit uns et...«

Weiter kam er nicht, denn Lilly erhob sich, ging zu ihm, und in diesem Augenblick war es ihr egal, ob das gesamte Lokal zusah. Sie barg sein Gesicht in ihren Händen und küsste ihn einfach. »Ich liebe dich auch, Gabriel. Und ja, ich glaube auch, dass aus uns etwas werden kann!«

Stunden später blickte sie an Gabriels Schlafzimmerdecke und lächelte breit über das, was das Schicksal ihr beschert hatte. Noch immer fiel es ihr schwer zu glauben, dass ihr so etwas passiert war. Doch neben ihr lag Gabriel, sein ruhiger Atem füllte die Stille des Raumes, und ihr Körper brannte noch immer von seinen Küssen, Berührungen und der Bewegung, die sie beide in lustvollem Einverständnis vollführt hatten. Wie sehr hatte ihr doch der Sex gefehlt! Und wie sehr hatte sie es genossen, Gabriel ganz nah bei sich zu haben, so nah, dass nicht mal eine Feder zwischen sie passte. Er ist es, dachte sie. Er ist der Richtige, das weiß ich nun wirklich.

Vielleicht hatte ja sogar Peter seine himmlischen Finger im Spiel gehabt. Bisher hatte sie nicht an Kräfte aus dem Jenseits oder Engel geglaubt, aber nun war sie versucht, das zu tun. Egal, wie es war, sie würde Gabriel nicht mehr gehen lassen. Auch wenn ihre Zeit in London bald verstrichen war und sie wieder zurückmusste. Es gab gewiss Mittel und Wege, zusammen zu sein. Irgendwie. Wer sagte denn schon, dass man nur in Berlin Antiquitäten verkaufen konnte?

Am nächsten Vormittag, nach einem Telefonat mit Sunny, in dem sie erfahren hatte, dass der Film sicher verpackt im Laden auf sie wartete, fühlte sich Lilly wie auf Wolken.

»Ich werde morgen zurückfliegen«, eröffnete Lilly ihrer Freundin am selben Abend. »Der Film ist fertig, und ich fühle mich so verdammt nahe dran, das Geheimnis unserer Geige endgültig aufzudecken.«

Ellen nahm sie in ihre Arme. »Dann hoffe ich sehr für dich, dass deine Mutter oder irgendwer sonst den Mann auf dem Video kennt. An ihm hängt jetzt alles.«

»Ich werde ihn finden, verlass dich drauf. Und wenn ich Bescheid weiß, rufe ich dich sofort an!«

»Und vergiss nicht, Gabriel Bescheid zu sagen. Der wird dir wahrscheinlich am Flughafen auflauern und dich zum Bleiben überreden wollen.«

»Ich komme ja wieder«, entgegnete Lilly lachend. »Und er zu mir. Hoffe ich zumindest.«

Natürlich hatte Ellen bis ins kleinste Detail wissen wollen, wie der Abend gewesen war. Einige Einzelheiten hatte Lilly ihr vorenthalten, doch um zu sehen, dass sie in diesem Augenblick eine der glücklichsten Frauen in ganz London war, brauchte es keine Worte. Ellen hatte dafür einen geschulten Blick.

»Na endlich! Ich wusste doch, dass du eines Tages wieder jemanden in dein Herz reinlassen würdest. Er ist der Richtige, glaub mir.«

Und Lilly glaubte das von ganzem Herzen.

Als der Flieger am nächsten Vormittag in Berlin-Tegel aufsetzte, verspürte Lilly nicht nur gespannte Vorfreude, sondern auch das gute Gefühl, nach Hause zu kommen. Und tiefe Dankbarkeit Ellen gegenüber, was sie ihr bei ihrem Abschied auch deutlich klargemacht hatte.

»Lass es aber nicht ewig dauern, bis ich dich wiedersehe«, hatte Ellen sie anschließend gemahnt und sie fest umarmt.

Inzwischen hatten sich die Schneeberge in Matsch verwandelt, aber der kleine Laden sah immer noch so aus, wie Lilly ihn verlassen hatte.

Die Ladenhüter standen noch da, aber einige Stücke fehlten, Sunny hatte sie offenbar verkauft. Beim Eintreten, während die Dienstbotenglocke über ihr bimmelte, fand sie die Studentin am Tresen, über einem dicken Haufen Bücher und Kopien.

»Lilly!«, schreckte sie auf. »Du bist hier!«

»Ja, das bin ich«, entgegnete sie. »Nach unserem Telefonat hat für mich festgestanden, dass ich keine Zeit mehr verlieren darf. Ich möchte das Video noch heute meiner Mutter zeigen.«

Lilly entging nicht, dass Sunny sie verwundert ansah.

»Du siehst gut aus, warst du auf der Sonnenbank?«

»Nein, in Indonesien«, entgegnete sie so beiläufig, als würde sie übers Wetter reden. »Wo hast du die DVD?« Schon während des Fluges hatte sich Lilly vorgenommen, nicht lange in Berlin zu verweilen. Ihre Mutter würde wahrscheinlich aus allen Wolken fallen, wenn sie zu Hause auftauchte, aber etwas drängte und zerrte an ihr, und sie wollte ihr den Ausschnitt auf jeden Fall noch heute zeigen.

Sunnys Augen wurden jetzt noch größer. Sie kramte die DVD heraus, die in einer Papierhülle verstaut war, und fragte: »Indonesien? Echt? Ich denke, du wolltest nach London?«

»Da war ich auch. Aber auch in Cremona und Padang.«

»Abgefahren!«, platzte es aus Sunny heraus, dann stützte sie sich auf den Verkaufstresen. »Erzähl mal!«

»Später, wenn wir beide nett beim Abendessen sitzen. Jetzt muss ich erst einmal zu meiner Mutter!« Lilly verstaute die

DVD in ihrer Tasche, und bevor Sunny etwas darauf erwidern konnte, war sie auch schon wieder aus der Tür hinaus und auf dem Weg zum Hauptbahnhof.

Nach etwas mehr als zwei Stunden Fahrt erreichte Lilly Hamburg-Eppendorf. Die Straße, in der ihre Eltern lebten, war eine Aufreihung beinahe exakt aussehender Häuser, die sich nur durch die Farbe ihres Daches unterschieden.

Der Taxifahrer, der sich im Gegensatz zu seinen Londoner Kollegen als schweigsam erwiesen hatte, lud ihre Koffer aus, nahm seinen Lohn und fuhr wieder davon.

Einen Moment lang erlaubte sich Lilly einen Blick in ihre Kindheit, die sie in diesem Haus verbracht hatte, dann trat sie durchs Gartentor. Dabei fiel ihr auf, wie still es war.

Normalerweise werkelte ihr Vater draußen, besonders jetzt bei diesem milden Wetter. Doch niemand war zu sehen. Und auch das Haus wirkte fast verlassen.

»Mama?«, fragte Lilly beunruhigt durch den Hausflur. Nachdem sich auf ihr Klingeln niemand gemeldet hatte, hatte sie sich kurzerhand selbst eingelassen. Ein mulmiges Gefühl kroch in ihre Magengrube. Natürlich spielten ihre Eltern nicht den ganzen Tag Musik oder hockten vor dem Fernseher, doch auf das Klingeln an der Tür reagierte normalerweise immer einer von ihnen.

Und wenn sie nach Hause kam, witterte das ihre Mutter bereits Stunden vorher.

Als Lilly ins Wohnzimmer trat, erschreckte sie bis aufs Mark. Ihre Mutter lag auf dem Sofa, mit hochrotem Gesicht und geschlossenen Augen. Ihre Arme hatte sie um ihren Bauch geschlungen, als litte sie furchtbare Schmerzen.

»Mama?«, fragte Lilly, während sie rasch zu ihr eilte. Als sie ihrer Mutter ihre kühle Hand auf die Stirn legte, merkte sie nicht nur, dass sie hohes Fieber hatte, Jennifer Nicklaus öffnete auch ein wenig die Augen.

»Lilly.« Ihre Stimme klang kratzig, und ihre Lippen waren aufgesprungen.

»Mama, was hast du? Wo ist Papa?«

»Er ist verreist«, stöhnte sie, verzog dann das Gesicht.

»Was ist mit dir?«, fragte Lilly panisch, zwang sich dann aber zur Ruhe. Egal, was war, sie brauchten einen Krankenwagen. Aber es würde besser sein, wenn sie wusste, welche Symptome ihre Mutter hatte.

»Mein Bauch«, stöhnte Jennifer. »Er schmerzt ganz furchtbar!«

Mehr Informationen brauchte Lilly nicht. Rasch zückte sie ihr Handy und wählte die Notrufnummer.

Nachdem sie aufgelegt hatte, ging sie in die Küche, um ein Thermometer, eine Schale kaltes Wasser und ein frisches Stofftaschentuch zu holen, das ihre Mutter immer noch in derselben Schublade aufbewahrte wie früher. Sie machte es nass und kehrte dann zu ihrer Mutter zurück.

»Mama, was machst du bloß?«, sagte Lilly, und während sie Jennifer die Stirn kühlte, blickte sie unruhig auf ihre Armbanduhr. Dabei fiel ihr auf, dass diese immer noch nach englischer Zeit tickte. Sie würde sie später stellen, wenn ihre Mutter in der Klinik war. »Seit wann ist das denn so?«

»Seit zwei Tagen? Ich dachte erst, dass ich mir den Magen verdorben hätte. Aber dann wurden die Schmerzen schlimmer.«

»Und warum hast du nicht den Arzt gerufen? Wo ist eigentlich Papa?«

»Mit ein paar Freunden aus seinem Segelverein unterwegs.«

»Als er gefahren ist, hattest du da die Schmerzen schon?«

Ihr war zuzutrauen, dass sie nichts gesagt hatte, weil sie ihren Mann nicht von der Reise abhalten wollte.

»Nein, das ist vor zwei Tagen losgegangen.«

»Und wie lange ist er noch weg?« Lilly war sicher, dass sich ihr Vater Vorwürfe machen würde, wenn er erfuhr, dass seine Frau während seiner Abwesenheit krank geworden war.

»Eine Woche.«

»Eine Woche!«, platzte es erschrocken aus Lilly heraus. »Warum hast du denn niemanden angerufen? Niemandem Bescheid gesagt?«

Oder hatte sie gar eine Nachricht auf ihrem Anrufbeantworter zu Hause?

Bevor Jennifer Nicklaus antworten konnte, rückte glücklicherweise schon der Krankenwagen an.

Im Wartesaal des Krankenhauses waren um diese Zeit nur wenige Leute. Die meisten, die hier warteten, gehörten zu Patienten, die wie sie mit einem Notarztwagen gefahren oder ihm gefolgt waren. Da die Praxen alle noch reguläre Sprechstunde hatten, würde der große Ansturm erst gegen Abend losgehen.

Unruhig ging Lilly durch die Ecke des Raumes, die über einen Snack- und Kaffeeautomaten verfügte. Hier war sie noch am besten vor den Blicken der Krankenschwester geschützt, die sie schon zweimal um Geduld gebeten hatte.

Lilly wusste nicht, wie sie ihr klarmachen sollte, dass ihr Umherlaufen keine Ungeduld bedeutete.

Wie schön war es doch auf Sumatra, ging es ihr durch den Sinn, doch diesen Gedanken schob sie schnell beiseite. Sie war froh, dass sie ihrer Eingebung gefolgt und gleich nach Hamburg gefahren war. Sie glaubte nicht an Übersinnliches, aber dennoch war sie sicher, dass der Instinkt an ihr gezerrt und ihr die Ungeduld wegen des Videos ins Herz gepflanzt hatte.

»Frau Kaiser?«

Lilly drehte sich um und erschrak, als sie die Schwester dicht vor sich stehen sah.

»Ja, was ist?«, fragte sie ein wenig verwirrt.

»Dr. Rotenburg möchte Sie sprechen.«

Diese Worte ließen alle Müdigkeit von ihr abfallen. Sofort griff sie nach ihrer Tasche. Dabei purzelte ihre Geldbörse heraus und fiel klimpernd auf den Boden.

Mit zitternden Händen klaubte Lilly sie wieder auf, machte sich aber nicht die Mühe, sie wieder zu verstauen, sondern lief so, wie sie war, mit der Börse in der Hand, der Schwester hinterher.

Der Geruch und der Anblick der Kranken, die sie durch die offenstehenden Türen der Notaufnahmezimmer sehen konnte, ließen Lillys Magen rebellieren.

An einer Milchglastür angekommen, machte die Schwester halt, kündigte sie an und bedeutete ihr dann, einzutreten.

»O wie schön, Sie wollen mich also gleich bezahlen!«, witzelte Dr. Rotenburg, als sie sein Sprechzimmer betrat.

Lilly, die seinen Witz nicht gleich verstand, blickte ihn verwirrt an, dann fiel ihr die Geldbörse in der Hand wieder ein, und sie wurde erneut rot.

»Entschuldigen Sie, ich ... mir, ist ...«

»Keine Sorge, ich habe auch nicht wirklich damit gerechnet, dass Sie mich bezahlen wollen. Ihre Mutter ist ja glücklicherweise krankenversichert.«

Der Arzt bedeutete ihr, sich hinzusetzen, dann griff er nach dem Krankenblatt.

»Aber Sie sind sicher nicht wegen meiner schwachen Versuche, komisch zu sein, hier. Wenn man seit zwanzig Stunden im Dienst ist, geht einem irgendwie die Komik verloren, dafür wächst der Galgenhumor. Also sage ich Ihnen gleich, dass Ihre Mutter alles sehr gut überstanden hat.«

Lilly dankte erneut ihrem Pflichtgefühl gegenüber dem Laden und Sunny, die ihr den Film gleich in die Hand gedrückt hatte. Gar nicht auszudenken, wenn das nicht der Fall gewesen wäre …

»Wir behalten Ihre Mutter noch ein paar Stunden auf der Wachstation. Wenn dann alles in Ordnung ist, kann sie auf ihr Zimmer.«

»Und wann kann ich zu ihr?«

»Wenn sie wach geworden ist. Das wird jetzt noch ein kleines Weilchen dauern. Auf jeden Fall sieht es ganz so aus, als würden Sie noch ein bisschen Freude an ihr haben.«

31

»Hallo Ellen, ich bin's, Lilly.« Wieder zu Hause angekommen, hatte Lilly beschlossen, ihre Freundin anzurufen. Der Besuch bei ihrer Mutter hatte sie ziemlich mitgenommen, weil sie die starke Frau, die sie großgezogen hatte, noch nie so hilflos gesehen hatte. Auch wenn deutlich zu merken gewesen war, dass es ihr wieder besserging. Dennoch wollte Lilly unbedingt mit jemandem sprechen und ihre vorsichtige Erleichterung teilen.

»Lilly!«, rief Ellen aus. »Geht es dir gut?«

»Ja, mir geht es gut, kein Grund zur Sorge.«

»Und, gibt es Neuigkeiten?«

»Ja, die gibt es«, entgegnete Lilly. »Meine Mutter ist ins Krankenhaus gekommen.«

»Was? Um Gottes willen, was hat sie denn?«

»Blinddarm. Aber sie ist bereits operiert und hat alles gut überstanden.«

»Und das sagst du mir erst jetzt? Du hättest mich doch anrufen können.«

»Hätte ich, aber ich war total durch den Wind. Ich bin jetzt in Hamburg und sehe nach dem Haus. Mein Vater ist im Moment auf Reisen, er macht eine Segeltour mit seinem Altherrenverein. Der wird einen ziemlichen Schrecken bekommen, wenn er hört, was passiert ist.«

»Und wie geht es ihr?«

»Schon wieder recht gut.«

Ellen schien eine Weile zu überlegen. »Brauchst du vielleicht etwas?«, fragte sie. »Ein bisschen seelische Unterstützung? Ich könnte für ein paar Tage nach Hamburg kommen.«

Dieses Angebot überraschte Lilly ziemlich. Aber im Innern jubelte sie auf. Mit Ellen wäre alles gleich nicht mehr so schwer. Und ihre Mutter war ganz vernarrt in ihre Freundin. Wenn Ellen sie besuchte, würde es ihr zweifelsohne guttun. Außerdem konnte sie ihr dann auch gleich den Filmausschnitt mit dem mysteriösen Alten zeigen.

Am nächsten Vormittag, als Lilly gerade dabei war, sich das Video auf dem Laptop anzusehen, fuhr ein Taxi vor. Zunächst bemerkte sie es gar nicht, doch als es klingelte und sie erschrocken vom Küchentisch aufsah, erblickte sie Ellen durch das Fenster.

Erfreut lief sie zur Tür, öffnete und fiel Ellen nur Sekundenbruchteile später in den Arm.

»Du machst ja Sachen«, sagte Ellen vorwurfsvoll, während sie ihr über den Rücken strich.

»Nicht ich, meine Mutter! Glaub mir, wenn sie wieder auf dem Damm ist, werde ich ihr die Ohren langziehen. Aber komm erst mal rein, ich hab gerade Kaffee gekocht.«

Als sie am Küchentisch saßen, musste Lilly haarklein erzählen, was passiert war und wie sie ihre Mutter vorgefunden hatte. »So eine Angst hatte ich nicht mal auf dem Flug nach Padang«, setzte sie hinzu.

»Nur gut, dass du an dem Morgen geflogen bist.«

»Ich weiß auch nicht, muss wohl mein sechster Sinn gewesen sein«, entgegnete Lilly nachdenklich. »Ich dachte erst, meine Unruhe kommt davon, dass ich ihr unbedingt den Film zeigen will. Aber was, wenn ich gespürt habe, dass es ihr schlechtgeht?«

»Ich würde darauf tippen, dass es beides war. Blut ruft nach den seinen, sagte meine Pflegemutter immer, und ich glaube, da ist was dran.«

Mit der S-Bahn fuhren sie am Nachmittag zum Klinikum, was Ellen zu der Bemerkung hinriss: »Ich komme mir fast wieder vor wie mit sechzehn. Weißt du noch, wie wir beide nachmittags mit der Bahn in die Innenstadt gefahren sind?«

»O ja, das weiß ich noch gut. Und ich weiß auch noch, dass wir beide es tatsächlich mehrere Male geschafft haben, uns mit den Zügen zu verfahren.«

Ellen nickte beipflichtend. »Einmal wollte meine Pflegemutter die Polizei rufen, weil sie glaubte, wir seien verschleppt worden.«

»Ja, sie hatte sogar meine Mutter wild gemacht, dabei waren wir nur im Zug eingeschlafen und brauchten eine Weile, um vom anderen Ende der Stadt wieder zurückzufahren.«

Bevor Lilly dazu noch etwas sagen konnte, klang die Durchsage durch den Waggon, die ihnen ankündigte, dass sie gleich da waren.

»Ich habe Krankenhausgeruch noch nie leiden können«, sagte Ellen, während sie durch die Flure zum Zimmer von Jennifer gingen.

»Geht mir ähnlich«, pflichtete Lilly ihr bei.

Als sie das Zimmer, dessen Tür offen stand, betraten, beugte sich gerade eine Krankenschwester über Jennifers Arm und zapfte ihr etwas Blut ab.

»Einen Moment!«, rief sie, als sie die Besucher wahrnahm. »Sie sind die Töchter von Jennifer Nicklaus?«

»Ich bin die Tochter, das ist meine Freundin Ellen«, erklärte Lilly.

»Gut, dann kommen Sie rein, ich bin fertig.« Noch einmal tätschelte sie ihrer Patientin den Arm, dann zog sie die Blutprobe ab.

»Lilly, Liebes«, empfing Jennifer ihre Tochter und schloss sie in ihre Arme. Das Krankenbett ließ sie zerbrechlich wirken, aber insgesamt machte sie trotz der Schläuche wieder einen viel besseren Eindruck. »Schön, dich zu sehen. Und du hast Ellen mitgebracht!«

Ellen lächelte, dann reichte sie ihr die Hand. »Ich freue mich, dass es Ihnen wieder gutgeht, Frau Nicklaus. Als Lilly mir am Telefon erzählt hat, dass Sie ins Krankenhaus gekommen sind, habe ich einen ziemlichen Schreck bekommen.«

»Keine Sorge, mir geht es gut. Es war nur der Blinddarm. Lilly hat es bestimmt wieder schlimmer gemacht, als es war.«

»Ins Krankenhaus kommt man nur, wenn es schlimm ist, Mama«, verteidigte sich Lilly.

»Ist schon gut, aber so ein Blinddarm ist ja heutzutage nichts Gefährliches mehr.« Damit wandte sie sich wieder an Ellen. »Du bist wirklich groß geworden, wenn ich das so sagen darf. Das letzte Mal, als ich dich gesehen habe, warst du gerade zwanzig geworden und hattest diesen Jungen kennengelernt, Dean, nicht wahr?«

Ellen lächelte breit. »Ja genau, Dean.«

»Wie lange seid ihr jetzt schon verheiratet? Müssen doch bald zwanzig Jahre sein, oder?«

»Es sind fünfzehn Jahre«, korrigierte Ellen. »Den Rest der Zeit haben wir wild zusammengelebt.«

»Ist trotzdem eine halbe Ewigkeit. Solche Ehen findet man heutzutage immer seltener. Aber ihr seid sicher nicht hergekommen, um mein Gejammer über heutige Ehen zu hören.

Was habt ihr auf dem Herzen? Dass du Ellen dabeihast, zeigt, dass es was Wichtiges sein muss. Du hast sie immer dabeigehabt, wenn du mir was Wichtiges sagen wolltest.«

Lilly lächelte peinlich berührt, aber es stimmte. Wenn sie sich nicht traute, ihrer Mutter irgendwas zu gestehen, war Ellen mitgekommen, als moralische Unterstützung.

»Ich wollte dir ein Video zeigen, deshalb bin ich eigentlich nach Hamburg gekommen.«

»Und nicht, um deine alte Mutter zu sehen? Das kränkt mich aber.«

»Aber Mama ...«

»Schon gut, ich wollte dich nur ein bisschen aufziehen. Zeig her!«

Lilly holte den Laptop hervor und schaltete ihn an.

»Vor ein paar Wochen kam ein Mann zu mir in den Laden und hat mir etwas geschenkt«, erklärte Lilly kurz.

»Was hat er dir denn geschenkt?«

»Eine Geige. Er meinte, sie würde mir gehören. Doch er hat mir weder den Grund genannt noch seinen Namen, und wie er darauf kommt und so weiter. Ich wollte dich fragen, ob er dir vielleicht bekannt vorkommt. Es könnte natürlich auch sein, dass es jemand aus Peters Familie war, doch dort möchte ich erst aufkreuzen, wenn du dir sicher bist, ihn nicht zu kennen.«

Damit ließ sie das Video laufen. Einen Ton gab es nicht, doch der Mann war ziemlich gut zu sehen und auch sie. Bei der Szene, als der Alte Lilly die Geige gab, erbleichte Jennifer plötzlich.

Als Lilly das bemerkte, schaltete sie schnell ab und fragte: »Alles in Ordnung, Mama? Ist was?«

»Nein, nein«, antwortete diese ein wenig verwirrt. »Mir geht es gut. Es ist nur ...«

Damit verfiel sie in Schweigen. Lilly blickte ratlos zu Ellen, spielte schon mit dem Gedanken, die Klingel für die Schwester zu drücken, dann erwachte Jennifer wieder aus der Starre. Als sie sie ansah, schien es, als sei sie von einer Reise weit zurück in ihre Erinnerungen zurückgekehrt.

»Ich kenne diesen Mann tatsächlich.«

»Bist du sicher? Willst du ihn noch einmal ansehen?«

Jennifer schüttelte den Kopf.

»Nein, ich denke, das ist nicht nötig. Ich habe ihn vor vielen Jahren getroffen, damals warst du noch ein Kind. Und er natürlich ebenso wie ich viele Jahre jünger.«

»Und wie kam er auf die Idee, dass mir die Geige gehört?«

»Das kann ich dir nicht sagen, denn ich habe ihn damals weggeschickt. Aber er hat mir seinen Namen genannt und sogar seine Adresse.«

»Weggeschickt?« Verwirrt blickte Lilly zu Ellen, die damit aber auch nicht mehr anfangen konnte.

»Ja, weggeschickt. Ich wollte nichts davon wissen, denn wie hätte die Geige mein Leben bereichern sollen? Ich hatte einen Mann, ich hatte eine Tochter, und ich hatte Angst, etwas herauszufinden, das mein Leben von Grund auf erschüttert. Manchmal ist es besser, die Geister ruhen zu lassen ...«

War es das wirklich?, fragte sich Lilly. Wenn ja, dann war es bereits zu spät für sie, denn die Geister waren bereits los, und das Geheimnis von einigen kannte sie bereits. Was würde sie noch finden?

»Und die Adresse weißt du noch?«, fragte Ellen weiter, worauf Jennifer nickte. »Obwohl ich das, was der Mann mir geben wollte, nicht angenommen habe, habe ich seinen Namen niemals vergessen.«

32

Das reetgedeckte Haus in einem der Außenbezirke von Hamburg wirkte ein wenig renovierungsbedürftig, und auf den ersten Blick machte es den Anschein, als sei der Besitzer nicht zu Hause. Ein Forsythienstrauch neben dem Gebäude strahlte in gelber Pracht, im Vorgarten neigten Schneeglöckchen ihre voll erblühten Köpfe, während lilafarbene Krokusse vorwitzig aus dem dünnen Gras lugten.

Ein wenig zögerlich öffnete Lilly die Gartenpforte, doch sie traute sich nicht so recht, den mit Steinplatten bedeckten Weg zu beschreiten. »Was, wenn er nicht da ist?«, fragte sie.

»Dann kommen wir ein anderes Mal wieder«, entgegnete Ellen. »Nun mach schon, du willst doch wissen, ob er es ist, oder nicht?«

Während sie den Weg entlangschritten, bemerkte Lilly auf dem Hinterhof einen Magnolienbaum, der in voller Blüte stand. Die zartrosa Blüten gehörten auch zu Berlins Stadtbild, doch nie zuvor hatte sie sie so bewusst wahrgenommen wie jetzt. Magnolien wuchsen auch auf Sumatra …

An der Haustür angekommen, an der ein schon etwas verwitterter blau-weißer Türkranz hing, drückte Lilly mit pochendem Herzen den Klingelknopf und suchte dann nach Ellens Hand. Diese drückte die ihre kurz, und als Lilly zur Seite blickte, nickte Ellen ihr aufmunternd zu.

Es erschien Lilly wie eine Ewigkeit, bis sich etwas tat. Schließlich ertönten Schritte. Ellen ließ Lillys Hand wieder los, als wollte sie ihr sagen, das hier ist deine Sache, und du wirst es hinbekommen.

Als die Tür geöffnet wurde, hatte Lilly keinen Zweifel mehr, dass es sich um den Mann handelte, der ihr die Geige gebracht hatte.

Seine Überraschung hielt nur einige Momente an.

»Frau Kaiser!«

»Herr Hinrichs? Meine Mutter hat mir Ihre Adresse gegeben.«

Ein Lächeln huschte über das Gesicht des alten Mannes.

»Ich habe mich schon gefragt, wann Sie hier auftauchen würden«, sagte er und trat ein Stück beiseite. »Kommen Sie doch rein.«

»Das ist meine Freundin Ellen Morris, sie hat mir geholfen, die Geschichte der Geige zu rekonstruieren.«

»Freut mich, Sie kennenzulernen. Morris klingt englisch, sind Sie von dort?«

»Mein Mann ist Engländer. Ich stamme aus Hamburg.«

»Und Sie kennen sich mit Geigen aus?«

Ellen lächelte breit. »Ein wenig.«

»Na, dann mal rein in die gute Stube!«

Die Wohnung von Karl Hinrichs hätte gut als Kulisse eines historischen Seefahrerfilms dienen können. An den blau gestrichenen und mit weißen Sockeln versehenen Wänden hingen Ölgemälde von alten Schiffen, in der Anbauwand standen Buddelschiffe und alte Messgeräte herum. Die Standuhr neben dem Fenster, die Lilly auf ein Alter von gut hundertfünfzig Jahren schätzte, tickte gemächlich vor sich hin. Wenn das Pendel nach links schwang, wurde es von einem Sonnenstrahl erfasst, der es leicht aufblitzen ließ.

»Sie wollen sicher wissen, wie ich zu der Geige gekommen bin«, sagte er, nachdem er sie zu der Sitzgruppe geführt hatte, die wie vieles hier mehr als fünfzig Jahre alt war.

»Viel mehr interessiert mich, warum gerade ich die Geige bekommen sollte«, entgegnete Lilly. »Und warum Sie sich so schnell aus dem Staub gemacht haben, ohne etwas zu erklären.«

»Nun, das ist eine lange Geschichte.« Ein hintergründiges Lächeln legte das wettergegerbte Gesicht in Falten. »Wie wäre es mit einem Tee? Ich habe gerade frischen gekocht. Und Sie müssen zugeben, dass es sich damit doch viel besser redet.«

»Ja bitte«, sagte Lilly, nachdem Ellen ihr zugenickt hatte.

Während der alte Mann in der Küche verschwand, sahen sich Lilly und Ellen um.

Lilly war unendlich froh, dass ihre Freundin da war. Das letzte Puzzleteil, ging es ihr durch den Sinn.

Nach einigen Minuten kehrte Hinrichs mit dem Tee zurück. Die weißen Porzellantassen erinnerten Lilly an ein Service, das ihre Schwiegereltern besessen hatten.

»Ich war ein blutjunger Matrose, der, um dem Kriegsdienst zu entgehen, auf einem Handelsschiff im Indischen Ozean angeheuert hatte«, begann er zu erzählen, nachdem er ihnen eingeschenkt hatte. »1945, kurz vor der deutschen Kapitulation, kam es zu einem japanischen Angriff auf einen Passagierdampfer nahe Sumatra. Wir eilten zu Hilfe, konnten aber nur noch zusehen, wie das Schiff sank. Unter den wenigen, die gerettet werden konnten, waren zwei Kinder, zwei Mädchen, das eine neun Jahre alt, das andere gerade mal zwei. Die ältere der beiden trug einen Geigenkasten bei sich.«

Lilly spürte, wie ihre Hände kalt wurden.

»Sie gaben an, dass ihre Mutter und ihr Vater mit auf dem

Schiff gewesen seien, doch auch nach langer Suche konnten ihre Eltern nicht gefunden werden. Der Name der Mutter war Helen Carter. Die beiden Mädchen hießen Miriam und Jennifer.«

Lilly blickte zu Ellen. Diese schien zu erraten, was sie sagen wollte. Doch beide schwiegen und ließen den alten Mann weitersprechen.

»Die beiden Mädchen wurden von einer christlichen Mission aufgenommen. Ich bewahrte die Geige auf und wollte sie ihnen wiedergeben, doch da waren sie bereits verschwunden. Mir ließ die Sache keine Ruhe, ich forschte nach und fand heraus, dass man die Mädchen nach Kriegsende nach Deutschland gebracht hatte. Die kleine Jennifer zur Familie Paulsen in Hamburg, Miriam wurde in der Familie Pauly untergebracht.«

»Das ist nicht möglich!«, platzte es aus Ellen heraus, die auf einmal kreidebleich wurde.

»Doch, das ist es«, entgegnete der alte Mann lächelnd. »Aus Jennifer und Miriam Carter wurden per Adoption Jennifer Paulsen und Miriam Pauly.«

Lilly und Ellen sahen sich überrascht an. Miriam Pauly. Den Namen hatte Lilly schon lange nicht mehr gehört. Eigentlich verband sie damit auch nicht wirklich eine Person. Doch sie kannte ihn natürlich, auch wenn er nur ein Schatten war. Ein Schatten, der untrennbar mit ihrer Freundin Ellen verbunden war.

Als sie zur Seite blickte, sah sie, dass Ellens Augen verräterisch glitzerten. Sie verband mit dem Namens Pauly viel mehr. Immerhin war das ihr Mädchenname, denn ihre Pflegeeltern hatten sie nicht adoptiert. Und Miriam ... Miriam war ihre Mutter. Ihre Mutter, die vor so langer Zeit so jung verunglückt war. Miriam Pauly und Jennifer Paulsen.

Im nächsten Augenblick durchschoss es Lilly wie ein Pfeil. Wenn ihre Mutter und Ellens Mutter Schwestern waren, dann waren sie ...

Cousinen! Das konnte doch nicht wahr sein!

»Vor langer Zeit wollte ich Miriam aufsuchen, um ihr die Geige zu geben, die ich all die Jahre im Haus meiner Mutter gelassen hatte«, fuhr Hinrichs fort. »Keine Ahnung, warum das Mädchen sie nicht mitgenommen hatte. In Deutschland erfuhr ich, dass Miriam kurz vorher bei einem Unfall ums Leben gekommen war. Also wandte ich mich an das zweite Kind, Jennifer, die mittlerweile ebenfalls verheiratet war. Ich erzählte von ihrer Schwester, worauf sie ziemlich überrascht wirkte. Sie wies mich ab mit der Begründung, dass sie keine Schwester habe und alles nur ein Irrtum sei. Verständlich, sie war bei dem Schiffsunglück ja erst zwei gewesen, und ihre Adoptiveltern hatten ihr offenbar nie von ihrer Schwester erzählt. Ich schrieb ihr dennoch einen Brief und versuchte, all das, was ich wusste, darzulegen, aber es kam nie eine Antwort. Da wusste ich, dass ich es bei ihr nicht zu versuchen brauchte. Als ich sie schließlich weggeben wollte, entdeckte ich im Futter das Notenblatt. Und beschloss, es erneut zu versuchen – bei Ihnen, Frau Kaiser.«

Schweigen folgte seinen Worten. Jeder von ihnen schien mit seinen eigenen Gedanken beschäftigt zu sein.

»Bitte sagen Sie mir noch eines«, begann Lilly schließlich. »Warum sind Sie einfach so verschwunden, nachdem Sie mir die Geige gebracht haben? Sie hätten mir die Geschichte doch gleich erzählen können!«

»Der Mensch lernt aus seinen Erfahrungen«, erklärte der Mann mit einem verschmitzten Lächeln, nachdem er einen Schluck Tee getrunken hatte. »Ich wollte mich nicht noch länger mit der Geige abgeben. Und ich wollte auch nicht, dass

Sie sie mir wieder zurückgeben, nachdem ich so viel Mühe hatte, Sie zu finden. Also habe ich die Biege gemacht. Ich hoffe, Sie sehen es mir nach.«

Da sie nach dem Gespräch mit Hinrichs nicht gleich wieder nach Hause fahren wollten, spazierten Lilly und Ellen noch eine Weile an der Alster entlang. Zunächst schweigend, dann begann Lilly: »Warum haben unsere Mütter nie Kontakt miteinander aufgenommen?«

»Jennifer, deine Mutter, war damals noch sehr klein, wahrscheinlich erinnerte sie sich nicht mehr an ihre Schwester. Und Miriam …«

Ellen runzelte die Stirn. Einen Moment kaute sie auf ihrer Unterlippe herum, dann sagte sie: »Vielleicht hat es den Versuch, Kontakt zu ihrer Schwester aufzunehmen, gegeben.«

»Meinst du?«

»Deine Mutter und meine Mutter sind doch adoptiert worden, richtig?«

»Ja.«

»Vielleicht haben unsere Adoptivgroßmütter versucht, den Kontakt zwischen ihnen zu unterbinden.«

»Worauf willst du hinaus? Meine Mutter war erst zwei, die wird sich nicht mehr an ihre Schwester erinnert haben«, wandte Lilly ein.

»Aber meine Mutter müsste das doch eigentlich getan haben, oder? Ich frage mich, ob sie je den Versuch unternommen hat, nach ihrer Schwester zu suchen.«

»Wer weiß, was ihre Adoptiveltern ihr erzählt haben. Und ein Kind kann sich unmöglich auf die Suche nach seiner Schwester machen, die Behörden würden ihm keine Auskunft erteilen.« Lilly zuckte ratlos mit den Schultern. »Am besten, wir fahren morgen noch einmal zu meiner Mutter und fragen sie. Wenn uns jemand diese letzte Frage beantworten kann, dann sie.«

Tags darauf am Krankenbett ihrer Mutter versuchte Lilly, die Geschichte so ruhig wie möglich zu schildern, obwohl die Fragen in ihr brodelten. Noch immer konnte sie nicht glauben, dass Ellen und sie Cousinen waren.

Jennifer faltete ihre Hände auf der Bettdecke und hörte schweigend zu, wie abwechselnd Lilly und Ellen die Geschichte der beiden unglücklichen Frauen vor ihr auffächerten.

Als sie fertig waren, schwebte das Schweigen minutenlang über ihren Köpfen. Jede von ihnen war in eigene Gedanken versunken. Lilly betrachtete ihre Mutter, das vertraute Gesicht, dessen ganze Geschichte sie nicht gekannt hatte.

Würde sie diese Geschichte ebenso zurückweisen wie damals die Geige?

»Hat meine Mutter, Ihre Schwester, je versucht, Kontakt mit Ihnen aufzunehmen?«, brach Ellen schließlich das Schweigen.

Jennifer seufzte daraufhin und versank minutenlang in Schweigen. »Ja, das hat sie«, antwortete sie schließlich. »Lilly, wenn du zu Hause bist, schau mal in die unterste Schublade meiner Kommode im Schlafzimmer. Ganz hinten liegt ein Brief. Zeig den Ellen, wenn ihr zurückfahrt, ja?«

Lilly nickte und warf einen Blick zu Ellen, die gespannt auf ihrer Unterlippe herumkaute.

»Als ich noch klein war, hatte ich immer diese Erinnerung«, fuhr Jennifer fort, und ihr Blick richtete sich auf einen leeren Punkt an der Wand gegenüber. »Wir waren auf einem Schiff, und bei mir waren meine Schwester und meine Eltern. Mehr wusste ich nicht, denn ich war noch viel zu klein. Es war wie ein Foto, das ich mit mir herumgetragen habe, eine Momentaufnahme. An den Angriff selbst kann ich mich nicht mehr erinnern, auch an alles andere danach nicht mehr. Nur daran, dass ich mal eine Familie hatte, Vater, Mutter, Schwester.« Sie machte eine kurze Pause und fuhr dann fort. »Mit der Zeit habe ich geglaubt, dass meine Familie einfach umgekommen sei. Oder dass ich sie mir nur eingebildet habe. Und dann tauchte eines Tages dieser alte Mann mit der Geige auf, der behauptete, dass ich eine Schwester gehabt hätte. Ich habe ihn weggeschickt, weil ich glaubte, dass er ein Spinner sei. Und dann habe ich nachgeforscht. Den Wortlaut des Briefes, den ich daraufhin bekommen habe, habe ich nie vergessen. Er stammte vom 14. August 1973, und das Standesamt teilte mir darin mit, dass ich adoptiert worden sei – und dass ich tatsächlich eine Schwester gehabt hatte, die in eine andere Pflegefamilie gegeben worden sei. »

Lilly bemerkte, dass Ellen die Tränen kamen.

»Meine Mutter ist am 22. Februar 1973 verunglückt, sie ist von der eisglatten Fahrbahn abgekommen und gegen einen Baum geprallt. Meine Pflegeeltern haben es mir erst erzählt, als ich sechzehn war. Allerdings haben sie nie einen Hehl daraus gemacht, dass ich eine andere Mutter hatte.«

»Meine Eltern haben mir nie etwas davon erzählt«, entgegnete Jennifer. »Ich konfrontierte sie mit dem Brief, was dazu führte, dass wir gut zwei Jahre lang nicht mehr miteinander redeten. Ich führte meine Nachforschungen weiter, und das Ergebnis war ernüchternd. Man gab mir die Auskunft, dass Miriam Pauly verunglückt sei. Ich fand ihren Grabstein und erfuhr, dass ihr kleiner Sohn mit ihr begraben worden war, und da sie nicht verheiratet war, ging ich davon aus, dass es keine weitere Familie gab. Auch die Leute, die Miriam adoptiert hatten, lebten nicht mehr. Da ich der Meinung war, dass es damit niemanden mehr gab, den ich hätte fragen können, habe ich die Sache auf sich beruhen lassen und niemandem etwas davon erzählt. Wenn ich gewusst hätte, dass du meine Nichte bist ...«

»Meine Mutter hat mir nicht mehr erzählen können, dass ich eine Tante habe«, entgegnete Ellen. »Das Jugendamt wusste von nichts und hat mich einfach zu Pflegeeltern gegeben.«

»Niemand hat etwas ahnen können, Mama«, sagte Lilly und legte ihrer Mutter die Hand auf den Arm. Die Möglichkeit, gemeinsam mit Ellen aufzuwachsen, wäre zwar wunderbar gewesen, aber niemand, der an diesem Tisch saß, hätte etwas tun können, um das zu ändern.

»Ich hätte diesen Karl Hinrichs aufsuchen und ihm sagen sollen, dass er recht hatte. Aber das habe ich nicht über mich gebracht. Obwohl ich meine Schwester nicht kannte, habe ich um sie getrauert, doch dann habe ich dich angesehen und mir gesagt, dass alles, was geschehen sein mochte, nicht umsonst gewesen war. Und nun kenne ich dank euch beiden die ganze Geschichte.«

33

Der Anruf erreichte Lilly, als sie gerade aus dem Krankenhaus kam und zur S-Bahn lief. Mittlerweile stand ihre Mutter kurz vor der Entlassung, ihr Vater würde am nächsten Abend von seiner Reise zurückkehren, und leider ging damit auch Ellens Zeit in Hamburg zu Ende. Am folgenden Nachmittag würde sie fliegen, zu Dean und zu ihren Kindern, denen sie erzählen wollte, dass ihre Tante Lilly tatsächlich ihre Tante war, eine Tante zweiten Grades genaugenommen, aber immerhin.

»Na, wie sieht es aus in Hamburg?«

Gabriel. Ein Lächeln huschte über Lillys Gesicht.

»Recht gut. Und in London?«

»Wie geht es deiner Mutter?«

Nachdem sie von Karl Hinrichs zurückgekehrt war, hatte sie Gabriel erst einmal eine lange Mail geschickt und ihm die Geschichte mit ihr und Ellen und der Geige erklärt.

»Besser, sie macht sogar schon wieder Scherze. Wenn alles gutgeht, kommt sie übermorgen schon wieder raus. Mein Vater ist aus allen Wolken gefallen und kommt morgen zurück.«

»Das kann ich mir vorstellen. Ich wäre nicht weniger schockiert darüber.«

Lilly lächelte versonnen in sich hinein. Es tat gut, zu spüren, wie die Liebe in ihrem Herzen immer größer wurde, wie eine Pflanze, die Triebe und Knospen ausbildete. Und es war schön zu wissen, dass es Gabriel genauso ging.

»Wann sehe ich dich wieder?«, fragte er, nachdem sie beide einen Augenblick einträchtig geschwiegen hatten.

»Am liebsten würde ich gleich wieder nach London fliegen«, entgegnete sie. »Aber ich muss erst mal nach dem Laden schauen. Ich kann Sunny nicht noch länger beschäftigen, sie hat schon so viel für mich getan.«

»Ist dir eigentlich mal in den Sinn gekommen, dass du auch hier Antiquitäten verkaufen kannst? Besonders, wenn es sich um Sachen aus Deutschland handelt. Mittlerweile gehen Kuckucksuhren ganz hervorragend bei Einheimischen und Touristen.«

»Wie schade, dass ich keine Kuckucksuhren anbiete«, entgegnete Lilly lächelnd und dachte daran zurück, dass sie nach ihrer ersten gemeinsamen Nacht genau diesen Gedanken gehabt hatte.

»Nun, dann solltest du dringend aufstocken. Aber davon abgesehen, was meinst du dazu? Könntest du es dir vorstellen?«

»Wenn ich an dich denke, kann ich mir so einiges vorstellen«, entgegnete sie. »Vielleicht auch, irgendwann nach London umzuziehen. Allerdings habe ich hier auch meine Eltern, und sie werden nicht jünger.«

»Es gibt ja Flugzeuge«, hielt Gabriel dagegen, und Lilly spürte, dass es ihm ernst war.

»Stimmt, die gibt es. Reden wir bald darüber.«

»Über Flugzeuge?«

»Nein, über meinen Umzug nach London. Ich kenne dich ja erst ein paar Wochen, und vielleicht hast du die Nase schneller voll von mir, als du denkst.«

»Unwahrscheinlich, weil ich eigentlich zu den Menschen gehöre, die ihr Herz nicht so leicht verschenken. Aber ich verstehe, was du meinst. Ich sollte mich mehr anstrengen, um dich von mir zu überzeugen.«

»Noch mehr anstrengen? Geht das denn überhaupt?«

»Ich werde mir was einfallen lassen, verlass dich drauf!«

Damit verabschiedeten sie sich voneinander. Lilly klappte ihr Handy zu und blickte glücklich zum Himmel auf. Etwas Blau erschien gerade im Wolkenteppich, und etwas weiter hinten floss ein Sonnenstrahl in Richtung Erde. Wen mochte er wohl treffen?

Glücklich seufzend schob sie ihr Handy in die Tasche und stieg dann in den Zug.

Als sie am Haus ihrer Eltern ankam, bemerkte sie einen unbekannten Wagen vor der Haustür. Das Nummernschild wies auf einen Leihwagen hin. Hatten sie etwa Besuch? Oder hatte sich Ellen einen Wagen geliehen? Wofür?

Sie schritt durch die Gartenpforte, atmete die Frühlingsluft ein, in die sich der Duft nasser Erde mischte.

Seit sie das Rätsel der Violine kannte, fühlte sie sich ruhiger. Dass Ellen nicht nur ihre Freundin, sondern auch ihre Cousine war, gehörte zu den besten Dingen, die sie in diesem Jahr bekommen hatte. Was wollte sie mehr?

Als sie in das Haus trat, vernahm sie Stimmen. Ellen unterhielt sich mit einem Mann …

Dieses Lachen kannte sie doch!

Mit langen Schritten stürmte sie zur Wohnzimmertür und blieb dort wie angewurzelt stehen.

»Gabriel?«

Gabriel sprang auf. Sein Lächeln war das unverschämteste, das sie je gesehen hatte. »Ja, ich bin es.«

»Aber wir haben doch gerade miteinander gesprochen, wie kannst du …« Bevor sie den Satz beenden konnte, ging Lilly ein Licht auf. »Du hast mich von hier aus angerufen, nicht wahr? Deshalb habe ich die Nummer nicht gesehen.«

Gabriel lachte auf. »Ja, so ist es.«

»Aber wie ...« Ihr Blick schweifte zu Ellen, die breit grinste.

»Flugzeug, Lilly, Flugzeug. Eine der besten Erfindungen der Menschheit. Und Hamburg hat einen sehr gut frequentierten Flughafen.«

Lilly war von den Socken. Gleichzeitig begannen in ihrem Bauch tausend Schmetterlinge mit ihren Flügeln zu schlagen.

»Dann habe ich dir das alles vorhin umsonst erzählt?«

»Nein, umsonst auf keinen Fall, denn es hat mir die Wartezeit an der Ampel verkürzt.«

»Aber warum hast du nichts gesagt?«

»Weil ich angenommen habe, dass die neue Lilly das verträgt.« Damit zog er sie in seine Arme und küsste sie.

»Tja, dann bleibt nur noch herauszufinden, warum Lord Havenden wortbrüchig wurde und seine schwangere Geliebte einfach sitzen ließ«, sagte Ellen nachdenklich, als sie bei Kaffee und Kuchen, den Ellen in einer naheliegenden Bäckerei besorgt hatte, am Küchentisch saßen.

Ein beinahe triumphierender Ausdruck huschte über Gabriels Gesicht.

»Du hast in der Zwischenzeit wieder was herausgefunden«, mutmaßte Lilly, worauf er nickte.

»Aufgrund des Briefes, den ich bei den Carmichaels gefunden habe, habe ich nach den Havendens gesucht. Ein nicht ganz einfaches Unterfangen, denn dieser Name ist schon seit einiger Zeit erloschen. Nach einigem Nachbohren bin ich dann aber auf die Tochter seiner Schwester gestoßen, die jetzt in Devonshire lebt, mit eigener Pflegerin versteht sich. Die alte Dame kannte Paul Havenden zwar nicht persönlich, sie wurde erst neunzehnhundertzwanzig geboren. Aber sie konnte sich noch gut an die Erzählungen ihrer Mutter erinnern. Demnach ist Paul Havenden zusammen mit seiner Ehefrau Maggie bei einem Schiffsunglück im Indischen Ozean ums Leben gekommen.«

»Was?« Lilly schlug erschrocken die Hand vor den Mund.

»Ich habe das nachgeprüft, und tatsächlich hat es neunzehnhundertzwei ein Unglück mit einem Passagierdampfschiff gegeben, das in der Nacht mit einem Postdampfer zusammengestoßen ist. Menschliches Versagen würde man das heute wohl nennen, der Kapitän des Postdampfers hatte die Route falsch berechnet.«

»Dann hatte er also vielleicht doch vorgehabt, Rose zu heiraten?«

»Möglicherweise, wer weiß das schon. Nur blieb ihm keine Zeit, seine Redlichkeit unter Beweis zu stellen.«

Lilly brauchte eine Weile, um das zu verdauen.

»Wusste Pauls Nichte denn vielleicht etwas über den Brief, den Rose an seinen Stammsitz gesandt hatte?«

Gabriel schüttelte den Kopf. »Nein, das glaube ich nicht. Und ich nehme auch an, dass der Brief, den ich bei den Carmichaels gefunden habe, niemals Havenden Manor erreicht hat. Carmichael wird erfahren haben, dass Paul nicht mehr lebte.«

»Dann hat er also Rose in dem Glauben gelassen, dass er sie einfach vergessen hat?« Ellen schüttelte entrüstet den Kopf. »Er hätte ihr sagen können, was passiert ist.«

»Nun, vielleicht wollte er sie schonen.«

»Schonen?« Auch Lilly war jetzt aufgebracht. »Was könnte schlimmer sein, als zu glauben, man sei nie wirklich geliebt worden? Die Nachricht von Pauls Tod auf dem Ozean hätte Rose vielleicht hart getroffen, aber sie hätte die Hoffnung haben können, dass er sie wirklich geliebt hat. Vielleicht hätte sie sich dann, was das Kind betrifft, anders entschieden. Und vielleicht hätte sie die Chance bekommen, noch einmal zu lieben.«

In dem Augenblick ging Ellens Handy los. Überrascht fuhr sie in die Höhe, fischte das bimmelnde Gerät aus der Tasche und verschwand damit in der Küche.

»Also wenn das jetzt kein Zeichen ist«, bemerkte Gabriel, zog Lilly erneut an sich und küsste sie. Diesmal wesentlich leidenschaftlicher und verlangender als vorher vor Ellen.

»Was soll denn meine Cousine von uns denken?«, fragte Lilly vorwurfsvoll.

»Dass wir beide wahnsinnig verliebt sind?«

Lilly lächelte breit. »Okay, du hast recht. Ich hoffe, du hast Zeit und kannst eine Weile in Deutschland bleiben. Ich würde dir gern meinen Laden zeigen.«

»Hm, ich weiß nicht, wenn du keine Kuckucksuhren hast…«

Epilog

Sonnenlicht flutete ihre Wohnung in der Berliner Straße, als ein Klingeln Lilly unsanft aus ihrem Schlummer riss. Murrend öffnete sie die Augen und griff nach dem Telefon neben sich.

»Kaiser.«

»Du wirst es nicht glauben!«, tönte Ellens Stimme durch den Hörer.

»Ellen?« Lilly rieb sich übers Gesicht. Die vergangene Nacht war doch länger gewesen, als sie geplant hatte, und nun stellte sie mit einem Blick auf den Wecker fest, dass es bereits nach zehn war. »Was werde ich nicht glauben? Hast du im Lotto gewonnen?«

»Nein, wir haben Post bekommen!«

»Post?«

Um diese Uhrzeit war ihr Verstand einfach noch zu träge, um zu begreifen, was Ellen meinte. Und warum sie so aufgekratzt war.

»Enrico hat geschrieben. Erinnerst du dich?«

Während die Müdigkeit langsam von ihr abfiel, hatte sie wieder den Bahnhof von Cremona vor Augen und den wunderschönen *Palazzo*. Und natürlich auch seinen gutaussehenden Bewohner.

»Ja, ich erinnere mich.« Und auf einmal fiel es ihr wie

Schuppen von den Augen. »O mein Gott, er hat doch nicht ...«

»Doch, er hat. Besser gesagt, sein Freund hat endlich die Analyse des Notenblatts fertiggestellt.«

»Und?« Jetzt war Lilly hellwach. Es gab nach den Erkenntnissen der vergangenen Wochen kaum etwas, das sie noch überraschen konnte.

»Dein Traum war gar nicht mal so schlecht, was das Geheimnis betrifft.« Wieder machte sie eine Pause.

»Nun spann mich doch nicht so auf die Folter!«

»Es gibt tatsächlich so was wie einen Code in dem Notenblatt. Die Komponistin hat damit auf ihre Mutter hingewiesen, in den Tonfolgen befindet sich eine Verschlüsselung, die letztlich zu einem Namen führt.«

»Wie ist der Name? Und wie hat Enricos Freund das angestellt?«

»Enrico faselt in seinem Brief etwas von komplizierten Berechnungen. Sein Freund hat das auf dem Notenblatt festgehalten, aber für mich sind das böhmische Dörfer. Letztlich kam er mit seinen Berechnungen auf ein Wort mit vier Buchstaben.«

Lilly wäre am liebsten durchs Telefon gekrochen und hätte ihre Freundin, die sich offenbar an ihrer Ungeduld labte, geschüttelt. »Adit?«, fragte sie.

»Nein. Rose.«

»Was?«

»Rose.«

»Das kann nicht sein!«

»Warum denn nicht?«

»Demnach hat nicht Rose das Stück komponiert?«

»Das ist daraus nicht zu entnehmen. Entweder hat Helen damit auf ihre Mutter hingewiesen, oder Rose hat ihren eigenen Namen in dem Blatt verewigt. Möglich wäre auch, dass Enricos Freund so lange herumgerechnet hat, bis etwas dabei herausgekommen ist. Vielleicht ist alles auch nur ein großer Zufall.«

»Vielleicht«, entgegnete Lilly, doch der kurze Moment der Enttäuschung verflog rasch. Sie hatte den größten Teil des Rätsels gelöst und dabei sogar ihre eigene Familie wieder vereint. Konnte sie sich mehr wünschen?

»Ist Gabriel noch bei dir?«, fragte Ellen dann.

»Ja, das ist er.«

»Grüß ihn von mir, ja?«

»Mach ich!« Damit legten sie beide auf. Lilly legte das Telefon wieder auf das Nachttischchen neben dem Bett. Dann wandte sie sich zur Seite. Gabriel schien das Klingeln des Handys nicht mitbekommen zu haben, er schlief ruhig weiter. Lilly nahm sich noch einen Moment, ihn zu betrachten. Obwohl sie das in den vergangenen Tagen häufig getan hatte, meinte sie, immer wieder etwas Neues an ihm zu entdecken. Nachdem er so überraschend bei ihr aufgetaucht war, hatte sie ihn überreden können, ganze zwei Wochen zu bleiben. Diese gingen am nächsten Tag zu Ende, und es tat ihr schon jetzt leid, ihn ziehen lassen zu müssen. Aber nicht für lange, denn bald würde sie wieder zu ihm reisen. Die Pläne für einen Umzug nach London waren zwar noch lange nicht vollständig, aber Lilly hatte begonnen, ernsthaft darüber nachzudenken. Allerdings wollte sie jetzt erst einmal ihre Gedanken ordnen, ihr Leben neu aufstellen. Dazu brauchte sie etwas Zeit. Aber schon lange hatte sie nicht mehr so viel Energie und Zuversicht gespürt. Sie würde es schaffen! Gemeinsam mit Gabriel.

»Gabriel«, flüsterte sie leise, während sie ihm sanft lächelnd eine Haarsträhne aus dem Gesicht strich.

»Hm«, machte er, doch auch ihr Streicheln schien seinen Schlaf nicht vertreiben zu können. Sie beugte sich vor und küsste ihn auf die Wange, aber nichts geschah. Erst als sie ihn auf den Mund küsste, schnellte sein Arm in die Höhe und packte sie. Juchzend schmiegte sich Lilly an seine Brust.

»Schöne Grüße von Ellen. Sie hat Post von Enrico di Trevi bekommen.«

»Hab ich mitbekommen. Zumindest, dass Ellen angerufen hat.«

»Dann hast du also nicht geschlafen?«

»Wer kann bei dem Klingelton schlafen?«

»Ich dachte, dass du vielleicht so tief in deine Träume versunken bist.«

»Das ist nur der Fall, wenn ich von dir träume, ansonsten kann ich mich recht schnell wieder aus dem Traumland lösen. Und glücklicherweise muss ich nicht nur von dir träumen, jetzt habe ich dich hier.«

Sie küssten sich erneut, dann sah Gabriel sie erwartungsvoll an.

»Gibt's Neuigkeiten?«

»Nur die, dass das Notenblatt wahrscheinlich einen Code enthält. Allerdings einen, der nur ein einziges Wort hervorbringt: Rose. Damit wissen wir aber noch immer nicht, wer den ›Mondscheingarten‹ komponiert hat.«

»Müssen wir das denn wissen?«, entgegnete Gabriel und gähnte dann ausgiebig.

»Das sagt der Mann, der den beiden Frauen schon seit so langer Zeit hinterherforscht«, entgegnete Lilly und knuffte ihn leicht.

»Nun ja, um herauszufinden, wann das Notenblatt geschrieben wurde, könnten wir das Papier analysieren lassen. Dann würden wir ein Herstellungsdatum bekommen und es genau wissen. Aber das wäre doch furchtbar unromantisch, oder? Lassen wir den beiden wenigstens ein Geheimnis – und die Leute rätseln, wer den ›Mondscheingarten‹ geschrieben hat. Geheimnisse wirken auf Menschen anziehend, weißt du?«

Damit zog er sie erneut an sich und küsste sie.

Die große Familiensaga von Bestseller-Autorin Corina Bomann:
Die Frauen vom Löwenhof

Agnetas Erbe
1913: Unerwartet erbt Agneta den Löwenhof. Dabei wollte sie als moderne Frau und Malerin in Stockholm leben. Als ihre große Liebe sie verlässt, steht Agneta vor schweren Entscheidungen.

Mathildas Geheimnis
1931: Agneta nimmt die elternlose Mathilda auf dem Löwenhof auf. Sie verschweigt ihr den Grund. Als Mathilda ihn erfährt, verlässt sie das Landgut im Streit. Doch im Krieg begegnen sie sich wieder.

Solveigs Versprechen
1967: Der Löwenhof hat bessere Zeiten gesehen. Mathildas Tochter Solveig beginnt mutig, das jahrhundertealte Gut der Familie durch die stürmischen 60er-Jahre zu führen.

Alle Titel sind auch als E-Book erhältlich.

www.ullstein.de

Zwei Frauen auf der Suche nach dem Glück

2017: Pia macht sich mit ihrer Großmutter auf die Reise nach Island zum 90sten Geburtstag von Omas Schwester Helga. Seit Jahrzehnten haben die Schwestern nicht miteinander geredet. Zwischen ihnen steht ein unausgesprochenes Geheimnis …

1949: Die Schwestern Margarete und Helga begeben sich aus dem kriegszerstörten Deutschland auf den Weg nach Island, um dort auf einem Bauernhof zu arbeiten. Sie wollen sich auf der rauen, ursprünglichen Insel ein neues Leben aufbauen. Während Margarete sich in den Isländer Théo verliebt, zehrt das Heimweh an Helga. Ist das Glück der einen Schwester das Unglück der anderen?

Karin Baldvinsson
Das Versprechen der Islandschwestern

Klappenbroschur
Auch als E-Book erhältlich
www.ullstein.de

Schottland, eine junge Frau und ihr großer Traum vom Backen

Nach einer gescheiterten Beziehung kehrt Lara McDonald in ihre kleine Heimatstadt in Schottland zurück, um ihren Traum Bäckerin zu werden zu verwirklichen. Sie nimmt eine Stelle in einem Café an und versucht ihre Chefin von ihren neuen Backideen zu überzeugen. Doch die alte Dame ist alles andere als begeistert. Zum Glück lernt Lara im Café Lord Hugo Carmichael kennen, einen Stammkunden, den sie ins Herz schließt. Als Hugo überraschend verstirbt, erfährt sie, dass der alte Lord sie in seinem Testament erwähnt hat. Doch bei der Verlesung auf Glenlovatt Manor erwartet Lara nicht nur eine neue Chance, sondern auch Hugos gutaussehender Enkel, der wenig erfreut über ihre Einmischung auf dem Gut ist.

Julie Shackman
Das kleine Café im Gutshaus

Roman
Aus dem Englischen von Anja Mehrmann
Klappenbroschur
forever.ullstein.de